RALPH EDENHOFER

W0209751

EX VITRO

C23 – BAND 1

BE
Belle Époque Verlag

Ralph Edenhofer
c/o Papyrus Autoren-Club
Pettenkoferstr. 16-18
10247 Berlin

r.edenhofer@century23.de

Ralph Edenhofer: c23 – Die Welt im 23. Jahrhundert

Band 1: ex vitro
Band 2: per ignem
Band 3: in abyssum

Copyright © 2018 Ralph Edenhofer

Personen und Handlungen dieser Geschichte sind frei erfunden.
Ähnlichkeiten sind rein zufällig.

Lizenzausgabe des Belle Époque Verlags, Tübingen, mit freundlicher Genehmigung des Autors.

Umschlagillustration: Maxime Delcambre,
https://maxime-delcambre.artstation.com/

Umschlaggestaltung: Belle Époque Verlag

Herstellung: Sowa Sp. z o.o., Piaseczno, Polen

ISBN: 978-3-96357-010-0

KAPITEL 1: FREI GEBOREN

11.10.2210, Elysium City, Ares Konzernrepublik, Mars

Die sanften Klänge der Musik umschmeichelten Kareena Torans Hörzentrum und befreiten ihre Neuronen von der hektischen Aktivität des vergangenen Arbeitstages. All die Dossiers, Statusberichte und Krisensitzungen verschwanden nach und nach aus ihrem sonst so hyperaktiven Geist. Die meisten ihrer Kollegen verwendeten Lullaby oder andere Tranquilizer, um ihre von der permanenten Informationsflut gepeinigten Synapsen zur Ruhe zu bringen. Kareena griff auf die Segnungen der modernen Pharmazie nur in Notfällen zurück. Sie hegte Zweifel an den Lobeshymnen der Werbestrategen, nach denen jede physische oder psychische Suchtentwicklung selbst bei regelmäßiger Benutzung ihrer Produkte vollkommen ausgeschlossen wäre. Die Beobachtung ihres sozialen Umfeldes nährte ihr Misstrauen. Viele ihrer Bekannten konnten ohne Sedativa überhaupt nicht mehr schlafen. Kareena bevorzugte daher Musik, um die Strapazen der zurückliegenden Schicht hinter sich zu lassen. Am liebsten neoklassische Werke wie Janarovs Symphonie ‚Verlorene Welt', die sie jetzt gerade hörte. Es war eines ihrer Lieblingsstücke. Sie hatte es direkt auf dem internen Speicher ihres Korteximplantats abgelegt. Das war zwar eigentlich nicht erlaubt, da das Implantat Eigentum der Cynarian Corporation war. Aber diese kleine Insubordination gestattete sie sich mit einigermaßen reinem Gewissen. Ihr Job brachte es mit sich, dass sie gelegentlich in Gegenden verkehrte, in denen kein Zugriff auf das ComNetz möglich war, aus dem sie ihre Musik herunterladen konnte. Doch auch an solch entlegenen Orten wollte sie auf ein paar kulturelle Annehmlichkeiten nicht verzichten.

Die gemächlichen Harmonien des polnischen Komponisten wurden ohne den Umweg über die Ohren direkt in den auditiven Kortex ihres Gehirns eingespeist. Wahre Musikkenner brandmarkten diese Vorgehensweise als barbarischen Frevel, aber Kareena scherte sich nicht darum. Sie wollte sich nach mehr als zwölf Dienststunden nur endlich entspannen, und diesen Zweck erfüllte das Neuralinterface allemal. Sie hatte die Augen geschlossen und alle optischen Inputs des

Interface abgeschaltet, gab sich voll und ganz den Melodien hin. Vor ihrem geistigen Auge erschienen Bilder von unendlichen, unberührten Wäldern, Wiesen auf sanft geschwungenen Hügeln, über die Landschaft versprengten Dörfern mit roten Giebeldächern und spitzen Kirchtürmen. Die ganze Szenerie wurde überspannt von einem blauen Himmel, über den die weißen Wattebäusche von Schönwetterwolken dahinzogen. Sie hatte einmal ein Interview mit Ilian Janarov gesehen, in dem der Komponist beschrieb, wie er sich von alten Filmen und Aufzeichnungen zu seiner Musik hatte inspirieren lassen. Obwohl er bereits seit Jahrzehnten tot war, hatte auch er die Idylle, deren unbeschreibliche Schönheit er mit seinen Kompositionen wiedergeben wollte, nicht mehr mit eigenen Augen gesehen. Schon im frühen 22. Jahrhundert, als Janarov seine Werke geschaffen hatte, war diese Welt unwiederbringlich Vergangenheit. So kannte auch Kareena sie nur aus Filmen und Dokumentationen. Sie hatte die Erde bereits besucht. Was sie dort gesehen hatte, ließ es unwahrscheinlich erscheinen, dass die Wunder, die die Aufzeichnungen zeigten, jemals existiert hatten. Der Titel, den der Pole seiner Symphonie gegeben hatte, brachte es auf den Punkt. Die ‚Verlorene Welt' traf den Nerv der Zeit und machte seinen Namen unsterblich. Im Gegensatz zu Janarov selbst, der es trotz des Reichtums, den er erwarb, bis zu seinem Lebensende ablehnte, sich den Zellauffrischungen und Genmodifikationen zu unterwerfen, die es ihm ermöglicht hätten, sein Werk bis heute fortzusetzen. Stattdessen hatte er sich aus freien Stücken dem Verfall des Alters und schließlich dem Tod hingegeben. Seiner Popularität tat sein Ableben keinen Abbruch. Ganz im Gegenteil. Er wurde zum Idol der Naturalistenbewegung, die ihn als Vorkämpfer ihres Krieges gegen die Entfremdung der Menschen von ihren Ursprüngen bezeichnete.

Kareena hielt nicht viel von diesen archaischen Ideologien. Sie war auf dem Mars geboren und von frühester Kindheit an in die Welt der Konzerne eingebunden, die den technischen Fortschritt, den die Naturalisten ablehnten, mit aller Macht vorantrieben. Natürlich bedauerte auch sie, dass das Paradies der Erde von einst nicht mehr existierte. Es wäre schön, zu wissen, dass es irgendwo im Sonnensystem einen Ort gab, an dem man unter den wärmenden Strahlen der Morgensonne barfuß über taufeuchte Wiesen spazieren könnte. Aber es war nun mal Vergangenheit. Und darüber hinaus auch noch die Vergangenheit eines fernen Himmelskörpers. Der militanten Schwärmerei der Naturalisten konnte Kareena nichts abgewinnen. Reine Verschwendung von Zeit und anderen kostbaren Ressourcen.

Die lieblichen Klänge der Symphonie verstummten von einem Moment zum nächsten. Stattdessen speiste das Implantat ein Rufsignal in ihr Audiozentrum, das die Wanderung ihrer Gedanken jäh beendete. Für einen Augenblick war Kareena desorientiert. Sie war kurz davor gewesen, endgültig einzudösen und nun wurde sie unsanft aus der Welt der Träume in die Realität zurückgerissen. Sie hatte ihren Erreichbarkeitsstatus auf Notfälle begrenzt. Wer auch immer sie kontaktierte, sollte dafür besser einen guten Grund haben.

Sie öffnete die Augen, nahm ihre Umgebung aber nur schemenhaft wahr. Der Schlaf, dem sie bereits auf halbem Weg entgegengekommen war, gab sie nicht kampflos frei.

Also gut. Dann eben auf die harte Tour.

Mit minimaler Konzentration schickte Kareena einen Nervenimpuls an den Drogenspender in ihrem Bauch. Auf der Stelle ergoss sich ein Cocktail aus Stimulanzien in ihre Venen und verteilte sich mit jedem Schlag ihres Herzens über Muskeln, Organe und Gehirn. Innerhalb weniger Sekunden fiel jeglicher Anflug von Müdigkeit und Orientierungslosigkeit von ihr ab. Ihr Blick klärte sich und zeigte ihr die Unordnung in ihrem Quartier. Sie hoffte, dass niemand einen spontanen Besuch ankündigte. Es würde mehr als ein paar Minuten in Anspruch nehmen, so weit aufzuräumen, dass sie Gäste einlassen könnte.

Mit einem Gedanken öffnete sie den Rufkanal.

Ihre Stimme hatte der Wachmacher nicht ganz wiederhergestellt. Das ohnehin unwirsche »Ja?« verließ ihre Kehle mit einem rauen, bedrohlichen Unterton, den ihr Kehlkopfmikrofon ungefiltert an den Anrufer weitergab.

»Entschuldigen Sie, Ma'am.« Sie erkannte die Stimme von Lieutenant Carrough, der sie vor rund einer Stunde als Schichtleiter abgelöst hatte. Kurz darauf erschien auch sein Bild in dem Datenstrom. Das Implantat projizierte es direkt in ihren visuellen Kortex. Carrough verfügte über das gleiche Funkimplantat wie sie, benutzte aber das ComLink seines Arbeitsplatzes inklusive Kamera. Die Signatur des Anrufes bestätigte, dass er sich in der Kommunikationszentrale der Abteilung für Innere Sicherheit befand. Ein offizieller Notruf der höchsten Priorität. Es handelte sich wohl wirklich um etwas Wichtiges.

»Schon gut, Steve«, beruhigte sie ihren offensichtlich ein wenig nervösen Untergebenen. Er wusste, wie sie auf unliebsame Störungen ihrer Ruhezeiten reagieren konnte. Sie ging davon aus, dass er es sich gut überlegt hatte, bevor er sie störte. »Was ist los?«

»Wir haben eine Anfrage von einem Einsatztrupp aus Sektor acht.«

Sektor acht. Besser bekannt als Hades. Das schlimmste Viertel der ganzen Kolonie. Ein Nest von Verkommenheit und ausufernder Kriminalität. Eine eigene Welt, die der Administration der Stadt den Stinkefinger zeigte. Nicht einmal die Sicherheitskräfte gingen dort ohne einen guten Grund hinein.

»Welcher Einsatztrupp?«, hakte Kareena nach. »Der, der den entlaufenen Mutanten suchen sollte?«

»Positiv.«

Sie hatte den Beginn der Operation noch selber überwacht. Der zuständige Sergeant war erfahren und sollte mit einer solchen Routineaufgabe keine Probleme haben. Sie hatte die Verantwortung für die ordnungsgemäße Durchführung des Jobs ohne Bedenken an Lieutenant Carrough übergeben. Schien so, als liefe doch nicht alles nach Plan.

»Was ist passiert? Hat der Trupp Schwierigkeiten?«

»Nein, Ma'am. Keine Verluste. Und keine Schwierigkeiten. Zumindest nicht bezüglich seiner Sicherheit. Aber sie haben etwas ... Unerwartetes entdeckt. Ich denke, Sie sollten sich das selber ansehen.«

»Na gut. Schicken Sie's mir rüber!«

»Es ist besser, Sie kommen hierher. Die Sache ist möglicherweise ... brisant. Ich empfehle, dafür nur einen Kanal der höchsten Sicher-heitsstufe zu verwenden.«

Das hieß, die Nachricht durfte nicht über öffentliche Leitungen verschickt werden. Damit schied Kareenas Funkimplantat ebenso aus wie das ComLink ihres Privatquartiers. Die höchste Sicherheitsstufe wurde üblicherweise nur für Nachrichten verwendet, die die Sicherheit der Kolonie selbst infrage stellten. In ihrer gesamten Laufbahn hatte Kareena nur eine Handvoll derartiger Mitteilungen erlebt. Und keine davon war direkt an sie gerichtet gewesen. Einen Moment lang zweifelte sie an Carroughs Urteilsvermögen, aber der junge Lieutenant war einer der gewissenhaftesten Mitarbeiter ihrer Einheit. Er war wohl wirklich auf etwas Außergewöhnliches gestoßen.

»Ich komme«, sagte sie, während sie sich vom Bett erhob. Dann trennte sie die Verbindung.

Eilig zog sie die Dienstuniform wieder an, die sie achtlos über die Stuhllehne geworfen hatte, als sie nach Hause gekommen war. Eigentlich wäre frische Kleidung angebracht gewesen. Aber sie war ernsthaft über den Notruf beunruhigt und wollte keine Zeit damit verschwenden, in dem allgemeinen Chaos ihres Quartiers neue Sachen zusammenzusuchen. Sie fühlte sich unwohl in der getragenen Uniform. Sie legte immer großen Wert auf eine tadellose Erscheinung. Aber ein Notfall war halt ein Notfall.

Beim Verlassen ihres Quartiers wählte sie sich über das ComLink in ihrem Kopf in das Verkehrssystem ein und orderte eine Transportkapsel mit höchster Priorität. Nicht ganz billig, aber in derartigen Fällen erstattete der Konzern die Kosten. Mit weit ausholenden Schritten hastete sie die Korridore entlang. Um diese Uhrzeit war die Beleuchtung gedimmt. Wenn schon kein Zugang zum Tageslicht bestand, konnte man auf diese Weise wenigstens die Illusion von Tag und Nacht aufrechterhalten.

Am Terminal des Wohnblocks angekommen, wartete die Kapsel bereits auf sie. Die Dreiergruppe, die vor dem Einstieg stand, warf ihr unverhohlen finstere Blicke zu. Wegen Kareenas Prioritätskapsel verzögerte sich ihr Transport. Aber keiner der Wartenden wagte, etwas zu sagen. Die Uniform der Inneren Sicherheit flößte jedem Zivilisten genug Respekt ein, um seine ureigene Meinung für sich zu behalten.

Routiniert hielt Kareena ihren Unterarm mit dem implantierten ID-Chip an den Scanner. Innerhalb einer halben Sekunde bestätigte er ihre Identität und gab den Zugang zur Kapsel frei. Sie nahm auf einer der beiden gegenüberliegenden Sitzbänke Platz und schenkte den drei Zivilisten noch ein entschuldigendes Lächeln, als die Luke sich wieder schloss. Das Ziel hatte sie bereits bei der Bestellung des Transportes festgelegt, so dass die Kapsel sich unmittelbar in Bewegung setzte.

»Maximale Geschwindigkeit«, ordnete sie an. Die Steuerung der Transportröhre reagierte umgehend auf ihr Kommando. Die Kapsel tat ihr Bestes, die Fahrt für Kareena so erträglich wie möglich zu machen. Bei jedem Beschleunigungs- und Bremsmanöver drehte sie sich so, dass die Passagierin lediglich in den Sitz gepresst und nicht wild umher geschleudert wurde. Dennoch bedurfte es eines stabilen Magens, einen derartigen Ritt unbeschadet zu überstehen. Kareena war denn auch vollends damit beschäftigt, ihr Abendessen bei sich zu behalten, während die Kapsel in einem wirren Zickzackkurs durch das Röhrenlabyrinth von Elysium City raste.

Elysium City. Die ungekrönte Metropole der Ares-Konzernrepublik. Heimat von neun Millionen Menschen, fast einem Zehntel der Gesamtbevölkerung des Mars. Neben Selene City auf Luna eine der größten Städte jenseits der Erdoberfläche. Eine wuchernde Ansammlung größtenteils unterirdisch angelegter Habitate, deren mangelnde städtebauliche Planung sich unter anderem in den wild verzweigten Tunneln des immer wieder erweiterten Transportsystems offenbarte, durch die Kareena gerade raste.

Vier Minuten später deutete das abschließende Bremsmanöver das Ende der Tortur an. Kareena erhob sich von dem Sitz und zwängte sich hinaus, sobald die Luke sich öffnete. Zwei Gardisten der USI-Tochter InterSec in schweren Körperpanzern musterten sie eindringlich. Der rechte hob die Hand zum Gruß.

»Captain Toran«, tönte es aus dem Helmlautsprecher.

Sie kannte die Stimme, konnte ihr jedoch auf die Schnelle keinen Namen zuordnen. Ihren internen Speicher zu bemühen, hätte mehrere Sekunden in Anspruch genommen, die sie im Augenblick nicht investieren wollte. Also beschränkte sie ihre Antwort auf ein knappes Nicken und schritt auf den Eingang zur Kommunikationszentrale zu. Ein weiteres Mal tastete der ID-Scanner ihren Unterarm ab und gab die Tür frei, als er sicher war, dass sie die nötige Autorisationsstufe besaß.

Im Inneren der Zentrale herrschte offensichtliche Unruhe. Üblicherweise erfüllte lediglich das leise Summen der Klimaanlage den Raum. Jegliche Kommunikation lief über die Implantate ab, die alle hier Beschäftigten besaßen. Doch heute hatte mehr als die Hälfte der Anwesenden die ergonomischen Liegesessel verlassen und stand in einem wilden Haufen rund um den Arbeitsplatz des diensthabenden Schichtleiters. Die angeregte Diskussion verstummte, als Kareena den Raum betrat. Alle Gesichter wandten sich ihr zu. Auf Steve Carroughs Zügen zeigte sich tiefe Erleichterung. Bisher hatte sie den jungen Offizier als außerordentlich kompetent kennengelernt. Ihn so emotional zu sehen, beunruhigte sie.

Forsch trat sie auf die Gruppe zu. »Meine Damen und Herren. Was ist hier los?«

Lieutenant Carrough salutierte knapp. Einige der anderen strafften sich ebenfalls halbherzig. Als Kareena die Begrüßung ignorierte, ließen auch die übrigen Sicherheitsleute das Protokoll beiseite.

»Am besten, Sie sehen es sich selber an.« Carrough zog ein Datenkabel aus der Kopfstütze seines Sessels und bot es ihr an. Sie nahm es und steckte es, ohne zu zögern, in die Buchse hinter ihrem Ohr. Es war ein wenig leichtsinnig, eine volle sensorische Simulation im Stehen zu starten. Doch es erschien ihr unpassend, sich auf dem Sessel niederzulassen, während alle um sie herumstanden. Sie hielt sich mit einer Hand an der Nackenstütze fest. Das würde reichen müssen.

Das Interface erkannte sie nach einem kurzen Neuralscan und übertrug das Übersichtsmenü in ihr Gehirn. Die Prioritätsmeldung von der Patrouille in Sektor acht dominierte die Anzeige. Sie öffnete den Kanal und wurde sofort mit dem Patrouillenleiter verbunden. Das Bild seiner Helmkamera wurde in ihr Sehzentrum eingespeist. Die Verbindung war nicht besonders gut. Zwischen den ständigen Bildstörungen erkannte sie die schweren Körperpanzer des Sicherheitsteams. Die Lichtkegel ihrer Helmlampen fielen auf die Wände eines engen Raumes, der mit allerlei Gegenständen vollgestopft war, die sie zunächst nicht einordnen konnte.

»Captain Toran«, begrüßte der Patrouillenkommandant sie. Die Nervosität in seiner Stimme war unverkennbar. »Sergeant Martinez hier. Gut, dass sie da sind.«

»Was ist los, Martinez? Haben Sie den Flüchtigen gefunden?«

»Nein. Noch nicht. Aber wir haben hier was entdeckt ... Ich habe dem hier Priorität eingeräumt und die Suche nach dem Flüchtigen erst mal abgebrochen.«

Langsam wurde Kareena ungeduldig. »Was haben Sie entdeckt?«

»Am besten, ich zeig's Ihnen.«

Er schob einen seiner Leute zur Seite. Hinter dem massigen Körperpanzer kamen mehrere Personen zum Vorschein. Sie hockten auf dem nackten Boden des Raumes zwischen Stapeln von leeren Fast Food Verpackungen und anderem undefinierbaren Gerümpel. Zuvorderst saß dort eine Frau. Der weite Overall, den sie trug, konnte ihren stämmigen Körperbau nicht verbergen. Ihr nahezu haarloser, kantiger, mit gräulicher Haut bedeckter Schädel ließ keinen Zweifel. Sie war ein Mutant. Beta-Klasse. Eine Arbeiterin. Möglicherweise ebenfalls eine Flüchtige. Viele entflohene Mutanten versteckten sich in Sektor acht. Aber sie war nicht die Person, die die Patrouille gesucht hatte. Kareena erinnerte sich, dass es sich dabei um einen Mann gehandelt hatte. Soweit noch nichts Besonderes.

Hinter der Frau kauerten zwei weitere Gestalten und blickten ängstlich in das Scheinwerferlicht des Polizisten. Sie waren kleiner und trugen kaum mehr als Lumpen am Leib. Auch ihre Schädel waren nur von wenigen Haaren bedeckt. Ihre Haut besaß die typische graue Färbung. Ein dünner geflochtener Zopf fiel über die hohe Stirn eines der beiden. Kareena hatte schon zuvor Mutantenkinder gesehen. Aber bislang ausschließlich in den Zuchtfarmen der Konzerne, die sie herstellten. Ein schrecklicher Verdacht bemächtigte sich ihrer.

Ihr Blick fiel wieder auf die Frau. Sie trug etwas in den Armen. Ein Bündel aus Lumpen und Kunststofffolie. Sie hielt es eng an ihrer Brust, versuchte, es vor dem Licht des Scheinwerfers zu verbergen, der ihr ins Gesicht strahlte. Sergeant Martinez' gepanzerte Hand kam ins Blickfeld der Kamera. Unbarmherzig griffen seine stählernen Handschuhe nach dem Bündel. Die Frau wehrte sich, drehte sich zur Seite, um das Ding in ihren Armen zu schützen. Martinez packte sie an der Schulter und zog sie wieder nach vorne. »Ruhig. Ich werde ihm nichts tun«, erklang seine blecherne Stimme aus dem Helmlautsprecher. Behutsam streckte er zwei Finger nach dem Bündel aus und schob vorsichtig die obersten Lagen aus Folie zur Seite. Eine kleine Nase kam zum Vorschein, ein paar zusammengekniffene Augen. Mit einer verzerrten Grimasse beschwerte sich das winzige Wesen über die grelle Beleuchtung. Ein gequältes Quäken erklang aus dem zahnlosen Mund. Martinez hatte nun den Kopf des Babys vollständig freigelegt. Die kantige Schädelform war unverkennbar. Die graue Haut erstickte auch den letzten Zweifel.

»Scheiße«, war alles, was Kareena sagen konnte. »So eine verdammte Scheiße!«

13.10.2210, König Christian X. Land, Grönland, Erde

Der Regen peitschte unbarmherzig auf Skip ein, während er über die nackten Felsen marschierte. Jeder der eiskalten Tropfen prallte wie ein Projektil gegen seine Haut, getrieben von dem orkanartigen Sturm, der über das Prospektorencamp hinwegfegte. Wie seine beiden Kameraden war auch er in dicke Schutzkleidung gehüllt, hatte jedoch im Gegensatz zu den anderen das Visier seines Helmes nicht geschlossen. Zu Anfang war seine Neigung, sich ohne Not den entfesselten Elementen der Erde auszusetzen, auf Unverständnis gestoßen. Die einen hatten ihn belächelt, andere hielten ihn für geradewegs wahnsinnig. Mittlerweile akzeptierten die meisten, dass er es einfach so haben wollte. Dass er die Welt, die ihn umgab, mit allen Sinnen spüren mochte. Dafür war er auch bereit, Schmerzen zu ertragen. Nur bis zu einem bestimmten Maß natürlich. Er war kein Masochist. Die Nadelstiche der Regentropfen auf seinem Gesicht gehörten aber definitiv noch zu der Kategorie, die er als ausgesprochen angenehm empfand. Das Wasser auf seiner Haut verband ihn mit dem Regen, mit dem Wind, der die Tropfen nahezu waagrecht über das Land fegte, mit den tief hängenden Wolken, die der Sturm über ihn hinweg jagte. Sogar mit dem Meer, aus dem die Wolken entstanden waren. Er war Teil einer Welt, in der alles miteinander zusammenhing. Er spürte diese Welt so unmittelbar, dass es ihn schaudern ließ.

Neben einem der acht mannshohen Reifen des Trucks stellte er das Schweißgerät ab. Mace ließ schweigend den neuen Bohrmeißel daneben sinken. Der Hüne wiegte den Kopf nach links und rechts. Das Knacken seiner Halswirbel übertönte sogar den pfeifenden Wind. Jorge kletterte indes wortlos in den Führerstand des Krans, startete den Elektromotor und schwenkte den Ausleger zur Seite. Er senkte das Gestänge so weit ab, bis es in Kopfhöhe über dem Boden baumelte. Skip streckte ihm die Faust mit dem abgespreizten Daumen entgegen. Das Summen des Motors erstarb und Jorge kam wieder herunter. Er hielt kurz inne, als eine besonders starke Bö ihm beinahe den Helm vom Kopf wehte.

»Dreckswetter«, schimpfte er.

Skip grinste, während er mit geübten Handgriffen den Schweißbrenner einsatzbereit machte. Im Gegensatz zu Jorge konnte er von den entfesselten Naturgewalten kaum genug bekommen. Den größten Teil seines Lebens hatte er sich von seiner Umgebung abgeschottet. Er hatte keine Wahl gehabt. Die Feindseligkeit des Weltraums gegenüber allem Leben verhinderte jegliche Unmittelbarkeit. Selbst die dicke Haut, die robusten Knochen und die erhöhte Zellregeneration, die die Genkonstrukteure ihm hatten angedeihen lassen, konnten ihn nicht vor Sonnenstürmen, Temperaturen nahe dem absoluten Nullpunkt und dem Vakuum schützen. Sein Leben war abhängig gewesen von den dicken Panzerschotten, elektromagnetischen Strahlenschutzschilden und Druckschleusen, die ihn stets von seiner Umwelt isoliert hatten.

Doch jetzt war er auf der Erde. Statt der unbarmherzigen, lebensfeindlichen Leere, die jenseits der Außenhülle des interplanetaren Tankers lauerte, der bis vor einem halben Jahr für ihn einer Heimat am nächsten gekommen war, gab es hier überall atembare Luft. In manchen Regionen der Erde war zwar die Kontamination mit Giftstoffen und den radioaktiven Hinterlassenschaften der nuklearen Abenteuer des 20. und 21. Jahrhunderts für Menschen durchaus bedenklich. Aber Grönland war zu jener Zeit noch eine nahezu menschenleere Eiswüste gewesen und weitgehend von den Eskapaden der Menschheit verschont geblieben. Außerdem waren Skips Zellen weitaus resistenter gegen die Folgen der Radioaktivität als die natürlich geborener Menschen. Für ihn war die frische Luft ungefährlich. Auch, wenn er das erst mühsam hatte lernen müssen.

Er erinnerte sich noch gut an die Panik, die er verspürt hatte, als er zum ersten Mal in seinem Leben ins Freie getreten war. An die Überwindung, die es ihn gekostet hatte, sich dem offenen Himmel auszusetzen. An das unbeschreibliche Gefühl des kalten Windes auf seinen Händen, in seinem Gesicht. Er hatte fast eine Stunde gebraucht, um die Tür, die die Sicherheit des Gebäudeinneren von der unbändigen Welt des Draußen trennte, endgültig zu überwinden. Doch mit jedem Tag, den er auf der Erde verbrachte, war es seinen Instinkten leichter gefallen zu akzeptieren, dass es nicht den unmittelbaren Tod bedeutete, die schützenden Hüllen aus Stahl und Beton hinter sich zu lassen. Nach nun mehr als einem halben Jahr flößten ihm der ungefilterte Anblick des Himmels und die schiere Weite der offenen Landschaft immer noch gehörige Angst ein. Aber er hatte gelernt, die Furcht zu kanalisieren und in eine Region seines Geistes zu verbannen, wo sie sein Handeln nicht beeinträchtigte. Doch das reichte ihm noch nicht. Er wollte sie endgültig loswerden. Und was ihm dabei am besten half, war die unmittelbare Konfrontation mit dem Objekt seiner Furcht. Mittlerweile genoss er den Kampf gegen seine über Jahrzehnte in Druckkapseln und hermetisch abgeschlossenen Habitaten antrainierten Instinkte. Er hatte die Grenzen seiner Fähigkeit, die Angst zu überwinden, nun so weit ausgedehnt, dass sein Schutzbedürfnis gegenüber den Attacken der Erdatmosphäre in manchen Bereichen sogar unterhalb dem seiner Kameraden lag, die hier aufgewachsen waren.

Und so ganz nebenbei pflegte er auf diese Weise seinen Ruf, ein echt harter Knochen zu sein.

Skip zog das abgedunkelte untere Visier des Helmes über die Augen und schaltete den Plasmabrenner an. Die Hitze der knapp faustgroßen Flamme schlug ihm ins abgesehen von der Schweißbrille ungeschützte Gesicht. Sie spiegelte sich auf den Helmen seiner Begleiter wider, die die beiden Teile zusammendrückten. Jorge hielt das Gestänge, das vom Kran herabhing, in Position. Mace schloss seine riesenhaften Pranken um den neuen Meißel und wuchtete das zentnerschwere Trumm einen halben Meter nach oben, bis die Kanten aufeinanderlagen. Skip setzte die blau gleißende Flamme an und verband die beiden Stücke miteinander. Dampfschwaden stiegen auf, wo der Regen auf das glühende Metall traf. Die Schweißnaht würde kein Kunstwerk werden, aber halten. Mace drehte sich in eine andere Position, um mit seinem massigen Leib den Regen abzuhalten. Es half nur bedingt. Nach einer Minute konnte Skip erkennen, wie die Arme des Riesen unter der Last zu zittern begannen. Der Alpha-Klasse-Arbeiter gab wie üblich keinen Laut von sich, aber er würde die Anstrengung nicht mehr ewig aushalten. Skip beeilte sich mit den letzten Zentimetern, entfernte die Plasmaflamme vom Metall und beobachtete, wie seine Farbe innerhalb weniger Sekunden von Weiß über Rot zu einem schmutzigen dunklen Grau wechselte. Mit der linken Hand bedeutete er Mace, seine Last vorsichtig herabzulassen. Er begutachtete die Schweißnaht von allen Seiten, während die Spannung langsam zunahm. Sah gut aus.

Er wedelte mit der Hand. Mace ließ endgültig los. Der Meißel hielt. Zumindest, wenn er nur lose am Kran hing. Aber immerhin. Sie hatten ihren Teil getan. Die abschließenden Belastungstests würde die Bohrcrew durchführen. Aber sicher nicht mehr heute. Der Sturm wurde immer stärker. Auch für das dreiköpfige Reparaturteam war dies der letzte Job der Schicht gewesen. Jorge machte sich bereits auf den Rückweg zum Camp. Mace befestigte das Gestänge, damit es nicht vom Wind herumgetrieben wurde. Skip nahm noch einen tiefen Zug der eiskalten, regengetränkten Luft. Dann packte er das Schweißgerät und trottete seinem riesenhaften Kameraden hinterher, zurück zu den Containern des Prospektorenlagers. Die halbzylinderförmigen mobilen Baracken klammerten sich eng an den nackten Fels. Fast schien es, als duckten sie sich unter dem Sturm. Erste nasse Schneeflocken mischten sich unter die Regentropfen. Morgen früh würden sich vermutlich Schneewehen auf der windabgewandten Seite auftürmen. Der kurze arktische Sommer war vorbei. Das Eis, das Grönland seit ewigen Zeiten in seinem kalten Würgegriff hielt, würde bald zurückkehren. Zumindest für ein flüchtiges Zwischenspiel. Langfristig jedoch verlor es sein sicher geglaubtes Refugium. Jedes Jahr zogen die gewaltigen Inlandgletscher sich weiter zurück. Mal ein paar hundert Meter, in warmen Sommern auch mal mehrere Kilometer. Und jedes Jahr gaben sie einen weiteren Streifen jungfräulichen Landes preis, das noch kein Prospektor oder Bergmann jemals zu Gesicht bekommen hatte. Für rohstofffördernde Konzerne wie Skips Arbeitgeber Ascon Industries war Grönland eine ungeöffnete Schatztruhe. Hunderte Prospektorencamps wie das, auf das Skip gerade zuhielt, drangen jedes Jahr weiter ins Landesinnere vor, machten Probebohrungen, erstellten Schürfpläne und stellten Rentabilitätsanalysen auf. In ihrem Gefolge überzogen Minen, Bohrstationen und die ganze restliche Infrastruktur der Rohstoffförderung das Land, um den unstillbaren Hunger der Menschheit nach den Schätzen der Erde zu befriedigen. Im Vergleich zu den gigantischen Erträgen des extraterrestrischen Bergbaus im Asteroidengürtel und den anderen Kolonien im Sonnensystem war dies hier zwar Kleinkram, aber Ascon und seine terrestrischen Konkurrenten leisteten ihren Beitrag dazu, die Abhängigkeit der irdischen Nationen und Konzerne von Importen zumindest ein wenig zu reduzieren. Nur so war es Staaten wie der Europäischen Föderation, dem Arctica-Block, der Amerikanischen Liga oder dem Kaiserreich Yamato überhaupt möglich, ihre politische Souveränität gegenüber den transnationalen Firmengiganten der Kolonien zu behaupten. Dass Skip damit der Marktführerschaft seines ehemaligen Arbeitgebers, der beinahe allmächtigen United Space Industries Corporation, entgegenwirkte, war ihm nur ganz am Anfang wie Verrat vorgekommen. Letztlich war es ihm egal, wer ihn bezahlte. Er erledigte einfach nur seinen Job.

Aber für ein halbes Jahr war damit nun erst einmal Schluss. Die Sechs-Monats-Schicht der Prospektoren näherte sich ihrem Ende. Das Camp würde bald bis auf eine Rumpfcrew für die Überwinterung verlassen sein. Vor dem Eingang zum Hangarcontainer drehte Skip sich ein letztes Mal um, schloss die Augen und genoss das Zerplatzen der dicken Regentropfen auf seinem Gesicht. Wie wohl der Rest der Erde sein würde? Er freute sich, endlich mehr von dem Planeten zu sehen als die öden Fels- und Eiswüsten Grönlands. Er hatte schon reichlich Pläne für den Winterurlaub, bevor es im Frühjahr wieder losging auf die nächste Schicht in der Arktis. Aber eins nach dem anderen. Jetzt war erst mal Feierabend.

Das Tosen der Elemente erstarb von einem Moment zum nächsten, als Skip die Stahltür schloss und die enge Schleuse mit den Spinden für die Schutzkleidung betrat. Jorge hatte bereits seinen Helm abgesetzt und schüttelte seine langen schwarzen Haare aus. »Verdammtes Scheißwetter«, grummelte er vor sich hin. »Ich krieg' verdammt nochmal zu wenig Kohle für die Scheiße.«

Sein Englisch war, wie bei den meisten auf der Erde aufgewachsenen Menschen, recht altertümlich, ohne die chinesischen und sonstigen Einschläge, die in den Kolonien üblich waren. Skip hatte von Anfang an keine Schwierigkeiten gehabt, es zu verstehen. Aber es hatte ihn große Mühe gekostet, seine eigene Sprache so weit anzupassen, dass seine Gesprächspartner ihn nicht mehr bei jeden zweiten Satz verständnislos anstarrten.

»Hör dir den Waschlappen an!«, erwiderte Mace mit seiner unmenschlich tiefen Bassstimme. Er gab Jorge einen Klaps auf den Rücken. »Ich hab's schon immer gesagt: Die Norms halten einfach nix aus.«

Jorges Gesicht ließ erkennen, dass er gerade nicht zu Scherzen aufgelegt war. »Bleib von mir, du überdimensionierte Missgeburt!«

»Ich hab's dir schon mal gesagt«, Mace ließ sich wie üblich nicht provozieren und redete ganz ruhig weiter, »ich bin überhaupt nicht geboren ...«

»Ja, ja, ich weiß schon«, unterbrach Jorge ihn, »sie haben dich einfach nur aus deinem Brutkanister gezogen. Ich hab's mitgekriegt. Verdammtes Mutantenpack!«

Mutanten. So nannte man sie. Mace und Skip und all die anderen Produkte der modernen Gentechnik. Heute musste man noch ein ‚verdammt' davor und ein ‚Pack' dahinter setzen, damit es eine Beleidigung wurde. Es war nicht überliefert, wer als Erstes die Bezeichnung ‚Mutanten' für die neuen Menschenrassen aus den Zuchtfarmen der Genetikkonzerne verwendet hatte. In jedem Fall war es damals als Schimpfwort gemeint gewesen. Wenn auch sachlich falsch. Mutation war ein zufälliger Prozess. Die Veränderungen, die die Genkonstrukteure an ihrem menschlichen Rohmaterial vornahmen, waren gezielt und zweckgebunden. Trotzdem hatte sich die Bezeichnung ‚Mutanten' durchgesetzt und wurde mittlerweile sogar von den Produzenten selber verwendet. Skips alter Lehrer, Dr. Huang, mochte den Begriff nicht und hatte seinen Schülern eingebläut, nicht zu vergessen, woher das Wort ursprünglich stammte und welche Absicht einst dahinter gesteckt hatte. Gegen die allgemeine Verbreitung der

Bezeichnung war Huang aber machtlos. Skip benutzte sie selber, ohne sich allzu viele Gedanken darüber zu machen. Auch Mace schien keine übermäßige Aversion dagegen zu haben, Mutant genannt zu werden.

»Ach, du bist doch nur neidisch«, brummte er weiter, »weil du das hier nicht kannst, nicht wahr, Kleiner.« Er hatte den dicken Anorak ausgezogen und seinen gewaltigen Bizeps entblößt. Der kopfgroße Muskel wanderte auf seinen Oberarm auf und ab, wenn er ihn anspannte.

»Nenn mich nicht ‚Kleiner', du Riesenbaby!« Jorges Tonfall war gereizt.

»Jetzt hört endlich mit der Kabbelei auf!« Skip hatte genug von dem ewigen Geplänkel der beiden. Es war egal, wie sie sich beschimpften und gegenseitig aufzogen, später in der Stationskantine würden sie zusammen trinken und lachen. Aber er konnte dem Gezänk nichts abgewinnen. »Zieht den Krempel aus und macht, dass ihr hier rauskommt, statt mir im Weg zu stehen! Ich will endlich Feierabend machen.«

»Geht klar, Boss.« Mace grinste breit.

Jorges Miene war weniger freundlich. Er hatte immer noch daran zu knabbern, dass Skip zum Anführer des Reparaturteams ernannt worden war. Als Kameraden konnte er Mutanten akzeptieren, aber als Vorgesetzte ... das bereitete ihm noch Schwierigkeiten. Schweigend kam er Skips Anweisung nach.

Nachdem alle drei die Helme und Anoraks verstaut hatten, betraten sie den Hangar. Skip erstattete Ole Skarsgard, dem leitenden Ingenieur, kurz Bericht über den erfolgreichen Wartungseinsatz. Auf Skarsgards Verneinung der Frage nach weiteren dringenden Aufgaben verkündete Skip seinen beiden Kameraden den Feierabend und alle drei verzogen sich in die Mannschaftsquartiere. Er traf Mace noch einmal in der Gemeinschaftsdusche, ansonsten gingen sie getrennte Wege.

Als Teamleiter teilte Skip sich ein Zweibettzimmer mit Rosco, einem schwarzen Norm, der kaum ein Wort redete. Skip war es recht. Er mochte die Ruhe und war froh, nicht mehr in einem der üblichen Vier- oder gar Sechsbettzimmer einquartiert zu sein, wo immer irgendjemand quatschte oder anderweitig Lärm machte. Aus seiner Zeit auf dem Frachter war er es gewohnt, auf engstem Raum mit anderen Menschen zusammenzuleben. Aber in den Raumschiffbesatzungen war es üblich, seine Kameraden nicht unnötig zu belästigen. Jeder achtete die Privatsphäre der anderen. Wer sich nicht an dieses ungeschriebene Gesetz hielt, wurde eindringlich darum gebeten, sich anzupassen, und ansonsten aus der Crew entfernt – auf die eine oder andere Art. Die meisten lernten schnell, sich den Gepflogenheiten unterzuordnen.

Hier auf der Erde hingegen schien ein solcher Verhaltenskodex nicht zu bestehen. Die rund dreißigköpfige Mannschaft der Prospektionsstation war wild zusammengewürfelt und jeder schien den anderen dringend mitteilen zu müssen, was er gerade dachte, was er schon alles erlebt hatte und welche Auswirkung die Verpflegung heute auf seine Verdauung hatte. Nicht, dass Skip sich nicht für die Lebensgeschichten seiner Kameraden interessierte – ganz im Gegenteil. Er war ja auf die Erde gekommen, um die Wiege der Menschheit und ihre Bewohner kennenzulernen. Aber ungefragt mit irgendwelchen Angebergeschichten zugemüllt zu werden, hatte recht schnell begonnen, ihm gehörig auf die Nerven zu gehen. Von daher hatte er das Angebot, in Roscos Quartier einzuziehen, dankend angenommen, als er vor zwei Monaten befördert worden war.

Im Augenblick war es besonders ruhig, da sein Zimmergenosse regungslos auf dem Bett lag, eine Datenbrille auf den Augen und ein Elektrodennetz auf dem Kopf. Ob er sich gerade in der virtuellen Welt mit seiner Familie traf oder einen Porno ansah, war von außen nicht zu erkennen. Rosco weigerte sich, ein neurales Interface implantieren zu lassen, obwohl die Qualität der Übertragung damit erheblich stieg. Er war kein Gaianer, die alle moderne Technologie verteufelten, aber er legte Wert auf die Unversehrtheit seines Körpers. Skip konnte diese Einstellung nur bedingt nachvollziehen. Er wollte die unbestreitbaren Vorteile der Implantate nicht missen. Aber er hatte schon lange akzeptiert, dass er nicht alle Marotten der natürlich geborenen Menschen verstehen würde.

Skip blieb nicht lange. Er zog frische Kleidung an und machte sich auf den Weg in die Kantine. Der Speiseraum diente ganz allgemein als Treffpunkt für die Freischicht und war abgesehen von der virtuellen Welt der einzige Ort, der ein wenig Abwechslung vom tristen Alltag der Station bot. Jetzt am Abend hatte sich gut die Hälfte der Besatzung dort versammelt. Die meisten saßen an den Tischen, vor sich eine Dose Bier, und starrten den Holoprojektor in der Ecke an. Es lief gerade ein Nachrichtenfeed. Ein Pure in Konzernuniform ließ sich über irgendein Mutantenprogramm aus.

Als Skip den Raum betrat, drehten sich die Gesichter in seine Richtung.

»Schau an«, rief Jan Hanssen, der Lagermeister, ihm breit grinsend entgegen, »noch so ein heimlicher Zuchtbulle! Lass hören, Skip! Wie viele kleine Mutanten hast du schon in die Welt gesetzt?«

Skip war verwirrt. »Wovon sprichst du? Hab' ich was verpasst?«

»Verpasst? Keine Ahnung, wie vielen Mutantenbräuten du schon einen Braten in der Röhre verpasst hast.« Hanssen unterstrich seine Äußerung mit einer obszönen Geste.

»Halt die Klappe, Muttersöhnchen!« Mace hielt Hanssen den ausgestreckten Mittelfinger entgegen. Dann wandte er sich Skip zu. »Hör nicht auf die Spacken, Mann! Irgendwo auf dem Mars haben sie Mutantenkinder entdeckt. Mitsamt Mutter. Und jetzt meinen sie, wir hätten den ganzen Tag nichts Besseres zu tun, als rumzuvögeln und Blagen in die Welt zu setzen.«

»Aber wir können doch gar keine Kinder zeugen!«, entfuhr es Skip unwillkürlich.

»Tja, mein Lieber«, warf Hanssen ein, »das dachten wir alle bis heute. Sieht aber so aus, als hättet auch ihr noch was anderes als Pisse im Sack.«

Skip wandte sich dem Nachrichtenhologramm zu und auch die anderen wurden wieder still.

»... müssen nun untersuchen, ob es sich bei den Kindern wirklich um reinrassige Beta-Klasse-Arbeiter handelt oder ob unmodifiziertes menschliches Erbgut eine Rolle gespielt hat«, fuhr der Konzernlakai fort. »Eine natürliche Befruchtung mit zwei Mutanten als Eltern können wir nach bisherigem Kenntnisstand sicher ausschließen. Das ist schlicht nicht möglich. Mutanten sind prinzipbedingt unfruchtbar. Das bringt die Manipulation ihres Erbgutes unweigerlich mit sich. Daran hat sich seit ihrer Markteinführung vor gut fünfzig Jahren bis heute nichts geändert. Auch die aktuellen Generationen können ausschließlich durch künstliche Befruchtung in den Zuchtfarmen gezeugt werden ...«

»Ach, quatsch keine Scheiße, Mann!«, übertönte Hanssen den Konzernmann. »Wir haben die Blagen doch gesehen. Das sind keine Menschen, sondern verdammte Mutanten. Kein Zweifel!«

»He du Nippelsauger!« Mace wuchtete seinen Vier-Zentner-Leib vom Stuhl hoch und ging einen Schritt auf Hanssen zu. Skip fiel auf, dass Norms und Mutanten – zumeist riesenhafte Alphas wie Mace – heute an getrennten Tischen saßen. Auch Jorge hatte sich zu seinesgleichen gesellt und versuchte mit mäßigem Erfolg, seinen Vorgesetzten nicht allzu feindselig anzusehen.

Hanssen erhob sich. Er war mehr als einen Kopf kleiner und trotz seiner für einen Norm überaus stämmigen Statur geradezu schmächtig im Vergleich zu dem riesenhaften Alpha.

»Wir sind auch Menschen!«, fuhr Mace seinen Gegenüber an. »Vergiss das mal ja nicht, sonst bring ich's dir bei!«

»Ruhig, Großer.« Skip legte dem Riesen eine Hand auf den Arm. Mace schnaubte noch einmal, setzte sich dann aber wieder hin.

»Bleibt alle mal auf dem Teppich!«, warf Skip in die Runde. Alle Augen waren auf ihn gerichtet. »Ich hab' keine Ahnung, was sie auf dem Mars gefunden haben. Aber ich habe schon reichlich Beta-Frauen und auch ein paar andere vernascht und dabei ist nie was anderes rausgekommen als ein bisschen Spaß. Und allen anderen Mutanten, die ich kenne, geht das genauso. Keine Gummis, keine Pille. Brauchen wir nicht. Ist halt so. Da auf dem Mars hat irgendwer was in den falschen Hals gekriegt. Ist nur ein Missverständnis oder eine gezielte Fehlinformation. Lasst euch nichts anderes vormachen!«

»Und was ist damit?« Hanssen hatte den Nachrichtenfeed ein Stück zurückgespult. Das Hologramm zeigte ein verrauschtes 2D-Bild. Skip brauchte einen Moment, um zu erkennen, was es darstellte, dann sah er denselben kantigen Schädel, der ihn jeden Morgen im Spiegel ansah, nur in der Größe eines Säuglings, gepresst an die Brust einer Frau, die so eindeutig ein Beta-Klasse-Arbeiter war wie er selbst.

»Ist dir wie aus dem Gesicht geschnitten, findest du nicht?«, erläuterte Hanssen das Holobild. »Und wo wir gerade dabei sind. Du bist doch erst seit einem halben Jahr hier auf der Erde, oder? Wo warst du vor – sagen wir mal – neun Monaten? Zufällig auf dem Mars? Vielleicht ist es ja dein Blag.«

Skip atmete tief durch. Seine Konstrukteure hatten ihn wie alle Betas mit großem Gleichmut und viel Geduld ausgestattet. Das half ihm jetzt, die Provokationen des Norms hinzunehmen.

»Vor neun Monaten war ich auf dem Weg zur Erde. Weit weg vom Mars. Und das da«, er zeigte auf das Hologramm, »ist einfach nur ein Mutantenbaby. In den Zuchtfarmen gibt es davon haufenweise. Ich war auch mal so einer. Wie das Kind aus der Farm zu dieser Frau gekommen ist, weiß ich auch nicht. Aber das da beweist gar nichts. Wir sollten uns alle ein wenig beruhigen. Sonst ist euch doch auch scheißegal, was jenseits des Erdorbits passiert. Und jetzt wollt ihr euch gegenseitig an die Gurgel gehen, nur weil sie auf dem Mars ein Mutantenkind gefunden haben? Das ist doch sogar unter eurem Niveau! Also Ende der Diskussion. Ich geb' 'ne Runde!«

Er ging zum Getränkeautomaten und orderte zwanzig Biere. Die eine Hälfte der Anwesenden hob anerkennend die Dosen und prostete ihm zu. Die übrigen, inklusive Hanssen, wandte sich etwas widerwillig wieder anderen Themen zu. Irgendjemand schaltete den Nachrichtenfeed aus und wechselte auf einen Musiksender. Langsam wich die allgemeine Anspannung den üblichen Feierabendgesprächen. Die Trennung von Mutanten und Norms blieb jedoch weitgehend erhalten und immer wieder wurden Blicke ausgetauscht, die irgendwo zwischen Skepsis und Feindseligkeit anzusiedeln waren.

Skip holte sich ein Bier aus dem Automaten und setzte sich zu Mace.

»Ich hab' da ein ganz mieses Gefühl«, vertraute der Riese ihm flüsternd an. »Ein ganz mieses Gefühl.«

14.10.2210, Elysium City, Ares Konzernrepublik, Mars

Kareena pumpte eine weitere Dosis Aufputschmittel aus dem implantierten Drogenarsenal in ihren Blutkreislauf. Sie war jetzt seit fast siebzig Stunden ununterbrochen auf den Beinen. Sie durfte gar nicht daran denken, wie es ihr ergehen würde, sobald sie die Stimulanzien absetzte. Ihr geschundener Körper würde sich gnadenlos für den Raubbau rächen, den sie gerade an ihm betrieb. Doch auch dagegen kannte die Pharmakologie des 23. Jahrhunderts geeignete Mittel und Helfer.

Der Müdigkeitsschub, der sie zu übermannen drohte, duckte sich unter dem Ansturm der Drogen und verschwand wieder an den Rand ihres überreizten Bewusstseins. Er würde wiederkommen und das in immer kürzeren Intervallen. Doch für die nächsten zwei bis drei Stunden war sie vor ihm sicher.

Mit gesenktem Kopf saß sie an dem voll besetzten Konferenztisch und versuchte, Augenkontakt mit den übrigen Anwesenden zu vermeiden. Sie fühlte sich unwohl inmitten all der hochrangigen Konzernmanager. Die meisten waren Abteilungs- und Bereichsleiter, in der Cynarian-internen Hierarchie mehrere Stufen über Kareena. Derart viele Würdenträger in einem Raum versammelt zu sehen, war eine absolute Seltenheit und ein eindeutiger Hinweis auf den Ernst der Lage. Normalerweise konferierten diese Personen in virtuellen Zusammenkünften über das ComNetz. Aufgrund der Sicherheitsstufe, mit der die Inhalte des Treffens versehen waren, schied diese Möglichkeit jedoch aus, so dass sie von verschiedenen Orten auf dem Mars oder Raumstationen in seinem Orbit hierhergekommen waren. Mehreren Gesichtern war der Unmut über diese Verfahrensweise unzweifelhaft anzusehen.

Die leisen Diskussionen in Zweier- oder Dreiergruppen verstummten spontan, als die Tür zum Konferenzraum aufgerissen wurde. Sal Haggards Uniform saß wie üblich perfekt. Sie bildete einen scharfen Kontrast zu seinem Gesicht mit den tiefen Furchen und der Narbe, die sich über seine Stirn zog. Der Colonel trug die Spuren seiner bewegten Vergangenheit wie ein Statussymbol vor sich her. Er kam nicht im Entferntesten auf die Idee, die Dienste der kosmetischen Chirurgie in Anspruch zu nehmen. Immerhin müsste er sich dann eine originellere Einleitung als ,Wissen Sie eigentlich, wie ich mir das zugezogen habe?‘ einfallen lassen, um von seinen einstigen Heldentaten aus den Iridiumkriegen zu berichten. Seine heroischen Zeiten lagen allerdings mehrere Jahrzehnte zurück. Mittlerweile war er zu einem einfachen Konzernbürokraten verkommen, der sich gerne im Glanz alter Geschichten sonnte. Diese Meinung behielt Kareena aber tunlichst für sich, denn er war der Chef der Sicherheitsabteilung der Cynarian Corporation in Elysium City und damit nicht nur Hauptverantwortlicher für den geregelten Betrieb der Konzernzentrale, sondern auch ihr direkter Vorgesetzter. Und darüber hinaus war er im Augenblick unzweifelhaft sehr schlecht gelaunt.

»Wie zur Hölle konnte das passieren?«, warf er statt einer Begrüßung in die Runde, ohne sich hinzusetzen. »Wir versehen alle Informationen über diese Mutantenbabys mit der höchsten Sicher-heitsstufe und trotzdem kennen alle Nachrichtenfeeds des Sonnensystems seit gestern kein anderes Thema mehr.« Er schnaubte lautstark und vermittelte den Eindruck, er könne jeden Moment seinen ordenbehängten Zweireiher sprengen. »Und zur Krönung des Ganzen sind diese Geier sogar in den Besitz des Videos unseres Spürteams gekommen. Das ist absolut inakzeptabel!«

Kareena musste ein Grinsen unterdrücken, als er tatsächlich mit der Faust auf den Tisch schlug.

»Ich habe gerade eine Stunde lang dem Vorstand Rede und Antwort gestanden«, fuhr er fort, »und gebe die Fragen, die mir gestellt wurden, hiermit an Sie weiter.«

Ein paar Sekunden lang herrschte betretenes Schweigen im Konferenzraum. Die Erwähnung des Vorstandes war ein sicheres Mittel, um allgemeine Ehrfurcht zu wecken. Nur wenige Mitarbeiter des Konzerns bekamen jemals einen ihrer höchsten Dienstherren zu Gesicht. Haggard ließ gerne durchblicken, dass er einen guten Draht nach oben besaß. Darauf gründete ein erheblicher Teil des Respekts, den er innerhalb der Firma genoss. Der Rest war dadurch bedingt, dass er als Sicherheitschef weitgehend freie Hand bei der Bekämpfung ‚konzernschädigender Elemente‘ hatte. Vor der Einstufung in diese Kategorie waren auch hochrangige Konzernangehörige wie die hier Versammelten nicht gefeit.

Schließlich ergriff Major Chang vom Nachrichtendienst das Wort: »Ich denke nicht, dass einer der Anwesenden sich diesbezüglich etwas vorzuwerfen hat.« Er unterstrich seine Ausführungen mit einer umfassenden Geste, die alle Leute am Tisch einbezog. »Die Wahrscheinlichkeit, die Angelegenheit unter Verschluss halten zu können, war von Anfang an gering. Wir haben es dennoch versucht – gar keine Frage – aber wir sollten nicht allzu überrascht sein, dass es nicht funktioniert hat.«

Allgemeine Erleichterung breitete sich über die Gesichter der übrigen Versammelten aus. Chang Wuaxing war genau der Richtige, um Haggard Kontra zu bieten. Der Aura aus Arroganz und Überlegenheit des hochgewachsenen, schlanken Asiaten mit dem genetisch designten makellosen Antlitz der Pure konnte nicht einmal ein alter Haudegen wie Haggard nennenswerten Widerstand leisten.

Er versuchte es trotzdem, auch wenn sein Tonfall schon die beginnende Defensive erahnen ließ. »Wieso geringe Wahrscheinlichkeit? Soweit ich weiß, waren ausschließlich Angehörige der Sicherheitskräfte von Elysium City mit dem Fall betraut. Und die sollten doch alle um die Bedeutung von Geheimhaltung wissen – oder sehe ich das falsch?«

»Wenn der Sicherheitsapparat der Stadt ein homogenes Gemenge wäre, würde ich Ihnen unter Umständen zustimmen, Colonel.« Chang ließ gerade so viel Tadel in seinen Tonfall einfließen, dass er zwar für alle bemerkbar war, aber noch nicht offen respektlos wirkte. »Aber da …« er wandte sich Kareena zu »… wie viele Konzerne sich die Verantwortung teilen?«

»Acht«, erläuterte sie pflichtbewusst.

»Acht Konzerne!« Chang hob den Zeigefinger. »Acht Konzerne mit unterschiedlichen Geschäftsfeldern und strategischen Interessen. Ich halte es für absolut denkbar, dass irgendeiner davon die gezielte Streuung dieser Information zu seinem Vorteil zu nutzen versucht. Worum es dabei geht, will ich an dieser Stelle gar nicht mutmaßen. Wir alle kennen das Spiel. Für einen kleinen Nadelstich bei der Konkurrenz sind manche Konzerne bereit, erhebliche Kollateralschäden in Kauf zu nehmen. Und das ist nur eine der Möglichkeiten, wie die Informationen in Umlauf gekommen sein könnten.«

»Und was wären die anderen?« Haggards Adjutant Eric Vandemool, wie Chang ein Pure, befreite seinen Chef davon, die Frage, die ihm ins Gesicht geschrieben stand, selbst aussprechen zu müssen.

Chang blieb unbeeindruckt. »Die Vorbehalte, die zahlreiche Norms gegenüber den Mutanten hegen, muss ich wohl niemandem hier erläutern.«

»Das betrifft doch wohl eher die Erde, meinen Sie nicht?«, wandte Vandemool ein. »Ich denke, alle Marsianer wissen die Leistung der Mutanten für das Gemeinwohl der Kolonien zu schätzen.«

»Und wie viele Bewohner des Mars sind noch auf der Erde geboren und hierher immigriert?« Chang ließ sich das Heft nicht so einfach aus der Hand nehmen. »Soweit ich weiß, deutlich über zwanzig Prozent. Wie viele davon ihre Vorurteile gegenüber den Mutanten hierher mitgebracht haben, kann ich nur schätzen. Aber ich halte es für ein durchaus realistisches Szenario, dass irgendeiner der Informationsträger auf diese Weise die allgemeine Stimmung in seinem Sinne beeinflussen möchte. Wir alle wissen, dass die Unfähigkeit der Mutanten zur Zeugung von Nachkommen ein wesentlicher Bestandteil der Strategie aller in diesem Geschäftsfeld tätigen Konzerne inklusive der Cynarian Corporation ist, um die allgemeine Akzeptanz der genetischen Konstruktion zu erhöhen. Welche Auswirkungen alleine der Verdacht haben könnte, dieses Dogma sei nicht so unumstößlich, wie immer behauptet wird, brauche ich hier wohl nicht zu erläutern.« Er machte eine kurze Pause, bevor er fortfuhr. Dass ihm niemand dazwischen redete, war der Beweis, dass die Diskussion nun endgültig seinen Vorgaben folgte. »Eine weitere Möglichkeit ist, dass jemand die Information ganz schlicht und einfach verkauft hat, um sich persönlich zu bereichern. Für eine derartige Nachricht sind die entsprechenden Agenturen sicher bereit, eine ansehnliche Summe auf den Tisch zu legen. Zumindest, wenn Beweise wie das beglaubigte Video enthalten sind. Letztendlich ist es aber – und darauf will ich eigentlich hinaus – unerheblich, wie die Information an die Öffentlichkeit gelangt ist. Wichtig ist nun, dass wir klären, wie wir potenziellen Schaden von der Cynarian Corporation abwenden beziehungsweise die aktuelle Sachlage gegebenenfalls sogar dazu nutzen können, unsere Ziele voranzutreiben.«

Kareena gab sich Mühe, Haggard nicht allzu intensiv anzustarren, obwohl es in höchstem Maße amüsant war, wie ihm seine Gesichtszüge ebenso entglitten wie die Besprechung es gerade getan hatte.

»Vorher, so denke ich, sollten wir noch einen anderen Punkt erörtern«, versuchte er, die Leitung der Sitzung wieder an sich zu ziehen.

Er wandte sich der hageren Frau zu, die ihm gegenübersaß. Ihr Gesicht verriet eindeutig, dass sie es für unter ihrer Würde hielt, hierher zitiert worden zu sein und einem schnöden Militär Rede und Antwort stehen zu müssen, ganz egal, wie oft er mit dem Vorstand plauderte.

Haggard ließ sich davon nicht beeindrucken. »Dr. Naratova, was hat es mit diesen Kindern auf sich? Sie erzählen doch seit Jahrzehnten, es sei absolut unmöglich, dass Mutanten sich eigenständig fortpflanzen. Oder habe ich da etwas falsch verstanden?« Der Colonel erwiderte Naratovas Abneigung von ganzem Herzen. Er hatte die Weißkittel noch nie leiden können.

»Mr. Haggard«, der Verzicht auf seinen Dienstgrad kam schon einem offenen Angriff gleich. Der schneidende Klang ihrer Stimme tat ein Übriges, »Sie haben das ganz richtig verstanden. Ich persönlich halte die ganze Angelegenheit für eine plumpe Fälschung. Genetisch konstruierte Menschen sind grundsätzlich nicht fortpflanzungsfähig. Das ist ein integraler Bestandteil ihrer Genmatrix. Was notwendig wäre, daran etwas zu ändern, übersteigt die Möglichkeiten jedes Bewohners von Sektor acht bei Weitem. Von daher stammen die Kinder entweder aus einer regulären Zuchtfarm oder jemand hat einen außerordentlichen Aufwand betrieben, diese abstruse Geschichte gezielt zu konstruieren. Welchem Zweck so etwas dienen sollte, ist mir allerdings schleierhaft. Sobald die Sicherheit die beiden Frauen und die Kinder der Forschungsabteilung übergibt, werden wir herausfinden, was hier vor sich geht.« Erst beim letzten Satz sah sie Haggard direkt an.

»Das wird zu gegebener Zeit geschehen, Dr. Naratova«, kanzelte er die Wissenschaftlerin ab und wandte sich wieder dem Rest der Versammlung zu. »Also. Die Frage ist, was tun wir nun?«

»Wie gesagt«, Chang ließ sich durch die offen feindselige Atmosphäre im Raum nicht aus dem Konzept bringen, »wir müssen unsere nächsten Schritte genau planen. Die Cynarian Corporation ist als marktrelevanter Anbieter genetisch konstruierter Menschen unmittelbar von dem Vorfall betroffen. Ob die Angelegenheit sich für uns zum Vor- oder Nachteil entwickelt, hängt entscheidend von unseren weiteren Aktionen ab.«

Viele Worte, wenig Inhalt. Gespannt wartete Kareena, wer als Nächstes seine Chance nutze, das Wort zu ergreifen. Sie wettete auf Ines Lamargue vom strategischen Planungsbüro. Changs Ausführungen waren eine Steilvorlage für sie. Vermutlich hatten die beiden sich vorher abgesprochen.

»Ich sehe da spontan einige Optionen.« Kareena hatte ihre Wette gewonnen, als das dünne Stimmchen der Spacerin erklang, die sich nur mit Hilfe eines Exoskeletts in der Schwerkraft des Mars bewegen konnte. »Ich will hier nicht in die Details gehen. Dafür ist es noch zu früh. Entscheidend für das weitere Vorgehen ist in jedem Fall die Verifikation der vorliegenden Informationen. Wir müssen dringend herausfinden, ob die Mutantenkinder aus Sektor acht wirklich frei geboren sind oder doch nur aus einer der Aufzuchtstationen stammen. Falls Ersteres zutrifft, ist zu klären, wie es dazu kommen konnte, obwohl es unter Genetikern aller Zuchtfarmen Konsens ist, das sei unmöglich. Von daher stimme ich Dr. Naratova zu, dass die Individuen schnellstmöglich an die Forschungsabteilung übergeben werden sollten.« Sie atmete tief durch, bevor sie fortfuhr. Der lange Monolog hatte ihre an die Schwerelosigkeit gewöhnten Lungen stark beanspruсht. Beinahe hätte Haggard ihre Atempause zu einem Protest genutzt, doch sie kam ihm knapp zuvor. »Allerdings können auch die weiteren Umstände von entscheidender Bedeutung sein. Insofern sollten wir die laufenden Ermittlungen der Inneren Sicherheit nicht vernachlässigen. Captain Toran, wie ist der aktuelle Stand?«

Nun war Kareenas Auftritt an der Reihe.

Sie straffte sich und fing an. »Der Einsatztrupp hat alle Insassen des fraglichen Quartiers in Sektor acht mitgenommen. Im Augenblick befinden sie sich im Zellentrakt für die Untersuchungshaft. Es handelt sich um zwei Frauen – beide Beta-Klasse-Arbeiter – und drei Kinder – zwei Jungen und ein Mädchen, Alter geschätzt zwischen einem halben und vier Jahren. Die ID-Chips der Frauen sind chirurgisch entfernt worden. Eine erste Genanalyse deutet darauf hin, dass sie aus der Produktlinie von EnGen stammen. Vermutlich vierte oder fünfte Generation, also schon ältere Modelle. Wir haben noch keine Informationen, aus welcher Produktionsstätte. Dafür benötigen wir Auskunft von EnGen.«

»USI«, stöhnte Haggard. »War ja klar.«

USI. United Space Industries. Das größte Konzernkonglomerat des Sonnensystems. Muttergesellschaft hunderter Firmen aus nahezu allen wichtigen Industrie- und Dienstleistungssparten. Darunter auch der Genkonstrukteur EnGen Incorporated, ein direkter Konkurrent von Cynarians eigener Konstruktionsabteilung.

»Die Kinder scheinen nie einen ID-Chip besessen zu haben.« Allgemeines Grummeln und Murmeln unterbrach Kareenas Ausführungen.

»Es handelt sich bei den Kindern aber definitiv um Mutanten?«, wollte Vandemool wissen.

»Nach unseren bisherigen Erkenntnissen, ja«, fuhr Kareena fort. »Beta-Klasse. Die Genanalyse lässt aber noch keinen Schluss auf die Herkunft zu. Es gibt Anzeichen für EnGen, aber nicht gesichert. Es scheint Abweichungen zu geben, die noch nicht ganz geklärt sind. Die Analysten im Labor arbeiten dran.«

»Sie meinen, es sieht so aus, als wäre EnGen-Genmaterial mit irgendeinem anderen Beta-Genom vermischt worden?« Diesmal war es Naratova, die nachhakte.

»Das kann ich nicht beurteilen, Ma'am«, antwortete Kareena. »Ich bin keine Genetikexpertin. Aber einer der Laboranten hat eine derartige Vermutung geäußert.«

Wieder allgemeines Murmeln.

»Schicken Sie die Individuen schnellstmöglich zur Forschungsabteilung!«, forderte Naratova erneut. »Dann haben wir innerhalb kürzester Zeit Sicherheit darüber.«

»Alles zu seiner Zeit, Doktor«, stichelte Haggard. »Zuerst muss die Sicherheit ihre Ermittlungen abschließen.«

»Und wertvolle Zeit mit ihrem stümperhaften Labor vergeuden, das einen Mutanten nicht von einem Slag unterscheiden kann?«

»Unsere Analysten verstehen ihr Handwerk ebenso wie die Ihren!«

»Selbst wenn es so wäre, haben Sie bei Weitem nicht die wissenschaftliche Ausstattung, um die ausstehenden Fragen umfassend zu beantworten. Ich muss darauf bestehen, dass Sie uns die Gefangenen umgehend überstellen.«

Chang Wuaxing hob beschwichtigend die Hände, um die Streithähne zur Räson zu bringen. »Mit gegenseitigen Beschuldigungen kommen wir nicht weiter.«

Er hatte Erfolg. Der Colonel und die Wissenschaftlerin zogen sich schmollend zurück.

Chang sah Kareena in die Augen. »Was sagen Ihre Analysten? Ist eine der beiden Frauen die Mutter der Kinder?«

Kareena wählte ihre Worte mit Bedacht, um nicht irgendjemandem Anlass zu geben, seinen Zorn auf sie zu richten. »Die Analysten haben gesagt, sie haben keine Erfahrung mit der Vererbung von Mutanten, einfach, weil es weder vorgesehen noch bislang jemals passiert ist. Aber sie schätzen die Wahrscheinlichkeit auf über 75 Prozent, dass es so ist.«

Schweigen.

Als niemand das Wort ergriff oder weitere Fragen stellte, fuhr sie fort: »Die Befragungsergebnisse der festgesetzten Personen sind noch unvollständig. Eine der Frauen verweigert jegliche Zusammenarbeit. Die andere – diejenige, in deren Beisein die Kinder gefunden wurden und die die größte genetische Übereinstimmung mit ihnen hat – scheint psychisch nicht übermäßig stabil zu sein und gibt größtenteils zusammenhanglose Satzfetzen von sich. Sie ist aber offensichtlich sehr um das Wohl der Kinder bemüht.«

»Wie eine Mutter ...«, sprach Lamargue aus, was allen auf der Zunge lag.

»Ich will mal zusammenfassen.« Sal Haggard hatte das Wort wieder ergriffen. »Alle derzeit vorliegenden Informationen können dahingehend gedeutet werden, dass die Kinder tatsächlich frei geborene Mutanten dieser festgenommenen Beta und eines unbekannten Vaters – vermutlich auch ein Beta – sind. Sehe ich das richtig?«

Kareena suchte kurz nach einer geeigneten Formulierung. »Diese Deutung der Indizien liegt im Bereich des Möglichen.«

»Indizien!«, entfuhr es Naratova. »Wie wäre es zur Abwechslung mal mit wissenschaftlichen Fakten?«

»Sie bekommen die Mutanten schon noch«, sprang Ines Lamargue Kareena zur Seite. »Ich würde vorschlagen, wir ziehen erst einmal alle Möglichkeiten in Betracht, bis wir Sicherheit haben, und entwickeln entsprechende Strategien. Wir setzen unsere KIs darauf an. Sobald weitere Ergebnisse vorliegen, können wir uns dann auf die Optionen mit der höchsten Wahrscheinlichkeit konzentrieren.« Ihre gepeinigten Lungen schnappten nach Luft, als sie endete.

»Passen Sie mit Ihren KIs bloß auf!« Haggard richtete seinen Zeigefinger auf die Spacerin. »Es gibt einen Grund dafür, dass der Transnationale Konzernrat Künstliche Intelligenzen geächtet hat. Lassen Sie sich von ihren Spielzeugen nicht einlullen! Die Dinger haben ihre eigene Agenda!« Bevor irgendjemand widersprechen konnte, stemmte Haggard die Hände auf den Tisch und sah Kareena an. »Also! Sie nehmen sich schleunigst noch einmal die Mutantenfrauen vor! Die wissen, was passiert ist. Finden Sie heraus, aus welcher Aufzuchtstation sie stammen, wer der Vater der Kinder ist, wenn es denn einen gibt, und wie zur Hölle sie es geschafft haben, überhaupt Kinder zu bekommen, obwohl das anerkanntermaßen gar nicht möglich ist!«

»Sir«, warf sie ein, »ich bin nicht sicher, ob diese Aufgaben mit meinen anderen Pflichten zeitlich vereinbar sind.«

»Dann entbinde ich Sie hiermit von ihren anderen Pflichten, verdammt noch mal!«

Sie stand auf und salutierte, um ihn zu besänftigen. Es half.

»Und wenn die beiden nicht reden wollen«, ergänzte Haggard in deutlich ruhigerem Tonfall, »dann stelle ich Ihnen einen Spezialisten zur Seite, der die Damen schon zur Kooperation bewegen wird.«

Kareena zog kurz in Erwägung nachzufragen, ob er damit das meinte, was sie befürchtete, entschied sich jedoch dagegen. Der Gedanke gefiel ihr aber nicht im Geringsten.

Haggards Aufmerksamkeit richtete sich derweil auf Chang. »Ich schlage vor, Sie strecken mal ihre Fühler aus und finden heraus, ob die Kinder, die wir gefunden haben, die einzigen ihrer Art sind. Ich will wissen, ob das ein Einzelfall oder nur die Spitze des Eisberges ist.«

Die Antwort des Asiaten beschränkte sich auf ein Nicken. Sein Blick ließ allerdings keine Zweifel daran, wie sehr es ihm missfiel, herumkommandiert zu werden.

Haggard sah in die Runde. »Noch irgendwelche Anmerkungen?«

Auf Elisa Naratova ruhten seine Augen einen Augenblick länger als auf den anderen Anwesenden.

»Nicht? Dann bitte alle wieder an die Arbeit! Ich will so schnell wie möglich Klarheit darüber, was wir da entdeckt haben. Wegtreten!«

Er selber machte mit einem zackigen Abgang den Anfang, seinen ständigen Schatten Vandemool im Kielwasser. Naratova verließ den Raum ebenfalls so schnell wie möglich, ließ Haggard aber genug Vorsprung, um eine direkte Begegnung zu vermeiden. Lamargue und Chang hatten es nicht so eilig und begannen eine interne Diskussion. Niemand schien noch etwas von Kareena zu erwarten, also stand sie auf und wandte sich zum Gehen.

»Ähm, Captain Toran …«, rief Chang Wuaxing ihr hinterher.

Sie drehte sich um. »Ja, Sir?«

»Bevor Sie anfangen, die Gefangenen zu foltern, geben Sie mir bitte Bescheid! Dem Nachrichtendienst stehen andere, weniger brachiale Methoden zur Verfügung, um bei fortgesetzter Verweigerung der Kooperation an die notwendigen Informationen zu gelangen.«

»Was für Methoden meinen Sie?«

»Ich habe einen sehr begabten Neuroinformatiker an der Hand, den ich dafür freistellen könnte.«

»Ein Psychonaut?« Kareena musste das Entsetzen in ihrer Stimme nicht vortäuschen. Sie hoffte, dass Chang widersprach, doch er blieb stumm und sah sie nur mit einem vielsagenden Lächeln auf den Lippen an. Kareena verzichtete darauf, ihn zu belehren, dass sein Vorschlag illegal war.

»Ich werde es im Hinterkopf behalten, Sir«, gab sie stattdessen von sich.

Chang nickte und wandte sich dann wieder Lamargue zu.

Kareena verließ den Sitzungsraum. Sie verabscheute die Spielchen und Intrigen der höheren Hierarchieebenen. Der offene Schlagabtausch zwischen Naratova und ihrem Chef war sicher nicht förderlich. Und Changs Bemerkung, dass das einzig Wichtige in der aktuellen Situation nun sei, mögliche Vorteile für Cynarian herauszuschlagen, widerstrebte ihr kaum weniger. Sie war anderer Meinung. Es ging um Menschen. Um Kinder. Darum, dass die seit der Markteinführung der Mutanten vor mehr als einem halben Jahrhundert unentwegt gepredigte Unfähigkeit der genetisch Veränderten, sich eigenständig zu vermehren, infrage gestellt war. Sie fragte sich, ob die hohen Tiere ihre Prioritäten falsch gesetzt hatten oder sie selbst. Aber was soll's! Sie hatte ihre Befehle erhalten und würde wie üblich ihr Bestes geben, sie auszuführen. Wenn sie ihre Aufgaben zur allgemeinen Zufriedenheit erledigte, war das hier eine hervorragende Gelegenheit, eine Beförderung herauszuschlagen. Also auf in den Kampf!

Als Erstes war jedoch ein wenig Schlaf dringend notwendig, wenn sie nicht Gefahr laufen wollte, mittendrin einfach umzukippen. Die Stimulanzien, die sie sich vor der Sitzung einverleibt hatte, hatten ihre Wirkung allerdings bereits voll entfaltet. Ein oder zwei Stunden hatte sie noch, bevor sie überhaupt in der Lage war, die Augen zu schließen. Sie beschloss, die Zeit zu nutzen. Schließlich wollte sie sich in der aufgeheizten Stimmungslage nichts zu Schulden kommen lassen, sonst rückte die Beförderung ganz schnell wieder in unerreichbare Ferne.

Sie lenkte ihre Schritte zum nächsten Terminal und bestellte eine Transportkapsel zur Sicherheitszentrale. Die Cynarian Corporation war einer der acht Konzerne, die die Sicherheitskräfte von Elysium City stellten. Die USI-Tochter InterSec kontrollierte den Löwenanteil. Aber Cynarians Sicherheitsdienst hatte unter Sal Haggards Führung – das musste man dem alten Haudegen zugestehen – seinen Einfluss in den letzten Jahren erheblich ausgebaut. Die Zusammenarbeit mit den Angehörigen der anderen Konzerne gestaltete sich in Abhängigkeit der jeweiligen Firmenpolitik, aber auch individueller Prioritäten der einzelnen Personen sehr unterschiedlich. Kareena setzte ihren Schwerpunkt tendenziell auf Effektivität und war bereit, ungeachtet der Konzernzugehörigkeit mit jedem zusammenzuarbeiten, der dies ebenfalls tat. Sie war mit Haggard bereits mehrfach aneinandergeraten, weil sie in seinen Augen den Interessen der Cynarian Corporation nicht immer den notwendigen Nachdruck verlieh. Wenn es aber darum ging, von anderen Konzernen einmal eine Gefälligkeit zu erlangen, schickte er sie gerne vor, weil sie aufgrund ihrer auf gegenseitigem Vertrauen basierenden Arbeitsweise die besten Kontakte besaß. Insgeheim, so meinte Kareena, wusste er die Vorteile ihres Vorgehens durchaus zu schätzen und ließ sie deswegen gewähren, auch wenn er das niemals offen zugeben würde.

Gerade jetzt kamen ihre Bemühungen um gegenseitiges Vertrauen ihr wieder einmal zugute, als der Wachhabende am Eingang des Zellentraktes sie freundlich grüßte und ohne Umschweife das Tor öffnete. Er hätte durchaus das Recht gehabt, sie nach dem Grund ihres Besuchs zu fragen und ihr den Zutritt im Zweifelsfall verwehren können. Dass er es, obwohl er die InterSec-Uniform trug, nicht tat, war die Frucht langjähriger produktiver Zusammenarbeit ohne das ewige Gezänk, das das Miteinander der Konzerne sonst prägte.

Kareena hielt geradewegs auf die Zellen zu, in denen die Mutantenfrauen untergebracht waren, die Sergeant Martinez' Patrouille aufgespürt hatte. Sie hielt ihren Unterarm mit dem ID-Chip an den Türöffner. Mit einem Piepsen bestätigte er ihre Autorisierung und entriegelte die schwere Stahltür. Kareena startete eine vollständige sensorische Aufnahme, so dass alles, was sie sah, hörte und fühlte, auf ihrem implantierten Speicher aufgezeichnet wurde. Sie vergewisserte sich durch den Monitor neben der Tür, dass die Insassin friedlich war, dann betrat sie den Raum.

Die Mutantin sprang sofort von der einfachen Pritsche auf und starrte Kareena mit einer Mischung aus Angst und Erwartung an. Sie war nur unwesentlich größer als Kareena, aber ihr wuchtiger Körperbau und die markanten Knochen des beinahe kahlen Schädels ließen neben ihr jeden Norm geradezu schmächtig wirken – insbesondere, wenn er in der geringen Gravitation des Mars aufgewachsen war.

»Immer mit der Ruhe«, beschwichtigte Kareena die Frau. »Ich will nur mit Ihnen reden.«

»Wo sind meine Kinder?«, wollte die Gefangene wissen. Sie trug immer noch denselben zerlumpten Overall, in dem die Patrouille sie gefunden hatte. Immerhin schien sie seit dem letzten Verhör die Dusche benutzt zu haben. Der Geruch, der ihr zuvor angehaftet hatte, war nun weit weniger penetrant. Kareena entging nicht, dass die Frau auch deutlich kohärenter sprach. Offensichtlich hatte sie die Zeit genutzt, ihre Gedanken ein wenig zu ordnen.

»Es geht ihnen gut. Wir haben sie in einem Kinderhort untergebracht.«

»Wann kann ich zu ihnen?«

»Da kann ich Ihnen im Augenblick noch keine Zusage machen.« Kareena lehnte sich an die Kante des kleinen Tisches in der Zelle. »Wir müssen erst die Situation klären. Dann werden wir entscheiden, wie wir weiter verfahren.«

Die Frau ballte die Fäuste. Ihre Muskeln spannten sich an.

»Versuchen Sie es gar nicht erst!«, warnte Kareena sie.

Kareena hatte einiges Vertrauen in ihre Nahkampfausbildung. Ohne zu wissen, wozu ihr Gegenüber fähig war, kam die Drohung dennoch einem Bluff nahe, aber sie schien zu wirken. Die Mutantin sackte zusammen und hockte sich wieder auf die Pritsche. Sie stützte die Ellbogen auf die Beine und vergrub den Kopf zwischen den Händen. Kareena kannte diese Haltung bereits aus den zurückliegenden Befragungen.

»Hören Sie mir zu!« Ihre Aufforderung blieb ohne jede Reaktion. Sie sprach trotzdem weiter. »Je früher wir wissen, was hier los ist, umso eher haben Sie eine Chance, Ihre Kinder wiederzusehen. Also reden Sie mit mir!«

Keine Regung.

Kareena fuhr sich mit der Hand durchs Gesicht. Die Müdigkeit kehrte schneller zurück als erwartet. Aber noch konnte sie sie ohne weitere Stimulanzien unterdrücken. Sie bemühte sich um einen möglichst freundschaftlichen Ton, als sie fortfuhr. »Entweder Sie reden mit mir oder es wird sehr unangenehm für Sie werden. Mein Chef hat angeordnet, einen Psychonauten auf Sie anzusetzen, wenn Sie weiter die Zusammenarbeit verweigern. Er wird in Ihr Gehirn eindringen und alle Informationen rausholen, die er haben will. Und er wird dabei keine Rücksicht nehmen, was er für ein Chaos in Ihrem Nervensystem hinterlässt. Ich habe gesehen, was ein Hirnscan anrichten kann. Wenn Sie Pech haben, kommen Sie als sabberndes Wrack aus der Prozedur raus. Dann werden Sie nie mehr in der Lage sein, sich um Ihre Kinder zu kümmern.«

Der kantige, bis auf einen schmalen Streifen schütterer Flusen kahle Schädel hob sich unvermittelt. Kareena schien den richtigen Ton getroffen zu haben.

»Ich will Ihnen helfen.« Sie bemühte sich trotz der Müdigkeit um ein möglichst freundliches Gesicht. »Aber das kann ich nur, wenn Sie kooperieren.«

Die Frau sah sie nur unverwandt an. Kareena war nicht sicher, ob sie nachdachte oder einfach nur starr in die Gegend glotzte und zufällig in ihre Richtung sah.

»Haben Sie Kinder?«

Die Frage brachte Kareena aus dem Konzept. Sie brauchte ein paar Sekunden, um ihre Gedanken zu sortieren.

»Nein«, antwortete sie wahrheitsgemäß.

»Warum nicht?«, bohrte die Mutantin nach. »Sie sind ein Norm. Sie könnten welche bekommen, oder?«

»Ja, ich schätze, das könnte ich.«

»Warum nehmen Sie dieses Geschenk dann nicht an?«

Nun war Kareena vollkommen in der Defensive. Ihr überreiztes Gehirn arbeitete auf Hochtouren auf der Suche nach einem neuen Konzept. Sie durfte das zarte Vertrauen, dass die Frau ihr entgegenbrachte, jetzt nicht durch eine unbedachte Äußerung zerstören.

»Ich nehme mal an«, begann sie schließlich, »wenn man etwas in die Wiege gelegt bekommt, statt es sich hart verdienen und erarbeiten zu müssen, weiß man seinen Wert weniger zu schätzen.«

Die Frau nickte langsam, während sie sie weiter ansah. Es schien zu funktionieren.

»Sie mussten hart dafür kämpfen, Kinder zu bekommen, nicht wahr?«, mutmaßte Kareena.

Wieder ein Nicken.

Sie ging auf sie zu und setzte sich neben ihr auf die Pritsche. »Mein

Name ist Kareena. Kareena Toran. Sagen Sie mir nun, wie Sie heißen?«

»Chrome.«

Ein klassischer Mutantenname. Soweit Kareena wusste, erhielten Mutanten ihre Namen von den anderen Mitgliedern ihres Zuchtkaders. Warum sie sich immer nach Gegenständen, Tätigkeiten, Tieren oder in Chromes Fall nach einem Metall benannten, war ihr ein Rätsel.

»Freut mich, Sie kennenzulernen, Chrome. Was haben Sie durchgemacht, um diese Kinder bekommen zu können? Wenn Sie darüber reden, werden Sie sich besser fühlen. Und vielleicht kann ich Ihnen helfen, wenn ich verstehe, was passiert ist.«

Die Wangenmuskeln der Mutantin arbeiteten. Sie kämpfte mit sich. Kareena gab ihr die Zeit, die sie brauchte.

»Sie haben keine Ahnung«, sprach Chrome schließlich mit bebender Stimme. »Sie haben keine Ahnung, wie es ist, Kinder zu kriegen, wenn man selber keine Eltern hatte.« Sie sah direkt in Kareenas Augen. »Haben Sie eine Vorstellung, wie das ist? Wenn sie plötzlich entdecken, was es heißt, Mutter zu sein, aber Sie selbst hatten nie eine?« Sie schüttelte den Kopf. Ihre Hände zitterten.

Kareena legte ihr sanft eine Hand auf den Arm.

»Was haben sie uns genommen!« Nun sprudelten die Worte geradezu aus Chrome heraus. »Und wir wussten es nicht einmal! Bis wir es selber erlebt haben. Hatten Sie eine schöne Kindheit?«

»Ich ... ich denke schon, ja.«

»Ich hatte gar keine!« Die Worte klangen wie eine Anklage. »Und ich wusste es nicht einmal, bis ich selber dieses kleine Bündel Mensch in den Händen hielt. Es war so ...« Sie rang um die richtigen Worte, blieb dann aber stumm.

»Wie ist es dazu gekommen?«, hakte Kareena ein, als Chrome still blieb. »Wer ist der Vater?«

»Das werde ich Ihnen nicht sagen«, erklärte die Mutantin in sachlichem Tonfall. »Wenn ich es Ihnen verrate, werden Sie ihn auch gefangen nehmen.«

»Chrome, bitte!« Kareena flehte sie nun beinahe an. »Der Psychonaut wird es sowieso herausfinden. Machen Sie es sich nicht noch schwerer als es ohnehin schon ist!«

Die einzige Antwort bestand aus einem Kopfschütteln.

»Dann sagen Sie mir wenigstens, was Sie getan haben, um überhaupt Kinder bekommen zu können! Sagen Sie mir irgendetwas, das ich weitergeben kann, um meine Vorgesetzten zufriedenzustellen, damit ich Ihnen den Hirnscan ersparen kann! Bitte!«

»Jemand hat mir gesagt, dass es möglich ist. Ich musste keine Sekunde nachdenken, um mich zu entscheiden. Ich wusste, dass es das war, was ich wollte.«

»Und wie? Was haben Sie gemacht?«

»Eine Klinik. Illegal natürlich. Dort haben sie mir geholfen, dass ich Kinder bekommen kann.«

»Wo ist diese Klinik?«

Chrome sah sie wieder an. »Glauben Sie ernsthaft, dass ich ihnen das verrate? Ich weiß, was Sie tun werden, wenn Sie rauskriegen, wo die Klinik ist. Und versuchen Sie nicht, mich von irgendetwas anderem zu überzeugen. Ich bin nicht blöde.«

Kareena hob abwehrend die Hände. »Das habe ich nie angenommen. Aber wie ich schon gesagt habe, der Psychonaut wird es herausfinden.«

»Darauf lasse ich es ankommen!«

»Chrome, glauben Sie mir, ich …«

Die Zellentür ging auf. Beide Frauen blickten auf. Drei Männer standen im Eingang. Zwei Sicherheitskräfte der InterSec in Kampfpanzerung und ein Mann in einem schlichten, wie angegossen sitzenden Geschäftsanzug mit hohem Stehkragen. An seinem Revers prangte das USI-Emblem.

»Captain Toran«, begrüßte er sie kalt. »Ich muss Sie leider unterbrechen. Wir übernehmen die Gefangene.«

Kareena sprang auf. »Das kommt überhaupt nicht infrage! Wer glauben Sie, dass Sie sind?«

Ihr Gegenüber blieb vollkommen gelassen. »Mein Name ist Dan Aden, United Space Industries. Bitte lassen Sie mich nun meine Arbeit machen und übergeben Sie mir die Gefangene!«

»Ich bin Captain der Inneren Sicherheit von Elysium City und dies ist meine Gefangene!«, protestierte Kareena. Sie rief den entsprechenden Paragrafen aus ihrem Speicher ab. »Diese Frau wurde von einer Patrouille der Cynarian Corporation aufgespürt. Gemäß der Satzung zur interkorporativen Wahrung der inneren Sicherheit der Stadt bleibt die Zuständigkeit für den Fall bei Cynarian. Die anderen Konzerne werden ausführlich über alle Ergebnisse der Untersuchungen informiert. Ich muss Sie daher bitten, auf meinen Bericht zu warten.«

Der USI-Mann hatte ein freundliches, vollkommen künstliches Lächeln aufgesetzt, während sie ihre Ansprache hielt. Erst als sie fertig war, ergriff er das Wort. »Ich würde Ihnen auf der Stelle recht geben, Captain, wenn es ein in Untersuchung begriffener Fall wäre. Er ist aber gelöst. Die Genanalyse dieser Frau hat ergeben, dass sie eine entflohene Beta-Klasse-Mutantin aus einer Zuchtfarm der USI ist. Wir danken der Cynarian Corporation für die Kooperation und nehmen unser rechtmäßiges Eigentum nun wieder in Besitz. Haben Sie hierzu noch irgendwelche Fragen?«

In Kareenas Hirn überschlugen sich die Gedanken.

»Es ist nicht eindeutig geklärt, ob die Kinder aus einer USI-Zuchtfarm stammen!«, blaffte sie Aden an. »Der Fall ist noch nicht beendet!«

Er zuckte mit den Schultern. »In dem Fall verbleiben die Kinder wohl in der Obhut von Cynarian. Aber die Frauen nehmen wir mit.«

»Die Frauen sind wichtige Zeugen zur Klärung der Herkunft der Kinder!«

Ihr Gegenüber zog die Augenbrauen hoch, bewahrte aber ansonsten sein Pokerface. »Falls sich bei der Befragung der Mutantinnen Hinweise ergeben, die zur Klärung der Herkunft der Kinder zweckdienlich sein können, werden wir sie Ihnen natürlich gerne zur Verfügung stellen. Wenn Sie uns nun bitte vorbeilassen!«

Kareena gingen die Argumente aus. Einer der Gepanzerten schob sie sanft beiseite. Der andere packte Chrome am Arm und zerrte sie hoch.

»Nicht!«, schrie Chrome. »Meine Kinder! Sie können mich nicht von meinen Kindern trennen!«

»Es sind nicht Ihre Kinder«, behauptete Aden. »Jeder weiß, dass Mutanten keine Kinder bekommen können. Sie bilden sich da etwas ein. Kommen Sie mit, dann werden wir Ihnen helfen.«

»Nein! Nein!« Chrome wehrte sich mit Händen und Füßen. Sie war zweifellos kräftig, aber gegen den servoverstärkten Griff der Sicherheitskräfte hatte sie keine Chance. Geübt bugsierten die USI-Leute sie aus der Zelle und schleppten sie davon. Die andere Frau aus der Nachbarzelle hatten bereits zwei weitere InterSec-Männer in die Mangel genommen. Der blutenden Wunde auf ihrer Stirn nach zu urteilen hatte sie sich nicht kampflos ihrem Schicksal ergeben. Kareena suchte verzweifelt nach irgendeiner Vorschrift oder einem Paragraphen aus den komplexen interkorporativen Abkommen, die ihr neue Argumente gegeben hätten, doch keines der Dokumente in ihrem internen Speicher lieferte einen geeigneten Anhaltspunkt. Als sie den Posten am Eingang des Zellentraktes passierten, sah Kareena, wie er ihrem Blick auswich, und wusste sofort, warum die USI-Leute gerade jetzt aufgeschlagen waren. Als er sie doch für eine halbe Sekunde ansah, schien jeder Zug seines Gesichts sagen zu wollen: ‚Sorry. Ich hatte meine Befehle'. Er blieb jedoch stumm.

Kareena ließ ihn kommentarlos links liegen und folgte dem Trupp mit den beiden Gefangenen bis zum Terminal. Hilflos sah sie zu, wie sie alle zusammen in einer extragroßen Transportkapsel verschwanden. Aden schenkte ihr ein letztes Lächeln, bevor auch er einstieg und die Tür der Röhre sich hinter ihm schloss.

Kareena blieb noch eine ganze Weile unbewegt stehen und starrte die verschlossene Tür an. Ihr war zum Heulen zumute. Wie sollte sie Sal Haggard dieses Desaster erklären? Wie sollte sie nun ihre Nachforschungen fortsetzen? Aber das Schlimmste war, dass sie in den vergangenen Minuten eine echte Zuneigung zu der Mutantenfrau namens Chrome entwickelt hatte. Der Frau, die nie Eltern gehabt hatte und plötzlich selber Mutter geworden war. Die Mutantin hatte gerade begonnen, sich ihr anzuvertrauen. Kareena hatte sich schon Argumente zurechtgelegt, um Haggard davon zu überzeugen, dass sie auch ohne Hirnscan die notwendigen Informationen erhalten würde. Sie wollte die Frau schützen. Und nun war ihr von einem Augenblick zum nächsten jegliche Möglichkeit dazu verwehrt. Von nun an lag Chromes Schicksal nicht mehr in ihren Händen.

Schließlich raffte sie sich auf, ging zum Terminal und bestellte eine weitere Transportkapsel, um nach Hause zu fahren. Sie beendete die Aufzeichnung ihrer Sinneseindrücke und löschte die letzten zwei Minuten, die nur die geschlossene Tür zur Transportröhre zeigten. Im Geist legte sie sich bereits ein paar Formulierungen für ihren Bericht zurecht, aber vor allem wollte sie nun endlich schlafen.

16.10.2210, Flug von Grönland nach Den Haag, Erde

Skip konnte den Blick nicht von den ungeheuren Strukturen unter ihm abwenden. Er hatte die ungleich größeren und stärkeren Stürme des Saturn gesehen, war durch sie hindurch geflogen, um den Tanker, auf dem er gearbeitet hatte, mit Helium-3 aus den Gasminen zu beladen. Doch die reinweißen Wolkenwirbel der Erde unter ihm erstreckten sich so majestätisch von Horizont zu Horizont, dass es ihn schaudern ließ. Sechs Monate lang hatte er die Orkane, die nahezu unablässig über den Atlantik zogen, am eigenen Leib zu spüren bekommen. Hatte Wind und Regen getrotzt, die seinen Leib malträtierten. Dieselben Naturgewalten nun von oben zu sehen, wie sie scheinbar reglos die Erde umhüllten, war eine Erfahrung, die er nicht mit Worten beschreiben konnte. Wieder einmal hatte der Blaue Planet ihn in seinen Bann gezogen. Vor seinem Entschluss, hierherzukommen, hatte er mit verschiedenen Leuten gesprochen, die die Erde kannten. Er hatte schnell eine Tendenz erkannt. Diejenigen, die hier geboren und aufgewachsen waren, schätzten sich zumeist glücklich, dem Chaos, das den Heimatplaneten der Menschheit heimsuchte, entkommen zu sein. All jene aber, die so wie er erst spät in ihrem Leben das erste Mal hierher kamen, waren ausnahmslos fasziniert von der Andersartigkeit dieser Welt. Nicht alle von ihnen hatten ein positives Bild von der Erde mitgenommen. Die Probleme, mit denen die Erdbewohner zu kämpfen hatten, waren unzweifelhaft eklatant und auch als Besucher war es unmöglich, sich davor zu verschließen. Aber keiner, mit dem Skip gesprochen hatte, war von der Erfahrung emotional unberührt geblieben.

Er selber hatte seinen Aufenthalt hier bislang genossen. Sicher, die Arbeit war hart, aber das war in der interplanetaren Raumfahrt nicht anders. Der unmittelbare körperliche Kontakt mit dem Planeten hatte für ihn jedoch alle Mühen erträglich gemacht. Nun bereitete er sich auf sein nächstes Abenteuer vor. Neben dem Fehlen jeglicher Abschottung gegenüber der Atmosphäre war das einschneidendste Erlebnis der meisten Besucher auf der Erde die schiere Menge an Menschen, die hier lebte. Obwohl die Auswanderungswelle der Menschheit in die Kolonien des Sonnensystems bereits eineinhalb Jahrhunderte ungebrochen anhielt und die Einwohnerzahlen Lunas, des Mars, der Saturnmonde und hunderter weit verstreuter Raumstationen stetig anwuchsen, lebten immer noch mehr als 98 Prozent aller Menschen auf der Erde. Abgesehen von den wenigen Tagen nach seiner Ankunft vor einem halben Jahr hatte er seine gesamte Zeit auf dem Planeten mit maximal fünfzig Personen verbracht. Sie waren zwar in den beengten Wohncontainern des mobilen Prospektorencamps eng zusammengepfercht gewesen, doch das war er von den Frachtern und Raumstationen, auf denen er sein bisheriges Dasein verbracht hatte, gewohnt.

Nun aber plante er, sich mitten ins geballte Leben der Erde zu stürzen. Er hätte gerne vom Fenster des Flugzeugs aus einen Blick auf die Oberfläche erhascht. Der Fluginfo zufolge überflogen sie gerade London. Den alten Stadtkern hatte die Nordsee zwar schon vor Jahrzehnten verschluckt, doch an den Ufern der Themsebucht lebten über fünfzig Millionen Menschen. Das waren mehr als doppelt so viele wie im gesamten Asteroidengürtel. Für jemanden, der es gewohnt war, andere Personen nur in kleinen Grüppchen anzutreffen, waren das unbegreifliche Zahlen. Und sein eigentliches Ziel war noch von weit mehr Menschen bewohnt. Er war gespannt, wie er damit zurechtkommen würde, aber er sah der Herausforderung freudig entgegen.

Die Aufforderung zum Anschnallen wurde aktiviert. Eine Sekunde später kam die Durchsage des Piloten: »Bitte legen Sie ihre Gurte an! Wir erwarten erhebliche Windgeschwindigkeiten beim Landeanflug. Es könnte ein wenig ungemütlich werden.«

»Ein wenig ungemütlich? Ha!«, dröhnte Mace' Bass vom Sitz neben Skip. »Das wird mal wieder ein echter Höllenritt. Sollen sie doch besser gleich Klartext reden. Dann wissen alle, woran sie sind. Alle Mann an die Kotztüten! Das Essen kommt gleich zurück!«

Skip musste grinsen. Der riesige Alpha mit seinem derben Humor war ihm in den letzten Monaten ans Herz gewachsen und mit Abstand sein bester Kumpel geworden. Um ihm die unverwüstliche gute Laune zu verderben, musste schon etwas ziemlich Übles passieren. Skip konnte sich nur an drei Gelegenheiten erinnern, an denen der Riese wirklich ernst geworden war. Das erste Mal, als ein Gletschersee spontan ausgeflossen war und Amber von der Flutwelle erfasst wurde. Fünfzig Kilometer hat das Wasser sie mitgerissen. Sie hatte keine Chance gehabt.

Auch der Krise im Norden Grönlands vor drei Monaten, als Truppen des Arctica-Blocks für mehrere Wochen einige Minen und Förderstationen besetzt hielten, hatte Mace nichts Amüsantes abgewinnen können. Die Arctics galten als unberechenbar und eine Eskalation des seit Jahren schwelenden Grenzkonfliktes hätte ganz Grönland ins Chaos stürzen können. Glücklicherweise konnte die Auseinandersetzung nach der spontanen Entsendung einiger Omega-Kompanien der Europäischen Föderation einigermaßen friedlich beigelegt werden, ohne dass Ascons Claims betroffen gewesen wären.

Das dritte Mal war erst vor wenigen Tagen, als die Meldung von den frei geborenen Mutantenkindern auf dem Mars durch alle Nachrichtenkanäle gegangen war. Auch Skip war ernsthaft besorgt, hoffte aber immer noch, dass es sich um eine Fehlinformation handelte. Zumindest war die Diskussion in den folgenden Tagen etwas aus dem Fokus gerückt. Er war zuversichtlich, dass die Angelegenheit sich bald erledigen würde.

Plötzlich ruckte das Flugzeug, als hätte es eine Kollision gegeben.

»Jetzt geht's los!« Mace' Pranken verkrallten sich in die Sitzlehne vor ihm. Skip fand es amüsant, dass der unerschütterliche, durch nichts aus der Fassung zu bringende Fels in der Brandung, als den Mace sich gerne darstellte, offenbar unter Flugangst litt. Zwei weitere Schläge in kurzer Folge veranlassten aber auch Skip dazu, sich festzuhalten. Und dann fing es erst richtig an. Die Ausläufer des Orkans, der über der Nordsee tobte, spielten mit dem Flugzeug wie ein Kind, das seinen Ball abwechselnd gegen Boden und Wände und dann wieder hoch in die Luft warf. Skip war an abrupte Manöver gewöhnt und hatte auch schon den einen oder anderen unsanften Atmosphäreneintritt hinter sich gebracht, aber die Achterbahnfahrt ließ auch ihn nicht unberührt. Im Gegensatz zu dem Fleischberg neben ihm, der die Augen zukniff, die Zähne zusammenbiss und wie ein riesenhafter Haufen Elend dreinblickte, fand Skip die Tortur aber bis zu einem gewissen Grad durchaus anregend. Für ihn war es eine weitere Herausforderung auf seiner Mission, die Erde mit all ihren Absonderlichkeiten am eigenen Leib zu erfahren. Als das Flugzeug in ein Luftloch fiel und für mehrere Sekunden nahezu Schwerelosigkeit herrschte, hätte er beinahe einen Freudenschrei von sich gegeben. Dann schloss auch er die Augen und konzentrierte sich auf die ständig wechselnde Beschleunigung, die seinen Körper in die eine und den Magen in die andere Richtung zu schleudern schien. Er verlor sein Zeitgefühl und gab sich dem Toben der Elemente hin. Fühlte sich als Teil eines Universums, das ihm die Hand reichte und die seine etwas ungestüm, aber freundschaftlich schüttelte.

Ein weiterer Schlag schleuderte ihn in den Vierpunktgurt. Die Bremsdüsen hatten ihre Arbeit aufgenommen. Skip öffnete die Augen und sah aus dem Fenster. Sie hatten die dichte Wolkendecke durchstoßen. Zwischen den dicken Tropfen, die die Scheibe bedeckten, erkannte er das vom Sturm aufgewühlte Meer. Gewaltige Wellen tosten dort unten und stieben weiße Gischt in alle Richtungen. Vor ihm zeichnete sich ein dunkler Schemen gegen den wolkenverhangenen Horizont ab. Das Flugzeug war sicherlich noch einige hundert Meter hoch in der Luft, dennoch erhob sich die gebirgsgleiche Struktur deutlich über ihn in den Himmel. Kurz konnte Skip eine leuchtend gelbe Muschel erkennen: das Logo von Ascons Mutterkonzern RDS. Dann verschwand das Ziel des Flugs aus seinem Blick, als das Flugzeug eine Kehre flog und direkt auf die Arkologie zuhielt.

Große Wellenbrecher kamen in Skips Sichtfeld. Die brandenden Wassermassen stemmten sich gegen die Hindernisse und es schien unklar, ob Stahlbeton oder Wasser den Sieg davontrugen. Doch die Schutzkonstruktionen nahmen den entfesselten Elementen in jedem Fall genug von ihrer Macht, dass der mitten aus dem Meer ragenden Gebäudekomplex der Arkologie nicht mehr von der vollen Wucht der anströmenden Brecher getroffen wurde. Alleine der Anblick derart unglaublicher Mengen flüssigen Wassers überwältigte Skip immer noch. Jenseits der Erdoberfläche gab es Wasser nur in handlichen Rationen oder steinhart gefroren. Trink- und Brauchwasser waren dort kostbare Güter, die erst aufwändig hergestellt werden mussten. Und hier? Ozeane voll mit flüssigem Nass. Die Erde war ein sonderbarer Ort für die Kinder des Weltalls.

Plötzlich wichen Gischt und Wellen aus Skips Sicht und machten Platz für Stahl und Beton. Dann eine Wand. Mit einem Mal hörte das Schütteln und Rütteln auf. Sie hatten den Landehangar erreicht. Einige Sekunden lang balancierte das Flugzeug auf den Landedüsen, dann setzte es auf. Skip sah Fahrzeuge und Menschen in dicker Schutzkleidung auf dem Landefeld umherwuseln. Sein eingeschränktes Blickfeld machte es schwer, die Ausmaße der Hangarhalle zu schätzen. Dass sie gewaltig war und sich mit den Docks ausgewachsener Weltraumhabitate messen konnte, stand jedoch außer Zweifel.

»Scheiße Mann!«, stöhnte Mace neben ihm. »Das wäre mal wieder überstanden.«

Skip war kurz verführt, den Riesen mit einem Spruch wie ‚War doch gar nicht so schlimm' oder etwas in der Art aufzuziehen, verkniff es sich aber. Nacheinander lösten die Passagiere ihre Gurte und erhoben sich von ihren Sitzen. Einige schwankten noch. Kalkweiße Gesichter waren eher die Regel denn die Ausnahme. Ein säuerlicher Geruch ließ erahnen, dass nicht alle Mageninhalte dort geblieben waren, wo sie hingehörten. Mace hatte sich glücklicherweise zurückhalten können. Angesichts des Umfangs seiner letzten Mahlzeit wäre die kleine Tüte möglicherweise nicht ausreichend gewesen, um alles aufzunehmen, was der Alpha von sich gegeben hätte.

Mace ließ erst den Großteil der Leute aussteigen, bevor auch er sich erhob und Skip Platz machte, es ihm gleichzutun. Im hinteren Teil des Flugzeuges, wo die Fracht lagerte, nahmen sie ihre Seesäcke und verließen das Gefährt durch die Gangway. Der letzte Spalt zwischen den Hangartoren schloss sich mit einem tiefen Wummern und sperrte Wind und Regen endgültig aus. Das Dekontaminationskommando kam bereits angefahren, um die Hülle des Flugzeuges von toxischen und radioaktiven Hinterlassenschaften, die der Regen aus der Atmosphäre gespült hatte, zu befreien und für die Wartung vorzubereiten. Skip ließ seinen Blick durch die Halle schweifen. Es standen noch mindestens drei weitere Großraumjets und ein Dutzend kleinere Flugzeuge und Copter darin, doch ganz vermochte Skip die Ausmaße des Hangars und seinen Inhalt nicht zu erfassen.

»Los! Weiter!«, blaffte ein Helmlautsprecher ihn an. Skip wurde erst jetzt bewusst, dass er stehen geblieben war. Er entschuldigte sich mit einer Geste bei dem Mann mit dem neonfarbenen Schutzanzug und reihte sich wieder in den Menschenstrom ein, der sich aus dem Flugzeug ergoss.

»Und du machst jetzt ein halbes Jahr Ferien?« Mace' Frage war rhetorisch. Skip hatte ihm schon ausgiebig von seinen Plänen erzählt. »Mann, ich beneide dich. Wenn ich Glück habe, kriege ich eine Woche frei, bevor es in die Antarktis geht. Ein halbes Jahr Urlaub! Das könnte ich auch mal brauchen.«

»Ich hab's dir schon gesagt«, erwiderte Skip, »es ist möglich. Du musst nur endlich mal anfangen zu sparen.«

»Ich glaube, dafür ist es zu spät. Ich krieg' nicht mehr genug zusammen, um mich freizukaufen.«

»Ach was! Die Prämien bei Ascon sind gut. Nicht ganz so üppig wie auf dem Heliumtanker, aber wenn du damit aufhörst, alles sofort auf den Kopf zu knallen, sobald du eine Kneipe oder einen Puff siehst, kriegst du das in zwanzig oder fünfundzwanzig Jahren schon hin. Hey, ich hab's schließlich auch geschafft.«

Mace schnaubte. »Fünfundzwanzig Jahre auf jeden Spaß verzichten? Nimm's mir nicht übel, Kumpel, aber dafür bin ich nicht geschaffen. Schätze, ich werde bis zu meinem glorreichen Ende Konzerneigentum bleiben.«

Skip gab dem Riesen einen Klaps auf den Rücken. »Tja, dann hör auf zu jammern und verpiss dich in den nächsten Puff!«

Mace zeigte sein breitestes Grinsen. »Arschloch!«

»Immer gerne«, foppte Skip zurück.

Der Menschenstrom kam ins Stocken, als sie den Kontrollpunkt erreichten. Ein Bewaffneter dirigierte die Passagiere des Fluges aus Grönland in verschiedene Richtungen.

»Sieht so aus, als wäre die Zeit für den Abschied gekommen.« Skip hielt seinem Freund den Unterarm entgegen. Der erwiderte die Geste, indem er seinen ungleich massigeren dagegen schlug. Der traditionelle Gruß der Mutanten war auf der Erde und in den Kolonien des Sonnensystems derselbe.

»Mach's gut, Weltraumjockey!«, dröhnte Mace. »Genieß Mutter Erde und such danach so schnell wie möglich das Weite!«

»Glaub' ich nicht dran. Bisher gefällt's mir hier. Vielleicht sehen wir uns in der nächsten Saison wieder in Grönland. Ich werde in jedem Fall Ausschau nach dir halten.«

»Bin ja nicht so leicht zu übersehen.« Mace bog ab in den Korridor für die Konzernangehörigen. Skip sah ihm noch einen Augenblick hinterher, dann wandte er sich ab, um den öffentlichen Teil der Arkologie zu betreten.

»He du!« Eine metallene Hand schloss sich um seinen Oberarm. »Wo willst du denn hin? Da geht's lang!« Der Gardist deutete mit seinem Gewehr in die Richtung, die Mace eingeschlagen hatte.

»Ich bin kein Konzerneigentum«, korrigierte Skip die offensichtliche Fehlannahme des Mannes.

»Siehst aber verdammt nochmal wie ein Beta aus«, blaffte der Helmlautsprecher zurück.

»Freigekauft«, antwortete Skip.

»Das werden wir ja sehen.« Der Mann zog einen mobilen Scanner von seinem Gürtel. Skip streckte ihm den Unterarm mit dem ID-Chip entgegen. Die Anzeige des Gerätes ging direkt ins innere Helmdisplay des Gardisten, so dass Skip nicht sehen konnte, welche Informationen er abfragte.

»Sieh einer an!« Die Stimme aus dem Helm klang nun etwas weicher, aber immer noch nicht wirklich freundlich. »Na dann willkommen in Den Haag.«

»Danke, Sir«, entgegnete Skip.

»Aber gut aufpassen, dass du sauber bleibst, Freundchen!« warf der Mann ihm noch hinterher. »Wir haben ein Auge auf deine Sorte.«

Skip nickte ihm bestätigend zu, raffte den Seesack auf seiner Schulter und bestieg das Transportband ins Innere der Arkologie. Schon im Prospektionscamp hatten viele der Norms in der Mannschaft ihn unmissverständlich spüren lassen, dass Mutanten sich auf der Erde nicht der höchsten Beliebtheit erfreuten, insbesondere freie. Die Begegnung gerade verunsicherte ihn ein wenig, ob es wirklich eine so gute Idee gewesen war, hierher zu kommen. Doch was soll's! So leicht ließ er sich nicht ins Bockshorn jagen. Er hatte sich nach über zwanzig Jahren im Dienst der USI vollkommen rechtmäßig freigekauft, so wie es jedem Mutanten in Konzernbesitz zustand. Zugegeben, nur ein kleiner Teil seiner Artgenossen schaffte es, genug Geld zusammenzukratzen, um die Anschaffungskosten zu begleichen, die der Konzern für einen Mutanten aufbringen musste. Skip hatte seit seinem ersten Einsatz mit zwölf Jahren darauf hingearbeitet und jeden Cred gespart, den er entbehren konnte. Dazu noch ein paar Sonderprämien für besondere Tätigkeiten. Es war möglich. Er war der lebende Beweis.

Auch die Prämie für das halbe Jahr in Grönland hatte er weitestgehend gespart. Nicht, dass es in der eisigen Einöde außer dem Bierautomaten viele Möglichkeiten gegeben hätte, Geld loszuwerden. Mit diesen Ersparnissen gedachte er nun, seinen Aufenthalt zu finanzieren. Wenn er nicht zu luxuriös lebte, müsste es für ein halbes Jahr reichen. Und wenn nicht, würde er einen Gelegenheitsjob annehmen, um seine Kasse aufzubessern. Francis de Vries, sein Abteilungsleiter bei Ascon, hatte ihm bereits signalisiert, dass er ihn für den nächsten grönländischen Sommer gerne wieder aufnehmen würde. Er würde sich schon durchschlagen.

Jetzt musste er sich allerdings erst einmal durch Den Haag kämpfen. Die Stadt lag auf einer langgestreckten Inselkette mitten in der Nordsee. Die einzigen Bauwerke darauf waren neben den Ruinen untergegangener Städte die Arkokomplexe der ansässigen Konzerne, von denen die RDS-Arkologie, in der er sich gerade befand, eine der Größten war. Früher hatten die Inseln angeblich zum Festland gehört, vor der Großen Flut. Aber das weichende Eis in Grönland und der Antarktis, das es Bergbaukonzernen wie Ascon ermöglichte, auf dem erscheinenden jungfräulichen Land neue Rohstoffvorkommen zu erschließen, ließ die Ozeane anschwellen und rund um den Erdball die Küstenregionen versinken. Niedrig gelegene Regionen wie die ehemaligen Niederlande hatte es besonders hart getroffen. Ganze Städte waren vom Meer verschluckt worden. Das Einzige, was geblieben war, waren die festungsgleichen Arkologien, deren Grundmauern auf dem versunkenen Land fußten. Die meisten von ihnen waren auf einen weiteren Anstieg der Meeresspiegel von bis zu zehn oder gar zwanzig Meter ausgelegt und konnten so theoretisch noch Jahrhunderte lang den steigenden Wassermassen standhalten. Zumindest, wenn das Abschmelzen der Eisschilde sich nicht noch weiter beschleunigte.

Der Grund für den Aufwand, den die Konzerne mit der Errichtung ihrer Festungen mitten im Meer betrieben, war, dass diese Territorien nicht der Regierungsgewalt der Europäischen Föderation unterlagen. Sie waren die letzten Überreste der Konzernrepublik, die bis vor wenigen Jahrzehnten den Großteil des Kontinents unter ihrer Kontrolle gehalten hatte, vor dem Wiedererstarken der Nationalstaaten. Hier auf exterritorialem Gebiet mussten die Konzerne sich nicht mit den Interessen der Föderation arrangieren. Die ansässigen Firmen waren nur den Weisungen des Transnationalen Konzernrates unterworfen. Skip war kein Experte in korporativem oder nationalem Recht, aber wenn die stets um Effizienz bemühten Konzerne so viel Geld wie hier in die Hand nahmen, um sich ihre eigene juristische Spielwiese zu erhalten, musste es sich wohl lohnen, die föderative Gesetzgebung auf diesem Weg zu umgehen.

Wie, um seine umherschweifenden Gedanken zu bestätigen, öffnete sich am Ende des Korridors eine Halle von so gigantischen Ausmaßen, dass daneben sogar der Hangar des Flugfeldes winzig erschien. Skip verließ das Transportband und starrte entgeistert um sich. Die zentrale Mall der Arkologie erstreckte sich über rund achtzig Etagen und war so lang, dass das Ende sich in weit geschwungenen Kurven vielfach gewundener Galerien in unbestimmten Weiten verlor. Unter all den von Menschen geschaffenen Bauwerken, die Skip zu Gesicht bekommen hatte, waren nur die Innenräume der modernsten Zylinderhabitate mit diesem Anblick vergleichbar. Noch eher fühlte Skip sich aber an natürliche Strukturen erinnert wie die tief eingeschnittenen Schluchten des Mars oder die Eiscanyons der Saturnmonde. Der Vergleich mit derartigen Orten scheiterte aber gnadenlos an dem ameisenartigen Gewusel von abertausenden Menschen, dessen Kontrast zu der erhabenen Stille und Einsamkeit der Naturwunder des Sonnensystems nicht größer sein könnte. Die Luft war erfüllt von einem Rauschen, oder eher einem Dröhnen, das sich erst nach einer gewissen Eingewöhnung als die Summe tausender Gespräche, Verhandlungen und sonstiger menschlicher Laute zu erkennen gab.

Erst als Skip mehrfach angerempelt wurde, wurde er gewahr, dass er schon wieder mit offenem Mund stehen geblieben war und verzweifelt versuchte, die überwältigenden Eindrücke, die ihn unvorbereitet bombardierten, irgendwie zu verarbeiten. Er ging einen Schritt beiseite, ließ den Seesack zu Boden gleiten und umfasste mit beiden Händen das Geländer, um dem aufkommenden Schwindelgefühl entgegenzuwirken. Sein Blick schweifte über die tropfsteinartigen Säulen, die sich von nicht einsehbaren Tiefen irgendwo unter seinen Füßen bis zum lichtgefluteten Deckengewölbe erstreckten. Erst bei näherem Hinsehen entpuppten sie sich als eigenständige Gebäude, von denen jedes einzelne die Ausmaße einer kleinen Raumstation hatte. Das ganze Gebilde war durchzogen von einem spinnwebartigen Labyrinth aus Laufstegen, Transportröhren und Fahrstühlen, die wie die Adern eines titanischen Megaorganismus die einzelnen Blutkörperchen gleichenden Menschen zu ihren Bestimmungsorten pumpten. Und als ob das allgemeine Gewusel noch nicht chaotisch genug wäre, schwirrten hunderte von Überwachungs- und Servicedrohnen sowie unzählige Schwebetaxis unablässig zwischen den Galerien hin und her.

Skip atmete tief durch. Der Kulturschock traf ihn glücklicherweise nicht völlig unvorbereitet. Aber die Holofilme, die er über die Erde gesehen hatte, gaben die Realität definitiv nur ansatzweise wieder. Er wuchtete den Seesack auf die Schulter und stürzte sich ins Getümmel.

16.10.2210, Elysium City, Ares Konzernrepublik, Mars

Nach rund zehn Stunden Schlaf war Kareena noch nicht vollständig wiederhergestellt. Doch die schlimmsten Folgen der Strapazen seit der Entdeckung der Mutantenkinder hatte sie erst einmal überwunden. Sie hatte sich sogar die Zeit für einen Besuch im Fitnessstudio genommen. Die körperliche Betätigung fehlte ihr, seit sie die Schichtleitung übernommen hatte. Außerdem wollte sie nicht in sich zusammenklappen oder auf ein Exoskelett angewiesen sein, falls sie sich mal wieder in einer ein g-Umgebung aufhalten musste. Sie plante zwar keinen Besuch auf der Erde, aber auf vielen Raumstationen herrschte eine deutlich höhere Rotationsgravitation als das drittel g des Mars.

Eine ausgiebige Dusche später und in einer frischen Uniform fühlte sie sich wieder als Angehörige der menschlichen Spezies.

Bevor sie sich erneut in die Arbeit stürzte, gönnte sie sich noch den Luxus eines opulenten Frühstücks in einem Café unweit ihres Privatquartiers. Während sie frisches Brot aus echtem, von der Erde importierten Getreide sowie einen großen Becher schwarzen Kaffee genoss, wählte sie einige öffentliche Nachrichtenfeeds und ließ die neuesten Ereignisse im Sonnensystem über ihren visuellen Kortex flackern. Sergeant Martinez' Video der Mutantenkinder war immer noch nicht aus den Feeds verschwunden, hatte den Spitzenplatz aber in fast allen Sendern an das neueste Interview mit Terence J. McLean, dem Vorstandsvorsitzenden der United Space Industries Corporation abgegeben, der gerade sein fünfzigjähriges Dienstjubiläum feierte. Der Alte, wie man ihn quer durch das Sonnensystem nannte, war vermutlich die mächtigste Einzelperson der gesamten Menschheit. Dennoch interessierte die Interviewerin sich primär für sein sportliches Engagement in der Null-g-Basketball-Seniorenliga. Und der Alte ließ wie üblich keine Gelegenheit aus, aller Welt zu zeigen, dass er es mit seinen 134 Jahren immer noch drauf hatte. Für die antigeriatrische Medizin gab es keinen besseren Werbeträger als den unverbesserlichen Macho McLean. Kareena musste zugeben, dass er agiler wirkte als mancher Mittsechziger, den sie kannte. Und dabei hatte sie noch nicht einmal an die Slags gedacht, die in den ältesten Sektoren von Elysium City nahe der Marsoberfläche dank der maroden Strahlungsabschirmung schon froh sein konnten, ihr fünfzigstes Lebensjahr zu erreichen. Nun ja, mit genug Geld konnte man sich im 23. Jahrhundert auch mehr Leben kaufen.

Sie war froh über die Ablenkung. Mehrfach war sie in den vergangenen Stunden aufgewacht und jedes Mal war Chrome in ihren Gedanken erschienen. Kareena machte sich ständig Vorwürfe, weil sie zugelassen hatte, dass Dan Aden die Mutantenfrau mitgenommen hatte. Für das Grinsen, das er ihr aus der Transportröhre hatte zukommen lassen, würde sie an ihm mit dem größten Vergnügen ausprobieren, wie viel sie noch von ihrer Nahkampfausbildung behalten hatte. Am meisten verfolgten sie aber Chromes Worte. ‚Warum nehmen Sie dieses Geschenk dann nicht an?', hatte sie gefragt. Natürlich hatte Kareena schon mit den Gedanken gespielt, Kinder zu bekommen. Noch nicht sonderlich konkret, aber welche Frau beschäftigte sich nicht von Zeit zu Zeit mit solchen Überlegungen? Die Antworten, die ihr auf Chromes Frage einfielen, waren so trivial wie vielfältig: Sie wollte ihre Karriere nicht aufs Spiel setzen. Sie hatte noch nicht den richtigen Mann gefunden. Wobei, das stimmte nur zum Teil. Sie wüsste, wer infrage gekommen wäre. Gerne erinnerte sie sich an den etwas spleenigen Ingenieur, den sie auf Luna getroffen hatte. Wie lange war das jetzt her? Fünf Jahre? Nein, sechs. Sie hatte sein Gesicht noch genau vor Augen. Ebenso wie die strubbeligen Haare. Und natürlich erinnerte sie sich an sein ansteckendes Lachen. Unwillkürlich stahl sich ein Lächeln auf ihre Lippen. In den drei Wochen, die sie mit Iesco verbracht hatte, war er niemals schlecht gelaunt gewesen. Er hatte jeder Situation etwas Positives abgewinnen können. Selbst als er sie zum Abschied ein letztes Mal an sich gedrückt hatte. ‚Jetzt kann ich mich endlich wieder auf meine Arbeit konzentrieren', waren seine letzten Worte gewesen. Sie wusste bis heute nicht, ob er es ernst gemeint hatte. Aber so, wie er ihr ständig davon vorgeschwärmt hatte, war es durchaus denkbar, dass es keine Ironie gewesen war. Er lebte dafür, Raumschiffe zu entwerfen und zu bauen. Und wenn sie es richtig mitbekommen hatte, war er darin wirklich gut. Er war einer der Topingenieure von Triple-A, der Applied Aeronautics & Astronautics Corporation. Nachdem sie zum Mars zurückgekehrt war, hatte sie einige Erkundigungen über ihn eingeholt. Die USI und einige andere Konzerne hatten schon versucht, ihn abzuwerben. Aber Triple-A war sein Leben und gab ihm alles, was er wollte. Kareena war für ihn nur eine kurze Episode gewesen. Seine wahre Liebe gehörte Eindämmungsfeldern, Strukturparametern und Steueralgorithmen. Für ihn war es undenkbar, die AAA-Werft auf Luna zu verlassen. Und Kareena hatte der Mut gefehlt, ihre vielversprechende Karriere bei Cynarian aufzugeben. Außerdem hätte sie damals gar nicht die finanziellen Mittel gehabt, um die Hardware zu ersetzen, die der Konzern ihr implantiert hatte. Triple-A wäre wohl kaum bereit gewesen, die Ablöse zu bezahlen. So hatte sie sich mehr oder weniger damit abgefunden, dass es vorbei war. Aber solange sie noch Kontakt zu ihm gehabt hatte, keimte jedes Mal, wenn er sich meldete, Hoffnung in ihr auf, er würde ihr mehr als nur ein paar nette Worte zukommen lassen. Doch das war niemals geschehen. Um sich nicht unnötig zu quälen, hatte sie nach wenigen kurzen Nachrichten den Kontakt einschlafen lassen. Nur die Erinnerung an sein Lachen war ihr geblieben.

Seitdem war ihr niemand mehr so nahe gekommen. Sie schottete sich gegen alle Annäherungsversuche ab. Gelegentlich ließ sie eine kurze Affäre zu, aber nichts Ernsthaftes. Ihr Bräutigam war die Cynarian Corporation, Abteilung für Innere Sicherheit. Auch wenn sie sich für ihre Arbeit nicht im Entferntesten so begeistern konnte wie Iesco für die seine. Und mit Cynarian würde sie wohl kaum jemals Kinder zeugen. Natürlich könnte sie sich an einen Gendesigner wenden und ein paar Spermien nach ihren ganz persönlichen Wünschen anfertigen und implantieren lassen. Aber der Gedanke, alleinerziehende Mutter zu werden, behagte ihr nicht sonderlich. War vielleicht auch besser so. Sie hatte derart viele Einsätze in schlecht abgeschirmten Sektoren durchgeführt, dass die kosmische Strahlung, die nahezu ungebremst durch die dünne Marsatmosphäre auf die Oberfläche traf, ihr Erbgut sicherlich schon reichlich in Mitleidenschaft gezogen hatte. Bevor sie Kinder bekommen könnte, müsste sie sich einer aufwändigen Genreinigung unterziehen. Unangenehm und vor allem teuer. Aber ohne war die Gefahr zu groß, dass ihr Nachwuchs krank oder gar missgebildet auf die Welt kommen würde wie die Slags aus Sektor acht. Nein, vielleicht war es wirklich besser, keine Kinder zu bekommen. Oder war das alles nur Bequemlichkeit?

Chrome war als Mutantin unfruchtbar auf die Welt gekommen. Gezeugt im Reagenzglas. Ausgetragen im Inkubator. Niemals dafür vorgesehen, selber Nachwuchs in die Welt zu setzen. Kareena hatte keine Vorstellung, was die Frau über sich hatte ergehen lassen, um das tun zu können, wofür Frauen biologisch eigentlich bestimmt waren: Kinder zur Welt bringen. Und Kareena? Opferte genau das, um ihre Karriere nicht zu gefährden. Man weiß etwas immer erst dann zu schätzen, wenn man es nicht umsonst bekommt.

Aber auch heute würde sie ihre biologische Pflicht nicht erfüllen, sondern weiterhin brav tun, was der Konzern ihr aufgetragen hatte. Zuallererst die unangenehme Aufgabe, Sal Haggard Bericht zu erstatten, warum die beiden Mutantinnen aus ihrer Obhut genommen worden waren. Bisher hatte sie ihm nur eine kurze Notiz zukommen lassen. Er hatte bereits eine ausführliche Version angefordert.

Mit dem Verlust von Chrome und der anderen Mutantin an die USI war Cynarian so gut wie aus dem Rennen. Jetzt wussten sie kaum mehr als der Rest des Sonnensystems, der über die Medien erfahren hatte, dass Mutanten anscheinend doch Kinder bekommen konnten. Keine Chance mehr, die Klinik zu finden, in der Chrome ihre Empfängnisfähigkeit erlangt hatte, und das Rätsel zu lösen, wie das angeblich Unmögliche doch möglich geworden war.

Kareena wählte sich ins ComNetz ein und rief ihre Agenten zu sich. Die autonomen Suchprogramme loszuschicken, war ihre letzte Tat gewesen, bevor sie sich schlafen gelegt hatte. Sie waren auf Dan Aden angesetzt. Kareena wollte zumindest wissen, wer ihr die Schlappe beigebracht hatte.

Die Berichte der Agenten waren ernüchternd. Niemand dieses Namens schien zu existieren. Auch die Suche nach dem Bild, das sie ihrer Aufzeichnung entnommen hatte, war ergebnislos geblieben. Im gesamten Netz gab es keinen Hinweis auf den Mann, der ihr Chrome vor der Nase weggeschnappt hatte. In einer Welt voller Überwachungskameras, ID-Scanner und Datentracker war es nahezu unmöglich, keinerlei Spuren im Netz zu hinterlassen, insbesondere für einen Konzernbürger. Es bedurfte einer hochkomplexen Infrastruktur, das Netz von den Zeugnissen selbst der alltäglichsten Handlungen freizuhalten.

Kareena schluckte. Das konnte nur eines bedeuten: Dan Aden war kein gewöhnlicher Konzernlakai, sondern ein Angehöriger des Geheimdienstes. Die USI maß der Angelegenheit also genug Bedeutung bei, um sie nicht alleine InterSec zu überlassen, sondern Spezialisten des Mutterkonzerns darauf anzusetzen.

Zumindest hatte sie damit ein kleines Stückchen Information für Sal Haggard, auch wenn es sie nicht wirklich weiterbrachte.

Sie stand auf, bezahlte am Ausgang, indem sie ihren Unterarm über den Scanner zog, und blieb mitten in der Tür des Cafés stehen. Eine vage Idee nahm in ihrem Kopf Gestalt an. Vielleicht gab es doch eine Möglichkeit. Sie musste die Klinik gar nicht finden. Das würde die USI für sie erledigen.

Von neuem Elan erfüllt, setzte sie sich in Bewegung. Sie musste sich beherrschen, nicht zum nächsten Transportterminal zu laufen. Die zentrale Plaza von Sektor 22 mit dem kleinen, aufwändig gepflegten Park aus echten Bäumen von der Erde in ihrer Mitte hatte sich inzwischen gut gefüllt. Die Deckenbeleuchtung wechselte langsam ins Rötliche, um den nahenden Sonnenuntergang an der Marsoberfläche

Dutzende Meter über ihren Köpfen zu simulieren. Die Leute machten Feierabend und suchten einen gemütlichen Ort zum Abendessen oder zur Zerstreuung. Kareenas Tagesrhythmus war vollkommen aus dem Takt geraten. Aber das war sie nach Jahren des Schichtdienstes gewohnt. So wusste sie auch, wo man abends noch ein ordentliches Frühstück bekam.

Sie bahnte sich ihren Weg durch die Menschen. Ihr forscher Schritt und die Uniform waren den meisten Leuten Warnung genug, ihr zügig auszuweichen. Auf den beiden Rolltreppen, die sie hinunter zur Service-Ebene brachten, musste sie sich ihren Weg etwas unsanfter bahnen.

Eine kleine Gruppe Beta-Klasse-Arbeiter in den grauen Overalls der XiSong Corporation fiel ihr ins Auge. Einer von ihnen steckte in einer Wartungsluke für die Umwelterhaltungssysteme, vermutlich die Trinkwasserversorgung. Die beiden anderen standen darum herum und reichten ihm verschiedene Gerätschaften. Bis vor wenigen Tagen wären die Mutanten Kareena sicher nicht aufgefallen. Sie hatte sie als Inventar betrachtet und rein rechtlich gesehen waren sie auch genau das. Ihre kurze Unterredung mit Chrome hatte diese Sichtweise verändert. Die Frau, die die Patrouille mitsamt ihren Kindern in Hades aufgegriffen hatte, war keine willenlose Arbeitsdrohne, als die die Mutanten von den Konzernen betrachtet wurden. Chrome war eine Frau mit denselben Wünschen und Bedürfnissen, die auch ihre natürlich geborenen Geschlechtsgenossinnen hegten. Vermutlich unterhielten auch die drei XiSong-Betas sich nach dem Ende ihrer Schicht nicht nur darüber, was am nächsten Tag für Aufgaben auf sie warteten, sondern über ihre Lieblings-Brawlmannschaft, über die heiße Mutantin aus dem anderen Reparaturteam oder, was sie machen wollten, wenn sie irgendwann genug Geld gespart hätten, um sich freizukaufen. Hätte Kareena früher darüber nachgedacht, wäre sie sicher auch ohne Chromes Hilfe zu dieser Erkenntnis gelangt. Aber seit ihrer Kindheit lebte sie in einer Welt, in der Mutanten nur als Personal und nicht als Personen vorkamen. Zumindest bis vor zwei Tagen.

»Guten Abend«, warf sie den Betas zu und lächelte freundlich, als sie an ihnen vorbeiging. Einer der Gegrüßten erschrak förmlich. Alle beide starrten sie an und selbst der dritte steckte seinen Kopf aus der Luke und glotzte.

»N'Abend, Ma'am«, erwiderte einer von ihnen zögerlich, offensichtlich in Erwartung von Anweisungen oder Beschwerden.

Kareena hielt einfach weiter auf das Terminal zu und ließ das verdutzte Trio hinter sich. Sie grinste innerlich. War doch gar nicht so schwer. In jedem Fall ein Anfang, wenn auch nur ein kleiner.

Die Kapsel, die sie im Gehen über ihr implantiertes ComLink gerufen hatte, kam gleichzeitig mit ihr an. Die rote Prioritätsanzeige über der Tür zur Röhre weckte den Zorn einiger der Wartenden.

»Was soll das denn?«, ereiferte sich der Erste in der Schlange, dem makellosen, gut zwei Meter großen Körper im modernen Designeranzug und ebenmäßigen Gesicht nach zu urteilen ein Pure. »Welches Ar…«

Er stockte mitten im Satz, als Kareena sich an ihm vorbeidrängelte und er die Uniform sah. Sie war nur ein Norm und damit eigentlich unter seiner Würde. Aber als Captain der Inneren Sicherheit war sie berechtigt, alle Bewohner von Elysium City unabhängig von der Konzernzugehörigkeit und ihrem genetischen Status nach eigenem Gutdünken dem starken Arm des Gesetzes zuzuführen. Und bei der Wahl der Mittel genoss sie dafür erhebliche Freiheiten. Niemand legte sich leichtfertig mit der Inneren Sicherheit an. Im Augenblick hatte Kareena aber etwas Wichtigeres zu tun, als einen Pure-Schnösel darüber aufzuklären, dass auch er sich trotz seiner überlegenen Erbanlagen an Regeln zu halten hatte, und beschloss, die begonnene Beleidigung zu überhören.

»Wenn Sie erlauben …« Sie schob ihn etwas eindringlicher zur Seite, als es notwendig gewesen wäre, öffnete die Kapsel mit dem ID-Chip und stieg ein. Diesmal verzichtete sie auf die Maximalgeschwindigkeit. Das Frühstück war zu lecker und zu teuer gewesen, als dass sie riskieren wollte, es wieder von sich zu geben. So brauchte sie zwar ein paar Minuten länger, aber darauf kam es hoffentlich nicht an. Während der Fahrt loggte sie sich ins interne Netz der Sicherheit ein. Über den externen Zugang konnte sie zwar keine Informationen der höheren Sicherheitsstufen abrufen, aber für die Dienstpläne reichte es. Derzeit hatte StarKnight das Kommando, ein unabhängiger Sicherheitsdienst, der von einem Konsortium kleinerer Konzerne engagiert war, um der Übermacht der großen Spieler wie Cynarian und der USI zumindest ein bisschen Einhalt zu gebieten. Die Schicht leitete Major Wuhan. Das war gut. Mit der altgedienten Asiatin verband sie fast schon etwas wie Freundschaft, soweit das unter Angehörigen verschiedener Konzerne möglich war. Wuhan würde voraussichtlich keine Schwierigkeiten machen.

Die Kapsel leitete das Bremsmanöver ein und Kareena bereitete sich auf den Ausstieg vor. In der Sicherheitszentrale machte die Tagschicht gerade Feierabend. Ein gutes Dutzend Uniformierte, die meisten in den stahlgrauen StarKnight-Zweireihern, warteten am Terminal. Sie machten ihr freundlich Platz. Einige bekannte Gesichter grüßten sie sogar.

Die beiden Gardisten vor dem Eingang der Zentrale trugen wie üblich die schweren Kampfpanzer mit dem InterSec-Emblem. Ein Zugeständnis an die Vorherrschaft der USI in Elysium City oder besser gesagt in der gesamten Ares-Konzernrepublik.

»Captain Toran?«, tönte es aus einem der Helmlautsprecher. »Cynarian übernimmt erst wieder in zwei Tagen.«

»Ich weiß«, antwortete sie so beiläufig wie möglich. »Ich muss noch ein paar Protokolle schreiben. Bei meiner letzten Sonderschicht ging am Ende einiges drunter und drüber. Sie wissen schon. Der Vorfall in Hades. Hab' ein oder zwei Sachen nachzuholen. Und bevor ich an irgendwelche Unterlagen nicht rankomme, wegen der Sicherheitsstufe, mach ich's lieber gleich hier.«

Der Gepanzerte zögerte kurz. Kareena hätte zu gerne gewusst, ob er gerade Meldung bei seinem Vorgesetzten machte, hatte aber keine Chance zu erkennen, was unter dem Helmvisier vor sich ging.

»Na dann frohes Schaffen, Captain.« Die beiden rückten beiseite.

Sie schenkte ihnen ein freundliches Lächeln, beglückte den Scanner mit ihrer ID und ging hinein.

Alles sah nach Routine aus. Die meisten der etwa zwanzig Schichtkoordinatoren lagen mit geschlossenen Augen in ihren Sesseln. Welche Informationen gerade durch die Datenkabel in ihre Schädel flossen, war von außen nicht einzuschätzen.

»Kareena!« Wuhans knarrende Stimme erklang. Kurz darauf sah die Angesprochene, wie die Mittsechzigerin sich von ihrer Liege erhob und das Datenkabel aus dem Stecker in ihrem Hinterkopf zog. »Was führt Sie hierher?«

»Schreibkram. Reste von der letzten Schicht. Da ging alles ein bisschen durcheinander. Muss noch was nacharbeiten.«

»Ja ja, hab' davon gehört. Dumme Sache, das Ganze. Ist schon geklärt, wie es dazu kommen konnte? Ich meine, zu den Mutantenkindern?«

»Ich weiß nicht mehr, als durch die Nachrichten geht. Alles ziemlich mysteriös. Aber wir halten uns da raus. Die beiden Frauen sind Betas von EnGen. Soll die USI sich darum kümmern!«

Die Lüge kam Kareena leicht von den Lippen. Jahrelange Übung. Allerdings hatte Wuhan noch einige Jahre mehr Erfahrung darin, Lügen zu durchschauen. Ihr Blick und der kaum erkennbare Ansatz eines Lächelns im faltigen Mundwinkel der Frau zeigten Kareena unmissverständlich, dass sie durchschaut war. Aber das hatte sie eingeplant.

»Na dann. Bringen Sie den Schreibkram hinter sich, Kareena! Sie können den kleinen Besprechungsraum haben. Gutes Gelingen!«

Dass Wuhan die USI nicht sonderlich leiden konnte, war ein offenes Geheimnis. Sie würde Kareena gewähren lassen.

»Kann sein, dass ich für meine Protokolle auf ein paar Daten mit Sicherheitseinstufung zurückgreifen muss«, kündigte Kareena an. »Nur, dass Sie Bescheid wissen, wenn das System interne Zugriffe meldet.«

»Ja ja, machen Sie nur!« Wuhan legte sich wieder hin, verband ihr Gehirn mit dem zentralen Computer und sandte ihren Geist in die digitale Welt.

Kareena hatte gerade den erhofften Freifahrschein bekommen. Nur für den Fall, dass wieder ein USI-Agent auftauchte und sie an ihrer Arbeit hindern wollte, beeilte sie sich, in den zugewiesenen Raum zu kommen. Er lag direkt neben der Zentrale und bot Platz für bis zu zehn Personen. Es war ungewohnt, alleine hier zu sein. Sie setzte sich, zog ein Datenkabel aus dem Fach unter dem Tisch und steckte es in die Buchse hinter ihrem Ohr, eine etwas modernere und praktischere Variante als der antiquierte Stecker in Wuhans Hinterkopf.

Nach ein, zwei Sekunden der Orientierungslosigkeit erschien das Hauptmenü in ihrem Sehzentrum. Sie wählte sich in die interkorporativen Koordinationsprotokolle ein. Ein Sicherheitsfeature, das hinterlegte, welcher Konzern gerade welche Teams wo im Einsatz hatte. Eingerichtet, um zu verhindern, dass sich die acht verschiedenen Sicherheitsdienste gegenseitig in die Quere kamen. Streng geheim und daher nicht von außerhalb der Zentrale einsehbar. Kareena sichtete die Protokolle der beiden letzten Tage, seit die USI sich Chrome geschnappt hatte. Besonderes Augenmerk legte sie auf Sektor acht, Hades. Dort gab es keine regulären Patrouillen. Wer den Slum in der Uniform eines der Sicherheitsdienste betrat, hatte einen guten Grund dafür. So wie Sergeant Martinez' Trupp, mit dessen unerwartetem Fund die ganze Sache ihren Anfang genommen hatte.

Innerhalb weniger Sekunden hatte sie einen Volltreffer. Gestern war ein USI-Team in Sektor acht unterwegs gewesen. Volle zehn Mann – ein kompletter Einsatztrupp. Der Grund für den Einsatz waren nach den Unterlagen Konzerninterna. Sollte heißen: ‚Wir sind da, schießt nicht auf uns, aber was wir da machen, geht niemanden etwas an.' Klassische interkorporative Informationspolitik.

Natürlich gab es immer wieder Einsätze verschiedener Konzerne in Hades. Nicht auszuschließen, dass der USI-Trupp nicht das Geringste mit Chrome und ihren Kindern zu tun hatte. Aber die zeitliche Korrelation war schon verdächtig. Vorgestern hatten sie die Mutantinnen aus dem Zellentrakt geholt. Wenn sie bei der Befragung nicht zimperlich waren, war ein Tag, um alles zu erfahren, was sie wollten, nicht unüblich. Passte gut. Kareena kopierte die Einsatzkoordinaten in ihren internen Speicher. Ein schneller Vergleich mit dem Kataster erbrachte kein Ergebnis. Das war so weit nicht ungewöhnlich. Sektor acht war größtenteils nicht kartiert. Die zumeist unregistrierten Bewohner legten im Allgemeinen wenig Wert darauf, den Behörden mitzuteilen, welche Einrichtungen sie in den einzelnen Räumlichkeiten betrieben. Kareena würde selber nachsehen müssen, was sich dort befand.

Die Aussicht, nach Hades zu gehen, behagte ihr nicht sonderlich. Was Außeneinsätze betraf, war sie ein wenig aus der Übung, seit sie in die Einsatzkoordination gewechselt war. Sie spielte kurz mit dem Gedanken, ein Team zusammenzustellen, verwarf die Idee aber schnell wieder. Die USI hatte vermutlich sowieso schon ein Auge auf ihre Aktivitäten geworfen. Das würde auffallen. Wenn sie die offizielle Geschichte, die sie Wuhan aufgetischt hatte, dass Cynarian kein Interesse daran hatte, die Angelegenheit weiter zu verfolgen, aufrechterhalten wollte, würde sie subtiler vorgehen müssen. Also ein unautorisierter Einsatz, am besten alleine. Eine prima Gelegenheit, ihre Expertise in Sonderkommandos mal wieder aufzufrischen. Schöne Scheiße! Aber wenn sie gegenüber ihren Vorgesetzten nicht als totale Versagerin auftreten wollte, musste sie irgendetwas vorweisen. Also los!

Sie fuhr das Interface herunter und zog den Stecker aus ihrem Kopf. Sie blinzelte zwei, drei Mal, als sie die Augen öffnete, fand sich aber schnell wieder in der realen Welt zurecht. Die gesamte Suche hatte weniger als fünfzehn Minuten gedauert.

Sie erhob sich, verließ den Besprechungsraum und marschierte durch die Überwachungszentrale. Niemand beachtete sie. Alle waren eingestöpselt.

Sie passierte die beiden InterSec-Gardisten und stellte sich brav in die Schlange vor dem Transportterminal. Glücklicherweise war der Andrang seit ihrer Ankunft merklich gesunken, so dass sie keine Minute warten musste. Sie fuhr direkt nach Hause, ging in ihr Quartier und steuerte dort angekommen geradewegs den Kleiderschrank an. Nach einer knappen Inventur ihres eher mageren zivilen Arsenals nahm sie die alte zerschlissene Arbeitsjacke, einen schwarzen Overall, der schon unmodern gewesen war, als sie ihn erstanden hatte, und ein paar leichte Kampfstiefel heraus. Die Stiefel hatte sie vor mehr als einem Jahr bei einer Auffrischungsübung das letzte Mal angehabt. Die anderen Sachen hingen noch wesentlich länger ungenutzt herum. Die Jacke hatte sie schon wegwerfen wollen. Jetzt war sie froh über ihre Nostalgie, die sie daran gehindert hatte. Sie tauschte die Dienstuniform, die ihr zur zweiten Haut geworden war, gegen das Sammelsurium ein und betrachtete sich eingehend im Spiegel an der Innenseite der Schranktür. Fast hätte sie laut gelacht. Sie löste den Knoten in ihren streng zurückgekämmten Haaren und ließ sie über die Schultern fallen. Perfekt. Unterklasse. Dockarbeiterin oder etwas in der Art. So konnte sie sich nach Hades trauen. Ein bisschen zusätzliche Sicherheit würde natürlich nicht schaden. Sie öffnete den Waffenkoffer, nahm ihre elektrische Dienstpistole heraus, prüfte die Batterie und steckte ein Magazin nichtpenetrierender Munition hinein. Wirksam gegen ungepanzerte Ziele, aber keine Gefahr für Wände. Der größte Teil von Hades lag unmittelbar an der Oberfläche. Sie wollte nicht riskieren, ein Sicherheitsschott zu durchlöchern und einen Druckabfall zu verursachen, falls es zum Äußersten kam. Die Waffe fühlte sich fremd an. Auch sie war lange nicht mehr benutzt worden. Kareena steckte die Pistole unter die Jacke. Dazu noch eine kleine Lampe. Fertig.

Sie fühlte das Adrenalin in ihren Adern. Spontaner Undercover-Außeneinsatz. In Hades. Alleine. Das hätte sie sich vor fünf Tagen nicht träumen lassen. Aber was tat man nicht alles, um seine Pflicht zu erfüllen. Und vielleicht auch ein bisschen, weil sie sich spätestens seit der Unterhaltung mit Chrome auf einer ganz persönlichen Ebene involviert fühlte. Sie wollte wissen, was passiert war. Was Chrome auf sich genommen hatte, um Kinder bekommen zu können. Und ob sie die einzige Mutantin war, die dazu imstande war.

Kareena verließ ihr Quartier. Sie ignorierte die pikierten Blicke der Nachbarn angesichts ihres nicht dem sozialen Status des Sektors entsprechenden Outfits. Glücklicherweise gab es ein Terminal direkt um die Ecke, so dass sie in diesem Aufzug nicht über die Plaza marschieren musste. Sie stellte sich an der Schlange an und bestellte die Transportkapsel manuell. Auch für die Bezahlung verwendete sie nicht wie üblich ihren ID-Chip, sondern eine anonyme CashCard. Sie wollte so wenig Spuren wie möglich hinterlassen, nur für den Fall, dass die USI sie überwachte.

Als sie ihr Ziel nannte, fragte das System nach, ob die Eingabe korrekt war. Ja, sie wollte wirklich nach Sektor acht. Fast hatte sie den Eindruck, als setzte die Kapsel sich nur widerwillig in Bewegung, aber das war natürlich nur Einbildung. Der Bordcomputer gab die geschätzte Dauer der Fahrt mit 24 Minuten an. Sie hatte noch ein wenig Zeit, ihren Plan zu vervollständigen. Hatte sie überhaupt einen Plan? Hingehen und nachsehen, was der USI-Trupp gesucht hatte. Hoffen, dass es ihr neue Erkenntnisse über Chromes Geschichte brachte. Und dann nichts wie raus aus Hades.

Je näher sie ihrem Ziel kam, umso größer wurden die Zweifel, ob die Idee wirklich so gut war. Hätte sie doch lieber ein Team anfordern sollen? Haggard vorab über ihr Vorhaben informieren? Ach, was soll's! Die Entscheidung war gefallen. Sie würde es durchziehen.

Sie spürte, wie die Kapsel bremste. »Warnung!«, tönte es aus dem Lautsprecher. »Der aktuelle Zielort befindet sich außerhalb der gesicherten Zone. Betreten auf eigene Gefahr.«

»Schon klar«, erwiderte sie mehr zu sich selbst als zu dem Computer. »Ich weiß schon, was ich tue.«

Hoffentlich war das keine Lüge.

Die Kapsel kam zum Stehen. Die Türen öffneten sich.

Kareena verzog unwillkürlich das Gesicht. Sie war früher schon in Hades gewesen, bevor sie Schichtleiterin geworden war, aber der Geruch traf sie unvorbereitet. Damals hatte sie üblicherweise eine Vollpanzerung getragen. Die Filter des Helms hatten die Unzulänglichkeiten der lokalen Luftaufbereiter weitgehend kompensiert. Auf diese Annehmlichkeit musste sie nun verzichten. Ein muffiger Geschmack breitete sich in ihren Atemwegen aus, durchsetzt mit den Aromen von Verwesung und Fäkalien. Sie versuchte, möglichst flach zu atmen. Zumindest schien noch genug Sauerstoff enthalten zu sein.

Abgesehen von der ganz speziellen Duftnote war ihre Ankunft in Hades geradezu unspektakulär. Sie wusste nicht, was sie erwartet hatte, aber einfach nur ein Terminal, das genau so auch in einem anderen Unterklasse-Sektor hätte stehen können, mit einer Menschenschlange davor, wie auch sonst überall in Elysium City, war fast ein wenig enttäuschend. Sie hatte Hades als nahezu menschenleeres Labyrinth nicht verzeichneter Gänge mit lichtscheuen Bewohnern in Erinnerung. Dieses Bild mochte allerdings dadurch geprägt sein, dass die Einsatzteams der Sicherheitskräfte den Sektor meist mit Sonderfahrzeugen betraten, denen die Einheimischen nach Kräften aus dem Weg gingen. Die Innere Sicherheit brachte aus Sicht der Einwohner zugegebenermaßen selten etwas Gutes hierher. Und die Konzerne betrachteten die ID-losen und Slags eher als Ungeziefer denn als Menschen. Wer konnte es den Unterprivilegierten verdenken, möglichst schnell das Weite zu suchen, sobald ein Panzerwagen mit Konzerninsignien auftauchte? Auch Kareena hatte bei ihren bisherigen Besuchen in gepanzerter Uniform stets die einschlägigen Reaktionen erfahren. Dass die Leute ihr nun, da sie in Zivil auftrat, nicht respektvoll Platz machten, sondern sich an ihr vorbei in die Kapsel drängten, war ungewohnt. Ein kleiner Mann mit schiefer Nase und vereinzelten

Haarsträhnen auf dem schorfbedeckten Schädel grinste sie gar unverhohlen anzüglich an, als er ein wenig dichter an ihr vorbeistreifte, als notwendig gewesen wäre. Kareena kämpfte sich so zügig wie möglich durch die Menschentraube. Das Terminal befand sich am Rand einer belebten Plaza, der ihres eigenen Wohnviertels im Prinzip nicht unähnlich. Ein zweiter Blick offenbarte jedoch schnell die Unterschiede. An Stelle der an die Tageszeiten angelehnten, veränderlichen Flächenleuchten an den Decken fluteten nackte Lampen die Tunnel mit kaltem, sterilem Weißlicht. Nicht die geringste Spur von Pflanzen oder sonstigem natürlichen Grün war zu sehen. Cafés, edle Restaurants und modische Boutiquen suchte man ebenfalls vergebens. Stattdessen säumten schäbige Nudel- und Suppenküchen, zwielichtige Bars und unverhohlen mit pornographischen Hologrammen um Kundschaft buhlende Bordelle die drei übereinander liegenden Galerien. Die einzige Zierde der Korridore bestand aus Bergen von Abfall und Unrat, deren genauen Inhalt Kareena lieber nicht allzu intensiv in Augenschein nahm.

Und dann natürlich das Publikum. Strahlenverseuchte Slags mit entzündeter Haut, offen mit ihren Dealern handelnde Junkies und in Lumpen gehüllte Müllsammler mischten sich ohne Aufhebens unter die Menge. Eine Gruppe Kinder, keines davon mehr als zehn Jahre alt, rannte quer durch die Passanten, verfolgt von einem laut fluchenden Straßenhändler in wehendem Kaftan. Und zwischen all den Norms und Slags konnte Kareena mindestens ein Dutzend Mutanten ausmachen, die niemandes besondere Aufmerksamkeit auf sich zogen.

In ihrer Welt, dem Reich der Konzerne, waren Mutanten meist reine Arbeitskräfte, gezüchtet für den Dienst auf Raumschiffen und -stationen oder anderen durch kosmische Strahlung oder sonstige Unwägbarkeiten für Norms ungeeigneten Tätigkeiten. Selbst die wenigen, die es schafften, sich von ihrem Konzern freizukaufen, landeten meist in Arbeitervierteln. Dass sie sich so unters gewöhnliche Volk mischten, wie Kareena es hier sah, war in der Konzernwelt undenkbar. Vermutlich waren sie entflohen und hatten ihre ID-Chips chirurgisch entfernt, um zu verschleiern, wem sie gehörten. Von denen gab es hier hunderte. Zumeist Beta-Klasse, die seit Jahrzehnten für die Raumfahrt gezüchtet wurden und überall im Sonnensystem in großer Zahl anzutreffen waren. Das Pärchen, das an einem der Schnellimbisse seine Nudeln mit Stäbchen aus einem Pappkarton angelte, sah aus, als wären es Sigmas, ein Update der Betas. Mit weniger als eineinhalb Metern Körpergröße brauchten sie nicht so viel Platz auf den Raumschiffen. Darüber hinaus war ihr Körper dafür optimiert, Schwerelosigkeit und hohe Beschleunigungen noch besser zu ertragen als die Betas, die sie nach und nach verdrängten. Und der Türsteher der Tabledancebar ihr gegenüber war mit seinen schätzungsweise zweieinhalb Metern und mindestens zweihundert Kilo unzweifelhaft als Alpha-Klasse-Arbeiter zu erkennen, jenseits der Erde eine wahre Rarität.

Auf der virtuellen Ebene waren die Unterschiede zu Kareenas gewohnten Umfeld nicht weniger drastisch. Keine der sonst allgegenwärtigen Richtungsanzeigen, Warnhinweise und sonstigen Nachrichten wurde in ihr Sichtfeld eingeblendet. Die spärlichen Signale, die ihr ComLink empfing, beinhalteten fast ausschließlich Werbung von illegalen Kurzstreckensendern, deren schiere Obszönität die Hologramme der Bordelle noch übertraf. Sie schaltete den implantierten Empfänger ab. Sie fühlte sich unbehaglich ohne die virtuellen Einblendungen, die ihr sonst immer verlässlich mitteilten, wo sie sich gerade befand und was sich in ihrer unmittelbaren Umgebung abspielte. Aber so liefen die Dinge eben in Hades.

Kareena benötigte ein paar Sekunden, um den Kulturschock zu überwinden. Sie atmete tief durch, bevor sie sich ins Gewühl stürzte, was sie schnell bereute. Ihre Riechzellen hatten den ersten Schock zwar überwunden, aber ganz hatte sie sich noch nicht an den allgegenwärtigen Gestank gewöhnt.

Während sie sich durch die Menschenmenge vorarbeitete, war sie sorgsam darauf bedacht, jeglichen Körperkontakt auf ein Minimum zu beschränken, alleine schon, um niemanden auf die harte Ausbuchtung unter ihrer Jacke aufmerksam zu machen. Neben dem üblichen, mit Einsprengseln verschiedener anderer Sprachen versehenen Englisch der Kolonien fing sie auch einige rein chinesische Sprachbrocken auf. Hades war einer der Orte auf dem Mars, an denen das Erbe der ersten Kolonisten auf dem Roten Planeten noch am deutlichsten zu erkennen war. Auch auf einigen der Schilder und Werbeholos vor den Läden der Plaza fanden sich chinesische Schriftzeichen. Für den Fall der Fälle konnte Kareena auf ein simultanes Übersetzungsprogramm in ihrem internen Speicher zurückgreifen. Aber solange sie es nicht akut benötigte, ließ sie es aus. Sie schenkte lieber ihrer Umgebung die volle Aufmerksamkeit. Stattdessen rief sie den Sektorplan aus ihrem Implantat und projizierte ihn in ihr Sichtfeld. Der Einsatzort des USI-Teams war rund einen Kilometer von ihrem aktuellen Standort entfernt, tief in den maroden Habitaten der alten Huoxing-Kolonie, aus der vor rund einem halben Jahrhundert das moderne Elysium City erwachsen war. Dort gab es keine Transportterminals, keine zentrale Infrastrukturplanung und keine Sicherheitskräfte. Die Konzerne, die über Elysium City herrschten, hatten sich von

Sektor acht abgewendet. Es lohnte sich schlicht nicht, die veralteten Konstruktionen instand zu halten. Außerdem war es bis zu einem gewissen Grad nützlich, einen Ort zu haben, an den man alle in der sauberen Konzernwelt unerwünschten Elemente abschieben konnte. Dass in Hades kriminelle Banden wie die Triaden und das Luna-Syndikat die Herrschaft übernommen hatten, wurde hingenommen, solange sie ihre Aktivitäten nicht auf die anderen Sektoren der Stadt ausdehnten. Kareena hoffte inständig, deren Aufmerksamkeit nicht auf sich zu ziehen. Also immer schön unauffällig bleiben.

Sie steuerte einen belebten Korridor an, der ihrem Plan zufolge grob in Richtung ihres Zieles führte. Das garantierte zwar keinesfalls, dass der Weg nicht von irgendwelchen illegal errichteten Bauten versperrt war, aber er war derzeit die beste Option.

Die Passanten in dem Tunnel waren nicht weniger bunt zusammengewürfelt als auf der Plaza hinter ihr. Sie musste zur Seite ausweichen, als ein weiterer Alpha-Klasse-Mutant ihr entgegenkam und durch die Menge pflügte, als wäre er alleine auf der Welt. Auch der Gruppe Jugendlicher in Gangfarben ging sie wohlweislich aus dem Weg. Ebenso den Fahrern diverser zwei-, drei- oder mehrrädriger Elektrofahrzeuge, die nur wenig Rücksicht auf die Masse der Fußgänger nahmen. Ansonsten waren die Leute aber überaus friedlich. Die zu großen Teilen unidentifizierbare Auslage der Lebensmittelgeschäfte entlang ihres Weges war in Kareenas Augen nicht sonderlich einladend, fand aber offensichtlich ihre Käufer. Und auch die anderen Läden, in denen veraltete Elektrogeräte, billige Kunststoffartikel und andere Dinge feilgeboten wurden, die in Kareenas Viertel als Müll entsorgt würden – und vielleicht entsorgt worden waren – erfreuten sich reger Kundschaft.

Je weiter sie sich von der Plaza entfernte, umso mehr ließ der Verkehr nach. Die Schaufenster und Straßenläden wichen geschlossenen Türen von Wohnquartieren oder vollkommen dunklen Gängen, die ins Unbekannte führten. Auch auf dem Hauptkorridor wurde die Beleuchtung spärlicher. Streckenweise erhellten nur einsame Leuchtdioden Kareenas Weg. Die Luft wurde noch stickiger. Eine leichte Ozon-Note erfüllte die Gänge.

Nach gut zehn Minuten Fußmarsch zeigte der Stadtplan in ihrem Sichtfeld an, dass sie sich nach rechts halten musste, um ihr Ziel zu erreichen. Der Servicetunnel, den sie eigentlich hatte nehmen wollen, war zugemauert und nur ein Bündel Rohre, das aus der Wand ragte, zeugte davon, dass es hier einmal einen Durchgang gegeben hatte. Als Alternative wählte sie den nächsten der dunklen Gänge, der in die korrekte Richtung führte. Sie fingerte die Taschenlampe aus ihrer Jacke und begutachtete den gewählten Weg. Das Huschen am Rande des Lichtkegels entging ihr nicht. Sie schauderte. Wann genau die Kakerlaken auf den Mars eingeschleppt worden waren, war nicht mehr nachvollziehbar. Aber offensichtlich fühlten sie sich hier nicht weniger wohl als in ihrer irdischen Heimat.

Vorsichtig marschierte Kareena ins Dunkel. Der Gang war nicht einmal zwei Meter breit und verzweigte sich mehrmals. Sie startete eine Aufzeichnung ihrer Wahrnehmung, um sich nicht zu verirren und den Rückweg wieder zu finden. Das hier entsprach eher ihrer Erwartung von Hades.

Mehrere Minuten lang begegnete sie keiner Menschenseele, während sie sich durch das finstere Labyrinth vorarbeitete. Dann sah sie vor sich ein Leuchten und gelangte schließlich wieder auf einen breiteren Gang, der auch belebt war. Trübe Augen starrten sie aus von Geschwülsten übersäten Gesichtern an, die nur noch entfernt menschlich aussahen.

Slags.

Über Generationen verstrahlte und von Giftmüll verseuchte Kreaturen, die sich in den hintersten Winkeln der Zivilisation verbargen und ihr meist kurzes Leben mit dem täglichen Kampf ums Notwendigste verbrachten. Die verlorenen Seelen der Menschheit. Parias. Aussätzige. Abschaum. Die Bezeichnung ‚Slags' verdankten sie dem amerikanischen General George Rosenbaum. Er hatte sie vor über hundert Jahren während des zweiten Bürgerkrieges in seiner berühmt-berüchtigten Rede über eine Nation, gegossen aus Eisen, in der der Edelstahl von der Schlacke getrennt würde, geprägt und anschließend die Vereinigten Staaten in die nukleare Apokalypse geführt. Die Situation der Slags hatte sich seitdem keinen Deut verbessert. Die Konzerne nahmen nur Notiz von ihnen, wenn sie Aufgaben zu erledigen hatten, die so abartig waren, dass sonst wirklich niemand dazu bereit war. Oder, wenn die Ausgestoßenen in ihrer Verzweiflung aufbegehrten und mit Gewalt daran gehindert werden mussten, sich das zu nehmen, was für andere Menschen selbstverständlich war.

Reflexartig folgte Kareena diesem lange antrainierten Verhaltensmuster und zog ihre Waffe. Eine in einen zerschlissenen Overall gehüllte Gestalt grummelte etwas auf Chinesisch. Kareena wollte gerade den Übersetzer aktivieren, als der Mann sie in fließendem Englisch ansprach: »Keine Sorge, Kleines. Wir fressen dich schon nicht auf. Auch wenn du schon lecker aussiehst.«

Heiseres Lachen erklang aus verschiedenen Ecken des müllübersäten Korridors.

»Ich will keinen Ärger!«, skandierte Kareena. Sie senkte die Waffe ein wenig, um niemanden direkt zu bedrohen, war jedoch jederzeit bereit zu schießen.

»Wir doch auch nicht, oder?« Der Slag mit dem Overall erhob sich aus dem Müllhaufen, der ihm wohl als Nachtlager diente. Er zog ein Bein hinter sich her, als er auf sie zu schlurfte. Bevor er sich ihr weiter nähern konnte, hob sie die Pistole wieder.

»Schon gut, Kleines! Wir tun dir nichts. Wäre aber echt nett, wenn du uns dafür was zukommen lässt. Als Gegenleistung für unsere Gastfreundschaft.« Er grinste.

Kareena zog eine ihrer CashCards aus der Jacke.

»Hier sind fast hundert Creds drauf. Ich denke, das genügt.«

Der Slag war sichtlich überrascht. »Ja, das genügt wohl.« Er streckte ihr eine knochige Hand mit krummen Fingern entgegen.

Kareena reichte ihm die Karte, bemüht, jeden Körperkontakt zu vermeiden. Der Mann prüfte die Karte und schien mit dem Ergebnis zufrieden.

»Sei unser Gast, Kleines!« Er breitete seine Arme einladend aus. »Unser Heim ist dein Heim.«

»Danke«, erwiderte Kareena knapp. »Ich will nur durch.«

Der Slag trat zur Seite. Sie umrundete ihn mit gebührender Sicherheitsdistanz und gab sich auch Mühe, den anderen Bewohnern des Tunnels nicht zu nahe zu kommen. Einer hob seine zur Klaue gekrümmte Hand in ihre Richtung und lachte dabei laut, berührte sie jedoch nicht. Die letzten Meter ging Kareena rückwärts. Erst, als sie einigen Abstand zwischen sich und die Slags gebracht hatte, drehte sie sich um und marschierte zügig weiter. Noch mal gut gegangen.

Ein Blick auf die Karte zeigte ihr, dass sie fast am Ziel war. Gut so. Auf weitere Begegnungen dieser Art konnte sie verzichten. Erneut kamen ihr Zweifel, ob es eine gute Idee gewesen war, sich alleine hierherzuwagen.

Sie bog um eine Ecke. Auch hier kauerten Menschen an die Wände des Korridors gedrängt. Sie sah Frauen und Kinder, die meisten in offensichtlich erbärmlichem Zustand. Im Gegensatz zu ihrer letzten Begegnung wandten diese sich jedoch ab oder wichen ihr gänzlich aus. Eine einsame, flackernde Lampe erhellte die Szenerie nur teilweise, reichte jedoch aus, um die Stahltür zu erkennen, hinter der sich ihrem Lageplan zufolge gestern die USI herumgetrieben hatte. Das Schloss war gewaltsam aufgebrochen worden. Vorsichtig zog sie die Tür einen Spalt weit auf. Dahinter lauerte nur tiefe Dunkelheit. Sie öffnete die Tür ganz und leuchtete in den Raum. Was auch immer die Konzernleute hier gemacht hatten, sie waren nicht zimperlich mit dem Mobiliar umgegangen. Der Boden war übersät mit umgestürzten Regalen, Papp- und Plastikschachteln sowie Glassplittern. Kareena ging hinein und warf einen Blick in den Nebenraum. Ein einfacher Operationstisch, medizinische Instrumente überall verstreut. Es war tatsächlich eine Klinik. Sie hatten Chrome also ihr Geheimnis entrissen.

Kareena sah sich weiter um. Neben den beiden kleinen Räumen gab es noch eine winzige Küche und eine Toilette. Die Bezeichnung ‚Klinik' war definitiv übertrieben. Das hier war nichts weiter als eine mickerige, illegale Straßenpraxis. Sie entsprach nicht im Geringsten dem, was Kareena sich nach Elisa Naratovas Ausführungen, wie schwer es wäre, Mutanten fruchtbar zu machen, vorstellte. Hatte Chrome die USI an der Nase herumgeführt? Ihnen die falsche Klinik genannt? Dass in dieser Klitsche gelungen sein soll, was laut Naratova und den Beteuerungen aller anderen Zuchtkonzerne vollkommen unmöglich war, Mutanten die Fähigkeit zur Fortpflanzung zu verleihen, schien Kareena ziemlich weit hergeholt. Wer auch immer hier praktiziert hatte, konnte sicherlich die Bewohner von Hades von kleineren Leiden erlösen und ID-Chips entfernen. Aber selbst ohne medizinisches Fachwissen bezweifelte Kareena stark, dass es Chrome hier ermöglicht worden war, Kinder zu bekommen.

Ein Geräusch am Eingang ließ sie herumfahren.

»Immer mit der Ruhe! Und die Finger von der Pistole!« Der Sprecher unterstrich seine Aufforderung mit dem Lauf einer automatischen Waffe, die auf sie gerichtet war. Fast schon ein antikes Stück, vermutlich noch mit chemischen Treibsätzen, aber gegen ein ungepanzertes Ziel wie Kareena ohne Zweifel absolut tödlich. Der Träger der Maschinenpistole schien dem Gesicht nach ein Norm zu sein, offensichtlich asiatischer Herkunft. Zumindest erkannte sie nichts, was auf einen Slag hindeutete. Die lange Narbe, die sich den gesamten rechten Kiefer entlang zog, war das einzige Zeichen eines ungesunden Lebenswandels.

»Ich will keinen Ärger.« Kareena hob beide Hände. »Ich seh' mich nur um.«

»Was suchst du denn?«, fragte der Bewaffnete abfällig. »Haben die anderen gestern was vergessen?«

»Ich gehöre nicht zu denen«, versicherte Kareena.

»Sondern?«

»Ich suche nur den Betreiber dieser Klinik.«

»Ist nicht mehr da.«

»Scheint so. Ich geh' dann mal besser.« Sie machte einen Schritt Richtung Ausgang.

»Nicht so schnell!« Der Mann wedelte mit der Waffe. »Wer bist du? Wer schickt dich? Siehst aus wie'n Kon-Flittchen. Auf jeden Fall nicht von hier.«

»Hören Sie!«, versuchte Kareena, ihren Gegenüber zu beschwichtigen. »Ich will wirklich keinen Ärger. Ich …«

»Du kommst jetzt erst mal mit, würde ich sagen!«, unterbrach der Mann sie. »Der Boss wird dich schon zum Reden bringen.«

Kareena hob abwehrend die Hände. »Ich glaube, wir müssen Ihren Boss nicht mit so einer Lappalie belästigen, oder?«

Hinter dem Mann betrat eine weitere Person den Raum.

»Lass sie in Ruhe, Chako!« Sie erkannte die kratzige Stimme. Der Slag, den sie gerade bestochen hatte. »Die Kleine gehört zu mir.«

Der Angesprochene warf erst dem Slag und anschließend Kareena einen sehr zweifelnden Blick zu. »Zu dir? Wovon träumst du denn?«

»Er hat recht!« Kareena deutete auf ihren unerwarteten Retter. »Ich war auf dem Weg zu ihm. Wollte vorher nur noch eine Kleinigkeit hier erledigen. Brauchte Medikamente. Aber das hat sich wohl erledigt. Schade um den Laden. Wer, sagten Sie, war das? Kon-Leute?«

Chakos Kiefer mahlten, während er überlegte. Dann ließ er die Waffe sinken. »Was auch immer!« Zu dem Slag gewandt fügte er hinzu: »Pass demnächst besser auf deinen Besuch auf, alte Pestbeule!«

»Du mich auch. Und jetzt verzieh dich!«

Angesichts des schroffen Tons des Slags erwartete Kareena eine heftige Antwort des Bewaffneten. Zu ihrer Überraschung tat er wortlos, was ihm gesagt wurde, und trollte sich.

Kareena atmete tief durch. »Danke.«

Der Slag hielt die CashCard hoch. »Du hast bezahlt. Du bist mein Gast. Ich stehe zu meinem Wort.«

»Trotzdem danke.« Sie lehnte sich gegen eine Kommode, deren Schubladen samt Inhalt über den Boden verstreut lagen. »Der Kerl scheint ja ziemlichen Respekt vor Ihnen zu haben.«

»Warum sollte er das nicht? Die Tunnel hier gehören mir und meinen Leuten. Das weiß er und das respektiert er. Glaubt ihr Konzernleute tatsächlich, einer wie ich verdient keinen Respekt, nur weil meine Eltern mehr Strahlung abgekriegt haben, als gut für sie war? Sie haben diese verdammte Stadt gebaut, in der ihr euch heute ein schönes Leben macht. Und was ist der Dank? Ein Fußtritt in den Arsch, weil der Preis, den sie dafür bezahlt haben, nicht in euer Weltbild passt.« Der Slag machte eine abschätzige Geste mit seinem krummen Arm.

»Ich … nein … ich meine …« Kareena atmete noch einmal durch und sortierte die nächsten Worte, bevor sie sie aussprach. »Es tut mir leid. Ich wollte nicht respektlos erscheinen. Ich bin Ihnen wirklich dankbar, dass Sie mir diesen Chako vom Leib gehalten haben. Und dass ich Sie vielleicht falsch eingeschätzt habe, tut mir auch leid.«

Der Slag grinste sie an. »Ist schon gut, Kleines. Ist halt eine andere Welt hier. Aber ein bisschen neugierig bin ich schon auch, was du hier suchst. Du gehörst nicht zu den USI-Typen, die gestern hier alles zerkleinert haben?«

»Nein. Ich arbeite nicht für die USI.«

Er sah sie auffordernd an.

Kareena entschied sich für die Wahrheit. »Cynarian.«

Der Slag nickte wissend. »Cynarian. Bauen hübsche Implantate.«

»Unter anderem.«

»Und was suchen erst die USI und jetzt Cynarian hier?«

Irgendwie wurde Kareena das Gefühl nicht los, dass der Mann die Antwort auf seine Frage bereits kannte. »Kennen Sie eine Frau namens Chrome?«

Das Zucken in seinem Mundwinkel verriet ihn, bevor er sprach. »Die Beta, deren Bild gerade durch alle Nachrichtenkanäle flimmert? Ja, die kenne ich. Kam gelegentlich hier vorbei.«

»Nun, dann können Sie sich ja grob denken, was ich hier suche.«

»Vermutlich.« Seinem Gesichtsausdruck nach zu urteilen, schien der Slag Spaß an dem verbalen Katz-und-Maus-Spiel zu haben.

»Und? Ist es hier passiert?«, fragte sie ihn.

»Was?« Jetzt wusste er scheinbar wirklich nicht, worauf sie hinaus wollte.

»Na, dass Chrome Kinder bekommen konnte.«

»Ach so, das. Keine Ahnung. Ich kannte sie nur vom Sehen und wir haben gelegentlich ein oder zwei Worte gewechselt, aber die Details ihrer Behandlungen hat sie mit mir nicht ausgetauscht. Das letzte ihrer Kinder wurde hier geboren, soweit ich es mitbekommen habe. Aber wo und wie sie gezeugt wurden … keine Ahnung. Ich war's jedenfalls nicht.« Bei den letzten Worten grinste er breit. Dann ging ein plötzlicher Ruck durch seinen Körper. Er keuchte und schüttelte sich unter einem Hustenanfall. Kareena ging zu ihm und stützte ihn, damit er nicht zu Boden ging, so heftig zuckte er. Langsam ließ die Attacke nach. Das Blut, das er von der Hand abwischte, die er sich vor den Mund gehalten hatte, entging Kareena nicht.

»Alles in Ordnung?«, fragte sie, als er sich wieder einigermaßen unter Kontrolle hatte.

»Ja ja. Abgesehen davon, dass meine Organe sich gegenseitig verdauen, ist alles bestens.« Er machte eine ausholende Geste durch den verwüsteten Raum. »Schätze, ich muss mir meine Medizin nun woanders besorgen.«

»Vielleicht kann ich Ihnen dabei helfen«, bot Kareena an.

»Du?«

»Wenn Sie mir helfen.«

Er grinste. »Schon klar. Was kann ich für dich tun, Kleines?«

»Zuerst mal nennen Sie mich bitte nicht ‚Kleines'! Mein Name ist Kareena. Kareena Toran.« Sie hielt ihm die Hand entgegen. Er ergriff sie, zuerst etwas zögerlich, dann aber kräftig mit seinen schorfigen Fingern.

»Angenehm, Kareena Toran. Ich bin Theophilos.«

Kareena hatte keine Ahnung, was für einen Namen sie erwartet hatte, aber mit Sicherheit nicht diesen. Sie konnte ihre Überraschung nur mit Mühe verbergen. »Freut mich, Sie kennenzulernen, Theophilos.«

»Für meine Freunde ‚Phil'.«

»Wäre mir eine Ehre, Sie Phil zu nennen.«

Er nickte zustimmend. »Sonst noch etwas?«

»Allerdings. Haben die USI-Leute den ehemaligen Besitzer dieser Praxis mitgenommen?«

»Nein. Der Doc ist schon abgehauen, als Chrome zum ersten Mal in den Feeds aufgetaucht ist.«

»Hat er irgendetwas zu der Angelegenheit gesagt?«

»Mir nicht.«

Kareena überlegte. Die spontane Flucht deutete darauf hin, dass er vielleicht doch etwas mit Chromes Fähigkeit, Kinder zur Welt zu bringen, zu tun hatte. Möglicherweise hielt er es aber auch schon für gefährlich genug, nur bei der Geburt geholfen zu haben.

»Haben Sie eine Ahnung, wohin der Doc gegangen ist?«, fragte sie.

»Nicht wirklich. So gut kannten wir uns auch nicht. Er hat mich und meine Leute mit ein paar Medikamenten versorgt. Wir haben seinen Laden in unseren Tunneln geduldet. Das war's im Großen und Ganzen auch schon. Dicke Freunde waren wir nicht. Vielleicht ist er wieder dahin zurück, wo er hergekommen ist.«

»Und das wäre?«

»Das Kombinat.«

Kareena stutzte. »Sind Sie sicher?«

Der Slag schien angesichts ihrer Zweifel ein wenig beleidigt. »Ziemlich. Er war zwar ein Beta, aber die Schlitzaugen konnte man deutlich erkennen.«

»Er war ein Mutant?«

»Sag' ich doch.«

Jetzt wurde es interessant. Chromes Arzt war selber ein Mutant. Und er stammte aus dem Shigano-Kombinat. Der zweiten Nation auf dem Mars neben der Ares-Republik. Eine Nation, deren Bevölkerung zu mehr als der Hälfte aus Mutanten bestand, die von Geburt an über weitgehende Bürgerrechte verfügten. Lag Chromes Geheimnis im Kombinat verborgen? Das würde Kareenas Nachforschungen nicht einfacher machen. Die Beziehungen zwischen der Ares-Konzernrepublik und dem Shigano-Kombinat standen traditionell nicht gerade zum Besten. Der letzte offene Krieg lag rund dreißig Jahre zurück. Kareena war damals noch ein Kind gewesen, aber sie erinnerte sich daran, dass das Kombinat schon immer ‚der Feind' gewesen war.

»Und Sie glauben, dass er ins Kombinat zurückgekehrt ist?«

»Nur eine Vermutung. Wenn er noch in Elysium City ist, weiß ich jedenfalls nicht, wo.«

»Hatte er einen Namen außer ‚Doc'?«

»Hab' mal mitgekriegt, wie ihn jemand Stargazer genannt hat.«

Stargazer. Wieder so ein typischer Mutantenname. Aber immerhin.

»Und wo aus dem Kombinat er herkam, wissen Sie nicht?«

Phil dachte nach. »Er hat gelegentlich Geschichten über die Valles Marineris erzählt. Vielleicht von da irgendwo.«

Das half nur bedingt. Einige der größten Städte des Kombinats lagen in den Valles Marineris, dem gewaltigsten Schluchtensystem des Sonnensystems. Aber besser als gar nichts.

»Also gut, Phil. Zumindest bin ich ein bisschen weitergekommen. Danke für die Informationen.«

»Was wollen Sie vom Doc? Ich hoffe, er kriegt jetzt keinen Ärger wegen mir?«

Kareena bemerkte, dass der Slag sich ihr anpasste und vom herablassend vertrauten ‚du' zum förmlicheren ‚Sie' wechselte. Sie interpretierte es als Zeichen der Wertschätzung.

»Nein, nein«, beruhigte sie ihn. »Keine Sorge. Ich will nur herausfinden, was mit Chrome geschehen ist. Wenn der Doc mir dabei helfen kann, wäre ich auch ihm sehr verbunden. Ich würde ihm nur gerne ein paar Fragen stellen. Haben Sie Zugriff auf ein ComLink?«

Phil verdrehte die Augen. »Wir sind hier zwar in Hades, aber über die eine oder andere Errungenschaft der Zivilisation verfügen wir sogar hier.« Er zog ein altes, aber offenbar funktionsfähiges Handgerät aus seinem Overall.

»Schon klar. Sorry.« Sie sendete eine unverschlüsselte Kurzstreckennachricht mit ihren Kontaktdaten. Ein Blinken auf Phils ComLink zeigte an, dass er die Nachricht empfangen hatte.

»Wenn Ihnen noch etwas einfällt oder Sie an weitere Informationen in der Sache gelangen, kontaktieren Sie mich bitte!«, forderte sie ihn auf. »Und schicken Sie mir auch eine Liste der Medikamente, die Sie benötigen! Ich nehme an, ich finde Sie irgendwo hier in der Gegend?«

»Meistens schon.« Er sah auf das Display seines ComLinks und zog erstaunt die spärlichen Augenbrauen hoch. »Captain Toran? Innere Sicherheit? Ach du meine Güte! Worauf hab' ich mich da denn eingelassen?«

»Keine Sorge«, beruhigte Kareena ihn in demselben ironischen Tonfall, mit dem er gesprochen hatte. »Ich bin nicht hier, um ID-lose Slags zu verhaften, die Spaß daran haben, fremde Frauen zu erschrecken.«

»Na, da hab' ich aber noch mal Glück gehabt.« Wieder das breite Grinsen. »Ich werde Sie kontaktieren, Captain.«

»Gut. Nochmals danke für Ihre Hilfe, Phil.«

»Wie gesagt: Sie haben bezahlt und ich stehe zu meinem Wort.«

Sie schenkte ihm zum Abschied noch ein Lächeln, das er ausgiebig erwiderte. Dann ging sie an ihm vorbei und verließ Doc Stargazers ehemalige Praxis. Der Korridor war bis auf schlafende Slags leer. Sie ging denselben Weg zurück, auf dem sie hergekommen war. Phils Kumpane waren verschwunden. Während sie durch die nur von ihrer Taschenlampe erhellten Tunnel marschierte, ließ sie ihren Besuch in Hades noch einmal Revue passieren. Sie war ein nicht unerhebliches Risiko eingegangen. Aber ein paar Informationen hatte sie immerhin bekommen. Insgesamt hielt sie ihren Ausflug für einen Erfolg. Dass sie Phil begegnet war, hatte sich als besonderer Glücksfall erwiesen. Der Slag war fast schon sympathisch. Er war definitiv nicht dumm und in gewisser Weise sogar charmant. Kareena lachte innerlich. Vorgestern war ihr Weltbild über Mutanten umgekrempelt worden und jetzt freundete sie sich mit einem Slag an. Ihr Leben schien gerade in einem gewaltigen Umbruch begriffen.

Sobald sie wieder in dem belebten Tunnel mit den Geschäften angekommen war, fühlte sie sich ein ganzes Stück sicherer. Sie hielt zügig auf die Plaza zu, über die sie Hades betreten hatte. Sie fragte sich, ob unter den Slags, die sich hier herumtrieben, weitere nette Kerle befanden. Sie beobachtete einen, dessen kahler Schädel zur Hälfte aus Schorf zu bestehen schien. Lachend diskutierte er mit einem Chinesen. Eine Frau mit schiefem Gesicht und stark verkürzten Armen prüfte die Auslage eines Lebensmittelladens. Eine Horde Kinder lief quer durch die Menge, als spielten sie Fangen. Kein Zweifel. Auch die Slags waren weitestgehend gewöhnliche Menschen. Eigentlich nicht verwunderlich. Kareena hatte sich bislang nur noch nie ernsthaft Gedanken darüber gemacht. Vielleicht lag es auch an der Arbeit. Die Strahlengeschädigten hatten in der Konzernwelt keine Chance. Die einzige Möglichkeit, an Geld zu kommen, war üblicherweise die Kriminalität. Von daher hatte Kareena Slags bislang meistens als Tatverdächtige und nicht selten als überführte Verbrecher kennengelernt. Und alle anderen flohen, sobald sie eine Uniform sahen, weil sie genau von den Vorurteilen der Sicherheitskräfte wussten.

Wie auch immer. Sie durfte über all die moralphilosophischen Fragen ihre eigentliche Aufgabe nicht vergessen. Sie brauchte Antworten. Ebenso wie ihr Vorgesetzter. Sie hoffte, Sal Haggard mit den gerade gewonnenen Erkenntnissen ein wenig besänftigen zu können, wenn sie ihm davon berichtete, wie die USI sich Chrome geschnappt hatte. Falls er es nicht ohnehin schon wusste.

Sie arbeitete sich durch die immer noch mit einem bunten Querschnitt der Menschheit gefüllte Plaza und ging zum Transportterminal. Vor ihr in der Schlange stand ein Möchtegern-Cyborg in einem hautengen Raumanzugsimitat mit einer ganzen Reihe ebenso auffälliger wie sinnloser Schädelimplantate. Vermutlich wäre er vor Neid erblasst, hätte er geahnt, wie viel Hardware sich in Kareenas Körper befand und was sie gekostet hatte. Alleine der interne Speicher in ihrem Kopf war ein Vermögen wert. Als sie ihn bekommen hatte, war er das absolute Top-Modell gewesen. Kein implantierter Speicherkristall, wie er früher Standard gewesen war, sondern ein neuroinformatischer Chip, der die Daten direkt in ungenutzten Teilen ihres Gehirns ablegte. Man musste nur aufpassen, dass man nicht zu viele Informationen sammelte, sonst bestand die Gefahr, dass irgendetwas überschrieben wurde, eigene Erinnerungen oder Fähigkeiten. Aber damit hatte Kareena bisher noch keinerlei Probleme gehabt. Mittlerweile hatte sie genug gespart, um einen guten Teil ihrer Hardware abbezahlen zu können. Aber da sie nicht plante, Cynarian zu verlassen, konnte sie das Geld genauso gut für etwas anderes ausgeben. Was auch immer das sein sollte. Dank ihres Arbeitseifers hatte sie ja kaum Zeit, größere Mengen Geld auszugeben. Irgendwann würde sie es krachen lassen. Frühzeitig in den Ruhestand gehen und dann nur noch tun, was sie wollte. Was auch immer das sein würde.

Aber vorerst tat sie ihre Pflicht, bestellte eine Transportkapsel nach Hause und war froh, als sie Hades endlich hinter sich ließ. In Ihrem Quartier zog sie sich um. Die Uniform vertrieb die Zweifel am Sinn ihres Lebens. Sie war Mitglied der Inneren Sicherheit und sie war gut darin.

Während sie sich auf den Weg zur Cynarian-Zentrale machte, kontaktierte sie Sal Haggard, um ihr Kommen anzumelden. Zu ihrer

Überraschung stellte sein Sekretär sie auf der Stelle zu ihm persönlich durch.

»Captain Toran? Wo stecken Sie?«, ertönte seine Stimme in ihrem Hörnerv. »Ich versuche schon seit eineinhalb Stunden, Sie zu erreichen.«

»Ähm, Entschuldigung, Sir«, murmelte sie in ihr Kehlkopfmikrofon. »Ich war auf einem Außeneinsatz. Ich habe ein paar Spuren verfolgt, um die Herkunft der Mutantenkinder zu klären.«

»Das hat sich ja wohl erledigt«, kommentierte Haggard.

»Erledigt? Ich verstehe nicht ganz ...«

»Haben Sie die Nachrichten nicht verfolgt?«

»In den letzten Stunden nicht, Sir.«

»Dann holen Sie das mal ganz schnell nach! Und dann kommen Sie her! Wir haben jetzt ganz andere Probleme.«

Er unterbrach die Verbindung.

Das Gespräch hatte Kareena ein wenig aus dem Konzept gebracht. Sie benötigte einige Sekunden, um der Aufforderung ihres Vorgesetzten nachzukommen, und wählte sich in einen Newsfeed ein. Sie stellte sich an die Seite des Korridors auf dem Weg zum Terminal und schloss die Augen, um das Nachrichtenbild nicht mit ihrer eigenen Sicht zu überlagern.

»... konnte die Vermutung bestätigt werden, dass es sich bei den frei geborenen Mutanten, die vor wenigen Tagen in Elysium City gefunden wurden, nicht um einen Einzelfall handelt.«

Das eingeblendete Bild zeigte ein Pärchen Sigma-Klasse-Mutanten. Die Frau trug auf ihrem Arm ein in Tücher gewickeltes Bündel. Noch bevor die Kamera darauf schwenkte, wusste Kareena, was sich darin befand. Das Baby besaß so offensichtlich den gedrungenen Körperbau, der auch seine Eltern auszeichnete, dass kein Zweifel an seiner genetischen Herkunft bestand.

»Wir haben uns schon immer ein eigenes Kind gewünscht«, verkündete der Vater nicht ohne Stolz. »Warum soll Mutanten nicht erlaubt sein, was für alle anderen Menschen das Normalste auf der Welt ist.«

Der anonyme Sprecher ergriff wieder das Wort: »Mehrere unabhängige Recherchen haben weitere Beweise dafür offenbart, dass Mutanten sich sehr wohl fortpflanzen können, auch wenn ihre Hersteller seit Jahren das Gegenteil behaupten. Nun einige Reaktionen auf die neuesten Enthüllungen ...«

Kareena beendete den Feed. Sie hatte so eine Ahnung, wie diese Reaktionen aussehen würden. Es bereitete ihr Mühe, einen klaren Gedanken zu fassen. Gerade hatte sie geglaubt, die Geschehnisse wieder unter Kontrolle bringen zu können. Und nun wurde sie wieder vollkommen überrollt. Nicht nur ihre eigene Welt war dabei, sich zu verändern. Auch im Rest des Universums kamen gerade ein paar lange gehegte Gewissheiten ins Wanken.

18.10.2210, Hovercraft von Den Haag nach Nijmegen, Erde

Skip verstaute seinen Seesack unter dem Sitz und ließ sich mehr darauf fallen, als dass er sich setzte. Er wischte sich mit der Hand durch das Gesicht, wiegte den Kopf erst nach links und dann nach rechts. Seine Halswirbel knackten. Er zog die Kapuze der Jacke, die er unter dem dicken Anorak trug, wieder sorgsam über die Stirn. Keiner der anderen Passagiere des Hovercrafts musste mehr von ihm sehen, als unbedingt nötig war. Die Erfahrungen der beiden letzten Tage hatten ihm vollkommen gereicht. Er hatte in seinem Leben schon so einiges mitgemacht, aber niemals zuvor war er derart übel beschimpft und angefeindet worden. Und das alles, ohne sich irgendetwas zuschulden kommen zu lassen. Angespuckt hatten sie ihn. Nur mit Mühe hatte er tätlichen Auseinandersetzungen aus dem Weg gehen können. Nur, weil er nicht im Leib einer Frau, sondern einem Inkubator gezeugt worden war. Er verstand die Welt nicht mehr.

Möglichst unauffällig musterte er die Leute, die nach und nach die anderen Plätze der engen Sitzreihen füllten. Alle waren damit beschäftigt, ihr Gepäck unterzubringen und eine halbwegs angenehme Sitzposition auf den einfachen Plastikbänken zu finden. Viele schlossen die Augen, unmittelbar nachdem sie sich niedergelassen hatten. Skip war offensichtlich nicht der Einzige, der Den Haag an diesem Morgen total übermüdet verließ. Das Hovercraft beförderte größtenteils Arbeiter, die in der Arkologie ihre Schicht geleistet hatten und nun nach Hause aufs Festland zurückkehrten. Skip war es nur recht. Je weniger Aufmerksamkeit seine Mitreisenden ihm schenkten, umso besser. Eine in dicke Kleidung gehüllte Frau quetschte sich auf den Sitz neben ihm. Was er unter den verfilzten Haaren von ihrer Haut erkennen konnte, sah ungesund rot aus, beinahe entzündet. Vielleicht ein Slag. Die gab es auch auf der Erde in erheblicher Zahl. Wie in den Kolonien stellten sie die unterste Schicht der Gesellschaft, zu arm, um die Erbanlagen ihrer Kinder nach der Befruchtung reinigen zu lassen, so dass sie die volle Wucht von Strahlung und Umweltgiften mit allen daraus resultierenden Folgeerscheinungen ertragen mussten. Hier wie jenseits der Erdatmosphäre eine nahezu hundertprozentige Garantie dafür, dass es ihrem Nachwuchs genauso ergehen würde wie ihnen selbst.

Im Augenblick schien es aber fast, als wäre in der sozialen Hackordnung noch ein Platz unterhalb der Slags freigeworden und für Mutanten reserviert. Zumindest waren die Blicke, die den Slags zugeworfen wurden, nur voller Verachtung oder bestenfalls Mitleid, und nicht von blankem Hass erfüllt. Außerdem hatte er kein einziges Mal gesehen, dass ein Slag angespuckt oder spontan von wildfremden Leuten beschimpft worden wäre. Nein, so hatte er sich seinen Urlaub mit Sicherheit nicht vorgestellt. Dass die genetisch Veränderten auf der Erde etwas kritischer behandelt wurden als im restlichen Sonnensystem, hatte er schon nach seiner Ankunft vor einem halben Jahr mitbekommen. Aber seitdem die Nachrichtenfeeds kein anderes Thema mehr kannten als frei geborene Mutantenkinder, die plötzlich überall aufzutauchen schienen, geriet die Situation langsam außer Kontrolle.

Statt wie geplant die riesige Arkologie anzusehen, hatte Skip sich in den letzten beiden Tagen die meiste Zeit in seinem billigen Hotelzimmer verkrochen. Damit war er immer noch besser bedient als die konzerneigenen Mutanten, die hier nicht anders als in den Kolonien in großer Zahl ihre Arbeit in Wartungs- und Konstruktionsteams verrichteten. Sie konnten sich nicht so ohne weiteres verstecken und waren den Anfeindungen der Meute weitgehend schutzlos ausgeliefert. Er hatte gesehen, wie zwei Betas, die ein Gerüst an einer der Galerien anbringen wollten, offen attackiert worden waren. Einer wäre beinahe über die Brüstung gestürzt, fünfzig Stockwerke über dem Abgrund. Ein Trupp der konzerneigenen Sicherheit hatte die beiden in letzter Minute gerettet und sich dabei selber wüsten Beleidigungen ausgesetzt.

Spätestens zu diesem Zeitpunkt hatte Skip beschlossen, seinen Besuch auf der Erde so schnell wie möglich zu beenden und in die Kolonien zurückzukehren. Erst einmal nach Luna oder zumindest in den Orbit. Der Raumhafen von Den Haag war nur für Konzernangehörige zugänglich. Da sein Vertrag mit Ascon beendet war, schied diese Option aus. Der nächste öffentliche Raumhafen lag auf dem Festland, im Norden des Rhein-Main-Neckar-Metroplex, in einem Sektor mit dem Namen Düsseldorf. Föderationsterritorium. Um dorthin zu fliegen, hätte er seine ID angeben müssen. Das war ihm derzeit zu riskant, denn darin war natürlich auch sein genetischer Status als Mutant hinterlegt. Die Hoverfähre hingegen konnte er anonym mit einer CashCard bezahlen. Von denen hatte er sich einen ganzen Stapel beschafft, um nicht ständig das Implantat in seinem Unterarm bemühen zu müssen. Spätestens für die Einreise in die Föderation war das zwar nicht mehr zu vermeiden, aber bis dahin wollte er das Risiko so gering wie möglich halten, als Mutant erkannt zu werden.

Endlich schienen alle Reisenden ihren Platz gefunden zu haben. Eng gedrängt warteten sie in der Kabine. Die Lüftung arbeitete nicht, so dass der Geruch nach Schweiß, fauligem Atem und anderen wenig angenehmen Duftnoten sich stetig ausbreitete. Ein Vibrieren in den Sitzen kündigte nach langen Minuten endlich den Start der Turbinen an. Auch die Klimaanlage erwachte aus ihrem Schlaf und vertrieb den Mief mit frischem Sauerstoff. Dann ging ein Ruck durch das Hovercraft. Dröhnend erhob es sich auf das Luftkissen und setzte sich in Bewegung. Das künstliche Licht der Hangarhalle wich trübem, durch dichte Wolken gefilterten Sonnenschein, als sie die Tore passierten. Von einem Moment zum nächsten hämmerten dicke Regentropfen auf die Scheiben ein, deren Trommelfeuer sogar die heulenden Turbinen übertönte. Die Leute um ihn herum nahmen die entfesselten Naturgewalten kaum zur Kenntnis. Ganz normales Wetter hier an der Küste.

Das Hovercraft nahm schnell Fahrt auf. Ein Blick zurück offenbarte die riesige Silhouette der Arkologie, die in dieser Himmelsrichtung noch lange das gesamte Sichtfeld ausfüllte. Skip versuchte, durch die Seitenfenster etwas auszumachen. Der prasselnde Regen verbarg alle Details. Aber die Schemen, die zu beiden Seiten des Hovercrafts aus dem Wasser ragten, waren eindeutig als Gebäude zu erkennen, oder, um es genau zu nehmen: Ruinen. Verrostete Gerippe ehemaliger Hochhäuser und steinerne Säulen, die einst Kirchtürme gewesen waren, zeugten davon, dass hier einmal Menschen gewohnt hatten. Soweit Skip sich an die Landkarte der Küstenregion erinnern konnte, hatte hier früher eine Stadt namens Rotterdam gelegen. Wann genau sie wegen der Überflutungen aufgegeben worden war, hatte er vergessen. Er vermied es, den Datenchip mit dem Reiseführer aus seiner Jacke holen, um nicht allzu sehr als Fremder aufzufallen.

Das Hovercraft bahnte sich seinen Weg durch das Ruinenfeld. Angeblich lebten noch Menschen in den Überflutungsgebieten. Piraten, Schmuggler und anderes ID-loses Gesindel, das sich in den oberen Stockwerken der noch nicht vollständig zerstörten Gebäude verbarg und ein ewiges Katz-und-Maus-Spiel mit den Sicherheitskräften der Konzerne und der Föderation veranstaltete. Sicherlich kein angenehmes Dasein.

Einige Minuten später wichen die Überreste der einstigen Stadt weiten grünen Flächen: Algenfarmen, aus denen ein Großteil der Nahrung für die umliegenden Städte stammte. Die Algen nahmen in vielen Küstenregionen der Erde den Platz ein, den in den Kolonien die genmanipulierten Sojabohnen aus den Agrarkuppeln innehatten. Sie waren der billige Grundstoff für die Lebensmittelindustrie, aus dem sich mit den Mitteln der modernen Chemie nahrhafte Speisen erschaffen ließen. Keine Delikatessen, aber ausreichend, um Mägen zu füllen.

»Na, junger Mann«, erklang eine Stimme neben ihm. »Genießen Sie die hübsche Aussicht?«

Skip sah fast erschrocken die alte Frau neben sich an.

»Sind nicht von hier, ne?«, fuhr sie fort, ohne eine Antwort abzuwarten. »Sieht man gleich. Sonst guckt hier keiner aus dem Fenster.«

Ihr Englisch hatte einen fremdartigen, melodischen Dialekt und enthielt einige Ausdrücke, deren Bedeutung Skip erraten musste.

»Sie kommen von hier?«, fragte er, um nicht unhöflich zu erscheinen.

»Ja ja. Ich wohne drüben auf Veluve.« Auf seinen fragenden Gesichtsausdruck hin ergänzte sie: »Die Insel gegenüber von Nijmegen. In Arnhem. Keine tolle Gegend, aber was Besseres kann ich mir nicht leisten. Bin ja froh, überhaupt ein Dach über'm Kopf zu haben. Und wo wollen Sie hin?«

»Nijmegen. Und dann weiter in den Metroplex.«

»Ah, ja, ja. Mit der Röhre? Mit der ist man im Nu mittendrin im Plex.«

»Röhre?«, fragte Skip verwirrt.

»Die Vakuumröhrenbahn. Mit der bin ich schon bis Frankfurt gefahren. Dauert nicht mal 'ne Stunde. Echt fix. Wo kommen Sie denn her?«

Da er dem Kreuzverhör ohnehin nicht standhalten würde, entschied er sich für so viel Wahrheit wie möglich. »Ich habe auf einem Heliumfrachter gearbeitet. Bin zwischen Saturn, Mars und dem Asteroidengürtel hin und hergependelt.«

Jetzt hatte er die volle Aufmerksamkeit seiner neuen Bekannten.

»Aus den Kolonien? Na das finde ich ja mal interessant. Sie waren echt in den Kolonien? Wahnsinn. Und wie ist es da so?«

Er überlegte kurz. »Meistens recht einsam. Auf so einem Frachter sind nur wenige Besatzungsmitglieder.«

Das herzliche Lachen der Frau war beinahe ansteckend. »Na dann ist die Erde ja mal was ganz anderes für Sie. Nee, Wahnsinn, wen man hier so trifft. Sind Sie zum ersten Mal hier?«

»Auf der Erde bin ich schon rund ein halbes Jahr. Hier in der Gegend aber zum ersten Mal.«

»Und wie gefällt sie Ihnen, unsere schöne Erde?«

»Ist schon ein Erlebnis. Ganz anders als da draußen im Sonnensystem. Viele Menschen.«

Wieder lachte sie. »Ja, davon haben wir hier reichlich. Nee, nee, sitzt hier ein echter Weltraumfahrer neben mir. Wenn ich das zu Hause erzähle, das glaubt mir keiner. Ist aber schon schlimm, was da draußen gerade los ist, nicht wahr? Da in den Kolonien. Das mit den Mutanten, mein' ich. Nee, nee, ich hab' schon immer gesagt, denen kann man nicht trauen.«

»Wieso trauen?« Jetzt hieß es, keinen Fehler zu machen.

»Na, die haben doch immer behauptet, die Mutanten können keine Kinder kriegen. Jahrelang haben sie uns belogen. Wollten uns einreden, dass wir uns keine Sorgen machen brauchen. Dass sie alles im Griff haben. Und jetzt? Alles gelogen! Nee, nee, keinem kannste mehr was glauben!«

Skips Verstand war geneigt, das Thema so schnell wie möglich zu beenden, aber schließlich siegte die Neugier. »Was ist denn eigentlich so schlimm daran, dass Mutanten Kinder bekommen können, so wie alle anderen Menschen auch?«

»Na, junger Mann! Sie können Fragen stellen! Die haben's doch auf uns abgesehen. Die haben die Mutanten stärker und größer und all so Sachen gemacht. Haben Sie mal einen von denen gesehen? Riesengroß sind die. Und dann kann denen die ganze Strahlung und so nichts anhaben. Meine Mutter hat immer gesagt, das ist alles geplant, die ganze Verstrahlung und so. Von wegen Unfälle! Ha! Das ist alles von ganz langer Hand geplant. Die wollen uns echte Menschen ausrotten. Ersetzen wollen sie uns. Mit diesen Ausgeburten der Hölle. Nee, nee, ich sag's Ihnen: Gottes Kinder sind das nicht. Die kommen von ganz woanders.« Ihre Augen drehten sich bedeutungsvoll nach unten. »Ich sag' Ihnen, das dauert nicht mehr lange, dann finden sie auch hier bei uns auf der Erde die ersten Kinder von dem Gesocks. Und dann gute Nacht! Dann ist es vorbei mit der Menschheit. Die wollen die ganze Erde übernehmen. Nee, nee, schlimm ist das! Gut, dass meine Mutter das nicht mehr erleben muss.«

»Ja, ganz schlimm!«, bestätigte Skip. Alles in ihm schrie danach, das wirre Gefasel der Frau als den Blödsinn zu entlarven, der es war. Aber er wusste, dass er sich damit auf sehr dünnes Eis begeben würde. Lieber den Mund halten und unauffällig bleiben.

Seine neue Bekanntschaft hingegen hatte sich gerade erst warm geredet. »Da draußen in den Kolonien gibt's ja noch viel mehr von denen, hab' ich gehört. Haben Sie denn keine Angst, dass die da alles an sich reißen und die normalen Menschen überflüssig machen? Oder irgendwann mal anfangen, nicht mehr so nett zu tun?«

»Eigentlich bin ich bisher ganz gut mit den Mutanten zurechtgekommen«, antwortete Skip vorsichtig. »Die wollen auch nur ihre Arbeit machen und irgendwie über die Runden kommen.«

»Alles nur Show, sag' ich Ihnen. Die machen uns was vor. Wollen uns einlullen. Aber irgendwann – zack! – zeigen sie ihre wahren Absichten. Die und ihre sogenannten Schöpfer. Die wollen doch alles an sich reißen. Gottloses Gesindel! Gut, dass jetzt endlich rausgekommen ist, was die wirklich planen. Machen überall heimlich Kinder und jubeln uns die unter. Bis keiner mehr von uns da ist, sondern nur noch das gottlose Pack.«

Ein Tonhöhenwechsel der Turbinen kündigte die nahende Ankunft an.

»Scheint, wir sind gleich da«, versuchte Skip, das Thema ‚Mutanten' abzuhaken. »Sie fahren mit einer anderen Fähre weiter?«

»Ja, ja. Ist nur ein kleines Bötchen. Das wird wieder eine Schaukelei bei den Wellen. Ich darf gar nicht dran denken, da dreht sich mir schon der Magen um. So'n Hovercraft ist da schon was anderes.«

Skip hörte nur noch mit einem halben Ohr zu. Er versuchte erfolglos, durch die regennasse Scheibe irgendetwas zu erkennen. Zumindest wurde schnell klar, dass die Skyline von Nijmegen deutlich unspektakulärer war als die riesigen Arkologien von Den Haag. Erst, als der vage erkennbare Horizont sich ein wenig nach unten verschob, bemerkte Skip, dass sie bereits an Land gefahren waren. Nun erkannte er auch einige Gebäude. Dann wurde es auch schon dunkel, als sie in den Hangar fuhren. Noch bevor das Hovercraft zur Ruhe kam, erhoben die ersten Passagiere sich von ihren Plätzen und kramten ihr Gepäck zurecht. Skip blieb erst einmal sitzen. Er hatte es nicht eilig und wartete, bis die Sitzreihen sich gelichtet hatten. Dann bückte auch er sich nach seinem Seesack, wobei wohl die Kapuze ein wenig von seinem Kopf rutschte.

»He!«, hörte er eine Männerstimme. »Ist das da drüben ein Mutant?«

Skip blickte auf und sah mehrere Dutzend Augenpaare auf sich gerichtet. Er zog die Kapuze wieder über seinen Kopf, aber es war bereits zu spät. Ein kräftiger Kerl mit bunten Tätowierungen im Gesicht, vermutlich der Mann, der ihn zuerst gesehen hatte, kam auf ihn zu und machte Anstalten, ihm die Kapuze vom Kopf zu ziehen. Skip wehrte ihn ab, doch die Slagfrau, die neben ihm gesessen hatte, kam dem Tätowierten zu Hilfe und entblößte mit einem schnellen Griff Skips Schädel.

Ein Aufschrei des Entsetzens ging durch die Menge.

»Hab' ich's doch richtig gesehen!«, triumphierte der Mann vor ihm. »Ein Mutant!«

»Schnappt ihn!«, brüllte jemand anderes.

Schon traf der erste Schlag Skips Rücken. Aus dem Augenwinkel sah er seine Sitznachbarin, ihr vorher so freundliches Gesicht zu einer hasserfüllten Grimasse verzerrt. Sie schrie irgendetwas, was er nicht verstand, aber die Botschaft war eindeutig.

Skip versuchte gar nicht erst zu argumentieren. Er hielt sich die Arme über den Kopf und kämpfte sich durch die Sitzreihen in Richtung des Ausgangs. Es war der reinste Spießrutenlauf. Die meisten der Menschen begnügten sich glücklicherweise damit, ihn zu beschimpfen oder zu bespucken, aber nicht wenige wurden handgreiflich. Einer versuchte, ihn festzuhalten. Knapp gelang es Skip, sich wieder loszureißen. Dann versperrten ihm zwei weitere Männer den Weg. Skip hielt mit voller Wucht auf sie zu, doch er schaffte es nicht, sie zur Seite zu stoßen. Nach einem wirren Handgemenge landeten alle drei auf dem Boden, Skip zuoberst. Eiligst erhob er sich wieder und wich den Händen aus, die ihn festhalten wollten. Er trampelte über die beiden Männer hinweg zum Ausgang. Eine junge Frau mit einem Kind hastete zur Seite und machte ihm angsterfüllt Platz. Er hechtete an ihr vorbei und stolperte nach draußen, drängte sich an den Menschen vorbei, die gerade die Treppe hinunter stiegen. Dann verlor er die Orientierung und merkte erst danach, dass ihn ein Hieb ins Gesicht getroffen hatte. Woher der Schlag gekommen war, konnte er nicht ausmachen. Er verlor das Gleichgewicht und fiel. Zwei Meter tiefer schlug er auf dem Betonboden auf. Für einen Moment war er weggetreten. Er kämpfte gegen die drohende Bewusstlosigkeit an und schaffte es, sich auf alle viere zu hieven.

Geräusche drangen an seine Ohren. Erst Schreie, dann dumpfes Pochen. Er ging wieder zu Boden. Mit jedem Ton fühlte er Schmerzen in seinem Leib. Es waren Schläge und Tritte, die auf ihn niedergingen. Flüssigkeit lief ihm in die Augen. Er kauerte sich zusammen, verbarg seinen Kopf unter den Armen. Seine Welt bestand nur noch aus Schreien, Schlägen und Schmerzen. Er konnte nicht denken. Nicht handeln. Mehr Schmerzen.

Von einem Augenblick zum nächsten hörte das Martyrium auf.

Stille um ihn herum.

Schwere Schritte kamen auf ihn zu.

Eine einzelne Stimme dröhnte: »Der Nächste, der ihm was tut, kann das anschließend direkt nochmal mit mir versuchen!«

Eine unmenschlich tiefe Stimme. Skip öffnete ein Auge, wischte sich das Blut aus dem Gesicht, dann konnte er etwas erkennen. Zwei Paar schwere Stiefel. Er hob seinen Blick. Schwarze Körperpanzer. Der stilisierte Löwenkopf der Föderation auf der Brust. Railguns in den Händen. Alles überdimensional groß. Unter den Stahlhelmen rothäutige Gesichter. Breite, kantige Kiefer. Schwarze Augen. Omegas!

Selbst die meisten Mutanten fürchteten ihre Artgenossen der Omega-Klasse. Sie waren Kämpfer. Soldaten. Killer. Erschaffen, um zu töten. Aggressiv, rücksichtslos gegen sich selbst und den Rest der Welt. Den meisten Sicherheitsdiensten waren sie zu unberechenbar. Sie betraten die Bühne nur, wenn die Diplomatie endgültig gescheitert war. Zwei von ihnen standen direkt vor ihm.

»Steh auf!«, dröhnte einer der beiden.

Mühsam schaffte Skip es, seine Gliedmaßen zu koordinieren. Alle Arme und Beine gehorchten ihm noch. Mutanten waren zäh. Er schwankte ein wenig, aber es gelang ihm, auf den Füßen zu bleiben. Die beiden Omegas überragten ihn um fast einen Kopf. Er blickte sich um. Der Mob stand wie in einer Linie aufgereiht hinter ihm. Der Hass war noch nicht gänzlich aus den Gesichtern gewichen, hatte aber weitgehend der Angst Platz gemacht.

»Verpisst Euch!«, befahl einer der Omegas.

Widerwillig zerstreuten sich die Passagiere des Hovercrafts.

Skip spie Blut aus.

»Danke«, brachte er heiser hervor.

»Wem gehörst du?«, wollte einer der beiden Killer wissen.

»Freigekauft«, antwortete Skip. »Will zum Raumhafen. Weg hier.«

»Gute Idee. Dann ab mit dir!«

Skip deutete zum Hovercraft. »Ich hole nur noch mein Gepäck.«

Ein angedeutetes Nicken reichte ihm als Bestätigung. Noch waren nicht alle Passagiere ausgestiegen. Als Skip die Treppe hochstieg, rückten die Menschen zur Seite. Die Blicke, die sie ihm zuwarfen, trieften vor Verachtung. Jemand spuckte ihn an. Die Slagfrau, mit der er sich unterwegs unterhalten hatte. Sie sagte kein Wort. Er ging an den Leuten vorbei in die Kabine. Ein Slag und ein Kind wühlten in seinem Seesack. Als sie ihn erblickten, sprangen sie ängstlich zur Seite und flüchteten nach draußen. Skip war nicht in der Verfassung, ihnen nachzusetzen. Stattdessen packte er seine Sachen zusammen, die zwischen den Sitzreihen verstreut lagen, und kramte sie wieder in den Sack. Er prüfte das Seitenfach. Leer. Da drin hatten die CashCards gelegen bis auf die eine, die er in seiner Jacke trug. Ein Drittel seiner Ersparnisse war weg. Ganz toll! Er hievte den Seesack auf den Rücken und ging wieder hinaus. Mittlerweile waren alle anderen ausgestiegen. Er war der Letzte. Einer der Piloten kam um den Rumpf des Fahrzeugs heran. Als er die Omegas erblickte, blieb er in gebührendem Abstand stehen.

Skip baute sich vor den beiden auf, die immer noch unbewegt am selben Ort standen.

»Ich bin bestohlen worden«, beschwerte er sich.

»Von wem?« Der schwarz Gepanzerte schien wenig enthusiastisch.
»Die anderen Passagiere.«
»Alle?«
Das Gespräch ging in die Richtung, die Skip befürchtet hatte. »Keine Ahnung.«
»Dann vergiss es!«
Wie erwartet.
»Wo kann ich hier hingehen?«, fragte Skip.
»Raus aus der Stadt. Wenn du hierbleibst, gibt's nur Ärger. Davon haben wir schon genug.«
Skip nickte. »Wo geht's zur Vakuumröhrenbahn?«
»Da lang.« Der Omega deutete zu einem der Ausgänge des Hangars.
»Meine CashCards sind weg. Gibt's hier irgendwo eine Bank?«
»Vermutlich.«
»Und wo finde ich die?«
»Nicht mein Problem. Und jetzt sieh zu, dass du Land gewinnst!«
Eine Diskussion mit Kampfmutanten war zwecklos. Wenn es im Sonnensystem jemanden gab, den man nicht reizen sollte, dann einen Omega. Und zwei auf einmal schon gar nicht. Skip nickte, grüßte noch einmal wortlos und marschierte dann in Richtung Ausgang. Niemand hielt ihn auf, auch wenn er den Blicken entnahm, dass dies dem einen oder anderen ein wenig Selbstbeherrschung abverlangte.
Er spuckte noch einen Klumpen Blut auf den Boden, zog sich die Kapuze so tief ins Gesicht wie möglich und verließ den Hangar.
Er folgte den Schildern zum Einreisebüro. Bevor er das Föderationsterritorium betreten konnte, benötigte er ein Visum. Nach zwanzig Minuten Marsch durch diverse Korridore fand er die Schlange vor dem Schalter, in der er die nächste halbe Stunde verbrachte. Zwei weitere Omega-Klasse-Mutanten wachten über die Einreisewilligen. Niemand im Universum konnte so böse dreinschauen wie die Omegas. Skip zweifelte nicht im Geringsten daran, dass sie jederzeit bereit waren, ihren drohenden Blicken entsprechende Taten folgen zu lassen. Regel Nummer eins im Umgang mit Omegas: Vermeide den Umgang mit Omegas!
Als Skip endlich an der Reihe war, deutete die Frau hinter der Panzerglasscheibe des Schalters statt einer Begrüßung auf das Lesegerät vor ihm. Er legte seinen Unterarm mit dem ID-Chip hinein und erschrak, als eine stählerne Manschette sich um seinen Arm schloss und ihn festhielt. Er spürte einen Stich. Vermutlich ein Gencheck, um seine ID zu bestätigen. Kein grundsätzlich unübliches Verfahren, aber in dieser Form doch etwas befremdlich.

Die Föderationsbeamte ihm gegenüber trug eine Datenbrille, auf der wohl gerade Skips gesamter Lebenslauf angezeigt wurde.

»Beta-Klasse. Keine Konzernzugehörigkeit«, sagte sie mit monotoner Stimme. »Stimmt das?«

»Ja, Ma'am.«

Die Manschette öffnete sich. Skip warf einen Blick auf seinen Arm und entdeckte einen kleinen roten Punkt, wo er den Stich gespürt hatte.

»Einreiseantrag abgelehnt«, verkündete die Frau emotionslos.

Skip war entsetzt. »Warum denn das?«

Die Kamera über dem Schalter, die auf sein Gesicht gerichtet war, stellte sich scharf.

»Einreiseverbot für freie Mutanten.«

»Seit wann?«

»Seit zwei Tagen. Bitte verlassen Sie jetzt den Schalter!«

Skip wollte lautstark protestieren, doch er bemerkte eine Bewegung im Augenwinkel. Einer der beiden Omega-Gardisten sah in seine Richtung.

»Ja, Ma'am«, gab er klein bei, zurrte den Seesack fest und machte sich auf den Rückweg.

Der Raumhafen war soeben in unendliche Ferne gerückt. Die berüchtigte Bürokratie der Föderation hatte gnadenlos zugeschlagen. Er besaß kaum noch Bargeld. Ein Großteil der Menschen um ihn herum war bereit, ihm auf der Stelle Gewalt anzutun. In was für eine beschissene Situation war er da nur geraten? Er hatte keinen Plan. Sein Gehirn war vollkommen leer. Mechanisch trottete er zurück zum Hangar mit den Hovercrafts.

Er passierte gerade ein öffentliches ComTerminal, als ihm doch noch eine Idee kam. Er verband das Terminal mit seinem ComLink und lud die Kontaktdaten von Francis deVries hoch. Das Ascon-Logo erschien über dem Holoprojektor und wich wenige Sekunden später dem Bild einer adrett lächelnden Konzernsekretärin mit einem Datenkabel in der Schläfe.

»Ascon Industries, Büro deVries, was kann ich für Sie tun?«

»Ähm, ist Mr. deVries zu sprechen?«

»Worum geht es denn?«

»Mein Name ist Skip. Ich habe letzten Sommer in einem Explorationsteam in Grönland für Ascon gearbeitet. Ich wäre interessiert, auch in die Antarktis-Saison einzusteigen.«

»Da muss ich Sie leider enttäuschen, Mr. Skip. Bei uns herrscht derzeit ein Einstellungsstopp.«

»Aber Mr. DeVries hat mir noch vor wenigen Tagen gesagt, er wäre sehr interessiert, wenn ich wieder bei Ascon einsteige.«

»Tut mir leid, Mr. Skip, aber seitdem haben sich die Dinge verändert.«

Skip ahnte, worauf es hinauslief. »Darf ich raten? Der Einstellungsstopp gilt nur für Mutanten, nicht wahr?«

Ohne das freundliche Lächeln auch nur einen Sekundenbruchteil auszusetzen, fuhr sie fort: »Ich bin leider nicht befugt, Ihnen Auskunft über die interne Personalpolitik zu geben. Ich habe Ihrer Akte eine Notiz hinzugefügt. Sollten wir Bedarf an Ihrer Mitarbeit haben, werden wir uns bei Ihnen melden. Ich wünsche Ihnen einen angenehmen Tag.«

Ihr Bild verschwand. Zwei Sekunden starrte Skip noch auf das Ascon-Logo, dann wurde die Verbindung unterbrochen.

Er war erledigt.

Er stöpselte sein ComLink aus, steckte es ein und ging weiter, ohne zu wissen wohin. Er setzte einen Fuß vor den anderen, bis er wieder im Hangar stand. Das Hovercraft, mit dem er gekommen war, hatte Nijmegen bereits verlassen. Nur eine Handvoll Techniker bevölkerte die Halle. Auch die beiden Omegas konnte er nirgends entdecken. Nicht, dass sie ihm irgendwie weitergeholfen hätten.

Er stand einfach nur da und starrte ins Nirgendwo. Er wusste nicht mehr weiter. War gestrandet auf einem feindseligen Planeten. Wirre Gedanken schossen durch sein Gehirn. Sollte er rausgehen in den Sturm und versuchen, sich dort durchzuschlagen? Sich einfach hier, wo er stand, niederlassen, bis ihn jemand wegtrug? Vielleicht ein kleines Verbrechen begehen, um zumindest in eine Gefängniszelle Einlass zu erhalten. Keine gute Idee. Die Föderationsgefängnisse waren nicht gerade für ihre Gastlichkeit berühmt.

Er wusste nicht mehr, wie lange er schon da stand, als ihn jemand von der Seite ansprach.

»Hey! Alles klar, Mann?«

Skip erschrak. Neben ihm stand ein Mann in einem dunkelgrauen Overall. Er hielt einen optronischen Diagnosekoffer in der Hand. Mit so einem hatte Skip früher Schiffscomputer geprüft, vor seinem unsäglichen Entschluss, die Erde zu besuchen. Aber was am wichtigsten war, der Techniker hatte die unverwechselbare Hautfarbe und Schädelform eines Beta-Klasse-Mutanten. Er hielt ihm den Unterarm zum Gruß entgegen.

Skip stieß den seinen dagegen. »Ähm, hallo.«

»Du bist der, den sie hier vorhin in die Mangel genommen haben, oder?«

»Ja, genau der.«
»Scheiße Mann! Was für ein Dreck! Ich bin Dragonfly. Hab's gesehen. Sorry, dass ich dir nicht geholfen habe.«
»Schon gut. Ich bin Skip. Gegen die Meute wären wir zu zweit auch nicht angekommen. Die Omegas haben's ja gerichtet.«
»Ja. Hätte nicht geglaubt, dass ich das jemals sage, aber im Augenblick bin ich echt froh, dass die hier Streife laufen.«
»Tun die das sonst nicht?«
»Nee, Mann. Bestimmt nicht. Das sind Stoßtruppen. Normalerweise schießen die zuerst und stellen dann die Fragen. Schätze, die sind bis unter den Helm vollgestopft mit Tranquilizern. Sonst hätten die hier schon längst alles in Schutt und Asche gelegt.«
Ein Lächeln huschte über Skips geschwollene Lippen. »Ich hatte schon gedacht, die wären hier auf der Erde friedlicher als bei uns. Schön, dass zumindest ein paar Sachen vertraut sind.«
»Wo kommst du denn her?«
Skip zeigt mit dem Daumen nach oben. »Heliumtanker. Saturn, Mars, Asteroidengürtel.«
»Und was machst du hier?«
Das war die Frage, die Skip sich auch stellte.
»Ich bin hier irgendwie ganz doof gestrandet«, erklärte er. Er deutete in die Richtung, aus der er gerade kam. »Eigentlich war ich auf dem Weg zum Raumhafen in Düsseldorf. Irgendwo in den Orbit und von da aus weiter nach draußen. Aber das Einwanderungsbüro lässt mich nicht in die Föderation rein. Der Kon, für den ich bis vor wenigen Tagen gearbeitet habe, will mich nicht mehr. Ich weiß gerade echt nicht, wohin.«
»Dein Kon will dich nicht mehr?« Dragonfly sah ihn ungläubig an.
»Ich gehöre denen nicht. Hab' mich freigekauft.«
»Oh. Nicht schlecht. Zumindest normalerweise. Aber was ist im Augenblick schon normal?« Dragonfly sah sich nach links und rechts um, bevor er weitersprach. »Ich kann dich nicht zum Raumhafen bringen, aber ich kann dir sagen, wie du in die Nähe davon kommst. Siehst du den Ausgang da drüben? Da durch kommst du zu den Piers. Von Nummer acht geht 'ne Fähre weiter die Bucht rauf, bis Rheinberg. Das ist zwar Föderationsland, aber da kontrollieren die nicht. Ist eins von den alten Flüchtlingslagern. Voll mit Illegalen. Von da aus gibt's angeblich Schleichwege ins Hinterland, vorbei an den Sperranlagen. Musst dich durchfragen. Für Geld kriegst du da alles. Frag nach Zerberus. Der kann dir bestimmt helfen.«
Skip atmete hörbar auf. »Danke, Dragonfly. Ich stehe in deiner Schuld.«

»Ist schon gut, Mann. Besser, du gehst jetzt. Meine Kollegen gucken schon hier rüber. Kann ich im Augenblick echt nicht brauchen, wenn die mich beim Chef anschwärzen. Alles Gute dir!«

Skip klopfte ihm zum Abschied mit der Hand auf die Schulter, dann wandte er sich dem Ausgang zu, den Dragonfly ihm gezeigt hatte. Er erinnerte sich, dass einige der Passagiere des Hovercrafts, mit dem er angekommen war, diesen Weg genommen hatten. Mit etwas Glück waren sie aber schon weg.

Die Prellungen, die ihm der aufgebrachte Mob beigebracht hatte, schmerzten immer noch und der Geschmack von Blut hatte sich noch nicht ganz aus seinem Mund verabschiedet. Er war definitiv noch nicht in Sicherheit, aber er schöpfte wieder ein wenig Hoffnung.

Er grinste innerlich.

Urlaub auf der Erde.

Was für eine bescheuerte Idee!

19.10.2210, Elysium City, Ares Konzernrepublik, Mars

»Mit diesem neuen Fall steigt die Zahl der frei geborenen Mutantenkinder auf sechzehn«, verkündete die Nachrichtensprecherin. »Als besonders brisant ist zu bewerten, dass mit dem Fund in Nagoya nun zum ersten Mal auch auf der Erde ein Fall nachgewiesen wurde. Die ohnehin seit Tagen immer stärkeren Proteste gegen die Mutanten haben damit einen neuen Höhepunkt erreicht. In Yamato erhoben mehrere Daimyos die Forderung, endgültig alle Mutanten aus dem Reich zu verbannen. In mehreren Städten der Amerikanischen Liga gab es öffentliche Protestbekundungen mit vielen hunderttausend Teilnehmern. Eine Netzpetition gegen die Duldung genetisch veränderter Menschen hat heute die Zehn-Millionen-Grenze überschritten. China und die Islamische Konföderation sehen ihre restriktive Politik gegenüber Mutanten anhand der jüngsten Ereignisse bestätigt. Aus Regierungskreisen der Europäischen Föderation hört man gemäßigtere Töne. Inga Vålstrøm, Generalsekretärin der Technokratischen Partei, sieht die Entwicklung mit Besorgnis, kann aber noch keinen Anlass erkennen, die Mutanten als Gefahr für die Föderation einzustufen.« Vålstrøm wurde in den Feed eingeblendet. »Diese Menschen haben in der Vergangenheit erheblich zu Wohlstand und Ordnung in der Föderation beigetragen und ich zweifle nicht daran, dass sie dies auch in der Zukunft tun werden.«

Die Nachrichtensprecherin übernahm wieder. »Weite Teile der Bevölkerung sehen dies allerdings anders, was angesichts der zum Jahreswechsel anstehenden Parlamentswahlen sicherlich nicht ohne Bedeutung bleiben wird. Unsere Reporter haben im gesamten Rhein-Main-Neckar-Metroplex Meinungen eingeholt, um zu erfahren, was die Bürger der Föderation zu diesem Thema zu sagen haben.«

Ein älterer Herr im Priesterornat der Neochristen blickte entschlossen in die Kamera. »Die Schöpfung ist allein Gottes Werk. Der Mensch hat da nicht hineinzupfuschen. In der Genesis ist kein achter Tag vorgesehen. Dieses blasphemische Treiben muss auf der Stelle beendet werden.«

Überblendung auf einen jungen Mann, der Kleidung nach ein Anhänger der Gaianerbewegung. »Ich meine, im Prinzip können die Mutanten ja nichts dafür. Die haben es sich ja nicht ausgesucht, Mutanten zu sein. Die wahren Verbrecher sind die Genkonstrukteure, die sie erschaffen haben. Die muss man zur Rechenschaft ziehen. Aber wenn die Mutanten jetzt anfangen, sich selbstständig zu vermehren ... also, da muss man was gegen tun. Ich denke, die Zwangssterilisierung ist ein angemessenes Mittel, die Gefahr einzudämmen.«

Kareena stoppte den Feed. Volkes Meinung zu den Mutanten war hinreichend bekannt. Zumindest auf der Erde. Zum Glück war der hirnlose Volkszorn noch nicht auf den Mars und die anderen Kolonien übergeschwappt.

Sie schaltete die Videoeinspeisung komplett ab und öffnete die Augen. Das Licht im Besprechungsraum neben Sal Haggards Büro war für ihren Geschmack etwas zu hell. Sie blinzelte, bis ihre Pupillen sich an die Beleuchtung adaptiert hatten. Eric Vandemool saß ihr gegenüber. Er blickte von seinem Datensichter auf, als er bemerkte, dass sie die virtuelle Welt verlassen hatte.

»Und? Was gibt's Neues?«, fragte er mit einem Hauch Ironie in der Stimme.

»Jetzt haben sie auch auf der Erde frei geborene Mutanten gefunden.«

Vandemool lachte. »Na, das wird lustig! War ja nur eine Frage der Zeit.«

Eine halbe Minute schwiegen sie sich an. Sie waren nicht gerade dicke Freunde. Haggards Adjutant hatte sich bereits mehrmals über ihren Mangel an Diplomatie beschwert. Dabei hatte sie nur ihre Meinung offen geäußert. Haggard wusste das zu schätzen. Sie hoffte inständig, dass Vandemool nicht seinen Platz einnehmen würde, sollte der alte Krieger irgendwann doch einmal in den Ruhestand gehen. Kareena verabscheute seine aalglatte, zynische Art. Vandemool war in ihren Augen ein rücksichts- und rückgratloser Karrierist. Dass der geradlinige Haggard ihn so nahe bei sich duldete, war ihr ein Rätsel.

Kareena sah zu der geschlossenen Tür, hinter der ihr Chef vor mehr als einer Viertelstunde verschwunden war, nachdem er ihre kaum begonnene Diskussion aufgrund eines Anrufes von ganz oben unterbrochen hatte.

»Von wegen fünf Minuten«, beschwerte sie sich, um die Stille zu füllen. »Dass der Vorstand ihm so viel Zeit gewährt, ist erstaunlich.«

»Ist nicht das erste Mal«, wiegelte Vandemool ab. »Die hohen Damen und Herren legen durchaus Wert auf Sals Erfahrung.«

»Wegen der Sicherheitslage? So ernst ist es nun auch wieder nicht. Ich glaube nicht, dass es hier auch nur annähernd so schlimm wird wie auf der Erde.«

Vandemool hob abwehrend die Hand. »Nein, nein. Ich denke da eher an seine Erfahrungen aus den Iridiumkriegen.«

Kareena stutzte. »Und wie ist das im Augenblick von Nutzen? Ich habe nicht den Eindruck, dass wir auf einen Krieg zusteuern. Zumindest keinen, in den Cynarian verwickelt würde.«

»Sehen Sie, Captain!« Sie mochte den belehrenden Ton in seiner Stimme nicht, lauschte aber aufmerksam. »Sal hat damals eine der ersten Omega-Sturmkompanien außerhalb des Shigano-Kombinats befehligt. Er ist einer der erfahrensten Kommandeure für Mutanteneinheiten auf dem Mars und sicherlich der Beste innerhalb von Cynarian. Auch wenn er mittlerweile andere Aufgaben übernommen hat, kann kaum jemand auf derart viel Erfahrung in moderner militärischer Strategie verweisen.«

Vandemool nahm einen Schluck Kaffee und lehnte sich auf seinem Stuhl zurück, bevor er weitersprach. »Ich stimme Ihnen zu, dass die Akzeptanz der Mutanten hier auf dem Mars zu groß ist, als dass es für uns zu ernsthaften Schwierigkeiten kommen könnte. Aber nicht nur die Konzerne, sondern auch die Föderation hat in den letzten Jahren viele Omega-Krieger und andere Mutanten in ihre Raumstreitkräfte aufgenommen. Dass sie bereit sind, sie auch einzusetzen, haben sie Anfang des Jahres bei den Auseinandersetzungen auf Titan eindrucksvoll unter Beweis gestellt. Wenn die Unruhen in der Föderation weiter zunehmen, könnte ihre Regierung gezwungen sein, das nationale Mutantenprogramm zu reduzieren oder sogar einzustellen.«

»Verkauft Cynarian denn relevante Mengen von Mutanten an die Föderation?«

»Das ist nicht das Problem«, wiegelte der Pure ab. »Unsere Verkaufszahlen an die Europäer sind, soweit ich weiß, überschaubar. Ganz im Gegenteil. Kurzfristig könnte sich das sogar positiv für Cynarian auswirken. Sollte die Föderation ihre Mutantensoldaten tatsächlich durch Norms ersetzen, wird sie deren Kampfkraft erheblich steigern müssen. Dafür kommen primär kybernetische Implantate infrage und in dem Sektor ist Cynarian immer noch Marktführer. Für die langfristigen Auswirkungen sind aber ganz andere Dinge entscheidend. In den vergangenen Jahren hat die Föderation erheblichen Einfluss nicht nur auf der Erde, sondern auch im Rest des Sonnensystems erlangt. Sie ist ein nennenswerter Faktor in der interplanetaren Politik geworden, den niemand mehr leichtfertig ignorieren kann. Seit dem Niedergang Chinas haben die Konzerne sich jenseits der Erdoberfläche nicht mehr mit nationalstaatlichen Interessen herumschlagen müssen. Das hat sich nun geändert. Und dafür ist nicht zuletzt die Modernisierung der föderierten Raumstreitkräfte und deren Ausstattung mit genetisch veränderten Soldaten verantwortlich.«

»Das bedeutet«, führte Kareena den Gedanken laut weiter, »wenn die Föderation durch den Druck ihrer eigenen Bevölkerung dazu gezwungen wäre, ihr Mutantenprogramm einzuschränken, würde das das Föderationsmilitär schwächen. Insbesondere die Raumstreitkräfte. Selbst wenn sie stattdessen ein umfangreiches Kybernetikprogramm für ihre Soldaten starten, wird das um ein Vielfaches teurer als der Einsatz von Mutanten und eine ganze Weile dauern, bis alles einsatzbereit ist.«

»Genau«, bestätigte Vandemool. »Und damit kommen neue Variablen in das ganz große Spiel.«

Er sah sie auffordernd an. Trotz seiner oberlehrerhaften Art tat sie ihm den Gefallen, den Gedankengang weiterzuspinnen, wenn auch nur, um seine Reaktion zu beobachten und herauszufinden, welche Pläne der Pure schmiedete.

»Die Föderation ist aktuell einer der stärksten Gegner der freien Entfaltung des korporativen Sektors«, führte sie aus. »Sie hat die Europäische Konzernrepublik beseitigt und sich im Titan-Krieg offen gegen extraterrestrische Konzerne gestellt. Was die Föderation schwächt, könnte eine Chance für die Konzerne sein. Also auch für Cynarian.«

Vandemool grinste sie an wie ein Dozent, dessen Schüler endlich kapiert hatte, wie es funktionierte. »Das ist eine Option.«

»Und die andere?«

Bevor sie fortfahren konnten, wurde die Tür zum benachbarten Büro schwungvoll aufgerissen. Sal Haggard betrat den Besprechungsraum. Ohne sich für die Unterbrechung zu entschuldigen, setzte er sich an den Tisch. Sein Gesicht war rot angelaufen und verlor die angeregte Farbe nur langsam. Das Gespräch mit dem Vorstand war offenbar nicht nach seinen Wünschen verlaufen. »So! Wo waren wir stehen geblieben? Sie diskutieren bereits Optionen?«

»Ich habe mir erlaubt, Captain Toran in unsere Überlegungen einzuweihen, Sir«, meldete Vandemool zackig.

»Ah ja. Machen Sie weiter!« Haggards Miene verriet, dass er noch dabei war, seine Gedanken zu ordnen, und der Diskussion nur mit einem halben Ohr folgte.

Sein Adjutant hatte alle Lässigkeit abgelegt und sich aufrecht hingesetzt, sobald sein Vorgesetzter den Raum betreten hatte. Vandemools Haltung erinnerte an eine sitzende Habachtstellung. Sein Blick wanderte wieder zu Kareena.

»Die andere Option beinhaltet die Überlegung, dass nicht nur Cynarian von einer Schwächung der Föderation profitieren würde.«

»Die USI sicher in noch höherem Maß«, räumte Kareena ein.

»Ganz genau.« Vandemool war nun in seinem Element. »Die Interessen der USI haben derzeit mit Abstand das größte Konfrontationspotenzial mit denen der Föderation. Die USI hat nicht vergessen, dass sie auf dem Saturn eine Niederlage erlitten hat, als die Föderation dort den Titan-Bund und die anderen antikorporativen Kräfte unterstützt hat. Es ist egal, wie sehr es von allen Seiten schöngeredet wird, es war eine Niederlage.«

Kareena legte die Zeigefinger an die Lippen, als sie weiter nachdachte. »Das heißt, die USI hätte den größten Nutzen an der ganzen Misere. Damit sie ihre marktbeherrschende Stellung im Sonnensystem nicht noch weiter ausbaut, müsste eine Schwächung der Föderation also vermieden werden.«

»Da wird die Reise hingehen«, unterbrach Haggard. Seine Stimme war immer noch erregt, aber er hatte sich im Griff. »Cynarian hat nur wenige Reibungspunkte mit der Föderation. Das bisschen Asteroidenbergbau, um das es da geht, ist nach Meinung der strategischen Planung und der anderen hohen Herren kaum der Mühe wert. In den Iridiumkriegen haben wir unsere Claims weitgehend abgesteckt. Was unsere neuen Geschäftsfelder betrifft, liegen die Dinge allerdings anders.«

»Sie meinen die Helium-3-Förderung auf dem Jupiter?«, hakte Kareena ein.

»Natürlich. Als Cynarian beim Transnationalen Konzernrat Schürfrechte beantragt hat, war klar, dass der Friede mit der USI nicht von Dauer sein würde. Die sehen ihr Monopol in Gefahr und das zu Recht. Seit nachgewiesen ist, dass die Förderung von Helium-3 auf dem Jupiter nicht nur möglich, sondern sogar mit der auf dem Saturn konkurrenzfähig ist, hat die USI alles unternommen, andere Konzerne von dem Kuchen fernzuhalten. Die Juristen auf Luna diskutieren sich seit fast zwei Jahren ohne Ergebnis die Köpfe heiß. Der Geheimdienst behauptet, in der USI werden die Stimmen lauter, die militärisch Fakten schaffen wollen. Da lauert ein neuer Konzernkrieg. Noch ist es ruhig, aber die verschiedenen Interessengruppen bringen sich schon in Stellung, auch Cynarian. Und wenn es nach dem Willen der strategischen Planung mitsamt ihren KIs geht, kann diese Mutantengeschichte sich möglicherweise erheblich darauf auswirken.«

Kareena erkannte, worauf es hinauslief. »Das heißt, wir werden nicht versuchen, die Föderation weiter zu schwächen, sondern lassen ihr ganz im Gegenteil unsere Unterstützung zukommen. Dann bleibt sie als Gegengewicht zur USI erhalten und Cynarian muss es auf dem Jupiter nicht mit der geballten Macht des USI-Militärs aufnehmen.«

»Das trifft in etwa den Kern der Sache«, bestätigte Haggard mit einem Anflug von Resignation in der Stimme. »Cynarians offizielle Position ist daher, dass es sich bei den frei geborenen Mutanten um Einzelfälle handelt. Weiterhin wird nicht ausgeschlossen, dass möglicherweise sogar Betrug im Spiel ist, um die Mutanten und ihre Arbeitgeber zu diskreditieren.«

»Und was passiert, wenn weiter neue Fälle bekannt werden?«, warf Kareena ein. »Gerade haben sie schon welche auf der Erde entdeckt. Diese Position ist …«

Haggard sprach aus, was Kareena auf der Zunge lag: »Vollkommener Blödsinn! Genau das habe ich gerade ich weiß nicht wie lange dem Vorstand zu erklären versucht. Was Sie in Hades gefunden haben, geht genau wie alle anderen vorliegenden Indizien ganz klar in eine andere Richtung!« Der Colonel schnaubte. Er war stinksauer und die Maske, unter der er seine Wut für das Gespräch mit dem Vorstand ohnehin nur mit mäßigem Erfolg verborgen hatte, fiel nun vollends ab. »Das haben dieser arrogante Mistkerl Chang und die dürre Hexe Lamargue mit ihren bescheuerten KIs ausgeheckt. Die haben den Vorstand mit ihrem Gequatsche von angeblich unfehlbaren Künstlichen Intelligenzen um den Finger gewickelt und ihnen diesen Blödsinn eingeimpft. Das kann doch nur in einer Katastrophe enden! Diese Dinger sind Programme, sonst nichts! Aber wem der gesunde Menschenverstand fehlt, der muss die Verantwortung halt auf jemand anderen schieben. Und wer wäre dafür besser geeignet als ein dämliches Stück Software? Ich hoffe, sie bereiten schon reichlich Dementis vor, diese Dummköpfe!«

»Sir, ich bin kein Experte für Künstliche Intelligenzen, doch soweit ich gehört habe, scheinen deren Strategien oftmals aberwitzig, führen aber auf verschlungenen Wegen trotzdem zum Ziel. Halten Sie es für möglich, dass wir etwas übersehen?« Als Kareena sah, wie Haggards Gesicht rot anlief, bereute sie ihren Einwand.

»Haben die Sie auch schon bearbeitet?«, fuhr er sie an. »Ich erzähle Ihnen mal was über Künstliche Intelligenzen, Captain Toran. In den Iridiumkriegen waren die Dinger der letzte Schrei. Alle Kommandostäbe glaubten plötzlich, sie könnten ohne KIs nicht mehr auskommen und haben ihre Strategien von den Dingern entwickeln lassen. Ja, auf verschlungenen Pfaden haben diese Strategien ihr Ziel erreicht, aber wie diese Pfade ausgesehen haben, danach fragt heute keiner mehr. Ich sage Ihnen, warum die Strategien der KIs funktioniert haben: weil sie nicht die geringste Rücksicht auf menschliches Leben genommen haben! Wenn es ihren Strategien dienlich war, haben die ganze Einheiten in den sicheren Tod geschickt. Das sind unmenschliche, gefühllose Monster! Und als die hohen Herren dann auch noch damit angefangen haben, diese Dinger in Raumschiffe und Roboter einzupflanzen und direkt aufs Schlachtfeld zu schicken, war es endgültig vorbei. Mehr als einmal ist so eine KI ganz plötzlich ausgetickt und hat angefangen, die eigenen Leute gezielt abzuschlachten. Wissen Sie, wie sie das genannt haben? Kollateralschaden! Der gesamtstrategische Nutzen der KIs würde solche kleinen Fehler wieder ausgleichen, hieß es. Ich habe damals ein bisschen mehr Kollateralschäden gesehen, als es mir lieb gewesen ist. Es gibt einen Grund, warum die Dinger geächtet wurden. Und nur, weil seit ein paar Jahren keine größeren Zwischenfälle mehr bekannt geworden sind, heißt das noch lange nicht, dass KIs jetzt plötzlich unfehlbar sind.«

Er schnaufte verächtlich, bevor er fortfuhr. »Wenn Lamargues illegale KIs hier irgendeinen vertrackten Plan aushecken, wie Cynarian von der Scheiße, die da draußen gerade passiert, profitieren kann, dann verspreche ich Ihnen, dass dabei Menschen sterben werden. Und plötzlich bekommt irgendjemand kalte Füße und der ganze Scheiß wird abgeblasen und was am Ende übrig bleibt, ist ein riesiger Scherbenhaufen und ein Berg von Leichen. Und das alles für nichts und wieder nichts. Ich habe das im Krieg oft genug erlebt und die Sache hier stinkt danach, dass es wieder passieren wird.«

Kareena und Vandemool hatten Haggards Ausbruch schweigend über sich ergehen lassen. Als er fertig war, herrschte ein paar Sekunden Ruhe, während derer er sich langsam wieder beruhigte. Er mochte ein altes Schlachtross sein, das seine besten Tage hinter sich hatte, aber seine Leidenschaft hatte er definitiv noch nicht verloren.

»So!« Seine Stimme wurde wieder sachlich. »Weswegen ich Sie hergebeten habe: Ich bin nicht gewillt, diese Scheiße einfach so hinzunehmen. Öffentlich habe ich keine Wahl, als mich den Anweisungen des Vorstands zu beugen. Aber wenn dieser hirnrissige Plan scheitert, will ich nicht mit der restlichen Bande im Regen stehen.« Sein Blick richtete sich auf Kareena. »Sie werden Ihre Untersuchungen fortführen. Ich will wissen, was hinter der ganzen Sache steckt. Und Sie werden das für mich herausfinden.«

»Ähm, Sir, bei allem Respekt«, protestierte sie, »ich bin kein Nachrichtendienstler. Ich glaube nicht, dass ich ...«

»Ach hören Sie auf! Sie sind Agentin der Inneren Sicherheit. Früher nannte man so etwas Polizist. Es ist ihr Job, Dinge herauszufinden und zu hinterfragen.« In deutlich sanfterem Tonfall fuhr er fort: »Und ihr eigenmächtiger Einsatz in Sektor acht hat mir endgültig bewiesen, dass Sie genau die Richtige für diese Aufgabe sind.«

Sie schluckte. »Ja, Sir.«

»Gut. Dann wäre das geklärt. Damit Sie freie Hand haben, werden

Sie von allen anderen Pflichten bis auf Weiteres freigestellt. Offiziell werde ich das als disziplinarische Maßnahme darstellen, weil Sie für den Verlust der beiden Mutantinnen an die USI verantwortlich sind.«

»Sir, ich hatte da ...«

»Ob Sie das hätten verhindern können, steht hier nicht zur Debatte und es ist auch unerheblich. Wir nutzen den Zwischenfall, um Ihnen Zeit für Ihre Ermittlungen zu verschaffen.« Er wandte sich Vandemool zu. »Eric, Sie richten ein Sonderkonto für Captain Toran ein, das nicht nachverfolgt werden kann! Aus welchem Budget Sie das Geld abzweigen, ist mir egal.«

»Ja, Sir.«

»Gut.« Er machte eine kurze Pause, bevor er ruhig weitersprach. »Dass das Ganze nicht ohne Risiko ist, weiß ich. Wenn etwas rauskommt, kann es sein, dass ich mich offiziell von Ihnen distanzieren muss, Kareena. Aber ich habe so eine Ahnung, dass Chang und Lamargue und die anderen Speichellecker mehr wissen, als sie zugeben wollen. Und Naratova sowieso. Möglicherweise stecken die alle da mit drin.«

»Eine Verschwörung, Sir?«

Haggard überlegte. »Halten Sie mich für paranoid, aber ja, so könnte man es wohl nennen. Ich muss wissen, woran ich bin, Kareena, und Sie werden das für mich erledigen. Wenn wir Erfolg haben, wird es Ihnen bestimmt nicht zum Nachteil gereichen.« Er sackte ein wenig in sich zusammen. »Ich weiß, dass ich längst in den Ruhestand gehöre. Der Grund, warum ich noch nicht den Dienst quittiert habe, ist, dass ich keinen geeigneten Nachfolger sehe. Und ich bin nicht der Typ Mensch, dem es egal ist, was er hinterlässt. Ich beobachte Sie schon eine ganze Weile, Kareena, und ich denke, Sie kämen dafür infrage. Was Ihnen noch fehlt, ist ein bisschen Dreck unter den Fingernägeln. Sie müssen lernen, die Spielregeln Ihren Vorstellungen anzupassen und im Ernstfall in die Scheiße zu springen, wenn alle anderen Wege versperrt sind. Das sind die Dinge, die ich in den Iridiumkriegen gelernt habe, und mit denen bin ich seitdem gut gefahren. Ich wünsche Ihnen aufrichtig, dass Ihnen ein Krieg erspart bleibt. Aber mit dem, was ich jetzt von Ihnen verlange, kommen Sie möglicherweise näher daran, als Ihnen lieb ist.«

Kareena merkte, wie ihr während der Ansprache Ihres Vorgesetzten das Blut aus dem Gehirn wich. Sie blickte zu Vandemool. Er hatte nicht einmal gezuckt, als Haggard sie als Nachfolger ins Spiel brachte.

»Schauen Sie mich nicht so an, als hätten Sie mir das Förmchen weggenommen«, beschwichtigte der Pure. »Ich habe Sie vorgeschlagen.«

Nun war sie vollkommen perplex. »Aber ich dachte, Sie ...«

»Sie dachten, ich kann Sie nicht leiden? Sagen wir mal so: Ich habe herausgefunden, dass Sie sich durch ein wenig Gegenwind nicht aus dem Konzept bringen lassen.«

»Das war ein Test?«

Vandemool schmunzelte. »Ein wenig.«

Sal Haggard unterbrach das Zwiegespräch. »Damit wäre auch das geklärt. Kareena, sind Sie dabei?«

»Habe ich Bedenkzeit?«

»Nein.«

Sie holte tief Luft. »Ja, ich bin dabei.«

»Gut.« Der Sicherheitschef stand auf, sein Adjutant tat es ihm gleich. »Also an die Arbeit!«

Auch Kareena erhob sich. »Danke für Ihr Vertrauen, Sir.«

»Was heißt hier Vertrauen? Wenn Sie Erfolg haben, kann ich endlich in den Ruhestand gehen, und wenn nicht, behalte ich eine weiße Weste, weil Sie eigenmächtig gehandelt haben. Ich halte meinen alten Hintern schön aus der Schusslinie. Eric wird die Kommunikation übernehmen. Wir beide werden uns eine Weile nicht sehen. Viel Glück, Captain.«

Er salutierte. Kareena erwiderte den Gruß. Dann drehte der Colonel sich um und ging in sein Büro. Sie blieb mit Vandemool zurück.

»Nun, ich denke, wir gehen jetzt die Details durch«, kündigte er an.

Sie hielt inne. »Vorher habe ich noch eine Frage, vielleicht auch zwei.«

Er machte eine einladende Geste.

»Also gut«, legte sie los. »Wie lange testen Sie mich schon?«

»Noch nicht so lange. Zwei oder drei Monate.«

»Und vorher? Ich meine, wir hatten doch schon früher Auseinandersetzungen.«

»Das war dann wohl echte Antipathie.«

Kareena war geschockt, wie nüchtern er dies äußerte. »Und wieso haben Sie mich als möglichen Nachfolger für Haggard ausgesucht, wenn Sie mich nicht leiden konnten?«

»Um mal etwas klarzustellen, Captain: Ich kann Sie immer noch nicht besonders gut ausstehen und ich glaube nicht, dass wir jemals Freunde werden. Aber das ändert nichts daran, dass Sie für den Job geeignet sind.«

»Ich habe immer gedacht, Sie wollten Sals Nachfolge antreten.«

Er wirkte weder entsetzt noch belustigt. »Das stand nie ernsthaft zur Debatte. Ich bin ein Pure. Ich besitze ein Hochleistungsgenom, das meine Eltern ein mittleres Vermögen gekostet hat. Ich leide an keinerlei genetisch bedingten Krankheiten und daran wird sich bis zu meinem Lebensende nichts ändern. Und dieses Ende liegt vermutlich weit jenseits meines hundertfünfzigsten Geburtstages. Ich bin Ihnen körperlich nahezu ebenbürtig, obwohl ich im Gegensatz zu Ihnen kaum trainiere. Ich habe bereits ohne Implantate einen IQ von etwa 160. Ich bin Ihnen und jedem anderen Norm in fast jeder Hinsicht überlegen und ich weiß, dass Sie mich dafür hassen, ebenso wie alle anderen Norms in Cynarians Sicherheitskräften. All diese Menschen werden mich niemals als einen der ihren akzeptieren, so wie sie es mit Sal Haggard tun. Und genau deswegen bin ich für diesen Job nicht geeignet. Ich stehe dem Sicherheitschef als Berater zur Seite und ich hoffe, dass auch sein Nachfolger – oder seine Nachfolgerin – Wert auf meinen Rat legen wird.«

»Soll das heißen, dass Sie keine weiteren Ambitionen für Ihre Karriere haben?«

»Seien Sie nicht naiv, Captain! Natürlich habe ich Ambitionen. Die gehen nur ein wenig über das hinaus, was Sie vielleicht anstreben. In jedem Fall liegen sie jenseits der Inneren Sicherheit von Elysium City. Auch ich werde geprüft, genauso, wie ich Sie geprüft habe. Für mich steht, zumindest in Bezug auf die Karriere, nicht weniger auf dem Spiel als für Sie.«

Kareena stützte ihre Hände auf die Rückenlehne des Stuhles vor ihr. »Darf ich fragen, was für Ziele Sie anstreben?«

»Solange Sie keine Antwort erwarten.«

»Verstehe.«

»Gut. Und nun zurück zu den naheliegenderen Aufgaben. Aber das klären wir besser in meinem Büro. Bitte folgen Sie mir!«

Während sie ihm hinterher trottete, fragte Kareena sich, ob das, was Haggard und Vandemool hier aufzogen, wirklich der Wahrheit entsprach oder lediglich Show war, um sie zu diesem waghalsigen Unternehmen zu überreden. Dass der Pure ein gewiefter Stratege war, stand außer Frage. Und auch, wenn sie Sal Haggard bisher als geradlinigen Sturkopf kennengelernt hatte, der seine Gegner lieber frontal anging, als hinter ihrem Rücken Intrigen zu spinnen, stellte sie nicht infrage, dass er im Zweifelsfall auch anders konnte. Andernfalls hätte er sich in der Schlangengrube des höheren Managements nicht so lange halten können. Aber unabhängig davon, ob sie wirklich auf die Nachfolge des Sicherheitschefs vorbereitet oder nur in einem selbstmörderischen Manöver verheizt werden sollte, hatte sie kaum eine Wahl. So oder so würde sie höllisch aufpassen müssen, bei diesem Spiel nicht unter die Räder zu kommen. Die Schlangengrube wartete. Und sie war gerade dabei, mitten hineinzuspringen.

21.10.2210, Flüchtlingslager Rheinberg, Föderationsgrenzzone, Erde

Der strömende Regen war einem leichten Nieseln gewichen. Sekundenweise kam sogar die Sonne zwischen den schnell über den Himmel ziehenden Wolken hervor, nur um kurz darauf wieder zu verschwinden. In Grönland war es manchmal mehrere Tage lang aufgeklart und die Prospektoren hatten im Schein der Sonne arbeiten können. Hier an der Nordseeküste war selbst ein kurzes Aufreißen der Wolkendecke ein seltenes Ereignis.

Es war bereits später Nachmittag. Die letzten Strahlen des untergehenden Gestirns spiegelten sich in den Fassaden der Hochhäuser und Arkologien auf der anderen Seite des Rheins, direkt hinter den schwimmenden Containerterminals des Walsumer Hafens. Die größten der Bauwerke reckten sich fast einen Kilometer dem Himmel entgegen und waren nicht selten in Wolken gehüllt. Im Augenblick jedoch konnte man die Berge aus Stahl, Glas und Beton in voller Pracht bestaunen. Dort wollte Skip hin. Nur ein Fluss trennte ihn von der Zivilisation. Nun ja, und eine Armada von schwimmenden und fliegenden Überwachungsdrohnen, die sofort Alarm schlugen, wenn jemand unbefugt die Grenze überschritt.

Er seufzte.

Statt dort drüben die Wunder einer der führenden Hochtechnologienationen der Erde zu bestaunen, saß er auf den kläglichen Mauerresten eines schon lange zerstörten Gebäudes. Bei jeder Sturmflut stand das Wasser hier mehrere Meter hoch. Nur die Ebbe und das ausnahmsweise halbwegs trockene Wetter erlaubten ihm, sich hier aufzuhalten. Er war nicht alleine. Ein gutes Dutzend Bewohner von Rheinberg schlenderte durch den Schlick und hielt Ausschau nach allem, was die letzte Flut angeschwemmt hatte, meist Trümmer von Häusern, die bereits endgültig vom Meer verschluckt worden waren. Ein Schicksal, das früher oder später auch den Hütten und Barracken drohte, aus denen Rheinberg bestand. Im krassen Gegensatz zu den himmelstürmenden Konzernpalästen auf dem gegenüberliegenden Rheinufer hatte hier kaum ein Gebäude mehr als zwei Stockwerke. Wie die kargen Gräser und Sträucher, die das Ufer säumten, duckten sich auch die Häuser unter dem permanenten Wind. Die minderwertigen Baumaterialien erforderten, dass nur eine minimale Fläche den Stürmen ausgesetzt war. Dies führte dazu, dass die Dächer des

Flüchtlingslagers ein fast ebenes Plateau bildeten. Auch die Straßen und Wege zwischen den Häusern waren zum Schutz vor dem ewigen Regen mit Platten aus Beton oder Plexiglas überdacht. Man konnte, fast ohne jemals eine Stufe überwinden zu müssen, auf den Dächern spazieren gehen. Zumindest bei gutem Wetter wie jetzt. Skip blickte sich um und sah viele Menschen, die genau dies taten, allerdings nicht zur körperlichen Ertüchtigung oder Entspannung, sondern, um die Folgen der letzten Stürme zu inspizieren und Schäden an ihren Häusern zu reparieren. Die meisten von ihnen waren Slags. In Rheinberg gab es weder Strahlenschutz noch Dekontaminationsteams. Der ganze toxische Dreck der Überflutungsgebiete sammelte sich hier an der Küstenlinie und verseuchte das Lager und alle seine Bewohner, manche bereits seit mehreren Generationen. Genetische Reinigung des Erbgutes war hier so gut wie unbekannt – oder um es genau zu nehmen: unbezahlbar. Es waren ebenso jämmerliche Kreaturen wie die Slags draußen im Sonnensystem, die zumeist durch schlecht abgeschirmte kosmische Strahlung ihre Gesundheit und ihre genetische Unversehrtheit einbüßten. Verschiedene Ursachen, gleiche Wirkung.

Skip kniff die Augen zusammen, als die Sonne noch einmal hinter einer Wolke hervorlugte. Er genoss den Anblick des glühenden Wasserstoffballs. Es war derselbe Stern, den er auch von der Beobachtungskanzel des Frachters aus gesehen hatte. Fast in jeder Freischicht hatte er zumindest ein paar Minuten damit verbracht, die Pracht des Universums zu bestaunen. Und der hellste Lichtfleck in der Schwärze des Universums war selbst weit draußen beim Saturn und seinen Monden immer noch die Sonne, wenn auch weitaus kleiner und weniger blendend als von der Erde aus gesehen. Ein wesentlicher Unterschied war aber, dass ihn in allen Raumschiffen und stationen immer eine Schicht Panzerglas von der Sonne getrennt hatte. Hier war es lediglich das flüchtige Gas der Erdatmosphäre. Immerhin ein paar dutzend Kilometer dick, aber dennoch weit weniger solide als die Kuppel einer Beobachtungskanzel. Außerdem war ihm im Weltraum kein Wind durchs Gesicht geweht. Er zog noch einmal die Kapuze fest. Er hatte keinen Bedarf, wieder als Mutant erkannt und verprügelt zu werden. Die meisten Bewohner von Rheinberg hatten zwar andere Dinge zu tun, als Mutanten zu verdreschen, aber auf der anderen Seite war die Bereitschaft zur Anwendung körperlicher Gewalt hier allgemein recht hoch. Kein Wunder, denn eine zentrale Verwaltung gab es nicht und die Sicherheitskräfte der Föderation, verachtungsvoll als ‚Feds' bezeichnet, ließen sich nur zu besonderen Anlässen blicken. Zum Beispiel, wenn sie mal wieder Lust auf ‚Slagslapping' hatten, wie die spontanen ziellosen Razzien genannt wurden.

Skip war erst drei Tage hier, aber er hatte die grundlegenden Regeln, nach denen das Flüchtlingslager funktionierte, schnell gelernt.

Regel Nummer eins: Der Stärkere hat recht.

Regel Nummer zwei: Halte dich von den Feds fern!

Regel Nummer drei: Kümmere dich um deinen eigenen Kram und lass die anderen in Ruhe!

Vermutlich verdankte er zu großen Teilen der letzten Regel, dass er seit seiner Abreise aus Nijmegen nicht mehr verprügelt worden war. In jedem Fall fühlte er sich hier nicht so allein. In Rheinberg gab es eine ganze Reihe von Mutanten. Fast alle waren ihren einstigen Herren, zumeist Konzernen aus dem angrenzenden Metroplex, entflohen. Sie hatten ihre ID-Chips chirurgisch entfernen lassen oder im Extremfall selber aus dem Arm geschnitten und hofften, sich hier vor ihren Häschern verstecken zu können. Dies waren meist selbstständige Kopfgeldjäger und nur in den seltensten Fällen Konzerntruppen, wie in den Kolonien. Die Föderation legte großen Wert darauf, dass der starke Arm der Konzerne auf die Firmengelände und deren unmittelbare Umgebung beschränkt blieb. Dies galt auch für die ‚Föderationsgrenzzonen', Slums und andere illegale Siedlungen, die sich rund um das Föderationsterritorium gebildet hatten und all die Unglücklichen aufnahmen, denen der Einlass ins Gelobte Land verwehrt blieb. Sie kamen zu Abermillionen aus den riesigen Wüsten Zentralasiens, den radioaktiv verseuchten Ländern Osteuropas, den ewig von Gewalt und Seuchen geplagten Badlands Afrikas und den überfluteten Regionen an den Küsten von Atlantik, Mittelmeer und Nordsee. So wie auch Skip. Als offiziell Freigekaufter hatte er allerdings von den Kopfgeldjägern nichts zu befürchten. Zumindest ein Vorteil auf seiner Seite. Die Kopfgeldjäger waren aber nicht die Einzigen, die derzeit nach Mutanten Ausschau hielten. Auch wenn der Großteil der Bewohner von Rheinberg Regel Nummer drei befolgte, gab es doch genug Fanatiker, die keine Gelegenheit ausließen, jeden Mutanten, den sie fanden, mit Knüppeln, Messern und ihren sonstigen Freunden bekannt zu machen. Die verschiedenen Religionen gaben vielen der hier Gestrandeten Halt in ihrem entbehrungsreichen Dasein, egal ob sie Neochristen, Gaianer oder Purgatorianer waren. Ihr Glaube gab ihnen aber auch Anlass, jene, die ihrer Meinung nach nicht Gottes Vorstellungen entsprachen, aus der Schöpfung zu tilgen. Manch einer benötigte auch gar keine übernatürlichen Fürsprecher, um seine Aggressionen auszuleben. Was auch immer der Grund für den Hass war, vor der Verfolgung durch die Mutantenjäger konnte auch Skips vollkommen legale ID ihn nicht schützen. Deshalb versuchte er, möglichst unauffällig zu bleiben. Als Beta-Klasse-Mutant hatte er dabei deutlich bessere Chancen als die Alphas, die auf der Erde die Mehrheit der genetisch veränderten Menschen bildeten. Durchschnittlich zweieinviertel Meter Körpergröße und das Gewicht eines mittleren Ochsen ließen sich nur schwerlich verbergen. Auf der anderen Seite war den Riesen nicht so leicht beizukommen. Zwar waren alle Alphas, mit denen Skip bislang zu tun gehabt hatte, recht sanfte und ausgeglichene Persönlichkeiten. Aber in die Enge getrieben war ein vier Zentner schwerer Muskelberg zu einigem fähig. An der Stelle trat dann meist Regel Nummer eins in Kraft, so dass die Alpha-Klasse-Mutanten sich hier halbwegs offen bewegen konnten.

Außerdem, so hatte er herausgefunden, standen viele Mutanten unter dem Schutz von Zerberus, dem Mann, wegen dem Skip hergekommen war. Die Suche nach ihm gestaltete sich allerdings etwas schwieriger, als es sich bei dem Gespräch mit Dragonfly angehört hatte. Jeder hier kannte den Namen, aber niemand konnte – oder wollte – Skip sagen, wo der mysteriöse Mann zu finden war. Der Verwalter des Sarghotels, in dem Skip untergeschlüpft war, hatte ihn auf seine Frage hin an einen schmierigen Hehler verwiesen, der sich ein paar bestenfalls als vage zu bezeichnende Hinweise ziemlich teuer hatte bezahlen lassen. Der Inhalt von Skips letzter CashCard neigte sich langsam dem Ende entgegen. Er musste bald an seine Konten kommen, aber im Flüchtlingslager gab es keine Bank.

Als der letzte Sonnenstrahl hinter dem Horizont verschwand, erhob Skip sich. Die frische Brise vom Meer blies bereits neue dunkle Wolken heran. Bald würde es wieder anfangen zu regnen und zu stürmen.

Nach Sonnenuntergang, so hatte der Hehler behauptet, könnte man Zerberus im ‚Armageddon' finden, einer berüchtigten Trink- und Spielhöhle, die bei jeder Razzia der Feds geschlossen und zwei Nächte später wieder eröffnet wurde. Letzten Abend war Skip bereits dort gewesen, war aber auf wenig Bereitschaft gestoßen, ihm bei seinem Anliegen behilflich zu sein. Da er den ganzen Tag lang keine vielversprechendere Spur aufgetan hatte, ging er einfach noch mal dorthin. Besser, als untätig herumzuhängen.

Nachts gehörten die meisten Viertel von Rheinberg den Gangs. Nicht, dass sie tagsüber von der Bildfläche verschwunden wären. Sie trieben zu jeder Tageszeit ihre Schutzgelder ein. Solange die Sonne schien, waren sie aber meist friedlich. Im Schutz der Dunkelheit hingegen wurden offene Rechnungen beglichen, sowohl mit unwilligen ‚Kunden' als auch rivalisierenden Gruppen. Wer bei diesen Kämpfen in die Schusslinie geriet, hatte kein Mitleid zu erwarten. Daher beeilten sich die meisten Einwohner des Lagers, ihre Unterkunft anzusteuern und alle Türen zu verrammeln. Auf der sich rapide leerenden Straße kam Skip auch schon der erste Trupp entgegen. Vier Norms in knallroter Montur, jeden Quadratzentimeter freiliegender Haut mit bunten Tätowierungen und billigen Show-Implantaten bedeckt. Skip machte unterwürfig Platz. Die Ganger ignorierten ihn.

Glück gehabt.

Skips Ziel war eines der ältesten Gebäude des Lagers. Es bestand aus brüchigen Ziegelsteinen statt aus Beton. Vermutlich war es sogar noch vor der Überflutung und den daraus resultierenden Flüchtlingsströmen errichtet worden. Mittlerweile war es vollkommen in die geschlossene Bebauung integriert. Aber man konnte erkennen, dass es einst einen Turm besessen hatte, dessen Stumpf immer noch ein, zwei Stockwerke über die umliegenden Gebäude hinausragte.

Die beiden Türsteher, ein Mann und eine Frau, sahen ihn mit strenger Miene an, ließen ihn aber nach Entrichtung der Einlassgebühr hinein. Die Einrichtung bestand aus einem wilden Sammelsurium von Möbeln und Objekten aller Art. Keine zwei Stühle oder Tische schienen identisch zu sein. Auch die Bilder und Gegenstände, mit denen die Wände bedeckt waren, ließen kein spezifisches Grundthema erkennen. Wobei ‚Strandgut' bei näherer Betrachtung vielleicht als Thema infrage kam und auch den menschlichen Inhalt des Etablissements recht gut beschrieb.

Der Club war zu dieser frühen Stunde nur zur Hälfte gefüllt. Skip hatte keine Mühe, einen leeren Platz am langen Tresen zu finden, und bestellte ein Bier. Die Barkeeperin servierte schweigend, warf ihm aber einen Blick zu, der etwas zu intensiv für eine oberflächliche Musterung war. Dass er ein Mutant war, konnte eigentlich nicht der Grund sein. Unter den Gästen sah er bereits mehrere Alphas, die um einen Tisch herum standen und in irgendein merkwürdiges Spiel mit Stöcken und Kugeln vertieft waren. Vermutlich war er einfach nur ‚der Neue'. Skip hoffte, gar nicht erst zum Stammgast zu werden. Auch wenn das synthetische Bier aus Algen oder noch abartigeren Grundstoffen gar nicht mal so schlecht war, wollte er keinen Tag länger in Rheinberg verbringen als unbedingt notwendig.

»Hey, du!«

Skip erschrak. Er hatte gar nicht bemerkt, wie die Frau sich ihm genährt hatte. Ihre schweren Stiefel passten seiner Meinung nach nur bedingt zu den kurzen Hosen und dem knappen Top. Am auffälligsten war ihr weitgehend kahler Schädel, der nur von ein paar dünnen Zöpfchen verziert wurde, zu denen ihre spärliche Haarpracht geflochten war. Eine Beta.

»Hi«, erwiderte Skip vorsichtig.

»Klappe halten!«, fuhr die Frau ihn an. »Du bist der, der gestern nach Zerberus gefragt hat, ne?«

Bei der Erwähnung des Namens hatte sie sofort Skips volle Aufmerksamkeit. »Weißt du, wo ich ihn finde?«

»Was willst du von ihm?«

»Man hat mir gesagt, er könne mir helfen.

»Wobei?«

»Ich will in die Föderation, aber die haben die Einreisebestimmungen geändert und lassen keine Mutanten ohne Konzernzugehörigkeit mehr rein.«

Sie lachte. »Die lassen grundsätzlich keine entflohenen Mutanten rein.«

Skip schüttelte den Kopf. »Ich bin nicht entflohen. Ich habe mich freigekauft.«

Sie stutzte. »Hab' noch nie 'nen Freigekauften getroffen. Dachte, das wär gar nicht möglich.«

Er zuckte mit den Schultern. »Ich hab's geschafft.«

»Und was willst du in Fedland?«

Unter der Annahme, dass sie damit die Föderation meinte, antwortete Skip: »Zum nächsten Raumhafen und so schnell wie möglich weg von hier.«

»Gefällt dir die Erde nicht?«

Er erkannte keine Ironie in ihren Worten. »Im Augenblick finde ich es hier ein bisschen ungemütlich, muss ich zugeben. Zumindest seit der Sache mit den Freigeborenen.«

Ihr Ton wurde spontan aggressiv. »Hast du ein Problem mit Mutanten, die Kinder haben wollen?«

Skip war verwirrt. »Ähm ... nein. Ich nicht. Aber ein ganzer Haufen Norms offensichtlich schon. Und zwar nicht nur mit denen, die Kinder haben wollen, sondern mit allen von uns.« Er strich mit dem Finger über eine der schorfigen Wunden, die er sich in Nijmegen zugezogen hatte.

Während er mit der Frau sprach, kam ein Alpha von dem Spieltisch zu ihnen hinüber, den Stock lässig über der Schulter. Er trug einen einfachen Overall und war sogar noch etwas größer als Mace. Er legte der Beta seine riesige Pranke auf den Arm.

»Lass gut sein, Valiant!«, besänftigte er sie mit der Alpha-typischen Bassstimme. »Mach den armen Kerl nicht so fertig!«

Er legte seinen Arm um sie und drückte sie an sich, wie die Norms es taten. Sie ließ es nicht nur geschehen, sondern kuschelte sich an seine Muskelpakete.

»Ich kann dich zu Zerberus bringen«, verkündete der Riese.

»Echt?« Skip schöpfte wieder Hoffnung. »Das wäre super. Ich meine ... danke. Mein Name ist Skip.«

»Freut mich, Skip. Komm mit!« Er drehte sich um. Valiant klammerte sich an seinen Unterarm und schloss sich ihnen an.

Skip trank sein Bier aus und folgte dem seltsamen Pärchen. Ihm entging nicht, dass zahlreiche Augenpaare auf ihn gerichtet waren.

Der Alpha drückte seinen Spielstock einem der anderen Mutanten in die Hand, der ihn wortlos entgegennahm, und führte Skip durch eine Tür mit der Aufschrift ‚Privat'. Der Riese musste sich tief bücken und ein wenig zur Seite drehen, um hindurchzupassen.

Sie gingen einen Korridor entlang und durchquerten einen Raum, in dem mehrere Personen rund um einen Tisch saßen. Sie unterbrachen ihr Gespräch, als das Trio an ihnen vorbei marschierte, und starrten Skip an. Fast alle von ihnen waren Mutanten. Alphas, Betas und sogar ein Eta-Klasse-Pilotenmodell. Skip hatte das Gefühl, auf dem richtigen Weg zu sein. Weiter ging es eine Treppe hinunter. Die Wände waren aus schweren Bruchsteinen gemauert und sahen uralt aus. Strom- und Datenkabel waren provisorisch über dem Mauerwerk und unter der Decke verlegt. Sie gingen durch einen Lagerraum voller metallener Fässer. Ohne große Mühe räumte der Alpha ein Dutzend davon zur Seite und stapelte sie zu einem Haufen. Darunter kam eine hölzerne Luke zum Vorschein. Er öffnete sie und bedeutete Skip im Hinuntergehen, ihm zu folgen. Valiant bildete den Abschluss. Die steile Treppe führte etwa vier Meter hinab und mündete in einen Raum, der bis unter die Decke mit elektronischen Gerätschaften vollgestopft war. Skip erkannte Hochleistungs-Funkgeräte, Störsender, Frequenzbrecher und mehrere Computer, die wild über die Tische, Regale und den Boden verteilt waren. Inmitten der Apparaturen saß ein ausgemergelter Slag, in dessen Schädel ein halbes Dutzend Kabel steckten, die mit den diversen Maschinen verbunden waren. Er erinnerte Skip an eine Spinne, die in ihrem Netz saß.

»So. Da wären wir«, verkündete der Alpha, packte den vollkommen überrumpelten Skip mit einem geübten Handgriff und nahm ihn in den Schwitzkasten. »Valiant, weck Terry auf!«, ordnete er mit ruhiger Stimme an.

Skip wollte gegen die Behandlung protestieren, aber eingequetscht zwischen Unterarm und Bizeps des Alphas war er vollauf damit beschäftigt, nach Luft zu schnappen. Am Rande seiner eingeschränkten Wahrnehmung bekam er ein kurzes Gespräch mit.

»Hat er eine Buchse?«, fragte eine kratzige Stimme.

»Ja, hier im Genick«, antwortete Skips Peiniger. »Ganz ruhig, Mann. Entspann dich! Wird nur ein Oberflächenscan.«

Die letzten Worte waren wohl an ihn gerichtet. Skip spürte, wie ein Stecker in sein neuronales Interface eingeführt wurde.

Gleißendes Licht blendete ihn. Unwillkürlich schloss er die Augen, doch das Leuchten blieb. Es wurde direkt in sein Sehzentrum eingespeist. In seinem Kopf wirbelten Gedanken, Erinnerungen und Bilder wild durcheinander. Nicht alle davon schienen von ihm selber zu stammen. Er spürte, wie eine Präsenz in sein Gehirn eindrang. Versuchte, die fremden Eindrücke von seinen eigenen zu trennen, sie aus seinem Geist zu vertreiben.

»Wehr dich nicht!«, mahnte eine sanfte Stimme. »Dann ist es nur halb so schlimm.«

Es widerstrebte Skip zutiefst, das Bewusstsein des Eindringlings in seinen Verstand einzulassen. Er hatte natürlich schon von Psychonauten gehört, aber es war das erste Mal, dass er selber einem Gehirnscan unterzogen wurde.

»Ganz ruhig«, beschwichtigte die Stimme ihn. Es half. Langsam entspannte Skip sich.

Eine Gestalt betrat sein Sichtfeld. Ein altmodisch, aber sehr gepflegt gekleideter Mann mit breitkrempigem Hut und weißen Gamaschen über den Lederschuhen. Skip benötigte einen Augenblick, um ihn als den Slag zu erkennen, der in dem Raum gesessen hatte. Auch wenn er hier in der virtuellen Welt eher wie ein kerngesunder Norm oder gar ein Pure wirkte.

»Hallo. Du musst keine Angst haben. Ich will nur herausfinden, ob du die Wahrheit sagst«, sprach Terries Avatar zu ihm.

»Bist du Zerberus?«, fragte Skips virtuelles Ich.

Terry lachte. »Nein. Zerberus ist gerade damit beschäftigt, dich festzuhalten.«

»Der Alpha?«

»Genau der. Aber kommen wir nun erst mal zu dir. Wie ist dein Name?«

»Skip.«

»Für wen arbeitest du?«

»Niemanden. Hab' mich freigekauft. Bis letzte Woche war ich bei Ascon Industries unter Vertrag in einem Prospektionsteam.«

»Was machst du hier?«

»Ich will zum Raumhafen, um die Erde zu verlassen. Zerberus, so hat man mir gesagt, kann mir dabei helfen.«

»Du hast eine legale ID?«

»Ja.«

»Welchem Konzern hast du angehört, bevor du dich freigekauft hast?«

»United Space Industries.«

Der Avatar pfiff anerkennend. »USI. Respekt.«

Von einem Moment zum nächsten verschwand das gleißende Licht. Dunkelheit umhüllte Skip. Dann kehrte seine reale Wahrnehmung zurück. Er brauchte ein paar Sekunden, um sich zu orientieren. Er saß auf dem Boden. Vor ihm Terry, kränklich, barfuß, in einen verschlissenen Overall gehüllt.

»Er ist sauber«, krächzte der Slag. »Wenn du mich nicht mehr brauchst, mach' ich mich wieder dünne.«

»Tu das!«, brummte Zerberus. Er streckte Skip die Hand entgegen. »Sorry, Mann. Muss vorsichtig sein. Die Feds und noch eine ganze Reihe andere Leute sind hinter mir her.«

Skip ergriff die Pranke. Er wurde ohne erkennbare Mühe auf die Füße gezogen. Ihm war noch ein wenig schwindelig. Aber zumindest war er wieder alleine in seinem Kopf. »Schon gut. Bin froh, dass ich dich endlich gefunden habe.«

Valiant hatte sich den einzigen Stuhl im Raum geschnappt und sich verkehrt herum darauf niedergelassen. Zerberus und Skip unterhielten sich stehend.

»Du willst also in die Föderation«, stellte der Alpha fest. »Ich kann dich da rein bringen, aber es wird dich ein bisschen was kosten.«

»Ich habe noch fast die gesamte Prämie von meiner Schicht bei Ascon auf dem Konto. Ein paar tausend Creds.«

Zerberus nickte zufrieden. »Das würde wohl reichen. Schätze, das Geld liegt auf einer Bank?«

»Ja.«

»Öffentliches Konto?«

»Nein. ID-geschützt.«

»Das ist ein Problem. Auf dieser Seite der Grenze gibt es keine Bank mit einem ID-Scanner. Das heißt, du kommst nicht an dein Geld.«

»Aber wenn ich drüben bin, ist das kein Problem mehr. Was brauchst du für eine Sicherheit?«

»Das würden wir schon geregelt kriegen. Aber das ist noch nicht alles.«

»Was noch?«

Zerberus deutete auf Skips rechten Unterarm. »Der Chip muss raus.«

»Was?« Skip war entsetzt. »Wieso das denn? Ich bin doch nicht entflohen oder so was.«

»Die Grenzer können das Ding orten. Ist für die wie ein Leuchtfeuer. Keine Chance damit.«

»Aber dann werde ich ID-los. Illegal.«

Zerberus nickte nur.

»Und außerdem komme ich dann nicht mehr an mein Geld.«

Der Alpha zuckte mit den Schultern. »So sieht's aus.«

Skip war wie vor den Kopf geschlagen.

»Hör zu!«, fuhr Zerberus fort. »Das mit der Bezahlung kriegen wir schon irgendwie hin. Aber der Chip kann nicht mit nach drüben. Zumindest nicht auf dem Weg, den ich anzubieten habe.«

»Das muss doch irgendwie gehen!« Skip war zum Heulen zumute.

»Keine Chance. Sie werden dich mit hundertprozentiger Sicherheit erwischen und töten.«

»Töten?«

»Die machen keine Gefangenen. Gefängnisse kosten Geld. Die Feds sind zwar nicht ganz so kostenbewusst wie die Konzerne, aber an der Stelle sind sie sehr sparsam. Eine Kugel ist billiger als eine Zelle.«

»Aber ... wie komme ich denn dann hier weg?«

»Ich fürchte, erst mal gar nicht. Vielleicht ändern sie die Einreisebedingungen wieder, wenn diese Hysterie wegen der Freigeborenen irgendwann mal abflaut. Aber wenn du deine ID behalten willst, steckst du bis dahin hier fest. Du könntest natürlich auch versuchen, dich nach Arctica durchzuschlagen. Da sind sie vielleicht etwas freundlicher.«

»Arctica? Sind das nicht alles Psychopathen, die KIs auf ihre eigene Bevölkerung loslassen?«

Zerberus lachte grollend. »Du glaubst doch nicht etwa der Propaganda der Feds! Die Arctics sind zwar etwas schräg drauf, aber auch nur Menschen. Und soweit ich weiß, Mutanten gegenüber deutlich aufgeschlossener als die meisten anderen Regierungen hier auf der Erde.«

Skips Zweifel waren noch nicht vollständig beseitigt. »Ohne Geld wird das trotzdem schwierig. Oder kennst du irgendjemanden, der mir eine Passage auf Pump gibt?«

»Nein. Leider nicht. Aber was das Geld betrifft, kann ich dir vielleicht helfen. Was hast du gelernt?«

»Raumschifftechniker.«

»Raumschiffe haben wir hier wenige«, stellte Zerberus lakonisch fest.

»Na ja, das beinhaltet die Wartung von Wasser- und Luftaufbereitung, der Schiffselektronik, den Sensoren ...«

»Das hört sich doch schon besser an.« Der Alpha sah sich im Raum um. »Glaubst du, du könntest in dieses Wirrwarr mal ein bisschen Ordnung bringen?«

»Denke schon.« Skip deutete auf die Geräte. »Sind ein paar ältere Modelle dabei, aber ich hab' mit ganz ähnlichen gearbeitet.«

»Na dann.« Zerberus hielt Skip den Unterarm entgegen. »Willst du für mich arbeiten? Die Bezahlung ist vermutlich nicht so gut wie auf deinem Raumschiff, aber eine Passage nach Arctica kriegst du damit schon zusammen.«

Skip überlegte kurz. Seine Optionen waren überschaubar.

»OK.« Er erwiderte den Gruß des Riesen.

Zerberus' Ton wurde ein wenig feierlich. »Dann stehst du ab sofort unter meinem Schutz. Wenn dich jemand fragt oder blöd anmacht, sagst du, Zerberus ist dein Protektor. Das sollte reichen, um dir Ärger zu ersparen. Außer natürlich mit den Feds. Vor denen musst du weiter kuschen.«

»Willkommen im Club«, begrüßte auch Valiant ihn.

»Danke«, erwiderte Skip.

Es war nicht ganz das, was er sich erhofft hatte, aber zumindest war er nicht mehr auf sich alleine gestellt. Immerhin ein Schritt in die richtige Richtung. Ein kleiner, aber in seiner verfahrenen Situation konnte er es sich nicht leisten, wählerisch zu sein.

Er würde wohl noch ein wenig auf der Erde bleiben. Sein ursprünglicher Plan hatte zwar nicht vorgesehen, seinen Urlaub in einem Flüchtlingslager zu verbringen, aber zumindest würde er die Erde auf diese Weise sehr authentisch kennenlernen.

Vermutlich sogar etwas authentischer, als er es sich wünschte.

21.10.2210, Elysium City, Ares Konzernrepublik, Mars

Abgestandene Luft. Flackernde Lampen. Müll auf den Korridoren. Und überall Horden von Slags und allen anderen Arten Ausgestoßener. Willkommen zurück in Sektor acht.

Kareena hatte sich wieder in ihre zivile Unterschichtverkleidung gehüllt. Sie hatte den Ohrenschutz ihrer Schirmmütze heruntergezogen und ein Make-up angelegt, das an den wenigen unverborgenen Hautstellen Pickel und Schorf vortäuschte. Sie sah absolut verboten aus, aber ihre Verkleidung schien zu funktionieren. Vielleicht sogar ein wenig zu gut. Auf dem Weg zum Transportterminal in ihrem Wohnsektor war sie von einer Patrouille angehalten worden. Die gesamte Sicherheit in der Ares Republik war derzeit etwas nervös. In den letzten Tagen hatte es auch auf dem Mars vereinzelt Überfälle auf Mutanten gegeben. Im Gegensatz zur Erde verurteilte die Mehrheit der Bevölkerung derartige Ausschreitungen und zwang die Anti-Mutanten-Bewegung in den Untergrund. Aber alleine die Tatsache, dass der Rote Planet nicht ganz so immun gegen solches Gedankengut war, wie die offiziellen Stellen bei jeder Gelegenheit verlautbaren ließen, sorgte für allgemeine Beunruhigung. Insbesondere in den ärmeren Bevölkerungsschichten gab es offenbar erhebliche Antipathien gegen die genetisch veränderten Menschen, die lange ignoriert worden waren, aber angesichts der aktuellen Ereignisse nun an die Öffentlichkeit drangen. Kareenas für Sektor 22 unpassende Aufmachung hatte das Misstrauen der beiden Gardisten in den roten Uniformen der Huoxing Corporation geweckt. Sie hatten sie erst nach einem Scan ihres ID-Chips wieder laufen lassen und sich angesichts von Kareenas Rang ausgiebig entschuldigt.

Hier in Hades erfüllte ihr Outfit aber perfekt seinen Zweck. Niemand nahm Notiz von ihr, während sie wieder denselben Weg entlangschritt wie vor fünf Tagen, als sie Doc Stargazers Klinik gesucht hatte.

Gut, dass ihre Mutter sie nicht so sehen konnte. Das Gespräch am vergangenen Abend ging ihr immer noch nicht aus dem Kopf. Eigentlich hatte Kareena ihr nur Bescheid sagen wollen, dass sie einige Zeit unterwegs sein würde. Aber wie üblich hatte sie ihrer Mutter nichts verheimlichen können. Sie hatte Kareena so lange bearbeitet, bis sie ihr die offizielle Geschichte mit der Suspendierung erzählt hatte. Ihr

Geheimauftrag verlangte, dass sie sogar ihre eigene Familie belog. Natürlich war ihre Mutter außer sich gewesen. Immerhin hatte sie angeboten, dass Kareena zu ihr und ihrem Vater nach Olympus City kommen dürfe, bis alles wieder in Ordnung war. Dass Kareena das Angebot ablehnen musste, war ein weiterer Tiefschlag, der das ohnehin angespannte Verhältnis zu ihren Eltern nicht verbessern würde. Wenn das alles vorbei war, musste sie einiges wieder geraderücken. Sie hoffte, dass ihre Eltern sich nicht zu viele Sorgen machten, aber dafür kannte sie die beiden zu gut. Trotz aller Differenzen war sie immer noch ihre Tochter, die einzige, die ihnen geblieben war. Es tat Kareena in der Seele weh, dass sie den beiden so viel Kummer bereitete. Sie fragte sich, ob der Auftrag das alles wert war. Aber hatte sie wirklich eine Wahl? Die Entscheidung war gefallen. Da musste sie nun durch und auch ihre Familie. Wenn alles gut ging und sie wirklich Haggards Nachfolge antrat, würden ihre Eltern ihr sicher vergeben.

Sie verdrängte die Gedanken an ihre Familie aus ihrem Kopf. Jetzt musste sie sich erst einmal durch Hades kämpfen.

Problemlos fand sie den engen Abzweig vom Hauptgang wieder und drang tiefer ein in die anarchistischen Abgründe der Stadt. Die Aufzeichnung, die sie bei ihrem ersten Besuch in Hades angefertigt hatte, führte sie sicher zu ihrem Ziel. Der Korridor, in dem sie Phil und seine Kumpane gefunden hatte, war verwaist. Die Beleuchtung war ausgeschaltet. Nur der Schein ihrer Taschenlampe erhellte die Szenerie. Irgendwo dröhnte ein Ventilator mit Lagerschaden. Ansonsten war kein Laut zu hören.

Sie ging zu der verlassenen Klinik. Die Tür war von innen verrammelt. Sie klopfte an. »Phil?«

Sie hörte schlurfende Schritte. Flüsternde Stimmen.

»Hallo?«, sagte sie etwas lauter. »Ich suche Phil? Ist jemand da?«

Die Tür ging auf. Der Slag, der vor ihr stand, war nicht Phil. Er erinnerte sie auch an keinen der anderen, mit denen er hier herumgehangen hatte.

»Immer rein, Schätzchen«, hieß er sie willkommen. Seine Stimme war überraschend angenehm, was man weder von seinem Aussehen noch von seinem Geruch behaupten konnte. Er trat einen Schritt zur Seite, so dass sie an ihm vorbeigehen konnte, und machte eine einladende Handbewegung.

»Ich will nicht stören«, wehrte Kareena möglichst höflich ab. »Können Sie mir sagen, wo ich Phil finde? Theophilos ist sein vollständiger Name.«

»Ich kenne Phil, ja, ja. Komm rein! Ich gebe ihm Bescheid. Hier kannst du so lange warten.«

»Nein, danke. Ich warte lieber hier draußen.«

Sein schiefes Lächeln verschwand. Mit einer Geschwindigkeit, die sie ihm nicht zugetraut hätte, griff er nach ihr. »Komm her, Schätzchen!«

Doch Kareena war schneller. Sie wich einen Schritt zurück, so dass seine Hand ins Leere packte. Seine Augen verengten sich zu schmalen Schlitzen.

»Die Einladung war nicht optional«, knurrte er sie an.

»Tut mir leid, aber ich muss ablehnen«, entgegnete Kareena bestimmt.

Er griff unter seinen ausgefransten Plastikponcho und hielt ein langes Messer in der Hand, als er sie wieder herauszog. »Du bleibst hier!«

Das reichte. Zeit für einen Auffrischungskurs ihres Nahkampftrainings.

Mit dem rechten Fuß trat Kareena gegen die Hand, in der er das Messer hielt. Aus demselben Schwung heraus drehte sie sich einmal um ihre Achse, sprang hoch und knallte ihm den anderen Stiefel ins Gesicht.

Das Messer fiel zu Boden. Der Slag taumelte, blieb aber stehen. Er war hart im Nehmen. »Du Biest. Ich werde dich …«

Sie trat ihm mit voller Kraft zwischen die Beine. Er ging in die Knie. Sie zog ihre Elektropistole und hielt sie dem nächsten Slag ins Gesicht, der hinter seinem vor Schmerzen stöhnenden Kumpel in der Tür erschien.

»Ich sagte bereits, ich will nur wissen, wo Phil steckt. Entweder jemand sagt mir, wo ich ihn finde, oder ich prügel es aus euch raus. Eure Wahl.«

Der zweite Slag hob abwehrend die Hände. »Schon gut. Nicht schießen! Phil ist nicht hier. Probier es weiter hinten!« Erst jetzt erkannte Kareena, dass es sich um eine Frau handelte. »Da sind ein paar rot markierte Tore. Hinter dem dritten verkriecht er sich oft. Aber garantieren kann ich nichts. Nicht schießen, bitte!«

»Danke für die Auskunft«, entgegnete Kareena kühl.

Sie ging einige Schritte rückwärts, bis sie genug Abstand zwischen sich und die Slags gebracht hatte, dann drehte sie sich um und eilte in die Richtung, in die die Frau gewiesen hatte. Sie fand die Tore, die sie genannt hatte. Irgendwann waren es einmal Zugänge zu Lagerräumen gewesen, vor dem Zusammenbruch der chinesischen Marskolonien. Kareena konnte noch Reste alter Schriftzeichen erkennen. Was

Jahrzehnte lange Vernachlässigung von ihnen übrig gelassen hatte, war mit roten Symbolen übermalt. Kareena konnte nicht sagen, ob es Gangmarkierungen waren, oder ob die Zeichen eine andere Bedeutung hatten. Hier gab es auch wieder ein wenig Beleuchtung von einer uralten Fluchtwegmarkierung, so dass sie ihre Lampe ausschalten konnte.

Diesmal hielt sie die Pistole direkt in der Hand und klopfte mit der anderen.

»Ist da jemand?«

Sie hörte ein Grummeln. »Wer will was?«

Die Stimme kannte sie.

»Phil. Ich bin's, Kareena Toran.«

Sie verstaute die Pistole unter ihrer Jacke. Dann hörte sie, wie ein Riegel beiseitegeschoben wurde. Die Tür ging auf. Phil starrte sie ungläubig an. »Was machen Sie denn hier? Hätte nicht gedacht, dass ich Sie nochmal wiedersehe.«

Sie nahm den Rucksack ab und kramte ein Päckchen daraus hervor.

»Ich hatte doch versprochen, dass ich Ihnen das hier bringe.«

»Was ist das?«

»Medizin. Da Sie mir nicht mitgeteilt haben, was Sie benötigen, habe ich ein kleines Paket mit ein paar Standardsachen zusammengestellt. Hauptsächlich was gegen Strahlenkrankheit. Aber auch Schmerzmittel und noch einige andere Dinge.«

Verblüfft nahm er das Päckchen entgegen. »Dankeschön.«

»Darf ich reinkommen?«

Er sah das Paket an, dann sie. »Ja, sicher.«

Er machte Platz, so dass sie eintreten konnte. Der Raum war groß und mit Planen und Tüchern in kleinere Kammern unterteilt. Gesichter mit neugierigen Augen tauchten hinter den Vorhängen auf und musterten sie eindringlich.

»Ist schon gut«, rief Phil in den Raum, während er das Tor wieder sorgfältig verriegelte. »Sie ist OK.«

Einige der Gesichter verschwanden. Andere blieben. Kareena erkannte mehrere Kinder. Ein schreiender Säugling übertönte irgendwo das unablässige Scharren der uralten Lüfter, begleitet von leisen Stimmen, Husten und Schnarchen.

»Kommen Sie!« Phil hob eine Plane nahe dem Eingangstor zur Seite. Das Abteil dahinter maß rund vier Meter im Quadrat und war im Rahmen der Möglichkeiten gemütlich eingerichtet. In der Mitte stand eine rostige Kiste, die mit einem improvisierten Deckchen zu einem Tisch umfunktioniert war. Daneben einfache Schlafstätten, ein metallenes Schränkchen, ein museumsreifer Computer. Und mittendrin eine Frau, die zwei ängstlich dreinblickende Kinder in den Armen hielt.

»Wir haben Besuch, Lyda«, verkündete Phil feierlich. »Das ist Kareena Toran. Kareena, meine Frau Lyda.«

»Angenehm«, brachte Kareena hervor. Sie war ein wenig überrumpelt. Ein weiteres Mal hatte Phil sie überrascht.

Die Frau nickte nur. Sie hatte keinerlei Haare und wies noch zahlreiche andere Zeichen fortgeschrittener Strahlenkrankheit auf.

»Sie hat Medizin mitgebracht«, ergänzte Phil und verstaute das Päckchen in einem Schubfach der Kommode, die vor langer Zeit einmal ein Rollcontainer gewesen war.

»Danke«, hauchte Lyda.

»Wie heißt denn ihr beide?« Kareena lächelte die Kinder in Lydas Armen an. Sie mochten wohl um die drei bis vier Jahre alt sein. Statt zu antworten, versteckten sie sich hinter ihrer Mutter.

»Der Große dort ist Achill«, antwortete Phil an Stelle der beiden, »und die freche Kleine heißt Isua.«

»Hallo«, versuchte Kareena es erneut. Erfolglos. Sie wollte die zwei nicht weiter einschüchtern und wandte sich stattdessen ihrem Gastgeber zu.

»Hier wohnen Sie also.«

»Trautes Heim, Glück allein«, kommentierte der Slag ihre Feststellung.

»Ich hatte schon gedacht, Sie hausen da draußen auf dem Korridor, wo ich Sie neulich gefunden habe.«

Phil wehrte amüsiert ab. »Nein, nein. Da wollten die Frauen nur mal alleine sein. Zu solchen Gelegenheiten müssen wir uns verdünnisieren. Meistens dulden Sie uns aber in ihrer Nähe. Wenn wir ausnahmsweise mal lieb sind.«

»Ach, jetzt übertreibst du«, widersprach Lyda verlegen. »Immer musst du alles dramatisieren.«

»Tja«, warf Kareena ein, »so sind die Männer halt, nicht wahr?«

Noch war das Eis nicht gebrochen, doch zumindest lächelte Lyda sie freundlich an. Aber Kareena hatte sich schließlich nicht ein weiteres Mal nach Hades gewagt, um Smalltalk zu treiben.

»Ich bin nicht nur wegen der Medikamente hergekommen«, wechselte sie das Thema.

»Dachte ich mir schon«, gab Phil zu. »Ich habe aber noch nichts Neues herausgefunden. Hatte noch einige andere Sachen zu erledigen.«

»Ich bin auch nicht wegen dem hergekommen, was Sie herausgefunden haben, sondern, was Sie noch herausfinden werden.«

Das Gesicht des Slags war ein einziges Fragezeichen.

»Ich habe vor, ein paar Erkundigungen einzuholen«, fuhr Kareena fort, »und wollte fragen, ob Sie mir dabei behilflich sein können.«

Er zuckte mit den Schultern. »Gerne, wenn ich helfen kann.«

»Hören Sie sich besser erst an, um was es geht, bevor sie zusagen!«

Er lauschte aufmerksam.

»Ich habe vor, mich auf die Suche nach Doc Stargazer zu machen. Und da Sie ihn im Gegensatz zu mir kennen und wissen, wie er aussieht, möchte ich fragen, ob Sie mich begleiten wollen.«

»Ich habe doch schon gesagt, dass er vermutlich ins Kombinat gegangen ist.«

»Ich weiß.« Kareena ließ nicht locker. »Dort möchte ich hin.«

Langsam dämmerte ihrem Gegenüber, was ihr Plan war. »Ich soll Sie ins Kombinat begleiten?«

»Ja.«

Er schüttelte vehement den Kopf. »Das wird nicht gehen.« Dann breitete er seine Arme aus. »Ich muss für meine Familie sorgen. Ich habe Pflichten. Ich kann hier nicht einfach wer weiß wie lange abhauen.«

Kareena zückte eine CashCard. Sein Protest verstummte spontan.

»Hier sind eintausend Creds drauf. Das ist die Anzahlung. Damit können Sie die Versorgung Ihrer Familie vermutlich eine Weile sicherstellen.«

»Ja, aber ...«

»Und wenn wir Erfolg haben, kriegen Sie weitere vier.«

»Fünftausend Creds!« Er schnappte nach Luft.

»Wenn wir keinen Erfolg haben, muss ich die zweite Rate leider halbieren.«

»Das wären immer noch dreitausend!«

»Genau. Wie sieht's aus? Brauchen Sie Bedenkzeit?«

Er fuchtelte hilflos mit den Händen herum. »Ich ... also ... wie soll ich denn ins Kombinat reinkommen? Ich besitze keine ID.«

»Lassen Sie das meine Sorge sein!«

»Aber ... ich meine ... was erwarten Sie denn von mir? Hier in Hades kenne ich Leute. Hier kann ich Kontakte herstellen und so. Aber im Kombinat ... was ich sagen will: Erwarten Sie bitte nicht zu viel von mir! Ich bin mir nicht sicher, ob ich Ihnen viel weiterhelfen kann.«

»Phil«, versuchte Kareena, ihn zu beruhigen, »ich erwarte von Ihnen nur, dass Sie mir Doc Stargazer vorstellen, wenn wir ihn tatsächlich finden. Und vielleicht können Sie hier und da Ihren Charme spielen lassen und die Kontaktaufnahme zu anderen ... Leuten erleichtern.«

»Sie meinen anderen Slags.«

»Ja. Sprechen Sie japanisch?«

»Ein wenig.« Er dachte nach. »Und wenn Sie mittendrin feststellen, dass ich Ihnen nur im Weg herumstehe und keine wirkliche Hilfe bin?«

»Dann drücke ich Ihnen zweitausend Creds in die Hand und schicke Sie nach Hause. Aber ich habe irgendwie ein gutes Gefühl, dass es dazu nicht kommen wird. Phil, machen Sie sich keine Sorgen, dass ich zu viel von Ihnen erwarten könnte oder so was! Wenn Sie den Doc sehen, zeigen Sie mit dem Finger auf ihn und stellen mich ihm vor. Das ist alles, was ich erwarte. Der Rest wird sich finden.«

»Und dafür geben Sie mir fünftausend Creds?«

»Wenn alles klappt, ja.«

»Was genau wollen Sie vom Doc?«

»Reden. Ich will nur mit ihm reden. Er hat möglicherweise Informationen, die mir bei einigen Fragen weiterhelfen können. Ihm wird nichts geschehen. Das verspreche ich.«

Der Slag sah seine Frau an.

»Fünftausend, Phil!«, hauchte sie beinahe ehrfürchtig. »Fünftausend! Wenn du ihr vertraust, worüber denkst du dann noch nach?«

Seine Augen sahen abwechselnd Kareena und seine Frau an. Schließlich straffte er sich. »Also gut. Wann soll's losgehen?«

Kareena war erleichtert. »So bald wie möglich. Vorher werden wir noch ein paar Formalitäten zu erledigen haben. Sie werden eine ID benötigen und noch einige andere Dinge. Das wird vermutlich nicht in ein oder zwei Tagen erledigt sein.«

Er sah an sich herab. »Vielleicht bin ich nicht ganz passend gekleidet für so eine Reise.«

»Machen Sie sich keine Sorgen!« Kareena grinste breit. »Wir machen einen ganz neuen Mann aus Ihnen. Und das Beste ist, die Spesen gehen aufs Haus.«

Er erwiderte ihr Lachen. »Na dann los! Hab' mich lange nicht mehr neu eingekleidet.«

»Sieht man«, feixte Lyda.

Sogar die Kinder lachten mit.

Kareena war zufrieden. Ein erster kleiner Erfolg. Zumindest hatte sie nun ein wenig Hilfe. Sie mochte Phil. Vor einer halben Stunde hätte sie ihn sich noch nicht als Familienvater vorstellen können, aber das machte ihn nur noch sympathischer.

Für das, was sie vorhatte, würde sie allerdings noch eine ganze Reihe weiterer Erfolge benötigen. Dabei war noch nicht einmal klar, ob Stargazer überhaupt Antworten auf ihre Fragen hatte. Aber er war derzeit ihre heißeste Spur. Wenn sie es nicht zumindest versuchen würde, wäre sie eine schlechte Polizistin.

Polizistin. Hörte sich besser an als Sicherheitsagentin. Sie hatte darüber nachgedacht. Dieses Wort beinhaltete, was sie die ganze Zeit über eigentlich hatte sein wollen. Keine Konzernangestellte. Eine Polizistin. Die Vorstellung gefiel ihr. Nun würde sie versuchen, das Wort mit Leben zu füllen. Und einen Hilfspolizisten hatte sie auch schon.

»Na dann wollen wir mal!«, unterbrach Kareena die allgemeine Heiterkeit. »Es gibt noch einiges vorzubereiten.«

Phil breitete die Arme aus. »Worauf warten wir dann noch?«

Ein guter Anfang.

KAPITEL 2: DIE JAGD

05.11.2210, Hán-Raumstation, Marsorbit

Eine rote Kugel, eingebettet in unendliche Schwärze. Direkt unter ihnen lagen die Tharsis-Berge. Am westlichen Horizont war Olympus Mons gerade noch zu erkennen. Der riesige Vulkan erinnerte Kareena an ein gewaltiges Auge, das von der Marsoberfläche zu ihr emporblickte. Der größte Berg im gesamten Sonnensystem war ihr vertraut. An seinen Hängen war sie aufgewachsen. Ihre Eltern wohnten immer noch in der Stadt an seinem Fuß.

Rund um den Vulkan war ein leichter Schimmer von Grün zu erkennen. Die gentechnisch an die Umweltbedingungen des Mars angepassten Algen waren vor fast einem Jahrhundert von den ersten Siedlern ausgesetzt worden. Langsam breiteten sie sich über die roten Wüsten aus und entließen Sauerstoff in die dünne Atmosphäre des Planeten. Bis Menschen dort ohne Schutzanzug atmen konnten, würden allerdings noch einige hundert oder gar tausend Jahre ins Land gehen. Es gab zwar Pläne für eine Beschleunigung des Prozesses, aber seit der Mars in die beiden rivalisierenden Machtblöcke der Ares-Konzernrepublik und des Shigano-Kombinats geteilt war, lagen alle globalen Programme brach.

Die Elysium Ebene mit der gleichnamigen Stadt, der größten Siedlung auf dem Mars, war hinter dem Horizont nicht zu sehen. Im Osten konnte man die Valles Marineris erahnen. In den viele Kilometer tiefen Tälern lagen die wichtigsten Städte des Kombinats verborgen. Dies war Kareenas Ziel. Doch dorthin zu gelangen, war nicht einfach. Der letzte Krieg zwischen den beiden großen Nationen auf dem Mars lag zwar schon einige Jahrzehnte zurück, aber die Beziehungen waren bestenfalls frostig. Für eine Agentin eines der größeren Konzerne der Ares-Republik war es nahezu unmöglich, auch nur halbwegs unauffällig ins Kombinat einzureisen. Direkte Verkehrsverbindungen existierten überhaupt nicht. Die Zeiten, in denen die Marskolonien unter einer vereinten Regierung gestanden hatten, waren lange vorbei. Der Zusammenbruch des chinesischen Kolonialreiches hatte zwei tief verfeindete Erben hinterlassen. Die einzigen Brücken zwischen den Territorien der beiden Machtblöcke, die die Oberfläche des Roten Planeten mitsamt der Überreste der alten Siedlungen unter sich aufgeteilt hatten, waren die wenigen neutralen Orbitalstationen. Die Älteste von ihnen stammte noch aus der Pionierzeit der chinesischen Besiedlung vor rund einhundert Jahren. Die radförmige Hán-Station war seitdem vielfach erweitert, umgebaut und renoviert worden. Sie hatte glorreiche Zeiten erlebt, in denen sie der wichtigste Umschlagplatz für die Erze und anderen Rohstoffe aus dem Asteroidengürtel gewesen war, ebenso wie lange Jahre des Niedergangs und Verfalls, Wiederbelebung und erneute Krisen. Sie war einst das Zentrum der chinesischen Marskolonie gewesen, bevor die großen Siedlungen auf der Oberfläche errichtet worden waren. Sie hatte mehrfach den Besitzer gewechselt, war zeitweise hart umkämpft und wäre im letzten Krieg beinahe zerstört worden. Aber im Gegensatz zu vielen anderen, teilweise weit jüngeren Stationen, existierte sie immer noch und umkreiste unablässig die rote Kugel, die Phil und Kareena von der Aussichtsplattform aus bewunderten. Phil stand schon seit fast einer Stunde dort und konnte die Augen nicht abwenden von dem Planeten, auf dem er geboren worden war, auf dem er sein gesamtes Leben verbracht und dessen Oberfläche er nun zum ersten Mal verlassen hatte.

»Wir müssen langsam los«, drängte Kareena den Slag. »Wenn das alles vorbei ist, kommen wir nochmal vorbei.«

Widerwillig wandte Phil sich von dem Panorama ab und spannte sich vor seinen Rollkoffer. »Na dann.«

Kareena war immer noch erstaunt, welche Wirkung zwei Wochen ordentliche Medikation, eine ausgiebige Dusche und gepflegte Kleidung auf das Erscheinungsbild des Slags hatten. Die krummen Knochen und den schlurfenden Gang konnte er nicht vollständig verbergen, aber auf den ersten Blick wäre er beinahe als Norm durchgegangen.

Seine Schritte auf dem Weg zum Passagierterminal waren schwer. Durch die Krümmung des Korridors entlang des ringförmigen Habitats vermittelten die Augen einem den Eindruck, ständig bergauf zu gehen. Doch das war nicht der Grund dafür, dass der Slag sich derart abmühte. Die alten Raumstationen waren für Kolonisten ausgelegt, die auf der Erde geboren waren. Die durch die Rotation der gesamten Station erzeugte Fliehkraft drückte die Insassen mit einem vollen g gegen den Boden der Hallen und Korridore, dreimal so viel wie auf der Marsoberfläche. Kareena hatte regelmäßig Belastungstraining gemacht, so dass es ihr nicht ganz so schwerfiel, das Dreifache ihres gewohnten Gewichtes mit sich herumzutragen. Phil hingegen mühte sich arg und jeder Atemzug bereitete ihm Schwierigkeiten. Er hielt sich aber tapfer, biss die Zähne zusammen und schleppte sich durch die Gänge. Bei den Modernisierungsaktionen der Hán-Station war nie ein modernes Transportsystem eingebaut worden, so dass sie den ganzen Weg zu Fuß zurücklegen mussten. Glücklicherweise war es nicht allzu weit.

Am Terminal herrschte reger Betrieb. Das Menschengemisch, das zwischen den verschiedenen Schaltern hin und her wuselte, war der bunteste Haufen, den Kareena je gesehen hatte. Asiaten waren dominant, aber jede andere erdenkliche Volksgruppe war ebenfalls zahlreich vertreten. Die Kleidungsstile waren nicht weniger vielfältig. Von den strengen uniformgleichen Anzügen im korporativen Stil über epaulettenbesetzten Zwei- und Dreireiher bis hin zu knallbunten Saris und Kimonos, den Neotogen der Titanier und natürlich den in allen Kolonien beliebten Overalls und hautengen Raumanzügen war alles vertreten, was die Bekleidungsindustrie zu bieten hatte.

Auch die große Zahl an Mutanten war ungewohnt. Wie in Hades mischten sie sich ungezwungen unters Volk und niemand nahm Anstoß daran. In der Ares-Republik hatten die Mutantengegner sich mittlerweile weitgehend von illegalen Überfällen abgewendet und stattdessen eine offizielle Protestorganisation ins Leben gerufen. Im Vergleich zu den Zuständen auf der Erde war die Anti-Mutanten-Bewegung des Mars aber vernachlässigbar. Im Shigano-Kombinat hatten Mutanten ohnehin einen höheren Status als im Rest des Sonnensystems. So wiesen wenig überraschend die meisten der genetisch Veränderten, die sich hier tummelten, neben den typischen Merkmalen, dem kantigen, meist haarlosen Schädel und robusten Körper, zusätzlich leicht asiatische Gesichtszüge auf und waren damit eindeutig als Produkte der Zuchtfarmen des Kombinats erkennbar. Rund zwei Drittel der Bevölkerung des Kombinats stammten aus den Inkubatoren der Genkonstrukteure. Vor der Abspaltung vom Yamato-Konsortium und der Öffnung für nicht-japanische Immigranten war der Anteil sogar noch deutlich höher gewesen. Am Schalter für das Shuttle nach Ieshoyu häuften sich die Mutanten. Aber es waren genügend Nicht-Japaner in der Warteschlange, dass Phil und Kareena nicht übermäßig auffielen.

»Konnichiwa«, begrüßte sie eine lächelnde Frau der Giko-Klasse, der Kombinatsversion der Betas. Sie hatte ihre spärlichen Haare zu einem komplexen Gebilde geflochten, das den Schädel fast zur Hälfte bedeckte. Kareena aktivierte das Übersetzungsprogramm in ihrem Computerimplantat.

»Kareena Holsten und mein Begleiter Theophilos Ellis«, antwortete sie in fließendem Japanisch, »Soygen Incorporated.«

Die Mutantin deutete, ohne ihr Lächeln auch nur eine Sekunde lang zu vernachlässigen, auf den ID-Scanner. Kareena legte ihren Unterarm darauf. Die Chips, die sie und Phil trugen, waren keine Fälschungen im eigentlichen Sinn. Sie stammten tatsächlich von Soygen, einem unabhängigen Konzern, der sich primär mit Nahrungsmittelproduktion beschäftigte, und waren damit im Prinzip hochoffiziell. Dass die hinterlegten Identitäten nicht den Trägern entsprachen, war Eric Vandemools guten Kontakten zu verdanken. Welche Hebel er in Bewegung gesetzt hatte, um die Chips zu beschaffen, war Kareena schleierhaft. Offenbar war der Pure auch über Cynarian hinaus bestens vernetzt.

»Nun bitte Sie, Mr. Ellis.«

Phil kam der Aufforderung routiniert nach. Obwohl er bis vor zwei Wochen noch nie einen ID-Chip getragen hatte, platzierte er das Implantat über dem Scanner, als ob er seit seiner Kindheit nichts anderes gekannt hätte.

»Was ist der Zweck Ihres Besuchs?«

»Wir möchten uns einen Überblick über die Agrarindustrie des Kombinats verschaffen und mögliche Joint Ventures ausloten. Noch haben wir leider keine offiziellen Termine.«

Seit ihrer Abspaltung vom Yamato-Konsortium suchten die Konzerne des Kombinats intensiv neue Verbündete und Geschäftspartner. Kareena hoffte, dass ihr impliziertes Angebot als Köder ausreichte. Und dass Vandemool recht behielt mit seiner Behauptung, eine Rückfrage bei Soygen würde ihre neuen Identitäten bestätigen.

»Wie lange werden Sie sich im Shigano-Kombinat aufhalten?«

»Das steht noch nicht fest. Wir planen etwa zwei Wochen.«

Die Frau hinter dem Schalter blickte ins Leere, während sie Daten prüfte oder mit irgendwem kommunizierte. Wie sie es schaffte, ihr Lächeln aufrechtzuerhalten, obwohl ihr Geist sich in der virtuellen Welt aufhielt, war bewundernswert.

Schlagartig kehrte das Leben in ihr Gesicht zurück.

»Ihr Flug startet in 42 Minuten von Gate fünf. Ich wünsche Ihnen einen angenehmen Aufenthalt im Shigano-Kombinat.«

»Vielen Dank«, erwiderte Kareena erleichtert. Phil verabschiedete sich mit einem freundlichen Nicken.

»Eine Hürde genommen«, flüsterte sie ihm zu, als sie außer Hörweite waren.

Das Gate lag auf der Nabe der Station. Der Weg dorthin führte durch eine der vier Speichen, die die Nabe mit dem ringförmigen Habitat verbanden. Am Eingang zum Aufzug wurden ein weiteres Mal ihre IDs kontrolliert. Die Kabine bot Platz für 25 Personen. Sie alle lehnten sich an die Wand, die mit dem Piktogramm für die Fahrt zur

Nabe gekennzeichnet war. Sobald der Lift sich in Bewegung setzte, drückte die Corioliskraft sie gegen die Polster. Kareena hatte schon viel Zeit auf verschiedenen Raumstationen verbracht. Ihr waren die Absonderlichkeiten der Rotationsgravitation in Fleisch und Blut übergegangen. Phils argwöhnischer Blick hingegen verriet unzweifelhaft sein Unbehagen angesichts der ungewohnten Kräfte, die auf seinen Körper einwirkten.

»Halten Sie sich fest!«, riet Kareena ihm.

Er klammerte sich an zwei der Handgriffe und kämpfte sichtlich mit den Coriolis- und Beschleunigungskräften, die die Fahrt über stetig ihre Stärke und Richtung wechselten. Als der Fahrstuhl schließlich stoppte und sie in die Minigravitation der Nabe entließ, war sein Gesicht kalkweiß. Immerhin schaffte er es, seinen Mageninhalt unter Kontrolle zu behalten. Kareena half ihm, sich zum Gate vorzuarbeiten. Es herrschte keine vollständige Schwerelosigkeit, da sich beim Hán-Orbital im Gegensatz zu moderneren Raumstationen die gesamte Station inklusive der Nabe mit den Docks drehte. Bereits wenige Meter neben der Rotationsachse war die Fliehkraft zu spüren, wenn auch nur minimal. Sich in dieser Umgebung fortzubewegen, fand Kareena schwieriger als bei vollkommener Abwesenheit aller äußeren Kräfte. Aber die paar Meter zum Gate legte sie einigermaßen sicher zurück. Nach einer weiteren Identitätsprüfung bugsierte sie Phil durch die Passagierbrücke. An Bord des Shuttles war ein Giko-Klasse-Mutant ihm behilflich, seinen Platz einzunehmen.

Der Flug zurück auf die Oberfläche begann weitgehend unspektakulär und unterschied sich nicht von unzähligen anderen Orbitaltransfers. Phil, der zum ersten Mal aus der Umlaufbahn zurückkehrte, hing die ganze Zeit über wie gebannt an dem kleinen Bullauge. Die rot glühenden Schlieren, die das Bremsmanöver in die dünne Atmosphäre des Mars brannte, veranlassten ihn, sich zu vergewissern, dass alle anderen Passagiere ruhig blieben. Kareena nickte ihm aufmunternd zu. Sein Lächeln war etwas gequält, aber er schien beruhigt, während die Krümmung des Horizontes nach und nach verschwand und die rote Oberfläche langsam näher kam.

Erst als man durch die Fenster des Shuttles zu beiden Seiten steile Felswände sehen konnte, wurde auch Kareenas Aufmerksamkeit geweckt. Der Lander tauchte tief hinab in die Valles Marineris. Das Licht der Morgensonne verschwand irgendwo über ihnen. Sie erkannte regelmäßige Strukturen in der Flanke des Canyons. Stahl und Beton mischten sich unter die Felsen. Wie grüne Inseln hoben sich die riesigen gläsernen Kuppeln der hydroponischen Farmen vom allgegenwärtigen Rot der Oberfläche ab. Hangartore und Fensterreihen durchbrachen die steinerne Wand. Eines der Portale steuerten sie an. Hafenarbeiter in Raumanzügen nahmen das Shuttle in Empfang, während es die letzten Meter des Fluges auf seinen Schwenkdüsen schwebte. Dann setzte es auf. Kareena holte tief Luft.

Willkommen im Feindesland.

Der Empfang, der ihnen bereitet wurde, war allerdings durchaus freundlich. Am Ende der Passagierbrücke warteten zwei junge Damen im Kimono und begrüßten jeden Neuankömmling mit dem obligatorischen Lächeln, einer Verbeugung und einem hastigen ‚Konnichiwa'. Zwischen dem Empfangskomitee und den dicht gedrängten Fluggästen erhaschte Kareena einen Blick auf ein Quartett uniformierter Riesen, in deren Pranken sogar die massigen Railguns zierlich erschienen. Omega-Klasse-Mutanten. Beziehungsweise Musha, wie sie hierzulande genannt wurden. Die Kriegerelite des Kombinats. Vermutlich die tödlichsten Soldaten des Sonnensystems. In ihnen verband sich die Erfahrung der besten Genkonstrukteure des 23. Jahrhunderts mit dem Ethos der Samurai aus längst vergangenen Zeiten. Diesen Kämpfern verdankte das Kombinat, dass es sowohl im japanischen Bürgerkrieg als auch den folgenden Auseinandersetzungen mit der USI seine Existenz gegen an Zahl und Ressourcen weit überlegene Gegner hatte behaupten können. Viele andere Konzerne und Nationen hatten seitdem ihre eigenen Kampfmutanten-Programme aufgesetzt. Doch noch hatte niemand es geschafft, die Kampfkraft dieser Killermaschinen vollumfänglich zu kopieren.

Die Wächter hier am Raumhafen wirkten jedoch recht entspannt. Die meisten Passanten schienen kaum Notiz von ihnen zu nehmen. Nun ja, Mutanten waren hier ohnehin an jeder Ecke zu finden. Auch die Musha gehörten wohl zum allgemeinen Straßenbild. Zumindest trugen sie nur leichte Kampfmontur und nicht die überschweren Gefechtspanzer, mit denen sie üblicherweise das Schlachtfeld betraten.

Phil und Kareena durchquerten noch eine Sicherheitskontrolle mit einem neuerlichen ID-Scan, doch weitere Fragen blieben ihnen erspart. Sie verließen den Raumhafen und betraten Ieshoyu. Vor ihnen erstreckte sich eine weite, runde Plaza, die von zehn Galerien gesäumt war. Von der Decke fiel künstliches Tageslicht herein. Die Architektur der Hauptstadt des Kombinats unterschied sich nur in Details von den Städten der Ares-Republik. Das japanische Erbe war an vielerlei Ornamentik deutlich zu erkennen und natürlich beherrschten die komplexen Schriftzeichen alle Werbe- und Hinweistafeln. Deren Zahl war allerdings recht gering und fast alle waren eher unspektakulär, beinahe schon bescheiden. Insbesondere die in Elysium City üblichen Holoschilder fehlten vollständig. Kareena aktivierte ihr

ComLink und wählte sich ins öffentliche Netz ein. Nach wenigen Sekunden fluteten unzählige bunt blinkende und aufdringlich animierte Bilder ihren visuellen Kortex und überlagerten sich mit der realen Szenerie, die ihre Augen wahrnahmen. Werbefilmchen, Sonderangebote und die neuesten Nachrichten aus der ganzen Welt prasselten von allen Seiten auf sie ein. Erst als sie verschiedene Filter aktivierte, reduzierte sich die Zahl der Botschaften auf ein erträgliches Maß. Auch in ihrer Heimat gab es die virtuellen Schilder, aber nicht in dieser Fülle. Sie hatte davon gehört, aber es selber zu erleben, war etwas anderes. Sie atmete tief durch.

»Alles in Ordnung?«, fragte Phil besorgt.

»Ziehen Sie Ihre Datenbrille auf! Dann sehen Sie, was los ist.«

Er tat wie geheißen, drückte auf den Aktivierungsknopf und riss sich die Brille unmittelbar wieder vom Kopf.

»Verdammt noch mal!«, fluchte er. »Was ist das denn?«

»Tja«, erwiderte Kareena, »andere Länder, andere Sitten. Lassen Sie uns ein Hotel oder eine Pension finden. Ich habe das Gefühl, wir müssen uns erst einmal ein wenig akklimatisieren.«

»Das tue ich schon, seit ich Hades verlassen habe«, beschwerte Phil sich.

»Na dann einfach weitermachen!«, riet sie ihm.

Sie schaltete den Übersetzer zu den Werbefeeds und folgte einem Hinweisschild zu einer möglichen Unterkunft. Wirklich wohl fühlte sie sich nicht. Mit einer falschen ID auf feindlichem Territorium nach irgendeinem ominösen Arzt zu suchen, von dem sie kaum mehr als den Namen wusste, war kein vertrautes Terrain. Erneut kamen Zweifel in ihr auf, ob es eine gute Idee gewesen war, Haggards Auftrag anzunehmen. Aber jetzt war es wohl zu spät, sich anders zu entscheiden. Also auf in den Kampf. Die Jagd hatte begonnen.

16.11.2210, Flüchtlingslager Rheinberg, Föderationsgrenzzone, Erde

»Nein, nein, nein!« Terry wedelte wild mit den Armen, wie üblich, wenn er sich über irgendetwas aufregte – was er oft tat. »Das kann gar nicht klappen. Das Kabel muss da rein und ...«

Skip ignorierte das Gezappel des dürren Slags und fuhr unbeeindruckt fort.

»Was machst du denn da?«, zeterte Terry weiter.

Skip blieb ruhig. Er kannte das Spiel nun schon eine ganze Weile. »Ich verbinde den Funktionsgenerator mit dem Triggereingang des Zerhackers ...«

Haarklein ging er alle Schritte noch einmal durch. Terry zuckte hin und wieder. Er musste sich sichtlich zusammenreißen, nicht selber Hand anzulegen. Doch je weiter Skip fortfuhr, umso entspannter wurde der Datenjockey. Bis zu einem gewissen Grad konnte Skip die Bedenken nachvollziehen. Auch er mochte es nicht, wenn jemand mit seinen Gerätschaften herumhantierte. Und da Terry bis vor einem Monat der Einzige von Zerberus' Gefolgsleuten war, der Ahnung von Kommunikationselektronik hatte, war dies seine unangefochtene Spielwiese gewesen. Er war auch nicht schlecht darin, aber Skip hatte bereits einige Verbesserungen in der Anlage vornehmen können. Es machte halt einen Unterschied, ob man sich ein Fachgebiet nebenbei selbsttätig angeeignet oder von Grund auf von Spezialisten erlernt hatte. Terry war ein fantastischer Hacker, vor dem kein Code sicher war, aber die Hardware war nicht seine Stärke. Dafür war jetzt Skip zuständig. Der Slag musste das nur noch akzeptieren. Langsam wurde es besser. Auch dank viel guten Zuredens von Zerberus.

»So«, Skip schraubte das Gehäuse des Verstärkers wieder zu. »Jetzt probier's nochmal und schau, ob die Rückkopplungen immer noch da sind!«

Wortlos steckte Terry das Datenkabel in eine der Buchsen in seinem Schädel. Seine Pupillen verdrehten sich, bis nur noch das Weiße in den Augen zu sehen war. Sein Geist driftete durch den wilden Haufen aus Glasfasern, Quantentransistoren und Speicherkristallen, der den Raum ausfüllte. Die Signalleuchte für die Außenverbindung ging an. Terry machte sich auf in die Weiten des Netzes. Skip interpretierte das als Bestätigung, dass die internen Tests erfolgreich abgeschlossen waren. Ein Lob durfte er von dem Slag nicht erwarten.

Aber wenn es keine Beschwerden gab, funktionierte wohl alles. Skip erhob sich, räumte sein Werkzeug zusammen und verließ das Reich des Datenjockeys. Er tarnte den Eingang über der Treppe mit einigen der Bierfässer, die hier lagerten. Sollte Terry jemals ohne fremde Hilfe sein Kellerloch verlassen wollen, würde er ein Problem haben. Aber es schien ihm nichts auszumachen, dort unten quasi eingesperrt zu sein. Er legte keinen Wert auf die reale Welt und reduzierte die Zeit, die er nicht eingestöpselt war, auf ein absolutes Minimum. Solange er genug Nahrung bekam, um seinen Körper gerade eben so am Leben zu erhalten, war für ihn alles in Ordnung. Skip wusste, dass es auf der Erde und in den Kolonien abertausende solcher Netzjunkies gab. Vermutlich Millionen. Die extremsten von ihnen ließen sich künstlich ernähren und verließen die virtuelle Welt überhaupt nicht mehr. Von daher war Terry noch halbwegs harmlos. Skip konnte seine Vorlieben dennoch nicht nachvollziehen. Sich vollkommen aus der Realität zurückzuziehen, kam für ihn nicht infrage. Aber was soll's! Jedem das seine.

Im Hinterzimmer des Armageddon saß nur Lynx. Sie flickte gerade einen Overall. Für eine Alpha war sie mit ihren knapp zwei Metern Körpergröße geradezu zierlich. Die Mentoren ihres Kaders waren derselben Meinung gewesen, so dass sie schon vor Ende der Ausbildung als ‚Ausschuss' verhökert worden war. Skip hatte noch nicht in Erfahrung gebracht, wer sie gekauft hatte. Aber es war dort wohl nicht sonderlich angenehm gewesen, so dass sie recht bald geflüchtet und nach einigen Umwegen bei Zerberus gelandet war. Mit fünfzehn Jahren war sie mit Abstand die Jüngste in der Truppe und ohne abgeschlossene Ausbildung inmitten all der technischen Spezialisten etwas deplatziert. Dennoch war sie bei allen sehr beliebt, eine Art allgemeine Adoptivtochter. Und wenn man sie nicht auf ihre Vergangenheit ansprach oder gar als ‚Ausschuss' bezeichnete – ein sicherer Weg in eine wilde Prügelei – verbreitete sie immer gute Laune.

»Hallo«, begrüßte Skip sie.

»Oh, hi Skip.« Ihr ganzes Gesicht lächelte auf die übliche ansteckende Art. »Na, wie geht's dem Gespenst?«

Terries inoffizieller Spitzname.

»Der ist glücklich irgendwo in der großen weiten Welt der Elektronen und Photonen unterwegs«, antwortete Skip. »Weißt du, wo Zerberus steckt?«

»Der ist vorhin mit Valiant hier vorbeigekommen. Sind nach oben gegangen. Vermutlich treiben sie es gerade wieder.«

»Schon wieder?« Skip schüttelte ungläubig den Kopf.

Das Pärchen war den meisten anderen Mutanten ein Rätsel. Feste

Zweierbeziehungen waren unter den genetisch Veränderten eine absolute Rarität. Schon von klein auf wuchsen sie in Kadern auf, Gruppen von etwa fünfzig bis hundert gleichaltrigen Individuen, meistens aus einer einzigen Brutlinie. Sie spielten zusammen, sie aßen zusammen und sie wurden gemeinsam ausgebildet. Die Mitglieder eines Kaders waren wie Geschwister. Aber im Gegensatz zu Brüdern und Schwestern natürlich geborener Menschen waren mit Beginn der Pubertät sexuelle Kontakte innerhalb des Kaders vollkommen normal. Trotzdem war man den Sexualpartnern meist nicht recht viel inniger verbunden als den anderen Kadergeschwistern. Sie wechselten häufig und normalerweise nahm keiner der Beteiligten daran Anstoß. Die meisten Mutanten behielten diese Einstellung auch bei, wenn sie die Zuchtfarmen verlassen hatten und zu ihren endgültigen Besitzern gewechselt waren. Sex war eine nette Abwechslung im harten Arbeitsalltag, recht weit verbreitet und aufgrund der genetisch bedingten Unfruchtbarkeit der Mutanten im Allgemeinen auch folgenlos. Die exklusiven Zweierbeziehungen der Norms blieben den meisten Mutanten ihr Leben lang ein Rätsel. Die jüngsten Ereignisse mit den frei geborenen Mutantenkindern rüttelten ein wenig an diesen Gewissheiten, stellten für Skip aber immer noch absolute Abnormitäten dar. Genauso wie Zerberus und Valiant. Die beiden hatten zwar, soweit Skip wusste, noch keine Kinder, aber zum einen war die Verbindung zwischen Mutanten verschiedener Klassen – er Alpha, sie Beta – schon ungewöhnlich. Außerdem hatte er erfahren, dass sie bereits seit fast zwei Jahren ein Paar waren. Darüber hinaus war Skip auch nicht der Einzige, den die Häufigkeit ihrer Liebesbeweise ein wenig befremdete. Bei allem Unverständnis gab es allerdings niemanden, der den beiden ihr Glück missgönnte.

Auch Lynx zuckte nur grinsend die Schultern.

»Dann gibt es wohl nicht Dringendes mehr zu erledigen«, folgerte Skip. »Ich geh dann mal. Bis morgen.«

»Ja, bis dann.« Sie widmete sich wieder ihrer Arbeit.

Es war spät. Das Armageddon war sicherlich schon gut besucht. Skip war nicht danach zumute, sich unters Volk zu mischen. Er brauchte ein wenig Einsamkeit. Die fand er in dem dicht bevölkerten Flüchtlingslager nur in seinem kleinen Domizil, den zwei Kubikmetern Schlafraum des Sarghotels, in dem er seit seiner Ankunft in Rheinberg Quartier bezogen hatte. Zerberus hatte ihm ein richtiges Zimmer in einem Haus nahe dem Armageddon angeboten. Aber erstens machte es Skip nichts aus, in beengten Räumlichkeiten zu hausen. Seine Koje auf dem Heliumtanker war ähnlich knapp bemessen gewesen. Er war daran gewöhnt. Und zweitens hätte er sich das Zimmer mit anderen Personen teilen müssen. Auch das wäre nicht unmöglich gewesen. In Grönland hatte er das ein halbes Jahr lang getan. Aber wenn er die Wahl hatte, bevorzugte er einen Rückzugsort, an dem er alleine sein konnte.

Dass das Sarghotel ein ganzes Stück vom Armageddon entfernt lag, war Vor- und Nachteil zugleich. Manches Mal wäre Skip nach getaner Arbeit gerne einfach nur noch ins Bett gefallen. Zerberus war ein angenehmer Boss, aber wenn es etwas zu erledigen gab, war von ihm keine Gnade zu erwarten. Skip hatte in den letzten vier Wochen mehrfach bis tief in die Nacht hinein gearbeitet, um die marode Elektrik des Clubs wieder auf Vordermann zu bringen. Auf der anderen Seite konnte er auf dem etwa zwanzigminütigen Spaziergang im wahrsten Sinne des Wortes ein wenig Abstand von der Arbeit gewinnen. Er mochte die meisten Leute im Armageddon und in Zerberus' weiterem Umfeld. Aber es reichte Skip, wenn er den ganzen Tag mit ihnen zusammen war. Mal ein paar andere Gesichter zu sehen, und sei es nur auf dem Weg zu seiner Schlafstatt, empfand er durchaus als angenehm. Um diese Zeit waren sogar noch Leute unterwegs, bevor sie vor den allgegenwärtigen Gangs die Flucht hinter verrammelte Türen ergriffen. Die lokalen Schläger kannten Skip mittlerweile. Die Erwähnung seines ‚Protektors' hatte in der Tat eine äußerst befriedende Wirkung auf sie gehabt. Niemand legte Wert darauf, sich mit dem Alpha und seinen Kumpanen anzulegen. Letztlich war auch die Mutantentruppe rund um Zerberus nichts anderes als eine Gang, allerdings eine besonders schlagkräftige. Vor ein paar Jahren hatte es wohl einige recht gewalttätige Auseinandersetzungen zwischen mehreren Norm-Gangs und den Mutanten gegeben. Der aktuelle Friede war hart erkämpft worden. Zerberus selber hatte angeblich äußerst tatkräftig dazu beigetragen. Derzeit wollte es niemand darauf ankommen lassen, ihn herauszufordern, so dass Skip unbehelligt seiner Wege gehen konnte.

Die Straßen, Gassen und Passagen von Rheinberg waren ein einziges Labyrinth. Transportröhren oder andere öffentliche Verkehrsmittel existierten hier nicht. Es gab einige kleine Individualfahrzeuge, zumeist Zwei- oder Dreiräder mit einfachen Elektroantrieben. Aber für die meisten Bewohner von Rheinberg waren die eigenen Füße das Transportmittel der Wahl. Skip war sich immer noch nicht sicher, den kürzesten Weg gefunden zu haben. Da er ohnehin den Spaziergang genoss, kam es allerdings auf ein oder zwei Minuten nicht an.

Die wenigen Stunden Sonnenschein in den Tagen unmittelbar nach seiner Ankunft im Lager waren ein seltenes Ereignis gewesen. Seit Wochen trommelten unablässig die schweren, vom ewigen Sturm über das Land getriebenen Regentropfen auf die Dächer von Rheinberg. Die Überdachung der Straße war an mehreren Stellen undicht, so dass sich auf dem Boden überall Pfützen ausbreiteten und Rinnsale ihren Weg bahnten.

Skip war schon fast angekommen, als sein ComLink sich meldete. Er zog es aus dem Anorak und sah auf das Display. Terry rief ihn an. Skip stöpselte das Kabel des Geräts in seine Datenbuchse und hängte sich das Mikrofon um. Innerhalb einer halben Sekunde erschienen die Steuericons in seinem Sichtfeld. Er öffnete den Kanal. Terries Avatar fuhr ihn an. »Wo steckt Zerberus?«

»Der hängt mit Valiant zusammen«, antwortete Skip, während er weiterschlenderte. »Was ist denn los?«

»Ich habe gerade ein paar Feeds gecheckt und eine Pressemitteilung gefunden, die morgen veröffentlicht werden soll.«

»Morgen?«, wunderte Skip sich. »Du hast den Server gehackt?«

»Ja, ein bisschen. Aber egal. Hör dir an, worum es geht! Die Föderation setzt morgen eine Verordnung in Kraft, nach der Mutanten sich nicht mehr frei auf ihrem Territorium bewegen dürfen.«

»Was?« Skip blieb abrupt stehen. »Die können doch nicht ...«

»Doch, verdammt noch mal. Sie können und sie tun es. Mutanten in Konzernbesitz dürfen die Firmengelände nicht mehr verlassen. Alle anderen sollen interniert werden. Die Vorbereitungen laufen auf Hochtouren.«

»Auch in den Grenzzonen?«

»Insbesondere in den Grenzzonen.«

»Verdammt! Versuch weiter, Zerberus zu erreichen! Ich komme sofort wieder.«

»Wieso? Wo steckst du?«

»War schon auf dem Weg nach Hause. Bin in zehn Minuten wieder da.«

»Na dann beeil dich!«

Terry beendete die Verbindung.

Skip schloss kurz die Augen und atmete tief durch.

Es ging also tatsächlich los.

Zerberus hatte schon seit Wochen befürchtet, dass die Föderation Maßnahmen gegen die Mutanten ergreifen würde. Die Feds hatten selber viele genetisch Optimierte in ihren Diensten und sich daher lange gesträubt, aber die öffentliche Meinung war eindeutig gegen sie. Die Parlamentswahl in eineinhalb Monaten hatte zwar nur geringen Einfluss auf die Regierung. Die Technokratische Partei hatte sich durch Notstandsgesetze politisch beinahe unantastbar gemacht. Aber die Stimmen innerhalb der Föderation, die die Rückkehr zu einer echten Demokratie forderten, wurden immer lauter. Ein antitechnokratisches Parlament würde eine optimale Bühne für die radikaldemokratische Opposition bieten. Die einzige Chance der Technokraten, weiter an der Macht zu bleiben, war, das Volk bei Laune zu halten. Und das Volk wollte derzeit eindeutig keine Mutanten mehr in seiner Mitte haben. Skip und alle anderen hatten gehofft, dass es nicht dazu kommen würde. Doch wenn Terry recht hatte, woran Skip nicht ernsthaft zweifelte, war die Ruhe nun endgültig vorbei.

Er drehte um und rannte zurück zum Armageddon.

Durch den Vordereingang stürmte er unwirsch in den voll besetzten Club.

»He, Skip! Was ist denn mit dir los?«, fuhr ihn Hedi, die Barfrau, an.

»Hast du den Chef gesehen?«, keuchte Skip.

»Mal kurz, bevor wir aufgemacht haben. Ist aber schon 'ne Weile her.«

Dann war er wohl immer noch bei Valiant.

Ohne weiteren Kommentar eilte Skip in die Hinterzimmer. Lynx saß wie zuvor alleine dort. Sie machte gerade eine Pause von der Arbeit und hatte eine Datenbrille auf. Skip schüttelte sie unsanft.

Sichtlich verärgert kehrte sie aus der virtuellen Welt zurück. »Was soll denn das?«

Skip hatte keine Zeit für Erklärungen. »Ist Zerberus noch oben?«

»Hab' nicht gesehen, dass er runtergekommen wäre.«

Skip nahm mehrere Stufen auf einmal, während er die Treppe hinauf hechtete. Erst vor Zerberus' privaten Räumen kam er kurz zur Ruhe, bevor er klopfte.

»Was ist?« Die Stimme des Alphas klang wenig begeistert über die Störung.

»Ich bin's. Skip. Sorry, aber ist dringend. Die Feds kommen.«

Auf der anderen Seite der Tür waren Flüche und Poltern zu hören. Kurz darauf ging die Tür auf. Zerberus trug nur eine Hose und präsentierte die beeindruckenden Muskelpakete seines Oberkörpers. »Komm rein!«

Es war das erste Mal, dass Skip den Wohnraum seines Chefs betrat. Er wusste nicht, was er erwartet hatte, aber die vollkommen zweckmäßige Einrichtung in alpha-gerechter Übergröße enttäuschte ihn ein wenig. Ein ebenfalls überdimensionales Klappbett füllte die Hälfte des Raumes aus. Valiant entstieg gerade dem zerwühlten Knäuel aus Decken und Kissen. Skip bemühte sich, nicht auf ihren unbekleideten Körper zu starren. Nacktheit war zwar unter Mutanten üblicherweise nicht tabuisiert, aber da Valiant und Zerberus nun mal nicht üblich waren, wollte er kein Risiko eingehen, einen der beiden zu verärgern.

»Also, was ist los?«, fragte Zerberus, während er sich weiter anzog.

»Terry hat eine noch nicht veröffentlichte Nachrichtenmeldung entdeckt. Ab morgen dürfen Mutanten sich nicht mehr außerhalb von Konzerngelände aufhalten. Alle anderen sollen interniert werden.«

»Verdammt!« Der donnernde Bass des Alphas gab dem Fluch besondere Wucht. »Das ist noch übler, als ich befürchtet hatte. Keine Zweifel?«

»Terry hörte sich an, als wäre er sich ziemlich sicher. Du kennst ihn ja.«

»Hat sich noch nicht oft geirrt, unser Gespenst«, bestätigte Zerberus.

»Was machen wir jetzt?«, schaltete Valiant sich in das Gespräch ein, während sie ihr Top überstreifte.

Zerberus starrte sie ein paar Sekunden lang schweigend an. »Schätze, wir haben nicht viele Möglichkeiten«, knurrte er schließlich. »Wir rufen die Leute zusammen.«

»Und dann?«, hakte sie nach.

Jedes seiner Worte zeugte von absoluter Entschlossenheit: »Dann verkaufen wir unsere Haut so teuer, wie wir können.«

16.11.2210, Ieshoyu, Shigano-Kombinat, Mars

Kareena rieb sich die Augen. Obwohl sie sie nicht benutzte, wenn sie im Netz unterwegs war, hatte sie Schwierigkeiten, ihre Sicht zu fokussieren. Sobald sie zurück in Elysium City war, musste sie unbedingt ihren Arzt fragen, ob die Dateneinspeisung in den visuellen Kortex zu einer Rückkopplung oder etwas in der Art führen konnte. Vielleicht waren die Schmerzen aber auch nur ein Ausdruck ihrer Frustration. Zehn Tage ergebnislose Arbeit zehrten an ihren Nerven. Die ständige Gefahr, erwischt zu werden, trug auch nicht gerade zu ihrer Entspannung bei. Sie unternahm zwar alles, was in ihrer Macht stand, um das Risiko auf ein absolutes Minimum zu reduzieren, aber sie war eigentlich kein Profi-Hacker. Das Handwerkszeug zur Infiltration fremder Datensysteme beherrschte sie zugegebenermaßen recht gut. Sie hatte einige Jahre in Cynarians Cyberabwehr gearbeitet und dort die Tricks der Datenjockeys aus erster Hand kennengelernt. Als Hackerjäger wusste sie insbesondere, wovon man definitiv die Finger lassen musste, um nicht erwischt zu werden. Auch ihre Ausrüstung war durchaus professionell und machte einiges wett, was ihr an Routine fehlte. Dass sie immer noch unbehelligt im Netz des Kombinats herumwühlte, ohne übermäßige Aufmerksamkeit auf sich gezogen zu haben, wertete sie als gutes Zeichen. Aber letztlich hatte sie die ganze Zeit das ungute Gefühl, sich auf der falschen Seite zu befinden. Das Herumschnüffeln in Computern, in denen sie eigentlich nichts verloren hatte, widerstrebte schlicht und einfach ihrem persönlichen Ehrenkodex als Sicherheitsoffizier. Vermutlich war es das, was ihr die Kopfschmerzen bereitete. Im Moment hatte sie allerdings kaum eine andere Wahl als weiterzumachen.

»Alles in Ordnung?«, fragte Phil besorgt.

»Geht schon«, wiegelte sie ab.

»Kann ich noch irgendwas für Sie tun?«

Der Slag kümmerte sich geradezu rührend um sie. Er besorgte ihr Essen, organisierte die Hotels und gab sich Mühe, ihr jeden Wunsch von den Augen abzulesen. Hätte er die notwendige Hardware im Kopf und die entsprechende Ausbildung, sie zu nutzen, wäre er ihr sicherlich auch bei den Recherchen behilflich gewesen. Wenn er sich um seine Familie genauso aufopfernd kümmerte, hatte Lyda mit ihm einen echten Hauptgewinn gezogen. Fast war Kareena ein bisschen neidisch. Nicht speziell auf Phil. Aber manchmal wäre es schon schön, jemanden zu haben, der sich um einen kümmerte und sorgte. Nun ja, im Augenblick hatte sie so jemanden, wenn auch nur leihweise. In jedem Fall war sie wirklich froh, dass er mit ihr gekommen war.

»Nein. Ich fürchte, da muss ich alleine durch.«

»Ich setze schon mal einen Tee auf. Er wird auf Sie warten, wenn Sie fertig sind.«

Kurz nach ihrer Ankunft hatten sie auf Phils Wunsch in einem Teehaus an der traditionellen japanischen Teezeremonie teilgenommen. Sie beide hatten es genossen, aber ihr Begleiter schien ein echter Experte für Tee zu sein. In dem angeschlossenen Geschäft hatten seine Augen geleuchtet wie die eines kleinen Kindes an Weihnachten.

»Danke, Phil. Ich freu mich schon drauf.«

»Wir sehen uns dann. Gute Jagd!«

»Danke«, stöhnte sie.

Sie stöpselte ein weiteres Mal den Stecker des Delokators in das ComLink des Hotelzimmers. Das zweite Kabel, das aus dem handtellergroßen Gerät kam, steckte sie in die Datenbuchse hinter ihrem Ohr. Mit einem Gedanken aktivierte sie die Verbindung und tauchte erneut ein in das grellbunte Kommunikationsnetz des Shigano-Kombinats. Nicht nur die Sichtüberlagerung der realen Welt mit Werbung, Hinweistafeln und den neuesten Nachrichten wirkte wie aus einem schlechten Animationsfilm für hyperaktive Racer-Junkies. Auch die Tiefen des Netzes fernab alles Materiellen zwangen Kareena, ihren Sinn für dezente Ästhetik vollständig außen vorzulassen. Vielleicht waren auch die gnadenlos comicartigen Geschmacklosigkeiten der Netzdesigner des Kombinats mitverantwortlich für ihre Beschwerden.

Der Delokator sollte eigentlich bereits in der Lage sein, ihren Eintrittspunkt ins Netz zu verbergen, nur für den Fall, dass sie irgendjemandes Aufmerksamkeit erregte. Zusätzlich hatte sie aber noch eine Reihe falscher Spuren ausgelegt, die zu Dutzenden anderer ComTerminals führten. Und als ob das noch nicht reichen würde, hatten sie das Hotel bereits zweimal gewechselt. Vielleicht war sie ein wenig paranoid. Aber besser etwas übervorsichtig als zu leichtsinnig.

Nachdem sie alle Sicherheitsvorkehrungen überprüft hatte, rief sie ihre Agenten zurück. Die Programme erledigten die meiste Arbeit, aber jedes von ihnen war nur so gut wie sein Programmierer. Komplexere, vollautonome Suchprogramme hätten die Firewalls alarmiert, die im 23. Jahrhundert jedes Computernetz an zentralen Punkten überwachten und nach KIs Ausschau hielten. Kein Netzbetreiber wollte das Risiko eingehen, dass eine Künstliche Intelligenz in sein

System eingeschleust wurde und dort alles lahmlegte. Moderne Firewalls waren recht gut darin, KIs oder ähnliche autonome Programme zu identifizieren. Daher musste Kareena sich mit einfachen, unauffälligen Algorithmen begnügen. Die erforderten allerdings etwas Können von Seiten des Benutzers. Nach zehn Tagen hatte Kareena erhebliche Zweifel, ob sie erfahren genug für diese Aufgabe war.

Schon am dritten Tag war sie zu dem Schluss gekommen, dass es im ganzen Kombinat niemanden namens ‚Stargazer' gab, was auch nicht weiter verwunderlich war, da hier eigentlich keiner englische Namen trug. Sie hatte diverse Übersetzungen ausprobiert, aber auch das hatte nicht das gewünschte Ergebnis gebracht. Mittlerweile war sie so verzweifelt, dass sie dazu übergegangen war, alle Ärzte, die der Beta- beziehungsweise Giko-Klasse angehörten, zu überprüfen. Hierbei waren Phils Angaben eine echte Hilfe. Sie suchte nach jemandem, der vor mindestens sechs Jahren das Kombinat verlassen hatte – so lange war Stargazer in Hades gewesen. Weiter schränkte sie die Suche durch verschiedene Priorisierungen ein, die zugegebenermaßen auf Annahmen beruhten, zum Beispiel, dass er überdurchschnittliche Erfahrung in Genetik besaß. Immerhin hatte er, wenn Kareenas Vermutung richtig war, ein kleineres Wunder an Chromes Fortpflanzungsorganen vollbracht.

Nach und nach sammelte sie die neueste Ausbeute der Agenten ein. Insgesamt hatten sie in den vergangenen vier Stunden fast einhundert weitere Treffer erzielt. Jeder von ihnen konnte Stargazer sein. Sie nahm eine grobe Vorsortierung der Datenpakete vor. Diejenigen mit Bild schickte sie an das Terminal im Hotelzimmer. Dort konnte Phil einen Blick darauf werfen. Vielleicht erkannte er ein Gesicht. Sie selber ging wieder an die übliche Arbeit. Datensätze prüfen. Neue Ausschlusskriterien erstellen. Die Agenten entsprechend umprogrammieren. Und das nun schon seit Tagen. Ihr virtuelles Ich stöhnte vernehmlich.

Sie wühlte sich gerade durch Datensatz Nummer 32, als ein Rufsignal mit hoher Priorität in ihrem Sichtfeld auftauchte. Phil wollte sie dringend sprechen.

Sie speicherte den aktuellen Stand der Recherche und loggte sich aus. Sobald ihr Geist in den Körper zurückgekehrt war, setzte der stechende Schmerz wieder ein. Sie kniff die Augen zusammen.

»Ich hab' ihn.« Sie brauchte ein paar Sekunden, um Phils Worte zu verarbeiten.

»Ich hab' ihn«, wiederholte der Slag.

»Wen?«, grummelte Kareena, »Stargazer?«

»Ja.«

Jetzt war sie voll da.

Phil deutete auf das Display des ComTerminals. Es zeigte das Bild eines der Mutanten aus der heutigen Trefferliste. Unter dem Foto stand ein Name: Dr. Yugora.

»Sind Sie sicher?« Kareena konnte kaum glauben, dass sie endlich weiterkamen.

»Ja«, bestätigte Phil. »Ganz sicher. Das ist er.«

Kareena rief den gesamten Datensatz ab. Er stammte aus dem Personalverzeichnis einer der Zuchtfarmen des Kombinats in Neo Edo und war rund zehn Jahre alt. Alles passte. Kareenas Erleichterung war körperlich spürbar. Die Schmerzen waren vergessen.

»Hallo, Dr. Yugora. Schön, Sie kennenzulernen«, murmelte sie vor sich hin. »Ein Mutant mit Doktortitel. Sieh mal einer an! So etwas kann es auch nur im Kombinat geben. Dann schaue ich mal nach, was ich sonst noch über Dr. Yugora finden kann.«

Sie stöpselte sich wieder ein, rief alle Agenten zurück und fütterte sie mit den Daten aus dem Personalverzeichnis. Schon nach wenigen Sekunden trudelten die ersten Rückmeldungen ein. Yugora stammte selber aus der Zuchtfarm, in der er später gearbeitet hatte. Die letzten Eintragungen über ihn waren acht Jahre alt. In allen jüngeren Verzeichnissen war er nicht mehr zu finden. Über den Grund seines Ausscheidens fand Kareena nichts.

Eine weitere Meldung eines der Agenten blinkte auf. Es war kein neuer Datensatz, sondern eine Zugriffsmeldung zu einer der Dateien, die sie bereits heruntergeladen hatte. Sie lud ein Analyseprogramm und ließ es über die Daten laufen. Vor zwei Tagen war der Datensatz schon einmal von einer Suche erfasst worden, nachdem er vorher jahrelang vor sich hin geschlummert hatte. Die Zugriffsdaten waren verstümmelt. Nein: verstümmelt worden. Ein illegaler Zugriff genau wie der ihre. Sie war nicht allein. Es war noch jemand hinter Doc Stargazer oder Yugora, oder wie auch immer er hieß, her.

Sie sandte einen neuen Agenten los, der explizit nach Daten über Yugora aus den letzten Wochen suchen sollte. Nach mehreren Minuten brach das Programm die Arbeit ab. Es gab keinen Hinweis darauf, dass er ins Kombinat zurückgekehrt war. War es eine Sackgasse? War er doch nicht in seine alte Heimat geflüchtet?

Noch einer der Agenten forderte ihre Aufmerksamkeit. Er hatte einen Datensatz aus einem Archiv der zentralen Einwanderungsabteilung ausgegraben. Yugora stand auf der Liste unerwünschter Personen. Sollte er versuchen, ins Kombinat einzureisen, war die Innere Sicherheit zu verständigen. Kareena stutzte. Er hatte irgendetwas ausgefressen. Das erklärte, warum er überhaupt in die Ares-Republik gekommen war. Sein Aufenthalt in Hades war ein unfreiwilliges Exil gewesen. Was sein Vergehen war, schien nirgendwo verzeichnet zu sein. Eine intensive Analyse der Daten ergab, dass es einmal Verweise auf andere Dokumente gegeben hatte. Einen konnte Kareena mit einiger Mühe rekonstruieren. Er führte zu Sony Genetic Engineering, dem größten der Zuchtkonzerne des Kombinats. Das Zielverzeichnis unterlag der höchsten Sicherheitsstufe. Davon ließ Kareena lieber die Finger. Das war ein Fall für Profis, und selbst für die wäre es vermutlich eine Herausforderung gewesen. Sie beließ es dabei, den Grund für Dr. Yugoras Ächtung heute nicht herauszufinden. Einige der Agenten ließ sie weitersuchen, aber sie erwartete keine bahnbrechenden Ergebnisse mehr und beendete die Sitzung.

Sie zog den Stecker aus ihrem Kopf und öffnete vorsichtig die Augen. Sie taten immer noch weh, aber der Schmerz schien weniger schlimm als zuvor. Das Erfolgserlebnis, endlich eine Spur zu haben, wirkte sich offenbar heilsam auf sie aus.

»Gerade richtig«, begrüßte Phil sie, in der Hand eine dampfende Kanne. Während er einschenkte, informierte sie ihn über die neuesten Erkenntnisse.

»Irgend eine Idee, wer sonst noch auf der Suche nach ihm sein könnte?«, fragte der Slag.

Kareena pustete über die heiße Flüssigkeit in ihrer Tasse. »Wer weiß denn außer uns noch von ihm? Die USI.«

»Der Kerl, der Chrome aus dem Gefängnis abgeholt hat?«

»Dan Aden?« Kareena zuckte mit den Schultern. »Möglich.

»Und was tun wir als Nächstes?«

»Die einzige Spur, die uns weiterführen könnte, ist sein ehemaliger Schaffensbereich. Die Zuchtfarm in Neo Edo. Vielleicht erfahren wir dort, was er damals ausgefressen hat. Oder wir kriegen Hinweise, wo er jetzt stecken könnte. Keine Ahnung. Ich werde noch mal die Agenten losschicken, um weitere Informationen über die Farm zu bekommen. Vielleicht finden wir jemanden, der damals schon dabei war.«

»Und wieso sollte dort überhaupt jemand mit uns reden wollen?«

Sie nahm einen Schluck. Der Tee war immer noch sehr heiß, aber wohltuend.

»Weiß ich noch nicht. Wir werden uns wohl was einfallen lassen müssen.«

»OK.« Phil grinste. »Ich liebe es, zu improvisieren.«

»Dann improvisieren Sie uns schon mal einen Transfer nach Neo Edo!«, frotzelte Kareena.

»Mach' ich«, erwiderte Phil trocken.

Die Jagd ging weiter.

18.11.2210, Flüchtlingslager Rheinberg, Föderationsgrenzzone, Erde

Bolzen herausdrücken. Griffstück abnehmen. Gehäuse aufklappen. Schon lag die Treibspule offen. Skip inspizierte das Innenleben der Signalpistole. Die Kontakte waren korrodiert. Damit würde die Waffe ihre Munition nur wenige Meter weit spucken. Mit seinem Taschenlötkolben trennte er die Kabel ab und reinigte die Enden sorgsam.

Mittlerweile hatte er einige Übung darin, das zugegebenermaßen bescheidene Arsenal der Mutanten zu warten. In den vergangenen eineinhalb Tagen hatte er alle Waffen, die Zerberus' Getreue auftreiben konnten, intensiv untersucht, gereinigt und einsatzbereit gemacht. Er war kein Experte für Waffentechnik, aber letztlich handelte es sich auch nur um Maschinen. Und mit Maschinen kannte er sich aus. Solange er die Abzugsmechanismen alter Treibladungsgewehre, Beschleunigungsspulen von Elektropistolen und Resonatoren von Plasmaschneidern in den Händen hielt, war alles in Ordnung. Er brachte alle Waffen in den bestmöglichen Zustand und verteilte sie an die Mutanten von Rheinberg. Viele waren es nicht. Die meisten mussten sich mit Prügeln und Knüppeln begnügen. In der Pranke eines Alpha-Klasse-Arbeiters stellte allerdings bereits ein einfacher Stock ein tödliches Instrument dar.

Er hatte Zerberus klargemacht, dass er selber kein Kämpfer war. Er war sicher in der Lage, mit Waffen umzugehen, und durchaus kräftig. Aber er konnte sich nicht vorstellen, anderen Menschen Schaden zuzufügen. Nach einer längeren Diskussion hatte der Protektor das akzeptiert. Daher war Skip nicht in eine der Kampfgruppen eingeteilt worden, die sich über halb Rheinberg verteilt hatten. Seine Aufgabe war es, den Luftraum über dem Lager zu beobachten und Alarm zu schlagen, sobald die Feds kamen. Falls sie durch die Luft anrückten. Es war durchaus möglich, dass der Angriff durch die Grenzübergänge oder über den Fluss hinweg erfolgte. Oder auch alles zusammen. Für alle Eventualitäten waren an verschiedenen exponierten Orten Posten aufgestellt worden, die seit mittlerweile über zwölf Stunden darauf warteten, dass etwas passierte. So wie Skip. Also saß er nun im Stumpf des Turms über dem Armageddon.

»Findest du das eigentlich eine gute Idee?«

Er schreckte auf, als Lynx ihn ansprach. »Was?«

Sie deutete auf die Einzelteile der Pistole. »Na, das Ding zu zerlegen. Was, wenn wir es jetzt brauchen?«

Skip steckte die blanken Kabel wieder in die Hülsen und lötete sie fest. »In dem Fall wäre es besser, wenn ‚das Ding' ordentlich funktioniert.«

Innerhalb weniger Sekunden waren alle Einzelteile wieder zusammengefügt.

Er grinste die Alpha an. »Siehst du! Alles wieder heile. Jetzt können die Feds kommen.«

Lynx verdrehte die Augen angesichts seines zugegebenermaßen lahmen Witzes und wandte sich von ihm ab. Ihre Laune war auf einem Tiefpunkt. Auch sie war vom Kampfeinsatz ausgeschlossen worden, im Gegensatz zu Skip allerdings gegen ihren ausdrücklichen Willen. Stundenlang hatte sie ihm ausführlich erläutert, dass sie es mit mindestens einer Kompanie Feds gleichzeitig aufnehmen könnte, wenn man sie nur ließe. Irgendwann hatte sie sich glücklicherweise seinem Schweigen angeschlossen und nahm es nach der kurzen Unterbrechung wieder auf. Nur noch das unablässige Trommeln des Regens gegen die uralten Mauern war zu hören. Eine improvisierte Abdeckung schützte sie vor der unmittelbaren Gewalt der Elemente. Aber die Konstruktion aus Stahlträgern, Brettern und Planen war an etlichen Stellen leck. Eine mehrere Zentimeter tiefe Pfütze hatte sich auf dem Boden ausgebreitet.

Lynx richtete sich wieder in ihrer Ecke des Turms ein. Gelegentlich drehte sie den Kopf zu einem der schmalen Fenster, durch die sie Ausschau nach den Feds hielten. Die meiste Zeit starrte sie aber apathisch auf den nassen Boden. Nur wenn das Wasser ihren Sitzplatz erreichte, rührte sie sich kurz, um eine neue, trockenere Position zu suchen.

Skip steckte sein Werkzeug und die Pistole wieder in die Gürteltaschen. Er presste seine Augen an eines der Löcher in der Wand. Es war zwar mitten am Tag, aber die tief hängenden, dunklen Wolken und die dichten Regenschleier beschränkten die Sicht auf wenige hundert Meter. Selbst die gebirgsgleichen Arkologien am gegenüberliegenden Flussufer waren nur schemenhaft zu erkennen. Ihre Gipfel verschwanden gänzlich im grauen Dunst.

Skip rieb sich die Augen. Jede Minute konnte der Angriff erfolgen. Oder noch mehrere Tage in der Zukunft liegen. Terry hatte sich bemüht, genauere Daten über die Einsatzplanung zu beschaffen, aber die Firewalls der Sicherheitsbehörden konnte nicht einmal er überwinden. Also half nur warten und die Zeit so sinnvoll zu nutzen wie möglich.

Skip wollte gerade die Planen ein wenig zurechtrücken, um dem eindringenden Regen Einhalt zu gebieten, als sein ComLink leise piepste. Es war kein eingehender Anruf, sondern ein Signalton. Er nahm das Gerät in die Hand und schaute auf das Display. Es hatte den Kontakt zum Kommunikationsnetz verloren. Skip stutzte, überprüfte die Energiezelle und alle weiteren Einstellungen, fand aber keinen Fehler.

Er sah Lynx an. »Hat dein ComLink noch Empfang?«

Sie holte ihr eigenes Gerät aus der Innentasche ihres Anoraks und starrte es an. Dann schüttelte sie den Kopf. »Nö.«

Die Erkenntnis durchzuckte Skip wie ein Stromschlag. Auf der Stelle war er hellwach.

»Störsender!«, rief er.

Lynx sah ihn unverwandt an. »Und das heißt?«

Er schluckte. »Es geht los!«

Ihre Augen wurden groß. »Scheiße!«

Sie sprang auf und blickte nacheinander durch alle Fenster des Turms. »Ich kann nichts sehen.«

Skip sah ebenfalls angestrengt nach draußen. »Ich auch nicht. Warte!«

Ein kleines Objekt gelangte in sein Sichtfeld. Kein Mannschaftstransporter oder etwas Vergleichbares. Aber nicht weniger gefährlich.

»Dort! Eine Drohne.«

»Ich sehe sie«, bestätigte Lynx.

Skip nahm die Signalpistole. Glücklicherweise hatten sie alternative Kommunikationsformen vorbereitet. ComLinks funktionierten im Flüchtlingslager auch ohne feindliche Störsender nicht immer zuverlässig. Er hielt die Mündung der Pistole durch eines der Fenster und drückte den Abzug. Ein kleiner Schubs der Magnetspule katapultierte die Patrone einige Dutzend Meter nach draußen. Dann zündete der Treibsatz und die Signalrakete schoss gen Himmel. Ohne die Reparatur hätte der Abgasstrahl vermutlich Skips Arm verbrannt. Die Wartung hatte sich gelohnt. Mit einem dumpfen Knall, der sicherlich im ganzen Lager zu hören war, zündete der Leuchtsatz. Für einige Sekunden vertrieb ein gleißender Feuerball die regengeschwängerte Dunkelheit.

»Wow!«, kommentierte Lynx das Schauspiel.

»Das Ding ist dafür ausgelegt, aus dem nahen Orbit gesehen zu werden«, erklärte Skip.

Seine Begleiterin war beeindruckt. »Wo zur Hölle hat er das her?«

»Keine Ahnung. Stammt aber definitiv aus militärischen Beständen.«

»Skip!«, ihre Stimmlage wechselte spontan ins Hysterische. »Das Ding kommt hierher!«

Nach kurzer Orientierung entdeckte er die Drohne. Sie hielt mit großer Geschwindigkeit auf den Turm zu. Dann hüllte eine Rauchwolke das Fluggerät ein.

»Runter!«, brüllte Skip, riss die Falltür zum Treppenhaus auf, packte die protestierende Lynx und stieß sie hinunter. Er selber hechtete unmittelbar hinterher, dann schlug die Rakete in den Turm ein. Der Druckstoß der Explosion schleuderte Skip abwärts. Er spürte Hitze im Genick und auf dem Rücken. Unsanft landete er halb auf der Treppe, halb auf der Alpha-Klasse-Mutantin.

»Autsch«, beschwerte sie sich.

Skip drehte sich um und sah nach oben. Durch die Falltür konnte er erkennen, dass die provisorische Abdeckung des Turmes in Fetzen hing. Der prasselnde Regen löschte die letzten Brände. Über das Stakkato der Tropfen hinweg hörte er ein weiteres Geräusch: das Sirren kleiner Turbinen. Die Drohne war unmittelbar über ihnen. Mangels alternativer Waffen nahm er eine weitere Signalrakete aus der Munitionstasche und steckte sie in die Pistole.

»Deckung!«, rief er seiner Begleiterin zu, hob die Waffe und zielte auf einen der verbliebenen Stahlträger hinter dem Rechteck der Luke. Sobald er abgedrückt hatte, schloss er die Augen und sprang zur Seite. Das Gleißen durchdrang seine Lider mühelos. Der markerschütternde Knall hinterließ einen anhaltenden Piepston in seinen Ohren. Als die Helligkeit einige Sekunden später nachließ, öffnete er die Augen vorsichtig und spähte durch halb geschlossene Lider nach oben. Regen tropfte ihm ins Gesicht. Langsam kletterte er hinauf und hob den Kopf halb durch die Luke. Was die Rakete der Drohne von ihrem Aussichtsposten übrig gelassen hatte, war durch die Signalladung endgültig zerschmolzen worden. Mitten in den Trümmern lagen die verformten Überreste des Flugkörpers. Eine der Schwenkturbinen rührte sich noch und die optischen Sensoren drehten sich in Skips Richtung. Er nahm einen der Stahlträger und hieb damit so lange auf den Roboter ein, bis er in seine Einzelteile zerlegt war und kein Lebenszeichen mehr von sich gab.

»Skip.« Lynx' Stimme war ruhig, aber angespannt.

Er blickte auf. »Was?«

Sie legte den Kopf schief. Regenwasser lief ihr das Kinn herab. »Hörst du das?«

Er lauschte und versuchte angestrengt, das Prasseln des Regens und das Heulen des Sturms auszublenden. Schüsse.

»Sie sind durch die Grenzübergänge gekommen«, stellte er fest. »Hoffen wir mal, dass unsere Leute vorbereitet waren.«

Lynx spähte weiter über die Dächer des Flüchtlingslagers. »Wenn sie unser Feuerwerk nicht gesehen haben, dann weiß ich auch nicht mehr.« Plötzlich wurde ihre Stimme wieder schrill. »Da vorne!«

Skip sah in die Richtung, in die sie deutete. Zwischen Wolken und Regen bewegten sich mehrere Objekte. Sie wurden größer.

»Noch mehr Drohnen«, warnte er. »Wir müssen hier weg!«

Beide eilten die Treppe hinunter. Skip schloss die angesengten Reste der Luke über ihnen. Unten angekommen betraten sie die Bar des Armageddon. Es war ungewohnt, den sonst so belebten Raum vollkommen verwaist zu sehen.

»Und was jetzt?«, fragte Lynx.

Noch bevor Skip antworten konnte, donnerte über ihnen eine Explosion. Das gesamte Gebäude erzitterte. Gläser und Flaschen klirrten in den Regalen und Vitrinen. Staub rieselte von der Decke. Poltern und Krachen zeugten davon, dass schwere Gegenstände auf das Dach fielen.

»Die sprengen den Turm!«, kreischte Lynx.

»Raus hier!«, brüllte Skip und schob die ihn um einen halben Kopf überragende Frau vor sich her.

In der Tür des Clubs sah Skip sich noch einmal um. Weitere Explosionen blieben aus. Das Dach schien stabil zu sein. Er blieb stehen. Auch Lynx hielt inne. Über ihnen erklang wieder ein Poltern, aber nicht mehr so chaotisch wie zuvor, als die Bruchstücke des Turms auf das Dach geprasselt waren, sondern rhythmischer.

»Schnell!«, rief Skip. »Weiter!«

»Was ist das?«, keuchte die Alpha-Klasse-Mutantin, nachdem sie sich wieder in Bewegung gesetzt hatten.

»Das waren keine Drohnen«, antwortete er im Laufen. »Das waren Truppentransporter. Die Feds setzen ihre Leute auf dem Dach ab.«

»Scheiße«, war alles, was Lynx dazu zu sagen hatte.

Hinter ihnen krachte es. Skip brauchte sich nicht umzusehen, um zu wissen, dass die Einsatztruppen der Feds sich durch das Dach sprengten und hinunterkamen. Die beiden Mutanten liefen die Straße entlang. Links von ihnen zersplitterte eine der Plexiglasabdeckungen in tausend Stücke. Dunkle Schemen stürzten durch den Glasregen, richteten sich auf und blickten sich um. Einer von ihnen deutete in Skips und Lynx' Richtung. Skip rannte, so schnell er konnte, hechtete um die nächste Ecke.

»Stehen bleiben!«, brüllte eine lautsprecherverstärkte Stimme hinter ihnen.

Skip dachte nicht einmal daran, der Aufforderung Folge zu leisten. In seinem bisherigen Leben waren Sicherheitskräfte manchmal lästig gewesen, zum Beispiel, wenn sie seinen Frachter etwas intensiver als unbedingt notwendig nach Schmuggelwaren durchsucht hatten. Aber im Großen und Ganzen hatte er die Dienste eher als Schutz angesehen, und nicht als Bedrohung. Sie sorgten für die Einhaltung von Recht und Ordnung, standen an der Grenzlinie zwischen Zivilisation und Barbarei und stemmten sich gegen das Chaos der Anarchie. Aber in diesem Augenblick wusste Skip, dass er von den Feds nicht Gutes zu erwarten hatte. Also rannte er weiter.

Über den prasselnden Regen auf dem Dach, seine gehetzten Schritte und seinen eigenen keuchenden Atem hinweg konnte er die Verfolger hören. Das Poltern ihrer schweren Kampfstiefel hallte durch die verwinkelten Gassen. Lynx blieb ein wenig zurück, aber noch war ihr Schnaufen hinter ihm.

Skip erschrak fürchterlich, als er hinter der nächsten Ecke weiteren Gestalten fast in die Arme gerannt wäre. Erst, als er seinen Lauf ein wenig abbremste und sich umsah, erkannte er die riesenhaften Leiber der Alphas, die sich an die Wände der umliegenden Gebäude drückten. Einer der Männer bedeutete ihm mit einer Geste, stehen zu bleiben. Skip tat wie ihm geheißen. Sog keuchend die feuchte Luft in seine Lungen. Orientierte sich. Auch Lynx war zur Ruhe gekommen. Sie war vollkommen außer Atem und stützte sich auf ihre Oberschenkel. Die Feds kamen um die Ecke. Er zählte mindestens ein halbes Dutzend. Sie alle hielten kompakte automatische Railguns in den Händen.

»Stehen bleiben oder wir schießen!«, tönte ein Helmlautsprecher.

Skip hob die Hände. Die Männer in den grauen Uniformen hielten direkt auf ihn zu, die Waffen im Anschlag. Der Erste war fast bei ihm, als er sich hastig umsah.

»Eine Falle!«, versuchte er, seine Kameraden zu warnen, doch es war zu spät.

Von allen Seiten stürmten die Alphas aus ihrer Deckung und drangen auf die Sicherheitskräfte ein. Eisenstangen, schwere Holzprügel und kopfgroße Fäuste fällten Skips Verfolger, bevor auch nur einer von ihnen den Abzug seiner Waffe betätigen konnte. Der Kampf war innerhalb von Sekunden vorbei.

»Gut gemacht!«, donnerte einer der Alphas in Skips Richtung, nahm einem der am Boden liegenden Feds die Waffe ab und warf sie ihm zu. Skip fing das Gewehr reflexartig auf, sah es aber nur unverwandt an. Die Mutanten um ihn herum beachteten ihn nicht weiter. Sie entwaffneten ihre wehrlosen Opfer und droschen mit ihren riesigen Pranken auf diejenigen ein, die sich noch rührten, bis keine Bewegung mehr sichtbar war.

Der Anführer des Mutantentrupps – Skip erinnerte sich nach kurzem Nachdenken an seinen Namen: Rhino – musterte kurz seine frisch bewaffneten Leute und nickte zufrieden.

»Los! Weiter!«, forderte er sie auf und setzte sich in Bewegung. Alle folgten ihm widerspruchslos. Auch Lynx schloss sich ihnen an. Sie hatte sich den Prügel angeeignet, den einer der Alphas gegen eine Schusswaffe eingetauscht hatte. Skip wollte sie zurückhalten, aber noch bevor er auch nur gewusst hätte, was er sagen sollte, war der gesamte Trupp bereits in Bewegung. Skips Hirn war leer. Er konnte keinen klaren Gedanken fassen. Kämpfen. Fliehen. Wieder kämpfen. Das war nicht seine Welt. Ohne auch nur den Hauch eines Plans tat er das, was Menschen nun mal taten, wenn sie nicht wussten, was zu tun war: Er schloss sich dem nächstbesten Haufen anderer Menschen an. Die Alphas liefen nicht besonders schnell. Er hatte sie im Nu eingeholt. Auf eine Geste von Rhino hin gingen sie spontan in Deckung. Auch Skip quetschte sich in einen Hauseingang und harrte der Dinge, die da kommen würden. Das harte Rattern automatischer Waffen füllte von einem Augenblick zum nächsten die Straße. Schreie gellten. Leute hechteten durcheinander. Inmitten des Gewimmels stand plötzlich ein grau uniformierter Mann direkt vor Skip und brachte seine Waffe in Anschlag. Ein Feuerstoß erklang und der Mann fiel um. Von der Mündung des Gewehrs in Skips Hand erhob sich ein dünner Rauchfaden in die Luft.

Eine riesige Hand klopfte ihm auf die Schulter. »Guter Schuss, Kleiner!«

Skip war wie betäubt. Er starrte auf den leblosen Körper vor ihm auf dem Boden. Sah, wie sich das Wasser der Pfütze, in der der Fed lag, langsam rot färbte. Jemand nahm dem Toten die Waffe ab.

»Los, Mann! Weiter geht's!«

Er hatte Mühe, Lynx zu erkennen, doch er folgte ihr. Bewegte sich wie in Trance. Immer den anderen hinterher. Deckung suchen. Schießen. Weiterlaufen. Nie zuvor hatte er an einer derartigen Schlacht teilgenommen. Nie zuvor auf Menschen geschossen. Doch die dazu notwendigen Handgriffe bauten alle logisch aufeinander auf. Waffe entsichern, zielen, abdrücken, Magazin überprüfen. Wenn es leer war, auswerfen, nachladen. Es war ganz einfach. Im Prinzip nicht anders, als ein Schweißgerät oder einen Ladekran zu bedienen. Ein Schritt führte zum nächsten. Ein Algorithmus des Todes. Skip versank vollkommen darin. So, wie er sich stundenlang in eine Reparatur vertiefen konnte, tauchte er mit Leib und Seele ein in das Gemetzel. Er schien nicht mehr Herr seines Handelns zu sein. Es kam ihm vor, als würde er einen Holofilm anschauen, in dem er selber die Hauptrolle spielte. Er sah sich dabei zu, wie er einen verwundeten Alpha verarztete, bis ihm jemand die Hand auf die Schulter legte. »Lass gut sein! Der hat's hinter sich.«

Er ließ von dem Toten ab. Lief weiter. Schoss. Schlug. Lief.

Er verlor vollständig das Gefühl für die Zeit. Die Kämpfe verschmolzen in seinem Bewusstsein zu einem wirren Gemenge aus Schreien, Blut und Tod. Die Feds waren gut ausgebildet, gut bewaffnet und mit ihren Störsendern, Drohnen und Truppentransportern logistisch klar im Vorteil. Doch im Labyrinth von Rheinberg nutzte ihnen all dies nichts. Zerberus' Mutantenkämpfer hatten auch mit gestörter Kommunikation einen klaren Heimvorteil. Viele von ihnen lebten seit Jahren in den verwinkelten, in keinem Plan verzeichneten Gassen. Auf offener Flur hätten sie keine Chance gehabt. Aber auf einem Schlachtfeld, das selten mehr als fünf Meter freies Schussfeld bot, war Nahkampf der entscheidende Faktor. Und keine Ausbildung der Welt bereitete einen Norm angemessen auf einen Faustkampf mit einem Alpha-Klasse-Arbeiter vor.

Irgendwann, zu einem Zeitpunkt, von dem Skip nicht hätte sagen können, ob er eine Stunde oder einen Tag nach dem Eindringen der Feds lag, stießen die Mutanten auf keinerlei weitere Feinde. In kleinen Gruppen patrouillierten sie durch die Gassen von Rheinberg. Vereinzelt fielen in der Ferne noch Schüsse, aber es waren keine langen Feuergefechte mehr. Die einzigen Feds, die sie noch fanden, lagen leblos im Dreck und in regenwassergefüllten Pfützen. Blut breitete sich über den Betonboden aus. Zwischen den grauen Uniformen der Sicherheitskräfte lagen vereinzelt auch die Leiber von Mutanten, zumeist die riesenhaften Alphas. Doch die Verluste unter Zerberus' Getreuen waren gering im Vergleich zu dem Blutzoll, den die Kämpfer der Föderation entrichtet hatten. Als klar war, dass die überlebenden Feds sich zurückgezogen hatten, begannen Skip und seine Kameraden damit, ihre Gefallenen zu bergen und ihre eigenen Wunden zu versorgen. Die grau Uniformierten ließen sie liegen. Sie nahmen lediglich ihre Waffen, ComLinks und sonstige Kampfausrüstung an sich. Um den Rest kümmerten sich die anderen Einwohner des Flüchtlingslagers. Langsam kamen die Slags und Norms aus den Verstecken hervorgekrochen, in denen sie sich während der Kämpfe verborgen hatten. Verstohlen huschten sie zu den Kampfschauplätzen und fledderten alle Leiber, die zurückgeblieben waren. Die Feds waren bei ihnen keinen Deut beliebter als bei den Mutanten des Lagers. Wo noch ein Leib zuckte, blitzten kurz Messer oder Beile auf. Gnade wurde nicht gewährt. Gefangene nicht gemacht. Skip sah zu, wie die gefallenen Soldaten all ihrer Habe beraubt wurden, bis sie nackt in den Straßen lagen. Im Marschgepäck eines Feds gab es keinen Gegenstand, der so wertlos gewesen wäre, dass nicht irgendjemand im Lager ihn hätte gebrauchen können. Und selbst für das Fleisch der Toten hatten die elendsten Bewohner des Lagers noch Verwendung.

Skip wanderte stundenlang ziellos umher. Nach dem Ende der Kämpfe hatte er sich von seinem Trupp abgesetzt. Die Railgun, deren Geschosse so vielen seiner Gegner das Leben genommen hatten, baumelte in seiner Hand. Der Lauf schrammte über den Boden. Niemand wagte es, ihn auch nur anzusprechen. Sogar die Mitglieder der Gangs machten einen großen Bogen um ihn. Ab diesem Tag bestand kein Zweifel mehr daran, wer die Herren von Rheinberg waren. Zumindest, bis die Feds zurückkamen. Und sie würden zurückkommen. Dessen war Skip sicher.

Ohne es bewusst angesteuert zu haben, stand er irgendwann vor dem Armageddon. Er ging hinein.

Eine Wand aus Lärm prallte ihm entgegen und malträtierte seine betäubten Sinne. Er konnte sich nicht erinnern, den Club schon einmal derart überfüllt erlebt zu haben. Die Räume waren zu Lazaretten, Waffenlagern und Mannschaftsunterkünften umfunktioniert. Hunderte von Menschen, nahezu ausschließlich Mutanten, drängten sich in dem alten Gemäuer. Ein Krug Bier in der einen Hand, eine erbeutete Railgun in der anderen, blutige Verbände an Kopf oder Gliedmaßen, prahlten die Veteranen des heutigen Tages lautstark um die Wette, wer die meisten Feds getötet hatte.

»Da ist er ja!«, dröhnte Rhino, als er Skip erblickte. »Der kleine Beta hier steckt euch alle in die Tasche. Ein echter Killer!« Der Riese kam auf Skip zu und legte ihm seine Pranke auf die Schulter. »Hat sich wie der Racheengel persönlich auf die Feds gestürzt. Und jeder Schuss hat gesessen! Noch eine Handvoll von der Sorte und wir marschieren morgen bis Strasbourg!«

Gläser wurden gehoben, Glückwünsche gebrüllt. Ein Krug landete in Skips Hand. Wie ferngesteuert erwiderte er die Trinksprüche, ohne auch nur zu schmecken, was seine Kehle hinunterrann. Schulterklopfen. Händeschütteln. Zuprosten. Trinken. Ohne, dass Skip gesehen hätte, woher er aufgetaucht war, stand plötzlich Zerberus neben ihm.

»Von wegen ‚kein Kämpfer'! Sieht so aus, als wärst du ein echtes Naturtalent. Bevor du zu uns gekommen bist, hast du ordentlich Prügel einstecken müssen. Jetzt gibst du es den Feds zurück. Du brauchst einen Namen, der deinen Fähigkeiten gerecht wird. Ab heute sollst du nicht mehr Skip genannt werden, sondern ‚Avenger'.«

»Avenger!«, brüllte der ganze Saal. »Avenger!«

Skips Sicht trübte sich. Ihm war schwindelig. Er wurde mitten durch die Meute geschoben. Noch mehr Schulterklopfen. Händeschütteln. Zuprosten. Trinken. Willenlos ertrug er die Ovationen. Irgendwann ließen sie von ihm ab, wandten sich dem nächsten Helden des Tages zu. Skip bekam nicht mit, wer nach ihm geehrt wurde. Er steuerte, so schnell er konnte, die Tür zu den Hinterzimmern an und entfloh der Siegesfeier. Hier lagen Schwerverwundete auf provisorischen Matratzen. Einem Alpha fehlten beide Beine. Einem stöhnenden Beta rann Blut aus dem Mundwinkel. Hedi und einige andere kümmerten sich aufopferungsvoll um die Verletzten. Auch um diejenigen, die es nicht schaffen würden. Nicht ohne ein professionelles Krankenhaus. Doch das gab es nur auf der anderen Seite der Grenzposten.

»Na, Avenger«, grüßte Valiant ihn mit mehr als einem Hauch Ironie in der Stimme. »Siehst nicht aus, als wäre dir nach Feiern zumute.«

Skip schüttelte den Kopf. Er stellte den Bierkrug ab, stützte sich an die Wand und ließ sich langsam zu Boden sinken, wo er erst einmal sitzen blieb. Abwesend starrte er auf die Railgun, die er immer noch umklammerte. Scheppernd fiel die Waffe auf den Beton, als er den Griff löste.

»Sie werden zurückkommen«, murmelte er.

Valiant setzte sich neben ihn. Ihr Top war blutgetränkt. Auch sie war am Ende ihrer Kräfte. »Ja, das werden sie.«

Skip deutete mit dem Kopf in Richtung des Schankraumes. »Was feiern sie dann?«

Valiant fuhr sich mit der Hand über die Stirn. Rote Schlieren blieben auf der Haut zurück. »Dass sie heute noch leben. Frei sind. Und gezeigt haben, dass sie nicht alles mit sich machen lassen.«

»Aber wozu?« Skip machte eine hilflose Geste durch den Raum voller Verwundeter und Sterbender. »Wozu das alles?«

»Um zu zeigen, dass wir Menschen sind. Egal, was die Feds behaupten.« Sie sah ihn an. »Hast du zum ersten Mal jemanden getötet?«

Er nickte.

»Wenn es sich scheiße anfühlt, heißt das, dass du noch ein menschliches Wesen bist. Das unterscheidet dich von vielen, die schon länger hier sind. Hier im Lager ist ein Menschenleben nicht viel wert. Wenn du dich daran gewöhnt hast, gehörst du dazu.«

»Ich will nicht dazugehören«, entgegnete Skip.

»Dann pass auf, was du tust! Wenn ich es richtig mitbekommen habe, bist du nämlich wirklich gut darin.«

»Worin?«

»Töten.«

Skip schluckte.

Was er heute erlebt und getan hatte, widersprach allem, was ihm bislang wichtig gewesen war. Er stammte aus einer anderen, friedlicheren, zivilisierteren Welt. Einer Welt, in der es Regeln gab. Menschen zu töten, war ganz klar ein Verstoß gegen diese Regeln.

»Warum machen sie das?«, fragte er.

Valiant sah ihn fragend an.

»Mich Avenger nennen? So tun, als wäre ich ein Held.«

Er fühlte sich nicht wie ein Held. Eher wie ein Mörder, ein Schlächter, ein Psychopath.

»Sie brauchen Helden«, erwiderte Zerberus' Gefährtin. »Sie brauchen Helden, um weiterzukämpfen. Und sie fragen nicht um Erlaubnis, wen sie zum Helden machen dürfen.« Sie erhob sich stöhnend. »Muss weitermachen.«

Skip blieb alleine zurück, während Valiant sich wieder um die Verwundeten kümmerte.

Avenger.

Das war nicht er. Wollte er nicht sein. Er war Skip. Raumschifftechniker. Nach vielen Jahren freigekauft. Auf die Erde gekommen, um die Wiege der Menschheit kennenzulernen. Zumindest erinnerte er sich daran. Doch all dies war in weite Ferne gerückt. Es schien das Leben einer anderen Person gewesen zu sein. Sein bisheriges Leben war von diesem Tag an Geschichte.

Jetzt würde er Avenger sein. Ein Held. Ein Mörder.

Das Tor zurück in die Welt, aus der er gekommen war, die Welt der Heliumfrachter und Raumstationen, war ihm nun verschlossen. Es gab kein Zurück. Würde er sich an sein neues Dasein gewöhnen? Er hatte Zweifel. In der zurückliegenden Schlacht hatte ihn das Gefühl erfasst, jemand anderem zuzusehen, der all die Abscheulichkeiten vollbrachte, die ihm nun durch den Kopf spukten. Und bis jetzt hatte ihn dieses Gefühl nicht mehr losgelassen. Er handelte nur noch automatisch. Sein eigentliches Ich sah ihm unbeteiligt zu. Er hatte sich verloren. Seine Vergangenheit, seine Gegenwart und vermutlich auch seine Zukunft.

Skip war tot.

Es lebe Avenger.

Schöne Scheiße!

19.11.2210, Neo Edo, Shigano-Kombinat, Mars

Neo Edo lag wie Ieshoyu in den weitläufigen Canyons der Valles Marineris. Die rund eintausend Kilometer zwischen den beiden Städten hatten sie in weniger als drei Stunden zurückgelegt. Während die Siedlungen der Ares-Republik weit über den Mars verstreut lagen und Reisen von einer zur anderen üblicherweise mit Suborbitalflügen erfolgten, beherbergten die Valles Marineris weit über die Hälfte der Bevölkerung des Shigano-Kombinats. Die ganze Region war von Vakuumröhren durchzogen. Die darin rasenden Züge erwiesen sich als sehr viel komfortabler als die Shuttles. Nach der Beschleunigungsphase glitten die Wagen ohne jegliche Erschütterung über die Magnetschienen. Nur in etwas engeren Kurven erinnerten die Fliehkräfte einen daran, dass man sich gerade mit einer Geschwindigkeit von mehreren hundert Kilometern pro Stunde bewegte.

Von ihrem Zielort war Kareena angenehm überrascht. Neo Edo war ähnlich angelegt wie Ieshoyu: viele übereinander liegende Ebenen, die in die Wand der riesigen Schlucht eingebettet lagen, aber um ein Vielfaches kleiner. Die ganze Stadt wirkte im Vergleich mit der Millionenmetropole, aus der sie gekommen waren, geradezu beschaulich. Die Plazas waren weniger überlaufen, die Werbe- und Hinweistafeln sowohl in der realen als auch der virtuellen Welt dezenter und das Menschengewirr nicht ganz so bunt. Kimonos und Overalls beherrschten das Stadtbild. Auch schien der Anteil der Mutanten an der Bevölkerung hier geringer zu sein als im Rest des Kombinats. Mehr als die Hälfte der Menschen, die ihnen begegneten, waren Norms oder Pure. Als Kareena und Phil auf der Suche nach einer günstigen und unauffälligen Unterkunft einen Sektor der niederen sozialen Schichten in den weiter oben gelegenen, schlechter gegen die kosmische Strahlung abgeschirmten Ebenen betraten, liefen ihnen auch zahlreiche Slags über den Weg. Die meisten waren wohl chinesischer Abstammung, auch wenn es Kareena schwerfiel, die verschiedenen Asiaten zu unterscheiden. Abgesehen von ihren europiden Gesichtern fielen sie und Phil kaum auf.

Kareena begann, sich langsam sogar wohl zu fühlen. Auch im Kombinat war bei weitem nicht alles perfekt. Aber die Menschen hier kamen ihr erheblich entspannter vor, als sie es aus der Ares-Republik gewohnt war. Die allgemeine Konkurrenz schien weniger ausgeprägt und die Hilfsbereitschaft der Leute, auch gegenüber Fremden, war für sie ungewohnt. Phil fiel es leichter, kleine Geschenke und Gefallen anzunehmen. In Hades war es nahezu unmöglich zu überleben, wenn man sich nicht gegenseitig ein wenig unter die Arme griff. Kareena hingegen war von klein auf daran gewöhnt, sich immer gegen alle anderen durchsetzen zu müssen. Gegen Rivalen in der Inneren Sicherheit. Gegen die anderen Abteilungen der Cynarian Corporation. Gegen konkurrierende Firmen. Und die gesamte korporative Welt wehrte sich verbissen gegen die Nationalstaaten, die seit einigen Jahrzehnten wieder an Einfluss gewannen. Allen voran die Europäische Föderation auf der Erde und neuerdings der Titan-Bund auf den Monden des Saturn. Warum die Einstellung der Bewohner des Kombinats sich so von der in ihrer eigenen Heimat unterschied, entzog sich Kareenas Kenntnis. Auch das Kombinat war ein Zusam-menschluss verschiedener Konzerne, die nach wirtschaftlichem Gewinn strebten. Möglicherweise hielten seine Mitglieder und ihre Bürger enger zusammen, weil sie sich in der Vergangenheit bereits mehrfach gegen überlegene Gegner hatten wehren müssen. Oder die interkorporative Kooperation war anders geregelt. Wie auch immer die Herren des Kombinats es anstellten, das Ergebnis ihrer Bemühungen, ein freundliches Miteinander statt des ewigen Kampfes auf allen Ebenen, fand Kareena durchaus ansprechend. Auch hatte sie in den zwei Wochen ihres Aufenthaltes kein Anzeichen für irgendwelche Rivalitäten zwischen Norms und Mutanten entdecken können. Künstlich und natürlich gezeugte Menschen schienen hier friedlich und gleichberechtigt miteinander zu leben.

Dass das alles andere als selbstverständlich war, zeigten die neuesten Nachrichten von der Erde. Selbst in der als vergleichsweise mutantenfreundlich bekannten Föderation war nun auf breiter Front offene Gewalt ausgebrochen. Das von Cynarians Vorstand ausgegebene Ziel, einen innereuropäischen Konflikt zu vermeiden, hatte sich damit wohl erledigt. Haggard, der alte Haudegen, hatte recht behalten.

An Kareenas Aufgabe änderte dies nichts. Sie war immer noch bestrebt, Stargazer alias Dr. Yugora aufzuspüren. Sobald sie eine Unterkunft bezogen hatten, machte sie sich daher wieder daran, das Kommunikationsnetz des Kombinats zu infiltrieren. Ihre Softwareagenten waren während der Reise nicht untätig geblieben. Sie hatten mehrere ehemalige Arbeitskollegen von Stargazer identifiziert. Kareena sah sich die Auswahl an und priorisierte die Kandidaten gemäß ihrer persönlichen Einschätzung. Viele schieden aus, da seit Jahren keine Spur mehr auf ihre Anwesenheit im Kombinat verwies. Ob sie gestorben waren oder ausgewandert wie Stargazer, war nicht herauszufinden. Kareena konnte sich des Eindrucks nicht erwehren, dass die Informationen über Yugoras verschwundene Arbeitskollegen gezielt aus den Archiven entfernt worden waren und das bereits vor geraumer Zeit. Über einige gab es seit rund dreißig Jahren keine Angaben mehr, also etwa seit der Unabhängigkeit des Kombinats vom japanischen Mutterland und dem anschließenden Krieg gegen die Ares-Republik. Vielleicht waren nach dem Bürgerkrieg einige auf die Erde zurückgekehrt. Was auch immer der Grund für ihr Verschwinden war, es schränkte Kareenas Liste auf eine überschaubare Zahl von Personen ein. Auf Platz eins landete eine Frau namens Itori Moko, eine Norm, die viele Jahre mit Yugora zusammengearbeitet hatte. Die beiden hatten sogar gemeinsame Veröffentlichungen verfasst. Sie arbeitete immer noch in derselben Zuchtfarm, der Yugora vor acht Jahren spontan den Rücken gekehrt hatte. Vielleicht wusste sie, was damals vorgefallen war und konnte Kareena einen Hinweis geben, wo der geheimnisvolle Genetiker sich jetzt aufhielt.

»Wie wollen Sie vorgehen?«, wollte Phil wissen, nachdem sie ihm ihre neuesten Erkenntnisse mitgeteilt hatte.

Kareena schnaufte tief durch. »Ehrlich gesagt fehlt mir da noch eine gute Idee.«

»Wie wär's mit der Wahrheit?«, warf der Slag in den Raum.

Kareena sah ihn ungläubig an. »Dass wir Agenten der Ares-Republik sind?«

»Das vielleicht nicht«, räumte er ein. »Aber dass Yugora in den Fund der ersten frei geborenen Mutantenkinder verwickelt ist. Sie könnten sich als besorgte Freundin ausgeben oder etwas in der Art.«

Kareena dachte einen Moment nach, dann zuckte sie die Schultern. »Ich habe keine bessere Idee.«

»Na dann machen Sie sich auf den Weg und statten der Dame einen Besuch ab.«

Sie stand auf und salutierte lachend. »Jawohl, Herr Kommandant. Wenn Sie mich bitte begleiten würden.«

Phil war sichtlich bestürzt. »Ich soll mitkommen?«

»Warum nicht?«

Er überlegte. »Vielleicht weil … ach was soll's! Bin dabei.«

»Dann folgen Sie mir, Partner!«

Diese Bezeichnung schien ihm sichtlich zu gefallen. »Gerne, Partnerin.«

Die Agenten hatten zwar auch die private Adresse von Itori Moko in Erfahrung gebracht, aber sie beschlossen, es zuerst in der Farm zu versuchen. Das war etwas weniger aufdringlich.

Das Firmengelände von Sony Genetic Engineering lag in einer der obersten Ebenen der Stadt, weniger als zweihundert Meter unter dem Hochplateau, das sich jenseits der Valles Marineris erstreckte. Es war der älteste Teil von Neo Edo. Die Ausstattung der Korridore erinnerte Kareena an Hades. Im Gegensatz zu dem Elendsviertel von Elysium City war hier jedoch alles einigermaßen gepflegt. Nirgends lag Müll herum, die altmodischen Metalltore hatten allesamt einen halbwegs frischen Anstrich, und auch die Bewohner wirkten keineswegs heruntergekommen. Der wichtigste Unterschied zu Hades war allerdings die Präsenz der Sicherheitskräfte, nicht aufdringlich, aber sichtbar. Die Musha-Klasse-Soldaten waren wie in Ieshoyu ins Stadtbild integriert. Einige von ihnen liefen in Zivil herum, einer sogar in einem traditionellen Kimono. Kareena und Phil mussten sich beide anstrengen, ihn nicht übermäßig auffällig anzustarren.

Der Eingangsbereich der SGE-Mutantenfarm war von firmeneigenem Personal bewacht, ebenfalls Musha. Bevor die Gardisten das Duo zum Empfangsschalter durchließen, wurden die Gäste einem ID-Scan sowie einer Leibesvisitation unterzogen. Was die Sicherheitsvorschriften betraf, war die SGE nicht weniger zimperlich als Cynarian.

»Konnichiwa«, wurden sie von einem jungen Mann begrüßt, der sich freundlich verbeugte. Mehrere Kabel ragten aus seinem kahlen Schädel und verschwanden in dem Pult vor ihm. »Was kann ich für Sie tun?«

Kareena erwiderte die Begrüßung. »Wir sind auf der Suche nach Itori Moko. Wäre es möglich, sie zu sprechen? Natürlich nur, wenn sie nicht anderweitig beschäftigt ist. Wir wollen nicht stören.«

»Haben Sie einen Termin?«

»Nein. Die Angelegenheit hat sich kurzfristig ergeben.«

»Einen Moment bitte. Ich werde nachsehen.«

Der Blick des Mannes ging ins Leere, während er sich auf den Input in sein Sehzentrum konzentrierte. Kareena erkannte, wie er die Lippen minimal bewegte und sein Kehlkopf beinahe unmerklich auf und absprang. Offensichtlich eine etwas fortschrittlichere Version ihres eigenen implantierten Mikrofons. Dann fokussierten seine Augen wieder.

»Itori-san wird gleich hier sein.«

»Vielen Dank.«

Lächeln. Verbeugen. Langsam gewöhnte Kareena sich an das Ritual.

Es dauerte weniger als fünf Minuten, bis eine kleine Frau mit von Falten tief eingefurchtem Gesicht und einem Laborkittel erschien und sich sehr knapp vor Kareena und Phil verbeugte.

»Guten Tag.« Sie sprach Englisch.

»Guten Tag, Itori-san«, antwortete Kareena und verbeugte sich ebenfalls. »Bitte entschuldigen Sie die Störung. Wir möchten keine Unannehmlichkeiten verursachen.«

Die kleine Frau winkte ab. »Jetzt sind Sie schon da. Worum geht es?«

»Ich bin Kareena Holsten. Mein Begleiter heißt Theophilos Ellis. Wir sind Freunde von Dr. Yugora.«

Itoris Gesicht verfinsterte sich bei der Erwähnung des Namens. »Der ist schon lange nicht mehr hier.«

»Das wissen wir«, erwiderte Kareena so freundlich wie möglich. »Wir würden gerne mehr über ihn herausfinden. Er hat doch früher hier gearbeitet, nicht wahr?«

Die Frau sah Kareena und Phil prüfend an. Kareena befürchtete, sie würde sie einfach wegschicken, doch dann entschied sie sich anders.

»Kommen Sie mit!«, forderte sie ihre Besucher mit harschem Befehlston auf. Kareena und Phil sahen sich verunsichert an, folgten der kleinen Frau aber gehorsam. Sie steuerte auf eine Tür nahe dem Empfangsschalter zu, öffnete sie mit dem Chip in ihrem Unterarm und ging hindurch. Dahinter befand sich ein langer Besprechungsraum, in dem problemlos vierzig Leute Platz fanden. Itori bot ihren Gästen Stühle an und setzte sich ebenfalls hin.

»Woher kennen Sie Yugora?«, fragte sie.

»Er lebte einige Jahre in Elysium City«, berichtete Kareena. »Er betrieb dort eine kleine Praxis. Vor ein paar Wochen verschwand er spurlos. Er steckt wohl in Schwierigkeiten. Wir sind auf der Suche nach ihm. Er hat vor einiger Zeit einmal Ihren Namen genannt. Daher sind wir hier.«

»Meinen Namen? Interessant.«

Für einen Augenblick befürchtete Kareena, die kleine Lüge wäre ihr zum Verhängnis geworden. Doch dann umspielte ein Lächeln Itoris Mund. »Dass er sich überhaupt noch an mich erinnert … das ist alles schon sehr lange her. Aber ich fürchte, ich kann Ihnen nicht weiterhelfen. Ich habe ihn seit vielen Jahren nicht mehr gesehen.«

»Das ist bedauerlich«, erwiderte Kareena. »Können Sie uns vielleicht sagen, weswegen er das Kombinat verlassen hat? Möglicherweise bringt uns das weiter. Er hat darüber nie gesprochen.«

»Das war klug von ihm«, fiel Itori ihr ins Wort. »Auch ich werde mich nicht darüber auslassen, was damals geschehen ist. Bitte nehmen Sie es mir nicht übel, aber das sind vertrauliche Informationen.« Sie stand auf. »Ich bedaure, aber ich muss Sie nun wieder alleine lassen. Ein Kollege ist heute nicht zum Dienst erschienen und unser Schichtplan ist ein wenig durcheinandergeraten.«

Kareena hatte eine spontane Eingebung. »Kannte dieser Kollege Dr. Yugora?«

Itori Moko hielt inne und musterte erst Kareena und dann Phil eindringlich. »Ja, er kannte ihn. Warum fragen Sie?«

»Ich vermute, dass wir nicht die Einzigen sind, die auf der Suche nach ihm sind. Andere haben vielleicht eine ähnliche Spur aufgenommen.«

»Andere?« Itori neigte den Kopf zur Seite.

»Nur eine Vermutung«, spielte Kareena das Thema herunter. »Vermutlich hat das alles nichts miteinander zu tun, aber möglicherweise sollte man dem nachgehen. Können Sie mir sagen, wie ihr Kollege heißt?«

»Kurokawi«, antwortete die Frau etwas zögerlich. Kareena kannte den Namen. Er stand auch auf ihrer Liste. Soweit sie sich erinnerte, ebenfalls recht weit oben.

Itori erhob sich, öffnete die Tür und ging geradewegs auf eine der Musha-Wachen zu. Kareena und Phil folgten ihr ungefragt.

»Können Sie bitte veranlassen, dass jemand vom Sicherheitsdienst die Wohnung von Kurokawi-san aufsucht und dort nach dem Rechten sieht?« Der Ton der kleinen Frau gegenüber dem vermutlich dreimal so schweren Gardisten ließ keine Zweifel daran, dass es sich nicht um eine freundliche Bitte, sondern eine Anweisung handelte. Der Uniformierte verbeugte sich tief, was wohl eine Bestätigung war.

»Ich werde mich umgehend persönlich darum kümmern, Itori-bucho«, donnerte der Mutant.

Kareena unterbrach das Gespräch der beiden. »Wäre es möglich, dass wir mitkommen?«

Itori sah sie ungläubig an. »Ich glaube nicht, dass Sie das irgendetwas angeht.«

Kareena hob beschwichtigend die Hände. »Wir möchten uns nicht über Gebühr in Ihre internen Angelegenheiten einmischen. Vermutlich ist ja auch gar nichts Schlimmes passiert. Aber falls die Abwesenheit Ihres Kollegen etwas mit unserer Suche nach Dr. Yugora zu tun haben sollte, können wir eventuell schneller reagieren, wenn wir direkt vor Ort sind.«

Itori überlegte kurz. »Sie sind ganz schön hartnäckig. Also gut, ich bin einverstanden. Aber Sie tun nichts ohne die ausdrückliche Zustimmung von Hato-san!« Mit einer Kopfbewegung deutete sie auf den Musha.

»Natürlich nicht. Vielen Dank, Itori-san.«

Lächeln. Verbeugen.

»Kommen Sie!« Auch der Kampfmutant beherrschte den Befehlston. Ohne eine Bestätigung abzuwarten, setzte er sich in Bewegung. Kareena und Phil folgten ihm. Der Slag wirkte von den Ereignissen ein wenig überrumpelt. Kareena lächelte ihn aufmunternd an, beeilte sich dann aber, dem Musha zu folgen. Der Krieger nahm keine Rücksicht darauf, dass andere Leute kürzere Beine hatten als er. Während des Marsches kommunizierte Hato über das Headset in seinem Helm. Vermutlich erkundigte er sich über Kurokawis genaue Adresse. Er führte sie in einen Wohntrakt unweit des Eingangs zur Farm. Den Schildern war zu entnehmen, dass es sich um ein konzerneigenes Wohnviertel der SGE handelte. Obwohl es so nahe an der Oberfläche lag, war es keineswegs der Unterschicht zuzuordnen. Zwischen den Rohren und Leitungen der Versorgungseinrichtungen erkannte Kareena nachgerüstete Strahlenschutzschilde. Die Wohnungen lagen in drei Ebenen übereinander. Die Eingänge waren durch Galerien erreichbar. Es waren nur vereinzelt Leute unterwegs. Sie alle verbeugten sich knapp, wenn der Musha an ihnen vorbeimarschierte. Die Kampfmutanten schienen hier einen deutlich höheren Status zu genießen als in der Ares-Republik.

Kurokawis Wohnung lag auf der mittleren der drei Ebenen. Hato klopfte vernehmlich, betätigte die Klingel und rief Kurokawis Namen. Ohne Ergebnis.

»Zentrale, hier spricht sieben-zwo-neun, Hato«, sprach er in das Mikrofon vor seinem Mund. »Ich bitte um Öffnung der Tür zu Appartement 37B102. Routinekontrolle.«

Zwei Sekunden später wurde die Tür entriegelt. Hato ging ohne weitere Umschweife hinein. Ein säuerlicher Gestank brandete ihnen entgegen.

»Licht!«, befahl der Musha. Der Schein des Deckenfluters vertrieb die Dunkelheit und enthüllte einen menschlichen Körper, der auf dem Boden lag. Ein Giko-Klasse-Mutant. Hato bückte sich sofort und untersuchte ihn auf Lebenszeichen. Eine Lache Erbrochenes kam unter dem Mann zum Vorschein.

»Zentrale«, nahm Hato wieder Kontakt auf. »Medizinischer Notfall in Appartement 37B102. Bewohner bewusstlos. Grund unbekannt.«

Die weit aufgerissenen Augen des regungslosen Mannes starrten an die Decke. Kareena rief aus ihrem internen Speicher die Datei auf, die sie über Kurokawi angelegt hatte. Das Bild passte zu dem Mann auf dem Boden.

»Darf ich?«, Kareena sah Hato an und deutete auf Kurokawi.

Der Mutant überlegte kurz und nickte. Kareena hockte sich neben den Bewusstlosen und begann eine oberflächliche Untersuchung. Der Schädel wies keine sichtbaren Implantate auf, nicht einmal eine Datenbuchse. Ungewöhnlich für Mutanten. Vermutlich Kurokawis Alter geschuldet. Zu seiner Zeit hatten Neuralinterfaces noch nicht zur Standardausstattung von Konzernangehörigen gehört.

Vorsichtig hob sie den Kopf ein wenig an und schaute in seine Nase. Im linken Nasenloch fand sie, was sie befürchtet hatte. Eine schmale Spur geronnenen Blutes.

»Scheiße!«, entfuhr es ihr.

»Was ist?«, fragte Phil.

Auch der Musha sah interessiert zu ihr hinunter.

»Sie haben durch die Nase eine Gehirnsonde eingeführt. Er hat keine Buchse, also haben sie sich gewaltsam Zugriff zu seinem Hirn verschafft.«

»Wozu denn das?« Phils Stimme verbarg sein Entsetzen nicht.

»Ein Hirnscan. Und zwar nicht die sanfte Methode. Das war ein Psychonaut.«

»Was haben Sie gefunden?«, wollte Hato wissen. Kareena war gar nicht aufgefallen, dass sie ins Englische gerutscht war. Sie wiederholte ihren Befund auf Japanisch.

»Können Sie herausfinden, wer in den letzten 24 Stunden hier drin gewesen ist?«, fragte sie den Musha. Ganz unwillkürlich verfiel sie in die Rolle der Sicherheitsoffizierin und übernahm das Kommando.

»Draußen gibt es Überwachungskameras«, antwortete Hato.

»Gut. Lassen sie die überprüfen!«

Sie untersuchte den reglosen Körper weiter. An der Schläfe fand sie ein paar leichte Blutergüsse. Sie deutete darauf. »Sieht aus, als hätte Kurokawi sich nicht kampflos ergeben.«

Sie stand auf und begann, sich umzusehen. Die Wohnung war nicht sehr groß und eher spartanisch eingerichtet. Aber das Wichtige war, dass alles an seinem Platz zu stehen schien.

»Sieht nicht nach einem langen Kampf aus«, stellte sie fest. Sie betrachtete Kurokawi. »Nicht mehr der Jüngste, aber ein Giko-Klasse-Arbeiter und, soweit es scheint, körperlich fit. Nicht unbedingt das leichteste Opfer. Wer auch immer ihn so schnell überwältigt hat, wusste, was er tat.«

Phil und Hato sahen sie schweigend an.

Draußen näherten sich hastige Schritte. Der Musha öffnete die Tür und ließ das Notfallteam herein.

»Jemand hat ihm eine Neuralsonde durch die Nase ins Gehirn eingeführt«, erläuterte Kareena, während die Sanitäter sich an die Arbeit machten. »Vermutlich ein neurales Trauma durch einen gewaltsamen Tiefenscan.«

Einer der Ärzte sah in die Nase. »Wer macht denn so was?«

»Das werden wir herausfinden.« Kareenas Worte klangen wie eine Drohung.

In weniger als einer Minute hatten die Sanitäter Kurokawi auf eine Trage gepackt und schafften ihn aus der Wohnung.

»Wird er wieder?«, fragte Phil.

Kareena zuckte die Schultern. »Schwer zu sagen. So ein Gehirnscan kann erhebliche Schäden verursachen. Insbesondere, wenn er so rabiat durchgeführt wird, wie es hier der Fall zu sein scheint. Würde mich wundern, wenn er keine bleibenden Schäden davonträgt. Im schlimmsten Fall verbringt er den Rest seiner Tage als sabberndes Wrack.«

Phil verzog das Gesicht. »Das hört sich nicht gut an.«

»Ich denke, wir haben ein paar Dinge zu klären«, brummte Hato.

Kareena nickte. »Das denke ich auch.«

Der Mutant verschloss die Tür von außen und führte sie zurück zur SGE.

Itori Moko erwartete sie am Eingang. Neben ihr stand ein weiterer Mann. Ein Giko in der Uniform der SGE-Sicherheitskräfte.

»Hato hat uns bereits Bericht erstattet«, begrüßte die kleine Frau sie und führte sie ohne weitere Erklärungen in den Konferenzsaal. Der Musha nahm wieder seinen Posten am Eingang ein.

»Mal so nebenbei«, erkundigte Kareena sich. »Was geben Sie Ihren Kampfmutanten für Drogen? Bei uns sind die kaum für Wach- und Polizeiaufgaben zu gebrauchen. Viel zu aggressiv.«

Itori schüttelte den Kopf. »Keine Drogen. Zumindest nicht mehr, als Sie Ihren Omegas verabreichen. Vermutlich sogar eher weniger. Wir bringen den Musha schon im frühesten Kindesalter bei, ihre Aggressionen zu kontrollieren. Durch Meditation und andere Übungen. Funktioniert hervorragend, wie Sie sehen. Wir wollen die Musha nicht auf den reinen Militärdienst beschränken. Und selbst da ist bedachtes Handeln immer mehr gefragt, insbesondere, wenn man ihnen auch Führungsaufgaben geben will.«

»Sie setzen Mutanten als Offiziere ein?«

»Ja«, antwortete Itori ungerührt. »Zumindest diejenigen, die sich gut im Griff haben. Aber ich nehme an, wir sind nicht hier, um über die Ausbildung unserer Soldaten zu diskutieren.«

Alle setzten sich.

»Dies hier ist Nakamura Seki«, stellte Itori den anderen Anwesenden vor.

Der Sicherheitsmann verbeugte sich wortlos.

»Und jetzt erzählen Sie uns bitte noch einmal genau, wer Sie sind und was Sie hier suchen! Und wenn Sie schon dabei sind, am besten gleich noch, was zwei Soygen-Mitarbeiter mit Yugora zu tun haben. Falls Sie wirklich für Soygen arbeiten.«

Die Betonung des letzten Satzes ließen Itoris Zweifel an der Geschichte deutlich erkennen. Kareena und Phil wechselten einen kurzen Blick. Der Slag nickte nur.

»Also gut«, begann Kareena, »mein Begleiter heißt Theophilos. Wie bereits gesagt ist er ein Bekannter von Dr. Yugora alias Stargazer, wie er sich in Elysium City nannte. Mein richtiger Name ist Kareena Toran. Ich arbeite für die Innere Sicherheit der Cynarian Corporation und versuche, das Verschwinden von Dr. Yugora aufzuklären.«

Itori schnaufte hörbar, als Kareena ihren Arbeitgeber nannte. »Welches Interesse hat Cynarian an Dr. Yugora?«

»Sie erinnern sich, als letzten Monat die ersten frei geborenen Mutantenkinder gefunden wurden? Die mutmaßliche Mutter war wohl eine seiner Patientinnen.«

Jeder Muskel in Itoris Körper schien sich anzuspannen. Sie benötigte einen Augenblick, um wieder halbwegs zu entkrampfen.

»Darf ich nun ein paar Fragen stellen?«, erkundigte Kareena sich vorsichtig.

»Gleich«, versprach Nakamura. »Vorher sagen Sie mir bitte, wer dies hier ist!«

Das Hologramm eines Mannes erschien über dem Projektor des Tisches. Er trug einen Mantel sowie eine Umhängetasche und wies europide Gesichtszüge auf. Kareena hatte ihn schon einmal gesehen. Bei ihrer letzten Begegnung war er mit Chrome in einer Transportkapsel verschwunden und hatte sie angegrinst.

»Stammt das von den Überwachungskameras vor Kurokawis Wohnung?«, hakte sie nach.

»Ja«, bestätigte der Sicherheitsoffizier.

»Er heißt Dan Aden«, fuhr Kareena fort. »Er arbeitet für die USI. Er bearbeitet wohl wie ich den Fall der Mutantenkinder, scheint aber etwas andere Methoden zu bevorzugen.«

»Wie stehen Sie zu ihm?«

Kareena sah zuerst Nakamura und dann Itori in die Augen. »Bis vor einer Stunde konnte ich ihn lediglich nicht besonders gut leiden. Aber jetzt, nach dem, was er Kurokawi angetan hat, würde ich nicht zögern, ihm das Handwerk zu legen.«

»Aber sind Cynarian und die USI nicht Verbündete? Sie sind doch beide Mitglieder der Ares-Konzernrepublik, nicht wahr?«

»Das schon«, gab Kareena zu. »Aber das bedeutet nicht, dass wir keine Differenzen hätten. Hier im Kombinat scheint das etwas anders zu laufen, aber die Konzerne der Ares-Republik sind immer noch Konkurrenten. In jedem Fall trifft das auf Cynarian und die USI zu.«

»Und Sie wären bereit, gegen diesen Dan Aden zu handeln?«

»Ja!«

Die beiden Sony-Mitarbeiter lehnten sich synchron zurück.

»Nun hätte ich aber erst mal ein paar Fragen«, beharrte Kareena.

»Na gut«, stimmte Itori etwas widerwillig zu. »Was wollen Sie wissen?«

»Was ich vorhin schon gefragt habe: Warum hat Yugora das Kombinat verlassen?«

Itori sah sie eindringlich an. »Sie sind wirklich sehr hartnäckig.«

Kareena lächelte. »Das habe ich schon von anderen Leuten gehört. Vermutlich bin ich deshalb für diesen Job ausgesucht worden.«

Nakamura meldete sich wieder zu Wort. »Ihnen ist bewusst, dass Sie als feindliche Agenten festgenommen und angeklagt werden können?«

Kareena legte Phil beruhigend eine Hand auf den Oberschenkel, als sie merkte, dass er begann, unruhig auf seinem Stuhl hin und her zu rutschen.

»Durchaus«, räumte sie ein. »Aber dann werden andere Leute herkommen und dieselben Fragen, die ich hier vertraulich behandeln möchte, öffentlich stellen.« Sie lehnte sich vor und stützte die Ellbogen auf den Tisch. »Ich habe Ihnen meine wahre Identität preisgegeben. Ich bitte sie nun, auch mir zu vertrauen. Ich muss herausfinden, was Yugora in meinem Zuständigkeitsbereich in Elysium City getan hat. Und ich habe das Gefühl, dass Sie mir dabei weiterhelfen können. Außerdem ist ein USI-Agent hier unterwegs, der offensichtlich keine Skrupel hat, Ihren Kollegen Gewalt anzutun. Ich möchte ihn aufhalten, genau wie Sie. Lassen Sie uns zusammenarbeiten! Ich sehe keinen Grund, warum wir unsere Kräfte und Informationen nicht bündeln sollten. Das wird uns alle weiter bringen, als wenn jeder für sich alleine kämpft.«

»Eindrucksvolle Ansprache«, kommentierte Itori nach einer kurzen Pause. »Also gut. Aber das ist streng vertraulich.«

»Wir werden es genau so behandeln«, sicherte Kareena zu.

Itori atmete tief durch. »Yugora hatte damals einige Ansichten, die nicht mit der offiziellen Politik der Firma vereinbar waren.«

»Bezüglich der Frage, ob Mutanten Kinder haben sollten?«, riet Kareena, als Itori zögerte weiterzusprechen. Sie sah ihrem Gegenüber an, dass sie ins Schwarze getroffen hatte.

»Er behauptete, es sei möglich«, fuhr die Frau fort. »Aber das war nicht die entscheidende Frage. Viel wichtiger war, ob es ratsam wäre. Und diesbezüglich war die Konzernleitung unmissverständlich.«

»Warum?«

Itori begann, weiträumig zu gestikulieren. »Sehen Sie sich doch einmal an, was gerade in der Föderation vor sich geht! Machen wir uns nichts vor! Außerhalb des Kombinats sind genetisch veränderte Menschen nicht willkommen. Die natürlich Geborenen sehen sie als Bedrohung an. Ich halte das für Quatsch. Man sieht hier doch, dass ein friedliches Miteinander möglich ist. Aber das will niemand wahrhaben. Religiöse Fanatiker und andere Demagogen machen seit ihrer Einführung massiv Stimmung gegen die humangenetische Konstruktion. Insbesondere auf der Erde. Der einzige Grund, warum Mutanten überhaupt geduldet werden, ist ihre Unfähigkeit, sich aus eigener Kraft fortzupflanzen. Auf diese Weise glauben die Leute, sie unter Kontrolle halten zu können. Und das betrifft indirekt auch das Kombinat. Was passiert denn jetzt gerade? Über die Vereinten Nationen üben die Europäische Föderation, die Amerikanische Liga, Yamato und so ziemlich alle anderen irdischen Nationen Druck auf das Kombinat aus, Kontrolleure in unsere Zuchtfarmen einzulassen. Sie wollen nachschauen, ob unsere Mutanten weiterhin unfruchtbar sind. Ich habe schon von verschiedenen Seiten gehört, dass wir die Freigeborenen in die Welt gesetzt haben sollen. Völliger Unsinn! Aber machen Sie das mal einem Diplomaten von der Erde klar!« Sie holte tief Luft, bevor sie etwas ruhiger weitersprach. »Falls es wirklich Yugora gewesen ist, der dafür gesorgt hat, dass diese Kinder geboren wurden, und jemand findet heraus, dass er in irgendeiner Verbindung zum Kombinat steht oder gestanden hat ... was glauben Sie, was hier los sein wird? Die erklären uns doch allesamt den Krieg und marschieren hier ein, nur um persönlich nachsehen zu können, ob unsere Mutanten Eizellen und Spermien produzieren.« Sie war schon wieder kurz davor, sich in Rage zu reden. Erneut beruhigte sie sich mühsam. »Verstehen Sie nun, warum das unter Verschluss bleiben muss? Yugora hat seine Forschung zur Herstellung fruchtbarer Mutanten möglicherweise bereits hier begonnen. Das darf niemals an die Öffentlichkeit gelangen!«

Kareena nickte. »Ich verstehe.«

Nakamura war bislang aufmerksam der Diskussion gefolgt, wandte sich aber plötzlich ab und konzentrierte sich offensichtlich auf etwas anderes. Kareena vermutete, er hatte genau wie sie ein implantiertes ComLink und erhielt gerade eine Nachricht. Alle Augen waren auf ihn gerichtet.

»Ich glaube, wir haben da etwas«, verkündete er schließlich. Der

Holoprojektor erzeugte ein 2D-Bild, das über der Tischplatte schwebte. Es war verrauscht und undeutlich, zeigte aber eindeutig das Gesicht eines Giko-Klasse-Mutanten.

»Das ist er!« Phil deutete mit dem Finger auf das Bild.

Kareena brauchte ein wenig länger, um Doc Stargazer zu erkennen, aber die Ähnlichkeit mit dem Bild, das sie im ComNetz des Kombinats gefunden hatte, war eindeutig.

Auch Itori betrachtete das Gesicht eindringlich. »Ein bisschen älter geworden, aber ja, das ist er.« Sie wandte sich Nakamura zu. »Woher kommt das?«

»Ich habe veranlasst, Kurokawis ComLink zu überprüfen. Das da stammt aus einer Nachricht, die er vor drei Tagen erhalten hat.«

»Kurokawi hatte also Kontakt zu Yugora. Der alte Mistkerl!« Itori schüttelte den Kopf. »Was ist der Inhalt der Nachricht?«

»Nicht zu rekonstruieren. Sie wurde gelöscht. Nur das Bild konnte wiederhergestellt werden.«

»Und die Verbindungsdaten?«, schaltete Kareena sich ein.

»Einen Moment«, hielt der Sicherheitsmann sie hin. »Sind im zentralen ComVerteiler gespeichert. Die Sendung kam aus dem Erdorbit. Aurora-Station.«

»Aurora?« Itori wirkte geradezu entsetzt. Sie verbarg das Gesicht in den Händen und fluchte leise.

Auch Kareena wurde bei dem Namen hellhörig. Er kam ihr bekannt vor. Eine kurze Recherche in ihrem internen Speicher brachte schnell hervor, in welchem Zusammenhang sie von der Station gehört hatte.

»Was ist?«, fragte sie. »Gibt es ein Problem mit Aurora?«

Itori schnaufte heftig. »Allerdings. Dort befindet sich der Hauptsitz eines unserer direkten Konkurrenten, Orpheus Genetics.«

Wieder eine kurze Suche in Kareenas Korteximplantat. »Orpheus versorgt doch die halbe Föderation mit Mutanten, oder?«

»Ich habe die genauen Zahlen nicht, aber es wird eher noch mehr sein. In jedem Fall sind sie der Hauptlieferant für die Föderation. Das Problem dabei ist, dass die Beziehungen zwischen Orpheus und der SGE bereits mehrfach in erheblichem Maße auf die Probe gestellt worden sind.«

»Ich dachte, SGE produziert nur für das Kombinat«, mutmaßte Kareena.

»Das stimmt. Es ging dabei auch nicht um Konkurrenz in Bezug auf den Kampf um Kunden, sondern um Patentstreitigkeiten.«

»Ach so.« Kareena nickte verständig. »Das heißt, es ist zu erwarten, dass Orpheus Ihren Leuten Probleme machen wird, wenn Sie dort aufkreuzen?«

Die skeptischen Gesichter ihrer Gastgeber beantworteten Kareenas Frage eindeutig.

»Wie gut, dass wir hier sind«, verkündete sie freudig. »Ich kenne jemanden, der uns möglicherweise behilflich sein kann, dort hinzukommen.«

»Wie steht Cynarian denn zu Orpheus?«, fragte Itori.

»Klassische Konkurrenten. Aber soweit ich weiß, sind die Märkte für die Mutantenkonstruktion weitgehend abgesteckt. Mein Kontakt ist allerdings nicht von Orpheus. Triple-A unterhält auf Aurora eine Einrichtung. Dort kenne ich jemanden.«

Itori war offensichtlich nicht begeistert über die Entwicklung des Gespräches. »Das heißt, Sie wollen die Sache weiter verfolgen und wir sollen Ihnen vertrauen, dass die Interessen des Kombinats dabei gewahrt bleiben?«

Kareena zuckte die Schultern. »Sie können gerne auch jemanden dorthin schicken. Ich werde meine Suche in jedem Fall dort fortsetzen.«

»Sofern wir Sie so einfach gehen lassen«, streute Nakamura beiläufig ein.

Kareena setzte ihr Pokerface auf. »Wenn Sie vermeiden wollen, dass die Angelegenheit noch weiter aufgebauscht wird, würde ich Ihnen das empfehlen.«

Abgesehen von Itoris kurzem Ausbruch wusste sie immer noch zu wenig über die Verstrickungen des Kombinats und der SGE in die Affäre, um eindeutig einschätzen zu können, wie die beiden Kombinatsangehörigen die Situation bewerteten. Sie spielte mit hohem Risiko.

»Sind Ihre Verbindungen gut genug, um einen unserer Leute mitzunehmen?«, fragte Nakamura.

Kareena atmete innerlich auf. »Schwer zu sagen. Ist eine Weile her. Und welchen Einfluss mein Bekannter auf Einreisefragen hat, weiß ich auch nicht. An wen haben Sie gedacht?«

»Wir sollten den Kreis der eingeweihten Personen so klein wie möglich halten. Wie wäre es mit Hato?«

»Der Kampfmutant?« Kareena war skeptisch. »Ich bin mir nicht sicher, ob das eine gute Idee ist.«

»Er ist ein guter Mann«, beharrte Nakamura. »Sehr besonnen. Außerdem wird dieser Dan Aden vermutlich ebenfalls versuchen, dorthin zu gelangen, wenn er wirklich Kurokawis Gehirn gescannt hat. Bei einer Begegnung mit ihm kann Hato Ihnen möglicherweise behilflich sein.«

Kareenas Begeisterung hielt sich in Grenzen. »Nun, wir können es ja mal probieren. Aber ich kann für nichts garantieren.«

»Wir sind davon überzeugt, dass Sie Ihr Bestes geben werden«, warf Itori ein. »Aber eine Frage ist noch offen. Was haben Sie eigentlich vor, wenn Sie dort sind und Yugora finden?«

»Ihn fragen, was er in Elysium City gemacht hat. Und ihn davon überzeugen, das in Zukunft sein zu lassen. Aber was noch viel wichtiger ist: Wenn ich mich beeile, schaffe ich es vielleicht noch vor Aden, ihn aufzuspüren. Der wird es auch nicht leicht haben, dort hineinzukommen. Die USI steht, soweit ich weiß, weder mit Orpheus noch mit Triple-A auf gutem Fuß.«

Itori fixierte Kareenas Augen. »Versprechen Sie mir, die Verbindungen zwischen Yugora und dem Kombinat nicht zu erwähnen? Auch nicht gegenüber Ihren eigenen Leuten?«

Kareena erwiderte den festen Blick. »Ich verspreche es.«

Die Frau nickte zufrieden. »Nakamura-san wird Ihnen eine schnelle Passage in den Erdorbit beschaffen.«

»Besser nach Luna«, warf Kareena ein. »Dort habe ich meine Kontakte.«

»Auch gut. Vermutlich sogar noch einfacher.« Itori erhob sich. »Es war mir eine Freude, Sie kennenzulernen, Kareena-san.«

»Ganz meinerseits.«

Und wieder lächeln und verbeugen und noch mal verbeugen.

Nakamura führte Kareena und Phil aus dem Saal. »Geben Sie mir Ihre Kontaktdaten! Dann gebe ich Ihnen Bescheid, sobald ich einen Flug organisiert habe.«

Kareena übermittelte ihm die Adresse der Herberge, in der sie abgestiegen waren.

Sie wiederholten das Abschiedsritual und verließen die SGE.

Auf dem Weg zu ihrer Unterkunft schwiegen beide. Erst, als die Tür des Zimmers sich hinter ihnen geschlossen hatte, fiel die Anspannung langsam ab. Phil war vollkommen fertig. »Also, ein paar Mal habe ich wirklich geglaubt, die buchten uns ein oder lassen uns gleich ganz verschwinden.«

»Ach was!«, wiegelte Kareena ab. »Das war klassische Konzerndiplomatie. Wenn man gemeinsam Ziele hat, steht einer Zusammenarbeit nichts im Weg. Nicht einmal alte Feindschaften. Ergebnisse sind alles, was zählt.«

»Und jetzt? Weiter zur Erde?«

»Nur in den Orbit. Aber davor nach Luna.«

»Und ich soll mitkommen?«

Kareena hörte erhebliche Unsicherheit in der Stimme des Slags, möglicherweise sogar eine Spur Angst.

»Wenn wir den Doc finden, wäre es hilfreich, wenn jemand dabei ist, den er kennt.«

Er fuhr sich mit der Hand durch die schütteren Haare. »Meine Güte! Ich werde die Erde sehen! Wahnsinn!«

»Glauben Sie ja nicht, dass das ein Urlaub wird! Da gibt es noch ein paar Hindernisse. Insbesondere Dan Aden bereitet mir ernsthafte Sorgen. Falls ich mich nicht irre, ist er nicht nur ein Psychonaut, sondern auch körperlich höchst gefährlich. Wenn wir es schaffen, Hato mit einzuschleusen, kann der sich darum kümmern. Aber wenn nicht … wir müssen höllisch aufpassen, wenn wir nicht so enden wollen wie Kurokawi.«

Phil nickte zustimmend. »Gibt es sonst noch irgendwelche Hindernisse, von denen ich wissen sollte?«

»Haben Sie schon mal eine interplanetare Reise mitgemacht?«

Phil schüttelte den Kopf.

»Das ist nicht jedermanns Sache. Wenn ich Nakamura richtig verstanden habe, will er uns einen Hochbeschleunigungsflug organisieren.«

Der Slag sah sie fragend an. »Das heißt?«

»Mindestens ein g. So wie auf der Hán-Station. Vielleicht sogar noch mehr.«

»Noch mehr?«, krächzte er gequält. »Muss das sein?«

»Wenn wir vor Aden dort sein wollen, ja.«

»Na, das kann ja lustig werden!«

Das konnte es allerdings. Auf den Flug freute Kareena sich auch nicht besonders. Aber wenn alles so funktionierte, wie sie es plante, bot die Reise ein ungeahntes Highlight. Sie würde Iesco wiedersehen.

23.11.2210, Flüchtlingslager Rheinberg, Föderationsgrenzzone, Erde

»Man sollte das ganze Pack einfach ausradieren!«, tobte die Frau. Den etwas verwackelten Bildern nach zu urteilen nahm der Reporter das Interview mit seiner Augenkamera auf. »Die Sicherheitskräfte da reinzuschicken, war ein Riesenfehler. Besser ein paar Raketen drauf und den ganzen Laden niederbrennen!«

»In Rheinberg leben aber nicht nur Mutanten«, wandte der Reporter ein. »Die meisten Einwohner des Flüchtlingslagers sind Norms und Slags.«

»Dann sollen die halt da abhauen. Wer sich mit dem Mutantenpack einlässt, hat hier nichts zu suchen!«

Skip seufzte. Derartige Äußerungen waren derzeit eher die Regel als die Ausnahme. Die wenigen Stimmen in der Föderation, die zur Mäßigung mahnten, gingen im Geschrei derer unter, die radikale Vergeltung forderten.

Er wechselte den Kanal und suchte einen anderen Nachrichtenfeed. Das Bild zeigte Sicherheitskräfte, die halbherzig eine Gruppe von Menschen auseinandertrieben. Zurück blieb nur ein reglos auf dem Boden liegender Alpha-Klasse-Arbeiter. Die Geschwindigkeit, mit der sich die rote Flüssigkeit unter seinem Körper ausbreitete, ließ wenig Zweifel an seinem Zustand. Niemand wurde festgenommen. Nicht einmal die IDs der Mörder wurden erfasst.

»Szenen wie hier in Lyon spielen sich derzeit in zahlreichen Städten der Föderation ab«, erklärte die unsichtbare Sprecherin. »In derartigen Lynchmobs entlädt sich der Zorn der Menschen auf die Mutanten, die im Flüchtlingslager von Rheinberg am nördlichen Rand des Rhein-Main-Neckar-Metroplexes mehr als hundert Sicherheitskräfte brutal niedergemetzelt haben. Da die Mutanten sich gemäß den jüngsten Erlässen des Föderationsrates nur noch auf korporativem Gelände aufhalten dürfen, dringen die Menschen immer öfter in die exterritorialen Enklaven der Konzerne ein, um dort auf die Jagd nach Mutanten zu gehen. Der Transnationale Konzernrat hat bereits Protest eingelegt und gefordert, diese Verletzung der Rechte seiner Mitglieder innerhalb der Europäischen Föderation zu unterbinden. Diejenigen Firmen, die keinen exterritorialen Status besitzen, begegnen der Situation, indem sie ihre Mutanten direkt den Sicherheitskräften der Föderation übergeben, die sie sicher in eines der neu eingerichteten Internierungslager überführen.«

Das Bild wechselte zur Luftaufnahme eines weitläufigen Gebäudekomplexes, in dem sich hunderte, wenn nicht gar tausende Menschen eng zusammendrängten. Alle Zugänge waren mit Barrikaden blockiert.

»Das schreckliche Beispiel von Rheinberg hat zahlreiche Mutanten dazu veranlasst, sich ebenfalls zu größeren Scharen zusammenzuschließen, um gewaltsamen Widerstand gegen die Sicherheitskräfte ebenso wie die Bürgermilizen zu leisten. Besonders in den Flüchtlingslagern der Föderationsgrenzzonen, in denen sich unzählige ID-lose Mutanten illegal aufhalten, wurden weitere sogenannte ‚Protektorate' ausgerufen, in denen die Mutanten versuchen, sich dem Arm des Gesetzes zu widersetzen. Aber auch verschiedene Firmengelände und sogar mehrere Arkologien wurden besetzt.«

Ein weiteres Luftbild, diesmal von einer dichten Ansammlung niedriger Häuser mit einem durchgehenden Dach, daneben ein großer Fluss, an dessen gegenüberliegendem Ufer ein Hafen aus Schwimmpontons vor der Kulisse himmelstürmender Wolkenkratzer lag. Skip erkannte Rheinberg. Es war interessant, das Lager einmal von oben zu sehen. Er glaubte sogar, den zerstörten Turm des Armageddon zu erkennen, war sich aber nicht ganz sicher.

»Hier im Flüchtlingslager Rheinberg haben die bürgerkriegsähnlichen Zustände, die sich in verschiedenen Regionen der Föderation ausbreiten, ihren Anfang genommen«, fuhr die Sprecherin fort. »Der Leiter des desaströs gescheiterten Einsatzes der Sicherheitskräfte, Major Ricke, hat in seiner Rücktrittsrede eindringlich davor gewarnt, die Mutanten ein weiteres Mal zu unterschätzen. Es handele sich bei dem Protektorat nicht um einen Haufen einfacher Illegaler, so Ricke, sondern um eine hervorragend strukturierte Organisation. Als Kopf des Protektorates wurde ein Mutant namens Zerberus identifiziert. Sein gegenwärtiger Aufenthaltsort innerhalb von Rheinberg ist unbekannt. Er darf derzeit wohl ohne Übertreibung als Staatsfeind Nummer eins der Föderation angesehen werden, auch wenn die aufständischen Mutanten ihren ‚Protektor' in ganz Europa wenig überraschend als Helden feiern.«

Es folgten verschiedene Mutmaßungen von Politikern und sonstigen Besserwissern über Zerberus und seine Truppe. Sie alle waren irgendwo zwischen amüsant und erschreckend anzusiedeln, in jedem Fall aber fern der Realität.

»Kundschaft!«, rief Lynx.

Es fiel Skip nicht schwer, sich von dem Feed zu trennen. Er schaltete das ComLink aus und zog den Stecker aus der Buchse in seinem Genick. Es dauerte ein paar Sekunden, seine Aufmerksamkeit wieder auf die reale Umgebung zu richten. Er saß in einer Ecke der alten Fabrikhalle unweit des Rheinufers, die Zerberus zu seinem neuen Hauptquartier erkoren hatte. Das Armageddon war ihnen als Versammlungsort zu gefährlich geworden. Sie wollten nicht das Risiko eingehen, durch eine Fed-Rakete ihren gesamten Führungszirkel zu verlieren.

Skip stand auf und ging Lynx entgegen. Die junge Alpha brachte einen ganzen Haufen Neuankömmlinge herein. Skip wusste langsam wirklich nicht mehr, wo er sie noch alle unterbringen sollte. Ihm war nicht einmal bewusst, wie er überhaupt zum obersten Quartiermeister des Flüchtlingslagers geworden war. Irgendwann in den letzten Tagen hatte er zugestimmt, für einige der Neuen eine Bleibe zu finden. Und von da an wurden sie plötzlich alle zu ihm geschickt und er hatte sich darum zu kümmern, wo sie unterkamen. Er konnte sich nicht daran erinnern, dass ihm die Aufgabe offiziell zugeteilt worden war, weder von Zerberus noch von irgendwem sonst. Trotzdem kamen sie alle zu ihm. Dabei gab es haufenweise Leute, die das Lager viel besser kannten als er. Viele lebten hier schon seit Jahren und nicht erst seit ein paar Wochen wie er. Dennoch saß er nun in der improvisierten Mutanten-Einwanderungsbehörde und musste entscheiden, wo die nächsten dreißig Mann untergebracht werden sollten. Zumindest waren es dieses Mal hauptsächlich Beta-Klasse-Arbeiter. Die benötigten nicht ganz so viel Platz wie die Alphas. Auf den meisten ihrer Overalls prangten die Logos einer Firma, von der Skip noch nie gehört hatte. Die standardmäßige Befragung der Flüchtlinge ergab, dass es sich um ein kleineres Logistikunternehmen ohne exterritoriale Besitzungen handelte. Wie so viele andere war es aufgrund der neuen Dekrete der Föderationsregierung gezwungen worden, seine genetisch veränderten Mitarbeiter für die Internierung freizustellen. Die Betas waren dem allerdings zuvorgekommen und hatten der Firma eigenmächtig den Rücken gekehrt. Sie alle hatten eine mehrtägige Odyssee hinter sich. Den zahllosen Schrammen und sonstigen Verletzungen sowie ihrem allgemeinen Erscheinungsbild nach zu urteilen, war der Weg alles andere als erholsam gewesen. Ein paar weitere Flüchtlinge hatten sich dem Trupp angeschlossen. Gestern war es ihnen gelungen, die Grenze zu überwinden. Und heute standen sie vor ihm und wollten wissen, wo sie nun hinsollten.

»Lasst mal sehen!«, begann Skip. Er wandte sich dem Holodisplay zu. Es zeigte einen provisorischen Plan von Rheinberg. Er hatte ihn aus dem Taktikspeicher eines der Feds extrahiert, der bei dem gescheiterten Angriff auf das Lager ums Leben gekommen war. Angesichts der zahlreichen Fehler der Karte war es kein Wunder, dass die

Sicherheitskräfte ein derartiges Desaster erlebt hatten. Das Armageddon war korrekt eingetragen und aufgrund des Turmes, der bis vor fünf Tagen über Zerberus' inoffiziellem Hauptquartier gestanden hatte, auch kaum zu verfehlen. Aber ein Großteil der restlichen Lande- und Sammelpunkte, die in dem Plan eingezeichnet waren, führte nur in Sackgassen oder sonst wie in die Irre. Dennoch war es die beste Karte des Lagers, die Skip bis dahin in die Finger gekriegt hatte. Mit einer Handvoll Korrekturen war sie ihm nun sehr hilfreich bei der Aufgabe, geeignete Unterkünfte zu finden.

»So ungefähr zehn können wir dort noch reinquetschen.« Er markierte eine Lagerhalle nahe beim Fluss. »Die dürfte dann aber endgültig voll sein.« Er stöhnte. »Wir müssen wohl mal wieder neue Quartiere requirieren.«

Requirieren. Im Klartext hieß das, andere Bewohner, Norms und Slags, aus ihren angestammten Heimen zu vertreiben, um Platz für weitere Mutanten zu machen. Seit die Föderation den genetisch Veränderten mit der Stürmung der Lager offen den Krieg erklärt hatte, schienen auch auf Seite der Mutanten jegliche Hemmschwellen zu fallen. Viele der Norms flüchteten schon freiwillig, sei es aus Angst vor den Mutanten oder vor der Rache der Feds, die irgendwann unweigerlich kommen würde. Wohin sie gingen, wusste Skip nicht. Immerhin war Rheinberg ja bereits ein Flüchtlingslager. Vermutlich zogen sie nach Norden in die Überflutungsgebiete, wo jede neue Sturmflut den Tod bedeuten konnte. Was für eine Wahl! Mutanten oder Sturmflut? Was war das kleinere Übel? Wenn Skip so weitermachte, würde er wieder einigen die Entscheidung einfacher machen.

Mit einer knappen Geste bedeutete er Lynx und den anderen zu warten, stand auf und ging in den Raum nebenan.

Mehrere Personen, zumeist Alphas, standen um einen Tisch herum und diskutierten, wenn auch nicht übermäßig angeregt. Sie alle waren wie Skip überfordert und ernüchtert. Die Siegesfeiern waren vorbei. Die Realität hatte sie alle eingeholt. Valiant versuchte gerade, den anderen klarzumachen, wie ihrer Meinung nach eine Verteidigungslinie nahe den Grenzbefestigungen eingerichtet werden konnte. Sie stieß aber offensichtlich auf wenig Zustimmung.

Skip brauchte ein paar Augenblicke, bevor er Zerberus gefunden hatte. Der Protektor von Rheinberg hockte in einer Ecke des Raumes auf dem Boden, die Ellbogen auf die Knie gestützt und den Kopf in den Händen verborgen. Die Feds wären vermutlich enttäuscht, wenn sie ihren Staatsfeind Nummer eins so sehen könnten. Zerberus blickte zu Skip auf, als er die Tür hörte.

»Was gibt's?« Er brachte die Worte nur mühsam heraus.

»Nichts«, log Skip.

Mit erheblicher Anstrengung erhob Zerberus sich. Er stützte sich an der Wand ab, um das Gleichgewicht zu halten. »Rück schon raus! Du wolltest doch sicherlich nicht nur nachsehen, wie's uns hier geht, oder?«

Skip gab auf. »Wir brauchen mehr Platz. Für die Neuen. Gibt es irgendwo noch Gebäude, die frei geworden sind?«

»Valiant!«, rief der Alpha.

Seine Gefährtin unterbrach sofort ihr Gespräch und wandte sich ihm zu. »Was ist?«

»Sind die Hallen unten am Fluss schon verplant? Die, wo die Boote drin standen, mit denen die Slags heute Morgen abgehauen sind.«

»Hover richtet da gerade einen Beobachtungsposten ein«, berichtete sie.

»Die sollen sich ein bisschen dünner machen!«, ordnete Zerberus an. »Bring die Leute von nebenan da hin! Und seht zu, ob ihr ein paar Decken und was zu Essen auftreiben könnt!«

»Wird langsam knapp«, räumte Valiant ein. »Unsere Vorräte sind begrenzt. Wir ...«

»Seht einfach zu, was machbar ist, OK?«, unterbrach er sie. »Vermutlich müssen wir sie nicht allzu lange versorgen.«

»OK«, stimmte Valiant zu und wies einen der wenigen Slags in ihren Reihen an, sich darum zu kümmern.

»Was glaubst du, wann die Feds kommen?«, fragte Skip.

Der Alpha hob seine gewaltigen Arme. »Was weiß ich? Aber ich glaube nicht, dass wir mehr als einige Tage weit planen müssen.« Er klopfte Skip auf den Rücken. »Wärst besser zu Hause geblieben, was?« Er deutete nach oben.

»Wär wohl besser gewesen«, stimmte Skip zu. »Aber jetzt bin ich nun mal hier.«

»Ich bin froh, dass du hier bist«, grummelte Zerberus. »Machst gute Arbeit.«

»Ich weiß nicht. Gib mir was zu reparieren, dann fühl ich mich wohler.«

»Sachen reparieren können hier viele. Aber Organisationstalent ist eine Seltenheit. Du hast es, woher auch immer.«

»Na ja, auf so einem interplanetaren Frachter will auch immer alles gut geregelt sein, sonst geht einem irgendwo zwischen Mars und Saturn die Treibmasse aus. Oder der Container, der gerade ausgeladen werden soll, steckt ganz hinten im Laderaum.«

»Na also. Frachtcontainer sortieren oder Leute auf ihre Unterkünfte verteilen ... fast dasselbe. Ich weiß, es ist eine Scheißarbeit. Aber sie ist wichtig, wenn wir nicht vollkommen im Chaos versinken wollen. Ich brauche dich dafür. OK, Avenger?«

»Nenn mich nicht so!«, protestierte Skip harsch.

»Schon gut. War nicht so gemeint.«

Skip sah sich um. Niemand schien ihnen Aufmerksamkeit zu schenken. »Warum machen wir das eigentlich«, flüsterte er, »wenn in ein paar Tagen sowieso alles vorbei ist?«

Zerberus sah ihn an. »Damit sie in den paar Tagen noch ein wenig Hoffnung schöpfen können.«

»Die dann umso heftiger zerschlagen wird, wenn die Feds kommen«, konterte Skip.

Zerberus hob die Schultern. »Was ist denn die Alternative? Sollen wir sie direkt in die Internierungslager schicken? Gönn ihnen noch einige Tage Freiheit! Und wer weiß, vielleicht geschieht ja ein Wunder.«

»Ein Wunder?« Skip verzog argwöhnisch das Gesicht. »Wie soll denn das aussehen? Sie werden nicht noch einmal den Fehler machen, schlecht vorbereitete Sicherheitskräfte hier reinzuschicken.«

»Davon gehe ich aus«, stimmte der Alpha ihm zu. »Ihre Drohnen sind ständig da oben unterwegs und kundschaften die Lage aus für die Kavallerie.«

»Für wen?«, stutzte Skip.

»Was weiß ich. Tanks. Bomber. Schwere Infanterie. Keine Ahnung. Vielleicht alle zusammen.«

»Und dann ist es vorbei mit der Freiheit und wir gehen auch in die Internierung«, stellte Skip fest.

Zerberus schüttelte energisch den Kopf. »Ich gehe nicht in ein Internierungslager. Auf gar keinen Fall!«

»Was willst du denn sonst machen? Wir haben nicht die geringste Chance.«

»Ich sag' dir, was ich tue.« Zerberus machte eine Pause, bevor er weitersprach. »Ich mache ihnen die Hölle so heiß, wie ich es irgendwie hinkriege, und gehe mit wehenden Fahnen unter.«

Skip sah ihn ungläubig an. »Und welchen Zweck soll das haben?«

»Ganz einfach. Wir zeigen der Welt, dass wir uns nicht unterkriegen lassen. Unseren Feinden und allen anderen Mutanten, die da draußen unterwegs sind. Wir stehen hier auf verlorenem Posten. Aber vielleicht haben andere von uns bessere Optionen. Denen zeigen wir, dass wir nicht aufgeben. Dass wir nicht in die Internierung gehen. Damit sie es auch nicht tun.«

»Du meinst, wir sollen hier sterben, um anderen Mut zu machen, weiter Widerstand zu leisten?«

»Ob wir sterben oder am Ende doch in die Internierung gehen, weiß ich nicht. Aber abgesehen davon hast du es erfasst. Das ist der Plan.« Zerberus lächelte gequält. »Nicht das, was du hören wolltest, oder?«

Skip atmete tief durch. »Nicht wirklich. Muss ich noch mal drüber nachdenken.«

»Tu das! Wenn du nicht mitmachen willst, wird dir niemand einen Vorwurf machen. So! Und jetzt wieder an die Arbeit!«

Zerberus kehrte zurück zu der Besprechung. Er schien immer noch etwas wackelig auf den Beinen zu sein, aber zumindest wieder halbwegs wach.

Auch Skip ging wieder in den Nebenraum. Er schickte Lynx mit dem wartenden Haufen zu den ausgewählten Quartieren. Hinter ihnen standen bereits drei neue Mutanten verloren im Raum, zwei Frauen und ein Mann, allesamt Alphas.

»Ähm, man hat uns gesagt, hier bekommen wir eine Unterkunft«, stammelte eine der Frauen.

Skip setzte sich wieder auf seinem Stuhl und aktivierte den Holoplan. »Hier unten am Fluss ist noch was frei. Nicht luxuriös, aber ein Dach über dem Kopf. Ihr müsst Euch den Platz mit einem Beobachtungsposten teilen, aber auf diese Weise seid Ihr die Ersten, die mitkriegen, wenn die Feds kommen.«

Die Begeisterung in den Gesichtern des Trios hielt sich in Grenzen, aber keiner protestierte.

»Willkommen im Protektorat Rheinberg«, schloss Skip seine Ausführungen.

Dass sie alle in wenigen Tagen tot sein würden, behielt er für sich.

25.11.2210, Collins-Station, lunarer Orbit

Jeder einzelne Muskel in Kareenas Leib fühlte sich an, als wäre sie drei Marathons hintereinander gelaufen. Am liebsten wäre sie noch eine Weile einfach liegen geblieben. Nur von den Haltegurten sanft auf die perfekt an ihren Körper geschmiegte Gelmatratze gedrückt zu werden, war einigermaßen erträglich. Alles andere bereitete ihr reine, unverfälschte Qualen. Mit schmerzverzerrtem Gesicht löste sie die Gurte und ließ sich von der Liege in den Raum treiben. Die Schwerelosigkeit war nach der zurückliegenden Tortur die pure Wonne. Doch selbst hier tat jede Bewegung weh. Dennoch zwang Kareena sich dazu, mit einigen einfachen Übungen wieder ein wenig Gefühl in ihre tauben Gliedmaßen zu pumpen.

Sie sah zu Phil hinüber. Er lag mit offenem Mund auf dem Rücken und starrte die ihm gegenüberliegende Wand an, als könne er nicht einmal seine Augäpfel bewegen.

Hato schwebte herein.

»Kann ich Ihnen helfen, Kareena-san?«

Das Englisch des Musha-Kriegers war etwas holprig. In der Buchse in seinem Genick war ein externer Simultanübersetzer eingestöpselt. Es war nicht so gut wie Kareenas internes Modul und Hato war nicht gewohnt, damit zu arbeiten, aber er wurde von Tag zu Tag besser. Dem Mutanten schienen die letzten fünfzehn Stunden bei Hochbeschleunigung nichts ausgemacht zu haben. Sofort nach dem Andocken hatte er sich von seiner Liege erhoben, war in den Overall geschlüpft und hatte herumgeturnt, als sei nichts gewesen. Gelegentlich konnte Kareena nachvollziehen, warum manche Menschen sich von den genetisch Veränderten bedroht fühlten.

»Ich komme schon zurecht«, keuchte sie heiser. Ihr Mund war staubtrocken. Sie pumpte eine Dosis Schmerzmittel aus dem implantierten Spender in ihre Venen. Gerade genug, damit sie sich einigermaßen sicher an den Handgriffen in den Wänden entlanghangeln konnte. Sie fragte sich, ob auch Hato einen Drogenspender besaß oder ob er die Tortur der vergangenen Stunden wirklich nur aufgrund seiner genetisch hochgezüchteten Muskelpakete so unbeschadet überstanden hatte. Sie erinnerte sich, dass die Omega-Klasse-Mutanten ein vermindertes Schmerzempfinden besaßen. Vielleicht benötigte er gar keine Drogen.

Sie nahm einen Schluck Wasser aus dem Beutel, der neben der Liege hing, und spülte den schalen Geschmack aus ihrem Mund.

Sie deutete auf Phil. »Ich glaube, er kann ein wenig Hilfe gebrauchen.«

»Ich kümmere mich darum«, bestätigte Hato.

Während sie sich ankleidete, bezeugte ein Stöhnen, dass Phil die Bremsphase des Fluges überlebt hatte. Als sie fertig war, konnte er sogar wieder die Augen auf sie fixieren.

»Das wird wieder«, sprach sie ihm Mut zu. »Willkommen im Orbit von Luna. Ich kümmere mich schon mal um die weitere Reise. Bis später.«

Sie interpretierte sein Grunzen als Zustimmung.

Auf dem Gang vor ihrem Abteil kehrte nach und nach Betriebsamkeit ein. Jeder der Passagiere hatte seine eigene Methode, wieder ins Leben zurückzukehren. Einige machten Gymnastik. Andere schienen ähnlich mitgenommen zu sein wie Phil und schwebten erst einmal nur regungslos neben ihren Liegen.

Ein Crewmitglied driftete auf sie zu. »Ist bei Ihnen alles in Ordnung?«

Die Frau war eine Sigma-Klasse-Mutantin und mehr als einen Kopf kleiner als Kareena. Die Raumfahrtmodelle waren noch besser dafür ausgestattet, die Unannehmlichkeiten des Weltraums zu ertragen als die Betas. Ihre Muskeln und der Kreislauf waren perfekt an wechselnde Beschleunigungen angepasst. Die Sigmas waren sogar während der Beschleunigungs- und Bremsphase des Fluges ständig unterwegs gewesen und hatten regelmäßig nach dem Rechten gesehen.

Kareena deutete auf ihr Abteil. »Mein Begleiter kann, glaube ich, etwas vertragen, was ihn wieder auf die Beine bringt.«

»Alles klar.« Die Zwergin lächelte freundlich und schwebte zu Phil.

Kareena packte ihren Rucksack, winkte dem Slag noch einmal aufmunternd zu und machte sich auf zur Andockschleuse. Die Medikamente begannen zu wirken, so dass sie einigermaßen elegant hinausglitt. Sie war unter den ersten, die die Schleuse passierten. Durch das Fenster neben der Passagierbrücke warf sie einen Blick auf das Schiff, das sie hergebracht hatte. Die Radiatoren glühten noch sichtbar, aufgeheizt von dem stundenlang unter vollem Schub laufenden Triebwerk.

Sie aktivierte ihr ComLink und wählte sich ins Datennetz der Station ein. Ein Lageplan wurde in ihr Sichtfeld eingeblendet. Sie ließ sich das nächste ComTerminal mit geschlossenen Kabinen anzeigen und steuerte darauf zu. Mit ihrem ID-Chip öffnete sie einen Kanal zur Zentralwerft der Applied Aeronautics & Astronautics Corporation, die ebenfalls im Orbit um Luna kreiste. In ihrem internen Speicher bewahrte sie seit sechs Jahren Iescos dienstliche Direktwahl auf. Gleich würde sie herausfinden, ob die Nummer noch aktuell war.

Eine Audioverbindung wurde geöffnet. »Ja?«

Kareena musste unwillkürlich lachen, sobald sie seine Stimme hörte. Ihr limbisches System begann auf der Stelle, Glückshormone auszuschütten, die die Schmerzen in ihren Muskeln effektiver vertrieben als jede künstliche Droge.

»Hallo Iesco«, begrüßte sie ihn.

Aufgrund der Entfernung gab es eine Verzögerung von rund einer halben Sekunde. Aber wenn beide Gesprächspartner daran gewöhnt waren, war das kein nennenswertes Problem.

»Kareena? Bist du das?«

Beinahe hätte sie laut gejauchzt, als er sie sofort wieder erkannte.

»Ja. Ich bin es.«

»Warte einen Moment!«, bat er sie. Nun kam auch ein Videosignal an. Der Holoprojektor zauberte ein Gesicht auf das Terminal. Er hatte sich kein bisschen verändert. Immer noch wehrten die wirren schwarzen Haare sich gegen jeden Versuch, sie zu bändigen. Und seine Augen blitzten genauso jugendlich und verschmitzt wie bei ihrer letzten Begegnung vor sechs Jahren.

»Kareena. Was für eine Überraschung! Wo steckst du?«

»Collins-Orbital. Bin gerade gelandet.«

»Und hast nichts Besseres zu tun, als zuallererst mich von der Arbeit abzuhalten?«

»Sorry. Wenn ich gerade störe ...«

»Nein, nein! War nur ein Scherz. Du könntest mich gar nicht stören. Von der Arbeit abhalten schon, aber stören nicht. Wie geht es dir?«

»Im Prinzip gut.«

»‚Im Prinzip‘ hört sich nicht so toll an. Was ist los?«

»Ich müsste dich um einen Gefallen bitten. Tut mir leid, dass ich so mit der Tür ins Haus falle, aber es ist wirklich wichtig.«

»Oh. Ich hatte gedacht, du wärst gekommen, weil du Sehnsucht nach mir hattest.«

Kareena wollte gerade widersprechen, als sie gewahr wurde, dass sie beinahe wieder auf seinen Sarkasmus hereingefallen wäre. »Die hatte ich tatsächlich. Aber das muss leider warten.«

»Was kann ich für dich tun?«

»Ich müsste auf die Aurora-Station im Erdorbit. Die ist leider nicht so ohne weiteres zugänglich. Zumindest nicht die Sektoren jenseits des Freihafens.«

»Ja. Da testen wir unsere Prototypen für atmosphärengängige

Fahrzeuge. Und einige andere Firmen haben da auch Entwicklungslabore. Was willst du auf Aurora? Industriespionage?«

»Nein!«, protestierte sie. Dann sah sie das Grinsen in seinem Gesicht. »Ach du Mistkerl! Zieh mich nicht immer so auf!«

»Entschuldige. Aber im Ernst: Worum geht es?«

»Ich bin auf der Suche nach jemandem und die heißeste Spur führt nach Aurora.«

»Jemand aus meinem Stall?«

Kareena schüttelte den Kopf. »Würde mich wundern. Ist ein Genetiker, kein Raumschiffkonstrukteur.«

»Genetiker ... Orpheus Genetics hat eine ziemlich große Einrichtung auf Aurora.«

»Habe ich gehört. Weißt du Genaueres darüber?«

Er überlegte einen Moment. »Ich glaube, mich zu erinnern, dass das sogar die Konzernzentrale von Orpheus ist. Auf jeden Fall haben sie auf Aurora eine ihrer größten Zuchtfarmen und ein riesiges Ausbildungszentrum. Ist direkt an eine Kaserne der Föderations-Stoßtruppen angeschlossen.«

»Föderation?« Kareena stutzte. »Ist ja echt interessant, wer da so alles unterwegs ist. Weißt du zufällig, ob die USI dort Einrichtungen hat?«

»Auf Aurora? Definitiv nicht. Zumindest nichts Offizielles. Glaubst du, wenn die da wären, würden all ihre Konkurrenten dort Entwicklungsabteilungen hinsetzen? Nein, Aurora dürfte weitgehend USI-frei sein. Warum fragst du?«

»Jemand von denen ist an derselben Sache dran. Wenn die USI dort tätig wäre, hätte ich vermutlich gleich aufgeben können. Aber so braucht auch er möglicherweise ein wenig Zeit, um dort reinzukommen.«

Iesco schmunzelte. »Auf Aurora sind bestimmt einige USI-Spione unterwegs. Aber sowohl die Föderation als auch die anderen Betreiberkonzerne machen ihnen das Leben so schwer wie möglich. Dein spezieller Freund dürfte dort kein leichtes Spiel haben.«

»Gut zu wissen. Aber wie sieht's mit mir aus? Kannst du mich da reinbringen?«

»Ich denke schon. Das sollte klappen. Kann aber ein wenig dauern. Bei so was muss ich den offiziellen Weg über die firmeninterne Bürokratie gehen.«

»Je schneller, umso besser. Es ist ein bisschen eilig.«

»Am einfachsten wäre es allerdings, wenn ich selber dort hingehe und einen Gast mitbringe.« Sein Blick wurde geradezu anzüglich.

»Das wäre natürlich besonders nett. Kannst du das einrichten? Ich will dich wirklich nicht über Gebühr von deiner Arbeit trennen.«

»Ach was! Das klappt schon. Dringende Projekte habe ich immer. Aber auch noch haufenweise alten Urlaub. Wird gerade dringend Zeit, mal ein paar Tage freizunehmen. Ja, genau jetzt kriege ich Lust auf Urlaub. Hast du in den nächsten Tagen schon was vor? Ich wollte mir mal wieder die Erde von oben anschauen. Von der Aurora-Station aus hat man einen hervorragenden Blick.«

Sie musste lachen. »Ich denke, das kann ich einrichten. Danke für die Einladung. Es gibt aber noch ein oder zwei Dinge, die wir klären müssen.«

Seine Miene verfinsterte sich. »Was noch?«

»Erstens ist das kein Spaziergang. Es könnte eventuell sogar gefährlich werden. Der USI-Agent ist nicht zimperlich. Das muss ich ohne dich durchziehen. Wir werden uns dort also nicht allzu viel sehen können.«

»Nicht schön, aber besser ein bisschen sehen als gar nicht. Zweitens?«

»Zweitens bin ich nicht alleine.«

»Oh oh!«

»Keine Sorge!«, lächelte sie ihn an. »Rein dienstlich. Zwei ... Partner. Helfen mir bei den Ermittlungen.«

»Partner? Na, wir werden sehen. Allesamt Cynarian?«

»Nein. Einer ist von der SGE.«

»SGE? Du meinst Sony Genetic Engineering? Die Mutantenfabrik des Shigano-Kombinats?"

»Genau die.«

»Wie bist du denn da dran gekommen? Ein Mutant?«

»Musha-Klasse.«

»Das wird ja immer besser!« Er lachte. »Dein Umgang ist in den letzten Jahren in jedem Fall interessanter geworden.«

»Eigentlich nicht«, wiegelte sie ab. »Nur dieser Job ist ... anders. Etwas speziell.«

»Den Eindruck habe ich auch. Also gut. Ich sehe zu, was ich machen kann. Schick mir mal die ID-Daten rüber! Dann organisiere ich die Zugangsberechtigungen. Damit komme ich dann zu euch und wir jetten zusammen nach Aurora.«

»Das wäre echt fantastisch. Iesco, du bist ein Schatz!«

»Ich weiß. Dafür habe ich aber etwas gut bei dir.«

»Auf jeden Fall. Denkst du an was Bestimmtes?«

»Allerdings. Aber ich könnte mir vorstellen, dass dir das auch Spaß macht.«

Sie lachte wieder. »Ich freu mich drauf. Danke, dass du das alles so spontan erledigst.«

»Sowas mache ich nicht für jeden. Fühl dich geehrt!«

»Mach' ich. Ich schicke dir die IDs, sobald ich sie habe. Vermutlich in den nächsten Stunden. Ich richte noch eine Direktverbindung von der lokalen ComStation zu meinem Link ein. Dann kannst du mich ohne Umweg erreichen.«

»Alles klar. Bis dann.«

»Schön, dich wiederzusehen.«

»Das beruht auf Gegenseitigkeit.«

Sie sahen sich noch einige Sekunden lang an. Keiner wollte die Verbindung beenden. Schließlich fasste Kareena sich ein Herz und schloss den Kanal. Iescos Gesicht verschwand.

Sie machte die Augen zu und legte den Kopf in den Nacken. Sie hätte schon viel früher hierher kommen sollen. Ohne diesen dämlichen Job. Für ein paar Sekunden zog sie in Erwägung, alles hinzuwerfen. Die Suche nach Doc Stargazer, ihre Karriere bei Cynarian. Alles, was sie wirklich wollte, war ganz in der Nähe. Nur einige zehntausend Kilometer entfernt auf der anderen Seite von Luna. Triple-A hatte auch eine interne Sicherheitsabteilung. Vielleicht könnten die eine neue Mitarbeiterin brauchen.

Sie sog die Luft ein, hielt sie einen Augenblick in ihren Lungen und atmete wieder aus.

Genug der Träumerei! Sie wusste, dass Überläufer in der Konzernwelt einen schweren Stand hatten. Vielleicht mit Ausnahme der Elite wie Top-Wissenschaftler oder -Manager. Alle darunter angesiedelten Mitarbeiter blieben üblicherweise ein Leben lang in dem Konzern, bei dem sie angefangen hatten oder in den sie hineingeboren wurden. Für Kareena war das Cynarian. Woanders würde sie niemals über die untersten Ränge hinaus kommen. Wer einmal einen Mangel an Loyalität zeigte, egal wem gegenüber, dem würde niemand mehr vertrauen. Iesco konnte sie zwar mit Sicherheit ernähren. Er verdiente ziemlich gut. Aber sie konnte sich nicht vorstellen, jemandem auf der Tasche zu liegen. Sie liebte ihre Unabhängigkeit. Und auch der Job würde ihr fehlen. Vielleicht nicht unbedingt diese verrückte Suchaktion. Aber sie konnte froh sein, nicht irgendwo Wache stehen zu müssen. Bis zur Schichtleiterin hatte sie es schon gebracht und was Sal Haggard ihr angeboten hatte, war mehr als verlockend. So weit würde sie es nie wieder bringen, wenn sie woanders neu anfangen musste. Also weitermachen!

Sie verließ die ComZelle.

Während sie sich zum Schiff zurückhangelte, richtete sie eine Direktverbindung ein, die jede hereinkommende Nachricht unmittelbar an sie weiterleitete. Dann mietete sie eine Unterkunft an. Das Einzige, was sie im internen Stationsnetz spontan fand, war ein Sarghotel. Für die kurze Zeit, die sie hier zu verbringen gedachte, würde es ausreichen.

Das Schiff, mit dem sie vom Mars hierher gereist waren, hatte sich mittlerweile weitgehend geleert. Nur diejenigen Passagiere, die überhaupt nicht an solche Flüge gewöhnt waren, befanden sich noch an Bord. So wie Phil.

Zumindest bewegte er sich mittlerweile und war gerade dabei, sich anzukleiden. Vermutlich hatten sie ihn bis zum Stehkragen mit Drogen vollgepumpt.

»Na, Sie tapferer Raumfahrer«, begrüßte sie ihn. »Geht's wieder?«

»Alles bestens!« Seine Stimme war genauso wackelig wie der Rest von ihm.

Hato reichte ihm seine Jacke. Kareena musste schmunzeln, als sie beobachtete, wie der riesenhafte Kampfmutant sich geradezu liebevoll um den dürren Slag kümmerte. Die Musha des Kombinats unterschieden sich wirklich eklatant von den Omegas, mit denen Kareena bislang zu tun gehabt hatte.

Phil bedankte sich noch einmal freundlichst bei der Sanitäterin aus der Schiffsbesatzung. Hato trug das Gepäck des Slags zusätzlich zu seinem eigenen. Dann nahmen er und Kareena Phil in ihre Mitte und führten ihn langsam hinaus.

»Mann, das war ja was!«, grummelte der Slag. »Sind alle Raumflüge so?«

»Nein«, erklärte sie. »Die meisten beschleunigen mit maximal einem g. Langstreckenflüge zum Asteroidengürtel oder zum Saturn meistens mit noch weniger. Wenn die Driftphase nicht einen Tag beträgt wie bei unserem Trip, sondern Wochen oder Monate, kommt es auf die paar Stunden mehr oder weniger normalerweise nicht an. Hochbeschleunigungsflüge werden nur von eiligen Passagieren genutzt. Sind auch echt teuer, weil das Schiff für den Trip doppelt so viel Treibstoff verbraucht, wie es selber Masse hat. Und sie sind, wie Sie ja selber herausgefunden haben, nicht übermäßig angenehm. Wobei … das waren nur zwei g. Das geht noch schlimmer.«

Phil war entsetzt. »Noch schlimmer?«

»Kriegsschiffe erreichen im Gefecht bis zu zehn g. Einige sogar noch mehr.«

»Zehn? Wie halten die denn das aus?«

»Das geht nur mit Leuten, die dafür trainiert sind. Meistens Mutanten oder Cyborgs mit hochgezüchtetem Herz-Kreislauf-System.

Norms schaffen das nur mit intensiver Medikation, Zwangsbeatmung, teilweise sogar Flüssigatemtanks und all solchen Sachen. Hab' ich selber aber noch nicht gemacht. Vier g ist mein persönlicher Rekord. Das hat mir, ehrlich gesagt, vollkommen gereicht.«

»Oh Mann! Das glaube ich Ihnen. Für mich war das hier schon mehr als ausreichend. Erst mehr als einen halben Tag wie bescheuert beschleunigen, dann einen Tag schwerelos, dann wieder beschleunigen ... beziehungsweise bremsen, das ist nichts für mich.«

»Wenn wir das hier hinter uns gebracht haben, lassen wir uns auf dem Rückflug ein bisschen mehr Zeit. Einen Flug mit einem halben g oder so kann man wirklich genießen, glauben Sie mir! Und vor allem nehmen wir dann ein Schiff mit ordentlichen Kabinen. Die Hochgeschwindigkeitsschiffe haben aus Gewichtsgründen nur wenig Platz. In größeren Linern kann man es gut aushalten. Die ganz luxuriösen haben sogar Rotationssektionen, damit man nicht die gesamte Driftphase in Schwerelosigkeit verbringen muss.«

Dem Gesicht des Slags nach zu urteilen schien er sich im Augenblick nicht vorstellen zu können, dass er jemals einen interplanetaren Flug genießen würde. Aber er behielt seine Zweifel für sich.

Kareena führte das Trio zu dem Sarghotel. Auf der gesamten Station herrschte Schwerelosigkeit. Das Collins-Orbital stammte aus dem 21. Jahrhundert, einer Zeit, als Rotationssektionen mit künstlicher Schwerkraft noch nicht zur Standardausstattung von Raumstationen gehörten. Die meisten Insassen waren nur temporär hier, warteten auf den Weiterflug oder erledigten ihre Geschäfte und verschwanden wieder. Die wenigen ständigen Bewohner waren entweder feingliedrige Spacer, deren verkümmerte Muskeln ihnen ohne technische Hilfsmittel jedweden Aufenthalt in Schwerkraft – künstlicher oder natürlicher – versagten, oder Mutanten, bei denen der körperliche Verfall aufgrund der mangelnden Belastung durch ihre angepassten Gene aufgehalten wurde. Für Phil war die Mikrogravitation in seinem Zustand ein Segen. Unter Schwerkraft hätte er sich vermutlich keine hundert Meter weit fortbewegen können. Aber auch Kareena war nicht böse darüber, ihre Muskeln nach dem anstrengenden Flug ein wenig schonen zu können.

Die etwa zwei Kubikmeter großen Kabinen des Hotels waren nicht luxuriös. Zumindest sah alles recht gepflegt aus. Sie waren nicht für die Ausmaße eines Musha gebaut, aber Hato beschwerte sich nicht. Phil schnallte sich sofort auf der Liege fest und schloss die Augen. Im Gegensatz zu Hato und Kareena hatte er während des Fluges kaum Schlaf gefunden.

Nachdem auch Kareena sich eingerichtet hatte, sendete sie ein Datenpaket mit ihren drei IDs zu Iesco. Kurz danach ging zu ihrer Überraschung eine Verbindungsanfrage bei ihr ein. Sie öffnete einen Audiokanal.

»Hallo, Iesco. Was gibt's? Schon wieder Sehnsucht nach mir?«

Er lachte. »Das natürlich auch. Aber auch wenn es dich enttäuscht, deswegen rufe ich nicht an.«

»Stimmt was nicht mit den IDs?«

»Nein nein. Die sind wohl in Ordnung. Nur mit eurem Transfer nach Aurora, das wird nicht so ganz einfach. Ich habe gerade von einem Kollegen erfahren, dass die Föderation dort mobilmacht. Da ist gerade ziemlich was los.«

»Mobilmachung? Wofür das denn?«

»Vielleicht der Ärger mit den Mutanten auf der Erde. Ich habe ein paar Feeds gesehen, in denen Leute behaupten, das wäre an manchen Orten verdammt nah an einem Bürgerkrieg.«

»Ach du Scheiße!«, entfleuchte es Kareena. »Hast du vorhin nicht gesagt, auf Aurora sind Stoßtruppen stationiert?«

»Allerdings.«

»Wenn sie die da runterschicken, wird's wohl wirklich ernst.«

»Davon ist auszugehen. Wie auch immer. Ist gerade nicht so einfach, nach Aurora zu kommen. Aber ich kriege das schon hin. Kann halt bloß ein bisschen länger dauern.«

»Schon klar. Ich vertraue dir, dass du so schnell machst, wie es geht.«

»Danke. Ich seh' zu, was ich hinkriege. Du hörst von mir.«

»Bis dann.«

Er beendete die Verbindung.

Hato schwebte vor Kareenas offener Kabine und sah sie fragend an. »Was ist los?«

Sie gab ihm eine kurze Zusammenfassung. Auch der Kampfmutant war erstaunt. »Die setzen ihre Stoßtruppen in Marsch? Das sind doch Omegas!« Er schnaufte vernehmlich. »Das wird ein Gemetzel.«

Kareena sah ihn an. »Sie müssen es ja wissen.«

»Das tue ich.« Mit vielsagendem Blick zog der Mutant sich in seine eigene Kabine zurück.

Kareena schüttelte den Kopf. Das alles nur, weil ein paar Mutanten Kinder haben wollten. Und weil – zumindest vermutete sie das – ein ehemaliger Genetiker aus dem Kombinat herausgefunden hat, wie er diesen Wunsch erfüllen konnte. Was suchte der Doc auf der Aurora-Station? War es ein Zufall, dass er ausgerechnet dort steckte, wo der durch ihn hervorgerufene Konflikt gerade eskalierte? Und wie war er überhaupt dort hingekommen, wenn der Zugang derart restriktiv gewährt wurde, dass man nur mit Beziehungen dort hingelangte?

Nun, Letzteres ließ sich vielleicht herausfinden. Normalerweise würde sie eine solche Recherche selber durchführen, aber Cynarians Datenbanken auf dem Mars waren rund fünf Lichtminuten weit entfernt. Eine Suche mit zehn Minuten Zeitverzögerung auf jede Anfrage war eine Geduldsprobe, auf die Kareena sich im Augenblick nicht einlassen wollte. Aber zum Glück war ihr ja Hilfe zur Seite gestellt worden. Sie schloss ihre Kabine und stellte in Ruhe ein Datenpaket zusammen. Anschließend verschlüsselte sie es und schickte es über die ComZentrale der Collins-Station zu einem codierten Postfach auf dem Mars. Mal sehen, wie weit Eric Vandemools Arm in Elysium City reichte.

Sie entkleidete sich und breitete ihre Arme und Beine so weit aus, wie die beengten Verhältnisse ihres Domizils es zuließen. Die Schmerzmittel hörten langsam auf zu wirken. Kareena widerstand der Versuchung, das allgegenwärtige Ziehen in ihrem Körper mit einer weiteren Dosis zu vertreiben.

Sie loggte sich ins ComNetz der Station ein und wählte einen Nachrichtenkanal. Iescos Andeutung hatte sie neugierig gemacht. Ihre Suche nach aktuellen Erwähnungen der Aurora-Station lieferte ein Interview mit einem Vertreter der Föderation. Sie schloss die Augen und startete die Wiedergabe.

»Herr Staatssekretär Rasmussen«, begann die Reporterin, »Sie waren maßgeblich an der Reorganisation der Raumstreitkräfte beteiligt. Ihre damalige Entscheidung, massiv auf die Einführung von Mutanten zu setzen, ist schon lange umstritten und in Anbetracht der aktuellen Ereignisse wieder heftig in die Kritik geraten.«

Der gelackte Anzugträger blieb angesichts des Vorwurfes gelassen. »Zuerst möchte ich noch einmal betonen, dass die Personalpolitik der Raumstreitkräfte grundsätzlich auf rein militärischen Erwägungen beruht. Eine moderne Armee kann auf genetisch optimierte Soldaten nicht verzichten. Wenn die Europäische Föderation nicht wieder zurück möchte in die vollkommene Abhängigkeit von transnationalen Konzernen, sondern die Fähigkeit behalten will, ihre ureigenen Interessen in interplanetarem Maßstab eigenständig durchzusetzen, dann kommen wir am Einsatz genetisch optimierter Soldaten nicht vorbei.«

»Wie stehen Sie denn zu den aktuellen Ereignissen, Herr Staatssekretär Rasmussen? Welchen Einfluss hat es auf das föderierte Militär und insbesondere die Raumstreitkräfte, dass seit Tagen immer wieder gewaltsame Auseinandersetzungen zwischen Mutanten und Sicherheitskräften ausbrechen, besonders in den Grenzzonen, aber auch im Kernland der Föderation?«

»Falls Sie darauf anspielen, die Loyalität der genetisch optimierten Soldaten im Dienst der Streitkräfte der Föderation in Zweifel zu ziehen, so kann ich Ihnen mit voller Überzeugung versichern, dass es hierzu nicht die geringste Veranlassung gibt. Bei den aufständischen Mutanten handelt es sich ausschließlich um zivile Modelle unterschiedlicher Herkunft. Die Soldaten unserer Raumstreitkräfte stammen aus hochspezialisierten Einrichtungen und werden vor der Eingliederung in ihre Einheiten einem intensiven Training unterzogen, auch in Bezug auf ihre unbedingte Treue zur Föderation.«

»Das heißt, eine Ausweitung der Ausschreitungen auf die Streitkräfte ist aus Ihrer Sicht ausgeschlossen?«

»Absolut. Ich kann die Besorgnis der Bürger natürlich verstehen. Nach dem Beginn der Unruhen habe ich sofort Kontakt zu den verantwortlichen Militärs ebenso wie den Zuständigen bei den Konstruktionsfirmen aufgenommen. Ich habe vor drei Tagen persönlich die Aurora-Orbitalstation aufgesucht und mir von Colonel Marault vom fünften Sturminfanterieregiment sowie Dr. Kim von Orpheus Genetics Bericht erstatten lassen. Beide haben mir explizit versichert, dass kein Grund zur Besorgnis besteht. Die Einsatzfähigkeit der Raumstreitkräfte wird durch die Revolte auf der Erde nicht berührt.«

»Das ist sehr erfreulich. Vielen Dank für das Gespräch, Herr Staatssekretär.«

Kareena beendete den Feed. Das übliche Politikergeschwätz. Nur die Erwähnung von Orpheus weckte ihr Interesse. Sie startete in den stationsintern verfügbaren Datenbanken eine Recherche nach dem im Interview erwähnten Dr. Kim. Sie wurde bereits misstrauisch, als ihre Agenten abgesehen von dem Interview, das sie schon kannte, nach einer halben Minute immer noch keine Ergebnisse lieferten. Kims gab es zwar haufenweise, aber keinen mit einer Verbindung zu Orpheus Genetics. Für eine Person, die immerhin von Staatssekretären der Europäischen Föderation konsultiert wurde, schien Dr. Kim ein recht unscheinbares Profil zu besitzen, zumindest in öffentlichen Quellen.

Sie rekonfigurierte die Agenten, so dass sie auch inoffizielle Datenbanken durchsuchten. Nun trafen nach und nach kleine Informationshäppchen ein. Das Bild, das sich abzeichnete, war dennoch bestenfalls als lückenhaft zu bezeichnen. Dr. Kim leitete die Entwicklungsabteilung von Orpheus und hatte wohl erheblichen Anteil an der Konstruktion der wichtigsten Produktlinien, insbesondere für die Omega-Klasse. Er trat aber offenbar nur selten öffentlich in Erscheinung. Persönliche Informationen über ihn fehlten vollkommen. Nicht einmal ein Bild war zu finden.

Es war zwar nicht grundsätzlich ungewöhnlich, dass die hellsten Köpfe der korporativen Forschungsinstitutionen wohlbehütet waren, aber Kareenas Neugierde war geweckt. Sie fügte eine Notiz zu ihrer Nachricht an Eric Vandemool hinzu. Falls es mehr über den geheimnisvollen Dr. Kim herauszufinden gab, hatte Vandemool mit Cynarians Ressourcen in Elysium City bessere Chancen, es zu finden.

Sie kappte die Verbindung zum ComNetz und wurde auf der Stelle wieder mit ihren gepeinigten Muskeln konfrontiert. Sie weigerte sich dennoch hartnäckig, die Schmerzmittel aus dem Drogenspender in ihre Adern zu pumpen, und sei es nur, um sich selbst zu beweisen, dass sie das aushalten konnte. Stattdessen rief sie Musik aus ihrem Speicher ab und lauschte den Klängen ihres Lieblingskomponisten Janarov. Es gelang ihr nicht, sich vollkommen auf die Melodien zu konzentrieren. Zu viele Gedanken tobten in ihrem Kopf. Aber die Musik entspannte sie ein wenig.

Sie starrte an die Wand des Schlafsargs und fragte sich ein weiteres Mal, welchen Sinn die ganzen Ermittlungen hatten. Auch wenn die Politiker weiterhin Beruhigungsparolen ausgaben, geriet die Lage in der Föderation gerade schrittweise außer Kontrolle. Die USI lachte sich ins Fäustchen, weil einer ihrer ärgsten Gegenspieler mit sich selbst beschäftigt war, und würde keine Probleme damit haben, Cynarians Ambitionen auf dem Jupiter gehörig zu durchkreuzen. Vielleicht konnte sie noch verhindern, dass Dan Aden Doc Stargazer in die Finger bekam und sein Gehirn genauso auslutschen würde wie das von Kurokawi. Aber welche Bedeutung hatte das eigentlich noch? Nun gut, für Stargazer war dieser Punkt nicht ganz unerheblich, aber Kareena arbeitete für Cynarian und nicht für den Doc. Letztlich schien es darauf hinauszulaufen, ihre und Sal Haggards Neugier zu befriedigen, was genau vor sich ging. Auf der anderen Seite hatte sie irgendwie das Gefühl, dass mehr dahintersteckte. Wäre der Doc irgendwo anders hin geflüchtet, wäre sie nicht so misstrauisch. Aber auf eine Station wie Aurora mit derart restriktivem Zugang ging man nicht einfach aus einer Laune heraus. Orpheus war das naheliegendste Ziel, aber welche Verbindung über die generelle Beschäftigung mit der humangenetischen Konstruktion hinaus zwischen dem Konzern und dem Doc bestand, entzog sich Kareena noch vollständig.

Ihre Gedanken begannen, sich im Kreis zu drehen. Auf Aurora würde sie vielleicht mehr erfahren. Aber erst einmal mussten sie dort hinkommen. Wenn die Mobilmachung der Föderations-Stoßtruppen ihr keinen Strich durch die Rechnung machte. Glücklicherweise betrafen die gewaltsamen Auseinandersetzungen nur die Oberfläche der Erde und nicht den Orbit. Was hatte Haggard gesagt? Ihr fehlte ein bisschen Dreck unter den Fingernägeln. Na ja, übertreiben musste sie es damit ja nicht. Ihre Ambitionen, in einen Krieg zu geraten, hielten sich in Grenzen.

Sie verdrängte die Gedanken an Orbitalstationen, Kriege und Konzernpolitik. Stattdessen rief sie sich Iescos Gesicht vor Augen. Ein Lächeln schlich sich auf ihre Lippen, sobald sie an ihn dachte. Auch wenn sie beide wohl niemals eine gemeinsame Zukunft haben würden, freute sie sich unbändig darauf, ihn wiederzusehen, und sei es nur für ein paar Stunden.

Ihre gemarterten Muskeln entspannten sich. Alles außer Iescos Gesicht, seiner Stimme, seinem Lachen verschwand aus ihrem Bewusstsein.

Mitten in der Kabine schwebend schlief sie ein.

28.11.2210, Flüchtlingslager Rheinberg, Föderationsgrenzzone, Erde

Vorsichtig stapfte Skip zwischen den menschlichen Leibern hindurch, die liegend und sitzend den Boden der Halle bedeckten. Der Gestank nach Schweiß und Exkrementen lag schwer in der Luft. Kranke und Verletzte stöhnten immer wieder auf. Schmutzige Gesichter starrten ihn an, während er sich seinen Weg bahnte. Die Zustände waren gelinde gesagt katastrophal. Und dennoch beschwerte sich niemand. Sie alle waren froh, es überhaupt bis hierher geschafft zu haben.

Skip erreichte sein Ziel. Inmitten der massigen Fleischberge – die meisten Insassen der Halle waren Alphas – hatte eine Gruppe kleinerer Mutanten sich niedergelassen. Auch sie gehörten der Zuchtlinie für schwere körperliche Arbeiten an, waren jedoch kleiner als Skip. Die Kinder stammten aus einem Ausbildungskader. Ihre Mentoren – Norms – hatten sie an die Grenze des Flüchtlingslagers geleitet, damit sie der Internierung entgingen. Jedes Mal, wenn Skip eine derartige Geschichte hörte, schöpfte er ein wenig Hoffnung, der Konflikt könnte doch noch friedlich beigelegt werden. Doch die meisten Berichte machten diesen zarten Schimmer schnell wieder zunichte. Jenseits des Lagers ging die Mutantenjagd gnadenlos weiter. Jeden Tag erreichten neue, noch schrecklichere Nachrichten die Verteidiger von Rheinberg. Skip mochte sie schon gar nicht mehr hören. Er konzentrierte sich lieber auf seine Aufgabe.

»Hier, für euch.« Er holte ein halbes Dutzend Essenspakete aus seinem Rucksack und verteilte sie.

Eines der Alpha-Kinder hauchte ein schüchternes ‚dankeschön‘, bevor sie alle sich gierig auf die einfache Mahlzeit stürzten.

Mehrere der Erwachsenen in unmittelbarer Nähe sahen sehnsüchtig herüber. Viele von ihnen hatten seit Tagen nichts mehr gegessen. Doch Skip wusste, dass niemand den Kindern etwas wegnehmen würde. Die Solidarität innerhalb der Mutanten war trotz aller Widrigkeiten ungebrochen.

Mit entschuldigendem Blick ging Skip zurück zum Eingang. Versprach hier, sich um weitere Lebensmittel zu kümmern, und sicherte dort zu, sich nach Schmerzmedikamenten für den schwer verwundeten Kameraden umzusehen. Er wusste, dass die meisten Wünsche unerfüllt bleiben würden. Doch er wollte die Illusion, dass alles wieder in den Griff zu kriegen wäre, nicht zerstören.

Auch auf den Straßen und in den Gassen hatten sich viele der Flüchtlinge eingerichtet, hockten in den Ecken unter Planen und Kartons. Anfangs hatte Skip sich bemüht, ihnen angemessenere Quartiere zuzuweisen, doch mittlerweile waren die Zustände in den verfügbaren Räumen und Hallen kaum besser.

Ein Paradies war Rheinberg noch nie gewesen. Zumindest nicht in den letzten hundert Jahren. Entstanden war das Lager über Jahrzehnte als Sammelplatz der Menschen, die vor der Ausbreitung der Ozeane ins Landesinnere geflüchtet waren, aber keinen Einlass in die schwer bewachten Städte und Territorien der Föderation gefunden hatten. Jetzt zogen diese Menschen weiter in noch ungastlichere Regionen. Sie machten jenen Platz, die in der Föderation um ihr Leben fürchten mussten, weil die natürlich geborene Mehrheit die genetisch Veränderten nicht mehr in ihrer Mitte dulden mochte. Mehr als die Hälfte der Neuankömmlinge gehörte der auf der Erde am stärksten verbreiteten Alpha-Klasse an. Der Rest waren Betas und einige seltener anzutreffende Modelle der Sigma- oder Eta-Klasse. Sie alle, die sonst nirgendwo in Europa mehr willkommen waren, hatten sich um Zerberus geschart, den Protektor, den Schutzherren aller Mutanten. Sie hatten Verteidigungslinien eingerichtet, Beobachtungsposten aufgestellt, sich so gut es ging auf den nächsten Überfall vorbereitet. Vieles hatte sich verändert in den zehn Tagen seit dem fehlgeschlagenen Angriff der föderierten Sicherheitskräfte.

Skip wandte seine Augen nach oben zu der schmierigen Plexiglasabdeckung über der Straße. Zumindest eines war gleich geblieben. Wie eh und je prasselte der Regen auf Rheinberg, der Jahreszeit entsprechend kalt, aber noch weit davon entfernt, als Schnee herabzufallen.

Skip stutzte, als er einen kleinen Lichtpunkt am Himmel entdeckte. Zuerst dachte er, es wäre eine der Drohnen, die das Lager permanent überwachten, doch innerhalb weniger Sekunden nahm seine Helligkeit rapide zu, bis das bläuliche Gleißen ihn beinahe blendete.

Die Erkenntnis, was das Licht bedeutete, traf ihn wie ein Schlag: Der Angriff hatte begonnen.

Auf der Stelle begann er zu rennen. Auch die Menschen um ihn herum blickten hinauf. Unruhe breitete sich aus. Eine Serie von Explosionen ließ den Boden erbeben. Skip zuckte zusammen, legte die letzten Meter geduckt zurück. Er riss die Türe am Ende der Gasse auf. In der Fabrikhalle, in der er die Neuankömmlinge in Empfang genommen hatte, liefen Leute wild durcheinander. Menschen schrien. Vom Raum nebenan drang lautes Krachen herüber. Der Boden und die Wände vibrierten. Staub und Putz rieselten von der Decke. Noch bevor Skip sich orientiert hatte, explodierte eine der Mauern in einer Wolke aus Ziegeltrümmern, Holzsplittern und verbogenen Stahlarmierungen. Er wandte sich ab, um sein Gesicht zu schützen. Als er wieder aufblickte, stand ein Monstrum wie aus einem Albtraum mitten im Raum. In dicken Panzerstahl gehüllte Beine trugen einen tonnenförmigen Leib, der selbst den massigsten Alpha-Klasse-Mutanten schmächtig aussehen ließ. An den stahlumhüllten Armen der Kreatur summten weißglühende Vibroklingen eine todbringende Melodie. Die gepanzerten Hände trugen eine längliche, doppelläufige Waffe. Über armdicke Leitungen war sie mit dem miniaturisierten Fusionsreaktor im Rückentornister verbunden. Skip hatte schon von Plasmaschleudern gehört und wusste, wie sie funktionierten. Aber er hatte noch nie in den Lauf der tödlichsten Infanteriewaffe des 23. Jahrhunderts geblickt. Die unablässig tastenden Laser der Sensorphalanx in dem flachen Helm zeichneten rote und blaue Muster in den Staub, der den Raum erfüllte.

Urplötzlich setzte das Ungetüm sich in Bewegung, griff mit einer stählernen Pranke zwischen die Trümmer, die den Boden bedeckten, und zog eine zappelnde Gestalt daraus hervor. Unter der Schicht aus grauem und rotem Staub erkannte Skip das Gesicht von Tora, einer Alpha, die erst vor ein paar Tagen zu ihnen gestoßen war. Ihre Hände umklammerten den Unterarm des Angreifers, konnten sich jedoch nicht aus dem schraubstockgleichen Griff befreien. Die glühende Klinge war nur wenige Zentimeter von ihrem Kopf entfernt.

»Wo ist Zerberus?«, dröhnte der Helmlautsprecher des Infanteriepanzers mit einer Lautstärke, die Skips Eingeweide erzittern ließ.

Aus einer Ecke des Raumes stürmte eine weitere Gestalt heran, einen schweren Gegenstand in den Händen. Skip konnte nicht genau erkennen, womit der Alpha auf den Eindringling eindrosch. Die einzige Wirkung war, dass die Waffe in einem Regen kleiner Splitter zersprang. Ohne Tora loszulassen, holte das stählerne Monster mit der Plasmaschleuder aus und rammte den Lauf mit voller Wucht gegen den Schädel des Alphas. Blut, Knochenfragmente und Gehirn spritzen durch den Raum.

»Wo ist Zerberus?«, wiederholte der Gepanzerte seine Frage.

Tora deutete in Richtung der Tür zum improvisierten Kommandoraum. Der Schraubstock löste sich. Die Mutantin fiel rücklings zu Boden. Die Düsen unter dem Tornister des Angreifers spuckten einen blauen Glutstrahl aus. Mit einem einzigen Satz sprang das Ungetüm über die unter ihm liegende Frau hinweg und mit den Klingen voran mitten durch die steinerne Wand, als bestünde sie aus Styropor. Die Tür verschwand. An ihrer statt öffnete sich ein rund doppelt so großes Loch in den Nebenraum. Mehrere der Anwesenden lösten sich aus ihrer Schockstarre und flohen auf die Straße. Tora rang immer noch nach Luft, schien aber ansonsten unverletzt. Skip rannte in die andere Richtung, dem Monstrum hinterher. Er musste Zerberus warnen, falls das überhaupt noch möglich war.

Schüsse fielen. Das harte Knallen einer Railgun. Durch das Loch in der Wand sah Skip, wie der Infanteriepanzer zuckte, als die Geschosse auf ihn einprallten. Ein gleißender Blitz erfüllte den Raum. Skip riss den Unterarm vor das Gesicht. Seine Ohren vor dem gleichzeitigen Donnergrollen zu schützen, gelang ihm nicht. Bunte Lichter tanzten vor seinen Augen. Ein hoher Piepston war für mehrere Sekunden alles, was er hörte. Nur langsam nahmen seine malträtierten Sinnesorgane wieder den Dienst auf. Was er sah, war ein Bild des Grauens. Eine einzige Salve der Plasmaschleuder hatte das Innere der Halle weitgehend zu Schlacke zerschmolzen. Helle Flecken an den ansonsten geschwärzten Wänden zeigten an, wo Sekunden zuvor noch Menschen gestanden hatten. Das stählerne Monster in der Mitte des Raumes bewegte sich gemächlich weiter, während seine Sensoren jeden Winkel der Umgebung abtasteten.

Skip rappelte sich wieder auf. Völlig benommen stand er in der zerstörten Wand und stolperte einen Schritt auf das Ungetüm zu. Er erstarrte, als der Laserstrahl einen Sekundenbruchteil lang auf ihm verharrte. Er erwartete einen weiteren Blitz. Einen, dem er nicht entrinnen würde. Doch der rote Sensorvorhang wanderte weiter. Skip schien nicht als Bedrohung eingestuft worden zu sein.

Der Boden zitterte. In der Ferne dröhnten weitere Explosionen. Der Angreifer war nicht alleine.

Eine Tür sprang auf. Mehrere Alphas stürmten herein, ihre Waffen im Anschlag.

»Nicht!«, schrie Skip und eilte in den Raum. »Waffen runter! Er tötet euch alle!«

Kein Schuss fiel.

»Wo ist Zerberus?«, meldete sich der Helmlautsprecher wieder.

Hinter den Mutanten rührte sich etwas. Sie rückten zur Seite, bildeten ein Spalier, die Mündungen ihrer Railguns und Sturmgewehre immer noch auf den Infanteriepanzer gerichtet, der ungerührt mitten im Raum stand. Zerberus schritt zwischen ihnen hindurch, dicht gefolgt von Valiant.

»Du suchst mich?« Der Protektor hielt eine Waffe in der Hand, hatte sie jedoch auf den Boden gerichtet. »Hier bin ich! Und was jetzt? Willst du mich töten? Bitte! Nur zu!«

Ohne Kommentar sprang der Infanterist auf den Mutanten zu und packte ihn mit seiner stählernen Pranke. Sofort eröffneten Zerberus' Begleiter das Feuer. Die Geschosse zeigten genau so wenig Wirkung wie zuvor. Jeden Moment erwartete Skip, dass die Plasmaschleuder wieder erwachte. Diesmal stand er mitten im Raum. Keine Chance, dem Tod zu entgehen. Als der nächste Blitz zuckte, blieb er aufrecht stehen, nur seine Augen schlossen sich unwillkürlich. Die Hitze der Plasmasalve brannte auf der Haut. Die Druckwelle der schlagartig überhitzten Luft drückte ihn zu Boden. Doch er war nicht tot.

Als er wieder sehen konnte, blickte er direkt in den Himmel. Regen fiel ihm ins Gesicht. Der Schuss hatte die Decke pulverisiert. Fetzen von Stahlträgern und Abdeckplatten rieselten herab. Skip senkte den Blick. Er sah, wie Zerberus die Plasmaschleuder umklammerte und die Mündung nach oben richtete. Jeder Muskel im Leib des Protektors schien zum Zerreißen angespannt, als er gegen die übermächtigen Servomotoren des Panzers ankämpfte. Sogar über das Klingeln in seinen Ohren hinweg hörte Skip den Alpha schreien, als sein Arm die Vibroklinge berührte. Mühelos durchtrennte die Waffe sein Fleisch. Doch er ließ nicht los. Sein Kontrahent holte mit dem linken Arm aus und ließ die Faust gegen Zerberus' Kopf krachen. Ein trockenes Knacken erklang. Der Leib des Alpha-Klasse-Arbeiters flog mehrere Meter durch den Raum, bevor er mit voller Wucht gegen eine der Wände prallte und verrenkt liegen blieb.

»Nein!« Valiant rannte zu ihrem Gefährten und schrie: »Nein! Nein! Zerberus!« Sie fiel über ihm auf die Knie und schüttelte ihn. »Zerberus! Steh auf!«

Er rührte sich nicht mehr. Unter seinem zerschmetterten Leib breitete sich eine Blutlache aus. Fernes Donnern zeugte davon, dass anderswo der Kampf fortgeführt wurde. Hier war er vorbei. Alle Augen waren auf den toten Alpha-Klasse-Mutanten gerichtet. Die Waffen schwiegen. Nur Valiants Schluchzen und das Platschen des Regens waren zu hören.

Zerberus war tot.

Der Mann, auf den sie alle ihre Hoffnung gerichtet hatten, war nicht mehr.

Die Gesichter der Alpha-Kinder erschienen vor Skips geistigen Auge. Nun würde sie niemand mehr beschützen. Es war zu Ende.

Ohne nachzudenken, ging Skip auf den Infanteristen zu. »Bist du nun zufrieden? Er ist tot!«

Die Sensorphalanx richtete sich auf ihn. Zielmarkierer tanzten über seine Brust. Es war ihm egal.

»Was glaubst du eigentlich, was du getan hast?«, schrie er Zerberus' Mörder entgegen. »Du bist doch ein Omega, oder? Ein Mutant, genau wie wir.« Er zeigte auf Zerberus. »Genau wie er. Glaubst du, euch Omegas mögen sie lieber als uns? Was meinst du eigentlich, wer die Nächsten sein werden, die sie internieren? Was, verdammt noch mal, tust du hier? Schlachtest deine eigenen Leute ab. Wofür?«

Die Plasmaschleuder richtete sich auf ihn. Der Helmlautsprecher donnerte ihm entgegen: »Zurück!«

Skip ließ sich nicht aufhalten. »Und wenn nicht? Bringst du mich auch um? Mach doch!«

Er stellte sich unmittelbar vor die Mündung der todbringenden Waffe. »Es ist doch ohnehin alles vorbei. Ihr bringt uns um, dann bringen sie euch um. Bis kein einziger Mutant mehr da ist. Menschheit gerettet. Mission erfüllt. Schieß doch! Mach endlich! Dann habe zumindest ich es schon mal hinter mir.«

Der Regen benetzte seine Haut, durchweichte seine Kleidung. Auch auf dem undurchdringlichen Helmvisier vor ihm hatte sich ein Wasserfilm gebildet. Was darunter vor sich ging, blieb Skip verborgen.

Eine scheinbare Ewigkeit verstrich. Skip fand keine Worte mehr, die er seinem Gegenüber ins unsichtbare Gesicht schleudern konnte. Seine Wut ebbte langsam ab. Was blieb, war purer Trotz. Er würde sich nicht internieren lassen. Er würde tun, was Zerberus gesagt hatte: aufrecht sterben und den anderen ein Beispiel geben. Wenn es das war, was das Schicksal oder wer auch immer für ihn vorgesehen hatte, dann sollte es so sein. Er würde sich nicht dagegen wehren, seinem Ende ins Auge blicken. Oder zumindest dorthin, wo er die Augen unter dem gepanzerten Visier vermutete.

Doch kein weiterer Blitz erfüllte den Raum. Keine Plasmaentladung verwandelte seinen Körper in eine Dampfwolke.

Stattdessen senkte sich die Waffe. Das Visier öffnete sich. Die obere Hälfte eines Gesichtes kam darunter zum Vorschein. Wie Skip vermutet hatte ein Mutant, Omega-Klasse. Eine Frau.

»Wer bist du?«, fragte sie, diesmal ohne die Verstärkung durch den Lautsprecher. Ihre Stimme klang rau und kehlig.

»Skip«, antwortete er automatisch. »Mein Name ist Skip.«

»Hast du keine Angst zu sterben, Skip?«

Er dachte kurz nach. »Nein.«

Sie sah ihm in die Augen. »Mein befehlshabender Offizier befiehlt mir gerade, dich zu töten. Dich und all die anderen.«

Skip schluckte. Unzählige Gedanken rasten ziellos durch sein Hirn. Die meisten davon handelten von seinem unmittelbar bevorstehenden Tod. Doch einer stach hervor. Er griff nach ihm. »Wie ist dein Name?«

Die Omega zögerte einen Moment, bevor sie antwortete. »Blackheart.«

»OK, Blackheart. Ist dein Befehlshaber ein Norm?«

Sie nickte. »Das ist er.«

»Wenn du dir von einem Norm etwas befehlen lassen willst, dann nur zu!«

Das Fauchen von Düsen erklang. Skip hob den Kopf. Durch das zerstörte Dach landeten zwei weitere Infanteristen auf blauen Plasmaschweifen in der Halle. Der Boden erzitterte, als sie hinter Blackheart aufsetzten. Sie hielten die Waffen im Anschlag. Nur Sekunden später landete noch einer zwischen den beiden. Skip fiel auf, dass sein Kampfanzug anders aussah. Er war kleiner und trug keine Plasmaschleuder, sondern nur eine automatische Railgun. Aus seinem Rückentornister sprossen diverse Antennen und Sensoren. Ein Kommandopanzer.

»Ja, Sir«, verkündete Blackheart. Skip benötigte einen Moment, um zu begreifen, dass sie in das Headset des Helmes sprach. Die Antwort konnte nur sie hören.

»Ja, Sir, ich habe verstanden.« Pause. »Nein, Sir. Das werde ich nicht tun. Er stellt keine Bedrohung dar.«

Skip hielt den Atem an.

Der kleinere Panzer trat einen Schritt zur Seite und auf Skip zu. Er hob die Mündung der Railgun. Ein weiteres Mal sah Skip dem Tod ins Auge. Schneller als er schauen konnte, bewegten sich die Gestalten vor ihm. Ein Blitz zuckte. Donner hallte durch den Raum. Schuttbrocken fielen vom Rand des riesigen Loches in der Decke auf den regennassen Boden. Wieder war Skip geblendet. Aber nicht getroffen. Er öffnete die Augen. Blickte durch die Lichtpunkte, die seine Netzhaut produzierte. Langsam klärte sich seine Sicht. Der Kommandopanzer lag rücklings auf dem Boden, die Front geschwärzt und angeschmolzen, die Railgun noch in der Hand. Blackheart stellte einen gepanzerten Fuß auf ihn und holte mit dem rechten Arm aus. Die Vibroklinge erwachte surrend zum Leben. Innerhalb einer Sekunde färbte sie sich von matt schwarz über glühend rot zu gleißend weiß. Die Railgun knatterte. Funken und Querschläger schossen durch die Halle. Der Arm der Omega-Kriegerin stieß abwärts. Dann kehrte wieder Ruhe ein. Die drei Omegas standen um ihren reglosen Kommandanten herum. Wo vorher das regennasse Helmvisier gewesen war, erkannte Skip nur einen schmalen Spalt mit zerschmolzenen Rändern. Die Visiere der beiden anderen Infanteristen öffneten sich. Darunter erschienen kantige Gesichter.

Das Fiepen in Skips Ohr verhinderte, dass er der Unterhaltung von Beginn an folgen konnte.

»… uns auch internieren«, war das Erste, was er mitbekam.

»Es ist trotzdem Meuterei«, beharrte einer der anderen Omegas. »Wir entehren das gesamte Regiment. Das können wir nicht tun.«

»Ist es etwa ehrenhaft, diese wehrlosen Mutanten abzuschlachten?« Blackhearts gepanzerter Arm machte eine ausholende Geste in den Raum. »Was wusste der Captain schon von Ehre? Er war nur ein Norm. Er hat uns nie verstanden.« Sie sah Skip an. »Dieser Beta dort hat mehr Ehre im Leib und vor allem mehr Mumm in den Knochen als jeder Offizier, den wir jemals hatten. Lieber folge ich ihm als nochmal einem dieser überheblichen Norms.«

Der andere Omega musterte Skip. »Wir können doch nicht einfach so zu denen überlaufen!«

Alle drei wandten sich Skip zu. Sechs schwarze Augen waren auf ihn gerichtet. Er sah sich hilfesuchend um, doch niemand sprang ihm zur Seite. Er atmete tief durch.

»Das habt ihr bereits getan«, warf er mit zittriger Stimme ein. Er zeigte auf den toten Kommandanten. »Die Entscheidung ist gefallen. Auch wenn ihr die anderen Föderationsoffiziere davon überzeugt, dass nur sie es gewesen ist«, er deutete auf Blackheart, »wird kein Norm euch jemals wieder vertrauen. Ihr seid raus. Zumindest aus der Föderation. Und vermutlich alle anderen Omegas auch. Keine Chance mehr, das zu ändern.«

Einer der beiden Männer sah Blackheart an. »Dafür bist du verantwortlich.«

»Und?«, entgegnete sie. »Was willst du dagegen tun? Der Beta hat recht. Spätestens jetzt werden die Norms keinen Unterschied mehr zwischen uns und den anderen Mutanten machen. Also entscheide dich, Thunderbolt! Entweder du tötest mich und kriechst weiter vor den Norms. Oder wir zeigen ihnen endlich einmal, wer wir sind. Das hier war überfällig. Das weißt du genauso gut wie ich. Wie oft hast du geprahlt, du lässt dir von den Nippelsaugern nichts mehr befehlen? Das hier ist unsere Chance und der da«, sie deutete auf Skip, »hat uns den Weg gezeigt.«

Alle Augen richteten sich wieder auf ihn. Auch die anderen Alphas und Valiant starrten ihn an. Das Blut wich aus Skips Gehirn. Die ganze Situation kam ihm einfach nur grotesk vor. Er fühlte sich vollkommen fehl am Platz.

»Ich …«, stammelte er.

»Du willst dich doch nicht etwa mit diesen Mördern verbünden«, kreischte Valiant. »Sie haben gerade Zerberus umgebracht!«

Er sah ihr in die Augen. »Was ist die Alternative? Sollen wir uns weiter gegenseitig töten? Wobei das vermutlich eher einseitig wäre.« Sein Blick wanderte zu den Plasmagewehren.

»Wir ...« Valiant stockte. Sah mit fassungsloser Miene Skip, die drei Omegas und die anderen ihrer Gefährten an. Niemand sagte etwas. In ihrem Gesicht wechselten sich Trauer, Zorn und Hilflosigkeit im Sekundentakt ab. Schließlich ging sie ein paar Schritte rückwärts und hockte sich wieder neben Zerberus' Leichnam auf den Boden.

Skip konnte sie verstehen. Vor wenigen Minuten hatten die Infanteristen noch überall im Lager gewütet. Ihre Freunde getötet. Zerberus getötet. Und jetzt lief alles auf eine Verbrüderung hinaus. Die Absurdität der Situation war kaum zu übertreffen. Aber er erkannte, dass sich gerade eine Möglichkeit eröffnete, das verloren geglaubte Spiel doch noch zu wenden. Und er war nicht gewillt, diesen Moment ungenutzt verstreichen zu lassen.

»Den ersten Angriff der Feds haben wir abgewehrt«, verkündete er an alle gewandt. »Aber das war ein Polizeieinsatz. Jetzt haben wir einen Krieg. Was das bedeutet, habt ihr alle gerade gesehen. Gegen militärische Ausrüstung haben wir nicht die geringste Chance. Entweder wir tun uns mit den Omegas zusammen oder wir werden allesamt sterben.« Er kam ins Stocken. Sah in die Gesichter um ihn herum. Sein Blick verweilte auf Valiant. »Ich kannte Zerberus nicht so lange wie du, Valiant, aber ich glaube, ich weiß, wie er sich entschieden hätte. Er hat jede Chance genutzt, die er kriegen konnte, und das hier ist eine Chance, die wir vermutlich nie wieder kriegen werden.«

Valiant rang um Worte. Einen Augenblick fürchtete Skip, sie würde ihm offen widersprechen, aber sie blieb stumm.

Er sah Blackheart an. »Wollt ihr mit uns zusammen kämpfen?«

Die gepanzerte Infanteristin blickte ihren Kameraden in die Augen. Beide nickten fast unmerklich.

»Skip hat recht«, sagte sie. »Wir sind die Nächsten, die sie internieren werden. Erst recht nach dem, was gerade passiert ist. Das ist eines Kriegers nicht würdig. Wir werden uns dagegen wehren. Wenn ihr das auch wollt, dann lasst es uns gemeinsam tun.«

Sie ging zu Zerberus' Leiche. Valiant stellte sich trotzig vor ihren toten Gefährten.

»Es tut mir leid, was geschehen ist«, fuhr Blackheart fort. »Ich habe zu spät erkannt, dass die Befehle, die wir hatten, unehrenhaft waren.« Sie zeigte auf den Leichnam. »Er war ehrenhaft. Ich wünschte, ich hätte das früher erkannt. Aber nun kann ich es nicht mehr ungeschehen machen.« Sie kniete sich vor dem Toten auf den Boden und hieb mit der gepanzerten Faust auf ihre Brust. Ihre beiden Kameraden taten es ihr gleich. »Zerberus, du warst ein würdiger Gegner. Wir erweisen dir unseren Respekt.«

Synchron verneigten sich alle drei und riefen: »Howgh!«

Skip und die anderen betrachteten das Ritual etwas befremdet. Doch alle erkannten die Bedeutung, die es für die Omegas hatte. Die drei Gepanzerten erhoben sich wieder.

Rhino ging auf sie zu. Er hielt Blackheart den Unterarm entgegen. Sie stieß ihren dagegen, die ausgeschaltete Vibroklinge zur Seite gedreht. Rhino ging zu den beiden anderen Omegas und wiederholte den Gruß.

Einer nach dem anderen kamen die übrigen von Zerberus' Getreuen und taten es Rhino gleich. Nur Valiant blieb abseits stehen. Als Letzter kam Skip an die Reihe. Sein Arm stieß gegen das massive Metall. Blackhearts dunkle Augen starrten ihn an, als würden sie in seine Seele blicken. Sie wirkte entschlossen, tatendurstig, kampfbereit. Doch ein kurzes Zucken in ihrer Wange verriet, dass sie von den Ereignissen genauso überrollt worden war wie Skip.

Allen anderen ging es genauso. Unschlüssig standen Alphas, Betas und Omegas im Regen. Warteten, was als Nächstes geschah. Die Situation war hoch instabil. Jeden Moment konnte die Chance, die sich gerade aufgetan hatte, durch eine winzige Unbedachtheit wieder zunichtegemacht werden. Jetzt galt es, Fakten zu schaffen, bevor es jemand anderes tat.

Skip straffte sich. »Nachdem das geklärt ist, wie groß ist euer Angriffstrupp?«

»Eine komplette Kompanie«, antwortete Blackheart. »Sechzig Mann.«

»Wie stehen die anderen siebenundfünfzig zu unserem Bündnis?«

Die Omega klopfte mit einem Finger auf die Sensorphalanx über ihrem Kopf. »Sie haben es gesehen. Keiner hat widersprochen. Wir werden noch mit ihnen reden, aber ich denke, die meisten sind dabei.«

»Wie schnell könnt ihr das herausfinden?«

Blackheart sah Skip angesichts seines Befehlstons ein wenig irritiert an, protestierte aber nicht. »Ich habe sie hierher gerufen, damit wir uns beratschlagen.«

»Tut das!« Er wandte sich an seine Gefährten. »Bringen wir erst mal Zerberus hier raus. Danach sehen wir, wie es weitergeht.«

Rhino und einer der anderen Alphas packten die Leiche des Protektors und trugen sie aus der Halle. Valiant ließ es geschehen und ging nebenher. Unter ihrem Auge glaubte Skip, eine Träne zu sehen, aber es konnte auch ein verirrter Regentropfen sein.

Sie betteten Zerberus Leichnam auf einer Liege im Nebenraum. Hier waren sie außer Hörweite der Omegas.

»Was machen wir, wenn sie sich dagegen entscheiden?« Rhino deutete mit dem Kopf in Richtung der Halle, aus der sie gekommen waren.

»Sterben«, erklärte Skip trocken. »Du hast ihre Waffen gesehen.«

Der Riese schnaufte hörbar.

»Wie steht ihr dazu?«, fragte Skip in die Runde. »Sollen wir uns mit den Omegas zusammentun?«

Rhino hob die Schultern. »Haben wir eine Wahl? Ich will leben. In Freiheit. Ohne die da draußen werden wir das nicht schaffen. Und gegen sie schon gar nicht.«

Zustimmendes Grummeln erklang vom Rest der Versammlung.

Valiant blieb abseits und schwieg.

»Und wie geht es jetzt weiter?«, fragte Tora, die sich zu der Gruppe gesellt hatte.

»Zuerst mal schauen wir, ob die Omegas wirklich alle bereit sind mitzumachen«, antwortete Skip. »Dann werden wir zusammen mit ihnen den weiteren Plan entwickeln. Wenn sie wirklich mit uns kämpfen wollen, haben wir ganz andere Möglichkeiten, als nur hier zu hocken und darauf zu warten, was die Feds als Nächstes tun.«

Plötzlich sprang Valiant auf und schrie in die Runde: »Wer hat den da eigentlich zum neuen Anführer gemacht?« Sie zeigte auf Skip. »Zerberus' Körper ist noch nicht mal kalt und ihr lauft dem hinterher, der sich mit seinen Mördern verbrüdern will? Das glaube ich ja wohl nicht!«

Skip wollte sie beschwichtigen, doch Rhino kam ihm zuvor. »Hör zu, Valiant! Zerberus' Tod ist uns nicht gleichgültig. Ohne ihn hätten wir es nicht bis hierher geschafft. Wir werden ihn nicht vergessen. Das hier ist sein Kampf. Aber am besten können wir ihn ehren, indem wir diesen Kampf so fortführen, wie er es getan hätte. Und ich gebe Skip recht: Zerberus hätte diese Chance genutzt. Alle Alternativen sind reiner Selbstmord.«

»Sich mit diesen Mördern zu verbünden, ist Selbstmord!«, kreischte Valiant hysterisch. »Das sind Omegas! Die sind nicht wie wir. Das sind Killermaschinen. Sie werden uns in den Untergang führen.« Sie sah Skip in die Augen. »Er wird uns in den Untergang führen.«

Rhino schüttelte den Kopf. »Sorry, Valiant, aber ich folge Skip.«

»Warum ausgerechnet ihm?«, wollte sie wissen.

»Weil er den Omegas genau so entschlossen entgegengetreten ist wie Zerberus. Sie respektieren ihn. Zerberus hat ihm vertraut. Und ich tue das auch. Wenn uns jemand aus der Scheiße holen kann, dann er.«

»Ich … das …«, stammelte Skip. Er hob abwehrend die Hände. »Ich danke dir für das Vertrauen, Rhino, aber ich bin kein Anführer.«

»Doch, das bist du«, warf Tora ein. »Ich habe gesehen, was du gerade getan hast. Ich wüsste niemanden, zu dem ich mehr Vertrauen hätte.«

Die anderen nickten zustimmend. Valiant war vollkommen konsterniert. Skip wollte Einspruch einlegen, aber er sah die Blicke, die auf ihn gerichtet waren.

Anführer?

Er hatte vielleicht ein paar Steine ins Rollen gebracht. Aber machte ihn das zum Anführer? Konnte er in Zerberus' Fußstapfen treten? In einer derart kritischen Situation?

Auf der anderen Seite: Wer sollte es sonst tun? Blackheart hatte sich an ihn gewandt. Sie respektierte ihn. Zumindest hatte sie das behauptet. Das würde ihnen zum Vorteil gereichen, wenn sie sich mit den Omegas zusammentaten. Und Valiant? Sie war vom Tod ihres Gefährten viel zu sehr getroffen, um rationale Entscheidungen fällen zu können. Objektiv betrachtet war der Entschluss durchaus gerechtfertigt. Aber würde das ausreichen?

»Danke«, brachte Skip schließlich hervor, »aber dafür brauche ich eure Hilfe. Alleine schaffe ich das nicht.«

Rhino klopfte ihm auf den Rücken. »Kriegst du. Versprochen.«

Skip sah zu Valiant. Sie erwiderte seinen Blick voller Trotz, sagte aber nichts. Skip wollte auch ihr Vertrauen gewinnen, doch ihm fielen keine Worte ein, die dazu geeignet wären. Er würde sich später um sie kümmern müssen. Im Moment gab es vordringlichere Aufgaben. Eine vage Idee formte sich in seinem Geist. Ein Wagnis. Vielleicht vollkommen undurchführbar, aber möglicherweise auch ein Weg aus ihrem aktuellen Dilemma.

Er atmete tief durch. »Also gut. Ich glaube, wir haben einiges zu tun. Sehen wir mal, wie weit unsere neuen Verbündeten sind.«

Gemeinsam kehrten sie zurück in die Halle. Nur Valiant blieb bei Zerberus' Leiche.

In der ehemaligen Kommandozentrale des Lagers hatten sich mittlerweile rund zwanzig der schweren Infanteristen versammelt.

Skip suchte Blackheart. Er fand sie in der Mitte des Pulks. Die Omegas bildeten eine Schneise für den Trupp.

»Wie sieht es aus?«, fragte er, als sie Blackheart erreichten.

»Bisher sind alle dabei«, antwortete sie.

»Wie viele Mutanten dienen in der Föderationsarmee?«

Sie sah ihn fragend an. »Insgesamt?«

Er nickte.

Sie überlegte kurz. »Es gibt fünf Sturmregimenter, das sind rund 1800 Mann. Fast alles Omega-Krieger. Dann noch ein paar hundert Eta-Piloten. Hauptsächlich Jäger und Jagdbomber. Dazu ein Haufen Betas und Sigmas in den Wartungs- und Instandhaltungseinheiten. Alles in allem sicher um die Fünftausend.«

»Könnt ihr mit denen Kontakt aufnehmen?«

Sie schüttelte den Kopf. »Das wird schwierig. Sie bombardieren uns jetzt schon mit satellitengestützten Störsendern.«

»Wie wäre es über die zivilen ComNetze?«

»Die kontrolliert die Föderation. Die werden wohl kaum unsere Nachrichten weiterleiten.«

Skip runzelte die Stirn. »Ich habe da vielleicht jemanden, der das regeln kann.«

»Einen Hacker?«

Skip grinste.

Blackheart sah ihn genau an. »Du hast einen Plan?«

Er nickte. »Ich denke, jetzt sollten wir ausnahmsweise mal in die Offensive gehen.«

»Na dann bin ich aber mal gespannt, Skip.«

Er schüttelte den Kopf. »Nicht Skip. Nenn mich Avenger!«

Er glaubte, einen Hauch von Anerkennung in ihrem Blick zu sehen. Eine Hürde hatte er genommen. Jetzt musste er sich nur noch selber überzeugen.

29.11.2210, Collins-Station, lunarer Orbit

Dreieinhalb Tage hatten sie auf der Collins-Station festgesessen. Die Zeit, die sie durch den Hochbeschleunigungsflug gewonnen hatten, war dahin. Kareena hoffte inständig, dass Dan Aden ähnliche Probleme hatte, nach Aurora zu gelangen wie sie. Ansonsten würde er ihnen ein weiteres Mal einen Schritt voraus sein. Und diesmal war das möglicherweise der entscheidende Schritt.

Von Eric Vandemool war noch keine Antwort auf ihre Anfrage eingetroffen. Sie war nicht einmal sicher, ob ihr Datenpaket bei ihm angekommen war.

Der Grund für die Verzögerung war, dass die Situation auf der Erde sich gerade massiv verschärfte. Unbestätigte Nachrichtenfeeds behaupteten, die Föderation hätte tatsächlich die Stoßtruppen in den Kampf gegen die aufständischen Mutanten geschickt, so wie Iesco es bereits angedeutet hatte. Falls dies der Wahrheit entsprach, war es ein Zeichen für den Ernst der Situation. Die Elite der föderierten Weltraumstreitkräfte war berüchtigt. Ihre Kampfkraft angeblich den Musha-Einheiten des Shigano-Kombinats beinahe ebenbürtig. Kareena mochte sich gar nicht ausmalen, was sich dort unten auf der Erde gerade abspielte.

Im Orbit war es zwar noch weitgehend ruhig, aber die Sicherheitsvorkehrungen wurden bereits erhöht. Was zur Folge hatte, dass Iescos Kampf gegen die Bürokratie etwas länger gedauert hatte. Vor drei Stunden war endlich die erlösende Nachricht gekommen. Er hatte alle Genehmigungen erhalten und war unterwegs.

Sofort hatten sie ihre Sachen gepackt und sich zu den Docks begeben. Hier warteten sie nun auf ihr ganz persönliches Taxi.

Durch die Panoramascheibe der Aussichtsplattform beobachtete Kareena die Aktivitäten an den Anlegestellen. Sie wusste nicht, mit was für einem Raumschiff Iesco kommen würde. Aber sie ließ es sich nicht nehmen, alle ankommenden Schiffe zu begutachten und zu raten, in welchem er sein könnte.

Behutsam stieß sie sich von dem Haltegriff ab und schwebte zum nächsten Fenster. Die vernarbte Oberfläche Lunas füllte die Hälfte von Kareenas Sichtfeld aus. Unzählige Meteoriten unterschiedlichster Größe hatten über Jahrmilliarden einen Flickenteppich überlappender Krater erschaffen. Da der Erdmond nicht einmal über eine dünne Atmosphäre wie der Mars verfügte, erreichten selbst die kleinsten der kosmischen Geschosse den Boden ungebremst. Trotz dieser ständigen Gefahr beherbergte Luna einige der größten menschlichen Siedlungen jenseits der Erde. Gut geschützt von gewaltigen Kuppeln und dem effizientesten Meteoritenabwehrsystem des gesamten Sonnensystems, das ganz nebenbei auch gegen angreifende Raumschiffe hochwirksam war, schlug hier das Herz der extraterrestrischen Konzernwelt. Rein wirtschaftlich hatte der Mars Luna mittlerweile weit hinter sich gelassen. Doch die Mondmetropole Selene City beherbergte sowohl den Sitz des Transnationalen Konzernrates als auch die Zentrale der United Space Industries, des mit Abstand machtvollsten Firmenkonglomerates im Sonnensystem. Auch Triple-A war hier beheimatet und wehrte sich weiterhin erfolgreich gegen alle Übernahmeversuche durch die USI. Iescos Arbeitsplatz lag auf dem AAA-Zentraldock im Orbit um Luna. Von dort aus war er gerade auf dem Weg hierher.

Etwas stieß gegen Kareenas Seite.

»'Tschuldigung«, nuschelte Phil. Er bewegte sich recht ungeschickt in der Schwerelosigkeit. Ein weiteres Mal hatte er seinen Schwung falsch eingeschätzt. »An diese Raumschiffe und Stationen werde ich mich wohl nie gewöhnen«, räumte er ein. »Entweder sie haben zu viel Schwerkraft oder zu wenig. Das ist nichts für mich.«

Kareena grinste. »Aber ohne ist es angenehmer, oder?«

»Das schon.« Er drehte sich immer noch unkontrolliert und versuchte verzweifelt, den Haltegriff neben dem Fenster zu fassen. Kareena packte ihn mit der freien Hand und zog ihn heran.

»Dankeschön«, sagte Phil. »Machen Sie das öfter? Ich meine, in der Schwerelosigkeit herumturnen?«

»Zumindest nicht zum ersten Mal«, gab sie zu.

»Sieht man.«

Kareena widersprach: »Wenn Sie glauben, ich wäre gut darin, dann schauen Sie mal dort rüber.«

Phil drehte sich mühsam in die Richtung, in die Kareena deutete. Nach kurzem Suchen entdeckte er unter den gut zwei Dutzend Besuchern der Aussichtsplattform das Pärchen, das sie meinte: ein Mann und eine Frau, nicht mehr ganz jung, beide mit spindeldürren Gliedmaßen. Mit minimaler Anstrengung tanzten sie durch den Raum, wichen scheinbar mühelos den anderen Menschen aus und beendeten jede ihrer Bewegung mit traumwandlerischer Sicherheit punktgenau am anvisierten Ziel.

»Wow«, schwärmte der Slag. »Die haben es echt drauf.«

»Spacer«, erklärte Kareena. »Sie verbringen ihr gesamtes Leben in der Schwerelosigkeit.«

»So sehen sie auch aus«, merkte Phil an.

»Ja, auf Stationen mit Rotationsgravitation oder auf der Oberfläche eines Planeten oder Mondes haben sie es schwer. Da brauchen sie meistens motorisierte Exoskelette, um sich überhaupt auf den Beinen halten zu können. Auf der Erde mit einem g auf jeden Fall. Aber hier sind sie in ihrem Element.«

»Allerdings.«

Er bewunderte die beiden noch eine Weile.

Kareena wandte sich wieder dem Panorama des Weltalls zu. Sie rief ein Astronomieprogramm aus ihrem Speicher und gab ihren aktuellen Standort ein. Das Programm lieferte eine Ansicht des Sternenhimmels, der sich gerade vor ihr ausbreitete. Sie überlagerte das virtuelle Bild ihrem realen Sichtfeld und fand schnell, was sie suchte. Sie merkte sich einen der helleren Lichtpunkte und schaltete die Projektion aus. Das war er. Der Mars. Mit ein bisschen gutem Willen konnte man sogar die rote Färbung erkennen. Kareena hatte erwartet, dass zumindest ein Hauch von Heimweh in ihr aufstieg. Aber der Anblick ließ sie erstaunlich kalt. Vielleicht lag es daran, dass sie sich gerade der Vorfreude auf ein ganz anderes Objekt ihrer Sehnsucht hingab. So richtete sie ihre Aufmerksamkeit dann auch bald wieder auf die nähere Umgebung der Station.

»Das da könnte er sein!« Kareena spürte die Erregung in sich aufsteigen.

»Was? Wer?«, fragte Phil.

»Dort. Das kleine Schiff.« Sie deutete durch die Scheibe nach draußen. »Die Zeit würde genau passen. Pünktlich war er schon immer. Fast auf die Sekunde. Das muss er sein. Kommen Sie!«

Sie packte Phil am Arm, stieß sich von der Scheibe ab und driftete mit ihm im Schlepptau zum Ausgang. Der Slag hinter ihr trudelte und schlingerte, aber sie zog ihn ohne größere Karambolagen von der Plattform. Sie wählte sich in den Stationscomputer ein und erkundigte sich, wo genau das gerade einfliegende Schiff anlegen würde. Das Navigationsprogramm blendete Richtungspfeile in ihr Sichtfeld ein. In einer Raumstation ohne Rotationsgravitation war dies außerordentlich hilfreich. In dieser Welt, in der Verbindungskorridore nicht nur nach links und rechts, sondern auch nach oben und unten abzweigten, stieß Kareenas auf zweidimensionale Strukturen geprägter Orientierungssinn an seine Grenzen. Mit den Pfeilen fand sie den Weg zu ihrem Zielort jedoch mühelos. Auf Phils Proteste gegen den unsanften Ritt durch das Labyrinth der Docks nahm sie keine Rücksicht. Sie hatte es eilig.

An der ausgewiesenen Anlegestelle waren bereits zwei Dockarbeiter – die kleinwüchsigen, untersetzten Körper wiesen sie unzweifelhaft als Sigma-Klasse Mutanten aus – damit beschäftigt, die Passagierbrücke auszufahren und an die Schleuse des Schiffes anzukoppeln.

»Die haben's aber auch drauf«, kommentierte Phil die eleganten Bewegungen der beiden Mutanten in der Schwerelosigkeit.

Kareena hörte nur mit einem halben Ohr zu. Ihre Aufmerksamkeit richtete sich auf die Schleusentüre. Als sie sich nach unendlich scheinenden Minuten endlich öffnete, fühlte sie sich beinahe wie ein Teenager beim ersten Date. Ihr Herz raste, als Iescos wirrer Haarschopf erschien. Er entdeckte sie sofort und schenkte ihr ein schelmisches Lächeln, widmete sich jedoch zuerst den Formalitäten. Als die beiden Dockarbeiter alle benötigten Dokumente hatten und sich anderen Aufgaben zuwandten, stieß Kareena sich etwas heftiger als notwendig von der Wand ab und schwebte direkt auf Iesco zu.

»Holla! Nicht so schwungvoll!«, protestierte er lachend, als sie in seinen Armen landete und ihn ein Stück zurückschubste.

Sie nahm sein Gesicht in ihre Hände und drückte ihm zur Begrüßung einen innigen Kuss auf den Mund. »Schön, dich zu sehen«, hauchte sie, als ihre Lippen sich wieder trennten.

Er grinste bis zu den Ohren. »So einen Empfang kriege ich zugegebenermaßen selten, wenn ich irgendwo anlege. Kostet dieser Service extra?«

Sie knuffte ihn gegen die Schulter. Sie erinnerte sich, wie viel Spaß es ihm gemacht hatte, sie mit seinen Witzen und spitzen Bemerkungen an den Rand des Wahnsinns zu treiben.

»Soweit ich mich erinnere, war das doch der ausgemachte Preis für den Transfer nach Aurora«, stichelte sie zurück. »Das war eine erste Anzahlung.«

»OK. Wann kann ich den Restbetrag anfordern?«

»Alles zu seiner Zeit.« Sie drehte sich um. »Das ist Theophilos, einer meiner beiden Begleiter. Phil, das hier ist Iesco.«

Der Slag hob schüchtern eine Hand. »Hi.«

Iesco driftete zu ihm. »Freut mich, Sie kennenzulernen. Kareenas Freunde sind auch meine Freunde.«

»Wie sieht es aus?«, wollte Kareena wissen. »Wann können wir weiter?«

Iesco zuckte mit den Schultern. »Von mir aus sofort. Die Tanks sind noch so gut wie voll. Und wenn wir innerhalb einer Stunde wieder abgelegt haben, halten die Liegegebühren sich im Rahmen.«

»Alles klar. Wir holen nur unser Gepäck und den dritten Mann.«

»Den Omega?«

»Musha«, korrigierte Kareena.

»Ist doch dasselbe.«

»Du wirst den Unterschied merken.«

»Wie auch immer«, gab Iesco klein bei, »ich bleibe so lange hier und warte auf euch.«

»Ähm«, machte Phil auf sich aufmerksam, »ich bin froh, dass ich an einem Stück hier angekommen bin. Könnte ich nicht auch …«

»Schon gut«, beschwichtigte Kareena, »bleiben Sie ruhig hier. Bis gleich.«

Eigentlich sogar eine gute Idee. Ohne den Slag war sie deutlich schneller. Sie hangelte sich durch die verschlungenen Korridore der Station vorbei an Dockarbeitern, die tonnenschwere Container von A nach B bugsierten, Reisenden, die ihre Shuttles suchten, und zahlreichen Spacern, für die die Mikrogravitation ihr Zuhause darstellte. Sie fand Hato dort, wo sie sich eine Stunde zuvor getrennt hatten, in der Bar neben der Null-g-Arena der Station. Der Mutant achtete allerdings nicht auf das Live-Hologramm der beiden hochgezüchteten Cyborgs, die sich gerade einen erbitterten Kampf mit surrenden Vibromessern und ultrascharfen Karbonklingen lieferten. Jedes Mal, wenn sie aneinander vorbeidrifteten und sich gegenseitig mit Hieben eindeckten, brachten sie die Menge zum Johlen.

Hato hatte sein ComLink in die Buchse in seinem Genick eingesteckt und widmete seine Aufmerksamkeit der virtuellen Welt.

Kareena stupste den Kampfmutanten vorsichtig an und wich auf der Stelle zurück, als er die Augen aufriss und in Abwehrhaltung ging. Sie fing ihren kurzen Flug an einer Haltestange ab.

»Alles OK«, beschwichtigte sie ihn. »Bin nur ich. Unser Taxi ist da. Wir können los.«

»Sie sollten sich die Nachrichten ansehen«, entgegnete Hato ernst.

Kareena war ein wenig aus dem Konzept. »Kann das nicht bis später warten?«

Er schüttelte den Kopf. »Nein.«

»OK«, gab sie nach, »welcher Feed?«

»Egal«, antwortete Hato. »Außer die offiziellen Kanäle der Föderation.«

Jetzt war sie alarmiert. Sie wählte einen ihrer Favoriten und startete die Top-Meldung. Sie schloss die Augen, um sich auf die Einblendung in ihr Sehzentrum zu konzentrieren. Sie sah zwei Gesichter, beides Mutanten. Ein Mann, vermutlich ein Beta. Daneben eine Omega-Klasse-Kriegerin, die ihn um einen halben Kopf überragte. Sie trug eine Kampfuniform der Föderations-Stoßtruppen.

»Ich bin Avenger, Protektor der Schutzzone Rheinberg«, begann der Beta. »Ich spreche für die Mutanten, die hier Zuflucht vor der

Verfolgung durch die Sicherheits- und Streitkräfte der Europäischen Föderation sowie den zivilen Lynchkommandos gesucht haben, die in den letzten Wochen Jagd auf Mutanten machen, ohne von den zuständigen Behörden daran gehindert zu werden. Nachdem vor eineinhalb Wochen ein erster Angriff der Föderation auf die Schutzzone gescheitert ist, wurden gestern mehrere Sturmkompanien der föderierten Raumstreitkräfte in Marsch gesetzt, um die Anführer des Widerstandes auszuschalten. Hier in Rheinberg gelang es ihnen zwar, Zerberus, der uns beigebracht hat, uns zu verteidigen, zu töten. Doch unser Wille, uns weiterhin zur Wehr zu setzen, ist ungebrochen. Bestärkt werden wir darin von den Mutantenkriegern der Stoßtruppen, die sich uns nach Ende der Kämpfe angeschlossen haben. Für sie spricht Kriegerin Blackheart, bis gestern Sergeant im Dienst der Föderations-Stoßtruppen.«

»Ich richte mich an alle Mutanten der Föderationsstreitkräfte, Omegas, Sigmas, Etas und alle anderen«, begann sie etwas holprig. Eine große Rednerin war sie nicht, aber ihre Entschlossenheit war spürbar. »Wir haben unser Leben in den Dienst der Föderation gestellt und waren auch bereit, dieses Leben für die Föderation zu opfern. Doch unsere Loyalität wurde mit Verrat belohnt. Die Föderation hat allen Mutanten den Krieg erklärt, auch euch. Hört nicht auf eure Kommandeure, wenn sie euch sagen, dass ihr von der Mutantenjagd verschont bleiben werdet! Sie wollen euch nur beschwichtigen, bis ihr durch Norms ersetzt seid. Dann werdet auch ihr interniert oder gleich getötet. Ich rufe euch auf, euch dagegen zu wehren. Unser Captain ist tot. Ich selbst habe sein Kommando beendet, als er mir befahl, wehrlose Mutanten zu töten. Wenn ihr nicht die Nächsten sein wollt, die gegen ihre eigenen Brüder und Schwestern in den Kampf geschickt werden, dann tut dasselbe! Ignoriert die Befehle, die sie euch geben! Steht auf und zeigt den Norms, dass ihr Krieger seid! Ich rufe euch alle zur Meuterei auf. Der Krieg hat begonnen. Wir haben nicht den ersten Schuss abgegeben. Aber ich habe keine Zweifel, dass wir den Norms überlegen sind. Steht auf! Kämpft! Steht zusammen! Sonst werden sie euch einen nach dem anderen töten. Blackheart Ende.«

Die beiden Mutanten verschwanden. An ihre Stelle trat ein Nachrichtenkommentator. »Diese Botschaft wird derzeit über inoffizielle Kanäle in allen Kommunikationsnetzen innerhalb und jenseits der Föderation verbreitet. Der offene Aufruf zur Meuterei aller Mutanten in den Streitkräften der Föderation hat offenbar bereits Früchte getragen. Die uns vorliegenden Meldungen sind noch unbestätigt, da bislang keine offizielle Stellungnahme des Föderationsrates vorliegt. Aber es gibt Hinweise darauf, dass auf zahlreichen Militärstützpunkten interne Kämpfe ausgebrochen sind. Insbesondere die Omega-Kompanien der Stoßtruppen scheinen sich dem Aufruf mehr oder weniger vollständig anzuschließen. Die Folgen sind derzeit nicht abzusehen. Mutanten machen zwar nur einen geringen Teil der Truppen der Föderation aus, doch insbesondere Elite- und Spezialeinheiten wurden in den letzten Jahren systematisch mit genetisch optimierten Soldaten besetzt.«

Kareena beendete den Feed. Sie spürte, wie ihr trotz der Schwerelosigkeit das Blut aus dem Gesicht gewichen war.

»Und jetzt?«, fragte Hato.

»Keine Ahnung«, entgegnete sie. »Gehen wir erst mal zu den beiden anderen. Dann sehen wir weiter.«

Sie holten ihr Gepäck aus dem Schließfach und machten sich auf den Weg zurück zu den Docks.

»Scheint so, als hätten Colonel Marault und Dr. Kim unrecht gehabt«, murmelte sie in Gedanken.

»Wer?«, fragte der Musha.

»Ach, ich habe vor ein paar Tagen ein Interview gesehen. Da waren die Föderationsmilitärs sich noch ganz sicher, dass ihre Mutanten loyal zur Föderation stehen würden. Sieht so aus, als hätten sie sich geirrt.«

Hato kommentierte ihre Erklärung nicht weiter. Er setzte wieder seine übliche steinerne Miene auf, aber irgendetwas an ihm störte Kareena. Sie konnte nicht genau sagen, was an ihm anders war. Kurzzeitig hatte er den Eindruck tiefer Besorgnis erweckt. Sie zog in Erwägung, ihn danach zu fragen, aber ein spontanes Bauchgefühl riet ihr davon ab. Sie machte sich eine gedankliche Notiz, der Sache zu einem späteren Zeitpunkt nachzugehen. Aber vorsichtig. Immerhin war er ein Musha.

»Noch eins.« Kareena erschrak beinahe, als der sonst so schweigsame Riese neben ihr spontan das Wort ergriff. »Ich habe Neuigkeiten vom Mars«, berichtete Hato, ohne sie anzusehen. »Wegen dem Vorfall mit Kurokawi. Er hat wohl massive Hirnschäden davongetragen.«

»Üble Sache. Der arme Kerl.« Kareena seufzte.

»Das ist aber noch nicht alles«, fuhr der Musha fort. »Die Spuren, die der gewaltsame Scan in seinem Kopf hinterlassen hat, sind wohl ... seltsam. Untypisch für eine Psychonautenattacke.«

Kareena sah ihn verwirrt an. »Untypisch?«

Hatos Kiefer mahlten. »Ich verstehe nicht viel davon. Die Mediziner, die ihn untersucht haben, sind sich wohl auch nicht ganz sicher. Sie haben den Verdacht, dass es kein Mensch war, der in Kurokawis Hirn eingedrungen ist.«

Kareena hielt sich an einer Strebe fest und stoppte ihre Drift durch die Schwerelosigkeit. »Kein Mensch? Was denn dann? Hirnscans können nicht automatisiert werden. Dafür braucht es kreatives Denken. Das können nur Menschen, oder ist mir da etwas entgangen?«

Sie setzte sich wieder in Bewegung, als Hato ungerührt weiter schwebte.

»Wie gesagt«, fuhr er fort, »die Ärzte wissen auch nicht, was passiert ist.«

»Also«, schlussfolgerte Kareena, »wenn es kein Mensch war, der Kurokawis Hirn gescannt hat, aber trotzdem zu kreativem Denken fähig war, dann bleiben nicht viele Möglichkeiten übrig. Und keine davon gefällt mir besonders gut!«

»Deswegen habe ich Sie gewarnt«, stellte Hato ungerührt fest. »Damit Sie wissen, womit wir es eventuell zu tun bekommen.«

Hiermit schien das Thema für ihn erledigt zu sein. In Kareenas Kopf schwirrte es nur noch. Im Augenblick kam mal wieder eine Hiobsbotschaft nach der anderen. Erst der offene Aufruf zur Meuterei von den Mutanten, jetzt die obskuren Andeutungen ihres Begleiters. Es ging gerade alles mächtig durcheinander. In solchen Situationen hatte sie gute Erfahrung damit gemacht, sich zuerst einmal um das naheliegendste Problem zu kümmern und den Rest zu verschieben. Immer schön eines nach dem anderen. Das Wichtigste war im Augenblick ihre Passage nach Aurora. Also auf zu den Docks. Den Rest würde sie später angehen.

Der Anlegeplatz war verlassen, als sie ankamen. Aber der Durchgang zu Iescos Schiff stand offen. Kareena driftete hinein, ihr Gepäck vor sich her schiebend. Hato folgte ihr.

Die Schleuse führte in die Messe des Schiffes. Sie bot Platz für rund ein halbes Dutzend Leute und war raumschiffüblich spartanisch und zweckmäßig eingerichtet. Als sie hereinkamen, wandten Iesco und Phil sich von dem Hologramm über dem Tisch in der Mitte des Raumes ab und sahen sie an. Kareena erkannte in der Projektion die beiden Mutanten aus dem Feed wieder.

»Wir haben ein Problem«, stellte Iesco fest.

»Wir haben es schon gesehen«, erwiderte Kareena. »Ist Aurora betroffen? Du sagtest, dort befindet sich eine Kaserne der Föderations-Stoßtruppen.«

»Ich wollte gerade Kontakt zu meinen Leuten dort aufnehmen.« Die Heiterkeit, die sonst jede Äußerung des Ingenieurs begleitete, war vollständig verschwunden. Kareena bemerkte den besorgten Blick, den er dem Mutanten in ihrem Schlepptau zuwarf.

»Keine Sorge«, sagte sie. »Hato ist in Ordnung, nicht wahr Hato?«

»Meine Loyalität gehört uneingeschränkt dem Shigano-Kombinat«, verkündete der Mutant. »Mein Auftrag lautet, Captain Toran zu unterstützen.«

»Na dann ist es ja gut.« Aus Iescos Stimme waren noch nicht alle Zweifel verschwunden. Er nahm ein Datenkabel und verband den Stecker mit seinem neuralen Interface. Sein Blick wandte sich einem unbestimmten Punkt in der Unendlichkeit zu, während seine Wahrnehmung im Kommunikationsnetz verweilte.

»Sieht nicht so gut aus«, bemerkte Phil.

»Nein«, bestätigte Kareena, »wirklich nicht.«

»Dem kann ich nur zustimmen«, erklang eine weibliche Stimme aus einem Lautsprecher des bordinternen ComSystems.

Hato und Kareena stutzten und sahen sich um.

»Das ist Ellie«, stellte Phil die Unbekannte vor. »Ellie, das sind Kareena und Hato.«

»Hi«, trällerte die Lautsprecherstimme. Kareena entdeckte eine kleine Kamera unter der Decke, die in ihre Richtung sah.

»Hallo?«, gab Kareena fragend von sich.

»Ellie ist, wenn ich das gerade richtig verstanden habe, hier irgendwo im Schiff eingebaut«, erklärte Phil.

»Eingebaut?« Kareena war verwirrt.

»Eine intelligente Steuereinheit«, mutmaßte Hato. »Biologisch oder KI?«

»KI?!« Ellie klang aufrichtig entrüstet. »Diese sogenannten Künstlichen Intelligenzen können vielleicht Schach spielen, aber kein Raumschiff fliegen! Zumindest nicht die legalen.«

»Also biologisch«, schlussfolgerte der Omega. »Mutant?«

»Nix Mutant! Alles natürlich gewachsen, wenn auch vielleicht ein bisschen schief.«

Kareena erinnerte sich dunkel an ein Memo, das sie vor ein paar Jahren gelesen hatte. »Sind Sie einer dieser Slags mit körperlichen Gebrechen, aber hoher Intelligenz, die zur direkten neuronalen Steuerung von Maschinen eingesetzt werden?«

»Maschinen!«, äffte Ellie Kareenas Wortwahl nach. »Das hier ist eine der heißesten Jachten des Sonnensystems! Nicht irgendeine Maschine. Und außerdem bin ich ein ‚du' und kein ‚Sie'. Wir sind hier zwanglos an Bord.«

»Ist in Ordnung. Aber ich dachte, diese Steuereinheiten-Programme wären eingestellt worden, weil …« Kareena unterbrach sich, als ihr bewusste wurde, dass sie sich gerade mit einer Betroffenen unterhielt.

»Weil die meisten irre geworden sind«, vervollständigte Ellie den

Satz. »Sprich es ruhig aus! Stimmt ja auch. Ich bin wohl eines der wenigen Exemplare, die übrig geblieben sind.«

»Ellie ist ein Prototyp.« Alle Augen und die Kamera unter der Decke richteten sich auf Iesco. Unbemerkt war er aus den Weiten des Com-Netzes zurückgekehrt. »Ist aus den genannten Gründen nie in Serie gegangen, aber sie ist OK. Eine der besten Testpilotinnen der ganzen Firma.«

»Eine der besten?!«, warf Ellie ein. »Sag ruhig: Die beste! Damit kommst du der Wahrheit schon recht nahe.«

Iesco warf der Kamera einen tadelnden Blick zu. »In jedem Fall mangelt es ihr nicht an Selbstvertrauen. Wir verwenden die Hugin als Experimentierplattform für neue Antriebe und andere Komponenten. Ellie findet zuverlässig raus, was funktioniert ...«

»... und wo ihr Ingenieure mal wieder eine idiotische Schnapsidee hattet.«

»Ist ja gut«, beschwichtige Iesco sein körperloses Gegenüber. »Und wenn gerade mal nichts getestet wird, führen wir sie gerne mal ein wenig aus, so wie jetzt. Denn wenn ihr langweilig wird, ist sie unerträglich.«

»Interessante Freundinnen hast du dir zugelegt«, unterbrach Kareena den Schlagabtausch. »Aber jetzt erzähl mal! Was ist mit Aurora?«

»Scheint ruhig zu sein«, berichtete der Ingenieur. »Die Stoßtruppen, die auf Aurora stationiert waren, sind größtenteils auf der Erdoberfläche. Diese Omega, Blackheart, und ihre Einheit gehören wohl dazu.«

»Das heißt, wir können dorthin?«

Er zuckte mit den Schultern. »Wenn die zivilen Mutanten auf Aurora nicht auch noch durchdrehen.«

Kareena sah ihn tadelnd an. »Was meinst du mit ‚durchdrehen'?«

Iesco war sichtlich erstaunt über ihren Einwand. »Naja, ich finde es schon recht ungewöhnlich, was da gerade passiert. Erst das mit den Freigeborenen, jetzt rebellieren sie offen.« Er warf Hato einen verstohlenen Seitenblick zu. Der Kampfmutant blieb völlig ungerührt.

»Sie fordern nur das ein, was ihnen vorenthalten wurde.« Kareenas Worte gerieten ein wenig schärfer, als sie beabsichtigt hatte.

Iesco sah sie überrascht an, »Ich wusste gar nicht, dass du dich diesen radikalen Menschenrechtlern angeschlossen hast.«

»Habe ich nicht«, konterte sie schnippisch. »Aber ich habe in letzter Zeit ein paar Dinge gelernt.«

Er grinste. »Dagegen ist nichts auszusetzen. Was ich sagen wollte: Im Augenblick spricht nichts dagegen, dass wir nach Aurora fliegen.«

Kareena erwiderte sein Lächeln. »Gut. Dann los!«

Iesco stöpselte sich aus und schloss die Luke der Schleuse. »Macht euer Gepäck fest und kommt mit! Im Cockpit sind genug Liegen für alle. Für den Start seid ihr dort am besten aufgehoben.«

Sie folgten seinen Anweisungen. Als Kareena hinter dem Ingenieur in die Kanzel glitt, sah sie sich überrascht um. »Was ist das denn für ein Chaos?«

»Ich habe doch gesagt, du sollst noch aufräumen, bevor wir Gäste an Bord nehmen«, tadelte Ellie ihn.

Iesco hatte bereits in der einzelnen Pilotenliege Platz genommen und den Steuercomputer mit seinem Interface verbunden. »Entschuldigung. Ist alles ein bisschen provisorisch eingerichtet, damit man die verschiedenen Geräte leichter auswechseln kann. Eigentlich sehen die meisten Raumschiffe so aus. Ist nur normalerweise alles unter Abdeckungen versteckt.«

Trotz Iescos Erläuterung fand Kareena das Gewirr von Kabelsträngen, offenliegenden Schaltkreisen und blinkenden Lämpchen ein wenig beunruhigend. Für Phil, der ihr folgte, war es vermutlich das erste Mal, dass er ein Raumschiffcockpit betrat. Von daher nahm er keinen Anstoß an der Einrichtung. Hato zog die Augenbrauen hoch, behielt seine Meinung aber für sich.

Sie alle nahmen auf den Liegen Platz und schnallten sich an. Phil bewegte sich schon deutlich sicherer in der Mikrogravitation. Der Slag lernte schnell. Für den Musha war die Liege ein wenig klein, aber er schaffte es, eine halbwegs angenehme Position einzunehmen.

Kareena nahm den unförmigen Klotz in Augenschein, der den Platz ausfüllte, wo sie bei einem handelsüblichen Schiff dieser Klasse die zweite Pilotenliege vermutet hätte.

»Bist du da drin, Ellie?«, fragte sie.

»Jep«, bestätigte sie. »Zumindest der Teil von mir, der zum Fliegen eines Raumschiffes gebraucht wird.«

Kareena überlegte, wie sie die Frage, die ihr auf der Zunge lag, möglichst taktvoll stellte.

Phil kam ihr zuvor: »Und welcher Teil ist das?«

»Hauptsächlich mein Gehirn. Deshalb nennt man unsereins ja auch Brainies. Und dazu noch die Organe, die notwendig sind, um das Hirn am Leben zu erhalten.«

Kareenas Hoffnung, er würde sich die nächste Frage verkneifen, wurde nicht erfüllt.

»Und der Rest?«

»Entsorgt.« In Ellies Worten klang keine Spur von Bedauern mit. »Aber ich habe mit meinen Armen und Beinen ohnehin nie viel anfangen können. Wie gesagt, alles ein bisschen schief gewachsen. Stattdessen habe ich diesen fantastisch schnittigen fusionsgetriebenen Flitzer bekommen. Ich finde, das war ein fairer Tausch.«

»Wie lange bist du schon da drin?«, fragte Kareena.

»Sechs Jahre, zwei Monate und 17 Tage.«

Das Vibrieren der anspringenden Triebwerke unterbrach die Unterhaltung.

»Alles klar zum Start«, verkündete Iesco. Mit einem Ruck löste die Hugin sich von den Halteklammern der Anlegestelle und ritt auf den Strahlen der Manövrierdüsen. Mit minimaler Beschleunigung bugsierten Ellie und Iesco sie aus dem Dock und in sicheren Abstand von der Station. Durch die Sichtfenster erhaschte Kareena noch einen kurzen Blick auf die scheinbar wirr zusammengefügten Module der Collins-Station. Dann drehte das Schiff sich und die Beschleunigung der Fusionstriebwerke drückte sie in die Liege. Luna zog durch das Blickfeld. Auf der dunklen Seite des Mondes waren die großen Siedlungen als strahlende Flecken zu erkennen. Die berühmten Kuppeln von Selene City und ihren Trabantenstädten bildeten ein weiß leuchtendes Netz, das sich über Hunderte Kilometer erstreckte. Dann verschwand Luna hinter dem Rand des Fensters und machte Platz für ein kleineres, bläuliches Objekt.

»Ist das die Erde?«, frage Phil.

»Ja«, antwortete Kareena.

Vor vielen Jahren war sie schon einmal dort gewesen. Sie mochte die Erde nicht besonders. Sie hatte sich nie daran gewöhnen können, sich unter freiem Himmel aufzuhalten und das Innere der riesigen, vollkommen überbevölkerten Städte hatte auf sie nur abstoßend gewirkt. Sie erinnerte sich noch an ihre Erleichterung, als ihr Aufenthalt zu Ende war und sie wieder zum vertrauten Mars zurückgekehrt war. Trotzdem konnte auch sie sich der Magie des Blauen Planeten nicht entziehen. Bis vor knapp zweieinhalb Jahrhunderten hatte kein Mensch jemals diese Kugel verlassen. Selbst für die Menschen, die wie Kareena in den Kolonien geboren und aufgewachsen waren, stellte die Erde auf eine abstrakte Art immer noch ein Stück Heimat dar. Sie war nicht böse, dass sie sich der blauen Kugel bei diesem Besuch nur bis zum Orbit nähern würden. Aber der Wiege der Menschheit so nahe zu kommen, war auch für sie etwas Besonderes.

»Waren Sie schon mal auf der Erde?«, fragte sie in Hatos Richtung.

»Nein«, antwortete der Mutant.

Aus dem Augenwinkel sah sie, wie sein Blick an dem kleinen Fleck inmitten der undurchdringlichen Schwärze des Alls klebte. In gewisser Weise fand sie es beruhigend, dass auch der geborene Krieger sich dem Zauber, der sie erfasst hatte, nicht entziehen konnte.

Iesco löste derweil seine Gurte. »So, wir sind auf Kurs. Ich hoffe, ein halbes g ist in Ordnung. Wir werden in rund fünf Stunden ankommen.«

Fünf Stunden bis Aurora. Fünf Stunden bis zum nächsten Ziel ihrer Reise. Was erwartete sie dort? Doc Stargazer? Dan Aden? Ein Krieg? Mutanten gegen natürlich Geborene? Kareena biss die Zähne zusammen. Der kalte Krieg der Ares-Republik gegen das Shigano-Kombinat, die ewigen Kämpfe der Konzerne untereinander, das nicht endende Gerangel um Einfluss und Positionen in der internen Konzernhierarchie, all dies hatte seit jeher ihr Leben bestimmt. Damit kam sie zurecht. Das, was gerade in der Föderation geschah, war etwas anderes. Der Aufstand der Mutanten war unkalkulierbar. Kein strategisches Planungsbüro konnte hierfür eine auch nur halbwegs akzeptable Nutzen-Risiko-Analyse erstellen. Und sie flog mitten hinein.

Sie machte sich nichts vor. Es war eine gefährliche Reise. Die Angst, die sie verspürte, war der Situation durchaus angemessen. Aber für die nächsten fünf Stunden war ihr all das erst einmal egal. Sie war wieder bei Iesco.

»Hat dieses nette Schiffchen auch ein Passagierabteil?«, fragte sie ihn.

»Ja, klar. Die Hugin ist für Langstreckenflüge ausgelegt. Wir haben Kabinen für acht Passagiere. Ist aber nicht luxuriös.«

»Macht nichts. Führst du mich mal rum?«

»Oh oh!«, tönte Ellie aus dem ComTerminal. »Muss ich meine Kameras in den Kabinen abschalten?«

Iesco grinste bis zu den Ohren. »Das wäre freundlich.«

An Phil und Hato gewandt fuhr er fort: »Ihr kommt soweit klar? Wenn ihr irgendwas braucht, wendet euch an Ellie! Sie hilft gerne, nicht wahr, Ellie?«

»Aber sicher. Nun verzieht euch schon, ihr Turteltäubchen!«

Auch Phil grinste sie aufmunternd an. Hatos Miene ließ wie üblich keinerlei Gefühlsregung erkennen.

»Na dann schreite ich mal zur persönlichen Führung.« Iesco hielt ihr einen Arm hin. Sie hakte sich ein und ließ sich aus dem Cockpit führen.

»Das hier ist meine persönliche Kabine.« Er öffnete die Tür zu einem kleinen Zweibettzimmer. Eines der Betten war aufgewühlt, auf dem anderen lag eine halb ausgepackte Reisetasche.

»Entschuldige die Unordnung. Ich hatte nicht geplant, schon auf dem Flug ...«

Sie unterbrach ihn, indem sie seinen Kopf mit beiden Händen packte, ihre Lippen auf seinen Mund presste und ihn rücklings auf das Bett drückte.

Für ein paar kurze Stunden vergaß Kareena ihren Auftrag, den beginnenden Bürgerkrieg in der Föderation und das gesamte restliche Universum jenseits der Wände der kleinen unaufgeräumten Kabine. Sie gab sich ganz der Zweisamkeit mit Iesco hin. Nur das Wendemanöver am Scheitelpunkt der Flugbahn riss sie kurz aus ihrer intimen Welt und wies unsanft darauf hin, dass die Hälfte der Zeit vorbei war. Sie kehrten aber schnell wieder zurück in ihr kleines Reich, in dem nur Platz für zwei Personen war. Erst, als Ellie sich meldete, wurde sie endgültig in die Realität zurückgerissen.

»Ähm. Hallo Iesco? Ich hoffe, ich störe nicht übermäßig. Wir sind im Anflug auf Aurora. Der Tower fragt gerade nach unseren Flugdaten, und da du der offizielle Skipper bist, wollen sie das alles gerne von dir hören.«

»Bin unterwegs«, grummelte der Angesprochene.

Nur widerwillig löste Kareena ihre Umarmung und ließ ihn aufstehen.

»Das ist das Problem mit Ellie«, erklärte er, während er seine rund um das Bett verteilten Kleidungsstücke zusammensuchte und hineinschlüpfte. »Obwohl niemand, den ich kenne, ein Raumschiff so virtuos fliegen kann wie sie, ist sie nicht offiziell als Pilot registriert. Von den meisten Behörden werden die Brainies nicht anerkannt.«

Auch Kareena setzte sich auf. Er beugte sich zu ihr hinab und drückte ihr noch einen Kuss auf den Mund. »Bis gleich.«

Er ging hinaus.

Kareena seufzte. Es war unklar, wann sie erneut Zeit füreinander finden würden. Auf Aurora warteten wieder ihr Auftrag und der unerbittliche Rest der Welt auf sie. Lustlos begann auch sie, ihre Kleider zusammenzukramen. Beiläufig warf sie einen Blick über Iescos Habseligkeiten, die auf dem zweiten Bett verteilt lagen. Ein verzierter Mini-Holoprojektor erregte ihre Aufmerksamkeit. Sie schaltete das Gerät ein und über dem Display erschien Iescos Bild zusammen mit einem Kind, vielleicht drei oder vier Jahre alt. Die beiden umarmten sich liebevoll. Kareena stutzte.

»Ellie?«, fragte sie. »Bist du da?«

Die Antwort ließ eine Sekunde auf sich warten. »Jetzt ja. Kann ich helfen?«

Kareena betrachtete weiter das Hologramm. »Weißt du, wer das ist? Das Kind?«

»Das ist Paul, Iescos Sohn.«

Kareena war wie vom Blitz getroffen. »Iesco hat einen Sohn?«

»Oops! Hätte ich das nicht sagen sollen?«

»Doch, doch. Ist schon OK«, log Kareena. »Ich bin bloß überrascht. Wer ist die Mutter?«

»Ihr Name ist Jasi. Ganz nett, aber ziemlich schwierig. Ich habe ihm von Anfang an gesagt, er soll da aufpassen, aber er hört ja nicht auf mich. Hat dann auch nicht lange geklappt. Die beiden haben sich schon vor einiger Zeit getrennt. Zwei Jahre oder so. Sorry, ich muss mich jetzt um das Andockmanöver kümmern.«

»Schon gut«, erwiderte Kareena. »Nur eine Sache noch: Erzähl bitte Iesco nicht, dass ich in seinen Sachen gestöbert habe. Ist mir unangenehm.«

»Geht klar.«

Das ComLink schaltete sich ab.

Ein Kind.

Iesco hatte ein Kind.

Mit einer anderen Frau.

Kareena brauchte ein paar Minuten, um sich wieder zu fassen. Eigentlich war ihr im Augenblick nicht danach zumute, zu den anderen zurückzugehen. Sie wollte alleine sein. Aber das ging nicht. Sie musste sich zusammenreißen. Sie war die Anführerin dieser bunten Truppe auf dem Weg in den Erdorbit. Sie konnte sich jetzt nicht einfach ausklinken. Die Pflicht rief.

Sie kleidete sich an und ging ins Cockpit.

Alle anderen lagen bereits in den Liegen. Iesco war in den Steuercomputer eingestöpselt. Die übrigen Passagiere warfen ihr nur einen kurzen Blick zu, bevor sie sich wieder dem Bildschirm über ihnen zuwandten. Unaufgefordert nahm auch Kareena ihren Platz ein und schnallte sich an. Da die Hugin während des Bremsmanövers ihrem Ziel das Heck mit dem Antrieb zeigte, war das Bild auf dem Schirm eine Einblendung der rückwärtigen Kamera. Der blaue Plasmastrahl des Triebwerks ragte weit ins Bild hinein. Der Großteil des Schirms wurde von der Erde ausgefüllt. Majestätisch breiteten sich weiße Wolkenwirbel über tiefblaue Ozeane und braune Landmassen aus. Der Anblick zog Kareena sofort in seinen Bann und ließ sie für den Moment ihre Sorgen vergessen.

Etwas abseits der Erdoberfläche war ein weiteres, viel kleineres Objekt zu erkennen, das langsam größer wurde. Ein in sattem Grün im Sonnenlicht glänzender Zylinder, anfangs noch unscheinbar. Doch mit jeder Minute, die sie sich näherten, kamen die Ausmaße der Orbitalstation deutlicher zum Vorschein. Kareena hatte sich über ihr Reiseziel informiert. Die Station befand sich in einem niedrigen Orbit, etwa achthundert Kilometer über der Erdoberfläche. Sie war ein modernes, tonnenförmiges Großhabitat, rund eineinhalb Kilometer lang bei einem Durchmesser von mehr als fünfhundert Metern. Betrieben wurde Aurora von einer unabhängigen Holding, deren Anteile hauptsächlich von den auf der Station ansässigen Konzernen und der Europäischen Föderation gehalten wurden. Aurora besaß einen der größten Freihäfen im Erdorbit. Der Warenumschlag von interplanetaren Transportern auf Shuttles zur Erdoberfläche und umgekehrt war mit Abstand der wichtigste Wirtschaftszweig. Die Sektoren jenseits der Docks waren nur mit speziellen Genehmigungen zugänglich. Glücklicherweise hatte Iesco ihnen diesbezüglich helfen können.

Die grüne Farbe stammte von den Algenfarmen, die die gesamte Station umhüllten. Die genetisch konstruierten Hochleistungspflanzen versorgten die Station mit Sauerstoff und halfen bei der Abwasseraufbereitung, indem sie sich von menschlichen Ausscheidungen ernährten. Außerdem konnten sie geerntet und zu Lebensmitteln verarbeitet werden, wenn auch nicht zu besonders hochwertigen. Und nicht zuletzt schirmten die mehrere Meter tiefen Wassertanks, in denen sie wuchsen, die Station vor kosmischer Strahlung ab.

Je näher sie kamen, umso mehr Details wurden sichtbar. Die Rotation, mit der im Inneren des Zylinderhabitats die Schwerkraft simuliert wurde, war nun deutlich zu erkennen. Nur die zentrale Achse mit den an beiden Enden aus dem Zylinder ragenden Docks und den fächerartigen Radiatoren stand still.

Irgendwo in diesem Gebilde befand sich mit etwas Glück der Mann, den sie suchten.

»Festhalten bitte!«, warnte Ellie, kurz bevor sie das Bremsmanöver abbrach, das Schiff erneut wendete und mit den Manövrierdüsen in einer langgezogenen Schleife eines der Zylinderenden ansteuerte. Die Kameraeinblendung verschwand vom Bildschirm und machte dem realen Bild Platz. Dann tauchten sie ein in das Innere von Aurora. Die Erdoberfläche und die Sterne verblassten hinter hell erleuchteten Strukturen. Kareena hatte kurzzeitig Mühe, sich zu orientieren und die verschiedenen Sektionen der Station zu identifizieren. Vor ihnen erstreckte sich die unbewegte Nabe mit den Docks über die gesamte Länge Auroras. Dutzende Shuttles und kleine Raumschiffe hatten daran festgemacht. Darum herum drehte sich das Habitat mit den Wohnsektoren wie eine zu einer monumentalen Walze zusammengerollte Stadt. Der Anblick war schwindelerregend. Kareena konnte komplexe Strukturen, Gebäude und Türme ausmachen, die in den Innenraum hineinragten, durch die Drehung des Habitats in ihr Sichtfeld eindrangen und wieder daraus verschwanden. Der eineinhalb

Kilometer lange, rotierende Zylinder war mit der Nabe über sechs Speichen im Zentrum der Station verbunden, die sich überdimensionalen Säulen gleich durch das Vakuum des Innenraumes erstreckten, in dem die Hugin sich ihrem zugewiesenen Andockplatz näherte. Dann drehte sich das Schiff, was Kareena wieder vollständig die Orientierung nahm, bevor ein sanfter Ruck meldete, dass sie angedockt hatten.

»Willkommen auf Aurora«, verkündete Ellie mit der ihr eigenen Fröhlichkeit.

Kareena konnte derartige Gefühle im Augenblick nur bedingt teilen.

02.12.2210, Flüchtlingslager Rheinberg, Föderationsgrenzzone, Erde

»Mace?« Skip sah den Alpha-Klasse-Mutanten ungläubig an. »Ich dachte, du bist in der Antarktis.«

»War schon fast auf dem Weg«, entgegnete der Riese. »Aber dann hat Ascon beschlossen, alle Mutanten rauszuschmeißen. Der öffentliche Druck war zu groß und auch intern haben die Norms rebelliert. War 'ne Riesenscheiße, sag' ich dir.«

Sie stießen die Unterarme gegeneinander.

»Gut, dich zu sehen«, sagte Skip.

»Gar nicht so leicht, an dich ranzukommen, Skip. Oder sollte ich besser Avenger sagen?«

»Skip ist schon in Ordnung, alter Freund.«

Skips Blick blieb an den schorfigen Wunden auf dem Kopf und im Gesicht des Alpha-Klasse-Arbeiters hängen. »Sind die Norms gesprungen, um dich so hoch zu treffen?«

Mace rieb mit einer Hand über die Größte der Verletzungen. »Wenn du erst mal auf dem Boden liegst, kommen sie da sogar mit ihren Stiefeln hin.«

Skip nickte. »Kenne ich. War das in Den Haag?«

»Ja. Bis vor ein paar Tagen ging es noch, zumindest auf Kon-Territorium. In den öffentlichen Sektoren brauchten wir uns schon seit Wochen nicht mehr blicken zu lassen. Das ist auch der Grund, warum wir da überhaupt noch rumgehangen haben. Die haben sich nicht getraut, uns zum Flughafen zu schicken. Haben Angst gehabt, ihr Eigentum könnte beschädigt werden. Richtig losgegangen ist es dann aber erst nach eurer netten kleinen Botschaft an den Rest der Welt. Soweit ich mitgekriegt habe, hat die Föderation die Exterritorialität der Arkologie infrage gestellt, wenn sie dort Mutanten beherbergen. Das Risiko wollte wohl keiner eingehen. Also haben sie uns vor die Tür gesetzt.«

»Scheiße«, fluchte Skip. »Das wollten wir damit nicht erreichen.«

»Mach dir keine Sorgen!«, beruhigte der Alpha ihn. »War eh nur eine Frage der Zeit, bis das so oder so losgegangen wäre. Auf diese Weise haben wir jetzt wenigstens klare Verhältnisse. Keiner von den Leuten, mit denen ich hergekommen bin, macht euch dafür verantwortlich. Den Krieg haben die Feds angefangen. Sollen sie ihn kriegen!«

Skip legte dem Riesen die Hand auf den Arm. »Schön zu hören, dass du es so siehst. Kommst du mit mir? Ich war gerade auf dem Weg zur Lagebesprechung, als du mich abgefangen hast.«

Mace runzelte die Stirn. »Lagebesprechung? Ist vielleicht ein bisschen hoch für mich, meinst du nicht?«

Skip lachte. »Glaubst du, mir geht's da besser? Ich bin auch nicht dafür ausgebildet worden, einen bewaffneten Aufstand zu organisieren.«

Der Alpha war noch nicht überzeugt. »Die wollen doch bestimmt nicht die Meinung von einem Bohrgerätemechaniker wissen.«

»Ich sag' denen einfach, du bist mein neuer Leibwächter.«

Ein Grinsen breitete sich über Mace' Gesicht aus. »Das könnte mir gefallen.«

Skip stupste dem Riesen den Ellbogen in die Seite. »Dann komm mit!«

Dicht gefolgt von seinem alten Kameraden betrat Skip die neue Zentrale. Blackheart und ihre Krieger hatten innerhalb kürzester Zeit einen voll funktionsfähigen Kommandostand errichtet. Er befand sich in einem Nachbargebäude des Armageddon, in ausreichender Entfernung, um nicht sofort in Schutt und Asche gelegt zu werden, sollten die Feds sich doch noch dafür entscheiden, Zerberus' altes Hauptquartier zu bombardieren, aber nah genug, um eine Direktleitung zu Terries Reich unter dem Vorratskeller einzurichten. Seit die Föderation alle offiziellen Kommunikationsleitungen nach Rheinberg gekappt hatte, waren die illegalen Kanäle des Hackers die wichtigste Verbindung des Flüchtlingslagers mit der Außenwelt. Blackheart hielt den unmittelbaren Kontakt zwischen Kommando- und Kommunikationszentrale für unentbehrlich und niemand hatte widersprochen.

Als Skip den Raum betrat, stand die neue Kommandantin der Stoßtruppen umringt von ihren engsten Getreuen um den frisch installierten Holoprojektor. Ohne die Kampfanzüge wirkten die Omegas neben den Alpha-Klasse-Arbeitern beinahe schmächtig. Als Skip näher kam und unmittelbar bei ihnen stand, überragte Blackheart ihn mit ihren zwei Metern Körpergröße dennoch um rund eine halbe Kopflänge.

Er erkannte die Karte von Rheinberg, die er zur Verteilung der Neuankömmlinge erstellt hatte. Die Militärs hatten zahlreiche Linien, Markierungen und Kommentare in verschiedenen Farben eingefügt. Aus seiner groben Skizze war ein professioneller Lageplan entstanden. Alle Anwesenden sahen ihn an, als sie ihn bemerkten. Einige fragende Blicke waren auf Mace gerichtet, aber niemand stellte die Anwesenheit des Alphas infrage.

»Wie sieht's aus?«, warf Skip in die Runde.

»Auf taktischer oder strategischer Ebene?«, fragte Blackheart.

Er runzelte die Stirn. In den letzten ein oder zwei Tagen hatte sie begonnen, ihm merkwürdige Fragen zu stellen oder seine Äußerungen kritisch zu kommentieren. Im Prinzip war daran nichts auszusetzen. Doch sie legte dabei einen Unterton in die Worte, der ihm nicht gefiel. Aber jetzt war nicht der richtige Zeitpunkt für derartige Diskussionen.

»Fangen wir mit der Gesamtsituation an«, beschloss er. »Hat unser Aufruf Früchte getragen?«

Die Versammelten machten ihm einen Platz in der Runde frei.

»Unsere Informationen sind ziemlich begrenzt«, begann Blackheart. »Die Föderation hat zwar noch keine offizielle Nachrichtensperre verhängt, aber die Berichterstattung ist deutlich eingeschränkt. Das wenige, das Terry in Erfahrung gebracht hat, deutet darauf hin, dass das gesamte Föderationsmilitär in Aufruhr ist. Besonders die Raumstreitkräfte. Es scheint mehrere Meutereien gegeben zu haben. Wir haben ein paar verstümmelte Nachrichten aufgefangen, laut denen sich uns ganze Schiffsbesatzungen anschließen wollen. Darunter sogar einer der drei großen Flottenträger der Föderation, die Donar. Ich bin da noch vorsichtig. Könnte eine Falle sein. Aber wenn das stimmt, haben wir wirklich etwas erreicht.«

»Das hört sich doch gut an«, meinte Skip. »Wie sieht's vor Ort aus?«

Sie alle vertieften sich in das Hologramm des Flüchtlingslagers.

»Das hier sind unsere aktuellen Verteidigungsstellungen«, erläuterte Blackheart und deutete auf verschiedene Punkte auf dem Plan. Sie entsprachen weitgehend den provisorischen Stellungen, die sie schon vor dem Angriff der Stoßtruppen eingerichtet hatten. Sie schienen also auch ohne militärische Ausbildung nicht alles falsch gemacht zu haben. Die Bewaffnung der Posten hatte sich allerdings seit der Ankunft der Omegas unvergleichlich verbessert.

»Gegen weitere Infanterieangriffe können wir uns sicherlich eine Weile halten«, fuhr sie fort. »Außer, die Feds schicken andere Stoßtruppen hierher. Aber so dumm sind sie vermutlich nicht, falls sie überhaupt noch über loyale Stoßtruppen verfügen. Das Lager ist taktisch nicht optimal, kommt uns aber grundsätzlich entgegen.«

Skip wollte die Gelegenheit nutzen, etwas über die Kriegskunst zu lernen. »Inwiefern?«

Ohne aufzusehen, sprach Blackheart weiter: »Die dichte Bebauung verhindert den Einsatz von Großgeräten innerhalb des Lagers. Hier über den Fluss können sie mit Hovertanks vorstoßen, aber aus der Deckung der Gebäude heraus könnten wir sie vermutlich gut bekämpfen. Unsere Flugabwehrkapazitäten sind nicht optimal. Unsere Ausrüstung ist für den Kampf auf kurze Distanz ausgelegt.«

»Was heißt ‚kurz'?«

»Die Plasmaschleudern sind bis zu einer Entfernung von etwa einhundert Metern effektiv. Gegen gepanzerte Ziele erheblich weniger. Hervorragend im Häuserkampf, aber für offenes Gelände nur bedingt geeignet. Auf freiem Feld ist unsere einzige Chance ein Sturmangriff, um möglichst schnell die Distanz zum Gegner zu überbrücken und dann in den Nahkampf zu gehen. Hätten wir gewusst, dass unser Einsatzprofil sich derart radikal ändert, hätten wir mehr Langstreckenwaffen eingepackt.«

»Was habt ihr denn dabei?«

»Eine Handvoll Flugabwehrraketen und ein halbes Dutzend Railguns.«

»Railguns haben wir von den Feds reichlich erbeutet«, warf Rhino ein.

Blackheart bedachte den Alpha mit einem geringschätzigen Seitenblick. »Das sind Spielzeuge. Für Sicherheitskräfte ausreichend, aber sicher nicht das, was wir in der aktuellen Situation benötigen. Ich rede von militärischem Gerät. Vierhundert Kilojoule pro Geschoss. Flaktauglich. Mit eurem Kleinkram richtet ihr rein gar nichts aus, wenn sie mit gepanzerten Einheiten anrücken. Oder habt ihr schon vergessen, wie effektiv euer Widerstand gegen uns gewesen ist?«

Skip beruhigte die Diskussion mit einer besänftigenden Geste. »Wir haben es verstanden, Blackheart. Wir müssen einfach zusehen, dass wir aus dem, was wir zur Verfügung haben, das Beste machen. Die Railguns, die wir den Feds abgenommen haben, sind gegen alles, was weniger gut gepanzert ist als ihr, gar nicht mal schlecht. Damit halten wir sie zumindest von weiteren Polizeieinsätzen ab. Mit den schweren Kalibern müssen wir halt sparsam umgehen.«

»Tun wir schon«, erläuterte Blackheart, sichtlich um Geduld mit den ahnungslosen Zivilisten bemüht. »Die schweren Railguns, die wir haben, sind über das Lager verteilt. Damit können wir keinen strategischen Luftschlag abwehren, aber gegen Copter oder andere Bodenangriffssysteme sollte es ausreichen. Wenn sie nicht mit einem Flächenbombardement das gesamte Lager ausradieren wollen, wird es schwer für sie, uns hier herauszukriegen. Aber ich gehe ohnehin nicht davon aus, dass sie uns angreifen werden.«

»Die werden auch wissen, dass sie gegen euch nur schwer ankommen.«

»Die wissen auch, dass sie gar nicht gegen uns ankommen müssen.«

Skip war verwirrt. »Wieso das?«

»Unser Problem ist nicht die taktische Situation, sondern die Versorgungslogistik«, erklärte die Soldatin. »Die Kompanie ist dafür ausgerüstet, etwa eine Woche lang autark eine Stellung zu halten. Solange wir nicht in weitere Gefechte verwickelt werden, können wir den Zeitraum noch etwas ausdehnen. Aber früher oder später brauchen wir einen funktionierenden Nachschub an Helium-3 für die Mikroreaktoren in den Kampfanzügen, aber vor allem Tranquilizer.«

Skip war verwirrt. »Tranquilizer?«

Bei diesem Thema spürte er eine leichte Unruhe unter den Omegas um ihn herum. Auch Blackhearts Tonfall veränderte sich ein wenig, als sie weitersprach.

»Kampfmutanten sind dafür ausgelegt, in Gefechtssituationen ohne Rücksicht auf den Gegner oder die eigene Unversehrtheit zu agieren und auf jede Veränderung der Lage schnell zu reagieren«, erklärte sie mit einem Hauch Verlegenheit in der Stimme. »Außerhalb eines Kampfes sind diese Eigenschaften manchmal eher … hinderlich. Ohne Tranquilizer würden wir diese Unterhaltung vermutlich nicht so entspannt führen.«

Skip versuchte, das gerade Gehörte korrekt einzuordnen. »Willst du mir damit erklären, dass, wenn euch die Tranquilizer ausgehen, ihr zu Berserkern werdet, die alles kurz und klein schlagen, ohne Freund und Feind zu unterscheiden?«

»Ganz so ist es nicht«, widersprach Blackheart, »aber die Drogen helfen uns dabei, auf gewisse angespannte Situationen nicht überzureagieren.«

Skip atmete tief durch. »Das ist ein durchaus wertvolles Stück Information.«

»Wir sind auf schnelle, offensive Einsätze spezialisiert«, erläuterte Thunderbolt. »Garnisonsdienst oder andere langwierige defensive Aufgaben liegen üblicherweise nicht in unserer Zuständigkeit.«

»Also gut«, Skip sah in die etwas betroffenen Gesichter der Krieger. »Habt ihr einen Plan?«

Blackheart ergriff wieder das Wort. »Im Prinzip schon: Wir müssen hier weg. Und zwar, bevor uns die pharmazeutischen Vorräte oder das Helium-3 ausgehen.«

»Und wohin? In den Metroplex? Ich bin mir nicht sicher, ob das eine gute Idee ist.«

Sie schüttelte den Kopf. »Dem stimme ich zu. Wir sollten uns nicht mit den Kons anlegen. Die Föderation ist seit unserer Ansprache militärisch geschwächt, weil ein Großteil der Omegas und anderen Mutanten rebelliert. Aber die Konzerne verfügen vermutlich noch über genügend Spezialeinheiten, die uns das Leben schwer machen können. Außerdem sind die deutlich weniger zimperlich in ihren Methoden. Die müssen keine Wähler bei Laune halten. Denen würde ich ein Flächenbombardement zutrauen, wenn sie uns auf diese Weise wieder loswerden.«

»Dann ein Militärstützpunkt der Föderation«, schlug Skip vor.

»Am besten eine Basis der Sturminfanterie«, stimmte Blackheart zu. »Da haben wir alles, was wir benötigen.«

»OK. Wo ist die nächste Basis?«

»Im Orbit.«

Skip stutzte. »Gibt es keine Basis auf der Erdoberfläche?«

»Schon, aber erstens müssen wir uns dafür weit durch feindliches Gebiet kämpfen, und zweitens sind wir dort taktisch im Nachteil. Die erdgebundenen Basen liegen fernab der Städte. Dort können sie Tanks einsetzen. Im Nahkampf werden wir mit denen zwar fertig, aber auf Distanz haben sie den Vorteil auf ihrer Seite. Die beste Chance haben wir, wenn wir die Erdoberfläche verlassen. Wenn wir es schaffen, auf eine Orbitalstation zu gelangen, sind wir vor allen Tanks und vergleichbaren Waffensystemen sicher. Im Weltraum sind wir die kampfstärkste Waffengattung.«

»Und was ist, wenn sie mit Kriegsschiffen oder so etwas ankommen?«, wollte Skip wissen.

Blackheart winkte ab. »Erstens sind nach Terries Informationen die Raumstreitkräfte der Föderation gerade weitgehend mit sich selber beschäftigt. Wie gerade schon gesagt, ist dort der Anteil an Mutanten am größten und unser Aufruf nicht ungehört geblieben. Zweitens können sie eine Raumstation nicht mit Kriegsschiffen bombardieren, ohne die gesamte Station zu gefährden. Da oben werden sie uns nur mit Infanterie angreifen können. Gegen die haben wir eine realistische Chance.«

»OK, das habe ich so weit verstanden. Bleibt die Frage: Wie kommen wir dorthin? Selbst die Landeschiffe, die euch in die Erdatmosphäre gebracht haben, sind abgezogen, nachdem ihr übergelaufen seid. In ganz Rheinberg gibt es kein einziges Raumschiff.«

»In Rheinberg nicht«, räumte Blackheart ein, »aber der nächste Raumhafen ist nicht weit weg.«

»Düsseldorf?«

»Genau der.« Die Omega-Kriegerin erweiterte die Ansicht des Holoplans auf den gesamten nördlichen Teil des Metroplex. »Von hier sind es etwa dreißig bis vierzig Kilometer dorthin.«

»Dreißig bis vierzig Kilometer dichtest besiedelte Stadt«, wandte Skip ein.

»Genau das ist unsere Chance!«, entgegnete Blackheart. »Wie schon gesagt, auf offenem Gelände wären uns Tanks und andere schwere Waffen überlegen. In der Stadt sind wir ihnen mindestens ebenbürtig.«

»Aber da wohnen abertausende Menschen!«

»Menschen, die uns am liebsten tot sehen würden.«

Skip konnte kaum glauben, was er hörte. »Du willst tatsächlich in Kauf nehmen, dass dabei was weiß ich wie viele Unbeteiligte sterben?«

»Sie oder wir. Entscheide dich, bevor du in einen Krieg ziehst!«

Skip sah in die Runde. Die Mienen der Omegas waren versteinert. Rhino rieb sich nachdenklich das Gesicht. Mace sah konzentriert auf die Karte. Valiant saß abseits und beobachtete sie voller Verachtung.

»Es muss eine andere Möglichkeit geben«, forderte Skip. Er sah die Karte an. Dachte angestrengt nach. »Was ist mit dem Fluss? Der Rhein läuft direkt am Raumhafen vorbei. Mace, du bist doch gerade aus Den Haag hergereist. An den Anlegestellen müssten mittlerweile haufenweise Schiffe liegen, mit denen die ganzen Flüchtlinge angekommen sind.«

Der Alpha-Klasse-Arbeiter war etwas überfordert damit, von seiner Rolle als Leibwächter spontan in eine beratende Funktion zu wechseln. »Ähm … ja … schon. Also, da sind viele Schiffe. Und auch Hovercrafts. Ja, also, das ist schon schwierig, da überhaupt noch einen Platz zum Anlegen zu finden.«

»Na also«, erlöste Skip seinen Freund. »Schiffe und Hovercrafts. Mit denen kommen wir zum Raumhafen. Und das viel schneller als mitten durch die Stadt.«

Blackheart studierte die Karte. Ihr kritischer Blick folgte dem Verlauf des Flusses, der sich wie eine tief eingeschnittene Schlucht zwischen den Konzerntürmen und Arkologien an beiden Ufern hindurchschlängelte. Sie schüttelte den Kopf. »Da können sie uns am ehesten mit Coptern und Hovertanks abfangen.«

»Und?«, warf Skip ein. »Du hast doch gerade selber gesagt, mit denen werdet ihr fertig, wenn sie über den Fluss angreifen. Macht es einen Unterschied, ob ihr hier im Lager seid oder auf Schiffen?«

»Das Risiko, dass wir Verluste hinnehmen müssen, ist auf dem Fluss größer.«

Skip ließ nicht locker. »Mal von den Verlusten abgesehen: Kommen wir da durch oder nicht?«

Thunderbolt ergriff das Wort, als Blackheart schwieg: »Zwischen den hohen Gebäuden haben Copter nicht viel Platz zum Manövrieren. Da haben wir gute Chancen, sie effektiv bekämpfen zu können. Lenkraketen könnten ein Problem darstellen. Aber auch die sind in ihrer Bewegungsfreiheit auf den Verlauf des Flusses beschränkt. Das müssten wir mit den Täuschkörpern eigentlich in den Griff kriegen. Die Geschwindigkeit der Schiffe und Hovercrafts ist ein echter Vorteil gegenüber dem Weg durch die Stadt. Auf die Weise schaffen wir es in weniger als einer Stunde auf das Raumhafengelände. Mit etwas Glück haben sie bis dahin noch keine Verteidigungslinie errichtet. Ich halte den Plan, über den Fluss vorzurücken, gar nicht für so schlecht.«

Der finstere Blick, den Blackheart ihrem Kameraden zuwarf, entging Skip nicht. Die beiden würden noch etwas zu klären haben.

»Also gut«, sagte Skip, »wenn sonst niemand mehr Einwände hat …« Er sah allen Versammelten der Reihe nach in die Augen »… dann ist es entschieden: Wir nehmen den Fluss.« Er zoomte die Kartenansicht auf den Norden von Düsseldorf. »Mal angenommen, wir schaffen es, den Raumhafen einzunehmen, wie geht es dann weiter?«

Blackheart beeilte sich, die Frage zu beantworten, bevor ihr das Heft ganz entglitt. »Wir schnappen uns alle Shuttles und sonstigen Schiffe, die wir dort finden, und starten so schnell wie möglich in den Orbit. Eine Sache ist allerdings noch zu klären. Wenn wir die Shuttles nicht schützen, sind sie Zielscheiben für jeden Atmosphären- oder Raumjäger.«

»Und wie schützen wir sie?«, fragte Skip.

Blackheart hob ihren Blick von der Holokarte und sah ihn an. »Dafür benötigen wir Hilfe. Wenn sich tatsächlich ein Flottenträger in der Hand der Meuterer befindet, wäre das optimal. In den Raumstreitkräften der Föderation dienen viele Mutanten als Piloten. Hauptsächlich Etas. Euer Hacker, Terry, versucht, Kontakt mit der Donar oder anderen meuternden Einheiten aufzunehmen. Wenn die sich mit uns zusammenschließen und uns decken, können wir das schaffen.«

»Vielleicht wäre es gut, wenn Avenger mit ihnen redet«, warf Thunderbolt ein. »Der hat ja auch dich überzeugt, Blackheart.«

Wieder ein vernichtender Seitenblick. Ihre Antwort beschränke sich auf ein Nicken.

Rhino meldete sich zu Wort: »Eine Frage habe ich noch. Wer soll die Shuttles fliegen, die wir auf dem Raumhafen beschlagnahmen? Ich kann das nicht.«

»Ich schon«, sagte Skip.

»Wusste gar nicht, dass du Pilot bist«, entgegnete der Alpha verdutzt.

»Bin ich eigentlich auch nicht. Aber man kriegt das eine oder andere mit, wenn man lange genug auf einem Frachter arbeitet. Shuttles und Pods fliegen gehört dazu. Das ist unter der Würde der echten Piloten. Das überlassen sie gerne dem technischen Begleitpersonal.«

»Zur Stoßtruppen-Ausbildung gehört auch ein grundlegendes Pilotentraining«, ergänzte Blackheart. »Ich würde mich nur ungern mit einem professionellen Jagdflieger im Luftkampf anlegen. Aber um ein Shuttle in den Orbit zu kriegen, müsste es reichen.«

»Möglicherweise haben wir noch mehr Piloten«, warf Skip ein. »Ich erinnere mich dunkel, dass wir einige Flüchtlinge aufgenommen haben, die am Raumhafen gearbeitet haben.«

Ein Lächeln stahl sich auf Blackhearts sonst so ernste Miene. »Na, das nenne ich mal gute Nachrichten. Bring die so schnell wie möglich her! Die können uns wertvolle Informationen über unser Angriffsziel geben. Unser Vorteil ist Geschwindigkeit. Wir dürfen uns da nicht länger aufhalten als unbedingt notwendig. Wenn wir Insider haben, die das Gelände kennen, kann das ein entscheidender Vorteil sein.«

»Ich kümmere mich darum«, bestätigte Skip.

Rhino nickte zufrieden. »Na dann kann's ja losgehen.«

»Ich komme nicht mit!«, tönte es abseits des Kartentisches. Alle Anwesenden drehten sich zu Valiant um, die immer noch in ihrer Ecke saß.

Skip ging ein paar Schritte auf sie zu. »Warum nicht?«

Sie sah ihn trotzig an. »Erstens: Die da drüben«, sie deutete auf die Omega-Krieger, »sind hergekommen, um uns zu töten. Sie verachten alle, die nicht ihrer Brut angehören.«

»Unsinn!«, protestierte Blackheart. »Wir sind Mutanten wie ihr. Auch uns ist klar, dass wir zusammenarbeiten müssen, wenn wir überleben wollen.«

»Das ist aber auch der einzige Grund, warum ihr euch mit uns abgebt«, sprach Valiant ruhig weiter. »Weil ihr es müsst. Und zweitens: Was will ich im Weltraum? Ich bin auf der Erde aufgewachsen. Hier wurde ich ausgebildet, hier habe ich gearbeitet und hier habe ich meine Freiheit erlangt. Ich will hier nicht weg.«

»Aber die Norms wollen dich hier nicht mehr haben«, entgegnete Skip.

»Na und?«, widersprach sie. »Ich lebe noch. Und wenn ich hier im Lager meinen Kopf unten halte, werde ich das auch weiterhin tun. Zumindest, wenn die da weg sind. Und du, Avenger.« Das letzte Wort triefte vor Verachtung.

»Was hast du für ein Problem?«, fragte Skip. Auch sein Ton wurde aggressiver.

»Was ich für ein Problem habe? Das kann ich dir sagen.« Sie erhob sich und ging auf ihn zu, bis sie unmittelbar vor ihm stand. »Du kommst hier an, schleimst dich bei Zerberus ein, und sobald er tot ist, glaubst du, du kannst einfach so seinen Platz einnehmen? Du kommst nicht von der Erde. Du hast keine Ahnung, was es heißt, diesen Ort Heimat zu nennen. Dir fällt es leicht, hier abzuhauen. Genau wie der Killerbrut, mit der du dich verbündet hast. Los, verschwindet wieder in euren geliebten Weltraum! Ist für alle besser so.«

Blackheart kam angestürmt. »Die Killerbrut zeigt dir gleich ...«

Skip hielt sie am Arm fest. »Lass gut sein, Blackheart!«

Der Kampf der Omega gegen ihr Temperament spiegelte sich deutlich in ihrem Gesicht wider, aber sie schien sich unter Kontrolle halten zu können.

Skip wandte sich wieder Valiant zu. »Es tut mir leid, was mit Zerberus geschehen ist. Ich wollte, er wäre hier. Er war ein besserer Anführer, als ich es jemals sein könnte. Glaub mir, ich wollte niemals seinen Platz einnehmen. Aber ich kann nicht ändern, was geschehen ist, so gerne ich es tun würde. Wenn du hierbleiben willst, werde ich dich nicht daran hindern. Im Augenblick muss jeder von uns selber entscheiden, was für ihn das Beste ist. Wer recht hat, wird sich erst später zeigen. Ich wünsche dir von Herzen alles Gute für deinen Weg, Valiant. Mein Weg ist ein anderer. Bitte hindere mich nicht daran, ihn zu gehen.«

Einige Sekunden lang sahen sie sich schweigend in die Augen.

»Haut einfach ab!«, sagte sie schließlich, drehte sich um und verließ den Raum.

»Ohne sie sind wir besser dran«, meinte Blackheart.

Skip schüttelte den Kopf. »Viele glauben, nach Zerberus' Tod hätte sie Protektor werden sollen. Vielleicht haben sie sogar recht. Es werden sich ihr einige anschließen.«

»Sollen sie doch! Meine Leute kommen geschlossen mit. Und die sind es, die uns die Kampfkraft sichern, die wir brauchen, um den Raumhafen einzunehmen.«

Sie ging zurück zum Tisch. Skip folgte ihr ein paar Momente später. Er sah Rhino, Mace und die anderen Mutanten an. Sie alle nickten als Bestätigung, dass sie ihm weiter folgen würden.

»Also gut«, kam Skip zurück zur Lagebesprechung. »Einen groben Plan haben wir. Die Details werden wir noch klären. Eine grundlegende Frage habe ich noch: Was genau wird unser Ziel im Orbit sein?«

Blackheart ergriff das Wort: »Am naheliegendsten ist unsere Heimatbasis. Dort haben wir alle Nachschubgüter, die wir benötigen.

Von dort aus können wir den Kampf weiterführen. Außerdem beruht die Verteidigung auf den dort stationierten Stoßtruppen. Insgesamt sechs Kompanien. Vier davon, unsere eigene inklusive, wurden zur Aufruhrbekämpfung auf die Erdoberfläche geschickt. Von zweien liegen uns Informationen vor, dass sie ebenfalls meutern. Falls sich auf der Basis noch Omegas befinden, sind sie vermutlich auch schon in Aufruhr oder entwaffnet. Die Chancen stehen also gut, dass wir dort auf wenig Widerstand stoßen und eventuell sogar weitere Verbündete finden.«

»OK«, stimmte Skip zu. »Auf welcher Station liegt eure Basis?«

»Aurora.«

03.12.2210, Aurora-Station, Erdorbit

Kareenas Laune war auf einem neuerlichen Tiefpunkt angelangt. Das ständige Wechselbad von Euphorie und Verzweiflung hatte eine weitere Runde gedreht und alle Freude darüber, dass sie Iesco wieder getroffen hatte und endlich auf Aurora angekommen war, zunichtegemacht.

Insbesondere das Wiedersehen mit Iesco hatte sie sich definitiv anders vorgestellt.

Nüchtern betrachtet hatte sie nicht den geringsten Anlass, betrübt oder ungehalten zu sein. Was hatte sie erwartet? Dass er sechs Jahre lang keine andere Frau ansehen würde? Vollkommener Blödsinn! Wenn es nur Affären gewesen wären, so wie sie eine war, wäre vermutlich alles in Ordnung. Irgendwie hatte sie aber schon gehofft, dass sie etwas Besonderes für ihn wäre. So wie er für sie. Es hatte tatsächlich eine besondere Frau in seinem Leben gegeben, aber das war nicht Kareena. Dabei war Iesco kein Vorwurf zu machen. Sie hatte damals die Entscheidung getroffen, ihrer Karriere bei Cynarian den Vorzug vor einer Beziehung zu ihm zu geben. Sie hatte ihn als freien Mann zurückgelassen, der sich jederzeit eine neue Gefährtin suchen konnte. Was er auch getan hatte.

Jasi. Sie war es, die in seinem Leben einen besonderen Platz einnahm. Nicht Kareena. Auch wenn sie sich mittlerweile getrennt hatten, so war ihr gemeinsames Kind eine Verbindung, die weit über alle Spuren hinausging, die Kareena in seinem Leben hinterlassen hatte.

Eigentlich war sie auch gar nicht sauer auf ihn. Eher auf sich selbst. Darauf, dass sie ihn hatte gehen lassen. Darauf, dass sie ihm in ihrem Herzen einen speziellen Platz reserviert hatte. Darauf, dass sie sich der wirren Illusion hingegeben hatte, er würde dies ähnlich sehen.

Sie atmete tief durch. Sie wusste nicht, zum wievielten Mal sich die immer gleichen Gedanken in ihrem Kopf drehten. Und jedes Mal kam sie zum gleichen Ergebnis: Sie war selber schuld an ihrem Elend. Und genau das machte es noch schlimmer. Hätte sie mit reinem Gewissen irgendjemand anderem Vorwürfe machen können, vorzugsweise Iesco, wäre es leichter zu ertragen gewesen. Aber er hatte sich nichts vorzuwerfen. Und sie ihm schon gar nicht. Sie hatte es ganz alleine verbockt. Ihr gesamtes Leben verspielt. Oder zumindest die falschen Prioritäten gesetzt. Und das die ganze Zeit nicht einmal bemerkt. Erst jetzt, wo ihre unterschwellige, von ihr selbst stets geleugnete Hoffnung der letzten sechs Jahre sich in Luft aufgelöst hatte, erkannte sie die Wahrheit. Erkannte sie, was sie wirklich wollte. Was ihr wirklich wichtig war. Und, dass sie genau das nicht haben konnte.

Blieb die Frage, wie es nun weitergehen sollte. Auch dafür hatte sie bereits eine Antwort: genau so, wie in den letzten Jahren. Wie in ihrem ganzen Leben. Was ihr blieb, war Cynarian. Die Karriere. Der Job. Genau das, was ihr den Weg zu Iesco damals versperrt hatte.

Sie schüttelte sich. Musste endlich wieder auf andere Gedanken kommen. Sich wieder auf die Arbeit konzentrieren.

Die Arbeit.

Wäre wenigstens bei der Erledigung ihres aktuellen Auftrages ein Hoffnungsschimmer zu erkennen, würde ihr das vielleicht helfen, über ihr privates Desaster hinwegzukommen. Aber es ging nicht wirklich voran. Aurora war riesig. Fast zweihunderttausend Menschen lebten in dem gigantischen Zylinderhabitat. Eine Stadt im Weltraum. Hoffnungslos, hier per Zufall den Mann zu finden, hinter dem sie nun schon mehr als eineinhalb Monate erfolglos herjagte. Doc Stargazer kam ihr vor wie ein Phantom, das ihr stets einen Schritt voraus war, sich aber niemals von ihr einholen ließ.

Die einzige Spur, die sie hatte, Orpheus Genetics, brachte sie nicht weiter. Der Zugang zum Konzerngelände war streng reglementiert. Ohne einen triftigen Grund hatte sie keine Chance, dort hineinzugelangen. Und ‚Hallo, haben Sie zufällig einen flüchtigen Genetiker bei sich aufgenommen, der früher mal für das Kombinat gearbeitet hat?‘ würde vermutlich nicht als triftiger Grund durchgehen.

Auf der virtuellen Ebene sah es kein bisschen besser aus. Orpheus war in das ComNetz der Föderationskaserne integriert und wie eine uneinnehmbare Festung gegenüber dem öffentlichen Netz der Station abgeschottet. Um diese Abwehr zu knacken, benötigte man wesentlich schwerere Geschütze, als Kareena auffahren konnte.

Und letztlich blieb noch die Frage nach dem Sinn der ganzen Aktion. Die Entscheidung, welche Position Cynarian in Bezug auf die frei geborenen Mutanten einnehmen sollte, war vollkommen hinfällig geworden. Die Ereignisse in der Föderation hatten alle Planspiele längst überholt. Die offiziellen Nachrichtenkanäle versuchten zwar immer noch, die Angelegenheit herunterzuspielen. Aber es gab genug freie Feeds, die von Zuständen berichteten, die man durchaus als Bürgerkrieg bezeichnen konnte. Die Ignoranz der Militärs gegenüber der öffentlichen Stimmung in Bezug auf die Mutanten hatte letztlich dazu geführt, dass nun ein Großteil der Mutanten in den Föderationsstreitkräften offen meuterte. Das hieß, der militärisch stärkste Rivale der USI war vorerst weitgehend kaltgestellt. Die Streitkräfte der USI konnten sich also voll und ganz der Konkurrenz widmen und damit

Cynarians Pläne auf dem Jupiter zunichtemachen. Mission gescheitert.

Auch der reine Erkenntnisgewinn, auf welchem Weg Chrome zu ihren Kindern gekommen war, würde nichts ändern. Die ganze Suche war in Kareenas Augen sinnlos geworden. Vielleicht war sie es sogar schon von Anfang an gewesen.

Blieb noch die Aussicht, Sal Haggard zu imponieren und sich für seine Nachfolge zu empfehlen. Aber war das nicht ebenso hinfällig geworden? Wer sollte sich davon beeindrucken lassen, dass sie einen Job erledigt hatte, der letztlich für Cynarian wertlos war?

Sie rieb sich mit beiden Händen über das Gesicht. Die entscheidende Frage war: Was war die Alternative? Aufhören und zum Mars zurückkehren? Ohne jegliches greifbare Ergebnis? Das war sicherlich auch keine Empfehlung für den Fortschritt ihrer Karriere. Also würde sie weitermachen. Herausfinden, was herauszufinden war. Einen belanglosen Bericht darüber schreiben, der letztlich in irgendwelchen Archiven verschwand. Wieder zu ihrer alten Aufgabe zurückkehren, um darauf zu warten, dass sich irgendwann eine bessere Gelegenheit ergeben würde, sich Lorbeeren zu verdienen.

Aber wollte sie das?

Sie seufzte innerlich. Was wollte sie überhaupt? Iesco? Womit sie wieder am Anfang ihrer Überlegungen angekommen war, bereit, die nächste Iteration zu beginnen.

Zeit, sich abzulenken. Die Arbeit wieder aufzunehmen, ohne ihren Sinn allzu intensiv zu hinterfragen.

Sie stand auf und ging zum ComTerminal der bescheidenen Unterkunft, die Iesco ihnen besorgt hatte, ein firmeneigenes Hotel von Triple-A. Kareena hätte lieber eine Bleibe außerhalb des korporativen Sektors gewählt, aber Hatos Anwesenheit erwies sich als Hemmschuh. Die Föderation, die einen Großteil der Station verwaltete, hatte neuerdings durchgesetzt, dass Mutanten sich nicht frei in den öffentlichen Zonen von Aurora bewegen durften. Das hieß, der Aktionsradius des Kombinatssoldaten war auf das AAA-Firmengelände beschränkt. Da sie sich nicht trennen wollten, hatten sie sich nun alle zusammen hier einquartiert, drei Zimmer direkt nebeneinander. Kareena und Phil konnten wenigstens rausgehen. Vor allem der Slag war ständig unterwegs, um dem Doc vielleicht irgendwo zufällig über den Weg zu laufen. Die Chance war gering, aber besser, als tatenlos herumzusitzen, so wie Hato. Der Musha war ziemlich frustriert über die Beschränkung seiner Bewegungsfreiheit und kompensierte seine Aggressionen durch rigides körperliches Training. Die im Vergleich zum Mars dreimal so hohe Rotationsgravitation kam ihm dabei durchaus entgegen. Durch die dünne Zimmerwand konnte Kareena manchmal hören, wie er nebenan Gewichte stemmte und dabei laut stöhnte.

Sie selber verbrachte die Zeit neben Trübsal blasen unter anderem damit, Phil auf seinen Erkundungsgängen durch die riesige Station zu begleiten. Sie ließen dabei beide keine Gelegenheit aus, die verschiedenen Aussichtsplattformen zu besuchen, von denen aus man die große blaue Kugel beobachten konnte, um die die Station kreiste. Phil war der Erde noch nie so nah gekommen wie hier und konnte stundenlang das Mosaik aus blauen Ozeanen, grünen und braunen Kontinenten und weißen Wolken bestaunen. Kareena hatte ihm gezeigt, wo sie bereits gewesen war. Er hatte ihre Geschichten begierig aufgesogen, ohne seinen Blick auch nur für eine Sekunde von dem Planeten abzuwenden. Seine geradezu mitreißende Faszination ließ Kareena beinahe vergessen, dass ihre Erfahrungen auf der vollkommen überbevölkerten, weitgehend verseuchten und von Unwettern geplagten Oberfläche alles andere als angenehm gewesen waren. Er hatte sie sogar schon fast so weit gebracht, dass sie seinen Wunsch, dort hinunterzugehen, teilte. Aber nur fast.

Vorher hatten sie in jedem Fall noch etwas zu erledigen.

Kareena verband das ComLink des Zimmers mit ihrem neuralen Interface und klinkte sich in das Stationsnetz ein. Gerade wollte sie damit beginnen, die Softwareagenten einzusammeln und neu zu konfigurieren, als sie eine Mitteilung bemerkte. Ein verschlüsseltes Datenpaket war aus ihrem Postfach auf dem Mars über einen nicht ganz offiziellen Kanal zu ihr gelangt. Vandemool hatte sich endlich gemeldet. Sie lud das Paket in ihr Korteximplantat, kappte die Verbindung zum Rest der Welt und startete die Dechiffrierung. Die Datei war dreifach verschlüsselt. Es dauerte mehrere Minuten, bis sie Zugriff hatte. Vandemool wollte offensichtlich kein Risiko eingehen. Das Ergebnis war auf den ersten Blick eher unspektakulär. Zwei winzige Textdateien. Die eine betraf Dr. Kim. Vandemool hatte also tatsächlich etwas über den Chefentwickler von Orpheus ausgegraben. Als Kareena die Datei durchsah, klappte ihr beinahe die virtuelle Kinnlade herunter, falls so etwas möglich gewesen wäre. Nach den vorliegenden Unterlagen war Dr. Kim Wan Shu im Jahr 2179 zu Orpheus gestoßen. Bis dahin war die Firma ein wenig auffälliger Anbieter von genetisch veränderten Nutzpflanzen und Tieren gewesen, die an die Bedingungen in extraterrestrischen Habitaten angepasst waren. Schon zwei Jahre später hatte Orpheus seine ersten Serien humangenetischer Produkte aufgelegt: das volle Sortiment aus weltraumtauglichen Arbeits- und Kampfmutanten, beides bis dahin Spezialitäten des Kombinatskonzerns Sony Genetic Engineering. Interessanterweise waren zum selben Zeitpunkt alle Spuren eines gewissen Okatomo Kashima verschwunden, seines Zeichens einer der führenden Köpfe der humangenetischen Konstruktion bei der SGE. Mindestens drei Jahrzehnte lang war Okatomo das Aushängeschild der Genkonstrukteure des Kombinats gewesen. Dann kam 2177 die Abspaltung des Kombinats von Japan sowie der Krieg gegen die Ares-Republik. Von da an fehlte jede Spur von Okatomo Kashima. Bis zu diesem Punkt war die Geschichte schon verdächtig genug. Die Krönung waren allerdings die beiden Bilddateien, die Vandemool beigefügt hatte. Eines zeigte Okatomo auf einer Konferenz im Jahr 2174, das andere war eine grobkörnige 2D-Aufnahme von Kim Wan Shu, datiert auf das Jahr 2202, also rund acht Jahre alt. Der Altersunterschied war beträchtlich, aber man benötigte kein Gesichtserkennungsprogramm, um eine frappierende Ähnlichkeit der beiden Personen feststellen zu können. Was hatte Itori Moko gesagt? Die SGE hatte mit Orpheus Patentstreitigkeiten? Das war wohl leicht untertrieben. Es sah eher danach aus, als wäre ihr führender Konstrukteur mitsamt den Blaupausen für die fortschrittlichsten Mutantengenome des Sonnensystems unter neuem Namen zur Konkurrenz gewechselt.

Nahm man weiterhin an, dass Okatomo und Yugora sich bereits von der SGE kannten, gab es nun endlich eine plausible Verbindung zwischen Orpheus Genetics und dem Doc. Die Puzzleteile fügten sich Stück für Stück zusammen.

Von neuem Elan erfüllt, nahm Kareena sich der zweiten Datei an, die Vandemool geschickt hatte. Sie enthielt in erster Linie Kommunikationsprotokolle. Eigentlich streng vertrauliche Daten, aber als Mitglied der Sicherheitsabteilung der Ares-Republik hatte Cynarian Zugriff auf solche Informationen.

Die Datei beinhaltete genau das, was Kareena erhofft hatte. Doc Stargazer hatte regelmäßig Kontakt nach Aurora gehabt. Einige der Sendungen waren viele Jahre alt, die neueste stammte vom 13.10.2210, zwei Tage, nachdem Sergeant Martinez Chrome und ihre Kinder in Hades entdeckt hatte. Das passte.

Die Inhalte der Nachrichten waren nicht verfügbar. Aber die Kontaktadresse war in allen Fällen ein anonymes Postfach hier auf Aurora. Damit ließ sich doch etwas anfangen. Die Zweifel an ihrem Job waren endgültig aus Kareenas Gehirn vertrieben. Sie war eine Ermittlerin, eine Polizistin. Wenn sie das tun konnte, worin sie gut war, nämlich ermitteln, dann verschwanden alle anderen Gedanken und aller Schwermut aus ihrem Kopf. Das Postfach lag im öffentlichen Com-Netz von Aurora, also außerhalb des abgesperrten Bereiches von Orpheus. Unter der Annahme, dass es Okatomo Kashima gehörte – und sie hatte keine ernsthaften Zweifel, dass die Nachrichten des Docs an ihn gerichtet waren – stellte es eine Möglichkeit dar, an Orpheus' Firewall vorbei zu den beiden geheimnisvollen SGE-Deserteuren vorzudringen. Kareena machte sich sofort an die Arbeit.

Die letzten Tage hatte sie damit verbracht, Sicherheitslücken im Stationsnetz zu finden und ihre Agenten durch die Löcher zu schleusen, die sie entdeckt hatte. Das kam ihr nun zugute. Es dauerte gerade einmal zwanzig Minuten, bis sie in dem Postfach einen der Agenten positioniert hatte, der darauf wartete, dass jemand darauf zugriff und ihr melden würde, woher der Zugriff erfolgte. Sie war allerdings erstaunt, als die erste Meldung bereits wenige Sekunden, nachdem sie die Arbeit vollendet hatte, eintraf. Noch verblüffender war, dass der gemeldete Zugriff nicht über den offiziellen Kanal stattfand, sondern über ein Schlupfloch, das dem, das sie gerade eingerichtet hatte, überaus ähnlich war. Sofort war ihr klar, was das bedeutete. Dan Aden verfügte über die gleichen Informationen und versuchte auf dieselbe Weise wie sie, Doc Stargazer aufzuspüren. Und da kein offizieller Zugriff auf das Postfach erfolgt war, bedeutete die Aktivität von Adens Agent, dass soeben ihre eigene Manipulation entdeckt worden war.

Wie eine aufgescheuchte Herde rasten verschiedene Optionen und Sofortmaßnahmen durch Kareenas Gehirn. Sie alle verschwanden aber bereits wenige Sekunden später wieder, als einer ihrer Agenten ihr eine Gesprächsanfrage zutrug. Irgendjemand hatte Kareenas Software-Spione gekidnappt. Wenig überraschend war kein Absender erkennbar. Einen Moment lang hielt sie inne. Sie ahnte, wer sie sprechen wollte. Sich auszuklinken und tot zu stellen, half nichts mehr. Sie war entdeckt. Dann besser mit offenem Visier dem Feind entgegentreten. Sie öffnete den Audiokanal.

»Ja?«

»Guten Tag, Captain Toran«, begrüßte eine bekannte Stimme sie.

»Mr. Aden.«

»Ich denke, wir können uns die Formalitäten des gegenseitigen Leugnens unserer Aufträge ersparen«, schlug Aden vor. »Wir haben dasselbe Ziel und offensichtlich dieselben Methoden, es zu erreichen.«

»Sieht ganz danach aus.« Kareena versuchte, so cool und unbeeindruckt zu wirken, wie es ihr möglich war. »Die Frage ist, wie wir nun weiter verfahren.«

»Allerdings«, bestätigte Aden. Nach einer kurzen Pause fuhr er fort: »Ich hätte einen Vorschlag.«

»Und der wäre?«

»Vergessen wir für den Augenblick, dass wir für verschiedene Konzerne arbeiten. Wir beide suchen Antworten darauf, was in Sektor acht in Elysium City geschehen ist. Was halten sie davon, wenn wir unsere Kräfte bündeln, um den lieben Dr. Yugora ausfindig zu machen?«

»Um mit ihm so zu verfahren, wie mit Kurokawi? Ich denke nicht, dass ich das unterstützen möchte.«

»Die Situation im Kombinat erforderte drastische Maßnahmen. Ich hatte nicht viel Zeit und operierte auf feindlichem Territorium. Glauben Sie nicht, dass ich so etwas tue, wenn es nicht zwingend erforderlich ist. Aber wenn wir uns zusammentun, statt weiter gegeneinander zu agieren, werden solche Maßnahmen hier möglicherweise nicht erforderlich sein. Also, was halten Sie davon?«

Kareena erwog ernsthaft, das Angebot anzunehmen. Mit konzernübergreifenden Kooperationen hatte sie in der Vergangenheit bereits gute Erfahrungen gemacht. Die USI war zweifellos der mächtigste Konzern des 23. Jahrhunderts und einer der skrupellosesten im Umgang mit seinen Konkurrenten. Aber seine Mitarbeiter waren auch nur Menschen und einige davon durchaus gutmütige Zeitgenossen. Sie hatte allerdings Zweifel, ob Dan Aden zu dieser Kategorie gehörte.

»Was haben Sie mit Chrome gemacht?«, wollte sie wissen.

»Die Mutantenfrau?« Der spontane Themenwechsel brachte Aden nur kurzzeitig aus dem Konzept. »Was soll mit ihr sein? Wir haben sie in einer unserer Einrichtungen untergebracht und befragt, genau wie Sie es getan haben. Als ich sie das letzte Mal gesehen habe, ging es ihr den Umständen entsprechend gut. Sie vermisst ihre Kinder. Vielleicht sollten Sie in Erwägung ziehen, uns die Kleinen zu übergeben, damit sie wieder zu ihrer Mutter kommen können. Es gibt zwar keinen rechtlichen Anspruch der USI auf die Nachkommen von konzerneigenen Mutanten, da so etwas nicht vorgesehen ist, aber wenn Sie um das Wohl der Frau so besorgt sind, können Sie ihr auf diese Weise vermutlich einen großen Gefallen erweisen.«

»Wenn wir das hier erledigt haben und zurück auf dem Mars sind, werde ich es in Erwägung ziehen. Es wäre sicherlich von Vorteil, Chrome vorher zu sehen.«

»Das lässt sich bestimmt einrichten. Also? Wie sieht es aus?«

Ein weiteres Signal forderte Kareenas Aufmerksamkeit. Eines ihrer Überwachungsprogramme übermittelte einen Warnhinweis. Sie öffnete die Protokolldatei. Die aktuelle Audioverbindung wurde offenbar abgetastet. Jemand versuchte, sie zu lokalisieren. Aden! Der Mistkerl wollte sie aufspüren, während sie gemütlich plapperten. Die Audioverbindung lief nicht über den Delokator. Sie hatte sich austricksen lassen.

Sie unterbrach die Verbindung und löschte alle Kommunikationsprotokolle, auf die sie Zugriff hatte. Sie versuchte zu prüfen, ob Adens Tracking-Agent sie schon aufgespürt hatte oder sie ihn noch rechtzeitig bemerkt hatte, konnte aber kein eindeutiges Ergebnis erlangen. Sie musste vom schlimmsten Fall ausgehen, also, dass er wusste, wo sie sich aufhielt. Sie befand sich zwar auf dem Firmengelände von Triple-A, aber der Wohnsektor war gegenüber den öffentlichen Bereichen der Station nicht abgeriegelt. Jeder konnte hier hereinkommen. Auch Dan Aden. Was hieß, dass sie hier verschwinden mussten, und das so schnell wie möglich. Was wiederum unmöglich war, weil Hato das Firmengelände nicht verlassen durfte. Was für eine Scheiße!

Sie stöpselte sich aus und kontaktierte Phil.

»Hallo?«, meldete er sich bereits nach wenigen Sekunden.

»Phil, wir müssen hier weg. Der USI-Agent hat uns möglicherweise aufgespürt. Kommen Sie sofort her und packen Sie Ihre Sachen!«

»Wie hat er uns ...« Er unterbrach sich selbst. »Ich bin unterwegs.«

Sie schloss die Verbindung und ging nach nebenan, klopfte an die Tür von Hatos Appartement. Es dauerte ein wenig, bis er öffnete. »Ich war gerade in der Dusche.«

Er war nur mit einem Handtuch um die Hüften bekleidet. Kareena kam nicht umhin, seinen scheinbar nur aus Muskeln bestehenden, gut zwei Meter großen Körper in Augenschein zu nehmen.

»Wir haben ein Problem«, eröffnete sie. »Dan Aden, der USI-Agent hat uns möglicherweise aufgespürt. Wir müssen hier weg.«

Hato sah sie mit großen Augen an. »Ich kann hier nicht weg.«

»Ich weiß. Deswegen haben wir ja ein Problem.«

Er machte Platz, damit sie an ihm vorbei in sein Appartement eintreten konnte.

»Haben Sie schon eine Idee?«, fragte er.

Sie sah sich kurz in dem Zimmer um. Alles war perfekt aufgeräumt. Sogar die schmutzige Wäsche war gefaltet.

»Nicht wirklich«, räumte sie ein.

Hato überlegte einen Moment. »Sie und Phil verschwinden«, beschloss er schließlich. »Ich bleibe hier. Ich werde schon mit ihm zurechtkommen, wenn er hier auftaucht. Weiß er überhaupt, dass ich Sie begleite?«

Kareena zuckte die Schultern. »Schwer zu sagen. Er hat mich über meine Suchprogramme aufgespürt. Wenn er keine weiteren Erkundigungen eingezogen hat, kann es gut sein, dass er von Ihnen nichts weiß.«

»Umso besser. Ich werde ein Auge auf Ihr Zimmer haben. Wenn er hier auftaucht, schnappe ich ihn mir.«

»Seien Sie vorsichtig!«, riet Kareena. »Er hatte kein Problem, Kurokawi zu überwältigen.«

Sie war ein wenig erstaunt, als der Mutant ohne jegliche Scham das Handtuch von seinen Hüften zog und begann, sich vor ihren Augen anzukleiden.

»Kurokawi war kein Krieger«, stellte er beiläufig fest.

Kareena widersprach nicht. Sie wusste nicht, wie kampfkräftig Dan Aden war, aber um es mit Hato aufzunehmen, bedurfte es schon erheblichen Könnens.

»Ich geh dann mal und packe meine Sachen«, sagte sie und ging hinaus, nur um direkt vor ihrem Zimmer Dan Aden zu erblicken, der sich gerade an der Tür zu schaffen machte. Der USI-Agent musste schon während ihres Gespräches ganz in der Nähe gewesen sein, um so schnell hierherzugelangen. Als er sie bemerkte, ließ er von der Tür ab und wandte sich ihr zu.

»Captain Toran«, begrüßte er sie erneut, »schön, Sie persönlich zu treffen.«

Noch bevor sie reagieren konnte, stürmte Hato hinter ihr aus seinem Appartement und schob sie zur Seite.

Das Grinsen in Adens Gesicht verschwand abrupt. Seine Augen verengten sich. Mit einer blitzartigen Bewegung schüttelte er den langen Mantel ab und ging in eine leicht geduckte Haltung. Die schwarz behandschuhten Hände krümmten sich zu Klauen. Sein gesamter Körper war angespannt und schien jederzeit explodieren zu können. In Kareenas Kopf schrillten alle Alarmsignale. Dass er es überhaupt in Erwägung zog, sich einem Musha-Klasse-Krieger zum Kampf zu stellen, beunruhigte sie bereits erheblich. Dass sie seinen Bewegungen kaum folgen konnte, bestätigte endgültig ihren Verdacht, dass er ein mehr als ernstzunehmender Gegner war.

Sie war gerade dabei, sich die richtigen Worte für den Beginn einer Verhandlung zurechtzulegen, als Hato knurrend vorwärts stürmte. Er trug nur eine Hose, so dass Kareena die unverhüllten Muskeln seines Oberkörpers in Aktion bewundern konnte. Doch die Faszination für den Leib des Musha wich schnell dem Entsetzen über die Leichtigkeit, mit der Aden dem wuchtigen Fausthieb auswich, der auf seinen Kopf gezielt war. Von einem Moment zum nächsten stand der USI-Mann neben seinem Gegner, ohne dass Kareena gesehen hätte, wie er die eineinhalb Meter Strecke zurückgelegt hatte. Als die Ärmel seiner Anzugjacke zerrissen und Platz für die einen halben Meter langen Karbonklingen machten, die aus seinen Unterarmen hervorsprangen und auf Hato niedergingen, hatte sie keine Zweifel mehr, dass ihr Begleiter aus dem Kombinat sich in ernsthafter Gefahr befand.

Der Mutant schien allerdings nicht im Geringsten bereit, den Kampf aufzugeben. Die Schnitte auf seinen Armen kommentierte er mit einem martialischen Brüllen, gefolgt von einer Reihe weit ausholender Rundumschläge der riesigen Fäuste, die Aden zwangen, mehrere Schritte zurückzuweichen. Kareena erkannte, wie die Brust des USI-Agenten sich unmenschlich schnell hob und senkte, als seine leistungsoptimierten Lungen den hochgezüchteten Kreislauf mit Sauerstoff versorgten.

»Laufen Sie!«, schrie Hato sie an, während er sich unbeeindruckt von den blutenden Wunden erneut auf seinen Gegner stürzte. Kareena konnte noch sehen, wie er eine der Klingen, mit denen Aden den Angriff abwehrte, mit der bloßen Hand ergriff und mit der anderen einen krachenden Treffer auf dem Kopf des derartig fixierten Gegners landete. Jeder normale Mensch wäre unter einem solchen Hieb auf der Stelle KO gegangen, doch Dan Aden konterte mit einem Tritt gegen Hatos Unterleib und einem tiefen Stich der noch freien Klinge in die Schulter des Mutanten. Kareena drehte sich um und folgte dem Rat des Musha. Sie rannte, so schnell ihre Beine sie trugen, raus aus dem Wohnbezirk in Richtung der öffentlichen Sektoren, in der Hoffnung, dass Hato seinen Gegner lange genug aufhalten konnte. Erst, als sie in eine belebte Geschäftsstraße einbog und sich mehrere Passanten lautstark darüber beschwerten, dass sie ohne jede Rücksicht durch die Menge pflügte, verlangsamte sie ihre Schritte und drehte sich um. Auf dem Stück des Weges, das sie einsehen konnte, bevor die Krümmung des Habitats die Sicht versperrte, war kein Verfolger zu entdecken. Zügig, aber nicht mehr laufend marschierte sie weiter. Sie wählte erneut die Nummer von Phils ComLink.

»Phil«, sagte sie, sobald der Kanal geöffnet wurde. »Kommen Sie nicht zum Hotel! Er ist bereits dort.«

»Wer? Dan Aden?«

»Ja«, bestätigte sie. »Wir treffen uns in der Mall. Der Imbiss, in dem wir gestern waren.«

»In Ordnung«, stimmte der Slag zu.

Sie beendete die Verbindung und wählte Iesco an. Es dauerte eine Weile, bis er dranging. »Hi. Was gibt's?«

»Iesco, schick sofort Eure Sicherheit zu dem Hotel! Wir sind aufgeflogen. Hato hat meinen Rückzug gedeckt. Ich weiß nicht, ob er noch lebt. Er ist auf jeden Fall schwer verletzt.«

Der Ingenieur war mit den spontanen Anweisungen ein wenig überfordert. »Was sagst du?«

»Tu es!«, wies sie ihn an. »Sofort!«

»In Ordnung«, lenkte er ein. »Bin schon dabei. Pass auf dich auf!«

»Mach' ich.« Sie schloss den Kanal.

In der Menschenmenge fühlte Kareena sich schon bedeutend wohler. Ihre Sorge um Hato milderte das jedoch nicht im Geringsten. Sie hatte ein schlechtes Gewissen, weil sie ihm nicht beigestanden hatte. Sicher, er hatte sie selber dazu aufgefordert und gegen einen Kämpfer wie Dan Aden konnte sie wenig ausrichten. Aber ihr war alles andere als wohl dabei, einen ihrer Leute in einem aussichtslosen Kampf zurückzulassen.

Ihre Gedanken rasten. Die USI hatte nicht nur einen einfachen Agenten auf den Doc angesetzt. Dan Aden war ein Killer-Cyborg, die absolute Elite der Sondereinsatzkräfte der großen Konzerne. Ihr eigener Arbeitgeber Cynarian war einer der führenden Hersteller kybernetischer Implantate. Von daher hatte Kareena ein wenig Ahnung von den Möglichkeiten, aber auch den Kosten moderner Implantationschirurgie. Allein das optimierte Nervensystem und die Hochleistungsmuskeln, die es Aden ermöglicht hatten, sich schneller zu bewegen, als Kareena gucken konnte, kosteten mehr als sämtliche Implantate in ihrem Kopf zusammen. Auch die Unterarmklingen waren alles andere als billig, und wer wusste, was die Chirurgen sonst noch alles in Adens Körper eingebaut hatten. Dazu noch seine Fähigkeiten als Psychonaut und Hacker. Das war nicht irgendein Konzernlakai, sondern ein absoluter Topagent. Selbst die USI hatte nur eine Handvoll solcher Alleskönner in ihren Diensten. Das konnte nur bedeuten, dass die Konkurrenz den Doc ganz oben auf ihre Prioritätenliste gesetzt hatte. In Kareenas Überlegungen, die gesamte Operation sei sinnlos und überflüssig, musste ein gewaltiger Denkfehler sein. Irgendwas hielt die USI an dem Mann, den sie suchte, für so wichtig, dass sie einen ihrer besten Agenten auf ihn angesetzt hatte. Hatte es etwas mit Okatomo zu tun? Wie steckte das Kombinat mit in der Sache? In Kareenas Kopf überschlugen sich die Gedanken.

Fest stand, dass Aden den Doc zweifellos bald aufspüren würde, wenn Hato ihn nicht aufhielt. Und danach hatte der Kampf nicht ausgesehen. Wie konnte Kareena das jetzt noch verhindern? Ihre Agenten waren noch aktiv und alle Software, die sie zum Hacken benötigte, befand sich in ihrem Korteximplantat. Den Delokator hatte sie zurückgelassen. Ohne dieses Gerät konnte jeder halbwegs begabte Hacker sie aufspüren, wenn sie sich ins Netz begab. Das hieß, sie durfte sich jetzt nur noch für kurze Zeit einstöpseln und musste danach jedes Mal schleunigst den Standort wechseln. Nicht nur, um Dan Aden zu entkommen, sondern auch den Sicherheitskräften der Station, die vermutlich wenig begeistert waren, wenn jemand ihr ComNetz hackte. Der Rest ihrer Ausrüstung war ersetzbar. Aber vielleicht war ohnehin noch nicht alles verloren. Dan Aden würde nicht viel Zeit haben, sich in ihren Zimmern umzusehen, bevor Triple-As Sicherheit erschien.

Sie atmete tief durch. Erst einmal musste sie zur Ruhe kommen.

Sie kam in dem Café an, in dem sie sich mit Phil verabredet hatte. Sie setzte sich und bestellte eine heiße Schokolade. Kaum kam das dampfende Getränk aus dem Verteilerband, meldete ihr ComLink einen eingehenden Anruf. In Erwartung von Iesco oder Phil öffnete sie die Verbindung.

»Noch einmal guten Tag, Captain Toran«, sagte Dan Aden. »Bitte lassen Sie den Kanal offen! Ich werde Sie nicht noch einmal aufspüren. Außerdem haben Sie mittlerweile vermutlich ohnehin einen öffentlichen Ort aufgesucht.«

»Was wollen Sie?«, fragte Kareena kalt.

»Was ich vorhin bereits gesagt habe. Mit Ihnen zusammenarbeiten.«

Sie lachte heiser. »Nach dem, was Sie gerade abgezogen haben? Wie kommen Sie darauf, dass ich Ihnen vertrauen könnte?«

»Was würden Sie sagen, wenn ich Ihnen erzähle, dass ich ebenso wie Sie für Cynarian arbeite?«

Die Behauptung war so absurd, dass Kareena die Verbindung beinahe sofort beendet hätte. »Blödsinn!«

»Hören Sie mir zu! Es gab ein Treffen von Vertretern der USI und Cynarian. Inoffiziell, versteht sich. Kurz nach unserer ersten Begegnung. Es wurde festgestellt, dass unsere Interessen sich weitgehend überschneiden.«

»Wessen Interessen? Wer war von Cynarian dabei?«

»Ranghohe Vertreter der Genetikabteilung.«

»Elisa Naratova«, entfuhr es Kareena unwillkürlich.

»Ich sehe, Sie kennen sich.«

»Bevor wir weiter sprechen, möchte ich wissen, wie es Hato geht.«

»Dem Kombinats-Omega, der auf mich losgegangen ist? Nicht besonders gut, aber er lebt. Wenn er in den Genuss guter Pflege kommt, wird er es überstehen. Die Omegas sind hart im Nehmen.«

»Nächste Frage.« Kareena war nicht gewillt, sich wieder in die Defensive drängen zu lassen. »Was wollen Sie von mir? Sie würden nicht so beharrlich versuchen, mich zu einer Zusammenarbeit zu bewegen, wenn Sie nicht irgendetwas von mir bräuchten, um weiterzukommen.«

»In der Tat«, gab Dan Aden zu. »Ich möchte die Angelegenheit möglichst friedlich klären.«

»Das habe ich gemerkt«, kommentierte Kareena sarkastisch.

»Darf ich Sie daran erinnern, dass Ihr Omega-Freund mit den Handgreiflichkeiten begonnen hat?«

»Als Sie gerade versucht haben, in mein Appartement einzudringen.«

»Captain«, Aden hörte sich gereizt an, »wir können jetzt noch ewig mit den Vorwürfen weitermachen, aber das wird uns nicht voranbringen.«

»Na schön, der guten Form halber: Was wollen Sie friedlich klären?«

»Die Kontaktaufnahme mit Dr. Yugora. Ich denke, ich weiß, wo er steckt. Aber ich komme vermutlich nicht ohne Gewalt an ihn heran. Vielleicht gelingt Ihnen das. Wenn ich es recht sehe, haben Sie sich in Hades Verstärkung besorgt. Jemand, den er kennt?«

»Wie kommen Sie zu dieser Annahme?« Kareena versuchte, möglichst ahnungslos zu klingen.

»Die USI hat einen guten Geheimdienst. Und ein paar Anteile an der Fluglinie, mit der Sie nach Luna geflogen sind.«

Kareena fluchte innerlich. Die USI hatte wirklich überall ihre Finger drin.

»Was wollen Sie von Dr. Yugora?«, fragte sie.

»Das, was auch Ihre Leute von ihm wollen: in Erfahrung bringen, wie es ihm gelungen ist, diese Mutantin zu refertilisieren, so dass sie Kinder bekommen konnte.«

»Warum wollen Sie das ausgerechnet von Yugora wissen? Es sind doch mittlerweile haufenweise andere Mutanten bekannt, die Kinder geboren haben. Die werden doch nicht alle beim Doc gewesen sein, oder?«

»Täuschen Sie sich da nicht! Diese Chrome war nicht seine einzige Mutanten-Patientin. Vermutlich hat er nicht alle Eingriffe selber durchgeführt, aber wir haben Grund zu der Annahme, dass er der Erste war, der es getan hat. Möglicherweise hat er die Prozedur entwickelt und andere Ärzte darin ausgebildet. Wir wissen noch nicht genau, wie sich dieses Wissen verbreitet hat, aber Dr. Yugora ist derzeit unsere heißeste Spur.«

Kareena war versucht, Okatomo zu erwähnen, um zu erfahren, was Aden über ihn wusste, hielt sich aber zurück. Sie wollte sich selber nicht zu sehr in die Karten schauen lassen.

»Wo befindet der Doc sich denn im Augenblick?«, fragte sie stattdessen.

»Nichts für ungut, Captain Toran, aber ich denke, es ist nicht der richtige Zeitpunkt, Ihnen das mitzuteilen. Zuerst benötige ich eine Bestätigung von Ihnen, dass wir unsere Ressourcen kombinieren.«

»Ich muss darüber nachdenken. Ich gebe Ihnen Bescheid, wenn ich mich entschieden habe.« Ohne eine Bestätigung abzuwarten, schloss Kareena den Kanal. Sie sah auf die Straße hinaus und hielt Ausschau nach dem USI-Agenten, nur für den Fall, dass er sie doch wieder aufzuspüren versucht hatte. Stattdessen sah sie Phil, der gerade auf das Café zuhielt. Sie winkte ihm zu.

»Alles in Ordnung, Kareena?«, fragte er besorgt, als er sich zu ihr setzte. »Sie sehen aus, als hätten Sie einen Geist gesehen.«

»Etwas in der Art«, murmelte sie und nippte abwesend an ihrer Tasse. Sie berichtete dem Slag von den jüngsten Ereignissen an ihrer Unterkunft und dem Gespräch mit Dan Aden. Noch während sie erzählte, meldete Iesco sich.

»Hi«, begrüßte Kareena ihn erschöpft.

»Wie geht es dir?«, war seine erste Frage.

»Ich bin erst mal in Sicherheit, denke ich«, antwortete sie. »Wie sieht es bei euch aus? Wie geht es Hato?«

»Wenn es nach ihm ginge, würde er schon wieder in die Schlacht ziehen, aber die Sanitäter waren dagegen. Sie haben ihn in eine konzerneigene Klinik gebracht.«

»Gut.«

»Er ist sehr besorgt um dich. Ich übrigens auch.«

»Ist schon OK«, versuchte Kareena, ihn zu beruhigen. »So was bringt der Job manchmal mit sich.«

»Mit wem habt Ihr Euch denn da angelegt? Das muss ja ein echtes Kampfmonster sein, wenn er einen Musha so zurichten kann.«

»Ein Cyborg, so wie es aussieht.«

»Schöne Scheiße!« Iescos Ausbruch fasste auch ihre eigene Stimmung gut zusammen.

»Was ist mit den Zimmern?«, fragte Kareena. »Was hat er mitgenommen?«

»Nichts«, antwortete Iesco. »Hato hat es geschafft, ihn so lange aufzuhalten, bis der Sicherheitsdienst anrückte und ihn verjagt hat. Ich musste da gar nichts mehr machen. Die waren schon alarmiert.«

Kareena atmete auf. Ihre Ausrüstung war unversehrt. »Das sind doch mal gute Nachrichten.«

»Hast du eigentlich irgendetwas Illegales dabei?«, wollte Iesco wissen.

»Warum?«

»Na ja, unsere Sicherheitsabteilung möchte schon erfahren, was da los war. Bisher konnte ich sie hinhalten, aber ich glaube, die wollen ein paar Antworten haben.«

Kareena dachte an den Delokator. »Es wäre besser, wenn ich einige Sachen abholen könnte, bevor eure Sicherheit da rumstöbert.«

»Das hatte ich befürchtet. Ist besser, ich mache das. Wenn du hier aufkreuzt, kann es sein, dass sie dich gleich einpacken. Lass dich besser nicht hier blicken! Ich kümmere mich um alles. Auch um Hato.«

»Danke Iesco. Bist ein Schatz.«

»Ich weiß.« Endlich kehrte sein Schalk zurück. »Du hattest mich ja gewarnt, dass es heiß hergehen könnte.« Dann wurde er schlagartig wieder ernst. »Versprich mir, dass du vorsichtig bist! Mit wem auch immer du dich da angelegt hast, er ist alles andere als harmlos.«

»Das habe ich auch schon bemerkt. Ich pass' schon auf mich auf. Das ist mein Job.«

»Dann sei bitte gut in deinem Job!«

»Bin ich«, besänftigte sie ihn und hoffte, dass es der Wahrheit entsprach. Dann beendete sie die Verbindung. Sie gab die wichtigsten Infos an Phil weiter, der sie fragend ansah. Insbesondere, dass es Hato den Umständen entsprechend gut ging.

»Und wie geht es jetzt weiter?«, fragte er. »Sie wollen doch nicht auf das Angebot von diesem Aden eingehen, oder?«

Sie schüttelte den Kopf. »Nein. Erst recht nicht, wenn diese arrogante Naratova da mit drinsteckt. Wenn das wirklich stimmt und sie gemeinsame Sache mit dem USI-Geheimdienst macht, statt sich an unsere eigene Sicherheitsabteilung zu wenden, dann läuft da irgendeine riesige Sauerei ab. Und Aden glaube ich kein Wort. Der will bestimmt nicht nur ein paar freundliche Fragen stellen, wenn er den Doc in seine Finger bekommt. Nein, da spiele ich nicht mit.«

»Und was dann?«

»Gute Frage.« Sie sah unschlüssig in die Gegend.

»Wie wäre es, wenn wir direkten Kontakt mit dem Doc aufnehmen?«, warf Phil in den Raum. »Sie haben doch das Postfach. Schicken Sie ihm eine Nachricht!«

Kareena sah ihn groß an. »Alles, was in das Postfach geht, sieht Dan Aden zuerst. Und außerdem, was sollen wir ihm denn sagen? ‚Hallo, ich bin von Cynarian, dem Konzern, der sich mit der USI verbündet hat, um Sie aufzuspüren'?«

»Und wenn ich ihn kontaktiere?«

»Dann bleibt immer noch Problem Nummer eins. Ich sehe im Augenblick keine Möglichkeit, Adens Agenten von dem Postfach zu vertreiben.«

Beide starrten eine Weile vor sich hin.

»Dann müssen wir ihn direkt finden«, stellte Phil fest. »Er muss doch auch mal in die Mall gehen oder so etwas. Selbst wenn er bei Orpheus ist, wird er da doch sicherlich mal rauskommen, oder? Es gibt doch bestimmt Überwachungskameras, die ihn finden könnten. Kommen Sie da nicht dran?«

Kareena überlegte. »Solche Daten unterliegen im Allgemeinen hohen Sicherheitsstufen. Das wird nicht einfach. Vielleicht sogar unmöglich. Aber ich kann es mir mal ansehen.«

»Na also.« Phil grinste.

Kareena war froh, dass sie ihn mitgebracht hatte. Wenn sie verzweifelte, fiel ihm irgendetwas ein, um zumindest ihren Elan wieder ein wenig zu wecken.

»Also gut«, stimmte sie ihm zu. »Aber zuerst müssen wir uns eine neue Unterkunft besorgen.«

Phil grinste. »Tun wir das.«

06.12.2210, Rhein-Main-Neckar-Metroplex, Europäische Föderation, Erde

Endlich ging es los. Die Turbinen des Hovercrafts heulten auf und das Gefährt erhob sich einen guten Meter vom Boden. Es ähnelte der Fähre, mit der Skip vor eineinhalb Monaten Den Haag verlassen hatte. Die Insignien der Reederei prangten noch auf dem Rumpf. Nach der Beschlagnahmung durch die Mutanten, die damit nach Rheinberg gekommen waren, hatte sich niemand die Mühe gemacht, sie zu entfernen.

Das Hovercraft war voll besetzt. Knapp zweihundert Menschen zwängten sich in der Kabine zusammen. Dazu trotzten noch einmal zwanzig auf dem Deck dem unablässigen Wind und Regen, alle bewaffnet, hauptsächlich mit den Gewehren, die sie den Feds abgenommen hatten. Die Waffen wirkten winzig in den Händen der Alphas. Skip sah die Anspannung in ihren Gesichtern. Keiner von ihnen wusste, ob er den heutigen Tag überleben würde. Sie hatten ihr Unternehmen so gut geplant wie möglich, aber es blieb ein weitgehend unkalkulierbares Wagnis. Die leichten Railguns und anderen Waffen konnten gegen die Gegner, die sie erwarteten, vermutlich nicht viel ausrichten. Außerdem verfügte keiner von ihnen über eine militärische Ausbildung.

Ihre Hoffnung lag auf Blackhearts Stoßtruppen. Die Anführerin der Omegas stand in ihrem schweren Panzeranzug auf dem Vordeck, flankiert von vier ihrer Mitstreiter. Die Abzeichen der Föderation waren mit einem schwarzen Herz übermalt. Für den Fall, dass sich ihnen andere, noch zur Föderation loyale Stoßtruppen entgegenstellten, wollten sie ein eindeutiges Erkennungszeichen haben. Skip lächelte bei der Erinnerung daran, wie für einen Augenblick so etwas wie Rührung über das Gesicht der Omega-Kommandantin gehuscht war, als Thunderbolt das schwarze Herz als Symbol vorgeschlagen hatte.

Auf den anderen Hovercrafts und Schiffen, die gerade ebenfalls ihre Reise antraten, waren weitere der Infanteristen postiert, wenn auch meist nur ein oder zwei von ihnen. Die Kompanie war weit verteilt. Das war ein weiteres Wagnis. Falls es konzentrierten Widerstand gegen ihren Vorstoß gab, würde es eine Weile dauern, bis die Stoßtruppen ihre Kampfkraft zusammengezogen hatten. Aber da niemand sagen konnte, wo ein Gegenangriff stattfinden würde, schien die möglichst gleichmäßige Verteilung ihrer Kräfte die beste Lösung zu sein.

»Viel Glück!«, erklang Terries Stimme in Skips Headset.

»Danke«, antwortete Skip. »Danke für alles.«

»Ich hoffe, es klappt. Ich werde versuchen, so viel Chaos im System der Feds anzurichten wie möglich. Aber in die militärischen Netze werde ich vermutlich nicht hineinkommen.«

»Schon klar. Auch dir viel Glück.«

Skip war immer noch ein wenig betrübt, dass der Slag nicht mit ihnen kam.

»Was soll ich dort?«, hatte er gesagt. »Ich gehöre auf die Erde. Diese verdammte verseuchte Kugel hat meinen Eltern und mir die Gene versaut. Meine einzige Rache besteht darin, irgendwann einmal meinen stinkenden Kadaver auf ihr zu betten, wenn die Scheiße, die sie mir angetan hat, mich dahinrafft. Ich sehe keinen Grund, sie davor zu bewahren.«

Trotz seiner Weigerung mitzukommen, hatte Terry ihnen noch alle Hilfe zukommen lassen, die ihm möglich war. Auch ihrer Flucht würde er aus dem ComNetz heraus beistehen.

Er war nicht der Einzige, der nicht mitkommen wollte. Viele der Mutanten des Protektorats schlossen sich lieber Valiant an, um sich gegen alle Widerstände weiter auf der Erde durchzuschlagen. Nicht alle von ihnen waren bereit, diejenigen zu unterstützen, die ihr Glück im Weltraum versuchen wollten. Die letzten Tage waren erfüllt gewesen vom Streit um Waffen, den sowieso schon knappen Proviant und auch die Schiffe und Hovercrafts, die einzige Möglichkeit, Rheinberg zu verlassen. Skip hatte sich bemüht, einen Kompromiss auszuhandeln, aber Blackheart hatte letztlich weitgehend vollendete Tatsachen geschaffen, als ihre Stoßtruppen sich einfach nahmen, was sie brauchten. Beinahe hätte es gewaltsame Auseinandersetzungen gegeben. Skip hatte Blackheart schließlich überzeugt, zumindest ein paar Zugeständnisse an jene zu machen, die bleiben wollten, und damit möglicherweise ein Gemetzel verhindert. Denn nichts anderes wäre passiert, hätten die schlecht bewaffneten Bewohner des Lagers sich mit den Stoßtruppen angelegt.

Skip bedauerte zutiefst, dass sie derart zerstritten auseinandergehen mussten. Er konnte Valiants Abneigung gegen ihn und Blackhearts Leute nachvollziehen. Aber sie hatte nur Verachtung für ihn übrig. Nun trennten sich ihre Wege. Vermutlich war es das Beste, was sie tun konnten.

Ein Ruck ging durch das Hovercraft, als die Düsen es vorwärts schoben, den Rhein hinauf. Skip sah zurück auf das Flüchtlingslager, das Protektorat, das ihm in den letzten Wochen zur Heimat geworden war. Sollte er die kommenden Stunden überstehen und ihm noch ein langes Leben beschieden sein, egal ob in der Freiheit des Weltalls oder den Internierungslagern der Föderation, er würde diesen Ort in Erinnerung behalten. Hier hatte sich sein Schicksal entschieden, wie auch immer es aussehen mochte. Hier hatte der Bordmechaniker Skip sich in Protektor Avenger verwandelt. Er musste beinahe lachen, so aberwitzig kamen ihm die vergangenen Ereignisse vor. Er war als Tourist auf die Erde gekommen und verließ sie als Freiheitskämpfer und Anführer der Mutanten, die sich gegen die Föderation zusammengeschlossen hatten. Hätte ihm das vor ein paar Monaten jemand geweissagt, er hätte ihn für vollständig verrückt erklärt. Er fühlte sich nicht wie ein Anführer. Alles, was er tat, war, die Situation zu analysieren und zu entscheiden, welche Maßnahme am besten geeignet war, ein möglichst positives Ergebnis zu erzielen. Machte ihn das zum Anführer?

Er sah zu dem hünenhaften Mann neben ihm auf. Der Alpha nahm seine Aufgabe als Leibwächter sehr ernst und wich Skip kaum noch von der Seite. Nach ihrem Wiedersehen hatte er behauptet, er würde ihn kaum noch erkennen. In Grönland hatte Skip zwar schon das kleine Reparaturteam angeführt, aber ihn als Anführer des Mutantenaufstandes zu sehen, hatte Mace wohl ziemlich verblüfft. Nicht, dass es Skip besser erging. Auch er konnte nicht fassen, wie ihm geschah. Aber hatte er sich wirklich so weit verändert? Das zu glauben, fiel ihm schwer. Aber selbst wenn es so war, hielt es Mace nicht davon ab, seinem alten Freund aus friedlicheren Tagen treu zur Seite zu stehen. Dafür war Skip ihm unendlich dankbar.

»Na dann mal los!«, grummelte der Alpha. Seine Stimme konnte die Angst vor dem, was sie erwartete, nicht verbergen.

Immer schneller verschwanden die unter dem Wind geduckten Baracken hinter ihnen, als das Hovercraft beschleunigte. Zeit, sich von der Vergangenheit abzuwenden und der Zukunft entgegenzublicken. Die bestand derzeit aus den gebirgsgleichen Konzernfestungen und Arkologien, die den Rhein säumten. Skip umklammerte fest die Railgun in seinen Händen. Er sah auf zu den bunt beleuchteten Monumenten des Wohlstands, die herablassend auf ihn hinabzublicken schienen. Einst war er ein Teil der Konzernwelt gewesen, zwar am unteren Ende der Hackordnung, aber er hatte dazugehört und die Segnungen genossen, die damit einhergingen. Ein geordnetes Leben ohne Existenzängste. Eine gewaltige Bürokratie, die sein Dasein regelte und ihm alle wichtigen Entscheidungen abnahm. Die meisten Konzernbürger waren damit glücklich und dachten nicht einmal daran, die Geborgenheit der Firma zu verlassen, der sie sich angeschlossen hatten oder in die sie hineingeboren waren. Manchmal fragte auch Skip sich, ob es ein Fehler gewesen war, sich freizukaufen und der USI den Rücken zu kehren. Diese Momente des Zweifels wurden aber immer seltener. Er hatte die Freiheit gekostet und auch, wenn es eine turbulente Zeit war – oder vielleicht gerade deswegen – musste er zugeben, dass er es sich nicht mehr vorstellen konnte, sein Schicksal fremden Mächten zu überlassen. Er hatte sich entschieden und spätestens seit seinem Aufruf zur Revolution gab es für ihn ohnehin kein Zurück mehr.

»Drohnen!«, kam der Warnruf über sein ComLink.

Noch bevor er auch nur Ausschau nach den Angreifern halten konnte, ratterte vor ihm bereits eine der schweren Railguns der Stoßtruppen. Blackhearts Lobeshymnen auf die Waffen waren nicht unbegründet. Die Gemeinsamkeiten mit den Gewehren, die die Mutanten den Sicherheitskräften abgenommen hatten, beschränkten sich auf das grundlegende Funktionsprinzip. Alles Weitere lag in einer anderen Größenordnung. Die Geschosse wogen ein Vielfaches der Munition in der Waffe, die Skip in den Händen hielt, und auch in Bezug auf die Mündungsgeschwindigkeit ebenso wie die Schussfolge waren sie überlegen. Das Ergebnis der resultierenden Feuerkraft war eine Explosion, die kurzzeitig den Nachthimmel über Skip erleuchtete. Etwas trudelte zu Boden und verschwand platschend im Wasser des Flusses. Dann kehrte wieder Ruhe ein.

»Nur ein Späher«, hörte er Blackhearts raue Stimme.

Sie hatte ihm gezeigt, wie das TacOpS, das taktische Operationssystem funktionierte, mit dem die Stoßtruppen sich untereinander verständigten. Jeder Gegner, den auch nur einer von ihnen mit den zahlreichen Sensoren der Infanteriepanzer entdeckte, wurde auf den Displays der gesamten Kompanie sichtbar. Jeder von ihnen war zu jeder Zeit umfassend über die Position und den Status seiner Kameraden informiert. Zusätzlich war das System weitgehend immun gegen Störsender, zumindest auf kurze Entfernung. Skip wünschte sich, ebenfalls in das TacOpS eingebunden zu sein, statt nahezu blind in die Dunkelheit zu spähen.

Es war früh am Morgen. Selbst über den tief hängenden Regenwolken war die Sonne noch nicht aufgegangen. Das einzige Licht stammte von den himmelstürmenden Fassaden zu ihrer Linken, hinter den Hafenanlagen von Walsum. Die Hovercrafts und Schiffe fuhren ohne Beleuchtung, um nicht noch ein besseres Ziel abzugeben, als sie es ohnehin bereits waren. Die Turbinen übertönten alle anderen Geräusche um ihn herum, so dass Skip nicht einmal in die Dunkelheit horchen konnte. Nur die Stoßtruppen wussten, wer gerade wo war. So lange Blackheart keinen Alarm schlug, musste Skip davon ausgehen, dass alles nach Plan verlief.

Plötzlich wurde er von hellem Licht geblendet. Beinahe synchron hoben er und Mace die Arme vor das Gesicht, um die Augen abzuschirmen. Er blickte direkt in einen grellen Scheinwerfer. Nein, es waren mehrere. Skip sah mindestens vier von ihnen vor ihm auf dem Wasser.

»Hovertanks!«, stellte Blackheart ruhig fest. Dann folgten hochfrequente, unangenehm quietschende Laute. TacOpS-Daten. Nur die Decoder in den Infanteriepanzern konnten die Codes entschlüsseln. Was auch immer die Stoßtruppen für Informationen austauschten, sie hatten innerhalb von zwei Sekunden einen Angriffsplan entworfen. Vor ihm auf dem Deck heulten die Triebwerke der Panzeranzüge auf und katapultierten die fünf Infanteristen in die Höhe. Weitere der blauen Plasmastrahlen zogen von weiter hinten über ihn hinweg. Dann blühte der gesamte Nachthimmel auf, als hunderte weiterer leuchtender Spuren über ihm erschienen: Täuschkörper, mit denen die Stoßtruppen ihren eigenen Anflug deckten. Nur ein Bruchteil der Lichtbänder stammte von den Kriegern, die sich auf die Gegner vor ihnen auf dem Fluss stürzten. Skip konnte die Spuren der Antriebsdüsen nicht von den Täuschkörpern unterscheiden. Die blendenden Suchscheinwerfer der Tanks ließen vom Fluss ab und suchten stattdessen den Himmel ab. Sogar über das Heulen der Turbinen hinweg konnte Skip das harte Knattern automatischer Railguns vernehmen. Das Abwehrfeuer der Hovertanks war aber ungezielt. Genauso wie Skip konnten auch die Feds die Stoßtruppen in dem strahlenden Feuerwerk am Himmel nicht ausmachen. Dann loderten die blauen Blitze der Plasmaschleudern auf. Vor ihnen brach Chaos aus. Die weißen Lichtkegel der Suchscheinwerfer und die blauen Plasmaentladungen des entfesselten Waffenarsenals der Infanteristen erleuchteten ein aberwitziges Ballett der Zerstörung. Wie rasende Derwische tanzten die Stoßtruppen auf den gleißenden Abgasstrahlen ihrer Triebwerke durch die Luft, immer in Bewegung. Sie konzentrierten ihr Feuer auf einzelne der Tanks, die scheinbar hilflos unter ihnen hin und her manövrierten wie Menschen, die in Panik versuchten, den Angriff eines Wespenschwarms abzuwehren. Dann landeten die Infanteristen in kleinen Gruppen auf den Tanks und bearbeiteten die Panzerplatten mit Vibroklingen und Plasmaschneidern. Keine feurigen Explosionen markierten das Ende der Hovertanks, sondern lediglich das jämmerliche Erlöschen der Suchscheinwerfer. Innerhalb weniger Minuten war alles vorbei und der Rhein lag abermals schwarz und ruhig vor ihnen. Eine leichte Erschütterung des Decks zeigte, dass die Stoßtruppen wieder landeten. Im matten Schein der erleuchteten Wolkenkratzer erkannte Skip die vagen Umrisse der sinkenden Hovertanks links und rechts von ihm. Kurzzeitig glaubte er, im Wasser treibende, sackartige Schemen in den Farben föderierter Uniformen gesehen zu haben. Doch sie waren zu schnell vorbei, um sie genauer in Augenschein zu nehmen.

»Wenn das alles war, werden wir keine Probleme haben«, kommentierte Blackheart über Funk.

»Keine Verluste?«, fragte Skip krächzend. Er hatte einen Kloß im Hals.

»Nur ein paar leichte Treffer«, berichtete die Kriegerin. »Alle Mann noch größtenteils einsatzbereit.«

Skip wurde endgültig bewusst, dass er nicht Zeuge eines Kampfes, sondern eines Gemetzels geworden war. Die Stoßtruppen hielten, was Blackheart versprochen hatte. Er hatte schon mehrfach gehört, dass die schwere Infanterie die mächtigste Waffengattung im Bodenkampf des 23. Jahrhunderts war. Aber eine unmittelbare Demonstration der ungebändigten Zerstörungskraft der Stoßtruppen war etwas anderes, als militärwissenschaftliche Abhandlungen zu lesen. Erst jetzt wurde ihm wirklich bewusst, welches Schicksal den Mutanten von Rheinberg beschieden gewesen wäre, wenn die Stoßtruppen nicht die Seiten gewechselt hätten.

Auch Mace, der sonst für alles einen Kommentar auf den Lippen hatte, stand schweigend neben ihm und fühlte sich merklich unwohl in seiner Haut.

Skip wandte sich wieder dem Fluss vor ihnen zu. Eine Biegung weiter waren sie an den Hafenanlagen vorbei und tauchten endgültig ein in den Metroplex. Am westlichen Rheinufer verschwanden die geduckten Baracken von Rheinberg außer Sicht und wichen den korporativen Festungen, deren obere Stockwerke sich in den Wolken über ihnen verloren. Sie hatten die Föderationsgrenzzone verlassen und waren nun mitten im Land der Verheißung. Eine komplette Schleife des Flusses lang blieb alles ruhig.

»Irgendetwas zu sehen?« Skip traute dem Frieden nicht.

»Nur weit oben«, erklärte Blackheart. »Vermutlich Beobachtungsdrohnen. Falls sie weitere Kampfeinheiten auf dem Fluss haben, sind sie wohl abgezogen. Die wollen nicht noch mehr Prügel einstecken.«

»Das kann es doch nicht gewesen sein.« Skip wollte nicht glauben, dass es so einfach war.

»Ich schätze, sie analysieren gerade unseren Plan und formieren sich neu«, spekulierte die Stoßtruppen-Kommandantin. »Das bedeutet, dass sie mit einem Vorstoß über den Fluss nicht gerechnet haben. So wie es aussieht, ist unsere Überraschung gelungen.«

Skip verzichtete auf den Hinweis, dass sie zuerst gegen diesen Plan gewesen war. Der Schock darüber, wie die Sturminfanteristen mit den Hovertanks verfahren waren, saß tief. Er war gerade nicht gewillt, jemanden zu reizen, der über eine derartige Feuerkraft verfügte.

»Gut«, war alles, was er von sich gab. Angesichts der Erkenntnis, dass die Stoßtruppen soeben einen Gegner bezwungen hatten, den er in der Dunkelheit nicht einmal deutlich hatte erkennen können, fühlte er sich an Deck reichlich überflüssig. »Ich sehe mal unten nach dem Rechten«, sagte er zu seinem Leibwächter. »Bleib du besser hier!«

Mace nickte nur stumm und ließ ihn ziehen.

In der Kabine des Hovercrafts blickten ihn zweihundert Gesichter an. Alphas, Betas, ein paar andere Mutanten und sogar eine Handvoll Norms und Slags, die sich ihnen angeschlossen hatten. Nur wenigen gelang es, ihre Furcht zu verbergen.

»Was war da oben los?«, fragte ein Beta.

»Hovertanks«, antwortete Skip und versuchte, möglichst entspannt zu klingen. »Die Stoßtruppen haben das erledigt. Wir kommen gut voran.«

Ein Hauch von Zuversicht wehte durch die vollkommen überfüllte Kabine. Skip ging zu den ehemaligen Arbeitern des Raumhafens. Die meisten von ihnen waren auf den Booten weiter hinten, um sie nicht unnötig zu gefährden. Sie würden später noch dringend gebraucht. Aber drei von ihnen hatten sich bereit erklärt, auf dem Führungsboot mitzukommen, um den Angriff der Omegas zu begleiten.

»Bei euch alles OK?«, fragte Skip.

Sie nickten mit zusammengepressten Lippen. Wie fast alle hier an Bord waren sie Techniker. Sich durch feindliche Linien zu kämpfen, war nicht Bestandteil ihrer Ausbildung.

»Wir sind bereit«, bestätigte eine Beta mit gepresster Stimme. Ihr Name war Raven. Sie hatte vor Beginn der Mutantenjagd mehr als zwanzig Jahre für den Betreiberkonzern des Raumhafens gearbeitet und kannte das Gelände und alle Einrichtungen darauf in- und auswendig. Auf ihren Beschreibungen fußten weite Teile des Plans, sobald sie am Raumhafen ankamen. Skip legte ihr die Hand auf die Schulter. »Wenn es so weitergeht, seid ihr in fünfzehn Minuten dran.«

»Alles klar«. Das gequälte Lächeln erreichte ihre Augen nicht, aus denen weiterhin nackte Angst zu ihm aufblickte.

Skip ging weiter und zwängte sich durch die Reihen zur Kommandobrücke. Die Scheibenwischer mühten sich, die großen Sichtfenster vom Regen zu befreien. Doch ohne die Bordscheinwerfer erstreckte sich jenseits des Glases ohnehin nur undurchdringliche Schwärze. Die wild zusammengewürfelte Besatzung fuhr nur nach den Instrumenten und auch von denen waren nur die passiven Sensoren in Betrieb. Das Radar war ein Leuchtfeuer für alle Lenkraketen, die ein lohnendes Ziel suchten.

»Verdammte Scheiße«, begrüßte der frischgebackene Kapitän ihn auf der Brücke. Vor zwei Monaten war er noch Lotse im Hafen von Brüssel gewesen. »Hast du die Omegas gesehen? Haben die die Tanks weggeräumt! So was hab' ich noch nicht erlebt! Die Feds tun mir fast schon leid. Die hatten ja gar keine Chance.«

»Ja«, stimmte Skip zu. »Gut, dass wir sie dabei haben. Haben wir noch Kontakt zu Terry?«

»Nee. Die scheißen uns mit Störsendern nur so zu. Um da durchzukommen, braucht's militärisches Gerät.« Der Kapitän tätschelte das Instrumentenbrett des Hovercrafts. »Dagegen kann die alte Schüssel hier nicht anstinken.«

Das war zu befürchten gewesen. Nun waren sie auf sich gestellt. Terry hatte ihnen geholfen, solange es ging. Trotz aller Anstrengungen der Feds, Rheinberg vom Rest der Welt abzuschotten, war es ihm gelungen, die Verbindung nach draußen aufrechtzuerhalten. Insbesondere für die Kommunikation mit ihren neuen Verbündeten im Orbit war das immens wichtig gewesen. Blackheart und Skip hatten Kontakt zum Flottenträger Donar aufgenommen, der von meuternden Mutanten übernommen worden war. Ihr Anführer Steeler hatte zugesagt, den Flüchtlingen aus Rheinberg Geleitschutz auf dem Weg in den Orbit zu geben. Sie hatten den Zeitplan ihrer gemeinsamen Operation, so gut es ging, abgestimmt. Ohne Kontakt zu ihren Verbündeten waren sie nun darauf angewiesen, dass alle Beteiligten das Programm strikt einhielten, sonst war der gesamte Plan gefährdet. Das war eine Schwachstelle des Unternehmens. Eine von vielen. Die mangelnde Aufklärung der Situation an ihrem Ziel war in Skips Augen das größte Problem. Niemand wusste, was sie auf dem Raumhafen erwartete. Sie mussten darauf hoffen, dass die Feuerkraft der Stoßtruppen ausreichte, alles niederzuwalzen, was sich ihnen dort in den Weg stellen würde. Und, dass sie genug Shuttles oder sonstige Schiffe fanden, um all ihre Leute darin unterzubringen. Viel zu viele Unsicherheiten für Skips Geschmack. Er mochte keine Überraschungen. Wusste gerne möglichst exakt, was auf ihn zukam. Vermutlich hätte er sich das überlegen sollen, bevor er auf die Erde gekommen war.

»Wir machen weiter wie geplant«, sagte er mit möglichst fester Stimme. Er war schließlich Avenger. Der Protektor. Die anderen mussten nicht wissen, welche Zweifel er hegte. Sein Job war es, für alle übrigen der Fels in der Brandung zu sein, der wusste, wo es lang ging und was zu tun war. Beinahe hätte er gelacht. Ausgerechnet er war zum Hoffnungsträger tausender Mutanten geworden. Was für eine irrwitzige Situation! Aber so weit er sich zurückerinnerte, hatte er stets jede Aufgabe, die ihm gestellt worden war, so gut erledigt, wie es ihm möglich war, sei es die Instandsetzung der bordinternen Wasseraufbereitung eines Frachtschiffes oder die Beladung eines Tankers mit Helium-3. Jetzt war er halt Anführer eines Aufstandes der Mutanten in der Europäischen Föderation. Nur eine weitere Aufgabe.

Er versuchte noch einmal vergeblich, durch die Scheiben des Hovercrafts irgendetwas zu erkennen. »Ich gehe wieder raus. Da sieht man besser, was los ist.«

»Aye, Protektor«, stimmte der Kapitän zu.

Skip verließ die Brücke und zwängte sich wieder durch das Passagierabteil. Der Gestank von Fäkalien mischte sich unter den drückenden Schweißgeruch. Angst erfüllte jeden Kubikmeter der Kabine. Das schicksalsergebene Schweigen der Flüchtlinge wog wie eine zentnerschwere Last auf Skips Schultern.

»Alles ruhig da draußen«, berichtete er. »Wir haben sie wohl überrumpelt.«

Die zweihundert Augenpaare, die ihn anstarrten, wollten seinen Worten Glauben schenken. Aber sie alle wussten, dass das Schlimmste noch bevorstand.

»Am besten, ihr kommt gleich mit«, forderte er Raven und ihre beiden Kameraden auf, als er an ihnen vorbei ging. Das Trio erhob sich wortlos und folgte ihm.

Die frische Luft an Deck war eine Erlösung für Skips überreizte Sinne. Er füllte seine Lungen mit Sauerstoff. Wenn alles klappte wie geplant, waren seine Atemzüge unter freiem Himmel bald gezählt. Er würde zurückkehren in die Welt der hermetisch geschlossenen Habitate und Luftaufbereiter. Es war unwahrscheinlich, dass er die Erde jemals wieder betreten würde. Außer natürlich, ihre Reise endete doch noch in einem Internierungslager der Föderation. Aber spätestens mit seinem Aufruf zur Revolution hatte er vermutlich sogar diese Chance vertan. Wenn die Feds ihn schnappten, war ihm wohl ein Todesurteil sicher. Es war erstaunlich, wie gelassen er darüber nachdenken konnte. Aber das war noch lange kein Grund, sich mit einem derartigen Schicksal abzufinden.

Mace schloss sich ihm wieder an. Blackheart und ihre Leute standen auf dem Vorderdeck. Heftige Böen fegten über sie hinweg. Der Regen wurde stärker. Eisige Nadelstiche prasselten auf sein Gesicht. Aber kein Vergleich zu dem, was er in Grönland erlebt hatte. Er kämpfte sich gegen die Naturgewalten nach vorne und öffnete den ComKanal. »Immer noch nichts?«

»Sie beobachten uns.« Die Mündung der Plasmaschleuder in der gepanzerten Hand der Kriegerin wies in den dunklen Himmel zwischen den erleuchteten Türmen des Metroplex. Wie die Wände einer Schlucht ragten sie zu beiden Seiten des Flusses auf. »Drohnen und Copter. Aber sie halten Abstand. Die wissen, was ihnen blüht, wenn sie weiter runterkommen.«

»Keine Raketen oder so was?« Skip misstraute dem Frieden.

»Nichts dergleichen.« Der flache Helm wandte sich den Wolkenkratzern zu. »Wenn wir sie mit Täuschkörpern eindecken, würden einige davon möglicherweise abgelenkt und die Gebäude treffen. Vermutlich wollen sie Kollateralschäden vermeiden.«

»Oder sie sparen sich das Beste noch auf.«

»Auch möglich. Wir werden es bald erfahren. Da vorne beginnt das Raumhafengelände.«

Skip bemühte sich, etwas in der Schwärze vor ihm zu erkennen, aber da war nichts. Am östlichen Ufer waren nicht einmal beleuchtete Gebäude zu sehen. Dann stieg die Erkenntnis in Skip auf, dass genau das Fehlen jeglichen Lichtes ihr Ziel ankündigte. Das Landefeld des Raumhafens war weiträumig von Brachland umgeben.

»Ich sehe es«, murmelte er.

»In Kürze wissen wir, was sie noch aufgefahren haben.« In Blackhearts Stimme schwang fast ein wenig freudige Erwartung mit. Skip sah zu ihr auf. Sie nahm die Plasmaschleuder in beide Hände. Die vier anderen Stoßtruppler verteilten sich über das Deck. Sie nahmen Gefechtsformation ein. Vermutlich geschah auf den Schiffen weiter hinten gerade dasselbe.

»Haltet euch von den Antriebsdüsen fern!«, forderte Skip die anderen Mutanten auf dem Deck auf. Auch die Alphas nahmen ihre Waffen fest in die Hände und richteten sie auf das im Dunkel liegende östliche Ufer.

Das Hovercraft passierte die letzten Gebäude, bevor sich zu seiner Linken nur noch Schwärze erstreckte. Lediglich die Lichter auf dem Westufer ermöglichten noch eine grobe Orientierung.

»Sie haben die Beleuchtung des Landefeldes ausgeschaltet«, rief

Raven über den Wind hinweg in Skips Ohr. »Die müsste man sonst von hier aus schon sehen.«

Skip nickte und öffnete den Kanal zu Blackheart. »Wir werden erwartet.«

»Ich weiß«, antwortete sie.

Dann brach die Hölle über sie herein.

Von einem Moment zum nächsten flammten Dutzende Lichtpunkte auf und rasten auf die Hovercrafts und Schiffe zu.

»Raketen!«, brüllte Skip, aber die Stoßtruppen hatten den Angriff schon längst bemerkt. Aus den Tornistern aller Infanteriepanzer schossen Flugabwehrraketen und Täuschkörper in die Höhe und erfüllten den gesamten Himmel mit gleißendem Licht. Nur Sekunden später röhrten die Antriebe der Rüstungen auf und trugen die Omegas auf blauen Plasmastrahlen ihren Feinden entgegen. Noch im Flug eröffneten sie das Feuer auf die anfliegenden Raketen und weitere Gegner, die Skip in dem Inferno nicht einmal sehen konnte. Doch der Kampf beschränkte sich nicht lange auf den Himmel über ihm.

Eine Rakete schlug im Bug des Hovercrafts ein. Skip wurde von der Explosion gleichzeitig geblendet und von den Füßen gehoben. Die Druckwelle schleuderte ihn gegen die Wand der Aufbauten auf dem Deck. Das ganze Gefährt bäumte sich auf. Das Dröhnen der Turbinen schwoll zu einem ohrenbetäubenden Heulen an. Einer der Alphas schrie. Skip versuchte herauszufinden, wo oben und unten war. Alle Geräusche kamen nur gedämpft bei ihm an. Ein konstanter Pfeifton dominierte sein Gehör. Auf allen Vieren arbeitete er sich über das schwankende Deck voran, instinktiv in Richtung der Schreie. Geistesabwesend wischte er die Flüssigkeit aus dem Auge, die ihm über die Stirn lief. Er bekam eine massige Hand zu fassen, die eine Railgun umklammerte, und zog sie zu sich heran. Er bemerkte, dass sie viel zu leicht war, um zu einem Alpha-Klasse-Mutanten zu gehören. Er zwinkerte und befreite erneut sein Auge von der lästigen Flüssigkeit. Der Arm, den er gegriffen hatte, endete knapp über dem Ellbogen. Entsetzt ließ Skip ihn los. Langsam erstarben die Schmerzensschreie. Skip sah nun, wo sie herkamen, und machte kehrt, so schnell er konnte, als er die zerfetzten Überreste des Alphas sah. Kurz befürchtete er, es sei Mace, aber dann erkannte er, dass es sich nicht um seinen Leibwächter handelte. Instinktiv hob er noch die Railgun auf und nahm sie mit.

Eine riesige Pranke packte ihn und hob ihn auf die Beine.

»Wir müssen hier weg!«, brüllte Mace und marschierte voran. Feuer erhellte das Deck. Eine brennende Gestalt rannte an ihm vorbei und sprang ins Wasser. Noch mehr Mutanten quollen aus der Kabine heraus. Ein Ruck ging durch das Hovercraft. Skip wurde ein weiteres Mal von den Beinen geholt. Das Schwanken des Decks hörte abrupt auf. Sie waren am Ufer aufgelaufen.

»Runter vom Schiff!«, brüllte Skip, rappelte sich wieder auf und stellte sich an die Reling, wild mit der Waffe in seiner Hand winkend. Die Mutanten sprangen vom Deck in die vom Feuer und dem zerstörerischen Spektakel am Himmel erleuchtete Uferböschung. Mace hatte sich einen Verwundeten über die Schulter geworfen und trug ihn vom Schiff.

»Da rüber!«, rief Raven. Sie war schon an Land und wies den Flüchtlingen den Weg zum Raumhafen. Skip musste seinen Kopf drehen, um sie zu erkennen. Sein linkes Auge war schon wieder von der Flüssigkeit bedeckt. Erst jetzt wurde ihm bewusst, dass es sein eigenes Blut war, das ihm ins Auge lief. Er betastete seine Stirn. Vermutlich nur eine Platzwunde.

Nach und nach leerte sich das Deck. Als Letzter kam der Kapitän.

»Gutes Landungsmanöver«, lobte Skip ihn.

Der Mann sah ihn nur flüchtig an, bevor er noch einen letzten Blick auf das brennende und gestrandete Hovercraft warf. »So endet mein erstes und vermutlich letztes Kommando.«

Skip gab ihm einen Klaps auf die Schulter. »Du hast heute zweihundert Leben gerettet.«

Der Beta nickte, dann sprangen beide an Land.

Unter Zuhilfenahme beider Hände erklomm Skip die schlammige Böschung. Vor ihm erstreckte sich eine flache Wiese. Hunderte Mutanten liefen in weit verstreuten Grüppchen durch Schlamm und Matsch weg vom Fluss. Weitere Schiffe landeten am Ufer und entließen ihre Passagiere. Eines sah Skip brennend im Fluss versinken. Nur wenige Mutanten schwammen von dort an Land. Ein Hovercraft steuerte zu den Schiffbrüchigen, nachdem es seine Insassen abgesetzt hatte. Skip hatte keine Ahnung, wie viele seiner Schutzbefohlenen bereits ihr Leben gelassen hatten, aber seine schlimmsten Befürchtungen waren nicht eingetreten. Die meisten hatten die Fahrt über den Fluss überstanden. Der Raumhafen lag unmittelbar vor ihnen.

Skip rupfte ein Büschel nasses Gras aus dem Boden und wischte sich das Auge frei. Die Blutung schien bereits nachzulassen. Zumindest lief das Auge nicht sofort wieder voll.

Er hielt kurz Ausschau nach Mace, konnte den Hünen aber nicht entdecken. Er setzte sich in Bewegung, hin zu dem Feuerwerk aus Explosionen, das den Weg markierte, den die Stoßtruppen gerade freikämpften. Inmitten der Schar seiner Kameraden lief er über die nasse Wiese. Mehrmals stolperte er. Einmal fiel er der Länge nach hin. Rappelte sich wieder auf. Lief weiter. Plötzlich glühten die feurigen Pilze von Explosionen auf. Körper wurden zerrissen und durch die Luft geschleudert. Verwundete schrien. Ein Copter der Feds drehte fauchend seine Runde über den Mutanten.

»Rennt!«, brüllte Skip.

Sie rannten. Liefen um ihr nacktes Leben. Noch ein Copter gesellte sich zu seinem Kumpanen, entließ seine tödliche Fracht über das Feld voller panischer Flüchtlinge. Eine weitere Explosion, diesmal über ihnen. Eines der Fluggeräte taumelte brennend vom Himmel herab und stürzte zu Boden. Der Stoßtruppler, der die Luftabwehrrakete abgeschossen hatte, stürmte, getragen vom Strahl seines Triebwerks, auf den zweiten Copter zu. Aus minimaler Entfernung entließ die Waffe des Infanteristen tausende Grad heißes Plasma, das sich mühelos durch die Panzerung des Fluggerätes brannte. Unmittelbar über Skip verschwand der Copter mitsamt dem Stoßtruppler in einem Feuerball, als das Plasma die Munition in den Waffenschächten entzündete. Trümmer fielen zu Boden. Skip rannte, um dem Regen aus Wrackteilen zu entkommen. Ein großer Brocken landete direkt vor ihm. Schlamm spritzte auf. Skip stoppte seinen Lauf, als sich eine grob humanoide Gestalt vor ihm erhob. Wasser und Matsch verdampften zischend auf der glutheißen Rüstung des Stoßtrupplers. Er warf dem ungläubig staunenden Skip einen kurzen Gruß zu, dann donnerten die Düsen und der Soldat flog auf einem blau schimmernden Schweif davon, dem nächsten Gegner entgegen.

Skip sah nach links und rechts. Mutanten liefen an ihm vorbei. Verwundete stolperten vorwärts, so schnell ihre gepeinigten Gliedmaßen sie zu tragen vermochten. Auch er setzte sich wieder in Bewegung. Knatternde Schüsse bellten durch die Nacht. Vor ihm fiel ein weiterer Mutant zu Boden. Skip sah die Drohne in nur wenigen Metern Höhe über ihm kreisen. Er legte die Railgun an, zielte und drückte ab. Die automatische Waffe zuckte in seinen Händen. Der Rückstoß hämmerte den Schaft gegen seine Schulter. Die Drohne drehte sich zu ihm. Der Lauf ihrer Waffe schwenkte in seine Richtung. Er feuerte weiter. Ein kurzes Blitzen war das einzige Anzeichen seines Treffers. Wie ein Stein fiel der Flugroboter zu Boden. Skip lief zur Absturzstelle und entließ aus unmittelbarer Nähe eine weitere Salve auf das wehrlose Gerät. Das Zucken des Rotors erstarb. Weiter! Laufen! Immer weiter!

Plötzlich kam der Strom der Flüchtenden ins Stocken. Einer der Omegas marschierte durch die Reihen und bedeutete den Leuten, in Deckung zu gehen.

Skip ging auf ihn zu. »Was ist los?«

Der Soldat wies ihn mit einer ruppigen Geste an, den Kopf runterzunehmen, dann erkannte er ihn.

»Wir kommen nicht weiter«, erklärte die blecherne Stimme des Helmlautsprechers. »Blackheart hat befohlen, in Stellung zu gehen.«

»Wo ist sie?«

Der Omega deutete weiter nach vorne. Skip bewegte sich dorthin. Er aktivierte das Headset.

»Avenger an Blackheart. Wo steckst du?«

Durch das Rauschen der Störsender konnte er mühsam ihre Stimme identifizieren. »Blackheart hier. Ich komme.«

Sie fragte nicht, wo er sich befand. Über das TacOpS hatte sie die Information von dem anderen Stoßtruppler bereits erhalten.

Weniger als eine halbe Minute später tauchte ihr Panzeranzug vor ihm auf.

»Was ist los?«, wollte Skip wissen.

»Wir stecken fest«, berichtete sie. »Sie haben sich auf der anderen Seite des Landefeldes verschanzt.« Ihre gepanzerte Hand wies in die Richtung, aus der sie gekommen war. »Da liegt mindestens ein Regiment mit schweren Tanks und Artillerie.«

»Gegen die kommt ihr nicht an?«

»Nicht auf die Entfernung. Das Landefeld ist mehr als zwei Kilometer breit. Vollkommen offenes Feld. Keinerlei Deckung. Wenn wir da einen Frontalangriff wagen, verlieren wir die Hälfte der Männer, noch bevor wir in Kampfreichweite sind. Wir haben bereits acht Totalverluste. Das packen wir nicht.«

»Hier können wir nicht bleiben!«, mahnte Skip. »Es muss doch eine Möglichkeit geben.«

»Die gibt es«, erwiderte Blackheart. »Wir ziehen uns zurück nach Norden. Da haben wir wieder alle Vorteile auf unserer Seite.«

»In den Metroplex? Und dann?«

»Verschanzen wir uns, nehmen Geiseln, verhandeln. Was weiß ich. Weiter vorwärts geht es nicht. Zu den Schiffen zurück auch nicht. Wir haben keine Wahl.«

Skips Gehirn arbeitete auf Hochtouren. Es musste noch eine andere Lösung geben. Wenn sie den Kampf in den Metroplex brachten, würde er hunderte weitere Opfer fordern, möglicherweise tausende, Unbeteiligte, Zivilisten. Und was dann? Bisher hatte die Föderation nicht einmal einen Versuch unternommen, mit ihnen in Verhandlung zu treten. Skip teilte Blackhearts Optimismus nicht, dass die Feds sich von Geiseln oder anderen Erpressungsversuchen beeindrucken lassen würden. Die technokratische Regierung war für ihre kompromisslose Linie berüchtigt. Und die öffentliche Stimmung war ohnehin schon gegen die Mutanten. Wenn sie anfingen, Geiseln zu nehmen und sich hinter Zivilisten zu verschanzen, würden sich auch die Konzerne in den Kampf einmischen. Das brachte sie nicht weiter. Aber was war die Alternative? Ein selbstmörderischer Angriff über das Landefeld hinweg? Im Kugelhagel untergehen? Skip war verzweifelt. Langsam setzte sich in ihm die Erkenntnis durch, dass sie gescheitert waren.

»Wir ergeben uns«, sagte er kleinlaut.

»Ergeben?«, dröhnte Blackhearts Helmlautsprecher. »Kommt gar nicht infrage! Bleib du doch hier. Wir gehen in den Plex.«

»Nein!«, widersprach Skip. Er war selbst überrascht über die Härte seiner Stimme. »Es ist vorbei. Ich werde nicht zulassen, dass noch wer weiß, wie viele weitere Menschen sterben müssen. Das hier waren schon viel zu viele.«

»Das ist ein Krieg«, belehrte die Omega ihn. »Wenn du nicht bereit bist, Opfer zu bringen, hättest du besser zu Hause bleiben sollen oder freiwillig in die Internierung gehen.«

»Es sind genug Opfer. Ich beende diesen Krieg. Jetzt!«

»Das liegt nicht in deiner Macht!« Die Stoßtruppen-Kommandantin wandte sich ab und ging zurück zur Frontlinie. Skip rannte ihr hinterher.

»Bleib hier!«, brüllte er. Er sprang sie an und hieb mit der bloßen Faust auf den Infanteriepanzer. Sie ignorierte ihn. Er nahm die Railgun vom Rücken und legte auf sie an.

»Bleib stehen oder ich schieße!«

Sie stoppte. Drehte sich zu ihm um.

»Mit dem Ding machst du nicht mal einen Kratzer in die Panzerung«, belehrte sie ihn. »Das ist nicht mehr dein Krieg, Avenger. Viel Vergnügen in der Internierung.«

Sie ging weiter.

Skip ließ die Waffe sinken. Seine Knie gaben nach. Er ließ sich auf dem Boden nieder. Legte die Railgun ins nasse Gras. Hob den Kopf, schloss die Augen und ließ die Regentropfen auf sein Gesicht fallen. Er hatte getan, was er konnte. Von nun an lag es nicht mehr in seiner Hand. Fast war er erleichtert, dass es vorbei war. Nur die anderen taten ihm leid. Sie hatten ihm vertraut. Aber war das seine Schuld? Er war nur ein Raumschifftechniker. Am Ende hatte es doch nur für Skip gereicht. Protektor Avenger war tot. Zerberus' Fußstapfen waren zu groß für ihn gewesen.

Ein heller Blitz durchdrang seine geschlossenen Lider. Unwillkürlich öffnete er die Augen und blickte in den Himmel. Die feurigen Schweife von Fusionstriebwerken durchstießen die Wolken, erst zwei, dann immer mehr, mindestens zwei Dutzend. Skip erkannte die gedrungenen Rümpfe von Cobra-Angriffsjägern. Jagdbomber. Er lachte. Jetzt war es endgültig entschieden. Vermutlich würden Blackheart und ihre Leute es nicht mal bis in den Metroplex schaffen. Er verfolgte die Flugbahn der Jäger. Sie hielten direkt auf den Raumhafen zu. Die Flugabwehr der Feds eröffnete das Feuer. Von einem Augenblick zum nächsten war Skip hellwach. Er sprang auf und beobachtete, wie die Jagdbomber das Landefeld unter Beschuss nahmen. Eine feurige Wand erhob sich, wo ihre Feinde sich verschanzt hielten. Im gleißenden Schein der Explosionen erkannte Skip die Abzeichen auf den Rümpfen der Jagdbomber: ein Hammer und ein Blitz. Die Insignien der Donar. Ihre Verbündeten waren gekommen.

Auch die anderen Mutanten um ihn herum hatten die Rettung bemerkt. Alle erhoben sich und beobachteten fasziniert das Schauspiel der Vernichtung, das sich vor ihnen entfaltete. Skip sah, wie die Stoßtruppen sich neu formierten. Er versuchte, eine Verbindung zu Blackheart zu öffnen, erhielt aber nur Rauschen. Doch offensichtlich hatte der Plan der Omega-Kriegerin sich auch ohne sein Zutun geändert. Die Stoßtruppen erhoben sich und stürzten sich mitten in das Inferno vor ihnen.

»Ihnen nach!«, schrie Skip und feuerte die Mutanten um ihn herum an, sich in Bewegung zu setzen. Zu Hunderten stürmten sie auf das Landefeld. Die Stoßtruppen hatten, gedeckt durch die Angriffe der Jagdbomber, die Entfernung zu ihrem Gegner bereits überwunden. Im Nahkampf hatten die Tanks der Feds keine Chance. Explosionen bezeichneten die Stellen, an denen weitere Soldaten der Föderation den Tod fanden. Die Cobras nahmen sich unterdessen der verbliebenen Copter an, die jedoch so schnell wie möglich das Weite suchten. Innerhalb weniger Minuten hatte die sichere Niederlage sich in einen überwältigenden Sieg verwandelt. Pures Adrenalin trieb Skip weiter voran. Als er am Ende des Landefeldes ankam, waren von den Feds nur noch rauchende Trümmer und verkohlte Leichen übrig. Die Stoßtruppen waren bereits ins Innere der Raumhafengebäude vorgedrungen und sicherten das Gelände.

Skips ComLink erwachte zum Leben. Die Störsender waren wohl ebenfalls vernichtet.

»Seraph an Avenger. Avenger kommen!«

»Hier Avenger. Spreche ich mit jemandem von der Donar?«

»Positiv, Avenger. Ich bin Flight Lieutenant Seraph von der Donar. Commander Steeler lässt Grüße überbringen.«

»Ihr habt uns den Arsch gerettet, Flight Lieutenant Seraph.«

»War uns ein Vergnügen. Wir sollten hier aber so schnell wie möglich verschwinden, Protektor Avenger. Mehrere Jagdgeschwader der Föderation haben sich uns nicht angeschlossen. Wenn die mit Norms bemannt sind, werden sie bald hier sein und uns die Hölle heißmachen. Hinter den Hangars haben wir Shuttles gesehen. Commander Blackheart hat berichtet, dass in den Hangars auch mehrere Transporter stehen. Ich schlage vor, ihr macht die Kisten so schnell wie möglich startklar, schwingt eure Hintern da rein und seht zu, dass ihr uns hinterherfliegt.«

»Das werden wir tun«, bestätigte Skip. Alle Schmerzen und Anstrengungen waren wie weggeblasen. Seinen Mitstreitern schien es nicht anders zu gehen. Raven und ihre Leute benötigten keine weiteren Anweisungen. Sobald sie bei den Hangars angekommen waren, begannen sie damit, Seraphs Plan in die Tat umzusetzen. Skip gesellte sich zu ihnen. Noch nie hatte er es derart genossen, ein Shuttle mit Helium-3 zu betanken.

Zwanzig Minuten später saß er im Cockpit und bereitete den Start vor. Noch hatte niemand gezählt, wie viele ihrer Mitstreiter ihr Leben auf dem Spießrutenlauf zum Raumhafen gelassen hatten. Aber der Großteil schien durchgekommen zu sein und verteilte sich auf die Shuttles und Frachter. Rhino und Lynx hatte er bereits gesehen. Mace vermisste er noch, aber in dem allgemeinen Chaos war es gut möglich, dass der Alpha ein anderes Schiff bestiegen hatte.

Als der Fusionsantrieb hochfuhr und das Shuttle sich vom Boden erhob, wurde Skip bewusst, dass dies wohl sein Abschied von der Erde war. Er wusste nicht, ob er sie vermissen würde. Sein Aufenthalt war beileibe nicht so verlaufen, wie er es geplant hatte, aber er hoffte, er könnte sich eines Tages vornehmlich an die schönen Momente erinnern. Das Atmen unter freiem Himmel. Der Regen im Gesicht. All dies war von nun an Vergangenheit.

»Avenger bereit zum Start«, meldete er auf dem allgemeinen Kanal.

»Seraph bestätigt. Zwei Jäger zum Geleit bereit.«

»Verstanden, Seraph. Los geht's!«

Er zündete die Schubdüsen. Die Beschleunigung drückte ihn in die Pilotenliege. Raven hatte den Copilotensitz übernommen. Das Shuttle war größer als alles, was er bisher geflogen hatte. In seinem Rumpf hatten mehr als hundert Mutanten Platz genommen. Aber das Prinzip war dasselbe wie bei einem Containertransporter. Ein Profi hätte den Start vielleicht ruckelfreier hinbekommen, aber sie flogen in die richtige Richtung. Die beiden Geleitjäger nahmen ihn in die Mitte und dann ging es steil hinauf. Er schaffte es gerade noch, einen kurzen Blick auf die Oberfläche zu erhaschen, doch mehr als das dunkle

Band des Rheins konnte er nicht mehr erkennen, bevor die Wolken ihm die Sicht nahmen.

Langsam begann er wirklich daran zu glauben, dass es gelungen war. Ihr Plan hatte funktioniert. Nicht ohne Hilfe und auch nicht ohne Verluste, aber sie hatten einen Großteil der Mutanten aus Rheinberg von der Erdoberfläche evakuiert.

Dann passierten sie die Wolken. Tiefblauer Himmel erstreckte sich über ihm von Horizont zu Horizont. Die Sonne strahlte ihn an. Seit dem Sommer in Grönland hatte er sie nicht mehr in voller Pracht gesehen.

»Auf nach Aurora!«, verkündete er beinahe feierlich. Sie hatten kurz diskutiert, stattdessen zur Donar zu fliegen, aber der Flottenträger hatte bei weitem nicht genug Andockplätze für die rund zwanzig Schiffe, mit denen sie ankommen würden. Also blieben sie beim ursprünglichen Ziel, der Heimatbasis von Blackhearts Stoßtruppen.

Erst jetzt wurde ihm bewusst, dass er seit ihrem Streit nicht mehr mit der Omega-Kommandantin geredet hatte. Sie hatte nicht ihn, sondern Seraph über die Shuttles und die sonstige Lage auf dem Raumhafen informiert. Mit der Anführerin der Stoßtruppen würde wohl ein klärendes Gespräch nötig sein. Aber vorher mussten sie erst einmal eine neue Bleibe finden.

Auf nach Aurora!

06.12.2210, Aurora-Station, Erdorbit

Ein weiteres Mal trennte Kareena die Verbindung ihres Gehirns zum ComNetz der Station. Sie schlug die Augen auf und betrachtete die triste Einrichtung des Zimmers, das Phil und sie bezogen hatten. Es gehörte zu einer Billig-Hotelkette nahe dem Freihafengelände und bot alles, was man zum Überleben benötigte, aber kein bisschen mehr. Die Ausstattung war, gelinde gesagt, spartanisch und im Vergleich zu den Unterkünften von Triple-A ein erheblicher Rückschritt. Es war das Unauffälligste, was sie auf die Schnelle hatten bekommen können. Iesco hätte ihnen zwar auch eine neue Bleibe im AAA-Sektor beschaffen können, aber das hätte möglicherweise Fragen bezüglich der Gründe für ihren Aufenthalt auf Aurora aufgeworfen, die sie lieber nicht beantworten wollte. Sie war schon froh, dass Iesco ein paar Habseligkeiten aus ihrem Reisegepäck in ihrer alten Unterkunft hatte schmuggeln können. Auch einige Dinge aus Hatos Zimmer, sein ComLink und einen Minicomputer, hatte er mitgebracht, bevor sie der AAA-Sicherheitsabteilung in die Hände fielen und unangenehme Fragen provozierten. Besonders froh war sie, als Iesco ihr den Delokator überreicht hatte. So musste sie ihre Nachforschungen nicht völlig ohne unterstützende Hardware vornehmen. Aber wirklich weitergekommen war sie trotzdem nicht.

»Was Neues?«, fragte Phil. Schon der Tonfall teilte Kareena mit, dass er nicht mit einer positiven Reaktion rechnete. Vermutlich hatte ihr missmutiges Gesicht ihm bereits die Antwort gegeben.

»Nichts«, bestätigte sie. »Auf das Postfach greift niemand zu und in den Überwachungsdaten, an die ich herankomme, ist kein Hinweis auf den Doc zu finden.«

»Und dieser Dr. Kim?«

Kareena schüttelte den Kopf. »Auch nichts. Orpheus ist mit meiner Ausrüstung unantastbar und im Rest der Station ist kein noch so kleiner Hinweis auf seine Existenz zu finden.«

Sie massierte sich die Schläfen. Verschiedene Hacker, mit denen sie während ihrer Zeit bei der Cyberabwehr in Kontakt gekommen war, hatten ihr berichtet, dass sie es als rauschhaften Nervenkitzel empfanden, in fremden Computersystemen herumzuwühlen. Wenn das das Kriterium für einen guten Datenjockey war, dann würde Kareena niemals einer von ihnen werden. Für sie war es furchtbar anstrengend, ständig aufpassen zu müssen, nicht erwischt zu werden. In der Rolle des Jägers fühlte sie sich deutlich wohler.

Auch Phil stöhnte und sackte in sich zusammen. Die Vitalität, die die zweiwöchige Intensivbehandlung in Cynarians konzerneigenem Krankenhaus in Elysium City in dem Slag geweckt hatte, bevor sie ihre Reise angetreten hatten, schien weitgehend verflogen. Er erinnerte Kareena nun wieder an das strahlenverseuchte Menschenwrack, dem sie bei ihrem ersten Trip nach Hades begegnet war. Und das, obwohl sein Vorrat an Medikamenten noch nicht aufgebraucht war. Vermutlich machte auch ihm die anhaltende Erfolglosigkeit ihres Unterfangens zu schaffen. Außerdem hatten sie beschlossen, ihr Zimmer so wenig wie möglich zu verlassen, um nicht versehentlich Dan Aden über den Weg zu laufen. Nur noch für das Nötigste gingen sie in die Mall. Langsam begann der Lagerkoller, an ihrer beider Gemüt zu nagen.

»Tee?«, fragte Phil.

Die selbstheizende Kanne, die er sich besorgt hatte, wurde den Ansprüchen der traditionellen Teezeremonie mit Sicherheit nicht gerecht. Aber zumindest hatte der Slag sich im Shigano-Kombinat mit einem Vorrat an frischen Teeblättern eingedeckt, von dem er immer noch zehrte. Kareena war nie ein großer Fan des Getränks gewesen, aber Phil war sehr bemüht, sie zu bekehren.

»Gerne«, antwortete sie und nahm die dampfende Tasse entgegen. Schweigend tranken sie.

Das gemeinsame Ritual besänftigte Kareena ein wenig. Die Ruhe tat gut. Anfangs hatte Phil sie dazu zwingen müssen, ihr neurales Interface für die Dauer der Zeremonie auszuschalten. Überhaupt keinen Input aus den ComNetz oder ihrem Korteximplantat zu erhalten, war ungewohnt. Mittlerweile empfand sie es fast als wohltuend. Zumindest für ein paar Minuten. Sie stellte die leere Tasse auf den Tisch.

»Und weiter geht's!«, murmelte sie und legte sich wieder hin. Sie schloss die Augen und wählte sich erst einmal in einen Nachrichtenfeed ein. Mal sehen, was es Neues gab, auch wenn die Ereignisse der letzten Wochen eher nicht dazu geeignet waren, ihre Stimmung zu heben.

Erstaunt runzelte sie die Stirn, als sie statt des Feeds nur statisches Rauschen empfing. Sie öffnete einen anderen Kanal, erhielt aber dasselbe Ergebnis. Um zu prüfen, ob mit ihrem Interface etwas nicht stimmte, wählte sie Auroras internes Stationsnetz. Diesmal bekam sie ein Signal. Es schien, als seien die Verbindungen der Station zur Außenwelt abgeschnitten.

Die Erkenntnis, was das bedeutete, traf sie wie ein Schlag. Sie riss die Augen auf und setzte sich so abrupt auf, dass Phil erschrak.

»Was jetzt?«, wollte er wissen.

»Die Station wird angegriffen!«, antwortet sie.

»Was? Woher haben Sie das?«

»Störsender!«

Er verstand nicht. »Störsender?«

»Der erste Schritt eines Angriffs ist immer die Störung der gegnerischen Kommunikation. Und genau das geschieht gerade mit Aurora.« Sie setzte sich auf und zwängte ihre Füße in die Stiefel.

»Wer greift uns denn an?«, hakte Phil nach.

»Keine Ahnung.« Sie erhob sich vom Bett und zog die Jacke über. »Gehen wir!«

»Wohin?«

»Zu Hato. Ich will nicht, dass er wehrlos im Hospital liegt, wenn der Krieg hier Einzug hält.«

Phil zweifelte noch. »Im Hospital laufen wir Gefahr, Dan Aden über den Weg zu laufen. Deshalb haben wir Hato doch noch nicht besucht.«

»Ich hoffe, dass Aden im Moment etwas Besseres zu tun hat. Bleiben Sie ruhig hier! Ich gehe alleine.«

Der Slag stand ebenfalls auf und zog sich an. »Ich komme mit.«

Auf der Straße war alles ruhig. Für einen Moment glaubte Kareena, sie hätte sich vielleicht geirrt. Sie wählte sich in einen stationseigenen Feed. Dutzende Einträge der letzten Minuten bestätigten, dass auch andere Nutzer den Kontaktabbruch zur Außenwelt bemerkt hatten. Die meisten schimpften über die Unzuverlässigkeit von OrbiCom, dem lokalen Telekommunikationsanbieter. Einige Einträge beinhalteten aber ähnliche Überlegungen, wie auch Kareena sie angestellt hatte, und äußerten die Befürchtung, der Krieg hätte Aurora erreicht. Offizielle Meldungen gab es noch keine.

Sie gingen strammen Schrittes durch die Mall, als alle öffentlichen ComTerminals und Hinweistafeln plötzlich das Logo der Stationsverwaltung zeigten, einen stilisierten Sonnenaufgang. Dann verschwand das Logo und machte Platz für das tiefschwarze Gesicht von Sybil Mbela, die Chefin der lokalen Sicherheit.

»An alle Bewohner der Aurora-Orbitalstation. Aufgrund einer ungeklärten Sicherheitslage bitten wir Sie, sich unverzüglich in Ihre Wohnbezirke zu begeben und diese vorerst nicht zu verlassen. Alle Geschäfte und öffentlichen Einrichtungen werden angewiesen, auf der Stelle jeglichen Publikumsverkehr zu beenden. Ab sofort herrscht eine Ausgangssperre. Den Anweisungen aller Angehörigen der Sicherheitsabteilung sowie dem militärischen Personal ist unbedingt Folge zu leisten. Diese Maßnahmen dienen Ihrer eigenen Sicherheit.

Bitte verfolgen Sie die stationseigenen Nachrichtenkanäle! Wir halten Sie über den aktuellen Status informiert. Mbela Ende.«

Ein paar Sekunden lang schien die gesamte Station wie erstarrt. Die Menschen sahen sich gegenseitig fragend an und standen ebenso unschlüssig wie ungläubig herum. Dann erwachten die Terminals wieder zum Leben und wiederholten Mbelas Ansprache.

Die ersten Leute fingen an zu laufen. Andere folgten. Innerhalb weniger Augenblicke rannten alle wild durcheinander. Mütter nahmen ihre Kinder auf den Arm. Eine aufgetakelte Frau mittleren Alters begann, hysterisch zu kreischen. Geschäftsinhaber verrammelten eilig ihre Schaufenster.

»Und jetzt?« Phils Stimme klang ebenfalls recht aufgelöst.

»Mir nach!« Kareena lief zum AAA-Sektor. Je weiter sie sich vom Zentrum der Mall entfernten, desto homogener wurde der Menschenstrom. Alle rannten hier mehr oder weniger in dieselbe Richtung. Wer ein anderes Ziel hatte, wurde gnadenlos zur Seite gedrängt und musste sich am äußersten Rand der Korridore mühsam vorarbeiten. Sicherheitskräfte erschienen auf dem Plan und versuchten mit mäßigem Erfolg, das Chaos zu bändigen. Immerhin gelang es ihnen, eine ausgewachsene Massenpanik zu verhindern und den Großteil der Leute halbwegs unbeschadet durch die Gänge zu schleusen.

Kareena versuchte, eine Verbindung zu Iesco herzustellen, aber das stationsinterne ComNetz war nun auch tot. Nur noch die Ansprache der Sicherheitschefin war in Endlosschleife zu vernehmen. Kareena war nicht überrascht. Aus ihrer eigenen Erfahrung wusste sie, dass es in Notsituationen üblich war, alle Kommunikationskanäle für das Militär und die Sicherheitsabteilungen zu reservieren.

Der Slag in ihrem Schlepptau keuchte herzerweichend. Sich bei einem g auf den Beinen zu halten, gelang ihm mittlerweile recht gut, aber laufen war etwas anderes.

»Durchhalten, Phil!«, feuerte sie ihn an.

Seine Antwort bestand nur aus einem rasselnden Hustenanfall, aber er schleppte sich wacker voran.

Am Eingang zum Territorium der AAA standen vier konzerneigene Sicherheitsleute und überwachten den Zustrom. Es sah so aus, als winkten sie die Flüchtenden einfach nur durch, aber Kareena hatte eine dunkle Vorahnung. Sekunden später wurden ihre Befürchtungen bestätigt, als sie neben sich ein lautes »Halt!« vernahm. Eine Hand schloss sich fest um ihren Oberarm. Auch Phil wurde aufgehalten. Kareena musste ihre Reflexe im Zaum halten, um den Angriff nicht zu erwidern, aber sie hätte ohnehin keine Chance gehabt. Ehe sie sich versah, führte der Mann mit dem dunklen Helmvisier einen ID-Scanner über ihren Unterarm.

»Wir wollen zu einem Freund«, stieß Kareena eilig hervor. »Er ist im Triple-A Hospital.«

»Tut mir leid«, erwiderte ihr Gegenüber. Erst jetzt erkannte Kareena, dass sich unter der gepanzerten Uniform eine Frau befand. »Zutritt nur für Konzernbürger. Keine Ausnahmen. Bitte gehen Sie!«

Kareena war oft genug auf der anderen Seite des Scanners gewesen, um zu wissen, dass kein Bitten und Flehen an dem Entschluss der Frau etwas ändern würde.

Sie nickte nur, nahm den völlig erschöpften Slag am Arm und ging zur Seite, um den anderen Flüchtenden nicht im Weg zu stehen.

»Und jetzt?«, brachte Phil mühsam hervor.

»Keine Ahnung«, gestand Kareena. »Zurück zum Hotel, schätze ich.«

Zumindest hatten sie es versucht.

An Laufen war angesichts von Phils Zustand nicht zu denken. Trotzdem bemühte sie sich, ihn so schnell wie möglich zurück zu bugsieren. Er weckte seine letzten Kraftreserven, musste jedoch mehrmals kurz Pause machen, wenn Hustenanfälle seinen ganzen Körper durchschüttelten. Der Strom der Menschen versiegte langsam. Nur noch Nachzügler wie Phil und Kareena waren auf den Korridoren zu sehen. Und natürlich die Sicherheitsleute, die an allen größeren Kreuzungen Position bezogen hatten und die Leute forsch antrieben, endlich die Straßen zu verlassen.

Plötzlich zitterte der Boden. Ein merklicher Ruck ging durch die gesamte Station. Menschen stolperten und fielen hin. Schreie hallten durch die Korridore.

Kareena konnte sich mit Mühe auf den Beinen halten. Phil sank auf ein Knie, rappelte sich aber schnell wieder auf.

»Was war das?«, keuchte er. »Sind wir getroffen?«

»Nein.« Kareena neigte den Kopf zur Seite und versuchte, über die Kakophonie der Panik hinweg zu ergründen, was gerade geschah. Die Station war zwar riesig, aber die tragenden Strukturen waren hervorragende Leiter für Körperschall. Kareena konnte keinerlei Explosionen oder sonstige Hinweise auf umfangreiche Zerstörungen wahrnehmen, die eine derartige Erschütterung hätten hervorrufen können. Das deutete auf eine andere Ursache hin. Sie kannte solche Situationen nur aus Simulationen und Sal Haggards alten Kriegsgeschichten, aber sie realisierte sofort, was gerade geschah.

»Die Station wurde gerammt«, sagte sie. »Wir werden geentert.«

»Von wem?«

»Vielleicht die aufständischen Mutanten? Keine Ahnung.«

»Scheiße«, kommentierte Phil die Situation und hustete noch einmal kläglich.

»Los! Weiter!«, drängte Kareena.

Die Sicherheitsleute ignorierten sie im Augenblick. Sie erhielten offenbar gerade neue Anweisungen und sammelten sich zu Kampfgruppen. Wenn Kareenas Befürchtungen in Bezug auf die Identität der Angreifer sich als wahr erwiesen, würden die Elektropistolen und leichten Panzerwesten ihnen keine große Hilfe sein.

Ein weiteres Mal wurde die Station erschüttert. Diesmal war das Geräusch weit weniger dumpf als beim ersten Mal. Das hieß, die Quelle war näher.

»Runter von der Straße!«, brüllte einer der Sicherheitsleute.

Sie zog Phil zur Seite und hielt auf den Eingang eines Geschäftes zu. Die Tür war zwar mit einem Gitter verrammelt, aber einen guten Meter von der Straße zurückversetzt, so dass eine Nische entstand, in der sie sich nun verkrochen. Phil sank auf der Stelle zu Boden und schnappte keuchend nach Luft.

Kareena spähte vorsichtig auf die Straße der Mall hinaus. Niemand war zu sehen. Die Sicherheitskräfte hatten sich offenbar irgendwo in Stellung gebracht.

Sie schalt sich selbst für ihre aberwitzige Idee, Hato zu holen. Hätte sie etwas länger überlegt und die Chancen sinnvoll abgewogen, wären sie nun nicht in dieser exponierten Lage, ohne auch nur irgendetwas erreicht zu haben. Die ComTerminals hatten die Endlosschleife von Commander Mbelas Ansprache mittlerweile eingestellt und waren verstummt. Stille erfüllte die Mall. In der 24-Stunden-Rund-um-die-Uhr-Welt der Orbitalstation eine absolute Rarität. Nur gelegentliches Donnern und Dröhnen war in der Ferne zu hören.

Phils Atem beruhigte sich langsam ein wenig. »Und jetzt?«

»Wir bleiben erst mal hier. Tut mir leid, dass ich uns in diese unangenehme Situation ge…«

Ein ohrenbetäubendes Krachen unterbrach sie. Reflexartig zogen beide sich in den hintersten Winkel der Nische zurück. Schwere Schritte waren von der Straße zu hören. Gebannt starrten Phil und Kareena auf den schmalen Ausschnitt der Mall, den ihr eingeschränktes Sichtfeld preisgab. Sie zuckten zusammen, als eine massige, vage humanoide Gestalt vor die Nische trat. Phil keuchte angstvoll, als der Laserscanner des schweren Infanteriepanzers sie abtastete. Der Soldat trug die Insignien der Föderations-Stoßtruppen, darüber war mit schwarzer Sprühfarbe ein stilisiertes Herz gezeichnet. Kareena konnte das Symbol nicht unmittelbar zuordnen, aber ihr war klar, was es bedeutete.

»Das sind die Aufständischen.« Sie flüsterte, obwohl sie bereits entdeckt und zu ihrem Glück offensichtlich als ungefährlich eingestuft worden waren. »Omega-Klasse-Soldaten.«

Das Knattern vollautomatischer Feuerstöße einer Railgun durchbrach die Stille. Funken markierten die Stellen, an denen die Projektile auf der Wolfram-Iridium-Panzerung des Sturminfanteristen einschlugen. Sie hinterließen lediglich ein paar Kratzer. Querschläger schossen kreuz und quer durch die Luft. Kareena kauerte sich so eng zusammen, wie sie konnte, um nicht getroffen zu werden. Ein blau strahlender Blitz blendete sie selbst durch ihre geschlossenen Augenlider hindurch, gefolgt von mehreren Explosionen in unmittelbarer Nähe. Dann wieder Stille. Das Plasmagewehr des Omegas hatte die ebenso verzweifelte wie sinnlose Gegenwehr der Sicherheitskräfte beendet.

»Nicht schießen«, rief jemand. »Wir ergeben uns.«

Das Beste, was sie gegen einen derartigen Gegner tun konnten.

Der Stoßtruppler marschierte weiter. Hinter ihm erspähte Kareena noch einen Infanteriepanzer, der ebenfalls vorwärtsschritt. Auch er trug das schwarze Herzsymbol.

Nach den beiden Soldaten war eine Weile nichts zu sehen. Kareena hörte weitere Schüsse, aber bereits in einiger Entfernung. Vorsichtig kroch sie auf allen vieren nach vorne und spähte auf die Straße. Weitere Bewaffnete marschierten im Kielwasser der Stoßtruppen heran. Mutanten, hauptsächlich Alpha- und Beta-Klasse, ohne Uniformen, aber mit Railguns oder anderen Waffen in den Händen. Einer von ihnen zielte auf Kareena. Sofort hob sie die Hände.

»Raus da!«, donnerte der Alpha mit seiner unmenschlich tiefen Bassstimme. Sie gehorchte.

»Wir sind Zivilisten!«, rief sie. Hinter ihr kam Phil aus der Deckung, ebenfalls mit erhobenen Händen.

»Wir wohnen da vorne.« Kareena deutete mit dem Finger der nach oben gereckten Hand in Richtung ihres Quartiers. »Haben es nicht mehr rechtzeitig dorthin geschafft.«

Der Mutant winkte mit dem Lauf seiner Waffe in die Richtung, in die Kareena gezeigt hatte. Sie nickte ihm dankend zu, packte Phil an der Hand und lief zum Hotel.

In ihrem Zimmer angekommen schloss sie eilig die Tür, lehnte sich dagegen und ließ sich mit dem Rücken daran herabgleiten, bis sie auf dem Boden kauerte. Sie bemerkte, dass ihre Hände zitterten.

Sie war dankbar, dass Phil nichts sagte. Sie machte sich selber bereits genug Vorwürfe, sie beide derart in Gefahr gebracht zu haben. Reglos blieb sie eine Weile auf dem Boden sitzen. Irgendwann erhob sie sich und setzte sich auf das Bett. Sie nahm den Stecker des Delokators und verband ihn mit ihrem neuralen Interface.

»Was machen Sie?«, beendete Phil das Schweigen.

»Mal sehen, was im Netz los ist«, antwortete sie.

»War da nicht Funkstille?«

»Schon. Aber die Agenten sind immer noch unterwegs. Dass die öffentlichen Kanäle gesperrt sind, heißt nicht, dass keine Informationen zu holen wären.«

Der Slag nickte und sah ihr zu, wie sie die Verbindung herstellte.

Kareena schloss die Augen und konzentrierte sich auf den Input des Interface. Auf ihre Anfrage hin meldeten alle Agenten nacheinander Einsatzbereitschaft.

Sie ließ nur einen zur Überwachung des Postfaches von Doc Stargazers Kontaktperson auf Aurora zurück. Den Rest wies sie an, sich vorsichtig der verschlüsselten ComKanäle der Sicherheit anzunehmen und alles zu sammeln, was sie aufspüren konnten. Dass sie auf der Suche nach Doc Stargazer seit Tagen die Systeme der Sicherheitseinrichtungen nach Schlupflöchern durchforstete, kam ihr dabei zugute.

Die Ausbeute hielt sich in Grenzen. Zwar waren unzählige Nachrichten unterwegs, aber die meisten Kanäle waren mit militärischen Codes verschlüsselt. Die zu knacken kostete viel Zeit, falls es mit den ihr zur Verfügung stehenden Mitteln überhaupt möglich war.

Eine der Rückmeldungen der Agenten erweckte Kareenas Neugier. Es war ein ComPort im Subnetz der Docks, der eigentlich nur die Kommunikation mit Raumschiffen und Shuttles im Umfeld der Station sicherstellen sollte. Die offizielle Anzeige besagte, der Port sei derzeit inaktiv, doch einer ihrer Agenten hatte etwas anderes bemerkt. Ein intensiver Datenstrom verzweigte sich von dort in Auroras Subnetze und postierte eigene Agenten an strategischen Positionen. Ein Hackerangriff. Vermutlich einer der Aufständischen. Jenseits des ComPorts verlor sich die Spur des Datenstromes im Labyrinth der irdischen Kommunikationssatelliten. Anscheinend lag die Quelle des Signals auf einer anderen Orbitalstation oder auf der Erdoberfläche. Das verschaffte Kareena einen entscheidenden Vorteil, sollte sie mit dem Hacker in Konflikt geraten. Die Funksignale legten ihre Wege kreuz und quer durch den Erdorbit mit Lichtgeschwindigkeit zurück. Das war fraglos sehr schnell, kostete aber ein paar Sekundenbruchteile, die in einem Hackerduell durchaus entscheidend sein konnten. Im Augenblick sah Kareena allerdings keinen Grund, sich mit dem Unbekannten anzulegen. Die Invasion konnte sie auf diese Weise nicht mehr aufhalten. Sie speicherte ihre Entdeckung als interessante Information für mögliche zukünftige Aktivitäten ab.

Ein anderes Signal zog ihre Aufmerksamkeit auf sich. Die öffentlichen Kanäle erwachten wieder zum Leben. Ein Holosignal verbreitete sich über das gesamte Stationsnetz. Kareena stöpselte sich aus.

»Phil, machen Sie den Projektor an!«

Der Slag war etwas überrumpelt, als sie so plötzlich aus der virtuellen Welt zurückkehrte, tat aber, wie ihm geheißen, sobald er seine Überraschung überwunden hatte.

Das Gesicht eines Beta-Klasse-Mutanten erschien über dem zimmereigenen Holoprojektor. Kareena hatte ihn bereits einmal in einer anderen Übertragung gesehen. Dann begann er, zu sprechen.

»Mein Name ist Avenger. Ich wende mich an die Bewohner der Orbitalstation Aurora. Soeben haben die Verteidiger von Aurora ihre Kapitulation erklärt. Wir übernehmen ab sofort die Kontrolle über die Station. Durch die Kriegserklärung der Europäischen Föderation an alle Mutanten wurden wir gezwungen, die Erdoberfläche zu verlassen. Unser Ziel ist es, der Verfolgung der Mutanten durch die Sicherheitsbehörden und das Militär der Föderation zu entkommen. Wir bedauern, dass wir gezwungen wurden, unsere Freiheit mit Gewalt zu erkämpfen und sind bestrebt, die Auseinandersetzungen auf ein Minimum zu beschränken. Ich rufe Sie alle daher auf, so weit wie möglich mit uns zu kooperieren. Wir wollen weder der Station noch ihren Bewohnern unnötigen Schaden zufügen. Bis auf weiteres bleibt eine Ausgangssperre aktiv. Wir hoffen, diese möglichst bald einschränken oder ganz aufheben zu können. Bitte bewahren Sie Ruhe und folgen sie den Anweisungen unserer Leute! Hiermit erkläre ich diese Station zum Protektorat Aurora.«

Das Bild verschwand.

Phil sah sie unverwandt an. »Und was heißt das jetzt für uns?«

»Das heißt«, erklärte Kareena, »wir sind mitten im Krieg angekommen und sitzen hier bis auf weiteres fest.«

KAPITEL 3: OKKUPATION

07.12.2210, Aurora-Station, Erdorbit

Die Dusche war eine Wohltat. Rheinberg verfügte zwar über funktionale sanitäre Installationen, aber alles war ein wenig improvisiert, auch die Einrichtungen zur Körperpflege. Sich einfach eine Viertelstunde lang von sauberem heißem Wasser liebkosen zu lassen, ohne aufpassen zu müssen, wegen der Verschmutzung nichts davon zu verschlucken oder die ständigen Mengen- und Temperaturschwankungen manuell auszugleichen, war ein Luxus, den Skip lange nicht mehr genossen hatte.

Er trocknete sich ab und stieg aus der Kabine.

»Der Nächste!«, rief er ins Nebenzimmer.

Es dauerte keine fünf Sekunden, bis die Tür aufging, und Raven hereinschlüpfte. »Bin schon da.«

In der Enge des Badezimmers war es unumgänglich, dass sich ihre nackten Körper noch einmal berührten. Dass Raven gerade in diesem Moment innehielt, wäre allerdings vermeidbar gewesen.

»Das sollten wir bei Gelegenheit wiederholen«, schlug sie vor.

»An mir soll es nicht scheitern«, stimmte Skip zu.

Seine Copilotin schenkte ihm ein vielversprechendes Lächeln, gab ihm einen Klaps auf den Hintern und verschwand in der Duschkabine.

»Ich muss gleich los zur Zentralverwaltung«, rief Skip, um das Prasseln des Wassers zu übertönen. »Kommst du mit?«

»Nein«, antwortete Raven. »Ich muss zu den Docks, mich um die Schiffe kümmern. Einige sind beschädigt worden. Falls wir hier wieder wegmüssen, wäre es gut, wenn die bald einsatzbereit sind. Mal sehen, was hier an Wartungseinrichtungen zur Verfügung steht.«

»Ich hoffe, wir können erst mal bleiben«, entgegnete Skip. »Aber das hängt wohl davon ab, wie ich uns gleich verkaufe.«

Die Tür zur Duschkabine glitt zur Seite und Raven stecke ihren haarlosen Kopf heraus. »Dann streng dich mal an!«

Er erwiderte ihr Lächeln. »Ich gebe mir Mühe. Bis später.«

Sie zog sich wieder zurück.

Skip verließ das Bad des Hotelzimmers, das sie bezogen hatten. Er nahm einen tiefen Atemzug. Im Vergleich zu den Frachtern, auf denen er gearbeitet hatte, war die Luft zweifelsohne von hervorragender Qualität. Er konnte keine Spuren von Schmieröl, Ozon oder sonstigen Verunreinigungen riechen. Aber es fehlte die belebende Frische, die die Atmosphäre der Erde auszeichnete. Die Luft hier im Hotelzimmer war zwar im Gegensatz zu der auf der Erde weitgehend frei von toxischen und radioaktiven Schwebstoffen, schmeckte aber ebenso wie in der restlichen Station muffig und abgestanden. Früher hatte er sich daran nie gestört, hatte es nicht einmal wahrgenommen. Der Besuch auf der Erde hatte seine Wahrnehmung offenbar verändert. Willkommen zurück in der Welt der Recycler und geschlossenen Kreisläufe.

Er warf einen sehnsüchtigen Blick auf das zerwühlte Bett. Weniger, weil er das Liebesspiel mit Raven fortsetzen wollte, auch wenn das eine durchaus verführerische Aussicht war, sondern weil er sich einfach nur gerne für ein paar Stunden dort hineingelegt und geschlafen hätte. Aber daran war im Augenblick nicht zu denken. Die ganz persönliche Feier der gelungenen Flucht von der Erde mit Raven und die ausgiebige Dusche waren schon mehr Luxus gewesen, als er sich hätte erlauben dürfen. Es gab viel zu erledigen.

Statt auf das Bett, richtete er seine Aufmerksamkeit auf dem Tisch daneben. Mace hatte ihm den Injektor mit Stimulanzien aus den Beständen der Stoßtruppen besorgt. Die Omegas verfügten allesamt über interne Drogenspender. Aufputschmittel waren eine der Standardfüllungen, die sie immer mit sich führten. Skip nahm das pistolenartige Gerät, presste es gegen seinen Arm und drückte auf den Abzug. Der Stich war kaum spürbar, aber die Wirkung des Drogencocktails begann bereits nach wenigen Sekunden und vertrieb die Müdigkeit aus seinem Körper. Auch seine Gedanken sortierten sich langsam wieder.

In den letzten Stunden war so vieles auf ihn eingeprasselt, dass es noch eine Weile dauern würde, die Ereignisse zu verarbeiten. Wie damals in Rheinberg, bei den ersten Kämpfen mit den Feds, hatte Skip wieder das Gefühl gehabt, nicht wirklich bewusst zu handeln. Alles war so schnell gegangen, dass gar keine Zeit dazu gewesen war, seine Schritte zu überdenken. Er war erneut in denselben Automatismus gefallen, der ihn auch damals im Labyrinth des Flüchtlingslagers vorangetrieben hatte, als er sich den Namen Avenger verdient hatte.

Avenger.

Er war wie ein Alter Ego für Skip geworden und übernahm die Kontrolle, wenn schnelle Entscheidungen überlebenswichtig waren. Einerseits fand Skip es beruhigend, dass er sich in solchen Situationen auf Avenger stützen und verlassen konnte. Auf der anderen Seite war es aber auch beängstigend, diese ihm selber bis vor kurzem unbekannte Facette seiner eigenen Persönlichkeit kennenzulernen. Dieses Mal hatte er zwar niemanden eigenhändig getötet. Aber die gewaltsame Einnahme aller wichtigen Einrichtungen der Station zu koordinieren, wäre ihm noch vor wenigen Wochen genau so fremd gewesen, wie selbst die Waffe zu führen. Mace hatte recht. Er hatte sich verändert. Oder hatte Avenger schon immer tief in ihm existiert und nur auf eine Gelegenheit gewartet, endlich zum Vorschein zu kommen und das Kommando zu übernehmen? Das Kommando über den Beta-Klasse-Mutanten, der bis vor kurzem nur als Skip bekannt war, ebenso wie das über eine der größten Raumstationen im Orbit der Erde?

Was die Station betraf, hatten zugegebenermaßen die Stoßtruppen bereits die meiste Arbeit erledigt, bevor Skip und der Rest ihnen hinterhergestürmt waren. Sie mussten nur noch das Chaos aufräumen, dass die Omegas unter den Verteidigern hinterlassen hatten. Wie Blackheart gesagt hatte, war Aurora gegen den Angriff einer Omega-Sturmkompanie, unterstützt vom Kampfgeschwader der Donar, nicht gewappnet. Seraphs Jagdbomber hatten die Außenverteidigung der Station in kürzester Zeit lahmgelegt und den Weg für das Entermanöver bereitet. Keine der anderen fünf Kompanien von Blackhearts Sturmregiment war vor Ort. Sie alle waren entweder im Einsatz desertiert oder zur Internierung auf die Erdoberfläche geschafft worden. Nur ein paar Sicherheitskräfte und die verbliebenen Norms aus dem Föderationsstützpunkt hatten Widerstand geleistet. Die meisten von ihnen hatten ihre aussichtslose Lage aber schnell erkannt und kapituliert.

Skips Ansprache hatte die Kämpfe endgültig beendet. Die Donar hatte ihren Orbit angepasst und kreiste nun unmittelbar neben der Raumstation um die Erde. Ihr Kampfgeschwader war einsatzbereit und hielt hoffentlich durch seine bloße Anwesenheit die Feds von einem Gegenangriff ab. Insgesamt war die Eroberung der Station glatter über die Bühne gegangen, als er befürchtet hatte. Vor allem waren die auf Aurora ansässigen Konzerne nicht in die Kämpfe involviert worden. Alle unabhängigen korporativen Sektoren waren unbesetzt geblieben. Mit deren Vertretern über den weiteren Status zu verhandeln, war eine der dringendsten Aufgaben, die nun anstanden. Dies fiel in Skips Zuständigkeit. Wieder einmal eine Mission, für die er sich nicht im Geringsten qualifiziert fühlte.

Er schlüpfte in den Overall, der auf dem Bett bereitlag. Frische saubere Kleidung war ebenfalls eine angenehme Neuerung. Mace hatte sie besorgt. Seit ihrer Ankunft auf Aurora war der Alpha-Klasse-Mutant über die Leibwächterfunktion hinaus zu Skips persönlichem Adjutanten und Sekretär geworden. Ohne Anweisungen zu erhalten, hatte er einfach begonnen, ihm in allen Lebenslagen behilflich zu sein. Er stellte sich dabei erstaunlich geschickt an, insbesondere wenn man bedachte, dass er eigentlich Mechaniker war. Im Nebenraum, wo Mace sein Quartier eingerichtet hatte, war es verdächtig ruhig. Vorsichtig öffnete Skip die Tür, die beide Zimmer verband. Der massive Leib des Alphas war in einer Weise über das Sofa drapiert, die nicht wirklich bequem aussah. Aber es war offenbar ausreichend, dass das Schlafdefizit seinen Tribut einfordern konnte.

Skip wollte ihn ruhen lassen, aber ein grollendes Stöhnen kündigte das Erwachen des Riesen an.

»Is' was?«, murmelte er noch schlaftrunken. »Muss wohl eingenickt sein. Sorry. Bin gleich wieder da.« Er reckte und streckte sich ausgiebig.

»Kannst ruhig liegen bleiben«, meinte Skip. »Das schaffe ich auch alleine.«

»Kommt gar nicht infrage.« Mace erhob sich umständlich. Nur wenige Zentimeter trennten seinen Kopf von der Decke. Alphas waren nicht für die beengten Verhältnisse auf Raumstationen geschaffen.

Skip widersprach nicht. Er kannte Mace mittlerweile gut genug, um zu wissen, dass das sinnlos gewesen wäre. Der Alpha machte sich noch schnell frisch und bediente sich auch an den Stimulanzien – doppelte Dosis für doppeltes Körpergewicht.

»Kann losgehen«, verkündete er. »Kommt Raven nicht mit?«

Skip schüttelte den Kopf. »Die kümmert sich um eine andere Baustelle.«

»Na, davon haben wir wohl genug«, brummte Mace und hielt Skip die Tür auf.

Das Hotel lag im Sektor der Aurora Central Holding und ihrer Tochterfirmen, die den Betrieb der Station gewährleisteten, direkt an der zentralen Plaza. Der sechseckige Platz erstreckte sich über die beiden oberen der fünf Hauptebenen des riesigen rotierenden Zylinderhabitats und bot durch ein Panoramafenster in der Decke einen atemberaubenden Blick auf den Innenraum der Station. Eine der sechs Speichen entsprang direkt neben der Plaza und ragte wie ein gewaltiger Turm empor zur zentralen Achse von Aurora. Dort befanden sich die Docks, an denen dicht an dicht die Shuttles und anderen Schiffe lagen, mit denen die Mutanten hergekommen waren.

Die zahlreichen Grüppchen verschiedener lokaler Würdenträger, die sich auf der Plaza versammelt hatten, würdigten die Aussicht keines Blickes. Sie waren vollauf damit beschäftigt, mehr oder weniger lebhaft untereinander zu diskutieren. Skips Einladung an alle wichtigen Institutionen und Konzerne auf Aurora war offensichtlich angenommen worden. Sie alle waren daran interessiert zu hören, wie es nun weitergehen würde. Dies galt vermutlich nicht nur für die Bewohner der Station, sondern auch für die Zentralen der Konzerne auf der Erde oder dem Mond, die wissen wollten, wie es um ihre Ableger auf Aurora bestellt war.

Skip hätte es besser gefunden, wenn auch Blackheart dabei gewesen wäre. Sie hatte seine Anfrage beiläufig abgelehnt mit der Begründung, dass sie und Steeler sich erst einmal um die Verteidigung der Station kümmern müssten. Mit den Zivilisten würde er schon alleine zurechtkommen. Sicher, die militärischen Belange waren auch wichtig, aber seit ihrem gemeinsamen Aufruf zur Meuterei der Mutanten in der Föderation waren sie beide zu den Gesichtern der Rebellion geworden. Dass er nun ohne sie auftreten sollte, kam ihm unangemessen vor. Vielleicht wollte er sich auch nur nicht alleine vor all die Leute stellen und die Verantwortung lieber mit jemandem teilen.

Auf der anderen Seite hatte es auch Vorteile, wenn Blackheart nicht dabei war. Spätestens seit dem Vorfall auf dem Raumhafen, bevor die Jagdbomber der Donar den Kampf zu ihren Gunsten gewendet hatten, war sein Verhältnis zu der Omega-Kriegerin ein wenig komplizierter geworden. Möglicherweise war es gar nicht verkehrt, wenn er erst einmal freie Hand hätte, um ein paar Kontakte zu knüpfen, bevor die Meute der Konzernfunktionäre, durch die er sich gerade kämpfte, auf Blackhearts kriegerisches Temperament stieß.

Zu Anfang beachteten ihn die Anwesenden gar nicht, als er mit Mace in seinem Gefolge mitten durch sie hindurch in Richtung der Zentralverwaltung schritt. Jemand wie er war üblicherweise unter der Würde der piekfein herausgeputzten Entscheidungsträger in ihren Geschäftsanzügen und -kostümen. Nur ein weiterer Beta-Klasse-Mutant in einem schmucklosen Overall, wie man ihm hier im Augenblick überall über den Weg lief. Alleine der Gigant in seinem Schlepptau erregte ein wenig Aufmerksamkeit.

Dann verharrten einzelne Augenpaare doch etwas länger auf seinem Gesicht. Stirnen wurden gerunzelt. Die angeregten Diskussionen wichen verhaltenem Tuscheln. Dutzende Leute versuchten, einen Blick auf ihn zu erhaschen, ohne allzu auffällig zu starren. Wie eine Welle auf einem See, in den man einen Stein geworfen hat, breitete sich die Erkenntnis in der Menge aus, dass der neue Hausherr eingetroffen war.

Skip hätte am liebsten auf dem Absatz kehrtgemacht und wäre in irgendeinem Wartungsschacht verschwunden, um dort ein paar Kabel zu flicken. Die Aussicht, mit all diesen Leuten Verhandlungen führen zu müssen, in denen über Wohl und Wehe einer Raumstation mit rund zweihunderttausend Bewohnern entschieden wurde, bereitete ihm geradezu körperlich spürbare Übelkeit. Er musste all seine Willenskraft bemühen, um weiterhin gemessenen Schrittes voranzuschreiten und nicht fluchtartig davonzurennen. Er setzte das liebenswürdigste Gesicht auf, das ihm unter den gegebenen Umständen gelang, und nickte freundlich nach links und rechts. Der Weg über den kaum fünfzig Meter durchmessenden Platz wollte kein Ende nehmen. Nach einer gefühlten Ewigkeit erreichte er endlich die Drehtür zu seiner neuen Wirkungsstätte und atmete erst einmal tief durch. Zwei Omegas flankierten den Eingang der Zentralverwaltung. Thunderbolt hatte darauf bestanden, sie hier zu postieren, um potenzielle Gegner davon zu überzeugen, dass es keine gute Idee war, sich mit den neuen Herren von Aurora anzulegen. Skip nickte ihnen freundlich zu, als er an ihnen vorbeiging. Zumindest hatte er durchsetzen können, dass sie auf ihre Kampfpanzer verzichteten und stattdessen einfache Dienstuniformen mit Elektropistolen trugen.

Auf der anderen Seite der Tür begrüßte ihn ein älterer, weit über zwei Meter großer Spacer in einem makellosen Anzug im schmucklosen korporativen Stil. »Protektor Avenger?«

Skip blieb stehen. »Ja?«

»Ich bin Regg Medorow, Chefsekretär des Administrators von Aurora. Es wäre mir eine Ehre, meine Tätigkeit unter Ihrer Führung fortsetzen zu dürfen.«

Skip musterte den Mann. Sein Pokerface war perfekt. Das Exoskelett, das die dürre Gestalt bei einem g auf den Beinen hielt, war unter dem Anzug nur bei sehr genauer Betrachtung zu erkennen.

»Gerne, Regg.« Skip reichte ihm die Hand, die der Angesprochene nach kurzem Zögern ergriff.

»Ausgezeichnet, Protektor Avenger.«

Skip war reflexartig versucht, den Mann zu belehren, dass er es bevorzugte, Skip genannt zu werden, aber er beherrschte sich. Im Augenblick musste er erst einmal Avenger sein.

Er deutete hinter sich. »Das ist Mace, mein Leibwächter.«

Medorows Begrüßung des Alpha-Klasse-Arbeiters war ein wenig zurückhaltender. »Sehr erfreut.« Schnell wandte er sich wieder Skip zu. »Sie werden bereits erwartet. Wenn Sie mir bitte in den Konferenzsaal folgen!«

Skip blieb verdutzt stehen. »Von wem werde ich erwartet?«

»Commander Mbela.«

»Die Sicherheitschefin?«

»Ebendie.«

Skip zuckte die Achseln. »In Ordnung.«

»Bitte hier entlang.«

Beim Betreten des Konferenzsaales stockte Skip einen Augenblick lang. Er hatte einen großen Besprechungsraum oder etwas in der Art erwartet. Im Prinzip war der Saal auch genau das, aber die Ausführung überraschte ihn dennoch. Die Wände waren mit Holz oder zumindest einem guten Holzimitat getäfelt. In der Mitte jedes der Segmente hing ein Bild, das eine Szene auf der Erde oder im Weltraum zeigte. Skip erkannte einen Wald mit merkwürdigen Tieren darin, den Jupiter mit dem großen roten Fleck und zahlreiche andere Motive. Die dem Eingang gegenüberliegende Stirnwand wurde von einem einzigen Gemälde im Riesenformat ausgefüllt, das eine irdische Landschaft zeigte, die von der Morgenröte erleuchtet wurde. An der Decke hingen drei riesige Kristalllüster. Der gewaltige Tisch mit Platz für rund dreißig Personen bestand wie die Wände aus reich mit Schnitzereien verziertem Holz.

Die gesamte Szenerie wirkte wie aus einem lange vergangenen Jahrhundert und entsprach überhaupt nicht dem spartanisch funktionalen korporativen Stil, der die Inneneinrichtung derartiger Institutionen üblicherweise prägte. Skip musste den Anblick erst einmal verdauen, bevor er die einzelne Person bemerkte, die ihn inmitten der unwirklichen Kulisse erwartete.

»Diese Wirkung hat der Raum auf alle, die ihn zum ersten Mal betreten«, eröffnete sie das Gespräch. Sie überragte Skip um einen halben Kopf, war sehr schlank, aber definitiv zu durchtrainiert für eine Spacerin. Ihre Haut war so schwarz, wie Skip es noch bei keinem anderen Menschen gesehen hatte. Je nach Blickwinkel war es fast schon schwierig, die Konturen ihres Gesichtes zu erkennen. Ihre Kleidung war der exakte Gegenpart zum Prunk des Konferenzsaales: Eine einfache schmucklos graue Uniform ohne Rangabzeichen oder irgendwelchen anderen Schnickschnack.

»Ich bin Sybil Mbela. Als Sicherheitschefin vertrete ich Administrator Raoul während seiner Abwesenheit.«

»Wo ist er denn?«, fragte Skip geradeheraus.

»Wir wissen es nicht genau. Seine persönliche Jacht befindet sich nicht mehr im Dock. Vermutlich hat sie während der Kämpfe abgelegt.« Ihr Stimmfall verhehlte ihre ureigene Meinung zu diesem Verhalten nicht im Geringsten.

»Er hat sich abgesetzt?« Skips Entsetzen war nicht gespielt. »Feiner Administrator!«

Skip glaubte, ein Funkeln in ihren vor dem schwarzen Hintergrund des Gesichtes hell leuchtenden Augen zu erkennen.

Sie musterte ihn. Kurz wanderte ihr Blick auch zu den anderen Anwesenden, Regg Medorow und Mace.

»Können wir unter vier Augen sprechen?«, fragte sie.

Skip überlegte einen Moment, bevor er antwortete: »Ich habe keine Geheimnisse vor Mace.«

Mbela blickte skeptisch zu dem Alpha hinauf.

»Ist schon in Ordnung«, brummte der Leibwächter. »Wenn sie dir was tut, komm ich zurück und werde dich rächen.«

»Na gut«, stimmte Skip zu. »Ich muss Sie warnen, Commander Mbela. Falls Sie wirklich vorhaben, mir etwas anzutun, müssen Sie in Zukunft mit Omegas verhandeln.«

Ein zaghaftes Lächeln entblößte ihre strahlend weißen Zähne.

Mace stapfte aus dem Raum und bugsierte dabei auch den leicht indignierten Regg Medorow hinaus, indem er ihm den riesigen Arm über die Schulter legte. »Komm, Sekretär! Lassen wir die beiden alleine.«

»Also dann«, begann Skip. »Wir sind unter uns.«

Die Frau baute sich vor ihm auf. Jedes Amüsement war aus ihrem Gesicht gewichen. »Was wollen Sie?«

»Jetzt? Hier?«

»Generell. Auf Aurora.«

Skip ließ sich Zeit mit seiner Antwort. »Einen Ort, an dem wir nicht gejagt werden.«

»Glauben Sie, die gewaltsame Einnahme der Station wird Ihrer Beliebtheit zuträglich sein?«

»Vermutlich nicht, aber wir haben im Augenblick leider keine Wahl.«

Ein paar Sekunden starrten sie sich gegenseitig an. Die Frau zeigte nicht das geringste Quäntchen Furcht oder Unterwürfigkeit, gerade so, als hätte es keine Kapitulation gegeben. Entweder war sie eine fantastische Pokerspielerin oder sie hatte etwas in der Hinterhand. Skip wollte es nicht darauf ankommen lassen.

»Darf ich nach dem, was ich gerade gehört habe, davon ausgehen, dass Sie Administrator Raoul nicht vermissen werden?«, ergriff er das Wort.

»Das dürfen Sie.«

»Gut. Sind Sie bereit, mir eine Chance zu geben, es besser zu machen?«

»Sie wollen sich also wirklich dauerhaft auf Aurora niederlassen?«

Er zuckte die Schultern. »Im Augenblick wüsste ich nicht, wo wir sonst hinsollten.«

»Was soll mit den Bewohnern von Aurora passieren?«

»Nichts. Wenn es nach mir geht, sollen sie weiter ihren Geschäften nachgehen. Wir haben nicht vor, hier irgendjemanden zu vertreiben. Wir sind nur ein paar Tausend. Dafür wird sich wohl ein Platz finden lassen. Vielleicht sollten alle, die etwas gegen Mutanten haben, überlegen, ob sie Aurora nicht besser verlassen wollen. Alle anderen können gerne bleiben, wenn es nach mir geht. Ob das funktioniert, weiß ich auch nicht. Soweit ich informiert bin, sind die meisten Bewohner von Aurora Konzernbürger und bisher sind die meisten Konzerne in der Mutantenfrage neutral geblieben, zumindest nach außen hin. Wir haben nicht vor, uns noch mehr Feinde zu machen, als wir ohnehin schon haben.«

»Dann sollten Sie sich Ihre nächsten Schritte gut überlegen.«

»Das habe ich bereits«, erwiderte Skip selbstbewusst. »Da draußen versammeln sich gerade die oberen Zehntausend der Station und wollen wissen, wie es weitergeht. Ich habe vor, denen genau dasselbe zu erzählen wie Ihnen jetzt gerade. Ich könnte dabei einen Fürsprecher brauchen.« Er sah sie auffordernd an.

»Ich werde niemandem etwas empfehlen, wovon ich nicht selbst überzeugt bin«, erklärte sie.

»In Ordnung. Wie kann ich Sie überzeugen, Commander Mbela?«

»Da gibt es einiges. Fangen wir mal damit an: Wer soll Aurora verwalten?«

»So weit wie möglich dieselben Personen, die das bisher auch getan haben.« Er atmete tief durch. »Commander, die meisten meiner Leute sind Techniker und Soldaten. Der eine oder andere hat sich im Laufe seines Arbeitslebens sicherlich ein bisschen Ahnung von Administration angeeignet, aber keiner von ihnen ist darin ein Profi. Ich sehe keinen Grund, irgendjemanden durch einen Mutanten zu ersetzen, der bereit ist, sich den neuen Gegebenheiten anzupassen. Bei den Feds habe ich da ein paar Befürchtungen, aber bei allen anderen … letztlich muss das jeder für sich selbst entscheiden. Wie sieht es mit Ihnen aus? Können Sie sich vorstellen, weiter Sicherheitschefin zu bleiben?«

»Solange ich nicht die Verteidigung gegen die Föderationsstreitkräfte organisieren muss …«

»Keine Sorge«, wiegelte Skip ab. »Das übernehmen die Omegas.«

»Damit sind wir beim nächsten Thema: die Omegas. Haben Sie die im Griff? Vor denen haben nämlich viele Leute ziemliche Angst. Ich nehme mich da selber nicht aus.«

»Bisher funktioniert unsere Zusammenarbeit recht gut. Es ist nicht immer einfach, aber so lange sie regelmäßig ihre Tranquilizer bekommen, kann man mit ihnen vernünftig reden. Ich denke aber, dass es besser wäre, sie so wenig wie möglich für die Aufrechterhaltung der Inneren Sicherheit einzusetzen. Womit wir wieder bei Ihnen und Ihren Leuten wären.«

Sie sah ihn lange an. »Was haben Sie eigentlich für eine Ausbildung?«

»Ich bin Raumschifftechniker. Hab' rund zwanzig Jahre lang Frachter und Heliumtanker für die USI in Schuss gehalten.«

»Haben Sie dort gelernt, Leute zu überzeugen? Ich habe den Eindruck, Sie sind recht gut darin.«

Er schmunzelte. »Keine Ahnung, um ehrlich zu sein. Vielleicht liegt es an den endlosen Verhandlungen mit den konzerninternen Bürokraten, um an Ersatzteile zu kommen und die besten Andockstellen zu ergattern. Ich habe mich in der letzten Zeit selber oft genug gefragt, wie ich in diese Situation geraten konnte. Vor zwei Monaten habe ich noch ein dreiköpfiges Wartungsteam für Bergbaugeräte in Grönland angeführt und jetzt verlassen sich einige tausend Menschen darauf, dass ich für sie die richtigen Entscheidungen treffe.« Es laut auszusprechen, verdeutlichte ihm selber noch einmal, in was für eine absurde Situation er geraten war. »Und noch weit mehr haben sich auf meinen Aufruf hin dazu entschlossen, ihren bisherigen Arbeitgebern in den Hintern zu treten.« Er stockte kurz. »Glauben Sie mir, Commander, ich habe mir das nicht ausgesucht und die meiste Zeit weiß ich nicht wirklich, wie mir gerade geschieht.«

»Warum machen Sie das alles dann überhaupt?«

»Ich denke, irgendjemand muss es machen. Vermutlich war ich nur zur falschen Zeit am falschen Ort. Wie auch immer. Ich habe stets versucht, die mir gestellten Aufgaben ordentlich zu erledigen, egal, was es war. Und jetzt ... ist es halt ein wenig mehr.«

Sie neigte den Kopf zur Seite. Das Lächeln kehrte in ihr Gesicht zurück und entblößte einen schmalen Ausschnitt auf ihre weißen Zähne. »Also gut, Protektor Avenger ...«

Diesmal hielt er sich nicht zurück. »Bitte nennen Sie mich Skip! Zumindest, wenn wir unter uns sind.«

»Skip?«

»Ja, das ist mein Name. Das mit den Avenger ist erst vor ein paar Wochen in Rheinberg entstanden.«

»In Ordnung ... Skip. Ich werde denen da draußen empfehlen, mit Ihnen zusammenzuarbeiten. Aber ich warne Sie. Enttäuschen Sie mich nicht! Ich komme vielleicht nicht gegen Ihre Omegas an, aber solange Sie etwas von mir haben wollen, sollten Sie mich davon überzeugen, dass Sie dem Wohl der Station verpflichtet sind. Diese rotierende Blechdose und ihre Bewohner liegen mir nämlich am Herzen und was das betrifft, mache ich keine Kompromisse.«

»Einverstanden.« Er hielt ihr die Hand hin. Nach kurzem Zögern schlug sie ein.

»Eine Frage noch, Commander. Sind Sie auf Aurora geboren?«

»Nein«, antwortete sie. »Ich stamme aus Ostafrika. Nairobi, um genau zu sein. Warum?«

»Ich frage mich nur, was Sie so eng mit Aurora verbindet. Ich habe das Gefühl, das geht über Ihren Job hinaus.«

Ein paar Sekunden lang schien sie zu überlegen, ob sie ihre Geschichte jemandem erzählen sollte, den sie erst wenige Minuten lang kannte. Doch dann entschied sie sich dafür, es zu tun. »Kennen Sie Afrika?«

Er schüttelte den Kopf. »Nein.«

»Afrika ist die Hölle auf Erden. Die Rohstoffkonzerne plündern die letzten Ressourcen ohne Rücksicht auf Menschen oder Natur aus und niemand hindert sie daran. Ich stamme aus einer privilegierten Familie, aber das heißt dort nicht viel. Ich wollte in Europa ein besseres Leben anfangen, aber sie haben mich nicht einmal hineingelassen. Die Wege, auf denen ich nach Aurora gekommen bin, waren recht verschlungen. Aber hier habe ich eine Chance bekommen, die mir woanders verwehrt geblieben ist. Diese Chance habe ich genutzt, um dorthin zu gelangen, wo ich jetzt bin. Aurora ist mein Leben und das lasse ich mir nicht mehr nehmen. Nicht ohne Gegenwehr.«

Skip nickte. »Ihre Geschichte hört sich gar nicht so viel anders an als die, in der ich gerade stecke. Vielleicht gibt Aurora ja auch mir und meinen Leuten eine Chance.«

»Wenn es nach mir geht, Skip, sollen Sie Ihre Chance erhalten. Aber vergeuden Sie sie nicht!«

»Ich werde mir Mühe geben. So, ich glaube, wir haben die Leute da draußen lange genug warten lassen. Kann's losgehen?«

Sie nickte.

Skip öffnete die Tür. Medorow und Mace sahen ihn an.

»Regg, bitte rufen Sie die Leute herein!«

Der Sekretär nickte und ging zum Eingang. Skip bezog am Ende des Raumes Stellung, flankiert von Sybil Mbela und seinem Leibwächter. Sein Lampenfieber wuchs in ungeahnte Höhen, während der Raum sich langsam füllte.

»Sie schaffen das, Skip«, flüsterte Mbela ihm zu.

Er lächelte. Es schien, als hätte er bereits eine Verbündete gewonnen. Blieben nur noch ein paar Dutzend weitere, die er überzeugen musste.

»Meine Damen und Herren«, begann er mit einem leichten Zittern in der Stimme. Doch schon nach wenigen Sätzen beruhigte er sich. Er wiederholte das Angebot, das er zuvor bereits Mbela gemacht hatte. Die Erleichterung unter den Anwesenden war beinahe spürbar. Es schien, als hätte er die richtigen Worte gefunden. Auch die Sicherheitschefin hielt sich nicht zurück, allen Versammelten gut zuzureden, dass eine Kooperation mit den neuen Herren Auroras die beste Lösung für alle Beteiligten wäre. Die Fragen von Seiten der Konzernvertreter betrafen primär die Versorgungslage, die Aufhebung der Ausgangssperre in den öffentlichen Sektoren, die Wiederherstellung der Kommunikation mit der Außenwelt und das Ende der Blockade jeglichen Schiffsverkehrs von und nach Aurora.

»Wir werden diese Maßnahmen so bald beenden, wie es irgend möglich ist«, versuchte Skip, die Gemüter zu besänftigen. »Je enger wir zusammenarbeiten und je mehr wir uns alle bemühen, wieder den normalen Betrieb der Station aufzunehmen, umso eher kann der Ausnahmezustand beendet werden. Zuerst muss aber die Verteidigung der Station gewährleistet sein und dafür sind die Maßnahmen leider noch notwendig. Ich hoffe, dass es sich nur um wenige Tage handelt, bis Sie wieder in vollem Umfang Ihren Geschäften nachgehen können. Vielen Dank, dass Sie gekommen sind. Sobald es etwas Neues gibt, werden wir Sie umgehend informieren.«

Die meisten der Anwesenden schienen damit erst einmal zufrieden zu sein. In kleinen Grüppchen wandten sie sich dem Ausgang zu. Viele diskutierten angeregt, aber Skip konnte keinerlei Feindseligkeit erkennen.

»Ich glaube, es ist ganz gut gelaufen.« Er wischte sich den Schweiß von der Stirn und atmete tief durch.

»Ja«, kam eine vertraute Stimme vom anderen Ende des Raumes. »Für einen Raumschifftechniker eine durchaus beeindruckende Ansprache.«

»Raven!« Skip hatte seine Mitstreiterin in der Menge gar nicht gesehen. »Ich dachte, du bist bei den Docks.«

»War ich. Muss auch gleich wieder zurück, aber ich musste mir doch mal anhören, was du den Leuten so erzählst. Hab' leider nur das Ende mitbekommen. War aber gut.«

»Wirklich?«

Je mehr Menschen ihn bestätigten, umso mehr begann er selber zu glauben, dass er es schaffen konnte.

Die Beta musterte Sybil Mbela. Skip stellte die beiden einander vor.

»Ich denke, wir sind hier soweit fertig«, sagte die Sicherheitschefin. »Ich geh' dann mal, mich ums Tagesgeschäft kümmern. Angeblich gab es vereinzelte Plünderungen.«

»Nochmals vielen Dank, Commander«, verabschiedete Skip sie.

Sie nickte den Anwesenden zu und verließ den Saal.

Raven sah sich erstaunt um. »Ist mal was anderes«, kommentierte sie die prunkvolle Ausstattung.

»Ja, allerdings«, bestätigte Skip. »Aber erzähl! In welchem Zustand ist unsere kleine Flotte?«

»Weniger schlimm, als ich gedacht habe. Die Docks sind gut ausgerüstet. Ich denke, in ein paar Tagen wird alles wieder einsatzbereit sein.«

»Das ist gut«, erwiderte Skip freudig. »Ich hoffe zwar, wir brauchen sie so schnell nicht wieder, aber es schadet sicher nicht, wenn die Schiffe startklar sind.«

Raven blieb ernst. »Das ist aber nicht der Grund, weswegen ich hergekommen bin.«

Skip sah sie fragend an.

»Bei den Docks sind einige Mutanten auf mich zugekommen und wollten sich uns anschließen«, berichtete sie.

Skip runzelte die Stirn. »Konzerneigene?«

»Ja«, bestätigte sie seine Vermutung. »Triple-A, Aurora Port Services und Besatzungen von Schiffen, die gerade festgemacht haben. Ich wollte es mit dir absprechen, bevor ich ihnen sage, dass sie mitmachen dürfen."

Skip fuhr sich mit der Hand durch das Gesicht. »Das ist nicht so einfach. Du hast ja gerade mitbekommen, dass ich mich bei den Konzernen einschleime. Wenn wir jetzt anfangen, denen die Mitarbeiter auszuspannen, noch dazu korporatives Eigentum, macht das die Situation nicht einfacher.«

Raven stöhnte. »Etwas in der Art hatte ich schon befürchtet. Das heißt, ich sage ihnen, es geht nicht?«

Skip überlegte einen Moment. »Die, die keinem der ansässigen Konzerne gehören, können von mir aus mitmachen. Allen anderen kannst du sagen, im Augenblick helfen sie uns am besten, wenn sie weiter für ihre Firmen arbeiten. Aber damit ist die Sache nicht vom Tisch. Ich muss mal sehen, vielleicht lässt sich mit den Konzernen was aushandeln.«

Raven war nicht begeistert. »Na gut, ich geb' das mal so weiter. Aber da ist noch etwas anderes.«

»Was denn noch?«

Sie druckste ein wenig herum, bevor sie fortfuhr: »Zwei von denen haben mich gefragt, ob wir ihnen helfen können, Kinder zu bekommen.«

»Was?« Skip hätte beinahe laut gelacht. »Wegen dieser Scheiße ist das ganze Chaos doch erst ausgebrochen! Was soll das? Natürlich können wir ihnen dabei nicht helfen!«

»Ist ja gut«, versuchte Raven, seinen Ausbruch zu bändigen. »Aber das sind nicht die Ersten, von denen ich solche Fragen gehört habe. Das wird auch unter unseren eigenen Leuten diskutiert.«

Skip ließ die Schultern hängen. »Als ob wir nicht schon genug Probleme hätten.« Aus einer spontanen Eingebung heraus sah er Raven in die Augen. »Was ist deine Meinung dazu?«

Sie wich seinem Blick aus.

»Du hältst das also auch für eine gute Idee?«, hielt er ihr entgegen.

»Weiß nicht«, murmelte sie. »Ich fänd's schön, zumindest die Wahl zu haben. Als alle noch meinten, es wäre unmöglich, habe ich nicht darüber nachgedacht, aber jetzt ... Die Sache ist in der Welt und du wirst sie nicht mehr wegkriegen. Niemand wird das schaffen. Früher oder später musst du Stellung beziehen und ich glaube, du hast dabei nicht wirklich eine Wahl. Außer, du ignorierst die Realität.«

»Mag ja sein«, gestand Skip ein, »aber das ändert nichts daran, dass ich ihnen im Augenblick nicht helfen kann. Ich weiß nicht, wie man Mutanten fruchtbar macht. Ich bin kein Genetiker.«

»Vielleicht solltest du einen Genetiker fragen«, schlug Raven vor. »Zufällig gibt es hier auf Aurora einen.«

»Zufällig?« Skip wurde misstrauisch. »Wer? Einer von Orpheus?«

»Sein Name ist Dr. Kim.«

»Und woher kennst du den?«

»Ich wurde bei Orpheus konstruiert. Hier auf Aurora. Alle Mutanten hier kennen Dr. Kim. Er war wie ein Vater für uns.«

»Alle?« Skip hatte Zweifel. »Orpheus stellt doch jedes Jahr hunderte, wenn nicht tausende Mutanten her.«

»Dr. Kim legt großen Wert darauf, uns alle kennenzulernen. Er geht durch alle Ausbildungskader. Jeder hat seinen Unterricht gehört. War das bei dir anders?«

»Allerdings. Mein Ausbilder, Dr. Huang, war zwar auch ein guter Mentor, aber er hat immer nur einen Kader gleichzeitig unterrichtet. Jeder Kader hatte seinen eigenen Mentor.«

»Das war bei uns natürlich genau so«, erklärte Raven, »aber zusätzlich gab es noch Dr. Kim.«

»Ich glaube, diesen Dr. Kim muss ich mir mal ansehen.«

»Tu das!«, stimmte Raven ihm zu. »Ich bin sicher, du wirst ihn mögen. Ich muss jetzt aber wieder zurück. Bis später!« Sie ließ Skip und Mace alleine.

»Komische Geschichte«, grummelte der Alpha.

»Allerdings«, pflichtete Skip ihm bei. »Ich habe immer mehr das Gefühl, dass wir nicht ganz zufällig hier gelandet sind.«

Aber darum musste er sich ein anderes Mal kümmern. Jetzt galt es erst einmal, die Verwaltung der Station in den Griff zu bekommen. Er rief Regg Medorow zu sich und ließ sich von ihm erläutern, wer auf Aurora wofür zuständig war. Seine Gedanken wanderten aber immer wieder zu Raven und dem, was sie berichtet hatte. Irgendetwas passte hier nicht zusammen und er würde herausfinden, was es war.

08.12.2210, Aurora-Station, Erdorbit

Fast könnte man meinen, es wäre nichts geschehen. Von allen Seiten strömten die Menschen in die Mall. Die Geschäfte, Restaurants und Cafés öffneten ihre Türen und alle schienen dort weiterzumachen, wo sie vor zwei Tagen aufgehört hatten. Wasser und Luft, die wichtigsten Versorgungsgüter eines nicht-autarken Habitats wie Aurora, flossen weiter wie zuvor. Man musste schon ein wenig genauer hinsehen, um die Spuren zu erkennen, die die jüngsten Ereignisse hinterlassen hatten. Die gröbsten Schäden waren schnell beseitigt. Trümmer wurden aufgeräumt, Schutt zusammengekehrt und kaputte Schaufensterscheiben ausgewechselt. Aber insbesondere, wenn man wusste, wo man zu suchen hatte, fand man immer wieder Einschusslöcher in den Wänden und einige größere Durchgänge, wo die Stoßtruppen sich Zutritt an Stellen verschafft hatten, die von den Konstrukteuren der Station dafür eigentlich nicht vorgesehen waren. Glücklicherweise waren keine unkontrollierten Hüllenbrüche entstanden. Aber vermutlich hatte das wenig mit Glück zu tun. Die Sturminfanteristen waren Experten darin, Kampfhandlungen im Weltraum mit minimalen Kollateralschäden für Schiffe und Habitate auszuführen. Kareena war durchaus beeindruckt, als sie nun das Ergebnis eines solchen Kampfes zum ersten Mal mit eigenen Augen sah.

Was sie aber wirklich überraschte, war, dass man von den Eroberern kaum etwas zu sehen bekam. Sie hätte gedacht, die Omega-Krieger würden bewaffnete Kontrollposten und Patrouillen einrichten, aber nichts dergleichen war zu erkennen. Mutanten sah man im Gegensatz zu Kareenas letztem Besuch reichlich, aber soweit sie es beurteilen konnte, waren dies nahezu ausschließlich Zivilisten. Viele trugen Overalls mit Abzeichen der auf Aurora ansässigen Konzerne. Vermutlich gehörten sie nicht zu den Rebellen, sondern hatten schon vorher hier gelebt und waren nur aufgrund des von der Föderation durchgesetzten Ausgangsverbotes nicht zu sehen gewesen.

Es waren etwas mehr Sicherheitskräfte unterwegs als sonst, aber es schien sich um dieselben Leute zu handeln, die vorgestern noch ebenso verzweifelt wie erfolglos gegen die Eindringlinge gekämpft hatten. Kareena wüsste zu gerne, was die Rebellen mit den Betreibern der Station ausgehandelt hatten. In jedem Fall schienen alle Beteiligten daran interessiert zu sein, dass alles den Eindruck erweckte, normal weiterzugehen.

Wie weit Aurora von der Normalität entfernt war, wurde allerdings sofort offensichtlich, wenn man versuchte, das ComNetz zu benutzen. Wo sonst das Blickfeld von virtuellen Werbeeinblendungen aller Läden in der näheren Umgebung in Beschlag genommen wurde, sofern man keine Filter aktivierte, waren jetzt nur ein paar vereinzelte Hinweise von illegalen Kurzstreckensignalen zu erkennen, die mit minimaler Reichweite direkt von den Sendern zu Kareenas implantiertem Empfänger gelangten. Alle Signale, die über das ComNetz liefen, waren inaktiv. Nicht einmal die Navigationshilfen, die normalerweise den Weg zum gewünschten Ziel ins Sichtfeld einblendeten, waren verfügbar. Gut, dass Kareena sich mittlerweile gut genug auskannte, um sich auch ohne das NavCom zurechtzufinden. Auch die Bildschirme, Holoprojektoren und anderen Geräte, die auf Input aus dem Netz angewiesen waren, blieben größtenteils stumm. Die Kommunikation mit der Außenwelt jenseits der schützenden Hülle der Station schien vollständig unterbrochen und auch innerhalb von Aurora gestaltete sich der digitale Informationsaustausch gelinde gesagt problematisch. So war es Kareena nicht gelungen, die AAA-Corporation zu erreichen, um zu erfragen, ob mittlerweile auch wieder Nicht-Konzernangehörigen der Zutritt zu ihrem Sektor gestattet war. Also blieb nur die altmodische Methode: hingehen und vor Ort fragen. Und selbst das war wörtlich zu nehmen, denn auch die Transportkapseln fuhren nicht. Auf den Korridoren sah man allerlei Arten von behelfsmäßigen Handkarren und sonstigen Fahrzeugen, mit denen Trümmer ebenso wie Waren befördert wurden. Glücklicherweise waren die Wege innerhalb der Station aufgrund der kompakten zylindrischen Bauweise des Habitats vergleichsweise kurz.

Der Zugangskorridor zu Triple-A war immer noch von zwei konzerneigenen Sicherheitsleuten flankiert. Die beiden wirkten aber recht entspannt, soweit man das trotz der intransparenten Helmvisiere beurteilen konnte. Gerade ließen sie eine Gruppe von drei jungen Frauen anstandslos passieren.

»Mal sehen, ob sie uns diesmal reinlassen«, dachte Phil laut vor sich hin.

Sie marschierten geradewegs auf die beiden Wachen zu. Kareena ließ ihren Blick über Wände und Decke des Korridors schweifen. Sie suchte nach dem Distanzscanner, der ihnen bei ihrem gescheiterten Versuch, zu Hato zu gelangen, zum Verhängnis geworden war. Sie konnte aber nichts Verdächtiges erkennen. Offensichtlich war er gut getarnt, was auch zu erwarten war, da ID-Scanner mit einer Reichweite von mehr als einem halben Meter eigentlich illegal waren. Aus eigener Erfahrung wusste sie jedoch, dass viele Sicherheitsdienste die Geräte benutzten. Auch sie selber hatte bereits mit Distanzscannern gearbeitet. Triple-A machte da offensichtlich keine Ausnahme, schien aber beim Verstecken recht professionell zu sein. Vielleicht trugen auch die Gardisten den Sensor bei sich.

Kareena seufzte innerlich, als einer der Männer ihr und Phil den Weg versperrte. »Guten Morgen. Was ist der Zweck Ihres Besuches?«

Zumindest war er freundlich.

»Ein Bekannter von uns liegt im Triple-A-Hospital. Wir möchten uns gerne nach seinem Zustand erkundigen und ihn besuchen, falls das möglich ist.«

»Wie lautet der Name Ihres Bekannten?«

»Hato.«

»Einen Moment bitte, Ma'am.«

Sie warteten, während der Gardist unbewegt vor ihnen stand und Informationen abrief. Offenbar funktionierte zumindest die konzerninterne Kommunikation noch. Nach weniger als einer halben Minute hatte er seine Recherche beendet.

»Ihr Bekannter ist vor gut einer Stunde entlassen worden und hat das Konzerngelände verlassen.«

Damit hatte Kareena nicht gerechnet. »Können Sie mir sagen, wo er sich jetzt befindet?«

»Tut mir leid, Ma'am. Das ist nicht verzeichnet. Er kam hier vorbei, aber über seinen weiteren Verbleib besitzen wir keine Informationen.«

»Und was jetzt?«, fragte Phil.

Kareena überlegte kurz. »Wären Sie so freundlich, Kontakt mit Iesco Karelin aufzunehmen?«, bat sie den Gardisten. »Er ist ebenfalls ein Bekannter von uns und arbeitet für Triple-A. Vielleicht kann er uns weiterhelfen.«

»Einen Moment bitte.«

Wieder warteten sie.

»Dr. Karelin darf den gesperrten Bereich des konzerneigenen Sektors nicht verlassen. Wie ist Ihr Name?«

»Kareena Toran«, antwortete sie verwundert.

»Dr. Karelin bittet um Benachrichtigung, wenn Sie hier sind. Sie können das Terminal dort drüben benutzen. Aber bitte gehen Sie nicht weiter in den Sektor hinein.«

Das ComTerminal, auf das er deutete, lag etwa zehn Meter im AAA-Firmengelände in Sichtweite des Eingangs.

»Danke«, sagte Kareena.

»Er darf nicht aus dem Sektor raus?«, fragte Phil. »Wieso das denn?«

»Lassen wir es uns von ihm erzählen«.

Sie aktivierte den Holoprojektor des Terminals. Nach wenigen Sekunden erschien Iescos Gesicht. »Hallo Kareena.«

»Iesco, was ist los? Warum darfst du nicht mehr hierherkommen?«

Er verdrehte genervt die Augen. »Anordnung von ganz oben. Ich bin angeblich zu wichtig für die Firma, um mich irgendwelchen Gefahren auszusetzen. Das beinhaltet wohl leider auch die Annäherung an den öffentlichen Teil der Station.«

»Und ich darf nicht zu dir«, beschwerte sie sich. »Na toll.«

»Tut mir leid, Kareena. Ich kann es nicht ändern. Und ich fürchte, sobald die Blockade beendet ist, muss ich zurück nach Luna.«

Sie seufzte. »Das hat man davon, wenn man sich mit wichtigen Leuten einlässt.«

Beide grinsten sich an.

»Aber was anderes«, wechselte Kareena das Thema. »Hast du eine Ahnung, wo Hato hingegangen ist?«

Iesco sah sie verwundert an. »Ist er nicht mehr im Hospital?«

»Anscheinend nicht«, erwiderte sie. »Zumindest haben mir das eure Türsteher gerade gesagt.«

Iesco zuckte die Schultern. »Omegas! Beziehungsweise Musha. Hart im Nehmen. Hab' ihn gestern noch besucht. Es ging ihm schon wieder ganz gut. Heilen schnell, diese Mutanten. Und die Versorgung war auch ganz OK. Aber dass sie ihn schon rausgelassen haben? Und vor allem, dass er nicht Bescheid gesagt hat? Merkwürdig. Ich frag mal im Hospital nach. Vielleicht wissen die was.«

»Dank dir, Iesco. Ich weiß nicht, wie ich mich revanchieren kann für den ganzen Ärger, den ich dir eingebrockt habe.«

»Och, ich hätte da schon die ein oder andere Idee.« Da war es wieder, das schelmische Blitzen in seinen Augen, dessen Magie sie sich einfach nicht entziehen konnte. »Ich fand den Flug hierher recht inspirierend. Etwas in der Art können wir gerne beizeiten wiederholen.«

»Ich denke drüber nach«, erwiderte sie breit grinsend.

Dann wurde er schlagartig ernst. »Pass auf dich auf, Kareena! Und Sie«, das Hologramm sah an ihr vorbei zu Phil, »Sie passen auch auf sie auf, in Ordnung?«

»Geht klar«, antwortete der Slag.

Keiner von beiden brachte es fertig, die Verbindung zu unterbrechen, also sahen sie sich noch eine Zeit lang an. Schließlich fasste Kareena sich ein Herz und schaltete das Terminal aus.

»Tja, sieht so aus, als wären wir erst einmal auf uns alleine gestellt«, kommentierte sie die Neuigkeiten.

»Komisch«, meinte Phil, »dass sie ihn gleich einsperren …«

»Eigentlich nicht überraschend. Er ist einer der Top-Konstrukteure bei Triple-A. Solche Leute werden streng behütet.« Sie zuckte die Schultern. »Jetzt müssen wir halt ohne seine Hilfe weitermachen.«

»Und Hato suchen.«

»Das auch«, bestätigte sie.

»Danke für die Überbringung der Nachricht«, sprach Kareena den Gardisten an, als sie ihn auf dem Rückweg passierten.

»Gern geschehen, Ma'am.«

Sie gingen zurück zur Mall.

»Wie finden wir Hato?«, fragte Phil.

»Keine Ahnung. Sein ComLink ist bei uns eingelagert und außerdem funktioniert das Netz ohnehin nicht. Wird schwierig. Er könnte überall hin sein. Jetzt suchen wir nicht nur den Doc, sondern auch unseren Kampfmutanten. Ganz toll!«

»Er wird schon wieder auftauchen«, versuchte Phil, sie aufzumuntern. »Und ewig kann das mit dem Netz ja nicht dauern. Können Sie nicht Ihre kleinen Helfer nach ihm suchen lassen? Die funktionieren doch noch, wenn ich Sie vorhin richtig verstanden habe.«

»Ich bezweifle, dass er irgendwelche digitalen Spuren hinterlässt, solange das Netz unten ist. Aber ich werd's probieren.«

Sie gingen zurück zum Hotel. Phil setzte sich kurz vorher ab, um einige Dinge einzukaufen, so lange die Geschäfte noch geöffnet waren. Im Zimmer ließ Kareena sich auf ihr Bett nieder. Sie wartete noch einen Moment, bevor sie ihr Gehirn mit dem Delokator verband.

Das kurze Gespräch mit Iesco war ihr vorgekommen wie ein Abschied. Vermutlich war es auch einer. Er war zwar nur ein paar hundert Meter von ihr entfernt, aber es gab keine Möglichkeit, zu ihm zu gelangen. Bei ihm zu sein. Ihn in die Arme zu schließen. Sie musste eine Träne unterdrücken.

Egal. Sie war hier. Er war woanders. Eine gute Gelegenheit, sich wieder auf ihren Job zu konzentrieren. Sie stöpselte sich ein und schloss die Augen. Ließ ihren Geist in die virtuelle Welt eintauchen.

Sie rief die Agenten zu sich, um sich von ihnen zuerst einmal über die allgemeine Situation informieren zu lassen. Was sie sah, weckte sofort ihr Interesse. Der ComPort bei den Docks, über den der Mutantenhacker eingedrungen war, war tot. Anfangs dachte Kareena, der Datenjockey der Rebellen wäre mittlerweile an Bord der Station, aber eine kurze Recherche ergab, dass im ganzen Stationsnetz keine Spur mehr von ihm zu finden war. Stattdessen fand sie an allen wichtigen Knotenpunkten Blocker, Programme, die jeden regulären Datenverkehr behinderten, indem sie Pakete abfingen und löschten. Es waren diese Dinger, die das stationsinterne Netz lahmlegten. Aber wer hatte sie dort postiert? Der Mutantenhacker? Das passte nicht zu der Strategie, so schnell wie möglich wieder Normalität herzustellen. Oder war das alles nur Show?

Kareena prüfte die Aktivitäten an anderen Ports, die nach draußen führten. Alle waren tot. Vermutlich hardwareseitig getrennt. Auroras öffentliches Netz war vollkommen von der Außenwelt abgeschottet. Und als ob das nicht schon genügte, durch die Blocker auch intern so gut wie unbenutzbar.

Auch das Postfach, das sie und Dan Aden überwachten, war offline. Keine Chance, den Doc über diesen Kanal zu finden. Irgendwie lief gerade alles aus dem Ruder.

Kareena nahm sich ihre Agenten vor, um ihnen neue Anweisungen zu erteilen. Insbesondere sollten sie das Netz nach irgendwelchen Aktivitäten durchforsten, um zu sehen, welche Spieler überhaupt aktiv waren und das ganze Chaos anrichteten. Einen ließ sie nach Hato suchen, auch wenn die Chance gering war, dass der Musha derzeit in der Lage war, Spuren zu hinterlassen.

Sie hatte gerade den letzten Agenten programmiert, als eine Meldung eintraf. Einer ihrer kleinen Helfer hatte anscheinend etwas gefunden. Er wollte soeben Details übermitteln, als plötzlich der Kontakt abbrach. Kareena stutzte. Der Agent gab keinerlei Lebenszeichen mehr von sich. Als wäre er verschluckt worden. In ihrem Inneren heulte eine Alarmsirene auf. Hastig überprüfte sie den Status der übrigen Agenten. Ein weiterer von ihnen fehlte. Sie rief alle zurück. Eines nach dem anderen trudelten die Programme bei ihr ein. Dann wurde ihr Blickfeld schwarz. Das gesamte Inputsignal setzte aus. Mit Höchstgeschwindigkeit codierte sie ihr Interface neu. Als wieder Daten erschienen, gelang es den Emulatoren nur mit Mühe, ein kohärentes Bild ihres gewohnten Graphikinterface zu erzeugen. Sie schaltete um auf Quellcodeanzeige. Riesige Mengen von Zahlen und Buchstaben prasselten auf sie ein. Hektisch durchforstete sie die Datenmasse. Sie hatte lange nicht mehr ohne graphische Steueroberfläche gearbeitet. Früher einmal war sie recht gut darin gewesen, mit nacktem Code zu programmieren. Anscheinend hatte sie noch nicht alles verlernt. Schnell fand sie einige Ungereimtheiten. An verschiedenen Stellen waren in ihren Programmen Zeilen gelöscht, editiert oder komplett neu hinzugefügt worden. Irgendjemand griff sie direkt an. Sie machte sich daran, die Schäden manuell zu reparieren, doch für jede Korrektur schienen zehn neue Fehler aufzutauchen. Und kaum hatte sie einem Abschnitt den Rücken gekehrt, um sich eines weiteren anzunehmen, wurden all ihre Eingriffe sofort wieder rückgängig gemacht.

Panik ergriff Besitz von ihr.

Sie trennte die Verbindung.

Atmete tief durch.

Hektisch setzte sie sich auf, als sie Geräusche in ihrer unmittelbaren Umgebung hörte. Doch kein schrecklicher Angreifer vollendete in der Realität, was ihr in der virtuellen Welt knapp erspart geblieben war. Phil war mit einigen Lebensmitteln zurückgekehrt und räumte sie gerade aus dem Karton, den er auf sein Bett gestellt hatte.

»Die nehmen echt Wucherpreise«, beschwerte er sich, als er bemerkte, dass Kareena das Netz verlassen hatte. »Und die Bezahlerei ist ohne ComNetz furchtbar umständlich. Alle Rechnungen müssen manuell beglaubigt werden. Die sollten lieber Hartgeld einführen, wenn das nicht bald wieder behoben ist. Funktioniert in Hades auch. Außerdem ist die Auswahl ziemlich bescheiden. Alle decken sich ein, so gut sie können. Die Sicherheitskräfte fangen schon an, die maximalen Mengen zu beschränken, die von einzelnen Personen gekauft werden dürfen. Hiermit kommen wir ein paar Tage über die Runden, aber ein Festessen wird es wohl nicht.« Er verstummte, als er bemerkte, dass sie ihm nicht zuhörte. »Alles in Ordnung?«, fragte er besorgt.

Sie sah ihn an. Nur langsam realisierte sie, was gerade geschehen war. »Scheiße, war der gut«, murmelte sie.

»Wer?« In Phils Gesicht stand ein großes Fragezeichen.

»Irgendjemand hat mich angegriffen. Ein Hacker. Hat mich fertiggemacht.«

»Dan Aden?«

Kareena schüttelte den Kopf. »Glaube ich nicht. Das gerade war eine andere Liga. Vermutlich ein ganzes Team. Ich habe noch nie gehört, dass ein einzelner Datenjockey so etwas kann. Nicht mal Dan Aden. Und ich kenne mich in dem Fach ein wenig aus. Das muss eine militärische Hackereinheit gewesen sein. Oder etwas ganz anderes.« Sie sah die unscheinbare Buchse an, in die der Delokator eingesteckt war. »Da drinnen tobt gerade ein ausgewachsener Cyberkrieg.«

Der Slag sah sie nachdenklich an. »Das heißt, der Kampf ist noch nicht vorbei?«

Sie schüttelte den Kopf. »Sieht nicht danach aus.«

Oder etwas ganz anderes. Ihre eigenen Worte geisterten ihr durch den Kopf. Etwas ganz anderes.

Die Schlussfolgerung, was das bedeuten konnte, gefiel ihr überhaupt nicht. Vor ein paar Tagen hatte sie schon einmal merkwürdige Hinweise bekommen, als Hato ihr vom Befund der Ärzte in Kurokawis Gehirn erzählt hatte. Auch dort war der Verdacht aufgekommen, dass etwas nicht menschliches im Spiel gewesen sein könnte.

Etwas ganz anderes.

Damals in Neo Edo war diese ominöse Entität eindeutig im Zusammenhang mit Dan Aden aufgetreten. Der nun auf Aurora war, wo wieder merkwürdige Dinge geschahen, die Kareena zweifeln ließen, ob sie menschlichen Ursprungs waren. Ein Zufall? Sie war Polizistin genug, um Zufälle zwar nicht vollkommen auszuschließen, aber zumindest infrage zu stellen.

»Kareena?«

Sie war so in Gedanken versunken, dass sie gar nicht mitbekommen hatte, dass Phil mit ihr sprach.

»Sorry«, entschuldigte sie sich, »was haben Sie gesagt?«

»Ich habe gefragt, ob es schlecht damit aussieht, Nachrichten zum Mars zu bringen. Ich würde gerne Lyda Bescheid geben, dass es mir gut geht. Sie macht sich bestimmt Sorgen, wenn sie aus den Nachrichten mitkriegt, was hier los ist.«

Kareena schüttelte den Kopf. »Keine Chance. Da ist im Augenblick kein Durchkommen. Ich vermute, dass die Stecker gezogen sind. Zumindest gibt es keine Verbindung nach draußen.«

»Das ist nicht gut.«

»Nein, gar nicht gut«, pflichtete sie ihm bei. »Aber noch mehr Sorgen bereitet mir gerade die Frage, wer für dieses Chaos verantwortlich ist. Oder was? Vielleicht hat doch Dan Aden irgendwie seine Finger mit im Spiel.«

»Ich dachte, die Föderation ist für den Angriff auf das Stationsnetz verantwortlich. Arbeitet Aden jetzt mit denen zusammen?«

»Keine Ahnung«, gestand sie ein. »Ich verstehe auch noch nicht, was hier vor sich geht. Auf jeden Fall stammen die Angreifer nicht von außerhalb. Die ComPorts sind alle außer Betrieb.«

Phils Stirn legte sich in Falten. »Das heißt, die Mutanten haben auf Aurora noch nicht alle Gegner überwunden.«

»Scheint so«, stimmte Kareena zu. »Aber ob das noch irgendwelche Kräfte der Föderation sind oder Dan Aden oder … ich weiß es nicht.«

»Können Sie denn nichts dagegen tun?«

»Gegen solche Gegner kann ich nichts ausrichten. Zumindest nicht mit meiner aktuellen Ausrüstung. Die Hard- und Software, die ich habe, sind dafür ausgelegt, fremde Netze zu infiltrieren, nicht, um einen offenen Cyberkrieg zu führen. Dafür sind schwerere Geschütze notwendig. Vor allem mehr Computerpower.«

»Gibt es die hier irgendwo?«

»Sicherlich. Aber da komme ich nicht dran. Weder an die öffentlichen Server noch an die der Konzerne.«

Sie schwang ihre Beine vom Bett, stemmte die Ellbogen auf die Knie und vergrub das Gesicht in den Händen.

»Alles in Ordnung?« Phil kam zu ihr und legte ihr die Hand auf die Schulter.

Nichts war in Ordnung. Das alles wuchs ihr gerade vollkommen über den Kopf. Und sie war gänzlich auf sich alleine gestellt. Sie war es gewohnt, im Team zu arbeiten. Mit den Ressourcen der Sicherheitsabteilung von Cynarian im Rücken. Diese Mission entwickelte sich mehr und mehr zu einem Horrortrip. Sie hatte das Gefühl, sie war kurz davor, den Verstand zu verlieren. Und hätte es vermutlich schon getan, wenn sie nicht zumindest einen Fixpunkt hätte, der ihr Trost spendete.

Sie umschloss die Hand des Slags mit der ihren. »Ich bin froh, dass Sie hier sind, Phil.«

Er lächelte sie mit seinem schiefen Gesicht an. »Ich mach' uns Tee.«

Sie nickte. »Tun Sie das!«

Sie raffte sich auf. Es musste ja weitergehen. »So! Jetzt sehen wir mal nach, ob die Agenten noch etwas gefunden haben, bevor ich ausgestiegen bin.«

Sie schloss die Augen und konzentrierte sich auf ihr Speicherimplantat. Die meisten Programme, die sie losgeschickt hatte, waren noch rechtzeitig zurückgekehrt. Sie hatten nicht viele Informationen gesammelt. Dafür war die Zeit zu kurz gewesen. Aber ein paar Spuren hatten sie offenbar gefunden. Kareena erkannte schnell, dass die Datenströme, die die Agenten entdeckt hatten, fast alle zu einem Ziel führten: ihr selbst. Die Programme hatten den Angreifer aufgespürt, während er seine Attacke gegen Kareena vorbereitete. Dann wurde es jetzt wohl Zeit, den geheimnisvollen Fremden mal ein wenig genauer unter die Lupe zu nehmen. Neuer Elan erfüllte sie. Hacker zu jagen, lag ihr einfach mehr, als selber durch das Netz zu schleichen.

Aus den Aufzeichnungen, die sie auf ihren Streifzügen durch Auroras ComNetz angefertigt hatte, erstellte sie ein grobes Modell der virtuellen Ebene der Station. Dann trug sie die Datenströme ein, die die Agenten gefunden hatten. Sie experimentierte mit verschiedenen Darstellungen. Eine ganze Weile erhielt sie nur wirre Linien ohne jeden Zusammenhang. Es schien, als wäre der Angriff aus Dutzenden Quellen gleichzeitig erfolgt, die kreuz und quer über die gesamte Station verteilt waren. Die klassische Signatur eines Delokators. Sie seufzte. Was hatte sie erwartet? Es war ein Profi und seine Ausrüstung spiegelte das wider. Sie wollte schon aufgeben, als ihr eine kleine Unregelmäßigkeit auffiel. Es war nur eine geringfügige Inhomogenität in den Linien der Datenströme. Sie probierte verschiedene Filter, bis sich plötzlich ein zartes Muster zeigte. Sie grinste über beide Ohren. Volltreffer! Die temporäre Separation der Signale hatte den Erfolg gebracht. Wenn sie nur die Signale betrachtete, die in den letzten Sekunden aufgezeichnet wurden, bevor sie sich zurückgezogen hatte, konnte sie sehen, dass alle Datenströme nicht nur ein gemeinsames Ziel hatten, sondern auch eine einzige Quelle. Im Augenblick der Attacke hatte die Bandbreite des Signals die Kapazität des gegnerischen Delokators überschritten. Das war der Preis für den wuchtigen Angriff, den er gegen sie geführt hatte. Ihr Feind war zwar mächtig, aber auch er hatte seine Grenzen. Neuer Mut erfüllte sie. Sie notierte den Port, von dem aus die Attacke ausgegangen war, und verglich ihn mit dem physischen Stationsplan, den sie in ihrem Speicher abgelegt hatte. Das Ergebnis erstaunte sie. Die Quelle des Signals befand sich auf der Nabe der Station im Null-g-Bereich, fernab der bewohnten Sektoren. Dort lagen eigentlich nur die Docks sowie Lager- und Versorgungseinrichtungen. Auf der anderen Seite sicherlich ein geeigneter Ort, um sich zu verstecken. Jedenfalls hatte sie nun einen Anhaltspunkt, wo sie den Superhacker finden konnte, egal ob es sich dabei um Dan Aden handelte oder jemand – beziehungsweise etwas – anderes.

Sie schlug die Augen auf. Der Duft von frischem Tee stieg ihr in die Nase.

»Na«, fragte Phil und goss ihr eine Tasse ein, »was Neues herausbekommen?«

»Allerdings«, verkündete sie und nahm das heiße Gefäß in die Hand. Sie nippte vorsichtig. »Ich weiß jetzt, wo mein ganz spezieller Freund sich aufhält.«

Phil sah sie erwartungsvoll an. »Und?«

»Er sitzt auf der Nabe.«

Phil stutzte. Dann stieß er einen Seufzer aus. »Das ist nicht so gut.«

Offenbar wusste der Slag etwas, was ihr unbekannt war. »Wieso?«

»Die Aufzüge zu den Docks werden streng bewacht. Von den Omegas. Hab' ich auf meiner Einkaufstour gesehen. Die lassen keinen durch, der nicht triftige Gründe hat, dort hinzugehen.«

»Mist!«, schimpfte Kareena. Sie überlegte. »Vielleicht gibt es noch einen anderen Weg zur Nabe.«

Sie lud noch einmal den Stationsplan hoch und prüfte ein paar Details. »Ja, das könnte funktionieren. Muss ich mir noch mal in Ruhe ansehen.«

Phil warf ihr einen schelmischen Blick zu. »Sie sind schon eine ganz besondere Nummer, Kareena. Immer irgendwo zwischen tief betrübt und dann wieder mit wilden Plänen und Ideen.«

Sie zuckte die Schultern und nahm noch einen Schluck Tee. »Tja, hängt immer davon ab, wie aussichtslos die Lage gerade ist. Ich hoffe, ich bin trotzdem einigermaßen zu ertragen.«

»Ja, sicher«, winkte Phil ab. »Ist bei Lyda ganz ähnlich. Muss daran liegen, dass Sie beide Frauen sind.«

»Passen Sie bloß auf!«, warnte sie ihn. »Sie bewegen sich gerade auf ganz dünnem Eis.«

Er hielt schützend die Hände vor sich. »Schon gut. Ich habe nichts gesagt.«

Beide grinsten.

Phil wurde nachdenklich. »Ich vermisse Lyda und die Kinder.«

Kareena senkte den Blick. »Ich hoffe, wir haben das hier bald hinter uns. Dann fliegen wir, so schnell es geht, zurück zum Mars.«

Phil winkte ab. »Bitte nicht mit mehr als einem g!«

Sie lachte. »In Ordnung.«

Der Slag wurde schnell wieder ernst. »Haben Sie eigentlich keine Familie? Ich meine, Eltern oder so?«

»Doch, sicher. Aber ...«

»Ist schon gut. Geht mich nichts an.«

»Nein, nein. Ist kein Geheimnis. Ich habe nur kein allzu enges Verhältnis zu ihnen. Sie leben in Olympus City auf dem Mars. Dort hat Cynarian einige Produktionsstätten für robotische Systeme und Implantate.«

»Was macht Ihr Vater?«, fragte Phil weiter. »Auch in der Sicherheit?«

Bei der Vorstellung musste sie schmunzeln. »Da müsste er sich ja mit anderen Menschen abgeben! Nein, er arbeitet in der Produktion. Programmiert Montagelinien. Er liebt Maschinen. Mit Menschen ... nun ja, das ist so eine Sache.«

Phil runzelte die Stirn. »Aber irgendwie müssen Sie doch entstanden sein?«

Sie schüttelte den Kopf. »Wie das passieren konnte, ist mir auch ein Rätsel.«

»Und Ihre Mutter?«

»Sie ist Gärtnerin. Betreut Soja- und Algenfarmen zur Sauerstoffproduktion. Aber ... sie macht mir immer noch Vorwürfe wegen ... sie meint, ich wäre dafür verantwortlich, was mit meiner Schwester geschehen ist.« Kareena sah den fragenden Blick des Slags. »Sie hat Cynarian verlassen. Hat sich irgendeiner radikalen Antikonzernbewegung angeschlossen. Alle Kontakte abgebrochen.«

»Und wieso sollen Sie daran schuld sein?«

»Ach, ich hatte als Teenager auch eine rebellische Phase. Hab' mich mit ‚subversiven Elementen' herumgetrieben. War nichts Ernstes. Aber dann habe ich meine kleine Schwester zu einem Treffen mitgenommen. Sie ist total auf die Propaganda von irgend so einem Weltverbesserer abgefahren. Von da ab war sie nicht mehr zu bremsen und ist ein paar Wochen später abgehauen. Keiner weiß, wo sie ist und ob sie überhaupt noch lebt.« Sie sah Phil an. »Ich habe nicht viel Kontakt zu meinen Eltern. Traurige Familiengeschichte, sorry. Und bei Ihnen?«

»Nun, Lyda und die Kinder kennen Sie ja. Meine Eltern sind schon lange tot. Strahlenkrankheit. In Hades quasi ein natürlicher Tod. Sie haben sich aufrichtig bemüht, mir meine Kindheit so angenehm zu machen, wie es ging, zumindest im Rahmen der begrenzten Möglichkeiten. Die beiden waren schon in Ordnung. Ich versuche, es mit Isua und Achill genauso zu tun.«

»Sie sind bestimmt ein guter Vater. Und ein guter Ehemann. Ich verspreche, ich bringe Sie zurück zu Ihrer Familie, sobald es mir möglich ist.«

Er nickte ihr zu.

»Aber zuerst muss ich zur Nabe von Aurora gelangen«, wechselte sie das Thema.

»Eine Frage«, warf Phil ein. »Mal unabhängig davon, mit was für einem verrückten Plan Sie zur Nabe gelangen wollen. Haben Sie eine grobe Idee, wer oder was Sie dort erwartet?«

Damit hatte er den wunden Punkt ihrer Strategie ausfindig gemacht.

»Nein«, gab sie zu. »Ich habe da einen Verdacht, aber einige Dinge passen noch nicht ins Bild.«

»Weihen Sie mich in Ihren Verdacht ein?«

Sie sortierte ihre Gedanken, bevor sie sprach. »Das Ding, das mich angegriffen hat ...«

»Der Hacker?«, hakte Phil nach.

»Der Hacker oder was auch immer es war. Ich bin mir nicht ganz sicher, dass es wirklich ein Mensch ist. Das hat mich an etwas erinnert, was Hato mir vor einiger Zeit erzählt hat. Seine Leute aus dem Kombinat haben ihm wohl zugesteckt, dass bei dem Überfall auf Kurokawi möglicherweise auch etwas nicht menschliches im Spiel war.«

»Nicht menschlich?« Phil schaute sie ungläubig an.

»Genaueres weiß ich auch nicht. Ich glaube, Hato hat mir nicht alles erzählt, was sie ihm mitgeteilt haben. Ich wünschte, er wäre hier. Dann könnte er mir vielleicht ein paar Fragen beantworten.«

»Blöd, dass wir ihn verloren haben«, fasste Phil die Situation zusammen.

Das traf es recht gut. Kareena hatte noch einige andere Fragen an den Krieger. Zum Beispiel, inwieweit er über Okatomo alias Dr. Kim Bescheid wusste und was genau er eigentlich vorhatte, wenn ihre Suche erfolgreich war.

Eine Weile saßen sie sich schweigend gegenüber und tranken ihren Tee.

»Haben Sie gesagt, Hato hat die Informationen von seinen Leuten auf dem Mars erhalten?«, fragte Phil.

»Ja«, bestätigte Kareena.

»Wir haben doch sein ComLink. Vielleicht sind die Daten da drauf?«

Sie sah ihn an. »Könnte sein. Hilft uns aber nicht weiter, solange er nicht da ist. Das Ding ist zugangsgeschützt. ID-codiert, soweit ich gesehen habe.«

»Und?«

»Können Sie ComLinks knacken?«

Phil wiegte den Kopf hin und her und ließ die Halswirbel knirschen. »Was glauben Sie, wie wir in Hades an ComLinks kommen? Kaufen tun wir die nicht. Wie auch, ohne IDs.«

Kareena lachte. »Phil, Sie überraschen mich immer wieder. Von mir aus versuchen Sie ihr Glück!«

»Werde ich tun. Muss mir aber erst mal Werkzeug beschaffen. Haben Sie noch Geld?«

Sie nickte. »Geld ist nicht unser Problem. Bekommen Sie da, wo Sie das Werkzeug holen wollen, auch einen Kommunikationslaser? Eines von den kleinen Handgeräten.«

»Was wollen Sie denn damit?«

»Zur Nabe der Station gelangen.«

Phil schüttelte den Kopf. »Keine Ahnung, was Sie vorhaben, aber ich besorge Ihnen Ihren Laser.«

»Prima.«

»Dann gehe ich einkaufen.«

»Und ich gehe zu Iesco. Ihn mal wieder um einen Gefallen bitten.«

Sie hatte einen Plan. Und solange es Pläne gab, gab es auch Hoffnung.

09.12.2210, Aurora-Station, Erdorbit

Mit weit ausholenden Schritten marschierte Skip auf den ehemals von der Europäischen Föderation kontrollierten Sektor zu. Seine Miene war versteinert, ebenso wie die der drei Personen, die ihm folgten. Mace, den Skip in Grönland als immer gut gelaunt kennengelernt hatte, machte keine Ausnahme und starrte nicht weniger grimmig als Rhino und Sybil Mbela. Skip mühte sich, seine Wut aufrechtzuerhalten. Für das, was ihm bevorstand, würde er sie brauchen.

Die beiden Stoßtruppler in voller Kampfausrüstung, die den Eingang des Sektors bewachten, machten keine Anstalten, das Quartett vorbeizulassen. Abrupt stoppte Skip, nur eine Armeslänge entfernt von den schwer gepanzerten Infanteristen.

»Lasst uns durch!«, herrschte er die beiden an. »Wir wollen zu Blackheart.«

»Tut mir leid, Protektor.« Die Stimme aus dem Helmlautsprecher des Soldaten hörte sich beinahe verlegen an. »Wir haben Befehl, niemanden ohne die ausdrückliche Genehmigung ...«

Eine weitere Stimme erklang hinter den beiden Wachen. »Ist schon in Ordnung. Lasst sie passieren!«

Gehorsam traten sie zur Seite und gaben den Blick frei auf den herbeieilenden Thunderbolt. Der ehemalige Korporal trug auf seiner Dienstuniform die Abzeichen eines Lieutenants, ein Rang, der den Omega-Klasse-Mutanten vor der Rebellion verwehrt gewesen war.

»Was soll das?« Skip gab seinem Zorn freien Lauf. »Erst weigert sie sich, zu einer Lagebesprechung in die Zentralverwaltung zu kommen und jetzt sperrt sie den gesamten Föderationssektor ab? Was glaubt sie eigentlich, was sie hier macht?«

Vermutlich hätte Thunderbolt sogar ohne die Hilfe der beiden anderen Omegas Skip mitsamt seinen Begleitern überwältigen können. Dennoch wurde er auf der Stelle kleinlaut, als Skip ihn anherrschte. »Tut mir leid, Protektor, ...«

»Bring mich auf der Stelle zu ihr!«

»Jawohl, Protektor.« Er machte auf dem Absatz kehrt und marschierte voran, als das Quartett sich wieder in Bewegung setzte.

Skip gewann den Eindruck, dass der Stoßtruppler sich erst an seine neue Rolle als Offizier gewöhnen musste. Der Gehorsam gegenüber allen Autoritäten steckte ihm noch tief in den Knochen. Was Skip im Augenblick nicht ungelegen kam. Er musste nur resolut genug auftreten, dann kam er mit den Omegas schon zurecht. Ob das auch bei Blackheart funktionierte, würde er bald herausfinden.

Der ehemalige Föderationssektor Auroras unterschied sich eklatant vom Rest der Station. Während sonst allerorts langsam wieder ein Hauch von Normalität einkehrte, zumindest soweit das unter den gegebenen Umständen möglich war, herrschte hier weiterhin eine unbegrenzte Ausgangssperre. Nur wenige Leute waren unterwegs, die meisten Geschäfte geschlossen. Dafür waren die Omegas überaus präsent. An jedem Ort auf den zentralen Korridoren war mindestens ein mit gepanzerten Stoßtruppsoldaten in voller Kampfmontur besetzter Kontrollposten in Sicht. Skip konnte sich der bedrückenden Stimmung nur durch die Bewahrung seiner Wut entziehen. Auch die Spuren der vergangenen Kämpfe waren hier präsenter als im Rest der Station. Die Feds hatten sich erbittert gewehrt, aber den Vormarsch der Stoßtruppen trotz schwerer Waffen nicht aufhalten können. Gegen Omegas hatte jeder normale Infanterist einen schweren Stand. Drei Mann hatte Blackheart hier verloren. Wie viele der Föderationssoldaten gefallen waren, war noch nicht endgültig geklärt. Die Zahlen, die Skip zu Ohren gekommen waren, reichten von vierzig bis zweihundert. Die Omegas waren nicht zimperlich mit ihren einstigen Kameraden umgegangen.

Der Eingang zum militärischen Teil des Sektors war wieder von zwei Stoßtrupplern flankiert. Sie trugen nicht das improvisierte schwarze Herz von Blackhearts Truppe über ihren Abzeichen, sondern Hammer und Blitz, die Insignien der Donar. Auf dem Flottenträger war eine komplette Omega-Kompanie stationiert, die sich ihnen angeschlossen hatte. Offensichtlich hatten Steeler und Blackheart ihre Truppen vereint. Die beiden Soldaten salutierten vor Thunderbolt und den Gästen in seinem Gefolge. Skip erwiderte den Gruß mit einem einfachen Nicken.

Das Innere der Kaserne sah nicht besser aus als der Rest des Sektors. Selbst hier waren die Eroberer offenbar noch auf Widerstand gestoßen.

Als Thunderbolt sie in die taktische Operationszentrale führte, fühlte Skip sich spontan an den Besprechungsraum erinnert, den die Omegas in Rheinberg eingerichtet hatten. Jetzt wusste er, an welchem Vorbild sie sich damals orientiert hatten, auch wenn die Ausrüstung hier unvergleichlich professioneller war.

Das drei Meter durchmessende Holodisplay in der Mitte des Raumes zeigte eine Landkarte von Europa. Verschiedene Orte waren farblich gekennzeichnet und haufenweise Linien und andere Markierungen eingetragen. Vier Personen standen um den Projektor. Zwei davon waren selber Holoprojektionen. Physisch befanden die beiden Männer sich auf der Donar. Skip erkannte Steeler, seit der Meuterei Kommandant des Flottenträgers, und Seraph, den Anführer des Jagdgeschwaders. Der Eta-Klasse-Mutant wirkte mit seinen eineinhalb Metern und dem schmächtigen Körper winzig neben den massigen Omegas. Aber es gab keine Piloten, die den Anforderungen moderner Weltraumkämpfe besser gewachsen waren als diese kleinen Kerle mit ihrem Hochleistungs-Kreislauf, der weit höhere Beschleunigungen ertragen konnte als jeder normale Mensch.

Die beiden leiblich anwesenden Personen waren ein weiterer Omega von der Donar, den Skip nicht kannte, und Blackheart. Der Blick, den sie ihm zuwarf, war beinahe schon verächtlich. Natürlich war sie über sein Kommen unterrichtet, aber sie gab sich sichtlich Mühe, überrascht zu wirken. »Hallo Skip, wir sind gerade beschäftigt. Können wir uns später unterhalten?«

Der Elan, mit dem Skip Thunderbolt überrollt hatte, drohte sich unter Blackhearts zusammengekniffenen Augen in Luft aufzulösen. Er musste all seinen aufgestauten Zorn mobilisieren, um ihr standzuhalten. »Nein«, beharrte er. »Wir reden jetzt.«

Mit bewusst langsamen Bewegungen wandte sie sich ihm zu. Die anderen Anwesenden taten es ihr gleich, wenn auch weniger abschätzig. »Also gut. Dann jetzt. Was gibt es so Wichtiges?«

»Die Zukunft von Aurora und der ganzen Operation«, fuhr Skip sie an.

»Wir waren gerade dabei, uns genau darum zu kümmern.« Sie deutete auf die Projektion.

»Was ist das?«, fragte Skip unwirsch. »Europa? Sollten wir uns nicht erst einmal um Aurora kümmern?«

»Das tun wir«, belehrte Blackheart ihn. »Mach dir keine Gedanken und überlass die militärischen Fragen uns!«

Skip ließ nicht locker. »Was habt ihr denn in Europa vor?«

Die Omega-Kriegerin atmete tief durch. Skip hatte den Eindruck, sie würde ihn jeden Augenblick gewaltsam entfernen lassen oder dies gleich selber erledigen. Dass sie dazu fähig war, stand außer Zweifel. Sie entschied sich aber dafür zu antworten: »Wir wollen unsere Leute da rausholen. Als wir in Rheinberg die Meuterei gestartet haben, wurden die beiden Kompanien, die noch hier auf Aurora waren, umgehend entwaffnet und in ein Internierungslager auf der Erdoberfläche gebracht. Wir planen gerade eine Bergungsoperation.«

»Ihr wollt zurück auf die Erde?«

»Allerdings. Wir haben bei unserer Flucht über zehn Mann verloren. Wir brauchen dringend Nachschub. Ein weiteres Schiff der föderierten Raumstreitkräfte, dessen Besatzung sich uns anschließen will, die Pendragon, ist zwar auf dem Weg hierher und bringt uns weitere Leute, aber bei der Meuterei wurde das Schiff wohl stark beschädigt und die Kämpfe haben auch zahlreiche Opfer unter der Besatzung gefordert. Die werden unsere Kampfkraft vermutlich nicht entscheidend verstärken können. Von der Orpheus-Zuchtstation hier auf Aurora rekrutieren wir gerade alle Omegas, die kurz vor dem Ende ihrer Ausbildung stehen, und gliedern sie in unsere Truppe ein. Aber die können kampferfahrene Krieger nicht ersetzen. Deshalb prüfen wir gerade die Möglichkeit eines Angriffes auf das Internierungslager. Wenn du willst, kannst du hierbleiben und uns Gesellschaft leisten.«

»Ich denke, vorher gibt es ein paar grundlegendere Dinge zu klären«, fauchte Skip sie an.

Blackheart behielt ihre Unschuldsmiene bei. »Und die wären?«

Mit den Sachargumenten und der betonten Ruhe ihrer Worte brachte sie Skip aus dem Konzept. Er musste sich erst neu sortieren, bevor er fortfuhr: »Fangen wir mal mit etwas Elementarem an. Wer ist der Protektor von Aurora?«

Sie breitete die Arme aus. »Das bist du. Willst du etwa andeuten, ich oder jemand anderes würde dir den Posten streitig machen?«

Skip ignorierte die Unterstellung, auch wenn er befürchtete, dass genau das das Problem war. »Darf ich fragen, warum du es ablehnst, einer Einladung des Protektors zu einer Lagebesprechung Folge zu leisten?«, hielt er ihr stattdessen entgegen.

»Wir haben zu tun.« Langsam bröckelte die Zurückhaltung in der Stimme der Omega-Kriegerin. »Wir brauchen so schnell wie möglich Pläne für unsere nächsten Operationen, sonst kommen die Feds uns zuvor. Ich habe nicht vor, die Initiative aufzugeben.«

Skip ließ sich nicht beirren. »Wenn wir nicht zuerst ein paar interne Dinge klären, müssen wir gar nicht erst auf den Angriff der Feds warten.«

»Also gut«, lenkte Blackheart ein. »Was ist das Problem?«

»Problem Nummer eins«, begann Skip, »ist, dass es Gerüchte gibt, ihr würdet die gefangenen Offiziere der Feds foltern.«

Dass sie nicht sofort widersprach, nährte Skips Verdacht, an den Gerüchten könnte etwas Wahres dran sein. Er hatte eine andere Antwort erhofft.

»Von Foltern kann gar keine Rede sein«, versuchte die Kriegerin, sich wenig überzeugend herauszureden.

»Was ist mit dem Kommandanten der Kaserne? Colonel Marault?«

»Der liegt im Militärhospital. Wurde bei den Kämpfen verletzt.«

Skip wandte sich an Thunderbolt. »Stimmt das?«

Der Angesprochene sah zuerst Skip, dann seine Vorgesetzte an. »Ich … ähm … Es war alles ein wenig chaotisch ...«

Skip ließ nicht locker. »Lasst mich die Frage anders stellen: Wurde Marault vor oder nach der Kapitulation verwundet? Ihr zeichnet die Kämpfe doch immer mit euren Helmkameras auf. Könnte ich die Dateien haben?«

»Das sind rein militärische Informationen«, unterbrach Blackheart Thunderbolts Verhör. Ihre Stimme war eisig. »Darum kümmern wir uns. Marault hat es während der Kämpfe erwischt. Hat alles seine Ordnung.«

»OK. Beantworte mir eine einfache Frage!«, setzte Skip nach. »Sind nach der Kapitulation irgendwelche Föderationsoffiziere verletzt worden? Ja oder nein?«

Blackheart ballte ihre Hände zu Fäusten. Ihr Adrenalinspiegel stieg. Skip musste aufpassen. Und hoffen, Thunderbolt oder sonst jemand würde sie zurückhalten, wenn sie die Kontrolle verlor. Aber er war nicht gewillt, jetzt nachzulassen.

»Ja oder nein?«, wiederholte er seine Frage.

»Es mag sein, dass der eine oder andere beim Verhör ein wenig harsch behandelt worden ist«, räumte sie ein. Ihre Kiefer mahlten. »Aber wir konnten sie nun mal nicht mit Samthandschuhen anfassen. Wir brauchen so schnell wie möglich Informationen über unsere Gegner. Da kann es schon mal ein wenig heftiger zugehen.«

»Diese Verhöre werden auf der Stelle eingestellt«, forderte Skip mit betont bedächtiger Stimme.

Sie schüttelte den Kopf. »Die Feindaufklärung mit allen zur Verfügung stehenden Mitteln ist eine militärische Angelegenheit. Da hältst du dich besser raus!« Sie ging einen Schritt auf ihn zu.

»Die Aufrechterhaltung der Ordnung auf Aurora ist meine Angelegenheit«, konterte Skip. »Und die kann ich nicht gewährleisten, wenn ihr hier weiterhin Leute foltert. Habt ihr eigentlich mal darüber nachgedacht, was die anderen Bewohner der Station davon halten könnten? Wir sind auf deren Kooperation angewiesen und die werden wir nicht bekommen, wenn sie befürchten müssen, jederzeit von euch ‚verhört' zu werden!«

»Scheiß auf Kooperation!« Blackheart ging weiter auf Skip zu. Mace stellte sich demonstrativ vor ihn. »Beinahe einhundert Feds sind während der Kämpfe desertiert und treiben sich hier irgendwo herum«, wetterte die Kriegerin. »Darunter einer der Bataillonskommandeure, Major Leta, ein echtes Arschloch. Der hatte schon immer einen Heidenspaß daran, Mutanten leiden zu sehen! Solange diese Leute hier frei herumlaufen, ist der Kampf noch nicht vorbei! Wir müssen wissen, wo sie stecken und das fragen wir am besten diejenigen ihrer Kameraden, die wir in Gewahrsam haben.« Die Omega deutet auf Mbela. »Hast du immer noch nicht kapiert, dass die Norms uns alle tot sehen wollen? Und was tust du? Schleppst diese Schlampe mitten in meinen Kommandostand. Damit sie alles, was sie hier sieht, an die Feds weitergeben kann.« Sie richtete drohend den Finger auf Skip. »Mir scheint, du hast nicht mitgekriegt, dass wir im Krieg sind. Krieg ist mein Geschäft. Nicht deins. Also halte dich da raus!«

Skip wollte gerade zu einer geladenen Erwiderung ansetzen, doch Steeler kam ihm zuvor. »Immer mit der Ruhe!«, mahnte sein Hologramm. »Wenn wir uns gegenseitig zerfleischen, machen wir es unseren Gegnern nur noch leichter.« Er wandte sich Blackheart zu. »Ich stimme Avenger zu, dass wir versuchen sollten, uns mit den Norms gut zu stellen. Auf der Donar haben sich uns viele von ihnen angeschlossen und ich vertraue ihnen. Das hier ist nicht die Erdoberfläche. Die meisten Leute hier im Orbit wissen, was sie an den Mutanten haben. Das gilt sowohl für Zivilisten als auch Militärs. Wir sollten die breite Masse derer, die nur möglichst schnell wieder Ruhe und Frieden wollen, nicht unnötig gegen uns aufbringen, nur weil eine Handvoll Unbelehrbarer nicht weiß, wann die Schlacht vorbei ist. Die Widerständler zu finden, ist erst einmal Aufgabe der Sicherheitskräfte.«

Seine Worte zeigten Wirkung. Die Omega-Kriegerin hielt inne. Es war aber unverkennbar, dass das Adrenalin immer noch in ihr wühlte.

»Also gut.« Auch Skip zwang sich zur Ruhe. Der Zorn hatte seine Aufgabe erfüllt. »Damit hätten wir das wohl geklärt. Um alle Zweifel bezüglich angeblicher Folterungen auszuräumen, schlage ich vor, die verwundeten Föderationsoffiziere in ein ziviles Hospital zu überführen. Thunderbolt, würdest du das organisieren?«

Der Omega nickte zustimmend. Blackheart hielt sich mit Mühe zurück, zu widersprechen.

»Darf ich weiterhin vorschlagen, dass wir uns in Zukunft regelmäßig treffen, um unser Vorgehen abzustimmen?«, fuhr Skip fort. »Vorerst einmal täglich? Wie wäre es mit 0800 morgens?« Er sah Steeler an.

»Einverstanden«, bestätigte das Hologramm.

Skip beschloss, Blackhearts Schweigen ebenfalls als Zustimmung zu werten.

»Noch eine Sache«, fuhr er fort. »Wir müssen dringend wieder die Gewalt über das ComNetz erlangen. Seit wir die Störsender abgeschaltet haben, können wir die Hacker der Feds nur noch in Schach halten, indem wir überall die Stecker ziehen.«

»Dann schalten wir die Störsender halt wieder an«, schlug Blackheart vor.

Skip winkte ab. »Schlechte Idee. Die Konzerne haben darauf bestanden, die Kommunikationskanäle freizugeben. Anderenfalls verweigern sie die Zusammenarbeit.«

Die Omega setzte ihre Unschuldsmiene auf. »Und?«

Mit dieser Masche hatte sie ihn schon zuvor aus der Reserve gelockt. Skip atmete innerlich durch, um nicht wieder die Stimme zu heben. »Wenn die Konzerne sich gegen uns stellen, sind wir hier ganz schnell wieder weg. Die Raumstreitkräfte der Föderation befinden sich wegen der Meuterei gerade in Aufruhr, aber die der Konzerne sind einsatzbereit. Und ich würde mich nicht darauf verlassen, dass wir deren Omegas auch überzeugen können, sich uns anzuschließen.«

Sybil Mbela schaltete sich ein: »Außerdem sind die meisten Konzerne auf Aurora vermutlich gar nicht böse, wenn die Föderation hier ihre beherrschende Stellung verliert. Die Feds versuchen schon seit Jahren, ihre restriktive antikorporative Gesetzgebung durchzusetzen. Wenn ein neuer Hausherr sich da etwas liberaler zeigt, kann er hier sogar Freunde gewinnen.«

Blackheart warf der einzigen natürlich Geborenen unter den Anwesenden einen vernichtenden Blick zu, sagte aber nichts. Stattdessen wandte sie sich wieder an Skip: »Wie genau ist denn eigentlich der derzeitige Status im ComNetz?«

Der Vorwurf in ihrer Frage war unüberhörbar. Das Netz lag in seiner Zuständigkeit.

»Genau wissen wir das auch nicht«, begann er. »Kurz, nachdem die Donar die Störsender deaktiviert hat, brach plötzlich alles zusammen. Alle Anlagen, die an der zentralen Kommunikation hängen, haben verrückt gespielt. Wir mussten überall die Hardware vom Netz trennen. Fast alle Systeme werden derzeit manuell gesteuert. Die Lebenserhaltung, die Docks und so weiter. Glücklicherweise haben wir mit den ganzen Alphas und Betas haufenweise technisch versierte Leute hergebracht. Ohne die wäre nicht genug Personal hier gewesen, um all das ohne zentrale Steuerung aufrechtzuerhalten.«

»Was ist mit Terry?«

»Kein Kontakt mehr. Ob sie sein Signal blockieren oder ob er überhaupt noch in Rheinberg ist … ich weiß es nicht.« Er deutete auf das Holodisplay. »Der militärische Sektor hat offenbar noch ein funktionierendes Netz?«

»Ja«, antwortete Blackheart. »Wir haben alles rechtzeitig vom öffentlichen Netz getrennt. Wir haben ein eigenes ComRelais, über das wir mit der Donar in Verbindung stehen.«

»Wir sind gerade dabei, ein Netzwerk mit anderen Aufständischen zu etablieren«, ergänzte Steelers Hologramm. »Unabhängig von den Systemen der Föderation. Mit der Pendragon haben wir bereits regelmäßigen Kontakt und von mehreren anderen Schiffen, die sich uns anschließen wollen, zumindest Nachrichten empfangen.«

»Können wir das auch für die Kommunikation mit der Außenwelt verwenden?«, wollt Skip wissen.

»Das wäre keine gute Idee«, widersprach der Omega. »Wir können unser Netzwerk vor den Hackern der Föderation schützen, weil wir nur militärische lasergestützte Richtsender mit Dreifachverschlüsselung verwenden. Wenn wir in das System Signale einspeisen, die von zivilen Empfängern dechiffriert werden können, werden sie da auch eindringen.«

»Dasselbe gilt vermutlich auch für die Konzerne, die über eigene Sendeanlagen verfügen«, warf Mbela ein.

»Wir müssen so oder so unser eigenes System aufräumen«, unterbrach Skip die Spekulationen. »Alleine schon, um die internen Anlagen wieder ans Laufen zu bringen, die am Netz hängen. Was ich immer noch nicht verstehe, ist, warum der Angriff nicht aufgehört hat, als wir die Stecker gezogen haben. Eigentlich dürften die Feds gar keinen Zugang mehr haben.«

»Entweder ist noch irgendjemand von ihnen auf Aurora aktiv«, mutmaßte Mbela, »oder sie haben etwas eingeschleust.«

»Eingeschleust?« Skip sah die Norm fragend an. »Was denn eingeschleust? Einen Virus?«

»Nein.« Sie schüttelte energisch den Kopf. »Das ist kein Virus. Dafür ist das Ding zu effektiv. Ich kenne Auroras Netz ein bisschen. Das lässt sich nicht so ohne weiteres von einem Virus lahmlegen.«

Den Gesichtern der Umstehenden war anzusehen, dass sie alle dasselbe dachten.

Es war Blackheart, die es als Erste aussprach: »Eine KI? So skrupellos sind nicht mal die Feds!«

Steeler ergriff das Wort: »Künstliche Intelligenzen sind zwar illegal, aber es ist doch ein offenes Geheimnis, dass alle großen Machtblöcke damit experimentieren, egal, ob Konzerne oder Nationalstaaten. Der Arctica-Block und das Pazifische Konsortium haben sich sogar offen dazu bekannt, KIs einzusetzen. Ich bin sicher, auch die Föderation hat welche in ihrem Arsenal.«

»Das ist doch Irrsinn!« Seraph betrachtete nacheinander die Gesichter der Versammelten über ihm. »Eine Künstliche Intelligenz unkontrolliert ins Netz zu entlassen, ist reiner Wahnwitz! Jeder weiß, dass KIs unberechenbar sind!«

»Noch wissen wir nicht, was es ist«, beruhigte Blackheart die Diskussion. »Soweit ich es mitbekommen habe, hat die Föderation den Einsatz von KIs immer ziemlich explizit verurteilt. Ich traue den Feds einiges zu, aber ich bin noch nicht davon überzeugt, dass sie hier eine KI freigelassen haben. So lange mir niemand etwas anderes beweist, gehe ich davon aus, dass sich irgendwo auf Aurora ein Hacker herumtreibt. Den müssen wir schnappen. Was wir brauchen, ist ein eigener Datenjockey. Terry fällt aus. Haben wir sonst jemanden, der infrage kommt? Wie steht denn die Sicherheitsabteilung dazu?«

Skip beobachtete die Kriegerin eindringlich. Sie hatte sich mittlerweile wieder weit genug unter Kontrolle, um gezielte Nadelstiche zu setzen, statt die grobe Keule zu schwingen. Doch Mbela ignorierte den aggressiven Unterton in der Stimme der Mutantin und antwortete vollkommen sachlich: »Die Netzsicherheit lag in den Händen der Föderation. Die militärischen Computerexperten haben auch das zivile System betreut. Da haben wir uns weitgehend herausgehalten.«

»Wie stehen diese Leute zu unserer Rebellion?«, fragte Skip vorsichtig.

Thunderbolt verzog etwas verlegen das Gesicht. »Ich glaube, sie sind derzeit allesamt in Gewahrsam. Ich würde mir da eher keine Hoffnung machen.«

»Gibt es denn keine anderen Datenjockeys auf Aurora oder der Donar?«, fragte Skip in die Runde. Sein Blick blieb auf Sybil Mbela hängen.

»Niemand, der in unseren Diensten stünde«, gestand sie ein. »Die ansässigen Konzerne haben bestimmt geeignetes Personal. Vielleicht können die uns jemanden zur Verfügung stellen.«

»Gut«, resümierte Skip, »Sybil, Sie kümmern sich darum! Morgen setzen wir uns wieder zusammen und sehen weiter.« Er sah sich um. Niemand protestierte. »Also gut. Um nicht immer am selben Ort zu verweilen, schlage ich vor, die morgige Zusammenkunft in der Zentralverwaltung abzuhalten. Ist sehr schön da. Sonst noch etwas? Nein? Dann bis morgen um 0800.«

Er nickte allen Anwesenden freundlich zu, machte auf dem Absatz kehrt und verließ die Operationszentrale. Mace, Rhino und Sybil Mbela schlossen sich ihm an.

Als sie außer Hörweite waren, beugte sich Mace zu Skip herunter. »Willst du immer noch behaupten, du hättest dich nicht verändert? Blackheart derart Paroli zu bieten … Respekt!«

Skip musste ihm recht geben. Das wäre ihm früher sicher nicht gelungen, bevor er tief in sich Avenger entdeckt hatte.

»Keine schlechte Vorstellung«, bestätigte Mbela. »Aber glauben Sie, dass Sie diese Blackheart dauerhaft im Griff haben?«

»Im Griff? Nein.« Skip atmete tief durch. »Ich bemühe mich einfach, sie davon abzuhalten, allzu großen Schaden anzurichten. Wir brauchen sie. Die Omegas folgen ihr, nicht mir. Und ohne die Stoßtruppen können wir uns keinen einzigen Tag lang halten. Ganz abgesehen davon, dass wir niemals bis hierher gelangt wären.«

Sie seufzte. »Ich hoffe, Sie wissen, was Sie tun.«

»Das hoffe ich auch.«

Am Ausgang der Kaserne trennten sie sich. Sybil Mbela machte sich auf den Weg zur Zentralverwaltung.

Auch Rhino entschuldigte sich. »Ein Omega vom Mars, aus dem Shigano-Kombinat, will sich uns angeblich anschließen. Ich seh' ihn mir mal an.«

»Aus dem Kombinat?« Skip war überrascht. »Was macht der denn hier?«

Rhino zuckte die Schultern. »Keine Ahnung. Willst du mitkommen?«

»Ich rede später gerne mit ihm«, winkte Skip ab, »aber erst mal habe ich noch eine andere Verabredung. Fühl du ihm mal auf den Zahn! Wenn er für uns Kontakt zum Kombinat herstellen kann, das wäre fantastisch.«

Rhino nickte und machte sich davon.

Damit war nur noch Mace bei ihm. Skip steuerte die Zuchtfarm von Orpheus Genetics an. Das Konzerngelände lag direkt neben der Kaserne der Stoßtruppen. Die grauen Uniformen der Gardisten am Eingang unterschieden sich nur in den Abzeichen mit dem Konzernlogo von denen der Föderation. Sie weckten unangenehme Erinnerungen an die Straßenschlachten in Rheinberg. Die vier Wächter blieben aber friedlich, als er auf sie zuschritt.

»Guten Morgen, mein Name ist Avenger. Ich habe einen Termin bei Dr. Kim. Mein Sekretär, Regg Medorow, hat mich angemeldet.«

»Einen Moment«, bat der Anführer der Wache, ohne angesichts des prominenten Besuchs die Miene zu verziehen.

Es dauerte nur wenige Sekunden, bis er die Informationen abgeglichen hatte. »In Ordnung. Bitte warten Sie hier! Sie werden gleich abgeholt.«

Das Empfangskomitee war schnell zur Stelle, eine junge Blondine im klassischen Hosenanzug mit ins Gesicht gemeißeltem Dauerlächeln.

»Bitte folgen Sie mir!«, trällerte sie und führte Skip und seinen Leibwächter ins Innere der Zuchtfarm. Skip fühlte sich an seine eigene Kindheit bei EnGen erinnert. Auch er war auf einer Raumstation aufgewachsen. Allerdings hatte die sich im L4-Punkt des Mars befunden und nicht die Erde umkreist. Er sah Speiseräume, Klassenzimmer und Sporthallen, darin hunderte junge Mutanten verschiedenen Alters, hauptsächlich Beta- und die neuere Sigma-Klasse, alle in Overalls mit dem Orpheus-Logo auf dem Rücken. Auf dem Korridor kam ihnen im Gefolge eines Ausbilders ein kompletter Kader entgegen. Sie waren höchstens vier oder fünf Jahre alt, reichten Skip aber schon bis zur Brust. Omegas. Die kleinen Kerle – es waren fast ausschließlich Jungen – sahen ihn grimmig an. Mehrere von ihnen trugen bereits Narben, Zeugen der gnadenlosen Ausbildung der zukünftigen Elitesoldaten. Skip bemühte sich, freundlich zu blicken. Keines der Kinder erwiderte sein Lächeln.

Die adrette Blondine hielt unvermittelt an und wies auf eine Tür, die sich automatisch öffnete. »Bitte hier hinein.«

Der Raum, den sie betraten, wirkte im starken Kontrast zu den klinisch sterilen Korridoren geradezu heimelig. Auffallendstes Merkmal war ein Fenster in der Decke, durch das Auroras Innenraum und die Nabe mit den angedockten Shuttles zu sehen waren. Mehrere Zimmerpflanzen und Bilder an den Wänden, Landschaftsaufnahmen der Erde und des Mars sowie Hologramme von Leuten, die Skip nicht kannte, gaben dem Büro eine sehr persönliche Note. Über dem ausladenden, altmodisch anmutenden Schreibtisch schwebten weitere Hologramme mit Formeln, Diagrammen und langen Texten. Sie alle verschwanden von einer Sekunde zur nächsten und gaben den Blick frei auf den Mann, der in ein Exoskelett gehüllt hinter dem Tisch saß. Er hatte unverkennbar asiatische Gesichtszüge und war trotz des jugendlich verschmitzten Lächelns offensichtlich von hohem Alter. Das schien auch der Grund für die Stützkonstruktion zu sein. Ein Spacer war er jedenfalls nicht. Der einfache, zweckmäßige Arbeitsanzug gab im Gegensatz zu allen anderen Orpheus-Mitarbeitern, denen Skip bislang über den Weg gelaufen war, keinen Hinweis auf seine Konzernzugehörigkeit.

Er stand auf, kam geradewegs auf Skip zu und hielt ihm die Hand entgegen. Auch der Arm wurde von dem Exoskelett stabilisiert. »Ich bin hoch erfreut, Sie kennenzulernen, Protektor Avenger. Ich bin Kim Wan Shu.«

Skip nahm die Hand in die Seine. Der Händedruck des Alten war im Gegensatz zu seiner Stimme kraftlos. »Guten Tag, Dr. Kim.«

Der Alte sah zu Mace hinauf. »Und Sie sind?«

»Ähm, Mace. Sein Leibwächter.«

Kim gab auch dem Alpha die Hand. »Hier braucht zwar niemand einen Leibwächter, aber herzlich willkommen, Mace. Vertreter der Alpha-Klasse haben wir selten hier. Die produzieren wir nicht. Von welchem Hersteller stammen Sie?«

»Ähm, Indira Biotech.«

»Indira! Ja, ja, sicher. Gute Qualität! Vermutlich haben Sie ein paar Gene, die ich entwickelt habe, Mace. Indira hat seinerzeit einige meiner Entwürfe übernommen.«

Der Alpha starrte den alten Mann verdutzt an.

Der wandte sich indes Skip zu. »Und Sie?« Er musterte Skip von oben bis unten. »EnGen, würde ich sagen, nicht wahr? Vierte Generation?«

»Stimmt, ja«, bestätigte Skip. Seinen Hersteller zu identifizieren, war die eine Sache, aber die Generationen unterschieden sich üblicherweise nur in minimalen Details. »Haben Sie sich schon über mich informiert?«

»Sicher«, strahlte Kim ihn an. »Allerdings weniger in Bezug auf ihre Herkunft. Blackheart hat mir von Ihnen erzählt.«

Skip sah ihn verwundert an. »Sie kennen Blackheart?«

»Ich kenne alle meine ehemaligen Schüler.«

»Aber das müssen doch tausende sein?«

»41.527, um genau zu sein. Zumindest hier bei Orpheus.« Kim tippte mit dem Zeigefinger gegen seine Schläfe. »Ich gebe zu, ein kleines Speicherimplantat hilft mir ein wenig dabei, den Überblick zu behalten.«

»Aber Blackheart haben Sie bereits getroffen, seit wir hier sind.«

»Aber ja«, bestätigte der Alte. »Sie hat mir bereits in groben Zügen geschildert, was vorgefallen ist.«

»Sie treffen sich aber nicht regelmäßig mit all Ihren ehemaligen Schülern, oder?«

»Natürlich nicht«, Kim wirkte amüsiert. »Dafür sind es denn doch ein wenig zu viele. Auch, wenn es mich schon interessieren würde, was aus ihnen wird. Um mich an Blackheart zu erinnern, benötige ich allerdings kein Implantat. Sie ist eine der wenigen, bei denen es mir gelungen ist, den Kontakt aufrechtzuerhalten. Dabei hat sicherlich geholfen, dass sie hier auf Aurora stationiert ist. Aber das ist nicht alles. Sie ist eine meiner besten Schülerinnen. Eine wirklich außergewöhnliche Person. Wussten Sie, dass nur 3,2 Prozent der Omegas, die den Anforderungen der Ausbildung genügen, weiblich sind? Das sind etwa zwei pro Kompanie. Alleine das macht sie schon außergewöhnlich. Dass sie in ihrer Einheit eine Führungsposition erlangt hat, ist umso bemerkenswerter. Aber eigentlich habe ich daran nie Zweifel gehabt. Sie war schon als Kind sehr ehrgeizig und hat allen gesagt, wo es lang geht. Und sie ist nie einer Auseinandersetzung aus dem Weg gegangen.«

»Nicht einmal mit ihrem kommandierenden Offizier«, merkte Skip an.

»Ja, allerdings.« Kims Begeisterung für seine Schülerin schien durch die Ermordung ihres Vorgesetzten nicht getrübt worden zu sein.

»Eine Frage beschäftigt mich schon seit einiger Zeit, Dr. Kim«, fuhr Skip fort. »Vielleicht können Sie mir die beantworten.«

»Nur zu!«, forderte Kim ihn auf. »Wenn ich helfen kann, immer gerne.«

»Die Omega-Krieger werden doch in ihrer Ausbildung auf unbedingten Gehorsam gedrillt, nicht wahr? Zumindest hängt ihnen dieser Ruf nach. Wieso haben Blackheart und ihre Leute sich so einfach überzeugen lassen zu meutern?«

Kim lächelte ihn an. »Wäre es Ihnen lieber gewesen, sie hätte ihre Befehle nicht hinterfragt und Sie getötet, statt ihren Vorgesetzten?«

»Nein, natürlich nicht«, räumte Skip ein. »Aber im Nachhinein finde ich es doch verwunderlich, dass die Omegas so kurzentschlossen die Seiten gewechselt haben.«

»Protektor Avenger«, hielt Kim ihm entgegen. »Sie sind doch selber ein Mutant. Auch Sie wurden dafür entwickelt und ausgebildet, Befehle zu befolgen. Nicht von einem militärischen Vorgesetzten, aber von ihrem Kapitän oder wem auch immer. Und trotzdem haben Sie sich entschlossen, sich gegen die Unterdrückung zu wehren, die Ihnen in der Europäischen Föderation widerfahren ist. Warum glauben Sie, die Omegas würden das nicht tun? Die können genauso gut zwischen Recht und Unrecht unterscheiden wie Sie.«

Während seiner letzten Ausführungen war Kims Stimme etwas nachdrücklicher geworden. Skip hatte das unbestimmte Gefühl, einen wunden Punkt getroffen zu haben. Einen Moment lang schauten sie sich schweigend an.

»Sie mögen Ihre Schüler, nicht wahr?«, fragte Skip unvermittelt.

Kim sah ihn mit großen Augen an. »Aber natürlich! Sie sind wie meine eigenen Kinder für mich, in einem gewissen Sinne. In jedem von ihnen stecken Gene, die ich entworfen und konstruiert habe.«

»Und sie nehmen es ihnen – und mir – nicht übel, dass wir uns gegen die Föderation aufgelehnt haben?«

Kim überlegte einen Moment, schüttelte dann aber den Kopf. »Nein. Man hat Ihnen Unrecht getan. Alle Mutanten zu internieren, das geht doch nicht! Da hat wohl jemand vergessen, dass auch Mutanten Menschen sind und Rechte haben. Außerdem, nach dem, was mir über die Internierungslager zu Ohren gekommen ist ... Nein. Es war richtig, sich das nicht gefallen zu lassen.«

Skips Neugierde war geweckt. »Was ist Ihnen denn zu Ohren gekommen? Über die Lager?«

»Nichts Gutes. Angeblich kommt es regelmäßig zu gewaltsamen Übergriffen gegen die Insassen. Und alle, die auch nur vage im Verdacht stehen, fortpflanzungsfähig zu sein, werden zwangssterilisiert.« Er verzog angeekelt das Gesicht.

»Haben Sie denn kein Problem damit, dass es Mutanten gibt, die Kinder bekommen können?«, wollte Skip wissen.

Wieder schüttelte Kim den Kopf, diesmal energischer. »Nein.«

»Aber stört das nicht Ihr Geschäft?«, hakte Skip nach. »Ich schätze, die Nachfrage nach Mutanten in der Föderation ist derzeit nicht besonders hoch, oder? Und wenn das mit den Mutantenkindern sich ausbreitet, werden die Zuchtfarmen früher oder später ganz überflüssig.«

Kim sah Skip in die Augen. »Haben Sie sich denn nie gefragt, wie es wäre, Kinder bekommen zu können? Eine Familie zu gründen? Mutanten sind auch Menschen. Derart elementare Dinge sollten auch ihnen zustehen. Und wenn das bedeutet, dass wir unseren Betrieb einstellen müssen ... dann soll das eben so sein. Vielleicht sind die Farmen nur eine Übergangslösung. Was weiß ich? Ich bin kein Marktstratege, sondern nur ein einfacher Genetiker.«

»Das heißt, Sie haben kein Problem damit, dass Mutanten Kinder bekommen?«

»Das habe ich doch gesagt. Aber mir scheint fast, Sie haben ein Problem damit. Und das, obwohl Sie selber einer sind.«

Skip erwiderte Kims anklagenden Blick. »Ohne diese Mutantenkinder, die plötzlich überall auftauchen, hätten wir den ganzen Ärger nicht gehabt. Dann würde ich mir jetzt in Ruhe die Erde ansehen, Blackheart würde sich beim Garnisonsdienst langweilen und viele Menschen, Mutanten genauso wie Norms, die jetzt tot sind, würden noch leben.« Er zögerte kurz. »Ich habe ein Problem mit den Mutantenkindern, gerade weil ich ein Mutant bin!«

Kim wirkte betrübt. »Es tut mir leid, dass Sie das so sehen. Ich kann Ihren Standpunkt natürlich nachvollziehen. Aber glauben Sie nicht, dass Kinder bekommen zu können, ein Ziel ist, für das es sich zu kämpfen lohnt?«

Skip schüttelte den Kopf. »Ich bin bisher ganz gut über die Runden gekommen, ohne Kinder oder Familie. Meine Familie war mein Ausbildungskader, die Besatzung des Frachters, auf dem ich geflogen bin oder der wilde Haufen, den ich in Rheinberg getroffen habe.« Er stieß mit dem Ellbogen nach dem Alpha, der neben ihm stand. »Mace hier, der ist meine Familie. Mehr brauche ich nicht.«

Kim sah ihn intensiv an. »Das freut mich für Sie. Aber viele Mutanten sehen das anders. Und die sind bereit zu kämpfen. Sie werden das nicht aufhalten können.«

»Nein«, gab Skip zu, »vermutlich nicht.«

Stille kehrte in das Büro ein. Niemand schien mehr etwas zu sagen zu haben.

»Nun denn.« Kim hielt Skip die Hand entgegen. »Es war mir eine Freude, Sie persönlich kennenzulernen, Protektor Avenger. Auch wenn wir nicht in allen Punkten derselben Meinung sind, war es sehr interessant, Ihren Standpunkt zu hören.«

Skip nahm die Hand. »Danke, dass Sie uns empfangen haben.«

Kim breitete die Arme aus. »Sie sind jederzeit wieder willkommen. Ich freue mich darauf, unsere Diskussion fortzuführen.«

Er erweckte den Eindruck, es ernst zu meinen.

Auch Mace verabschiedete sich, dann verließen sie Kims Büro. Die Blondine wartete bereits auf sie, das einzementierte Lächeln auf den Lippen, und brachte sie zum Ausgang.

Eine Weile marschierten sie schweigend zurück zur Zentralverwaltung. Das Gespräch mit dem Genetiker und die für Skip äußerst überraschenden Ansichten des Mannes gingen ihm durch den Kopf.

»Also«, durchbrach Mace' Bass die Stille, »für einen Genkonstrukteur hat dieser Dr. Kim eine merkwürdige Einstellung. Ich meine, denen geht doch gerade das ganze Geschäft in die Binsen! Und der scheint das auch noch gut zu finden!«

»Allerdings«, pflichtete Skip ihm bei. »Da ist etwas oberfaul. Ich habe da noch einige Fragen an den guten Dr. Kim. Die Einladung zu einem weiteren Besuch werde ich sicher annehmen.«

Sie hielten inne. Unweit der Plaza vor der Verwaltung blockierte eine Menschenmenge den Korridor. Skip erkannte mehrere Sicherheitskräfte. Auch ein Stoßtruppler war dort.

»Was ist denn da los?«, fragte Mace.

»Keine Ahnung.« Skip beschleunigte seinen Schritt. Der Alpha eilte ihm hinterher. Mit seinem massigen Leib bahnte Mace sich einen Weg durch die Menge, Skip in seinem Kielwasser. Ein Sicherheitsmann stellte sich ihnen in den Weg. »Bitte bleiben Sie zurück!«

Skip zwängte sich nach vorne. »Ich bin Protektor Avenger. Was ist hier los?«

Der Mann sah ihn unschlüssig an. Dann entdeckte Skip ein Stück weiter Sybil Mbela. Auch sie sah ihn.

»Lassen Sie ihn durch!«, befahl sie dem Sicherheitsmann.

Er tat, wie ihm geheißen.

Die Sicherheitskräfte hatten einen Umkreis von rund zehn Metern abgesperrt. In der Mitte hing etwas von der Decke. Nein, nicht etwas. Jemand. Skip ging darauf zu. Ein Mann baumelte an einem Kabel, das sich tief in seinen Hals eingeschnitten hatte. Es war am Griff einer Wartungsluke in der Decke befestigt. Die Füße hingen einen halben Meter über dem Boden. Skip sah nach oben. Der schlaff zur Seite geneigte Kopf des Mannes war kahl, kantig, grauhäutig. Ein Mutant. Beta-Klasse. Der einfache Overall, den er trug, wies das Logo des Daimler Konzerns auf. Er war von der Erde gekommen. Einer von Skips Mitstreitern aus Rheinberg, auch wenn er sich nicht an das Gesicht erinnern konnte.

Skip wollte Mbela fragen, was passiert war, aber ein Kloß in seinem Hals hinderte ihn daran, auch nur einen Ton hervorzubringen. Außerdem wusste er bereits, was das bedeutete.

Es war die Sicherheitschefin neben ihm, die es aussprach: »Sieht so aus, als hätte Blackheart nicht ganz unrecht gehabt. Der Kampf um Aurora ist noch nicht beendet.«

10.12.2210, Aurora-Station, Erdorbit

»Viel Glück«, wünschte Phil. In der Hand hielt er Kareenas Kleidung. Er schaute ein wenig verlegen drein, seit sie sich vollständig vor ihm entblößt hatte. Aber jedes Stück, das sie anbehielt, hätte den Tragekomfort des Raumanzuges, in den sie sich gezwängt hatte, erheblich eingeschränkt. Sie hatte das auf dem Mars oft genug erlebt. Normalerweise zog sie ihre Kleider anschließend über den Raumanzug, aber das Billigmodell, das sie in der Schleuse vorgefunden hatte, ließ das nicht zu. Die Sauerstoffkartusche war so ungünstig am Gürtel befestigt, dass ihre Hose nicht darüber passte, und der Helmkragen zu breit, um die Jacke wieder anzuziehen. Also hatte sie dem Slag ihre Sachen in die Hand gedrückt. Etwas amüsiert sah sie über seinen peinlich berührten Gesichtsausdruck hinweg.

»Danke«, erwiderte sie schlicht und holte noch einmal tief Luft, bevor sie den Helm aufsetzte und in den Kragen des Raumanzuges einrasten ließ. Sie nickte ihm aufmunternd zu, dann drehte sie sich um und schloss das innere Tor der Luftschleuse.

Jetzt, da es darum ging, ihren Plan umzusetzen, kam er Kareena nicht mehr ganz so empfehlenswert vor wie in ihrem Hotelzimmer, wo sie ihn ausgeheckt hatte. Sie drückte den rot markierten Knopf in der Wand der Luftschleuse. Der scharfe Klang einer Sirene und ein hektisch blinkendes gelbes Warnlicht kündigten das Absaugen der Luft an. Die Druckanzeige neben dem Schalter näherte sich rapide der Null. Normalerweise würde jetzt irgendwo in der Sicherheitszentrale ein Alarm losgehen. Aber da Auroras ComNetz immer noch außer Betrieb war, würde niemand Notiz davon nehmen, dass sie eine der Notausstiegsschleusen für ihre Zwecke missbrauchte.

Der Raumanzug, den sie aus dem Spind der Schleuse entwendet hatte, blähte sich ein wenig auf, als der Luftdruck sank. Dann sprangen die Unterdrucksensoren an und aktivierten die Abdichtung. Innerhalb weniger Sekunden zog sich das zuvor noch schlaff um ihren Körper baumelnde Gewebe zusammen. Wie üblich empfand Kareena es anfangs als unangenehm, wenn der Anzug sich eng an ihre Haut anschmiegte und seine innerste Lage jede Körperfalte ausfüllte. Insbesondere die Spannung, die das Gewebe aufbaute, wirkte beklemmend, war aber notwendig, sobald der Umgebungsdruck auf null gesunken war. Für die männliche Anatomie, so hatte Kareena sich sagen lassen, war die Anpassung an die Körperform noch unangenehmer, weswegen viele Männer ältere, komplett luftgefüllte Modelle bevorzugten. Aber üblicherweise hatte man sich nach wenigen Minuten daran gewöhnt und dann gab es für einen Ausflug ins Vakuum nichts Bequemeres als einen direkt auf der Haut anliegenden Raumanzug. Die Passform der Billigversion aus der Schleuse war allerdings alles andere als optimal. Kein Vergleich zu den Anzügen, die sie vom Mars gewohnt war. Auch hatte er noch einen altmodischen Kuppelhelm statt der einfachen Gesichtsmasken modernerer Ausführungen. Immerhin schien er fabrikneu und unbenutzt zu sein. Zumindest roch er noch nach der Originalverpackung und nicht nach dem Schweiß des vorherigen Benutzers, wie man es nicht selten bei öffentlich zugänglichen Anzügen erlebte. Kareena prüfte den Luftvorrat. Genug für mindestens fünf Stunden.

Die Sirene verklang zu einem kläglichen Wimmern, während die Luft aus der Schleuse gepumpt wurde, und verstummte schließlich ganz. Über Kareenas Kopf öffnete sich ein Spalt zwischen den beiden Toren der Schleuse und gab den Blick frei auf den monumentalen Innenraum der Station. Direkt über ihr lag die zentrale Achse, an der dicht an dicht Shuttles und andere Raumschiffe angelegt hatten. Obwohl aufgrund der Blockade keinerlei Flugverkehr stattfand, waren die Docks hell erleuchtet. Von der Mitte der Achse aus ragten die sechs mehr als zweihundert Meter langen Speichen bis zu dem zylindrischen Habitat, in dessen fünf übereinander liegenden Hauptebenen der Großteil des Lebens auf Aurora stattfand und in dem auch Kareena sich befand. Aus ihrer Sicht hatte es den Anschein, als drehe die Achse sich um sich selbst. Aber sie wusste natürlich, dass es der Hohlzylinder war, der rund zweimal pro Minute um die Nabe rotierte.

Sie erklomm die Leiter an der Wand der Schleuse und stieg auf die Innenseite des Habitats. Der Anblick, der sich ihr bot, war atemberaubend. Sie hatte schon viele Raumstationen besucht, aber Aurora war eine der größten und diese Perspektive hatte sie bisher nur von Aussichtsplattformen aus genossen. Nur von einem einfachen Schutzanzug umhüllt mitten in dieser Kathedrale der Raumfahrt zu stehen, war eine neue Erfahrung.

Aber sie war nicht hier, um das Panorama zu genießen, sondern, um zu arbeiten. Sie suchte die Docks entlang der Zentralachse nach einem ganz bestimmten Raumschiff ab, das dort festgemacht hatte. Es dauerte eine Weile, bis sie zwischen den stromlinienförmigen atmosphärengängigen Shuttles und den klobigen interplanetaren Frachtern die vertrauten Umrisse ausgemacht hatte. Sie nahm den Kommunikationslaser, den Phil besorgt hatte, zur Hand und richtete ihn mit Hilfe der integrierten Zieloptik auf das Schiff aus. Einmal angepeilt hielt die automatische Nachführung das Gerät in Position, so dass sie es mit dem Magnetgreifer an ihrem Helm befestigen konnte. Glücklicherweise verfügte sogar dieser Billiganzug über eine Kabeldurchführung. Sie stöpselte den Stecker des Lasers in die Buchse, deren Gegenstück im Inneren des Anzugs mit ihrem implantierten Interface verbunden war, und schaltete das Gerät ein. Im Vakuum wurde das Laserlicht nicht gestreut, so dass der Richtstrahl mit bloßem Auge nicht zu erkennen war. Doch schon nach wenigen Sekunden hatte sie Kontakt.

»Kuckuck!«, meldete sich eine fröhliche Frauenstimme. »Na, wenn das nicht Kareena ist.«

»Hallo, Ellie«, grüßte Kareena zurück. »Schön, dich zu hören. Ist Iesco bei dir?«

»Jep. Er wartet schon sehnsüchtig. Autsch! Jetzt tritt er gegen meinen schönen Pilotensitz. Kareena, komm schnell her! Ich brauche Hilfe!«

Kareena musste unwillkürlich lachen. Ellie passte wirklich gut zu Iesco. Vermutlich blieb kein Auge trocken, wenn die beiden längere Zeit zusammen waren.

»Leute!«, mahnte sie mit überspitzt lehrerhaftem Ton. »Wir sind nicht zum Spaß hier! Ich muss jetzt irgendwie zu euch kommen.«

Iescos Stimme erklang: »Hi, Kareena. Wir sind bereit. Ich gehe zur Ausstiegsluke und schieße dir ein Schleppseil zu. Damit hole ich dich rein. Ich hoffe, ich treffe dich. Ist nicht ganz einfach mit der Rotation. Gutes Timing ist wichtig.«

»Du bist doch Ingenieur«, zog sie ihn auf. »Da musst du so was berechnen können!«

»Berechnen ist kein Problem. Das Ganze dann auch wie geplant hinbekommen ist eine andere Sache. Aber wir schaffen das schon. So, ich bin jetzt an der Luke. Wo bist du?«

Kareena sah die winzige Gestalt an der Hugin und winkte ihr zu.

»Ah, da. Hab' dich. So, jetzt nur noch den richtigen Moment abpassen … einen Augenblick noch … jetzt!«

Zuerst konnte Kareena nichts erkennen. Dann sah sie den Anker des Zugseiles auf sich zu fliegen.

»OK«, bestätigte sie. »Ich sehe das Seil. Geht ein Stückchen daneben, aber ich glaube, ich komme hin.«

Sie bewegte sich auf den geschätzten Auftreffort des Ankers zu, merkte aber bald, dass sie ihn nicht rechtzeitig erreichen würde. Die Drehung der Station war zu schnell.

»Das war nichts«, tadelte sie Iesco. »Versuch es nochmal!«

»Nein«, widersprach er. »Ich lasse das Seil, wo es ist. Wenn du dorthin gehst, wo du es gerade gesehen hast, kommst du in dreißig Sekunden wieder dran vorbei.«

Kareena hatte ein paar Zweifel an der Theorie. »Kannst du das Seil denn so stabil halten?«

»Vergiss nicht, dass das Seil und ich vollkommen in Ruhe sind«, erklärte er. »Du bist es, die sich dreht.«

Streite niemals mit einem Ingenieur, ermahnte sie sich. »Ist ja gut.«

Sie ging zu der Stelle, an der sie das Seil gesehen hatte und wartete. Tatsächlich kam es nach kurzer Zeit wieder auf sie zu. Dieses Mal war sie nah genug, um es zu fassen.

»Ich hab's!«, rief sie und beeilte sich, den Karabinerhaken an ihrem Anzug zu befestigen.

»Gut festhalten!«, forderte Iesco sie auf. »Ich hol' dich rein.«

Mit einem heftigen Ruck verlor sie den Boden unter den Füßen und wurde wie von einer unsichtbaren Hand zur Seite gezogen. »Ich drifte ab!«, rief sie.

»Das ist nur die Corioliskraft«, beruhigte Iesco sie. »Alles unter Kontrolle! Bleib ruhig!«

Der Höllenritt am Schleppseil dauerte weniger als eine Minute, aber Kareena kam es wie eine Ewigkeit vor, in der sie hilflos zwischen den Sektionen der Raumstation hing. Die Welt um sie herum schien sich zu drehen und sie verlor vollkommen die Übersicht, welche Teile Auroras wirklich rotierten und wo es ihr nur so vorkam. Dazu kam noch der Übergang von der Rotationsgravitation zur Schwerelosigkeit. Genug, um selbst ihren an und für sich recht stabilen Magen vor eine ansehnliche Herausforderung zu stellen.

»Vorsicht!«, rief Iesco. »Du kommst ein bisschen zu schnell rein. Aufpassen!«

In der Tat kam die Hugin arg zügig auf sie zu. Kareena versuchte, sich mit Armen und Beinen in Richtung des Raumschiffes zu drehen, um den Aufprall abzufangen. Das Manöver gelangt ihr nicht perfekt. Sie prallte mit dem Ellbogen gegen den Rumpf der Hugin und stieß sich direkt anschließend auch das Knie an.

»Verdammt!«, fluchte sie.

Ein paar Sekunden lang krallte Kareena sich einfach nur an der Oberfläche der Hugin fest. Vorsichtig hob sie den Blick. Iesco war wenige Meter von ihr entfernt. Sie sah sich weiter um. Von hier aus wirkte die Drehung der Innenseite des riesigen Zylinders, der sie umschloss, fast gemächlich. Hätte sie den Geschwindigkeitsunterschied nicht am eigenen Leib erfahren, wäre es ihr schwergefallen zu glauben, dass die Reise dorthin alles andere als ein Spaziergang war. Sie durfte gar nicht daran denken, dass sie irgendwie wieder zurückgelangen musste. Aber das war im Augenblick noch Zukunftsmusik. Zumindest gab es nun wieder einen Teil der Station, der sich relativ zu ihr nicht bewegte. Vorsichtig krümmte sie Arme und Beine. Die Stellen, an denen sie aufgeschlagen war, schmerzten, aber sie konnte noch alle Gliedmaßen bewegen. Auch der Anzug schien unbeschädigt zu sein. Erst jetzt bemerkte sie die Stille um sich herum. Sie sah Iesco an. Seine Lippen bewegten sich unter dem Visier des Helmes, aber sie hörte nichts. Zuerst befürchtet sie, der Laser wäre beschädigt. Eine kurze Untersuchung erbrachte aber keinen Befund. Offenbar hatte er nur die Verbindung verloren. Aber auch wenn sie Iescos Worte nicht verstehen konnte, war seine Besorgnis unübersehbar. Mit Daumen und Zeigefinger formte sie einen Kreis als Zeichen, dass es ihr gut ging. Der Ingenieur beruhigte sich ein wenig.

Sie begann, sich zu ihm vorzuarbeiten. In der Schwerelosigkeit schwebten ihre Beine davon und beinahe hätte sie den Halt verloren. Doch dann legte sich Iescos Hand um ihren Arm und zog sie zu sich. Er drückte seinen Helm an den ihren.

»Alles in Ordnung?« Seine Stimme war nur dumpf zu hören, aber verständlich.

Sie nickte. »Geht schon. Aber allzu oft möchte ich so etwas nicht machen.«

»Von hier aus sah es ganz lustig aus«, scherzte er, aber Kareena war gerade nicht nach Witzen zumute.

Ohne weitere Kommentare half er ihr in die Schleuse der Hugin. Automatisch schloss sich die Luke. Sie spürte die einströmende Luft. Iesco richtete seinen Blick auf die Druckanzeige und entriegelte seinen Helm, als sie in den grünen Bereich kam.

Auch Kareena nahm ihren Helm ab. Sie schloss für einen Moment die Augen und atmete tief ein. Es war überstanden. Zumindest der erste Schritt. Was folgte, war vermutlich nicht weniger abenteuerlich.

»Hi«, begrüßte Iesco sie. Sie sah ihm in die Augen und konnte nicht anders, als ihm ein Lächeln zu schenken.

»Hi«, erwiderte sie. Dann küsste sie ihn.

»Schön, dich wieder an Bord zu haben«, meinte er, als sie ihn freigab. Er ließ seinen Blick über ihren Körper wandern, dessen Konturen von dem hautengen Raumanzug unverfälscht nachgezeichnet wurden. Sie ignorierte das freche Grinsen in seinem Gesicht.

»Schön, wieder hier zu sein«, antwortete sie. »Aber das wird nur ein kurzer Besuch.«

Er seufzte. »Das wird langsam zur Gewohnheit. Aber ist schon OK. Wir sind ja nicht zum Vergnügen hier. Zumindest du nicht.«

»Na, Hauptsache, du hast Spaß dabei«, frotzelte sie. Dann wurde sie wieder ernst. »Ich hoffe, du bringst dich damit nicht in allzu große Schwierigkeiten.«

Er schüttelte den Kopf. »Das geht schon in Ordnung. Bei meinem Status in der Firma kann ich mir ein bisschen was erlauben, ohne dass mir jemand auf die Füße tritt. Und bisher hat noch keiner etwas mitbekommen. Die sind alle gerade damit beschäftigt, irgendwie die Gesamtsituation unter Kontrolle zu bringen. Meine kleinen Eskapaden fallen da nicht weiter auf.«

Er öffnete die innere Luke der Schleuse und schwebte hinaus. Sie folgte ihm in den Crewbereich der Hugin.

»Wie steht es denn eigentlich um Triple-A und die anderen Konzerne hier?«, fragte Kareena.

Iesco zog die Stirn kraus. »Die Rebellen wollen wohl so schnell wie möglich wieder alles in normale Bahnen lenken, aber bisher sieht es noch nicht danach aus.«

»Das habe ich auch schon festgestellt«, bestätigte sie. »Vor allem im ComNetz geht es heiß her.«

Er sah sie fragend an. »Dass es außerhalb des Kon-Geländes nicht funktioniert, habe ich auch schon bemerkt, aber was meinst du mit ‚heiß hergehen'?«

Sie winkte ab. »Das willst du gar nicht so genau wissen. Und um ehrlich zu sein, ich weiß es auch noch nicht wirklich. Deswegen bin ich ja hier. Die Quelle des ganzen Ärgers sitzt hier auf der Nabe. Ich will mir mal ansehen, wer dahinter steckt.«

»Ich hoffe, du weißt, was du tust.«

»Das hoffe ich auch«, murmelte sie mehr zu sich selbst.

Sie gelangten ins Cockpit.

»Hallo, Ellie«, grüßte Kareena in Richtung des stählernen Klotzes, in dem sich das Gehirn der Pilotin befand.

»Hi«, trällerte es aus dem Bordlautsprecher zurück.

»Gibt es irgendwelche Anzeichen, dass jemand meine kleine Reise beobachtet hat?«, fragte Kareena.

»Also, ich habe bisher nichts Außergewöhnliches entdeckt«, berichtete Ellie. »Mal abgesehen davon, dass gerade jemand quer durch den Innenraum der Station gehüpft ist.«

Kareena war kurz besorgt, bis ihr klar wurde, dass ihr eigenes Kunststück gemeint war. Sie musste sich erst wieder daran gewöhnen, auf dem Schiff der Witzbolde zu sein.

»Na dann«, fuhr sie fort. »Habt ihr was für mich besorgen können?«

Iesco hangelte sich zu einem Spind und holte einen Gegenstand heraus. »Ich hoffe, die ist in Ordnung.«

Er hielt ihr eine Elektropistole mit Schulterholster hin. Sie war etwas leichter als ihre Dienstwaffe in Elysium City. Kareena nahm die Pistole in die Hand und prüfte ihre Funktion. »Sieht gut aus. Was für Munition ist drin?«

Er sah sie fragend an. »Keine Ahnung. Ich habe mir das Ding von unserer Sicherheit besorgt. Hab' gesagt, ich brauche was zur Selbstverteidigung, weil es ja für so wichtige Leute wie mich gerade ganz furchtbar gefährlich ist auf Aurora. Das da haben sie mir gegeben. Mehr weiß ich nicht.«

Kareena nahm das Magazin heraus und sah selber nach. Wie erwartet nichtpenetrierende Geschosse. Wenn auch ein etwas kleineres Kaliber, als sie es üblicherweise verwendete. Optimal, um Leute aufzuhalten, ohne sie zu töten. Vermutlich nicht einmal genug Durchschlagskraft, um ein verstärktes Fenster zu durchdringen. Aber besser als gar nichts.

Sie schob das Magazin zurück in die Waffe. Die Energiezelle war auch voll. »Alles bestens. Danke dir.«

»Gern geschehen«, erwiderte er. »Wäre nett, wenn du sie mir irgendwann zurückgeben kannst. Sonst muss ich doch noch ein paar unangenehme Fragen beantworten. Die gucken mich ja schon komisch an, weil ich ausgerechnet jetzt hierher nach Aurora gekommen bin. Als ob ich was mit den Mutantenrebellen zu tun hätte.«

»Ich gebe mir Mühe«, versprach sie, steckt die Waffe zurück ins Holster und schnallte es sich um.

»Und wie geht es jetzt weiter?«, fragte er.

»Jetzt gehe ich zu dem Ort, an dem ich den Verursacher des Netzchaos vermute und schaue mal, ob ich dort das vorfinde, was ich befürchte.«

»Und das wäre?« Er deutete ihren Gesichtsausdruck korrekt. »Verstehe. Das will ich gar nicht wissen. Schon in Ordnung. Ist vermutlich besser so.«

Kareena warf einen Blick in Richtung der Hauptschleuse, die an der Nabe der Station angedockt war. »Ich schätze, dort entlang komme ich nicht weit?«

Iesco verzog das Gesicht. »Nein, wohl nicht. Dieser Teil der Docks gehört der Firma. Im Augenblick haben da noch einige der Rebellenschiffe festgemacht, weil sonst nirgends Platz ist. Die sind gerade alle ein bisschen übernervös. Kann ich nicht empfehlen, insbesondere nicht damit.« Er deutete auf die Pistole.

»Dachte ich mir schon«, grummelte sie. »Dann also außen herum.«

Ellie meldete sich zu Wort: »Halte Kontakt mit dem Laser! Wenn du Probleme hast, sag Bescheid! Dann sehen wir zu, ob wir helfen können.«

»Danke, Ellie, aber ich befürchte, da muss ich alleine durch.«

»Wie du meinst. Viel Glück!«

»Danke. Kann ich brauchen.«

Iesco begleitete sie zurück zu der Schleuse, durch die sie hereingekommen war. Wortlos half er ihr, den Helm aufzusetzen. Er presste seinen Kopf gegen das Visier. »Pass auf dich auf!«

»Mach' ich.« Sie deutete einen Kuss an. Er drückte seine Lippen an die Scheibe. Kareena betrachtete den Abdruck, der langsam verblasste. Dann drehte sie sich um und glitt in die Schleuse. Iesco schloss die Tür hinter ihr. Die Pumpen begannen zu arbeiten. Ihr Brummen wurde immer leiser, während die Luft entschwand. Dann schwebte sie im Vakuum. Sie öffnete die Luke und hangelte sich hinaus. Die Innenwand des Habitats driftete über ihrem Kopf dahin. Es erinnerte sie an einen Film von der Erde, den sie einmal gesehen hatte, in dem dichte Wolken über den Himmel zogen. Sie sah sich kurz um. Alles schien normal. Niemand nahm Anstoß an ihrem Ausflug. Also auf zur zweiten Etappe.

Sie rief den Stationsplan aus ihrem Speicher ab. Der Ort, den sie identifiziert hatte, lag rund sechshundert Meter vor ihr. Eine ordentliche Strecke unter den gegebenen Umständen. Glücklicherweise befand die Hugin sich auf derselben Hälfte der Station wie Kareenas Ziel. Auf das Abenteuer, die rotierenden Speichen in der Mitte der Nabe zu durchqueren, verzichtete sie gerne.

An den Steigeisen, die sich von der Ausstiegsluke der Hugin über den gesamten Rumpf zogen, hangelte sie sich um den Bug des Raumschiffes herum. Die Hülle der Hugin zu verlassen und auf die Nabe der Station zu wechseln, war etwas umständlich, aber einmal dort angekommen fand sie an dem Stahlgerüst festen Halt und kam gut voran. Sie musste aufpassen, nicht danebenzugreifen. Ein einziger Fehler und sie lief Gefahr, hilflos durch die Station zu driften. Aber allerorten fanden sich Steigeisen oder Haltegriffe für die Wartungsarbeiter, die hier normalerweise die angedockten Transporter und Shuttles inspizierten. Deren Rümpfe ragten um sie herum empor, während sie die Andockschleusen und Passagierbrücken passierte, über die die Schiffe mit der Station verbunden waren. Sie hoffte, dass gerade niemand aus einem Fenster schaute, und wenn doch, dass man sie für einen Wartungsarbeiter oder etwas in der Art hielt, auch wenn das umgehängte Pistolenholster diese Annahme durchaus fragwürdig erscheinen ließ.

Ihr ComLaser verlor den Kontakt zur Hugin, als zu viele Hindernisse die Sichtlinie blockierten. So viel zu einem spontanen Hilferuf.

Es dauerte etwa eine halbe Stunde, um die Distanz zu ihrem Zielort zu überbrücken. Sie befand sich nun nahe an einem der beiden Enden der Station. Durch die ringförmige Öffnung zwischen der Achse und dem rotierenden Zylinder konnte sie den Sternenhimmel und ein kleines Stück der Erde erkennen. Hier waren nur wenige Schiffe angedockt. Die Treibstofftanks und Dockhabitate, über die sie sich bisher vorgearbeitet hatte, wichen einem löchrigen Gerüst aus Streben, zwischen denen tausende vakuumversiegelte Frachtcontainer dicht an dicht lagerten und nur schmale Durchgänge freiließen. Irgendwo dazwischen verbarg sich das Ziel ihres Ausfluges. Der Stationsplan in ihrem Speicher zeigte für diesen Sektor leider keinerlei Details. Also blieb ihr nichts anderes übrig, als sich ins Unbekannte zu stürzen.

Den Kopf voran zwängte sie sich in eine der Lücken. Sie startete eine Aufzeichnung ihrer Sinneswahrnehmungen, um in dem Labyrinth, das sich vor ihr erstreckte, den Rückweg wiederzufinden.

Unter normalen Umständen herrschte hier Hochbetrieb und die gewaltigen Ladekräne, die zwischen den Containern aufragten, waren unablässig in Bewegung, um Fracht hin- und herzuschieben und ihrer Bestimmung zuzuführen. Wegen der anhaltenden Blockade der Station lag die ganze Anlage aber derzeit still. In Sichtweite der belebten Sektoren Auroras hatte Kareena sich den anderen Bewohnern des Orbitals noch nahe und irgendwie verbunden gefühlt. Hier, eingezwängt zwischen den stählernen Wänden der Frachtcontainer, zog das Gefühl tiefer Einsamkeit sie in seinen kalten Schlund. Dazu kam noch die Ungewissheit, was sie erwarten mochte. Auch aus Hatos geknacktem ComLink hatten sie keine neuen Erkenntnisse über die geheimnisvolle Entität gewonnen, die in Auroras ComNetz ihr Unwesen trieb. Der Omega hatte ihr alles erzählt, was er über die ungewöhnlichen Spuren in Kurokawis Gehirn wusste.

Kareena schaltete die zwei Lampen beiderseits des Helmes an. Ihr Atem war das einzige Geräusch, das sie begleitete, seit sie die Hugin verlassen hatte. In der klaustrophobischen Enge des Containerlagers wurde er lauter, aufdringlicher. Sie glaubte sogar, ihren Herzschlag zu hören, während sie sich immer tiefer in den dreidimensionalen Irrgarten begab. Der rotierende Zylinder des Habitats war endgültig aus ihrem Sichtfeld verschwunden. In alle Richtungen umgaben sie nur Spaliere aus schmucklosen grauen Quadern und die Stahlgerippe, die den schwerelosen Haufen zusammenhielten.

Nach ihrem Plan müsste sie sich nun in unmittelbarer Nähe ihres Zieles befinden. Sie schaltete die Helmbeleuchtung aus. Schwärze hüllte sie ein. Ihre Atemzüge wurden hektischer. Langsam gewöhnten sich ihre Augen an die Dunkelheit. Ein schwacher Lichtschimmer lag nur ein paar Meter weiter auf einer der Containerwände. Vorsichtig arbeitete sie sich weiter vor und spähte um die Ecke. Ein größerer Freiraum erstreckte sich vor ihr. Ein Tunnel, umgeben von Containern, von dessen Ende in ein- oder zweihundert Metern Entfernung Sterne auf sie herabblickten. In seinem Zentrum befand sich ein großer Ladekran mit vier Auslegern und einer Kanzel in Form eines Kegelstumpfes mit beleuchteten Fenstern. War das der Ort, den sie suchte? Vorsichtig stieß sie sich von dem Container neben ihr ab und driftete in Zeitlupe zu dem Kran. Mit sicherer Hand ergriff sie eine Stahlstrebe und hangelte sich in Richtung der Kanzel vorwärts. Sie durchmaß etwa zehn Meter und verfügte über eine Ausstiegsschleuse, neben der ein Wartungspod mit vier Greifarmen festgemacht war. Das ungekapselte Cockpit des kleinen Fahrzeugs war leer. Kareena kletterte die Steigeisen entlang, die zu der Luke führten. Sie streckte sich, um einen Blick in eines der Fenster zu erhaschen.

Das Innere der Kanzel war belebt. Kareena erkannte drei Personen. Keine von ihnen achtete auf den heimlichen Späher am Fenster. Zwei, ein Mann im Raumanzug und eine Frau in einem Overall mit dem Logo der Aurora Port Services, packten Kisten auf ein knapp mannshohes Gerüst. Die dritte Person kannte Kareena. Das Gesicht des Mannes hatte sich in ihr Gedächtnis eingebrannt, seit er ihr im Zellentrakt der Sicherheitsabteilung von Elysium City zum ersten Mal begegnet war. Dan Aden schwebte scheinbar abwesend in einer Ecke des Raumes. Kareena wagte einen genaueren Blick. Adens Augen standen weit offen. Sein Blick war starr auf eine Wand gerichtet. Hinter seinem Ohr steckte ein Datenkabel, dessen anderes Ende in einem Port des Kranführerstandes verschwand. Dazwischen befand sich ein kleines Gerät, möglicherweise ein Delokator, wenn auch kompakter als das Modell, das Kareena benutzte. Ihr vager Verdacht, dass Aden etwas mit der Blockade des ComNetzes zu tun hatte, erhärtete sich.

Die beiden anderen machten eine kurze Pause und begannen eine Unterhaltung. Behutsam drückte Kareena ihren Helm gegen den Rand der Scheibe. Zuerst hörte sie nur Knirschen und Rauschen, aber dann fand sie eine Position, in der sich undeutliche Stimmen aus dem Geräuschbrei herausschälten. Sie atmete so flach, wie es ihr möglich war, um zu verstehen, was dort drinnen gesprochen wurde.

»… noch nie gesehen, dass jemand mit offenen Augen ins Netz geht.« Der Mann bewegte seine Hand vor Adens Gesicht hin und her. Keine Reaktion. »Der Kerl ist mir unheimlich.«

»Seien wir froh, dass wir ihn haben«, entgegnete die Frau. »Ich weiß nicht, wie er es macht, aber er hat die Mutantenbrut aus dem Netz verjagt. Würde er nicht die stationsinterne Überwachung ausschalten, hätten sie uns schon längst entdeckt. Der Major vertraut ihm. Das reicht mir.«

»Wann kommt der Major eigentlich? Er wollte doch schon längst hier sein.«

»Was weiß ich? Wurde wohl aufgehalten. Los, lass uns weitermachen! Ich will nicht schuld sein, wenn es weitere Verzögerungen gibt.«

Die beiden machten sich wieder an die Arbeit. Bei genauerer Betrachtung erkannte Kareena die Warnzeichen auf den Kisten. Sprengstoff. Ihr Atem stockte. Sie hatte nicht nur die Quelle der Angriffe auf das Netz gefunden, sondern eine Widerstandsgruppe gegen die Besetzung der Station durch die Mutanten. Und Dan Aden hatte sich mit ihnen verbündet. Aber zu welchem Zweck? Was wusste er, das Kareena noch verborgen war? Offiziell hielt die USI sich bisher aus dem Konflikt heraus, wie alle anderen Konzerne auch. Kareena benötigte weitere Informationen, um zu durchschauen, was hier vor sich ging. Sie beschloss, auf den ‚Major' zu warten. Vielleicht brachte sie das weiter.

Sie verharrte am Rand des Fensters der Kranführerkanzel. In regelmäßigen Abständen spähte sie hinein, um zu sehen, ob sich etwas tat. Nach rund einer Viertelstunde glitten durch die Serviceröhre, die die Kanzel mit dem Rest der Station verband, tatsächlich zwei weitere Personen in den Raum. Eine von ihnen, ein dunkelhäutiger Norm, trug ebenfalls einen Raumanzug, den Helm in der Hand. Der andere war in einen legeren Freizeitanzug gekleidet, aber strenge Bügelfalten, die selbst in der Schwerelosigkeit stramme Haltung und der typisch militärische Kurzhaarschnitt deuteten darauf hin, dass die Zivilkleidung nur eine Tarnung war. Kareena vermutete, dass das der Major war. Sie vergewisserte sich mit größter Vorsicht, dass weiterhin niemand durch die Fenster nach draußen sah. Die Anwesenden schienen sich aber in eine Diskussion zu vertiefen. Kareena presste wieder ihren Helm gegen die Scheibe, um mithören zu können.

»… verwaltung angreifen. Da sitzt dieser Avenger rum. Wir müssen der Brut den Kopf abschlagen!«

»Avenger ist doch nur ein Strohmann. Die Omegas ziehen im Hintergrund die Fäden. Wenn wir die Mutanten wieder loswerden wollen, müssen wir bei denen zuschlagen.«

»Und wie soll das funktionieren? Gegen die Omegas sind Ihre Leute schon nicht angekommen, als Sie noch die Kontrolle über Aurora hatten. Wie viele Soldaten haben Sie noch? Vierzig? Fünfzig? Und kaum schwere Waffen außer den Sprengminen hier. Ein direkter Angriff gegen die Omegas ist Irrsinn. Wir müssen beim ursprünglichen Plan bleiben. Sie weiter provozieren, bis sie die Daumenschrauben so hart anziehen, dass die Bevölkerung und die Konzerne sich uns gegen sie anschließen. Und dafür wird es nicht reichen, weiter irgendwelche namenlosen Techniker zu töten. Avenger wäre ein Zeichen. Das können sie nicht ignorieren.«

»Dafür würde ich etwas anderes vorschlagen.« Das war Dan Adens Stimme. »Tötet ihre Kinder! Das wird sie ausreichend provozieren.«

»Kinder? Ich habe noch kein einziges Mutantenblag gesehen. Die sind auf dem Mars oder im Asteroidengürtel, aber hier ist keines.«

»Ich meine nicht die Freigeborenen. Bei Orpheus sind hunderte Mutantenbabys. Und die meisten Omegas stammen selber von dort. Das ist sozusagen deren Familie. Schlagt dort zu! Das wird reichen, um die Station endgültig ins Chaos zu stürzen.«

»Die Idee ist gar nicht mal so schlecht.« Jetzt sprach die Frau. »Wir merzen die ganze nächste Generation aus. Das ist ein Zeichen, das in die Zukunft weist. Das ist gut. Ich bin für Orpheus.«

»Da ist nur ein Problem.« Das war wieder die Stimme des Mannes, der Avenger als Strohmann bezeichnet hatte, vermutlich der Major. »Orpheus liegt direkt neben der Kaserne der Stoßtruppen. Wenn wir dort zuschlagen, müssen wir mit schneller Gegenwehr rechnen.«

»Dann starten wir vorher einen Scheinangriff an einer anderen Stelle. Von den Minen haben wir genug. Irgendwo am anderen Ende der Station ein Loch in die Hülle sprengen. Das wird die Omegas von der Kaserne weglocken. Dann haben wir bei Orpheus freie Bahn.«

»Hört sich gar nicht ... Moment mal! Was ist das?«

Die plötzliche Aufregung alarmierte Kareena. So schnell sie konnte, hangelte sie sich von dem Fenster weg. Am äußersten Rand des Sichtfeldes, das der Helm ihr freigab, erkannte sie ein Gesicht hinter der Scheibe. Sie war entdeckt.

Sie stieß sich von der Kanzel ab und driftete zu den Containern, die den Freiraum rund um den Kran umgaben. Noch bevor sie die Distanz überwunden hatte, wurde sie plötzlich in gleißendes Licht getaucht. Jemand hatte die Kranbeleuchtung angeschaltet. Sie ahnte Schreckliches. Sie bemühte sich, nach hinten zu sehen, aber ohne irgendetwas, woran sie sich festhalten konnte, war es unmöglich, sich umzudrehen. Endlich kam sie an den Containern an und fing ihren Flug mit Armen und Beinen ab. Sie hatte den Container mittig getroffen, weitab der Griffe an den Kanten, an die sie sich hätte klammern können. Verzweifelt versuchte sie, an der glatten Metalloberfläche Halt zu finden, doch alles, was sie erreichte, war, sich wieder abzustoßen und hilflos im Raum zu schweben. Das missglückte Manöver hatte sie in eine langsame Drehung versetzt, so dass der Kran erneut in ihr Blickfeld gelangte. Was sie sah, bestätigte ihre schlimmsten Befürchtungen: Der Kran erwachte zum Leben. Der riesige Greifer fuhr entlang der Führungsschiene auf sie zu. Das ganze Gebilde entfaltete sich wie ein überdimensionales Taschenmesser. Kareena ruderte panisch mit den Armen, doch die Containerwand war außer Reichweite. Nur das hektische Rasseln ihres Atems begleitete die ansonsten vollkommen lautlose Szenerie. Der Greifer kam immer näher. Nur noch dreißig Meter trennten sie von der vielfach mannshohen hydraulischen Zange, die keine Mühe haben würde, sie wie eine Fliege zu zerquetschen. Kareena musste irgendwie hier weg. Aber wie, ohne irgendetwas, an dem sie sich abstoßen konnte?

Noch zwanzig Meter.

Fieberhaft zwang sie ihr Gehirn, zu arbeiten. Es musste doch eine Möglichkeit geben! Rückstoß! Sie brauchte Rückstoß! Wie eine Rakete.

Zehn Meter.

Ihr Blick fiel auf die Pistole. Mit zitternden Fingern nestelte sie die Waffe aus dem Holster, zielte auf den Kran und schoss. Das Projektil stieß einen Funken aus dem Gittermast. Der Kran bewegte sich unbeeindruckt weiter auf sie zu. Aber der Rückstoß der Pistole hatte ihr einen Impuls gegeben, der sie von dem stählernen Ungetüm wegdrückte. Allerdings hatte er auch ihre Eigenrotation verstärkt. Ein weiterer Schuss und sie driftete schneller. Ihr Rücken stieß gegen den Container.

Fünf Meter.

Mit der freien Hand tastete sie an der Oberfläche entlang. Endlich bekam sie einen der Handgriffe am Verschlussmechanismus des Containers zu fassen. Mit aller Kraft drücke sie sich ab und gelangte an die Kante des Frachtbehälters. Sie fasste zu und zog sich um die Ecke. Eine Erschütterung erfasste den Container, als der Greifer des Krans mit großer Wucht gegen ihn prallte. Kareena blickte nach hinten. Die Zange schloss sich. Eine der beiden Klauen stieß gegen Kareenas Bein. Ruckartig zog sie es an sich, bevor der Greifer zupackte.

Sie hyperventilierte. Hatte Mühe, gegen die Panik anzukämpfen. Jeder einzelne Muskel ihres Körpers war zum Zerreißen angespannt. Sie befand sich in einem knapp einen Meter breiten Spalt zwischen zwei Containerreihen. Wieder eine Erschütterung. Sie sah nach hinten, an ihren Beinen vorbei. Die Greifzange des Krans drehte sich um ihre Achse, bis sie parallel zu den Wänden ausgerichtet war. Dann fuhr sie in den Spalt, direkt auf Kareena zu. Panisch zog sie sich tiefer in die Kluft hinein. Quetschte sich um eine weitere Ecke. Der Greifer fuhr an ihr vorbei, versuchte, sich ebenfalls um die Kante zu bewegen, ihr zu folgen, doch die Klauen verkanteten in der Enge. Die Container verzogen sich, als der Kran probierte, sich mit roher Gewalt mehr Platz zu verschaffen. Doch die Streben des Lagergerippes, in das sie eingefügt waren, hielten. Die Klaue zog sich zurück.

Kareena versuchte, ihren Atem unter Kontrolle zu bringen. Einatmen. Ausatmen. Ganz ruhig! Langsam entspannte sie sich ein wenig. Plötzlich geriet die Wand, gegen die sie sich lehnte, in Bewegung. Zog sich von ihr zurück. Kareena stieß sich ab und klammerte sich an dem gegenüberliegenden Container fest, während der Spalt immer größer wurde. Der in Bewegung geratene Container verschwand zur Seite und gab den Blick frei auf den Kran, der ihn gegriffen und aus dem Lager herausgezogen hatte. Die Klaue öffnete sich und ließ die Kiste im Raum schwebend zurück, um sich sofort wieder Kareena zuzuwenden, die sich dem Ungetüm nun erneut ungeschützt gegenübersah.

Hinter der Zange erhaschte sie noch einen Blick auf eine Gestalt im Raumanzug, die gerade die Schleuse unterhalb der Kranführerkanzel verließ. Direkt dahinter eine weitere. Die Zahl ihrer Verfolger wuchs. Fieberhaft orientierte Kareena sich, suchte einen Fluchtweg. Sie hangelte sich an dem Container entlang und wandte sich wieder der Lücke zu, in die sie ursprünglich geflohen war. Sie zog sich hinein und arbeitete sich, ohne auf die Richtung zu achten, tiefer in das Labyrinth des Containerlagers hinein, nur weg von dem Kran und seinen übermannsgroßen Stahlklauen. Eine weitere Wand geriet hinter ihr in Bewegung. Flutlicht erfüllte ihr gerade noch in Dunkelheit gehülltes Versteck. Der Kran hob noch einen Container aus dem Lager und nahm ihr gnadenlos die Deckung. Direkt neben ihrem Helm flog ein Funke aus der Wand. Der Querschläger streifte ihren Arm. Die Verfolger schossen auf sie!

Sie spannte ihren mit Adrenalin vollgepumpten Körper an und kletterte weiter in die Containerreihen hinein. Hand ausstrecken, greifen, anziehen, loslassen, die andere Hand ausstrecken. Immer weiter! Nicht nachdenken. Nur weiter! Dann um eine Ecke, in den nächsten Spalt. Immer weiter! Sie verlor jegliche Orientierung. In allen Richtungen war sie von Stahlwänden umgeben. Ihr Plan, den Ausgang aus dem Labyrinth anhand der Aufzeichnung des Hinweges wiederzufinden, scheiterte kläglich. Sie erkannte nichts wieder. Dunkelheit umhüllte sie. Sie wagte nicht, ihre Helmbeleuchtung einzuschalten. Tastete sich halb blind voran. Eine rote Warnlampe blinkte im Helm. Die Luft wurde knapp. Kareena war verwirrt. Eigentlich müsste ihr Vorrat noch für mehrere Stunden reichen. Sie untersuchte den Anzug. Die Sauerstoffleitung war unbeschädigt. Dann fand sie das Problem. In der Kartusche am Gürtel war eine deutliche Delle zu sehen. Eines der Projektile ihrer Verfolger hatte sie getroffen. Die Wand der Kartusche war nicht durchschlagen, aber ein feiner Riss zeichnete sich ab. Kareena wollte laut aufschreien. Was kam denn noch alles? Sie überprüfte den Sauerstoffvorrat. Die Anzeige näherte sich rapide der Null. Sie hatte nur noch für wenige Minuten Luft. Selbst wenn sie den Weg aus dem Labyrinth auf der Stelle fand, würde sie es nicht bis zur Hugin schaffen. Sie steckte tief in der Scheiße.

Ruhig bleiben, ermahnte sie sich. Keine Panik! Sie presste sich gegen die Wand. Es waren keine Erschütterungen mehr zu spüren. Der Kran war offenbar zur Ruhe gekommen. Hatten sie aufgegeben? Unwahrscheinlich. Also gut. Scharf nachdenken. Wie war die Lage? Sie wurde von mindestens zwei Bewaffneten verfolgt. Ihr ging der Sauerstoff aus. Selbst wenn sie ihren Häschern entkam, hatte sie nicht genug Luft für den Rückweg. Viele Optionen blieben ihr nicht. Also gut. Änderung der Taktik.

Sie drehte sich um. Vorsichtig hangelte sie sich zwischen den Containern hindurch zurück zu den Verfolgern. An jeder Ecke hielt sie inne und spähte wachsam in alle Richtungen. Langsam fiel ihr das Atmen schwer. Der Sauerstoffgehalt in ihrem Anzug sank. Egal. Weiter! Die nächste Ecke. Da! Ein Lichtschein auf einer Metallwand. Er bewegte sich. Einer der Verfolger war in unmittelbarer Nähe. Kareena hielt absolut still. Drückte vorsichtig einen Arm gegen die nächste Wand. Minimale Stöße gingen durch den Stahl. Jemand kam näher. Sie nahm ihre Pistole in die Hand. Der Lichtschein wurde stärker. Einer ihrer Häscher war direkt hinter der Ecke. Sie verkeilte sich mit den Beinen in dem Spalt, zog die Knie an und drückte sich mit aller Wucht nach vorne. Sie driftete um die Ecke, zielte auf den Mann, der sie mit großen Augen ansah und schoss aus unmittelbarer Nähe. Von einer Sekunde zur nächsten durchzog ein feines Netz das Helmvisier ihres Gegenübers. In seinem Zentrum steckte das Projektil. Der Mann hob seine eigene Pistole. Kareena schoss erneut. In einem Regen aus Splittern zersprang das Visier. Panik fuhr in das Gesicht des Mannes. Seine Lippen öffneten und schlossen sich rhythmisch, als er nach Luft schnappte. Er ließ seine Waffe los. Die Pistole driftete schnell weiter, außer Reichweite. Kareena sah sich um. Der zweite Verfolger war nicht zu sehen. Sie drehte den im Todeskampf verkrampfenden Mann so, dass sie an seine Sauerstoffkartusche herankam und begann, sie zu lösen. Der Mann schlug wild um sich. Doch seine Bewegungen waren unkoordiniert. Sie schloss das Ventil und nahm die Kartusche ab, holte tief Luft, wiederholte die Prozedur an ihrer eigenen Kartusche und ließ sie treiben. Dann setzte sie das Ventil der erbeuteten Kartusche auf die Verschraubung an ihrem Versorgungsschlauch und öffnete es. Die Sauerstoffanzeige in ihrem Helm wechselte innerhalb weniger Sekunden auf grün. Sie holte tief Luft, füllte ihre gemarterten Lungen. Was für eine Wohltat. Ein Problem gelöst. Ihr Gegner hatte mittlerweile aufgehört, sich zu rühren. Kareena vermied es, ihm noch einmal ins Gesicht zu sehen. Ein plötzlicher Stich im Bein schreckte sie auf. Aus dem Augenwinkel sah sie eine Bewegung. Der zweite Verfolger zielte ein weiteres Mal auf sie, weniger als zehn Meter entfernt. Sie stieß sich zur Seite. Das Projektil verfehlte sie um Haaresbreite. Vor Schreck hatte sie ihre eigene Pistole losgelassen. Die Waffe driftete genau in die Schusslinie ihres Gegners. Nur einen halben Meter weit weg, aber keine Chance, sie zu erreichen. Also wieder Flucht! Kareena entließ eine Dosis Schmerzmittel aus ihrem Drogenspender. Das Stechen in ihrem Oberschenkel verschwand zwar nicht vollends, wurde aber zumindest so weit abgeschwächt, das sie das Bein bewegen konnte. Sie wusste nicht, wie schwer sie getroffen war. Ein maßgeschneiderter Anzug würde das Loch weitgehend abdichten. Bei dem Billigmodell, in dem sie sich befand, war das eher unwahrscheinlich. Herauszufinden, wie schnell Blut und Atemluft entwichen, hätte eine eingehendere Untersuchung erfordert. Aber wenn sie innehielt, war sie ohnehin tot. Also nur weg hier! Wieder das alte Spiel. Greifen, ziehen, weiter voran. Sie wusste nicht, in welche Richtung sie floh, nicht, wie viele Container sie passierte. Sie achtete nicht darauf, dass die Sauerstoffanzeige erneut von Grün auf Gelb wechselte. Sie hangelte sich nur so schnell wie möglich an den Containern entlang. Vor ihr sah sie einen schmalen Streifen Licht. Gleichmäßiges Licht, nicht das grelle Leuchten eines Suchscheinwerfers oder einer Helmlampe. Sie biss die Zähne zusammen. Zog sich weiter voran. Plötzlich griff sie ins Leere. Die Wände verschwanden, gaben den Blick frei auf den riesigen rotierenden Zylinder des Habitats. Kareena hing mitten im Nirgendwo, driftete ohne Halt durch den Innenraum der Station, drehte sich langsam um ihre Achse. Kleine rote Tropfen drangen aus ihrem Bein, gefroren in Sekundenschnelle zu braunen Klumpen und schwebten um sie herum wie winzige Monde. Die Sauerstoffanzeige wurde rot. Die Schmerzen waren gänzlich verschwunden. Kälte und Taubheit waren an ihre Stelle getreten. Kareena entspannte sich. Breitete die Arme aus. Ließ sich treiben. Sie betrachtete die Schönheit der riesigen, sich ewig drehenden Raumstation, die gewaltigen Speichen, die unzähligen Schiffe und Shuttles an den Docks. Eines davon legte gerade ab. War die Blockade beendet? Sie hatte den Eindruck, das Schiff käme auf sie zu, dann verlor sie es aus dem Blickfeld, als sie sich weiter drehte. Die rotierende Wand kam näher.

Der Aufschlag würde vermutlich hart werden. Die Geschwindigkeit, mit der die Decke des Ringhabitats unter ihr vorbeizog, betrug rund fünfzig Meter pro Sekunde. Kaum eine Chance, dort unbeschadet zu landen. Trotz der Aussicht auf den sicheren Tod blieb sie vollkommen ruhig. Würde der Aufschlag sie töten? Oder würde ihr vorher die Luft ausgehen? Ihr aktuelles Hochgefühl war vermutlich bereits die Folge des Sauerstoffmangels. Sie drehte sich weiter. Ein großes Gebilde tauchte unvermittelt vor ihr auf. Sie erinnerte sich vage an das Raumschiff, das abgelegt hatte. Es war wohl tatsächlich zu ihr geflogen. Mit einem Anflug von Neugier beobachtete sie, wie das Schiff sich ihr weiter näherte. Eine Luke ging auf. Jemand kam heraus. Flog zu ihr. Nahm sie in den Arm und zog sie mit sich. Ein Gesicht tauchte vor ihr auf, von ihrem eigenen getrennt durch zwei Helmvisiere. Ein vertrautes Gesicht.

»Halte durch!«, erklang Iescos Stimme, wie aus gewaltiger Entfernung.

Die Station verschwand. Nackte Wände umgaben sie. Schwärze drang auf sie ein. Zog sie mit sich. Ruhe. Sie wollte nur noch Ruhe.

»Kareena!«

Irgendjemand störte ihre Welt.

»Atme!«

Berührungen. Stimmen. Sie wollte ihnen zurufen, sie in Frieden zu lassen. Öffnete den Mund, sog Luft ein und wurde von einem Hustenanfall geschüttelt. Ein weiterer Atemzug. Ihre Lungen schmerzten. Noch mal atmen. Langsam kehrte Gefühl in ihren Körper zurück. Vorsichtig öffnete sie die Augen. Iesco sah sie an. Er lachte.

Sie zwang ihre Lippen, sich zu einem Lächeln zu formen.

Dann verlor sie das Bewusstsein.

11.12.2210, Aurora-Station, Erdorbit

Der Anblick, der sich Skip bot, zehrte an seiner Selbstbeherrschung. Sein Magen krampfte sich zusammen. Übelkeit stieg in ihm auf. Er drängte den Würgereiz zurück, um sich nicht vor aller Augen zu übergeben. Den Gesichtern der Umstehenden nach zu urteilen, war er nicht der Einzige, der damit kämpfte, sein Frühstück bei sich zu behalten.

»Wir haben es gesehen«, sagte er so emotionslos wie möglich. »Nehmt ihn runter!«

Eigentlich war ihm nach Schreien zumute. Er wollte diejenigen, die das getan hatten, dafür büßen lassen. Sie sollten am eigenen Leib erfahren, was es hieß, so zu leiden wie der Alpha, dessen Leichnam vor ihm hing. Auch Mace hatte seine Fäuste geballt. Skips Leibwächter half den beiden Sicherheitsleuten, den Toten von den Ketten zu befreien, an denen er kopfüber von der Decke baumelte. Sie waren an dem Deckenkran der Werkstatt befestigt, in der er gefunden worden war. Alle Beteiligten waren bemüht, möglichst die Därme nicht zu berühren, die aus dem aufgeschlitzten Leib des Mutanten bis auf den Boden hingen.

»Der Wievielte war das?«, wollte er von Sybil Mbela wissen.

»Für heute der Zweite«, antwortete sie sachlich. Sie schien sich von allen Anwesenden am besten im Griff zu haben. »Das macht insgesamt sieben. Aber derart grausam war noch keiner zugerichtet.«

»Und immer noch keine Spur von den Tätern?«

Sie schüttelte den Kopf. »Nichts. Ohne das ComNetz und die Überwachungskameras sind wir sozusagen blind. Und wie üblich hat niemand etwas gesehen. Außerdem ...« Sie stockte.

Skip sah sie auffordernd an.

»Es ist nur eine Vermutung«, fuhr sie so leise fort, dass nur er es hören konnte, »aber die Morde finden immer dort statt, wo unsere Patrouillen gerade nicht unterwegs sind. Es scheint fast so, als ob sie unsere Schichtpläne kennen. Ich kann nicht ausschließen, dass sich unter unseren eigenen Leuten Kollaborateure befinden.«

»Na toll!«, seufzte Skip.

»Ich versichere Ihnen, dass ich alles in meiner Macht stehende tue, um die Verräter zu finden«, versprach sie.

Schwere Schritte unterbrachen die Unterhaltung. Beide drehten sich um.

»Jetzt bloß kein Wort von Verrätern!«, zischte Skip.

Mbela nickte unmerklich.
Dann war Blackheart mit ihrer Eskorte von zwei Stoßtrupplern bei ihnen.
»Sieh an, die Polizei ist schon da«, donnerte sie. »Und der Protektor persönlich.« Ohne eine Antwort abzuwarten, schob sie sich an den beiden vorbei und betrachtete den Toten. »Kommt mir bekannt vor«, sagte sie.
»Das ist Hover«, erklärte Skip. »Gehörte zum Planungsstab. Auf der Erde hat er die Verteidigung des Rheinufers organisiert und sich hier um den Kontakt zu den konzernunabhängigen Kleinfirmen und Geschäften gekümmert.«
»Das ist wohl vorbei«, stellte sie fest. Sie sah ihn an. »Was gedenkst du, dagegen zu tun?«
Er sackte innerlich zusammen. »Weiter nach den Schuldigen suchen«, war alles, was er antworten konnte. Er wusste, was nun kommen würde.
»Mit demselben Erfolg wie bisher?« Jedes Wort der Kriegerin war eine gezielte Provokation. »Ruf endlich das Kriegsrecht aus! Lass meine Leute das klären! Eine allgemeine Ausgangssperre, keine Zugangsbeschränkungen für das Militär zu den Konzernsektoren. Mehr brauche ich nicht. Dann haben wir innerhalb weniger Tage allen Widerstand ausgemerzt!«
»Damit verspielen wir alle Sympathien der Konzerne und der Bevölkerung«, widersprach Skip.
»Sie töten unsere Leute«, fuhr die Omega ihn an. »Wie lange willst du dir das noch gefallen lassen? Wenn du nichts unternimmst, verspielst du dir ganz andere Sympathien, nämlich die deiner Mitstreiter!« Sie richtete drohend den Zeigefinger auf ihn. »Das ist kein Soloprogramm. Du bist vielleicht die Stimme und das Gesicht unserer Bewegung, aber kein Alleinherrscher! Die Leute werden dir nicht ewig folgen, wenn du sie nicht schützen kannst. Du nennst dich doch Protektor. Also handle entsprechend! Beschütze sie!«
Skip wollte sich wehren, ihr widersprechen, aber er wusste, dass sie recht hatte. Seine Gefährten vertrauten ihm. Noch. Aber wenn er sie nicht davor bewahren konnte, einer nach dem anderen bestialisch abgeschlachtet zu werden, verdiente er es nicht, ihr Protektor zu sein.
»Gib mir noch zwei Tage!«, bat er Blackheart. »Wenn wir bis dahin nichts erreicht haben, kannst du deine Hunde von der Leine lassen.«
Sie war augenscheinlich überrascht über das Zugeständnis. »Zwei Tage!« Sie hielt die entsprechende Anzahl Finger in die Luft. »Zwei

Tage! Ist unsere morgendliche Besprechung damit beendet? Gut.« Sie drehte sich um und marschierte aus der Werkstatt.

Skip sah ihr hinterher. Er war kurz davor, die Kontrolle zu verlieren. Er wusste, wenn die Omegas das Kommando übernahmen, würde die Situation auf Aurora eskalieren. Aber was hatte er für eine Wahl? Er wünschte sich, all das hinter sich lassen zu können. Die Verantwortung an jemand anderen abzugeben. Von ihm aus an Blackheart. Sollte sie doch sehen, was aus dem Aufstand wurde. Und aus all den Leuten. Seinen Gefährten, Mace, Rhino, Raven, Hover. Und all die anderen. Hover hatte er nicht beschützen können. Würde er die übrigen auch im Stich lassen? Nein. Natürlich nicht. Er würde weiter tun, was in seiner Macht stand, um sie davor zu bewahren, Hovers Schicksal zu teilen. Also wieder an die Arbeit!

Die Leiche lag auf dem Boden, eingewickelt in eine Plane. Ein Krankentransporter hielt vor dem Eingang der Werkstatt. Mace und die Sicherheitskräfte mühten sich ab, den Toten auf die Pritsche zu verfrachten.

»Ich denke, wir sind hier soweit fertig«, verkündete Skip. Er wandte sich an Sybil Mbela. »Sehen Sie zu, was Sie dazu herausbekommen! Vielleicht hat doch jemand was gesehen. Suchen Sie weiter! Was gibt es sonst Neues?«

Ihr Blick ging kurz in die Unendlichkeit, während sie ihren internen Speicher konsultierte. »Wir haben begonnen, die Lebensmittelvorräte zu rationieren. Auf diese Weise können wir die Versorgung der Einwohner noch schätzungsweise zwei Wochen ohne allzu schlimme Engpässe gewährleisten. Es wäre allerdings hilfreich, wenn die Blockade bis dahin beendet wäre. Ich habe bereits erlebt, wozu Menschen fähig sind, die Hunger leiden.«

»Was ist mit der stationsinternen Lebensmittelproduktion?«, fragte Skip.

»Die kann nicht einmal die Grundversorgung sichern.«

Sorgenfalten legten sich auf seine Stirn. »Ich werde sehen, was wir tun können. Was gibt es sonst noch?«

»Unsere Anfrage bei den ansässigen Konzernen bezüglich Unterstützung gegen die Föderationshacker wurde abgelehnt. Sie befürchten, das könnte als Einmischung in den Krieg ausgelegt werden. Das wollen sie vermeiden.«

»Mist«, kommentierte Skip die schlechte Nachricht.

Ungerührt fuhr Mbela fort: »Unsere Bemühungen, mit unabhängigen Relais ein geschlossenes ComNetz für die Sicherheit zu errichten, gehen voran. Die ersten Tests sehen gut aus. Vielleicht können wir bald auf die Kommunikation per Handfunkgerät und Meldeläufer verzichten.«

»Das wäre sehr gut. Sonst noch etwas?«

»Sie erinnern sich an das Schiff, das gestern unautorisiert vom Dock abgelegt hat und innerhalb der Station herumgeflogen ist? Die Sache ist geklärt. Es handelte sich um eine Rettungsaktion. Eine Frau trudelte unkontrolliert in einem beschädigten Raumanzug herum. Der Pilot hat sie davor bewahrt, auf dem Habitat aufzuschlagen.«

»Ein Unfall?«

»Ich habe noch keine genaueren Informationen. Die Frau befindet sich im öffentlichen Hospital. Ich kümmere mich darum, sobald ...«

»Lassen Sie es gut sein!«, unterbrach Skip sie. »Ich muss ohnehin noch etwas im Hospital erledigen. Ich mache das.«

»Danke«, erwiderte sie, offensichtlich nicht böse darüber, einen Punkt von ihrer To-do-Liste streichen zu können.

»Wir sehen uns später in der Zentralverwaltung«, verabschiedete Skip sich.

Sie nickte nur.

Mace gesellte sich nach getaner Arbeit zu ihm. Der Riese überprüfte, ob seine Kleidung Blutflecken abbekommen hatte, schien aber nichts zu finden.

»Und jetzt?«, fragte er.

»Zum Hospital«, entschied Skip.

Zusammen mit seinem Leibwächter folgte er dem Transporter mit dem in die Plane eingewickelten Körper, der einmal Hover gewesen war. Am Eingang des öffentlichen Hospitals von Aurora bog der Wagen zur Leichenhalle ab. Skip blieb einen Moment lang stehen und sah ihm hinterher. Es tut mir leid, dachte er. Es tut mir leid.

Er atmete tief durch, straffte sich. Weiter!

Die beiden Mutanten marschierten geradewegs in den Haupttrakt und hielten erst vor einem Zimmer an, dessen Tür von zwei Alphas bewacht wurde. Sie standen auf, als Skip sich näherte.

»Wie geht es unserem Patienten?«, fragte Skip.

»Die Ärzte sagen, er wird wieder«, antwortete einer der Posten.

»Gut«, sagt Skip. »Mace, du bleibst hier! Ich will ihn nicht unnötig einschüchtern.«

»Ich bin doch nicht einschüchternd«, grummelte der Alpha.

Skip sah in die Augen seines Leibwächters einen halben Meter über seinem Kopf und zog die Augenbrauen hoch. Mace' Protest verklang in unverständlichem Brummen. Dann verschränkte er die Arme und postierte sich neben den beiden anderen Alphas.

»Du könntest dich in der Zwischenzeit nach dieser Frau erkundigen, die gestern in der Station herumgedriftet ist«, bat Skip ihn. »Finde raus, was da los war, in Ordnung?«

Er interpretierte das Grunzen als Zustimmung und nickte seinem Leibwächter dankend zu. Dann öffnete er die Tür und betrat das Zimmer. Trotz der zahlreichen Patienten, die infolge der Eroberung derzeit in Behandlung waren und die Kapazität des Hospitals strapazierten, lag nur ein einzelner Mann darin. Skip kannte sich nicht besonders gut mit medizinischen Diagnosegeräten aus. Aber er interpretierte die grünen Anzeigen und die gleichmäßigen Ausschläge des Herzmonitors dahingehend, dass der Patient sich nicht in einer lebensbedrohlichen Situation befand.

Zwei Schläuche verschwanden in der Nase des Mannes. Ein Auge war zugeschwollen und verschiedene weitere Blessuren zierten sein Gesicht. Skip seufzte innerlich. So regelten die Omegas ihre Konflikte. Er durfte nicht zulassen, dass derartige Methoden im Protektorat geduldet würden. Und er musste höllisch aufpassen, nicht selber so zu enden, wenn er sich weiter mit Blackheart anlegte.

Das gesunde Auge des Mannes ging auf und fixierte Skip.

»Colonel Marault, ich bin Protektor Avenger«, stellte er sich vor.

Das einzelne Auge musterte ihn von oben bis unten.

»Was wollen Sie?«, krächzte der Föderationsoffizier.

»Zuerst möchte ich mich dafür entschuldigen, was Ihnen widerfahren ist. Ich versichere Ihnen, dass Blackheart nicht meine Autorisation hatte, als sie Sie … befragt hat.«

Marault lachte keuchend. »Die braucht niemandes Autorisation. Und glauben Sie ja nicht, Sie könnten sie kontrollieren! Das habe ich auch gedacht. Sie sehen ja, wohin es mich gebracht hat.«

Skip sah den Mann an. »Haben Sie den Angriff auf Rheinberg befohlen?«

»Geht das Verhör jetzt weiter?« Marault kniff das gesunde Auge zusammen.

»Colonel«, Skip bemühte sich, ruhig zu sprechen, »meine oberste Priorität ist, die Gewalt zu beenden. Ich will nicht, dass noch mehr Menschen sterben müssen. Dafür muss ich aber verstehen, was hier vor sich geht. Helfen Sie mir dabei?«

Der Föderationsoffizier betrachtete Skip, überlegte ein paar Sekunden. »Was wollen Sie wissen?«

Skip lächelte dankbar. »Der Angriff der Omegas auf Rheinberg. Haben Sie ihn befohlen?«

»Ja«, gab Marault nach kurzem Zögern zu. »Die schlechteste Entscheidung meiner Laufbahn. Aber die ist ja nun wohl ohnehin zu Ende.«

»Nicht unbedingt«, widersprach Skip. »Zumindest nicht, soweit ich darauf Einfluss habe. Aber etwas würde mich noch interessieren. Haben Sie die Entscheidung, die Omegas zu entsenden, alleine getroffen?«

»Hört sich an, als wüssten Sie die Antwort schon«, entgegnete der Colonel.

Skip winkte ab. »Ist bisher nur ein Verdacht.«

»Wen verdächtigen Sie denn?«

Skip hatte keine Lust auf ein verbales Katz-und-Maus-Spiel. Also Klartext: »Haben Sie mit Dr. Kim von Orpheus Genetics Rücksprache gehalten?«

Marault atmete tief durch. »Nicht ich habe Rücksprache mit ihm gehalten. Er kam zu mir, zusammen mit diesem dämlichen Politiker, Rasmussen. Die beiden haben mich bearbeitet, die Omegas loszuschicken. Sie meinten, wir müssten schnellstmöglich die Loyalität der Mutanten in den Streitkräften unter Beweis stellen, sonst wäre das ganze Programm gefährdet. Sie haben meine Einwände ignoriert und mich unter Druck gesetzt. Verstehen Sie mich nicht falsch! Ich möchte mich nicht rausreden. Letztlich habe ich die Entscheidung getroffen. Aber Kim hat mir versichert, es würde keine Probleme mit den Omegas geben.«

»Hat er Blackhearts Einheit für den Einsatz vorgeschlagen?«

Das einzelne Auge richtete sich zur Decke. »Ja.« Dann sah Marault wieder Skip an. »Woher haben Sie Ihren Verdacht? Und warum interessiert Sie das alles eigentlich?«

»Ich will nur ein paar Dinge verstehen«, antwortete Skip. »Und das eine oder andere wird mir gerade klar.«

»Dass Kim mich verarscht hat?«

Skip nickte. Dann wechselte er das Thema. »So offen, wie Sie mit mir sprechen, habe ich den Eindruck, Sie haben nichts gegen Mutanten.«

»Bis vor Kurzem war das auch so«, bestätigte der Offizier, »bis mein Regiment angefangen hat, sich in Wohlgefallen aufzulösen.«

»Und wie sieht es mit dem Ursprung der ganzen Auseinandersetzung aus? Dass Mutanten Kinder bekommen können?«

»Hören Sie zu!« Marault verzog schmerzerfüllt das Gesicht, als er sich ein wenig aufsetzte. »Von mir aus können Sie es treiben mit wem Sie wollen und so oft Sie wollen und dabei so viele Mutantenbabys in die Welt setzen, wie Sie wollen. Ist mir egal. Ich gehöre nicht zu diesen Fanatikern, die die Mutanten für alles Übel im Universum verantwortlich machen.«

»Sehen andere im Föderationsmilitär das auch so?«

»Einige«, räumte der Offizier ein. »Es gibt natürlich auch in den Streitkräften Gegner der Mutanten. Nach der Meuterei sicherlich ein paar mehr. Aber ich kenne mehr als einen, der die Politik für den ganzen Schlamassel verantwortlich macht. Warum interessiert Sie das?«

Skip legte den Kopf zur Seite. »Wenn ich Sie gehen lasse, wären Sie bereit, bei Ihren Leuten ein gutes Wort für uns einzulegen?«

Marault fixierte Skips Gesicht. »Inwiefern?«

»Ich will, dass dieser Konflikt endet«, erklärte Skip. »Ich will Frieden mit der Föderation. Das gegenseitige Töten bringt niemandem etwas.«

Der Föderationsoffizier schwieg. Das einzelne Auge war starr auf Skip gerichtet, als wollte der Mann ihm in die Seele schauen. Skip bemühte sich, ihm ein freundliches Gesicht zu präsentieren. Ob das ausreichte, Marault seine unsanfte Behandlung durch die Omegas vergessen zu lassen, war jedoch fraglich.

»Dem stimme ich zu«, entgegnete der Verletzte schließlich. »Aber ob ich da etwas erreiche ... Ich kann nichts versprechen.«

»Würden Sie es zumindest versuchen?«

Der Offizier dachte erneut einen Moment nach, bevor er antwortete. »In Ordnung.«

»Danke, Colonel. Sobald Sie transportfähig sind, werde ich Ihnen ein Shuttle organisieren.«

»Wird Blackheart dem zustimmen?«

Skip zuckte die Schultern. »Ich habe nicht vor, sie um Erlaubnis zu fragen.«

»Passen Sie auf!«, riet Marault ihm. »Ich habe sie auch unterschätzt.«

»Danke für die Warnung. Ich gebe Ihnen Bescheid, sobald sich etwas abzeichnet.«

Zur Verabschiedung nickten sie sich gegenseitig zu. Dann wandte Skip sich zum Gehen.

Als er die Tür öffnen wollte, rief Marault ihm hinterher: »Was läuft da eigentlich mit diesem Dr. Kim? Wie passt der in die ganze Sache?«

Skip drehte sich um. »Ich weiß es noch nicht. Aber ich glaube, er spielt irgendeine tragende Rolle in diesem Spiel.«

»Viel Glück bei den Ermittlungen. Falls Sie etwas herausfinden, wäre ich Ihnen sehr verbunden, wenn Sie Ihr Wissen mit mir teilen. Ich wüsste gerne, warum ich hier liege, statt mein Regiment zu kommandieren.«

Skip nickte ihm zu. Marault lehnte sich zurück und schloss das Auge.

Skip verließ das Zimmer. Auf dem Korridor warteten immer noch die drei Alphas. Mace sah ihn erwartungsvoll an, aber Skip schüttelte den Kopf. Er wollte die Unterhaltung mit dem Colonel nicht in aller Öffentlichkeit wiedergeben.

»Ich habe die Frau gefunden«, berichtete der Alpha. »Sie ist gerade erst wieder aufgewacht, will dich aber unbedingt sprechen. Sie sagt, es wäre ganz dringend.«

Skip war verwirrt. »Mich? Was will sie denn von mir?«

Mace zuckte die Schultern. »Keine Ahnung. Aber sie hat darauf bestanden, es nur dir zu sagen.«

»Also gut«, gab Skip nach. Auf die paar Minuten kam es jetzt auch nicht an. Außerdem hatte er Mbela versprochen, sich darum zu kümmern. »Bring mich zu ihr!«

Der Alpha führte ihn zwei Etagen und drei Korridore tiefer in das Hospital, öffnete eine Zimmertür und ließ Skip den Vortritt. Eine Ärztin war gerade dabei, einen der vier Patienten in dem Raum zu untersuchen. Alle Augen richteten sich auf die beiden Mutanten.

Die Frau im weißen Kittel protestierte umgehend: »Bitte bleiben Sie draußen, bis ...«

»Nein, nein!«, unterbrach die Verletzte, deren Bein die Ärztin gerade bandagierte. Sie machte Anstalten, sich aufzusetzen.

Die Medizinerin drückte sie unsanft zurück auf das Bett. »Einen Moment noch!« Sie gab ein paar beinahe, aber nicht ganz lautlose Flüche von sich und beendete ihre Arbeit. »So, jetzt können Sie sich Ihrem Besuch widmen.«

Die Frau im Bett sah sich im Raum um. Sie schaute zu den drei anderen Insassen, die ihre neugierigen Blicke nicht verbargen. Sie wandte sich der Ärztin zu. »Können wir uns irgendwo ungestört unterhalten?«

»Sie sollten liegen bleiben!«, widersprach die Angesprochene. »Aber da ich Sie wohl ohnehin nicht aufhalten kann, gehen Sie ruhig nach nebenan in mein Büro! Aber nichts anfassen!«

Die Frau schwang ihre Beine aus dem Bett, stand auf und setzte sich sofort wieder hin. Skip hatte das Geschehen bislang schweigend beobachtet.

»Vielleicht sollten wir besser später wiederkommen«, schlug er vor.

Energisch schüttelte die Patientin den Kopf. »Nein! Später ist vielleicht schon zu spät.« Sie kämpfte sichtlich gegen die Schmerzen und vermutlich auch die Wirkung diverser Medikamente an. Was auch immer sie auf dem Herzen hatte, schien ihr wirklich wichtig zu sein.

»Also gut.« Skip ging zu ihr, legte ihren Arm um seine Schulter und half ihr auf.

Die Ärztin betrachtete das Schauspiel grimmig, schüttelte den Kopf und führte sie hinaus. Sie deutete auf eine Tür gleich um die Ecke. »Sie haben zehn Minuten. Dann brauche ich mein Büro wieder selber.«

Skip stützte die humpelnde Frau, die nur ein einfaches knielanges Krankenhaushemd am Leib trug, und half ihr in den zugewiesenen Raum. Mace folgte ihnen wortlos.

Angekommen ließ sie sich mit schmerzverzerrtem Gesicht auf dem einzigen Stuhl nieder und betastete das verletzte Bein.

Skip lehnte sich an den Schreibtisch. »Alles in Ordnung?«

»Geht schon«, wiegelte sie ab, obwohl ihr Gesichtsausdruck etwas anderes behauptete.

»Also dann«, begann Skip. »Was ist so wichtig?«

Sie sah ihn an. »Ich weiß, wo die untergetauchten Föderationsangehörigen ihren nächsten Angriff planen.«

Skip war vollkommen vor den Kopf gestoßen. Er brauchte einen Moment, um die Tragweite dessen, was sie gerade gesagt hatte, zu erfassen. »Sind Sie sicher?«

»Hab's mit eigenen Ohren gehört.«

Nun hatte sie Skips volle Aufmerksamkeit. »Wo soll der Angriff erfolgen?«

»Orpheus Genetics. Sie wollen die Mutantenkinder töten.«

»Was?« Skip war außer sich. »Warum denn das?«

»Um Sie zu provozieren.« Sie sah sich um. »Gibt es hier irgendwo einen Holoprojektor?«

»Ich glaube, die Ärzte hier arbeiten vorwiegend mit direktem Interface.« Er tippte mit dem Finger an die Buchse in seinem Schädel.

»Umso besser!« Sie zog das Datenkabel aus dem Interface des Schreibtisches und steckte es sich hinter das Ohr. »Ich zeige es Ihnen direkt.« Sie hielt ihm das andere Ende des Kabels entgegen.

Skip hob abwehrend die Hände. »Tut mir leid, aber ich werde keine direkte Hirn-zu-Hirn-Verbindung mit jemandem eingehen, den ich nicht kenne.«

Sie fixierte seine Augen. »Mein Name ist Kareena Toran. Ich bin Captain der Inneren Sicherheit der Cynarian Corporation und wurde gestern angeschossen, während ich Ihre Feinde belauscht habe, als sie ihre nächsten Aktionen vorbereiteten. Wollen Sie es nun sehen oder nicht?«

Skip war von der resoluten Ansprache etwas überfahren. Zögernd nahm er das Kabel und steckte es in seine Buchse.

»Mace«, wies er seinen Leibwächter an, »wenn ich unentspannt wirke, zieh mir sofort das Kabel aus dem Schädel und brich ihr das Genick!«

»Geht klar, Boss«, donnerte der Alpha.

Kareena Toran schien unbeeindruckt von seiner Drohung. »Kann es losgehen?«

Skip nickte und schloss die Augen. Zuerst zeigte das Interface nur Rauschen, dann schälte sich langsam ein Bild aus der Statik. Die Sinneswahrnehmungen von jemandem zu verfolgen, der keine Rücksicht darauf nahm, hektische Blickrichtungswechsel und dergleichen zu vermeiden, war anstrengend. Dass die Aufnahme offensichtlich in der dreidimensionalen Welt der Schwerelosigkeit gemacht wurde und die ereignislosen Stellen mehrmals vorgespult wurden, erleichterte es nicht, den Geschehnissen zu folgen. Skip benötigte eine ganze Weile, um sich zurechtzufinden, aber ganz langsam gelang es ihm, sich auf die Aufnahme einzustimmen. Die Geräusche bestanden die meiste Zeit nur aus Atmen, wie zu erwarten in einem Raumanzug im Vakuum des Weltalls. Er sah Container, einen Kran, in dessen Führerstand sich Menschen versammelten. Er hörte ihre Unterhaltung, bekam mit, wie er – nein, Kareena Toran – entdeckt und von dem Kran sowie zwei Männern in Raumanzügen verfolgt wurde, einen von ihnen tötete und dem anderen mit knapper Not entkam.

Als Kareena das Bewusstsein verlor, stoppte die Aufnahme.

Skip war schwindelig, als er die Augen wieder öffnete. Mace fing ihn auf, als er schwankte.

»Alles OK.« Skip hob abwehrend die Hände. »Alles OK.«

Als er sich wieder einigermaßen gefangen hatte, sah er die Frau an. »Was haben Sie dort eigentlich gesucht?«

»Den Mann, der in den Führerstand eingestöpselt war. Sein Name ist Dan Aden. Er arbeitet für die USI und will vermutlich jemanden töten, den ich suche. Er ist übrigens dafür verantwortlich, dass Auroras ComNetz lahmgelegt ist. Und nebenbei ist er ein Killer-Cyborg. Wenn Sie ihn sehen, laufen Sie! Ich habe gesehen, wie er einen Omega im Nahkampf fertiggemacht hat.«

Skip sah sie fassungslos an.

»Ist etwas kompliziert«, gab sie zu. »Ich erzähle Ihnen die ganze Geschichte später. Jetzt sollten Sie sich erst mal um Orpheus kümmern. Ich habe keine Ahnung, wann der Angriff beginnen soll, aber ich schätze, es dauert nicht mehr lange.«

Skip hielt den Zeigefinger hoch. »Wir haben noch einiges zu klären, Captain Toran.«

»Gerne«, erwiderte sie und fasste an ihr verletztes Bein. »Ich werde nicht weglaufen.«

Sie verabschiedeten sich wortlos. Auf dem Gang erwartete die Ärztin sie. »Fertig?«

Skip nickte nur knapp, dann setzte er sich in Bewegung. »Mace, du gehst zur Zentralverwaltung und informierst Commander Mbela! Trommel all unsere Leute zusammen, die du findest, und schicke sie zu Orpheus!«, wies er seinen Leibwächter an. »Ich geh' vor und warne sie schon mal.«

»Ich lass' dich doch da nicht alleine hin«, wandte der Alpha ein.

»Muss sein. Ist ein Notfall«, entgegnete Skip. »Geh zu Mbela!«, fuhr er seinen Leibwächter an, als der weiter zögerte. »Das ist jetzt wichtiger als alles andere.«

Mace setzte zu einer Erwiderung an, schluckte aber herunter, was auch immer er hatte sagen wollen. Widerwillig setzte er sich in Bewegung und eilte davon. Auch Skip verfiel in Laufschritt.

Er verstand noch nicht, was vor sich ging und wie diese Cynarian-Agentin und ihr Gegenspieler von der USI in der Sache drinsteckten. Die ganze Angelegenheit wurde immer verworrener. Aber eines wusste Skip mit Sicherheit: Einen Anschlag auf Kinder musste er um jeden Preis verhindern.

11.12.2210, Aurora-Station, Erdorbit

Kareena war kurz vor dem Zusammenbruch, als die Ärztin sie wieder auf ihr Bett bugsierte. Nur mit äußerster Willenskraft war es ihr gelungen, sich überhaupt so lange auf den Beinen zu halten, bis sie Avenger ihre Warnung mitgeteilt hatte.

»Ab sofort bleiben Sie schön hier liegen!«, befahl die Frau im Kittel.

»Mache ich«, hauchte Kareena erschöpft. »Können Sie mir noch einen Gefallen tun? Geben Sie bitte meinem Gefährten Bescheid, wo ich bin! Er heißt Theophilos.« Sie gab der Ärztin die Anschrift ihres Hotels.

»Ich werde mich darum kümmern«, versprach die Frau. »Und Sie schlafen jetzt erst einmal!«

Kareena folgte der Anweisung nur zu gerne. Nun würde Avenger sich Dan Adens annehmen. Eigentlich hatte sie sich aus dem Konflikt der Mutanten mit der Föderation heraushalten wollen. Aber da Aden offensichtlich Position bezogen hatte, schien es ihr nur angemessen, das ebenfalls zu tun. Was auch immer den USI-Agenten dazu bewogen hatte, sich mit den untergetauchten Föderationskämpfern zusammenzutun – seine Methoden ließen ihr gar keine andere Wahl, als den Rebellen zu helfen. Ein Anschlag auf eine Zuchtfarm! Dafür fehlte Kareena jegliches Verständnis. Das zu verhindern lag jetzt aber nicht mehr in ihren Händen. Sie schloss die Augen. Bilder erschienen vor der Leinwand ihrer Augenlider. Die stählerne Klaue des Krans schnappte nach ihr. Der Mann, den sie getötet hatte, glotzte sie mit leeren, dem Vakuum des Weltalls schutzlos ausgelieferten und zu Eis erstarrten Pupillen an. Rote Tropfen drangen aus ihrem eigenen Körper. Sie versuchte, die Bilder mit Musik aus ihrem Speicherimplantat zu vertreiben, doch nach wenigen Minuten gab sie auf. Sie wählte ein leichtes Schlafmittel aus ihrem internen Arsenal. Nur eine kleine Dosis. Die Bilder verschwanden. Sanft driftete ihr Bewusstsein in die Dunkelheit.

Lange hielt die Erlösung des Schlafes nicht an. Jemand rüttelte heftig an ihrem Arm. Die Uhr in ihrem Korteximplantat verriet, dass nur wenige Minuten vergangen waren, seit sie sich hingelegt hatte.

»Wasnlos?«, grunzte sie heiser. Worte prasselten auf sie ein. Sie kannte die Stimme. Phil. Mühsam öffnete sie ein Auge. Der Slag stand neben dem Bett. Er wirkte aufgeregt. Kareena konzentrierte sich und entließ eine Ladung Stimulanzien in ihr Blut. Die Benommenheit verschwand langsam.

»... sollen wir jetzt machen?«, rief Phil. Er war außer sich. So hatte sie ihn noch nie erlebt.

»Nochmal von vorne!«, bat sie ihn. »Was ist los?«

»Hato!«, erklärte er wild gestikulierend. »Wir müssen ihn aufhalten!«

Kareena war verwirrt. »Hato? Was ist mit ihm?«

»Er will den Doc töten. Und noch jemanden namens Okatomo oder Kim. Deswegen ist er hier.«

Mit einem Schlag war Kareena hellwach. Sie erinnerte sich spontan an Hatos Reaktion, als sie ihm gegenüber Kim erwähnt hatte. Damals hatte sie es nicht einordnen können, aber nun wurde es offensichtlich. Der Kombinatskrieger hatte schon längst gewusst, wer Stargazers Kontakt auf Aurora war. Jetzt, wo sie darüber nachdachte, war ihr alles vollkommen klar. Hätte Dan Aden sie nicht angegriffen, als sie Vandemools Nachricht erhalten hatte, wäre sie sicher selber auf die Idee gekommen, Hato zur Rede zu stellen. Aber seit der Begegnung mit dem USI-Agenten war alles außer Kontrolle geraten.

Eine Frage beschäftigte sie aber noch. »Woher haben Sie diese Information eigentlich, Phil?«

»Ich habe mir sein ComLink noch mal vorgenommen. Darin war eine Nachricht von dem Mann, den wir bei der SGE getroffen haben, Nakamura.«

»Verdammt!«, fluchte Kareena. Sie setzte sich ruckartig auf, was erst einmal dazu führte, dass ihr schwindelig wurde. Ihr ohnehin angegriffener Zustand und das Durcheinander an Medikamenten, das sie sich eingeflößt hatte, rächten sich gnadenlos.

Phil hielt sie fest, sonst wäre sie vermutlich von der Bettkante gestürzt. »Alles in Ordnung?«

Sie biss die Zähne zusammen, um die Übelkeit und die Schmerzen im Bein zu vertreiben. Sie konnte es sich im Augenblick nicht leisten, ihrem Körper das zu geben, was er vehement forderte. Also wies sie den Drogenspender an, eine weitere Dosis Stimulanzien und Schmerzmittel auszugeben. Innerhalb weniger Sekunden klärte sich ihr Blick.

»Es geht schon wieder.« Sie wusste, dass sie dafür büßen musste, was sie gerade tat, aber sie hatte keine Wahl.

»Was machen wir jetzt?«, wollte Phil wissen.

Kareena rutschte vom Bett herunter. Vorsichtig belastete sie die Beine. Die Schmerzen waren dank ausgiebiger Medikation akzeptabel. Ihr Gleichgewichtssinn schien auch zu funktionieren. Sie ließ das Bett los und konnte aufrecht stehen. Ging doch.

»Wir gehen zu Dr. Kim und warnen ihn«, erklärte sie.

»Soll ich das übernehmen?«, bot der Slag an.

Kareena winkte ab. »Helfen Sie mir ein bisschen, dann schaffe ich das schon.«

»Ich habe Ihre Sachen mitgebracht.« Er hielt ihr ein Bündel Kleidung und ihre Stiefel entgegen. Ohne Rücksicht auf die anderen Anwesenden, die die gesamte Unterhaltung staunend beobachtet hatten, streifte Kareena das Krankenhaushemd ab und kleidete sich an. Als sie das Hosenbein über den Verband zog, kam das Schmerzmittel für ein paar Sekunden an seine Grenzen. Kareena unterdrückte nur knapp einen Aufschrei.

Die Tür wurde aufgestoßen.

»Was ist denn hier los?« Die Ärztin stürmte in den Raum und hielt auf Kareena zu. »Was machen Sie da? Sofort wieder ins Bett!«

»Geht leider nicht«, entgegnete Kareena.

»Was soll das heißen?«

»Wenn ich hierbleibe, stirbt jemand«, erklärte sie mit fester Stimme. »Also lassen Sie mich jetzt vorbei!«

Tatsächlich wich die Ärztin zur Seite. »Damit eines klar ist: Ich übernehme keine Verantwortung für Ihre Eskapaden.«

Das war Kareena bewusst, aber sie hatte keine Wahl. Phil folgte ihr, während sie zum Ausgang des Hospitals humpelte. In unmittelbarer Nachbarschaft des Krankenhauses lag ein Transportterminal, das dank des immer noch lahmgelegten ComNetzes außer Betrieb war. Kareena seufzte angesichts der Aussicht, den ganzen Weg zu Orpheus zu Fuß zurückzulegen. Aber da musste sie wohl durch. Es gab keine andere Möglichkeit.

»Wer ist dieser Kim?«, fragte Phil, während sie die Korridore entlangmarschierten. »Scheint so, als würden Sie ihn kennen.«

Sie erklärte ihrem Begleiter, was sie und Eric Vandemool über Kim Wan Shu alias Okatomo Kashima herausgefunden hatten.

»Das heißt, Hato will Kim jetzt töten, weil er vor dreißig Jahren das Kombinat verraten hat?«, fasste Phil die Sachlage zusammen.

»Irgendetwas in der Art.« Kareena sprach mit gepresster Stimme. Das Bein machte ihr trotz der Schmerzmittel zu schaffen. Sie hoffte, die Wunde brach nicht wieder auf.

Sie passierten gerade die Mall, als der Boden unter ihren Füßen zitterte. Ein dumpfer Knall dröhnte durch die Gänge. Unruhe breitete sich unter den Leuten aus. Angsterfüllt sahen die Menschen sich um. Einige fingen an zu laufen. Der Angriff der Aufständischen war allen noch in Erinnerung.

»Wird die Station wieder geentert?« Phil konnte die Furcht in seiner Stimme nicht verbergen.

»Ich glaube, dieser Angriff kommt von innen«, mutmaßte Kareena. »Schneller!«

Sie biss die Zähne zusammen und begann zu laufen. Jedes Mal, wenn ihr rechter Fuß den Boden berührte, fuhr ein Stechen durch ihr ganzes Bein bis ins Rückgrat hinauf. Sie versuchte, die Schmerzen auszublenden, konzentrierte sich auf den Weg vor ihr. Setzte einen Fuß vor den anderen. Immer weiter vorwärts.

Je weiter sie sich Orpheus' Sektor näherten, umso mehr Menschen kamen ihnen entgegen. Einige stürzten in wilder Panik an ihnen vorbei, schrien und kreischten hysterisch. Schüsse und Explosionen hallten durch die Station. Schon vor dem Zugang zum Konzernterritorium lagen leblose Körper auf der Straße. Kareena wünschte, sie hätte zumindest Iescos kleine Elektropistole bei sich. Als sie am Eingang zu Orpheus die angeschmolzenen Wände und die entstellten Leichen der Wächter sah, wurde ihr allerdings klar, dass sie damit gegen die Gegner, die ihr bevorstanden, nicht viel ausrichten würde.

»Was ist mit denen passiert?« Nackte Angst schlich sich in Phils Stimme.

»Plasmagewehre«, erklärte Kareena knapp und humpelte weiter.

Sie nahm einem der Toten die Waffe ab. Ein rotes Lämpchen signalisierte, dass sie codegeschützt war. Kareena fluchte und ließ die nutzlose Pistole fallen. Weiter!

Sie sprang in Deckung, als in einer Weggabelung vor ihr eine Gestalt auftauchte. Phil tat es ihr gleich. Mit höchster Vorsicht spähte sie um die Ecke. Eine Wache in der Uniform von Orpheus. Er hielt eine schwere Railgun in den Händen. Kareena verließ mit erhobenen Händen die Deckung und hoffte, dass der Mann seine Reflexe im Griff hatte.

»Nicht schießen!«, rief sie ihm entgegen. »Wir sind Verbündete!«

»Verschwinden Sie hier!«, bellte der Konzerngardist.

Wie, um seine Warnung zu unterstreichen, erschütterte ein Knall den Korridor. Die Druckwelle hob Kareena von den Beinen und warf sie gegen die nächste Wand. Sternchen tanzten vor ihren Augen, begleitet von einem konstanten Pfeifton, der jedes andere Geräusch übertönte. Nur langsam drangen wieder andere Wahrnehmungen in ihr Bewusstsein. Das Piepsen begann, rhythmisch an- und abzuschwellen. Erst, als ihre Ohren sich nach und nach von der Marter erholten, erkannte Kareena eine Warnsirene. Dann spürte sie Wind auf ihrer Haut. Luft strömte durch die Korridore. Ein Hüllenbruch! Automatische Druckschutztore fuhren herunter. Der Wächter schaffte es gerade noch, seine Beine aus dem Weg der Stahlwand zu ziehen, bevor das Tor sich mit einem dumpfen Krachen schloss und den Gang versperrte. Der Wind erstarb. Phil erschien neben Kareena und half ihr auf. Sie war immer noch benommen, starrte das Gesicht des Slags an. Seine Lippen bewegten sich, aber es dauerte einige weitere Sekunden, bis sie die Worte verstand.

»… in Ordnung?«

Sie nickte unbeholfen, ohne zu wissen, ob ihre Antwort der Wahrheit entsprach. Sie taumelte zu dem Gardisten, der blutüberströmt neben dem Tor auf dem Boden lag. Die Wunden schienen nicht tief zu sein. Er wischte sich das Blut aus den Augen, doch sie liefen auf der Stelle wieder zu.

»Bleiben Sie liegen!«, wies Kareena ihn an und legte ihm eine Hand auf die Schulter.

»Ist es schlimm?«, fragte er mit zitternder Stimme.

»Alles nur oberflächlich«, beruhigte sie ihn. »Sie werden schon wieder.«

Er entspannte sich sichtlich. Dank der Stimulanzien in ihrem Kreislauf überwand Kareena den Schock zügig. Sie griff nach der schweren Railgun in den Händen des Mannes. Instinktiv hielt er die Waffe fest, dann gab er schicksalsergeben nach.

»Machen Sie die Scheißkerle fertig!«, ermahnte er Kareena.

Sie legte ihm die Hand auf den blutigen Oberarm. »Das werde ich.«

Mit dem Tragegurt über ihrer Schulter prüfte sie die Funktion der Waffe. Derart schweres Geschütz hatte sie seit Jahren nicht mehr benutzt, aber ihre Hände erinnerten sich noch an die Bewegungen. Sie zog das Steuerkabel aus und verband es mit ihrem Interface. Auf der Stelle erschienen die Zielpunkteinblendung und das Funktionsmenü in ihrem Sichtfeld. Magazin prüfen. Voll. Energiezelle. Geladen. Feuermodus auswählen. Vollautomatisch. Sicherung checken. Aktiviert. Es konnte losgehen!

Phil glotzte sie entgeistert an. Der Slag hatte einige kleinere Blessuren, aber es schien nichts Ernstes zu sein. Vermutlich hatte auch Kareena ein paar Schrammen abbekommen. Mit dem rund einen Meter langen Gewehr in den Händen sah sie offenbar beeindruckend aus.

Sie prüfte die Anzeigetafel an dem heruntergefahrenen Tor. Der Druck auf der anderen Seite sank langsam, aber stetig. »Wir müssen einen anderen Weg hinein suchen.«

Sie rief den Stationsplan aus ihrem Speicher. Die Darstellung von Orpheus' Sektor war nicht detailliert, aber der grobe Verlauf der Hauptkorridore war eingezeichnet.

»Dort entlang!« Sie deutete auf den zweiten Korridor, der von der Gabelung abging und hielt darauf zu. Auch Phil löste sich aus seiner Starre und setzte sich in Bewegung.

Kareena verfiel in Laufschritt. Das Adrenalin in ihrem Blut ließ die Schmerzen im Bein vergessen. Sie war hochkonzentriert. Ihre Sinne waren geschärft. Weitere Leichen lagen auf dem Boden. Zwei Mutanten und drei Menschen in Raumanzügen, vermutlich Norms. Neben einem von ihnen lag ein Plasmagewehr. Die Verbrennungen der Mutanten wiesen eindeutig darauf hin, wer hier gegen wen gekämpft hatte.

»Nehmen Sie die Pistole!« Kareena deutete auf die Waffe in der Hand eines Betas. Phil tat, wie ihm geheißen. Auch er schien nicht zum ersten Mal im Leben eine Waffe in der Hand zu halten. Eine Bewegung in ihrem Augenwinkel ließ Kareena herumfahren. Ein geschlossenes Drucktor in einem Seitengang fuhr auf. Ein kurzer Windstoß fuhr durch den Korridor. Zwei Helmvisiere kamen zum Vorschein. Waffen wurden gehoben. Kareena erkannte einen Plasmawerfer. Mit einem Gedanken entsicherte sie ihr Gewehr und drückte ab. Die Railgun zuckte laut krachend in ihren Händen, während der Gang vor ihr sich mit Dutzenden vielfach überschallschneller Projektile füllte. Die Raumanzüge lösten sich in Fetzen auf. Blut spritzte. Die beiden Körper schlugen hart gegen die Wände und blieben verrenkt am Boden liegen.

»Da!«, schrie Phil.

Kareena drehte sich um und richtete ihr Gewehr in die Richtung, in die der Slag seine Pistole hielt. Weitere Personen kamen angelaufen. Sie rannten mitten in Kareenas Schussfeld, statt hinter der Ecke in Deckung zu gehen.

»Nicht schießen!«, brüllte sie ihnen entgegen, als sie einen Trupp Mutanten erkannte. Die meisten trugen Pistolen, einer ein Gewehr, ähnlich dem in Kareenas Händen. Sie sahen irgendwie fremdartig aus. Ihre Haut war rot, wie die der Omegas. Doch für Kampfmutanten waren sie zu klein. Sie zögerten angesichts von Kareenas Railgun, wichen aber nicht zurück. Eine weitere Gestalt schob sich zwischen ihnen hindurch. Eindeutig ein Beta. Kareena kannte ihn.

»Was machen Sie denn hier?«, fragte Avenger.

»Vermutlich dasselbe wie Sie«, entgegnete Kareena.

Der Mutant ging an ihr vorbei und betrachtete die beiden Toten in den Raumanzügen. »Sie kommen durch die Außenwand. Sprengen sich den Weg frei und benutzen die Drucktore als Schleusen. Ohne Vakuumausrüstung kommen wir nicht weiter. Wir müssen auf die Omegas warten.« Er warf einen Seitenblick auf seine Begleiter. »Auf die erwachsenen.«

Kareena musterte Avengers Trupp noch einmal. Jetzt erkannte sie, was sie vor sich hatte. Es waren tatsächlich Omegas. Kinder. Sie alle trugen Overalls mit dem Abzeichen von Orpheus Genetics.

»Was ist mit den Leuten?«, fragte Kareena. »Die von Orpheus.«

»Sind evakuiert«, berichtete Avenger. »Dank Ihrer Warnung. Nur diese tapferen Kerle hier haben darauf bestanden zu bleiben, bis die Kavallerie kommt.«

»Wo sind die Leute hin?«

»In die Kaserne.«

Zur Abwechslung mal eine gute Nachricht. Aber noch nicht die Lösung für alle Probleme.

Avenger sah zu ihrem Bein hinab. »Sollten Sie nicht eigentlich in der Klinik sein?«

»Geht schon«, winkte Kareena ab. »Hab' noch was Wichtiges zu erledigen.«

Der Beta nickte. »Dann tun Sie das! Alles Gute!«

»Danke. Ihnen auch.«

Kareena drehte sich um. »Kommen Sie, Phil! Zur Kaserne!«

Der Slag schnaufte immer noch schwer, setzte sich aber in Bewegung. Kareena bemühte sich, den schmerzhaften Protest ihres Beines zu ignorieren.

Zwei Ecken weiter hielten sie erneut inne, als laute Schritte sich näherten. Kareena erstarrte, als eine massige Gestalt vor ihr auftauchte, die Plasmaschleuder im Anschlag. Der Stoßtruppler trug das schwarze Herz über den Föderationsinsignien. Einer der Aufständischen.

»Nicht schießen!« Kareena hob panisch die Hände.

»Waffe fallen lassen!«, donnerte der Helmlautsprecher. Kareena gehorchte umgehend.

Hinter dem Gepanzerten erschienen weitere Menschen. Mutanten, Alphas, Betas.

»Ich kenne sie.« Ein Alpha schob sich an dem Infanteristen vorbei. Kareena sah ihn an. Sie hatte ihn in der Klinik gesehen, zusammen mit Avenger. Sie erinnerte sich an den Namen. »Mace. Gut, Sie zu sehen. Avenger wartet schon auf Sie.«

»Wo ist er?« Der Hüne klang besorgt.

Kareena deutete hinter sich. »Da lang. Nur ein paar Meter.«

Er atmete erleichtert durch. »Bei Ihnen alles in Ordnung?«

»Ja, ja. Gehen Sie zu Ihrem Chef!«

Der Alpha nickte, winkte seinen Begleitern zu, ihm zu folgen und rannte los.

Phil und Kareena ließen den Trupp passieren. Die Kavallerie war angekommen.

»Weiter!« Sie hob das Gewehr auf und setzte sich wieder in Bewegung.

Noch bevor sie das Firmengelände verlassen hatten, hallten hinter ihnen Schüsse und weitere Explosionen durch die Korridore. Die Omegas hatten ihre Gegner gefunden.

Am Eingang des Orpheus-Sektors standen weitere Mutanten Wache. Kareena konnte sie schnell überzeugen, dass sie auf ihrer Seite war. Offenbar hatte ihnen bereits jemand mitgeteilt, dass sie kam. Sie lief weiter zur Kaserne der Stoßtruppen. Der Kampfeslärm wurde leiser, verstummte aber nicht vollständig. Dumpfes Wummern zeugte von den Gefechten bei Orpheus. Langsam ließ die Wirkung des Adrenalins nach. Das verletzte Bein drängte sich wieder in Kareenas Bewusstsein. Der Verband fühlte sich feucht an. Die Wunde war aufgebrochen. Sie hoffte, dass die Blutung nicht zu stark war. Auch die übrigen Schrammen machten sich bemerkbar. Kareena mobilisierte ihre letzten Reserven und versuchte, sich auf ihre Aufgabe zu fokussieren. Alles andere war im Augenblick zweitrangig. Phil kämpfte ebenfalls merklich. Er war zwar weitgehend unverletzt, aber das Laufen in der hohen Schwerkraft forderte seinen Tribut. Jeder seiner Atemzüge wurde von lautem Rasseln begleitet.

Schon vor der Kaserne füllten sich die Korridore mit Menschen. Kareena erkannte das Orpheus-Logo auf Overalls und Kragenspiegeln. Die Evakuierten waren aufgeregt. Nur zu verständlich angesichts der jüngsten Vorfälle. Bei jedem Geräusch zuckten die Leute zusammen und sahen sich ängstlich um. Konzerneigene Sicherheitskräfte und einige Mutanten mühten sich, ein Minimum an Ordnung zu schaffen. Kareena nickte ihnen zu. Dass sie lediglich den Gruß erwiderten, statt die humpelnde Frau mit der umgehängten Railgun genauer zu inspizieren, zeigte, dass auch sie mit der aktuellen Situation überfordert waren.

Einen der Sicherheitsleute sprach sie an. »Haben Sie Dr. Kim gesehen?«

Der Mann zuckte nur hilflos die Schultern und schüttelte den Kopf. Außerhalb des Konzerngeländes funktionierte sein ComLink nicht.

Kareena fragte sich weiter durch.

»Der ist da rüber«, wusste einer der Sicherheitsleute zu berichten. Kareena und Phil wandten sich in die Richtung, die die Frau ihnen wies. Sie drängten sich durch die in Gruppen zusammenstehenden Menschen.

»Dort!«, rief Phil unvermittelt. »Hato!«

Kareena blickte sich um. Der Kopf des Kombinatskriegers überragte die Umstehenden, während er durch die Menge pflügte. Gleichzeitig ertönte ein entsetzter Schrei aus der anderen Richtung. Kareena ahnte das Schlimmste. Einen Moment hielt sie inne, entschied sich dann aber dafür, zuerst ihren Verdacht zu bestätigen, und ging zu der Quelle des schrillen Kreischens. Sie arbeitete sich durch eine schnell anwachsende Menschentraube und sah, was sie befürchtet hatte. Der alte Asiate, der leblos in seinem Exoskelett hing, war unverkennbar der Mann, dessen Bilder Eric Vandemool ihr geschickt hatte. Der Winkel, in dem sein Kopf in der Konstruktion hing, die den Körper immer noch aufrecht hielt, ließ keine Zweifel an seinem Zustand. Dr. Kim Wan Shu alias Okatomo Kashima war tot.

Kareena drehte sich um und arbeitete sich zurück in die Richtung, in der sie Hato gesehen hatte. Sie hob das Gewehr, woraufhin die Leute ihr respektvoll Platz machten. Sie erblickte den Musha nur wenige Meter weiter. Er hob den Kopf und fixierte einen Punkt in der Menge. Er schien gefunden zu haben, wonach er suchte und hielt geradewegs darauf zu.

»Aus dem Weg!«, brüllte Kareena und schob die Menschen grob zur Seite. Hato hob einen Arm. Die Pistole wirkte winzig in seinen Händen. Kareena schoss gegen die Decke. Panisch stieben die Leute auseinander. Hato drehte sich zu ihr um. Sie legte die Railgun auf ihn an.

»Waffe weg!«, schrie sie.

Hatos Blick wandte sich wieder seinem ursprünglichen Ziel zu. Kareena zielte und drückte ab. Der ausgestreckte Arm des Musha zuckte zur Seite. Der Schuss seiner Pistole ging weit daneben. Die Waffe fiel ihm aus der Hand. Blut floss aus der Wunde.

»Keine Bewegung!« Kareena schwenkte den Lauf des Gewehrs in Richtung seines Kopfes.

Einen Moment lang zögerte der Musha, warf einen letzten Blick auf sein eigentliches Ziel, schätzte seine Chancen ab. Dann erschlaffte er, den verwundeten Arm gegen den Körper gepresst.

Sicherheitskräfte erschienen, zwangen ihn zu Boden. Hato leistete keinen Widerstand. Seine Augen suchten Kareenas Gesicht. Die Lippen formten stumme Worte: ‚Es tut mir leid'.

Kareena nickte ihm zu. Genau wie sie hatte er nur versucht, seinen Job zu erledigen. Er lächelte dankbar. Dann wandte er den Blick zu Boden und ließ sich von den Sicherheitsleuten Handschellen anlegen.

Kareena senkte die Waffe und ging zu der Stelle, auf die Hato gezielt hatte. Phil erschien an ihrer Seite. Der Beta-Klasse-Mutant, der vor ihnen stand, war kreidebleich. Sein glasiger Blick war auf den Musha-Krieger gerichtet. Nur langsam erwachte er aus der Schockstarre, sah erst Kareena an, dann den Slag neben ihr.

»Phil?« Seine Miene wechselte zu fassungslosem Staunen.

»Hi, Doc«, grüßte der Angesprochene. »Schön, Sie wiederzusehen.«

Doc Stargazer rang um Worte. Er öffnete mehrmals den Mund, doch kein Laut verließ seine Kehle.

Die Sicherheitsfrau, die Kareena den Weg gewiesen hatte, kam auf sie zu. »Ich hätte da ein paar Fragen.«

Kareenas Augen ruhten weiterhin auf dem Mann, den sie nun schon seit fast zwei Monaten suchte. »Ich auch.«

Ihre Fähigkeit, den Blick zu fokussieren, schwand zusehends. Alles wurde unscharf. Sie sah nach unten, betrachtete ihren geschundenen Körper, den roten Fleck, der sich auf ihrer Hose ausbreitete. »Aber ich glaube, das muss noch ein bisschen warten.«

Die Railgun entglitt ihrem Griff und fiel scheppernd zu Boden. Phil fing sie auf, als sie zu schwanken begann. Mit seiner Hilfe setzte sie sich hin.

»Ich bringe Sie zurück ins Hospital«, sagte der Slag.

Kareena widersprach nicht.

11.12.2210, Aurora-Station, Erdorbit

Die Omegas hetzten unnachgiebig durch die Korridore, Labore und Trainingshallen. Skip wünschte sich, auch er hätte einen ins Sichtfeld eingeblendeten Stationsplan. So aber hatte er schon längst jeglichen Richtungssinn verloren. Raven und den drei Alphas, die sie begleiteten, ging es nicht besser. Er war froh, dass Mace sich ihm wieder angeschlossen hatte. Die Verstärkung in seinem Schlepptau war hoch willkommen. Es war harte Arbeit gewesen, die halbwüchsigen Nachwuchs-Omegas davon zu überzeugen, dass sie nun nicht mehr gebraucht wurden. Letztlich hatte es des ausdrücklichen Befehls eines der Stoßtruppler bedurft, sie wegzuschicken.

Skips ungepanzerte Gefährten blickten ebenso orientierungslos wie er in jede Abzweigung und jede offenstehende Tür, an der sie vorbeiliefen. Die Umwege waren notwendig, da an mehreren Stellen die Decken durchbrochen und Teile des Sektors dem Vakuum des Weltalls ausgesetzt waren. Die Feds waren über den luftleeren Innenraum der Station zu Orpheus gelangt und hatten sich den Weg freigesprengt. Dank der Warnung der Cynarian-Agentin hatten Skip und seine Getreuen die Bewohner und Angestellten gerade noch rechtzeitig in Sicherheit bringen können. Nur einige Sicherheitskräfte und ein paar Protektoratsmilizionäre waren geblieben. Sie hatten es aber nicht geschafft, dem unerwartet heftigen Angriff ernsthaft Widerstand zu leisten. Ihre Leichen waren über das gesamte Firmengelände verstreut. Erst die Ankunft der Stoßtruppen hatte das Blatt gewendet. Die Feds zogen sich systematisch zurück und versuchten, in den Innenraum der Station jenseits der obersten Ebene des Habitats zu entkommen, von wo aus sie eingedrungen waren. Dort hatte Blackheart die Omegas der Donar hingeschickt, während ihre eigenen Leute die Feds im Inneren des Habitats verfolgten. Das Ganze war zu einer Treibjagd geworden.

Ein weiteres Mal gelangten sie an ein geschlossenes Druckschutztor. Einer der beiden Stoßtruppler, die noch bei ihnen waren, überprüfte die Anzeige, um festzustellen, ob sich auf der anderen Seite Luft befand. Offensichtlich war das Ergebnis positiv, denn er öffnete das Tor und trat hindurch. Der Rest des Trupps folgte ihm. Die Halle, die sie betraten, war so groß, dass man die Krümmung des Habitats erkennen konnte. Es war einige Grad wärmer als in den Räumen, durch die sie gekommen waren. Die Hitze ging aus von Reihen um Reihen stählerner Tanks, aus denen zahlreiche Rohre und Leitungen ragten. Skip wusste nur zu gut, was sich darin befand. Er senkte sein Gewehr und hielt die Augen an eines der Sichtgläser. Er betrachtete den kleinen, fleischigen Klumpen, der in der Nährflüssigkeit hing, über Schläuche und Sensorkabel mit der künstlichen Plazenta verbunden. Das pulsierende Herz war deutlich zu erkennen. Der Embryo war noch zu jung, als dass man ausmachen konnte, um was für einen Mutanten es sich handelte. Skip las die Beschriftung außen am Tank. Beta-Klasse.

»Hallo, kleiner Bruder«, murmelte er.

Er wandte sich von dem Inkubator ab und ließ seinen Blick durch die Halle schweifen. Es waren keinerlei Schäden erkennbar.

»Scheint, als wären sie hier noch nicht gewesen«, bekräftigte Raven seine Beobachtung.

»Das ist gut so«, erwiderte Skip. Die Kinder hatten sie evakuieren können, aber die Inkubatoren waren nicht so ohne weiteres transportabel.

Raven strich zärtlich mit der Hand über den nächsten Tank. »In einem davon war ich auch mal.«

Skip sah sie an. »Na, dann lass uns dafür sorgen, dass noch viele weitere solche Prachtexemplare hier raus schlüpfen!«

Sie schenkte ihm ein Lächeln, das ihn für eine Sekunde den Ernst der Lage vergessen ließ. Dann konzentrierte er sich wieder auf das, was vor ihnen lag. Die Omegas waren bereits am anderen Ende der Halle angekommen und machten sich am nächsten Tor zu schaffen.

»Ihr müsst hierbleiben!«, blökte der Helmlautsprecher. »Dahinter ist Vakuum.«

Skip eilte zu den Infanteristen. »Lasst es zu! Die Inkubatoren sind nicht vakuumfest.«

»Wir müssen da durch«, widersprach der Omega. »Der Raum ist groß. Wenn wir uns beeilen, geht nicht viel Luft verloren. Haltet euch gut fest und bleibt von dem Tor weg!«

Skip wollte protestieren, doch Mace packte seinen Arm und zog ihn zurück. »Die diskutieren nicht«, ermahnte sein Leibwächter ihn und klammerte sich an einen der Stahlträger, die die Decke der Halle stützten. Raven und die beiden anderen Alphas in ihrer Begleitung taten es ihm gleich.

Eine Alarmsirene quäkte, als das Tor aufglitt. Auf der Stelle setzte sich die Luft in Bewegung und entfesselte einen Orkan. Innerhalb von Sekunden war der gesamte Raum erfüllt von wild durcheinander fliegenden Gegenständen. Mace' stählerner Griff hielt Skip fest. Dann zuckten schnell hintereinander mehrere grelle Blitze. Donner hallte. Skip war kurzzeitig geblendet. Als sein Blick sich wieder klärte, sah er die Omegas auf dem Boden liegen. Die Vorderseiten ihrer Körperpanzer waren zerschmolzen.

»Plasmagewehre!«, brüllte Skip, doch seine Stimme schaffte es kaum, den Sturm zu übertönen.

»Wir müssen hier weg!«, schrie Raven.

Leichter gesagt als getan. Sie hatten bereits Mühe, sich überhaupt auf dem Fleck zu halten und nicht in das klaffende Loch des offenen Tores gesogen zu werden. Flucht war keine Option. Der entfesselte Sturm hielt allerdings auch ihre Gegner davon ab, schnell vorzudringen und die Halle zu betreten. Aus dem Augenwinkel bekam Skip mit, dass das Tor, durch das sie hereingekommen waren, sich angesichts des Druckverlustes automatisch schloss. Das andere blieb auf. Skip sah die Anzeige orange blinken. Es war manuell blockiert. Bald würde die Luft knapp werden. Er musste etwas tun.

»Lass mich los!«, rief Skip. »Sofort!«, fügte er hinzu, als der Alpha zögerte.

Die Umklammerung löste sich. Auf der Stelle wurde Skip von dem reißenden Sog erfasst und herumgewirbelt. Der Sturm hob ihn beinahe von den Füßen. Er sprang hoch, mitten hinein in den Strudel, der ihn unbarmherzig zu dem offenen Tor zog. Wild mit den Armen rudernd versuchte er, den Flug so gut es ging zu stabilisieren. Seine langjährige Erfahrung im freien Fall kam ihm dabei zugute, doch üblicherweise bewegte er sich in unbewegter Luft. Er richtete das Gewehr aus, bemüht, keinen der Inkubatoren zu treffen, und löste eine vollautomatische Salve aus. Der Rückstoß gab ihm den nötigen Impuls, um nicht mitten durch das Tor gezogen zu werden, sondern daneben an der Wand aufzuschlagen. Der Aufprall hätte einem Norm vermutlich die Knochen gebrochen. Skip blendete die Schmerzen aus seinem Bewusstsein aus und klammerte sich an einer Rohrleitung fest, um nicht doch noch von dem Mahlstrom ins Vakuum gesogen zu werden. Er hielt Ausschau nach dem Bedienfeld des Tores, schätzte den Weg dorthin ab und stieß sich von dem Rohr weg. Er glitt an der Wand entlang, versuchte verzweifelt, seinen Kurs zu beeinflussen, und streckte den freien Arm in Richtung eines der beiden Handgriffe neben dem Schaltfeld. Es würde nicht reichen. Er ruderte wild, drehte sich um seine Körperachse und probierte es mit der anderen Hand, in der er das Gewehr hielt. Er hämmerte den Lauf der Waffe gegen das Bedienfeld und löste den Schalter aus. Das Tor schloss sich. Der Sturm ebbte ab. Ein Pfeifen wies darauf hin, dass weiter Luft aus dem Raum strömte, aber die unmittelbare Gefahr war gebannt.

Skip glitt an der Wand entlang zu Boden und blieb erst einmal liegen. Er atmete tief durch. Sein Blick wanderte zu dem nun geschlossenen Tor. Davor lag eine Gestalt, ein Mann in einem leicht gepanzerten militärischen Raumanzug, der unbeholfen versuchte, sich auf alle viere zu erheben. Er scheiterte daran, dass sein linker Unterschenkel in dem Spalt unter dem massigen Tor eingequetscht war. Die Öffnung war kaum mehr als einen Finger breit. Der Mann sah an sich herab, zog vergeblich an dem Bein. Die Panzerung des Raumanzugs war das einzige, was ihn noch mit dem Rest des Beines auf der anderen Seite des Tores verband. Auf seinen Rücken war ein Mikroreaktor geschnallt, die Plasmaschleuder lag in seiner Hand. Das Helmvisier wandte sich von dem abgetrennten Bein ab und richtete sich auf Skip. Der Lauf der Waffe schwenkte in seine Richtung. Skip riss die Railgun hoch und feuerte. Die Projektile durchschlugen die Panzerung und zerrissen das Fleisch darunter. Das Visier zersprang in tausend Scherben. Blut spritzte auf den nächsten Inkubator. Der Körper erzitterte unter Skips Salve. Als der Feuerstoß endete, blieb der Mann reglos auf dem Boden liegen. Die Blutlache, die sich zügig unter ihm ausbreitete, ließ keine Zweifel an seinem Zustand.

Ganz langsam stand Skip auf und orientierte sich. Raven und die Alphas waren alle mehr oder weniger unverletzt, rappelten sich auf und kamen zu ihm. Auch die Inkubatoren schienen intakt zu sein. Nur die beiden Omegas rührten sich nicht. Vor der Urgewalt einer Plasmaschleuder aus nächster Nähe hatten nicht einmal ihre schweren Panzer sie schützen können. Es war nicht klar erkennbar, wo die Wolfram-Iridium-Legierung aufhörte und das verbrannte Fleisch der Mutanten anfing.

»Scheiße«, murmelte Raven.

Skip hielt seine Hand an den Spalt, der von dem Raumanzug des toten Feds offen gehalten wurde, und spürte den Luftstrom, der pfeifend den Raum verließ. Er ging zum Schaltpult. »Ich muss es noch mal aufmachen. Nur so weit, bis er durchpasst. Haltet Euch fest!«

Er deutete auf den eingeklemmten Leichnam. »Mace, wenn er nicht von alleine durchflutscht, hilf ein bisschen nach! Alles klar?«

Alle suchten festen Halt und nickten der Reihe nach. Skip klammerte sich an einen der beiden Griffe am Schaltpult und betätigte den Knopf. Das Tor glitt wieder auf. Mace musste die Leiche nur ein wenig drehen, dann wurde sie von dem Sog erfasst und verschwand. Skip drückte erneut auf den Schalter. Langsam fuhr das Tor wieder zu.

»Da!« Ravens Stimme erhob sich panisch über das Rauschen der Strömung.

Skip wandte sich um. Entsetzt sah er, wie ein Arm unter dem sich schließenden Tor hindurch griff und einen menschlichen Körper hinter sich her zog. Einen Augenblick lang glaubte er, der Tote käme zurück, dann erkannte er, dass der Fremde einen der Standard-Notfallanzüge trug, die in jeder Schleuse der Station hingen. Umständlich schwenkte Skip seine Railgun auf den Eindringling, ohne den Haltegriff loszulassen. Die Geschwindigkeit, mit der der Mann sich gegen den reißenden Luftstrom durch den schmaler werdenden Spalt zog, überraschte Skip. Noch bevor er die Waffe ausgerichtet hatte, war der Fed hindurch und sprang auf. Die Handschuhe des Raumanzuges rissen in Fetzen, als einen halben Meter lange, pechschwarze Klingen aus den Unterarmen hervorschossen. Mace stand direkt neben ihm und holte mit seiner Rechten zu einem brachialen Schwinger aus. Ohne sichtbare Mühe wich der Mann dem Hieb aus. Seine Bewegungen waren schneller, als dass Skips Augen ihnen hätten folgen können. Mace ging es keinen Deut besser. Von einem Moment zum anderen zogen sich tiefe Wunden über seine Arme. Seine linke Hand fiel zu Boden. Aus dem Stumpf spritzte Blut quer durch den Raum. Der Alpha schrie entsetzt auf, während der Angreifer bereits mit wirbelnden Klingen zum nächsten der Hünen hechtete. Der hatte zumindest seine Waffe erhoben und entließ eine lange Salve tödlicher Projektile aus der Railgun. Der Mann im Raumanzug duckte sich, rollte einen Meter über den Boden, sprang unmittelbar vor dem Mutanten auf und versenkte eine der Klingen in seinem Leib. Skip hatte genug gesehen. Ohne Rücksicht auf die Inkubatoren oder seine Mitstreiter stellte er die Railgun auf Dauerfeuer und drückte ab. Dem Hagel von mehr als zwanzig Geschossen pro Sekunde konnten nicht einmal die übermenschlichen Reflexe des Angreifers widerstehen. Der Mann warf sich hinter die nächste Reihe Inkubatoren und ging in Deckung. Aus mehreren Löchern strömte im hohen Bogen Nährflüssigkeit aus dem Tank.

»Haltet Abstand von ihm!«, brüllte Skip. »Und schießt, sobald ihr ihn seht! Egal, wer sonst im Weg steht. Sonst tötet er uns alle.«

Raven stellte sich an seine Seite. »Wer zur Hölle ist das?« Ihre Stimme bebte vor Angst.

»Bin mir nicht sicher«, antwortete Skip.

Aber eigentlich konnte es nur eine Antwort auf die Frage geben. Die Cynarian-Agentin hatte ihn vor diesem Gegner gewarnt. Er hatte die immensen Fähigkeiten von Cyborgs bereits in Arenakämpfen gesehen, aber noch nie einem gegenübergestanden. Adrenalin flutete seinen Kreislauf. Er presste den Rücken gegen die Wand. Seine Augen suchten unablässig den Raum ab. Der Zielpunkt der Railgun in seinem Sichtfeld wanderte über die Reihen der Inkubatoren. Schritt für Schritt ging er zu Mace, der sich auf den Boden gesetzt hatte, den Rücken an das Drucktor gelehnt, den Stumpf mit dem ebenfalls verletzten anderen Arm umschlungen.

»Halte durch, Freund!« Skip wagte nicht, den Blick zu senken.

»Ich komm' schon klar«, zischte Mace durch zusammengepresste Zähne. »Mach den Scheißkerl fertig!«

Der andere Alpha hatte sich ebenfalls zu ihnen gesellt. Sein Atem ging stoßweise. Sein Kumpan lag leblos in einer sich langsam ausbreitenden Blutlache. Skip atmete tief durch. Er aktivierte sein Headset-Funkgerät. »Blackheart, kannst du mich hören?«

Die einzige Antwort war statisches Rauschen.

»Sie kann Sie nicht empfangen.« Skip zuckte zusammen, als die Stimme aus dem Raum vor ihm erklang. »Störsender. Nicht stark, aber ausreichend, um Ihren Funkverkehr auf minimale Distanz zu beschränken.«

Die Worte kamen stakkatoartig, als würde der unsichtbare Sprecher hyperventilieren, aber seine Bewegungen hatten keine Spur von Erschöpfung erkennen lassen. Er schien ein ganzes Stück weit weg zu sein, doch Skip hatte gesehen, wie agil er war. Er würde nicht die geringste Mühe haben, die Distanz in Sekundenschnelle zu überwinden.

»Sie sind Avenger, nicht wahr?«, fuhr der Mann fort. »Ist mir eine Ehre, Ihnen persönlich zu begegnen.«

Skip versuchte, die Stimme zu lokalisieren, aber es gelang ihm nur ansatzweise. Nicht genug für einen Übergang in die Offensive.

»Was wollen Sie?«, rief er in den Raum.

»Was ich will?«, antwortete die körperlose Stimme. »Die Frage sollte eher sein, was wollen Sie? Was glauben Sie, wohin Ihr kleiner Aufstand Sie führen wird? Sind Sie bereit für einen ausgewachsenen Krieg? Das hier ist nur ein winziger Vorgeschmack auf das, was Sie erwartet.«

»Hör nicht auf den Bastard!«, rief Mace. »Er will dich nur ablenken.«

»Ich bin nicht so dumm, gegen drei Railguns anzurennen«, widersprach ihr Gegner. »Sie schießen mir zu gut dafür, dass Sie kein Soldat sind. Sie möchten wissen, was ich will? Ich will das hier beenden, bevor es für alle Beteiligten richtig hässlich wird. Ihre Rebellion hat das Potenzial, das ganze Sonnensystem in Brand zu setzen. Das kann ich nicht zulassen.«

»Wir wollen nur in Frieden leben«, entgegnete Skip. »Wir haben den Krieg nicht begonnen.«

»Nein, begonnen haben sie ihn nicht, aber gewinnen können Sie ihn auch nicht.«

»Was macht Sie da so sicher?«

»Weil sich niemand auf Ihre Seite stellen wird«, erklärte der Fremde. »Die Föderation haben Sie schon als Feind. In Yamato und der Amerikanischen Liga sind Mutanten noch unbeliebter. Von der Erde haben Sie nichts zu erwarten.«

»Deswegen sind wir da ja auch weg.« Skip konzentrierte sich kurz, um sich an den Namen zu erinnern, den die Cynarian-Agentin genannt hatte. »Aber was hat die USI gegen uns, Mr. Aden?«

Für einen Moment schwieg die Stimme. »Wer hat Ihnen verraten, wer ich bin? Haben Sie etwa mit Captain Toran gesprochen?« Dan Aden interpretierte Skips Schweigen wohl als Zustimmung. »Sieh einer an! Sie hat also doch überlebt. Damit ist dann ja auch geklärt, warum Sie auf unseren Angriff vorbereitet waren.« Seine Stimme schien frei von Bedauern. »Hängen Sie sich nicht zu sehr an Captain Toran!«, mahnte er. »Sie vertritt nicht die offizielle Linie von Cynarian.«

»Und Sie?«, hakte Skip ein. »Vertreten Sie die offizielle Linie der USI?«

»Nein. Nach außen hin werden die transnationalen Konzerne sich neutral verhalten. Aber glauben Sie mir: Keiner von denen wird Sie unterstützen.«

»Was macht Sie da so sicher?«

»Ganz einfach. Womit hat der Aufstand denn angefangen? Mit den frei geborenen Mutantenkindern. Wenn sich das verbreitet, sind Zuchtfarmen wie diese hier bald überflüssig. Dieses Geschäft lässt sich niemand gerne vermiesen. Weder Orpheus noch die USI oder Cynarian. Und niemand sonst wird sich mit allen Konzernen, die Mutanten züchten, anlegen.«

Skip gab nicht auf. »Was ist mit dem Shigano-Kombinat?«

»Erwarten Sie von denen nicht zu viel! Das Kombinat versucht gerade, sich aus seiner Isolation zu lösen und Geschäftsbeziehungen zu seinen alten Feinden aufzubauen. Das werden die nicht für ein paar rebellische Mutanten in Gefahr bringen. Dasselbe gilt im Übrigen auch für die Saturnmonde. Die Titanier werfen sich gerade der Föderation an den Hals, weil sie deren militärischen Schutz benötigen. Sehen Sie es ein! Sie haben keine Freunde. Weder auf der Erde noch sonst irgendwo. Ihr Aufstand ist zum Scheitern verurteilt. Je schneller es vorbei ist, umso weniger Menschen müssen darunter leiden. Das ist es, was ich will.«

Skip schluckte. Er hätte nur zu gerne ein Gegenargument eingebracht, aber er konnte die Schlussfolgerungen des USI-Agenten nicht widerlegen.

»So einfach bringen sie uns nicht dazu, zu kapitulieren, Mr. Aden«, verkündete er stattdessen. »Auch ohne Verbündete sind wir schon weiter gekommen, als die meisten es für möglich gehalten hätten.« Er hielt inne. Sein Funkgerät zeigte ein Trägersignal an. Sofort öffnete Skip einen Kanal. »Blackheart? Kannst du mich hören?«

»Bin hier«, erklang die Stimme der Omega durch das Rauschen. »Wir haben den Störsender deaktiviert. War in einem Raumschiff versteckt.«

»Hör mir zu!«, unterbrach Skip sie. »Wir sind in der Inkubatorenhalle von Orpheus. Wir brauchen Hilfe.«

»Ich schicke jemanden zu euch«, versprach sie.

»Danke«, entgegnete Skip. Dann wandte er sich seinen Gefährten zu. »Die Kavallerie ist unterwegs.«

»Das ist bedauerlich«, erklang Dan Adens Stimme. Er war definitiv weiter entfernt als zuvor. »Denken Sie darüber nach, was ich Ihnen gesagt habe, Protektor Avenger! Es ist die Wahrheit.«

Skip hörte Schritte, die sich schnell entfernten.

»Er will zum anderen Ausgang«, stellte der Alpha neben ihm fest.

Skip begann zu laufen. Die beiden anderen folgten ihm. Er erkannte eine Gestalt, die zu dem Tor eilte, durch das sie die Halle betreten hatten. Er legte die Railgun an. Das Tor öffnete sich. Skip blieb stehen und zielte. Der rote Punkt, der von der Waffe auf seine Netzhaut projiziert wurde, deckte sich mit dem größer werdenden Spalt unter dem Tor. Aden warf sich zu Boden und rollte hindurch. Skip schoss. Aden verschwand.

»Mist!«, fluchte er und lief weiter.

Als sie sich der Öffnung näherten, rückten sie wieder zusammen. Alle hatten noch in Erinnerung, was bei dem anderen Tor passiert war. Schwere Schritte erklangen von dem Korridor. Die breiten Silhouetten von Stoßtrupplern tauchten auf.

Skip senkte die Waffe. »Ist euch jemand über den Weg gelaufen? Trägt einen Standard-Raumanzug.«

»Nein, niemand«, antwortete der Helmlautsprecher des Infanteristen.

Skip seufzte.

Raven hockte sich in der Toröffnung hin und betastete den Boden. Sie hielt eine Hand hoch. Ein roter Tropfen hing daran. »Sieht so aus, als hättest du ihn erwischt.«

»Hat aber nicht gereicht«, grummelte Skip. Er wandte sich dem Omega zu. »Gib deinen Leuten durch, sie sollen nach einem verletzten Mann in einem Raumanzug Ausschau halten! Am besten sofort töten. Er ist gefährlich.«

Der gepanzerte Helm nickte.

Skip sah seine Gefährten an. »Los, zurück! Kümmern wir uns um Mace!«

Die Kämpfe waren vorbei. Niemand hinderte sie daran, Skips verstümmelten Leibwächter ins Hospital zu bringen. Er hatte seinen Arm bereits abgebunden und konnte sogar selber laufen. Mace war ein harter Brocken.

Blackhearts Omegas brachten Orpheus' Sektor ohne nennenswerten Widerstand unter ihre Kontrolle. Die blutige Bilanz der Kämpfe belief sich auf über einhundert Tote, drei Viertel davon Feds und Sympathisanten der Mutantenfeinde. Dutzende von ihnen wurden gefangen genommen und in der Kaserne interniert. Der Fed mit der Plasmaschleuder, den Skip getötet hatte, entpuppte sich als Major Leta. Dan Aden blieb trotz einer intensiven Suchaktion von Militär und Sicherheitskräften unauffindbar.

Die Nachricht über Dr. Kims Tod erreichte Skip während der Lagebesprechung im Kommandoraum. Raven konnte die Tränen nicht unterdrücken. Sogar Blackheart schien für einen Moment die Fassung zu verlieren. Der alte Genetiker hatte den Orpheus-Mutanten wohl wirklich viel bedeutet.

Skip hatte den Überblick verloren, wie lange er bereits auf den Beinen war, als er endlich in sein Quartier zurückkehrte. Vollkommen erschöpft ließ er sich auf das Bett fallen. Raven war mitgekommen und setzte sich zu ihm.

»Was für ein Tag!«, resümierte sie.

»Ja, allerdings«, bestätigte Skip.

Eine Weile schwiegen beide.

»Glaubst du, es stimmt, was dieser USI-Typ gesagt hat?«, durchbrach sie die Stille.

Skip sah sie an. »Was meinst du?«

»Dass niemand uns unterstützen wird. Keine Nation und kein Konzern.«

Skip atmete tief durch. »Ich weiß es nicht. Aber dass sogar das Kombinat einen Killer hergeschickt hat, um Dr. Kim zu töten, ist sicherlich kein gutes Zeichen.«

»Und die Frau von Cynarian? Die hat uns doch geholfen.«

»Was ich von der halten soll, weiß ich noch nicht. Ich muss mich noch mal ausführlich mit ihr unterhalten. Aber nicht mehr heute.«

Er schloss die Augen. Raven schmiegte sich eng an ihn. In Skips Kopf überschlugen sich verschiedenste Gedanken, Theorien und Pläne. Trotz seiner Erschöpfung lag er noch eine ganze Weile lang wach. Irgendwann siegte die Müdigkeit und er schlief ein.

13.12.2210, Aurora-Station, Erdorbit

Die Trauerfeier für die Opfer der Kämpfe wurde ohne großen Pomp abgehalten. Etwas anderes war angesichts der schieren Zahl der Toten kaum möglich. Das Krematorium der Station lief auf vollen Touren. Fast wie am Fließband wurden die leblosen Bündel in den Plasmaofen geschoben und in ihre elementaren Bestandteile aufgelöst. Die beiden einzigen Geistlichen Auroras, ein christlicher Priester und ein buddhistischer Mönch, taten ihr Bestes, den Hinterbliebenen zumindest ein paar tröstende Worte mit auf den Weg zu geben. Trotzdem blieb die Zeremonie schal und unpersönlich, nicht zuletzt, weil nicht wenige der Anwesenden es für falsch hielten, dass die Toten beider Seiten nahezu unterschiedslos behandelt wurden. Nur die feierlichen Schwüre der Omegas, die sich von ihren gefallenen Kameraden verabschiedeten, verliehen der Veranstaltung einen Hauch von Pathos.

Eine deutliche Ausnahme bildete die Verabschiedung von Dr. Kim Wan Shu. Sowohl seine Kollegen von Orpheus Genetics als auch unzählige Mutanten, die unter seiner Obhut aufgewachsen waren, formten ein vieltausendköpfiges Spalier, als er von vier Omegas in voller Rüstung durch die Korridore von Aurora getragen wurde. Im viel zu kleinen Trauersaal des Krematoriums war nur Platz für seine engsten Mitarbeiter und Freunde. Kareena empfand es als große Ehre, hierher eingeladen worden zu sein. Auch Phil, der an ihrer Seite stand, war sich des Privilegs bewusst. Er fühlte sich ein wenig unwohl, als Avenger, der Anführer des Mutantenaufstandes, sich direkt neben ihm postierte. Kareena nickte dem Mutanten zu. Er erwiderte den stillen Gruß.

Gemeinsam lauschten sie der Anführerin der Stoßtruppen, der Omega namens Blackheart. Mit versteinerter Miene hielt sie eine bewegende Rede. Kareena konnte sich nicht erinnern, jemals zuvor einen Kampfmutanten gesehen zu haben, der mit den Tränen rang. Es war beruhigend zu sehen, dass selbst diese als gefühllose Killermaschinen berüchtigten Elitesoldaten zu menschlichen Regungen in der Lage waren.

Auch Doc Stargazer war anwesend. Als der Leichnam dem Feuer übergeben wurde, ließ er seinen Tränen freien Lauf. Das Ende der Zeremonie war recht abrupt. Die nächsten Bündel warteten schon.

»Wie geht es Ihnen?«, fragte Avenger, als der Strom der Leute in Richtung Ausgang einsetzte.

»Geht schon.« Kareena tätschelte vorsichtig ihr verletztes Bein. »Die Ärztin hat gesagt, sie weigert sich, die Wunde ein weiteres Mal zu verkleben, wenn ich nochmal quer durch die Station laufe.«

»In dem Fall kommen Sie einfach zu mir!«, schmunzelte der Beta. »Ich habe ein bisschen Erfahrung mit dem Stopfen defekter Schiffsrümpfe. So groß kann der Unterschied zu einem Loch im Bein ja wohl nicht sein.« Schlagartig wurde er ernst. »Können wir irgendwo ungestört reden?«

Kareena hielt Ausschau nach dem Doc. Er schloss sich gerade der Menge an und steuerte auf den Ausgang zu.

»Eigentlich wollte ich die Gelegenheit nutzen, noch mit jemand anderem zu sprechen«, entschuldigte sie sich.

Avenger folgte ihrem Blick. »Der zweite Mann, den der Kombinatsomega töten wollte? Mit dem hätte ich auch noch ein paar Dinge zu klären. Was dagegen, wenn ich mich anschließe?«

»Nein«, antwortete Kareena. Sie wollte nicht unhöflich wirken, obwohl sie das Gespräch mit dem Doc lieber im kleinen Kreis geführt hätte. Aber es schien ihr unangebracht, dem derzeitigen Kommandanten von Aurora zu widersprechen. Vielleicht ergaben sich auf diese Weise sogar noch andere interessante Informationen.

Phil ließ Kareena und Avenger hinter sich und steuerte direkt auf den Doc zu, bevor er in der Menge verschwand. Kareena hielt sich humpelnd in seinem Kielwasser. Der Beta folgte ihr.

»Hi, Doc«, begrüßte der Slag den Mutanten.

»Phil!« Der Angesprochene war sichtlich überrumpelt. »Waren Sie auch bei der Feier? Ich habe Sie gar nicht gesehen.«

»Wir haben uns weiter hinten gehalten. Eigentlich kannten wir Dr. Kim ja gar nicht. Doc, darf ich Ihnen Kareena Toran vorstellen.«

Kareena reichte ihm die Hand.

Er ergriff sie beherzt. »Ich glaube, ich habe mich noch gar nicht dafür bedankt, dass Sie mir das Leben gerettet haben.«

»Gern geschehen, Doc«, entgegnete sie.

»Das hier ist Avenger«, fuhr Phil fort. »Avenger, dies ist Doc Stargazer vom Mars.«

Der Doc stockte kurz, bevor er den dargebotenen Gruß erwiderte und seinen Unterarm gegen den des anderen Betas stieß.

Er war sichtlich verunsichert. »Ist mir eine Ehre, Sir.«

»Kein Grund für übertriebene Förmlichkeiten«, winkte Avenger ab und ging zum unter Mutanten üblichen ‚du‘ über. »Captain Toran und ich hätten nur ein paar Fragen an dich. Hast du einen Augenblick Zeit?«

»Ja, sicher.« Die Augen des Docs wanderten unstet zwischen den drei Leuten ihm gegenüber hin und her.

»Gehen wir in die Zentralverwaltung! Das ist nicht weit von hier. Dort sind wir ungestört.« Avenger sah Kareenas Bein an. »Wir nehmen wohl besser den Fahrstuhl.«

Kareena war nicht böse darüber, dass ihr das Treppensteigen erspart blieb. Das Krematorium lag in der untersten Ebene des Habitats, unmittelbar über den Algenfarmen, die den gesamten Zylinder der Station umschlossen. Die Verwaltung befand sich ganz oben. Die öffentlichen Transportkapseln waren zwar immer noch außer Betrieb, aber die Aufzüge, die innerhalb der Speichen bis zur Nabe der Station führten, konnten manuell bedient werden. Einer von ihnen war in unmittelbarer Nähe. Die Fahrstühle wurden zwar mittlerweile nicht mehr von den Stoßtruppen bewacht, aber der Zugang war immer noch auf autorisierte Personen beschränkt. In Begleitung eines hohen Würdenträgers wie Avenger zu sein, hatte durchaus Vorteile. Er tippte den Benutzercode in das Bedienfeld. Das Tor öffnete sich. Die Kabine war dafür ausgelegt, mehrere Frachtcontainer gleichzeitig zwischen der Nabe und den Ebenen des Habitats zu transportieren und mit rund zehn Metern im Kubik für vier Personen vollkommen überdimensioniert. Sie lehnten sich an die Wand, die für Fahrten nach oben markiert war, und wurden von der Corioliskraft dagegen gedrückt, als der Fahrstuhl sich in Bewegung setzte. Auf dem kurzen Weg erreichte die Kabine aber keine hohe Geschwindigkeit, so dass sie nicht einmal ein viertel g spürten. Trotzdem krallte Phil sich an einen der Handgriffe. Ihm waren die Merkwürdigkeiten der Rotationsgravitation immer noch nicht geheuer.

Oben angekommen führte Avenger sie über die Plaza in den Verwaltungstrakt und dort in einen prunkvollen Saal, der allen, die ihn zum ersten Mal betraten, den Atem raubte. Kareena hatte noch nie zuvor holzgetäfelte Wände gesehen. Sie nahmen rund um ein Ende der antik wirkenden Tafel mit kunstvollen Schnitzereien Platz.

»Interessante Ausstattung«, kommentierte sie.

Phil gaffte mit offenem Mund die Gemälde an den Wänden an. Der Doc hatte sich schneller wieder unter Kontrolle, fühlte sich aber offenkundig nicht wohl in seiner Haut.

»Ein Vermächtnis des ehemaligen Administrators«, erklärte Avenger. »Aber zur Sache! Ich wäre interessiert zu erfahren, was vorgestern im Fed-Sektor vorgefallen ist.«

Kareena hatte schon auf dem Weg hierher überlegt, wie sie das Thema anpacken wollte. Sie hatte sich dafür entschieden, mit offenen Karten zu spielen. Wenn sie jetzt irgendetwas ausließ, würde sich vielleicht keine weitere Gelegenheit ergeben, mit dem Doc zu sprechen.

»Was dagegen, wenn ich am Anfang beginne?«, fragte sie.

Avenger machte eine einladende Geste.

»Also gut.« Sie wandte sich dem Doc zu. »Phil und ich sind ursprünglich nach Aurora gekommen, um Sie zu finden. Wie soll ich Sie eigentlich nennen? Stargazer? Yugora?«

»Am besten einfach nur Doc«, antwortete er. »Wenn Sie auf Stargazer bestehen, tun Sie sich keinen Zwang an! Der Name Yugora gehört aber definitiv der Vergangenheit an. Was kann ich für Sie tun?« Sein Gesichtsausdruck verriet ihr, dass er schon eine Ahnung hatte, worum es ging.

»Also gut, Doc«, fuhr sie fort. »Wir wollen Ihnen nur ein paar Fragen stellen.«

Der Beta zögerte einen Moment, stimmte dann aber zu. »Ja, natürlich. Ist ja das Mindeste. Immerhin stehe ich nicht ganz unerheblich in Ihrer Schuld.«

»Ich gehe davon aus, dass Sie sich an Chrome erinnern?«

»Natürlich«, erwiderte er freimütig. »Sie war meine Patientin. Wie geht es ihr?«

»Das weiß ich nicht. Die USI hält sie in Gewahrsam.«

»Oh.« Stargazer war sichtlich zerknirscht. »Und die Kinder?«

»Sind bei Cynarian. Das Letzte, was ich gehört habe, ist, dass es ihnen den Umständen entsprechend gut geht.«

Der Doc nickte nachdenklich.

Kareena dachte kurz darüber nach, wie sie die entscheidende Frage formulieren sollte. Aber warum lange darum herumreden? »Haben Sie ihr ermöglicht, die Kinder zu bekommen?«

Stargazer sah sie alle noch einmal an, bevor er antwortete. »Ja.«

Avenger bekam große Augen. »Darf ich fragen, wer Chrome ist?«

Kareena lehnte sich zurück. »Sie erinnern sich an die ersten frei geborenen Mutantenkinder, die auf dem Mars entdeckt wurden? Chrome ist ihre Mutter.«

Die Augen des Rebellenführers fixierten den Doc. »Du warst das?«

»Ja«, wiederholte Stargazer, ohne sich einschüchtern zu lassen.

Avengers Ton verschärfte sich. »Hast du auch nur einen Moment darüber nachgedacht, was du damit anrichtest?«

»Allerdings. Das habe ich.« Die anfängliche Unsicherheit des Docs schwand zusehends. »Ich habe fortgeführt, was schon vor Jahrzehnten hätte getan werden sollen.«

»Du hast einen Krieg begonnen!«, fuhr Avenger ihn an.

»Ich habe uns den Weg in die Freiheit gewiesen«, verteidigte Stargazer sich nicht weniger vehement.

Kareena sah sich genötigt einzuschreiten. »Darf ich eine Zwischenfrage stellen?«

Alle sahen sie an. Avengers Kiefer bebten.

»Doc«, fuhr sie fort, »wie haben Sie es geschafft, in Ihrer kleinen Praxis das Genom von Mutanten so zu verändern, dass sie Kinder zeugen können?«

Stargazer zuckte die Schultern. »Technisch gesehen ist das keine große Sache. Man muss nur die Gene, die die Ausbildung von Keimzellen verhindern, blockieren.«

»Keine große Sache?«, fuhr Avenger wieder dazwischen. »Die Unfruchtbarkeit der Mutanten ist essenzieller Bestandteil der genetischen Konstruktion.«

»Blödsinn!«, widersprach der Doc energisch. »Das wollen die Konstruktionsfirmen uns seit dem Beginn der Mutantenproduktion weismachen. Aber das war von Anfang an nur ein Marketinginstrument. Als Sony Genetic Engineering vor achtzig Jahren die erste Generation von Arate-Klasse-Mutanten aufgelegt hat, den Vorläufern der Alphas, waren die genauso fortpflanzungsfähig wie jeder natürlich geborene Mensch auch. Sie haben das nachträglich geändert. Erstens, um die Akzeptanz der Mutanten bei den Menschen zu erhöhen, die sie vollkommen irrationalerweise als Bedrohung für ihre eigene Existenz empfanden. Und zweitens, weil bald klar wurde, was sich da für ein riesengroßes Geschäftsfeld auftat. Das wollten sie sich natürlich nicht kaputtmachen, indem sie den Mutanten erlaubten, sich selbstständig zu vermehren.«

Alle Anwesenden starrten den Doc ungläubig an.

»So sehr, wie die Konstrukteure alle Welt glauben machen wollen, unterscheiden sich Mutanten gar nicht von natürlich Geborenen«, erzählte er weiter. »Was die Pure heutzutage alles für Modifikationen erhalten ... nur mal als Beispiel die erhöhte Zellregeneration. Ist fast schon Standard. Die Gene dafür stammen aus den Mutantenlinien. Eins zu eins übernommen. Wird natürlich nicht an die große Glocke gehängt. Welcher Superreiche, der seinem Nachwuchs ein Premiumgenom spendiert, will schon wissen, dass sein Blag eigentlich ein halber Beta ist? Und bei den sogenannten ‚Norms' ist es mittlerweile kaum besser. Früher hat man nur genetische Defekte beseitigt. Aber auch hier werden immer öfter für einen geringen Kostenaufschlag Extras angeboten, die eigentlich aus den Mutantenfarmen stammen. Die einzigen wirklich genetisch unveränderten Menschen sind heutzutage die Slags. Und auch die entfernen sich dank radioaktiver Verseuchung auf der Erde und kosmischer Strahlung im Rest des Sonnensystems immer weiter von dem Genom, das für Menschen früher normal war. Nur halt nicht unbedingt zum Besseren.«

Er hatte sich jetzt richtig warm geredet. Alle anderen lauschten irgendwo zwischen ungläubig und entsetzt seinen Ausführungen.

»Ihr seht, genetisch unveränderte Menschen gibt es kaum noch, oder zumindest immer weniger. Der wahre Unterschied zwischen Norms, Pure und Mutanten ist kein genetischer, sondern ein sozialer. Und das ist so gewollt. Von den Konzernen genauso wie von den Nationalstaaten. Alle machen mit. Es ist eine riesengroße Lüge und wer die Wahrheit sagt, wird kaltgestellt oder aus dem Weg geräumt. So wie Kashima.«

»Wer?«, hakte Avenger ein.

»Okatomo Kashima«, erklärte der Doc. »Hierzulande besser bekannt als Dr. Kim Wan Shu. Mein alter Freund aus dem Kombinat, der gerade eingeäschert wurde.«

»Kim stammt aus dem Shigano-Kombinat?«

»Ja. Genau wie ich.«

Avenger sah Kareena an. »Sie wussten davon?«

Sie nickte. »Die Spur des Docs hat uns über einen Besuch im Kombinat hierher geführt. Von Kim alias Okatomo habe ich allerdings erst hier erfahren.«

»Und dieser Omega, der Kim getötet hat?«

»Hato?« Kareena wandte schuldbewusst den Blick ab. »Den haben wir hierher mitgebracht. Hätte ich gewusst, welchen Auftrag er hatte ... ist schwer wiedergutzumachen. Ich habe zu spät verstanden, was eigentlich vorging. Oder besser gesagt, ich bin auch gerade erst dabei. Wäre es möglich, mit Hato zu sprechen? Ich hätte auch an ihn noch ein paar Fragen.«

Avenger nickte. »Wenn wir hier fertig sind.«

Kareena wandte sich wieder an Stargazer. »Doc, weswegen haben Sie und Okatomo das Kombinat verlassen?«

»Sie ahnen doch sicher schon, worauf das hinausläuft.«

Avenger mischte sich wieder ein. »Aber das Kombinat ist doch eine Mutantennation, oder nicht? Dort sind die Mutanten vollwertige Bürger und den Norms gleichgestellt. Was ...?« Er stockte und sah die anderen hilfesuchend an.

»Sicher ist die Situation für uns im Kombinat besser als sonst wo«, berichtete der Doc. »Ich selber bin wohl das beste Beispiel. Wo sonst kann ein Beta studieren und einen Doktortitel erwerben? Nach der Loslösung von Yamato im japanischen Bürgerkrieg waren auch viele von uns voller Hoffnung, die Unterdrückung endlich vollständig ablegen zu können. Aber dann kam der Krieg gegen die Ares-Republik und diplomatischer Druck von der Föderation und was weiß ich, von wem noch alles. Keiner von denen wollte riskieren, dass es irgendwo einen Ort gibt, an dem Mutanten wirklich frei sind und so leben können, wie andere Menschen das auch tun. Deswegen ist die Führung des Kombinats eingeknickt und hat die Genkonstrukteure angewiesen, alles so zu lassen wie gehabt.«

»Und damit waren einige nicht einverstanden«, mutmaßte Kareena.

»Genau«, bestätigte Stargazer. »Kashima und mehrere andere hatten ihr ganzes Leben lang dafür gekämpft, die Mutanten von den genetischen Fesseln zu befreien, die ihnen angelegt worden sind, nur um die Norms gnädig zu stimmen und den Profit zu wahren. Sie hatten nach der Unabhängigkeit des Kombinats schon den Sieg gewittert, um dann von ihren eigenen Leuten doch wieder zurückgepfiffen zu werden. Nur um des lieben Friedens willen. Kashima hat sich damals vom Kombinat abgewendet und ist zu Orpheus gegangen. Die hatten gerade von der Föderation einen dicken Auftrag in der Tasche, deren Streitkräfte mit Mutanten zu versorgen, aber zu wenig fähige Konstrukteure für so ein umfangreiches Programm. Die haben damals jeden genommen, unabhängig von seiner Vorgeschichte. Und jemand wie Okatomo Kashima … er ist von Anfang an dabei gewesen. Hat schon die erste Generation bei der SGE mitgestaltet. So eine Kapazität haben die sich nicht entgehen lassen. Er hat quasi das gesamte Mutantenprogramm der Föderation entworfen.«

»Und sie alle in seinem Sinne indoktriniert.« Avenger vergrub das Gesicht in den Händen. »Haben die Feds nicht geahnt, was er da treibt?«

»Das habe ich mich auch jahrelang gefragt«, gab der Doc zu. »Aber nach dem Bürgerkrieg in Yamato und dem Krieg auf dem Mars wollten alle Streitkräfte unbedingt Mutanten haben, vor allem Omegas. Und wenn die Militärs etwas haben wollen, dann ignorieren sie alles darum herum. So in etwa hat Kashima es mir zumindest geschildert. Ganz dumm hat er sich natürlich auch nicht angestellt. Er war nicht wirklich glücklich über meine eher direkten Methoden. Er meinte, dafür wäre es noch zu früh. Vermutlich hat er sogar recht gehabt. Aber als es geschehen war, hat er mir trotzdem Zuflucht gewährt und auch ansonsten alles unternommen, um die Rebellion insgeheim zu unterstützen.«

Avenger schüttelte ungläubig den Kopf. »Zum Beispiel die Feds davon zu überzeugen, die Omega-Sturmkompanien gegen die Aufrührer auf der Erde zu schicken, obwohl er wusste, dass sie nur einen kleinen Schubs brauchten, um selber zu meutern. Der Mistkerl hat das alles geplant und wir haben brav mitgespielt.« Er atmete tief durch. »Aber wie genau passen dieser Hato und Dan Aden da hinein? Ich meine, warum hat das Kombinat einen Killer hergeschickt? Nur aus Rache dafür, dass Okatomo und später der Doc das Kombinat verlassen haben? Und warum unterstützt ein USI-Agent den Widerstand gegen die Mutanten?«

»Das Kombinat will nicht mit den Aktivitäten von Okatomo und dem Doc in Verbindung gebracht werden«, erklärte Kareena. »Sie wollten verhindern, dass bekannt wird, dass es ehemalige Kombinatsleute waren, die für die Freigeborenen verantwortlich sind. Das haben sie uns schon auf dem Mars erzählt. Dass sie so weit gehen würden, beide zu töten, habe ich allerdings viel zu spät erkannt.«

»Und der USI-Agent?«, hakte Avenger nach.

Kareena zuckte die Schultern. »Den kann ich auch noch nicht ganz einsortieren. Offiziell ist die USI immer noch neutral.«

»Alles nur Show!«, warf der Doc ein. »Die USI und die anderen großen Konzerne sind in Wahrheit die ärgsten Feinde des Mutantenaufstandes. Vermutlich noch mehr als die Föderation. Sie werden um jeden Preis zu verhindern suchen, dass jetzt das passiert, was damals beinahe im Kombinat geschehen wäre: die Entstehung eines Zusammenschlusses vollkommen freier Mutanten, über die die Konstruktionskonzerne keine Kontrolle haben.«

»Weil es ihr Geschäft kaputtmacht«, warf Avenger ein.

»Das auch, aber für die USI ist das vermutlich eine Nebensache«, ergänzte der Doc. »Die machen nur einen Bruchteil ihres Geschäftes mit Mutantenfarmen. Neben den Gewinnen aus dem interplanetaren Bergbau und der Helium-3-Förderung ist das Spielgeld. Nein, viel gravierender ist etwas ganz anderes. Was glaubst du, welche Wirkung die Existenz eines Ortes, an dem Mutanten von allen Zwängen befreit sind, auf diejenigen von ihnen hat, die sich in Konzernbesitz befinden?«

Avenger schnaufte hörbar. »Wir können uns schon jetzt kaum retten vor Anfragen von konzerneigenen Mutanten hier auf Aurora, die sich uns anschließen wollen.«

»Genau! Das ist das wahre Problem. Die Konzerne wollen ihre Sklaven nicht verlieren.«

»Na, von Sklaverei sind wir ja wohl ein wenig entfernt«, widersprach Avenger.

»Sicher?«, entgegnete Stargazer.

»Immerhin werden wir bezahlt, kriegen Prämien und können uns freikaufen. Hab' ich ja auch geschafft. Ich gehöre niemandem. Und das nicht erst seit Beginn der Revolte.«

»Glückwunsch!« Der Doc hatte sich nun endgültig in Rage geredet. »Aber schau dir doch mal die Realität an! Die Möglichkeit, sich irgendwann mal freikaufen zu können, ist nur die Mohrrübe, die den Mutanten vor die Nase gehalten wird, um sie bei Laune zu halten. Wie viele schaffen es denn, so viel Geld zu sparen? Kaum mehr als ein Prozent. Und was tun die anderen? Sparen ihr Leben lang und schaffen es trotzdem nicht, genug zusammenzukratzen, bevor sie sterben. Und jetzt rate mal, wo das gesparte Geld hingeht, wenn ein Mutant in Firmenbesitz das Zeitliche segnet! Richtig! Zurück zur Firma. Das heißt, die Konzerne kriegen einen dicken Batzen der Löhne und Prämien, die sie gezahlt haben, wieder zurück. Und die wenigen, die es schaffen, zahlen ihren eigenen Anschaffungspreis an den Konzern, so dass der Freigekaufte sofort mit einer neuen, jungen Arbeitskraft ersetzt werden kann. Spart den Konzernen die Rente für alte Mutanten. Ein super Geschäftsmodell, nicht wahr?«

Einen Moment lang herrschte Stille. Sie alle ließen das Gehörte auf sich einwirken.

»Das heißt«, brach Avenger das Schweigen, »Dan Aden hatte recht. Niemand wird uns helfen. Wir sind auf uns allein gestellt.«

»Aber schau doch mal, wie weit ihr es schon gebracht habt!«, wandte Stargazer ein. »Noch nie waren wir unserem Ziel näher, endlich wirklich frei zu sein. Nicht mal im Kombinat. Kashima hat daran geglaubt, dass das hier die Chance ist, auf die wir Jahrzehnte lang hingearbeitet haben.«

»Und wie bitte sollen wir gegen die USI und alle anderen Konzerne bestehen?« Avengers Stimme wurde lauter. »Wir haben Glück gehabt, dass wir uns bisher gegen die Feds behaupten konnten. Wenn der Rest der Welt uns auch noch den Krieg erklärt, sind wir geliefert.«

»Ach was!«, widersprach Stargazer. »Kein Konzern, der im großen Stil Mutanten beschäftigt, kann es sich leisten, sich offen gegen uns zu stellen. Die würden eine Meuterei ihrer eigenen Leute riskieren, genau, wie es in der Föderation geschehen ist. Die werden allesamt gute Miene zum bösen Spiel machen und genau das ist unsere Chance! Ich schätze, im Kombinat gibt es auch noch eine ganze Reihe von Sympathisanten. Unsere alten Ideale sind sicher noch nicht vollkommen vergessen. Diplomatie ist jetzt gefragt!«

»Und du wirst unser Chefdiplomat?« Avenger sah den Doc zweifelnd an.

Der winkte ab. »Wäre ich ein guter Diplomat, hätte ich nicht jahrelang in Hades gehaust. Aber du, Avenger, du bist derjenige, auf den ich mein Geld setzen würde. Sieh nur, was du schon geschafft hast!«

Der Rebellenführer sprang von seinem Stuhl auf und brüllte den Doc an: »Vielleicht will ich das alles ja gar nicht! Schon mal darüber nachgedacht? Ich bin ein verdammter Raumschifftechniker! Sonst nichts! Gib mir eine defekte Antriebsspule und ich bin glücklich. Ich will diesen Krieg nicht anführen!« Er warf den Stuhl um und marschierte wutschnaubend aus dem Raum.

Kareena, Phil und der Doc sahen ihm schweigend hinterher.

»Tja«, stellte Phil fest, »das war wohl nichts.«

»Die Frage ist, ob er eine Wahl hat«, bemerkte der Doc ungerührt.

Kareena schaute ihn an. »Sie sollten vorsichtig sein! Menschen tun nicht immer das, was man von ihnen erwartet. Auch Mutanten nicht.«

Stargazer sah zu Boden.

»Was werden Sie nun machen?«, fragte Kareena weiter. »Bleiben Sie hier?«

»Schätze schon. Wo soll ich sonst hin?«

»Passen Sie auf!«, riet sie ihm. »Dan Aden, der USI-Agent, ist noch irgendwo hier unterwegs. Und niemand weiß, ob wirklich alle Föderationstreuen tot oder interniert sind.«

»Danke für die Warnung.« Er stand auf. »Ich hoffe, ich habe all Ihre Fragen beantwortet. Immerhin haben Sie einiges auf sich genommen, um dieses Gespräch zu führen.«

»War eine sehr interessante Erfahrung.« Auch sie erhob sich. »Ich wünsche Ihnen alles Gute, Doc. Ich werde sehen, was ich zu Hause erreichen kann, um Sie zu unterstützen. Aber nach dem, was ich bisher gehört habe, fürchte ich, Ihre Analyse trifft auch auf die Cynarian Corporation zu.«

»Wir werden sehen, was die Zukunft bringt. Trotz aller Opfer glaube ich, dass dieser Kampf notwendig ist. Kashima hätte das sicher genauso gesehen.« Er wandte sich Phil zu. »Schön, Sie noch einmal gesehen zu haben. Grüßen Sie Lyda und die Kinder von mir! Und alle anderen in Hades.«

»Mache ich«, versprach der Slag.

Ohne weitere Umschweife verließ Doc Stargazer den Raum.

Phil zuckte mit den Schultern. »Ich schätze, das war's. Auftrag erfüllt.« Er sah Kareena an. »Nicht die Antworten, die Sie erhofft hatten?«

Sie war sich nicht sicher. In jedem Fall war sie von dem, was sie gerade gehört hatte, noch ziemlich überwältigt. Diese Geschichte war um einiges größer als alles, was sie in ihrer bisherigen Dienstzeit erlebt hatte und irgendwie war sie mittendrin gelandet. Insbesondere war ihr absolut nicht klar, wo das alles hinführen würde. Weder für die Mutanten noch für sie selber. Für sie war die Sache eigentlich erledigt. Sie hatte ihren Job getan. Aber die vergangenen Wochen und insbesondere die letzten Tage hatten sie zu tief in die Geschehnisse verwickelt, als dass sie nun mit ruhigem Gewissen darauf warten konnte, dass die Blockade aufgehoben wurde, sie nach Hause zurückkehren konnte und dort weitermachen würde, wo sie vor zwei Monaten aufgehört hatte. Sal Haggard war der Meinung, sie bräuchte ein wenig Dreck unter den Fingernägeln. Den hatte sie nun reichlich. Aber der Weg, auf dem sie dazu gekommen war, hatte sie stärker verändert, als sie es für möglich gehalten hätte. Vielleicht war es auch genau das, was Haggard erwartete. Sie musste sich noch über vieles klar werden.

»Gehen wir!«, sagte sie schließlich.

Auf dem Weg aus dem Verwaltungskomplex lief ihnen Avenger über den Weg. Er schien sich wieder beruhigt zu haben und rang sich sogar ein Lächeln ab. In seiner Begleitung war eine weitere Beta-Klasse-Mutantin. Die beiden wirkten recht vertraut miteinander.

»Entschuldigen Sie meinen Abgang vorhin!«, kam Avenger auf Kareena zu. »Das alles hat mich ein wenig mitgenommen. Ist der Doc schon weg?«

Kareena nickte. »Ist kurz vor uns gegangen.«

»Was halten Sie von seiner Geschichte?«

»Macht einen recht plausiblen Eindruck. Bestätigt ein paar Vermutungen und Hinweise, die mir schon vorher zu Ohren gekommen sind. Ich fürchte, von Cynarian sollten Sie nicht allzu viel Hilfe erwarten. Aber ich werde sehen, was ich erreichen kann.«

»Danke, Captain Toran. Danke für alles. Sie haben hier einige tausend Leben gerettet. Das werde ich Ihnen nie vergessen, egal, welche Politik Ihre Firma betreibt.«

»Schon in Ordnung«, wiegelte sie ab.

»Ich muss dann mal wieder«, bemerkte Avengers Begleiterin.

»Wir sehen uns später«, verabschiedete Avenger sich von ihr. Sie nickte Kareena und Phil knapp zu, dann verschwand sie.

Kareena sah ihr nach. Noch bevor sie fragen konnte, wer sie war, wechselte Avenger das Thema. »Sie wollten noch mit dem Kombinatsomega sprechen?«

»Ja, wenn das möglich ist.«

»Sicher«, antwortete er. »Ich habe auch noch ein paar Fragen an ihn. Jetzt gleich?«

Kareena zuckte die Schultern. »Ich habe gerade nichts anderes vor.«

»Also gut. Kommen Sie mit!«

Sie folgten ihm.

»Was sind Ihre weiteren Pläne?«, fragte Avenger, während sie über die mäßig belebte Plaza marschierten. »Werden Sie auf den Mars zurückkehren?«

»Schätze schon«, antwortete sie. »Aber erst mal muss ich Kontakt mit meinen Leuten aufnehmen. Das ComNetz ist immer noch außer Betrieb.«

Avenger verdrehte die Augen. »Ja, darum müssen wir uns auch noch kümmern. Zumindest, sobald wir einen fähigen Hacker oder sonstigen Spezialisten aufgetrieben haben.«

Phil sah Kareena erwartungsvoll an. Eigentlich hatte sie sich da heraushalten wollen. Sie war nicht begeistert von der Aussicht, ein weiteres Mal gegen das Ding anzutreten, das das Netz blockierte. Einmal war sie seinem Angriff knapp entronnen. Auf der anderen Seite ... mit leistungsfähigerer Hardware ... vielleicht war es Zeit für eine Revanche.

Sie atmete tief durch. »Ich kenne mich ein bisschen mit Computernetzwerken aus. Wenn Sie mir Zugriff zu Ihrem System gestatten, sehe ich es mir mal an. Ich möchte nichts versprechen, aber vielleicht kann ich etwas ausrichten. Solange ich keine Order von Cynarian habe, sehe ich keinen Grund zu Eile, Aurora zu verlassen.«

Avenger war begeistert. »Also, wenn Sie das auch noch schaffen, weiß ich langsam wirklich nicht mehr, wie ich Ihnen noch danken soll.«

»Keine Ursache. Dient ja letztlich dazu, dass ich schneller Kontakt mit meinen Leuten aufnehmen kann.«

Sie kamen beim Fahrstuhl an. »Wir müssen nur eine Etage hinunter, aber ...« Er deutete auf Ihr Bein.

»Danke«, erwiderte sie.

Der Mutant gab seinen Code ein. Das Tor öffnete sich. Sie platzierten sich an der Wand, die derjenigen gegenüberlag, an die sie bei ihrer letzten Fahrt gelehnt waren. Für die Fahrt abwärts wirkte die Corioliskraft genau in die entgegengesetzte Richtung.

Das Tor fuhr wieder zu. Kurz bevor es den Boden berührte, rollte eine Gestalt darunter hindurch in die Kabine. Entsetzt sahen alle drei zu, wie der Mann sich blitzschnell aufrichtete. Er trug einen einfachen Overall. Unter der tief über die Stirn gezogenen Schirmmütze erkannte Kareena ein bekanntes Gesicht.

»Sie einer an!«, sagte Dan Aden. »Da habe ich ja alle auf einem Haufen.«

Mit einem dumpfen Knall schloss sich das Tor endgültig. Die Karbonklingen sprangen aus den Unterarmen des USI-Agenten.

»Festhalten!«, schrie Avenger. Kareena reagierte instinktiv und klammerte sich an den Griff in der Kabinenwand neben ihr. Der Mutant knallte seine Hand auf den Schalter für die Fahrt nach oben. Die Kabine setzte sich in Bewegung. Die Corioliskraft zog Kareenas Leib von der Wand weg, bis ihre Beine hilflos in der Luft baumelten.

Auch Dan Aden wurde von der unsichtbaren Hand gepackt. Ohne festen Halt schlidderte er auf dem Boden entlang und kam erst zum Stehen, als er auf der gegenüberliegenden Wand aufschlug.

Die Kabine wurde immer schneller. Für die gut zweihundert Meter bis zur Nabe beschleunigte sie auf mehr als zehn Meter pro Sekunde. Ein halbes g zerrte an Kareenas Körper. Phil schrie vor Panik. Er hatte Mühe, sich festzuhalten. Avengers gentechnisch gestählte Muskeln hatten keine Probleme. Der Mutant schaute sich hochkonzentriert um.

»Das zögert es nur hinaus«, rief Dan Aden.

Kareena blickte an ihren Beinen vorbei. Sprungbereit kauerte der Agent in einer Ecke, zehn Meter unter ihr. So hoch konnte bei einem halben g selbst der Cyborg nicht springen. Seine schnellen Atemzüge versorgten den Hochleistungskörper mit Sauerstoff. Die schwarzen Klingen kratzten wie Fingernägel auf einer Schiefertafel über die stählernen Wände.

»Haben Sie eine Waffe?«, fragte Kareena den Mutanten neben ihr.

»Nein«, flüsterte Avenger ihr zu. »Wie gut sind Sie bei null g?«

»Geht so«, antwortete sie.

»Seien Sie schnell!«, mahnte er.

Sie sah zu ihrer anderen Seite, wo der Slag sich mit aller Kraft an den Griff klammerte. »Was ist mit Phil?«

»Wenn wir uns beeilen, hat Aden keine Zeit, sich um ihn zu kümmern«, mutmaßte Avenger. »Er will uns, nicht ihn.«

»Machen Sie sich um mich keine Sorgen!«, presste der Slag zwischen zusammengebissenen Zähnen hervor. »Sehen Sie zu, dass Sie wegkommen!«

Der Fahrstuhl ging in die Bremsphase über. Die Körper der drei Hängenden wurden in Richtung der Wand gezogen, die beim Start noch die Decke der Kabine gewesen war. Auch Dan Aden rutschte ein Stück, hielt sich aber an einem der Handgriffe fest. Der Aufzug stoppte. Von einem Moment zum nächsten ließen alle Beschleunigungs- und Corioliskräfte von ihnen ab. So nahe an der Achse der Station herrschte weniger als ein zehntel g. Sofort stieß Dan Aden sich von seiner Wand ab und sprang mit vorgestreckten Klingen auf sie zu.

Kareena und Avenger zogen sich an den Haltegriffen zur Seite. Der Cyborg landete genau zwischen ihnen. Die Tür öffnete sich. Dahinter kam das Innere der Stationsnabe mit dem ersten der sich drehenden Terminals zum Vorschein. Nein, der Aufzug drehte sich, das Terminal stand still. Kareena stieß sich ab und driftete auf den größer werdenden Spalt zu. Sie griff den Rand des Stahltors und zog sich mit aller Kraft nach draußen. Ein Körper flog an ihr vorbei. Instinktiv ging sie in Deckung, dann bemerkte sie, dass es der Mutantenanführer war. Er packte ihre Hand und schleppte sie hinter sich her. Sie schwebten mitten in die Nabe. Die Rotation des Aufzugschachtes gab ihnen noch einen seitwärts gerichteten Impuls mit. Um sie herum führten unzählige Passagierbrücken und Schleusen zu den festgemachten Schiffen und Shuttles. Ein riesiger Ladekran beherrschte den Raum, dem im Containerlager jenseits der schützenden Druckschotten nicht unähnlich. Normalerweise herrschte hier reger Betrieb, doch aufgrund der anhaltenden Blockade der Station war die Nabe menschenleer, der Kran unbewegt. Kareena dachte kurz daran, die Hugin zu suchen, doch ihr wurde schnell klar, dass sie sich auf der falschen Seite der Docks befanden. Sie wandte ihre Augen nach hinten.

»Er kommt!«, rief sie.

Auch Avenger sah sich um. Mit seinen Hochleistungsmuskeln hatte Dan Aden weit mehr Schwung nehmen können, als sie es getan hatten. Er holte schnell auf. In wenigen Sekunden würde er sie erreichen. Kareenas Blick fiel auf die schwarzen Klingen, die drohend aus seinen Unterarmen ragten.

»Aufpassen!«, brüllte Avenger.

Der Mutant spannte seine Arme an und drückte Kareena mit aller Kraft von sich weg. Sie drifteten auseinander. Der USI-Agent schwebte zwischen ihnen hindurch. Einer nach dem anderen landeten sie alle drei an verschiedenen Wänden des Terminals. Kareena bekam eine Strebe des Krangerüstes zu fassen und hielt sich daran fest.

»Netter Trick«, kommentierte Dan Aden Avengers Manöver.

Er sah sie beide nacheinander an, schätzte die neue Situation ein. Auch Avenger sah sich um. Er stieß sich ab und schwebte zurück in Richtung des rotierenden Aufzugs. Der Cyborg stemmte sich ebenfalls gegen die Wand und nahm die Verfolgung auf. Er war ungleich schneller. Alleine, ohne jemanden, von dem er sich abstoßen konnte, hatte der Mutant keine Chance, seinen Kurs zu wechseln. Kareena musste hilflos zusehen, wie Dan Aden Avenger einholte, ihn packte und seinen Kopf gegen die rotierende Außenwand des Fahrstuhlschachtes schleuderte. Ein vernehmliches Knacken erklang. Der Mutant schwebte regungslos im Raum. Dan Aden stieß eine seiner Klingen nach ihm, doch durch den ersten Stoß hatte er sich unabsichtlich in eine neue Flugbahn katapultiert, die ihn langsam von seinem Opfer wegführte. Um Haaresbreite verfehlte die Karbonspitze Avengers Gesicht. Es würde einige Sekunden dauern, bis Aden wieder an einen festen Halt gelangte und ein neues Manöver starten konnte.

Kareena nutzte die Chance. Sie schätzte Winkel und Geschwindigkeiten ab und stürzte sich ebenfalls wieder ins Gefecht. Sie erreichte den USI-Agenten, der gerade vollauf damit beschäftigt war, seine Landung vorzubereiten, und versetzte ihm einen Tritt. Da die Hälfte des Impulses allerdings nur dazu führte, ihre eigene Bahn zu verändern, war die Wirkung bescheiden.

»Das war nicht nett!«, schimpfte Dan Aden.

Er bekam eine Strebe zu fassen und klammerte sich fest. Kareena landete wieder auf dem Kran. Sie sahen sich an.

»Netter Tanz«, bemerkte ihr Gegner. Er warf einen Blick zu Avenger, der sich immer noch nicht rührte. Neben dem Kopf des Mutanten schwebten rote Tropfen im Raum. »Da war es nur noch einer.«

Kareena ignorierte die Provokationen. Sie konzentrierte sich vollends darauf, was Dan Aden als Nächstes tat, um sein Manöver möglichst effektiv zu kontern. Doch dann drehte er den Spieß um. Statt sich wieder mit Kraft abzustoßen, hangelte er sich an der Wand entlang auf sie zu.

Sie wusste, wenn sie einen neuen Driftflug begann, würde er sie abfangen, genau wie er es mit Avenger gemacht hatte. Fieberhaft suchte sie nach einer Möglichkeit. Zurück zum Fahrstuhl würde sie es nicht schaffen. Dan Aden war näher am Tor. Sie konnte versuchen, in eines der Schiffe zu gelangen, aber erstens waren die Luken vermutlich abgeschlossen und außerdem hatte sie keine Ahnung, was sie hinter den Andockschleusen erwartete. In jedem Fall eine Sackgasse. Keine gute Option. Der Cyborg näherte sich unaufhaltsam. Seine Brust pulsierte im Takt seines unmenschlich schnellen Atems. Er wirke wie ein Raubtier, das seine Beute fixierte. Kareenas Blick fiel auf eine Notschleuse, die direkt in den luftleeren Innenraum der Station führte. Ohne Raumanzug auch kein empfehlenswerter Fluchtweg. Obwohl ... in ihrem Kopf nahm ein Plan Gestalt an. Riskant, aber nicht aussichtslos. Sie stieß sich ab und hielt geradewegs auf die Schleuse zu. Wie erwartet folgte Dan Aden ihr auf der Stelle. Nur Sekunden vor dem USI-Agenten erreichte Kareena das innere Tor, betätigte den Notschalter und schlüpfte zwischen die sich zügig öffnenden Stahlschotten. Ohne zu zögern, hielt sie auf das Bedienfeld im Inneren der Schleuse zu und drückte den Knopf zum Schließen. Dan Aden passierte das Tor ohne Mühe, bevor es knallend zufiel. Dann waren sie beide in der Schleuse.

Er sah sie an wie die Katze die Maus in der Falle. »Schlechter Schachzug. Sieht nach Matt aus.«

Sie würdigte seine Äußerung keiner Antwort, sondern drückte den Schalter zum sofortigen Öffnen des äußeren Schleusentores. Ein rotes Warnlicht blinkte. Die Sirene heulte.

Dan Adens Grinsen wechselte zu purem Entsetzen. »Sie bringen uns beide um!«

Kareena krallte sich an dem Haltegriff neben dem Bedienfeld fest und atmete aus. Auch Dan Aden griff einen der Bügel. Sobald sich der Spalt öffnete, wurden sie beide von einem Sturmwind erfasst. Ihre Körper zuckten im Orkan. Nach wenigen Sekunden ließ der Sog nach. Alle Luft war aus der Schleuse gewichen. Vollkommene Stille hüllte sie ein. Kareena kniff die Augen zu einem schmalen Schlitz zusammen, presste ihre Lippen aufeinander. Dan Aden reagierte schnell. Er stieß sich kraftvoll von der Wand ab und driftete auf sie zu. Nein, nicht auf sie, sondern auf den Schalter. Sie reckte ihm ihre Beine entgegen, stemmte sich gegen die Griffe und verpasste ihm einen Tritt, der ihn wieder dahin zurückschickte, von wo er gekommen war. Er prallte gegen das geschlossene Schleusentor, das ihn von der Luft dahinter trennte. Er sah sie an. Seine Miene war eine Maske vollkommener Fassungslosigkeit. Sie konnte nicht widerstehen, ihm ein grausames Lächeln zu schenken. Dann verdrehten sich seine Augen, sahen in die Unendlichkeit. Sein Körper erschlaffte.

Die Schmerzen in Kareenas Lunge nahmen zu. Ihre Augen brannten wie Feuer. Undeutliche Schemen drifteten durch ihr Sichtfeld. Langsam verlor auch sie das Bewusstsein. Sie streckte die Hand aus. Presste sie auf den grünen Knopf auf dem Bedienfeld neben ihr. Die Benommenheit nahm zu. Sie blickte an sich herab, hinaus aus der Schleuse. Sah die Innenseite des Habitats, die unablässig vorbeizog. Es wurde immer kleiner, während sich das Drucktor quälend langsam schloss. Dunkelheit umgab sie. Bilder erschienen vor ihrem geistigen Auge. Gesichter. Phil. Iesco. Ihre Schwester, die sie schon seit Jahren nicht mehr gesehen hatte. Landschaften. Grüne Hügel unter strahlender Sonne. Sterne. Dann nur noch Schwärze.

Sie schwebte in der Unendlichkeit.

Ließ alle Sorgen hinter sich.

Stille.

Dann ein undeutliches Piepsen. Es wurde lauter, unangenehmer. Das Quäken einer Sirene. Abrupt verstummte der Ton, wich einem scharrenden Geräusch, das in einem krachenden Poltern endete.

»Kareena!«

Es dauerte eine Weile, bis sie realisierte, dass es ihr eigener Name war, den sie hörte.

»Kareena, hören Sie mich?«

Etwas packte sie, schüttelte sie.

Sie öffnete die Augen. Das Bild, das sich ihr bot, war undeutlich. Ein Gesicht, hager und schief. Obwohl es ihr nicht gelang, ihre Sicht zu fokussieren, erkannte sie es. »Phil?«

»Sie leben!« Die Erleichterung in der Stimme des Slags war grenzenlos.

Nach und nach kehrte Kareena in die Realität zurück. Ihre Augen taten weh. Ihre Lunge brannte, als hätte sie pures Feuer eingeatmet. Aber sie lebte. Sie erinnerte sich, was geschehen war.

»Was ist mit Aden?«, krächzte sie.

»Bewusstlos«, antwortete Phil.

Kareena drängte den Slag zum offen stehenden inneren Schleusentor. »Schnell raus hier, bevor er aufwacht!«

Ihr Blick klärte sich nicht vollständig. Schwarze Flecken tanzten in ihrem Sichtfeld umher. Sie war immer noch benommen. Trotzdem schaffte sie es, das Tor zu schließen und zu verriegeln. Die Schleuse war nun Dan Adens Gefängnis. Mit dem inneren Bedienfeld hatte er nur noch Gewalt über das äußere Schleusentor. Und davon sollte er ohne Raumanzug besser die Finger lassen.

Sie sah sich im Terminal um. Jenseits weniger Meter Abstand war ihre Sicht gleich null. Sie konnte nur vage Flecken und Lichter ausmachen.

»Phil! Können Sie Avenger sehen?«

»Bin da«, erklang die Stimme des Mutanten. Als er näher kam, erkannte sie sein Gesicht. Rote Bänder liefen über seinen Kopf.

»Alles in Ordnung?«, fragte sie.

»Eine dicke Platzwunde«, entgegnete er. »Werd's überleben. Mutantenschädel sind hart. Schätze, ich bin schneller wieder auf den Beinen als Sie.«

Er warf einen Blick durch die Sichtscheibe des Schleusentores. »Wie zur Hölle haben Sie ihn da drin überwältigt?«

Sie zuckte die Schultern. »Ganz einfach. Er hat als erster das Bewusstsein verloren.«

»Sie haben verdammt viel Glück gehabt!«

»Nicht wirklich«, widersprach sie. »Seine Hochleistungsmuskeln und der ganze Kram brauchen mehr Sauerstoff als die eines normalen Menschen. Deswegen war sein Gehirn schneller unterversorgt, als es zum Mangel kam. Leistung hat ihren Preis.«

Er nickte anerkennend. »Sie wissen gut Bescheid über Cyborgs.«

»Cynarian ist einer der führenden Hersteller kybernetischer Implantate im ganzen Sonnensystem«, erklärte sie. »Wenn man dort so lange arbeitet wie ich, kommt man nicht umhin, das eine oder andere aufzuschnappen.«

Das breite Grinsen im Gesicht des Mutanten konnte sie sogar mit ihrer eingeschränkten Sicht ausmachen. »Ich würde empfehlen, wir holen jetzt möglichst schnell die Omegas, damit sie unseren Freund hier abholen.«

Sie stimmte zu.

»Captain Toran«, fuhr er fort, »das war verdammt gute Arbeit!«

Sie lachte. »Dank Ihrer hervorragenden Vorbereitung, Protektor Avenger.«

»Ich glaube, wir sind ein gutes Team«, stellte er fest. »Und übrigens: Nennen Sie mich Skip!«

14.12.2210, Aurora-Station, Erdorbit

0800. Zeit für die allmorgendliche Lagebesprechung. Wie üblich erschien Blackheart auf die Minute pünktlich. In ihrem Gefolge betraten drei weitere Omega-Klasse-Mutanten den Sitzungssaal der Zentralverwaltung. Einer war Steeler, der Kommandant der Donar. Die Uniformen der beiden anderen trugen die Insignien der Pendragon, den goldenen Drachen. Der Löwenkopf der Föderation war entfernt worden. Wie alle, die den reich verzierten Raum das erste Mal betraten, blickten sie sich mit großen Augen um.

Skip stand auf und ging ihnen entgegen. »Willkommen auf Aurora. Ich bin Avenger.«

Die beiden wandten sich abrupt von den getäfelten Wänden ab und salutierten.

»Es ist mir eine Ehre, deine Gastfreundschaft anzunehmen, Protektor«, begrüßte ihn der Ranghöhere der Krieger. Eine frische Narbe zog sich über seine linke Gesichtshälfte. Seine Abzeichen wiesen ihn als Master Sergeant aus. »Ich bin Ulan, aktueller Kommandant des schweren Kreuzers Pendragon. Ich stelle hiermit mein Schiff und seine Besatzung unter dein Kommando.«

Das Pathos der Militärs befremdete Skip immer noch ein wenig, aber er ließ sich nichts anmerken. »Es ist mir eine Freude, die Pendragon in die Streitkräfte des Protektorats aufzunehmen, Commander Ulan. Du unterstehst mit sofortiger Wirkung dem Befehl von Kriegerin Blackheart. Sie wird sich um alles Weitere kümmern.«

Wieder salutieren.

Skip bot den Anwesenden an, sich zu setzen.

»Alles so weit in Ordnung?« Blackheart deutete auf das Pflaster an seiner Stirn.

»Nichts Schlimmes«, antwortete Skip. »Bin glimpflich davongekommen. Captain Toran hat es übler erwischt. Sie ist noch im Hospital, aber die Ärzte sind optimistisch, dass sie es überstehen wird.«

Die Kriegerin nickte anerkennend. Seit sie erfahren hatte, wie Skip sich bei Orpheus geschlagen und zusammen mit der Cynarian-Agentin Dan Aden überwältigt hatte, war sie erheblich friedfertiger. Es bestätigte sich einmal wieder, dass die Omegas nur Stärke respektierten.

»Wie geht es Mace?«, fragte sie weiter.

»Er hält sich tapfer, aber es nimmt ihn schon arg mit«, berichtete Skip. »Die Klinik verfügt nicht über die Möglichkeit, ihm einen kybernetischen Ersatz anzufertigen. Wir haben bei Orpheus angefragt, ob sie eine neue Hand klonen können, aber auch das ist noch unklar. Und selbst wenn, wird es Monate dauern, bis der Ersatz herangewachsen ist.«

Dass sie sich nach seinem Leibwächter erkundigte, überraschte Skip. Er gewann fast den Eindruck, sie wollte den Streit mit ihm beenden und das Kriegsbeil begraben. Er hätte nichts dagegen einzuwenden.

Alle erhoben sich erneut, als Sybil Mbela den Raum betrat. Skip stellte sie den Neuankömmlingen vor. Dann nahmen sie wieder Platz und begannen mit der Tagesordnung. Der kritischste Punkt war die Versorgungslage. Immer mehr Güter mussten rationiert werden. Die Ankunft der vom Kampf gezeichneten Pendragon machte die Situation nicht einfacher.

»Die gute Nachricht ist, dass, seit wir Orpheus verteidigt haben, die ansässigen Konzerne nun langsam anfangen, aktiv mit uns zusammenzuarbeiten«, berichtete Skip. »Sie richten sich darauf ein, länger mit uns auskommen zu müssen und hören auf, sich die Option für eine baldige Rückeroberung durch die Föderation offenzuhalten.«

»Das sollten sie auch«, ergänzte Steeler. »Wir haben Kontakt mit weiteren Aufständischen und Meuterern sowohl auf der Erde als auch aus den Raumstreitkräften der Föderation aufgenommen. Unsere Stärke nimmt zu und die der Föderation im selben Maße ab. Vom militärischen Standpunkt aus stabilisiert sich unsere Lage zunehmend.«

Skip sah in die Runde. »Spricht unter diesen Umständen noch irgendetwas gegen die Aufhebung der Blockade?«

Blackheart und Steeler schienen beide nicht übermäßig glücklich über den Vorschlag zu sein.

»Das ist die beste Möglichkeit, die Versorgung der Station und ihrer Bewohner wieder sicherzustellen«, fuhr Skip fort. »Und wenn ich es richtig sehe, ist das doch im Augenblick unser dringlichstes Problem.«

»Ich würde eine schrittweise Aufhebung empfehlen«, gab Steeler zu bedenken. »Wir beginnen erst einmal mit der Freigabe von Schiffen der ansässigen Konzerne. Natürlich müssen wir uns Kontrollen vorbehalten, nicht dass wir uns sofort wieder neue Feinde an Bord holen, wo wir die alten gerade losgeworden sind.«

»In Ordnung«, stimmte Skip zu. »Ich werde die Konzerne umgehend informieren.«

Sybil Mbela meldete sich zu Wort: »Vor allem müssen wir den Handel bald wieder in Gang bringen. Davon lebt Aurora. Die Föderation wird uns mit Sicherheit boykottieren. Das heißt, wir müssen möglichst schnell neue Kunden und das Vertrauen der anderen raumfahrenden Nationen gewinnen.«

»Sie hören sich eher wie ein Händler an als ein Sicherheitschef«, stellte Steeler fest.

Sie zuckte die Schultern. »Das ändert nichts daran, dass es die Wahrheit ist. Wenn Sie das Protektorat dauerhaft etablieren wollen, kommen Sie nicht daran vorbei, ihm eine wirtschaftliche Grundlage zu verschaffen. Aurora ist einer der größten Umschlagplätze für den Warentransport von der Erdoberfläche zum Rest des Sonnensystems. Entweder Sie nutzen dieses Potenzial oder in wenigen Monaten sitzen wieder Vertreter der Föderation in diesem Raum.«

»Commander Mbela hat recht«, pflichtete Skip ihr bei. »Wir müssen dringend Freunde finden oder zumindest jemanden, der nicht unser Feind ist. Das heißt, Diplomatie ist eine unserer vordringlichen Aufgaben. Der einzige Machtblock, der Mutanten grundsätzlich als vollwertige Bürger anerkennt, ist das Shigano-Kombinat. Es liegt nahe, unsere Bemühungen dort zu beginnen.«

»Haben wir nicht gerade erst einen Auftragskiller des Kombinats in Gewahrsam genommen?«, wandte Blackheart ein.

»Ja«, bestätigte Skip. »Als Geste des Vertrauens gegenüber dem Kombinat werden wir dem Mann eine Amnestie gewähren und ihn umgehend in seine Heimat zurückkehren lassen.«

Die Omega-Kriegerin sprang so heftig auf, dass ihr Stuhl nach hinten umkippte. »Es ist gerade einmal zwei Tage her, dass ich Dr. Kims Leichnam zum Krematorium getragen habe, und du willst seinen Mörder laufen lassen?«

Skip gab sich größte Mühe, ruhig zu bleiben. »Genau das ist mein Vorschlag.«

Blackhearts Mund klappte auf und wieder zu. Ihr ganzer Leib bebte. Sie sah sich Hilfe suchend um. Als keiner der übrigen Anwesenden ihr Zustimmung signalisierte, machte sie auf der Stelle kehrt und verließ schnaubend den Saal.

Der Frieden mit der Kriegerin war also nur von kurzer Dauer gewesen. Alles andere wäre auch verwunderlich.

»Pass auf, dass sie den Kombinatsomega nicht lyncht!«, warnte Steeler.

Skip wandte den Blick von der Tür ab, durch die die Omega gegangen war. »Den haben wir schon in Sicherheit gebracht. Sobald die Blockade aufgehoben wird, schicken wir ihn nach Hause.«

»Wird er dort ein gutes Wort für uns einlegen?«

»Er hat mir nicht allzu viel Hoffnung gemacht«, berichtete Skip, »aber er will sich für uns einsetzen.«

»Na, dann hoffen wir mal, dass er ein ehrlicher Auftragskiller ist«, warf Mbela ein.

Steeler beugte sich vor und sah Skip in die Augen. »Mir ist zugetragen worden, du willst auch Colonel Marault freilassen.«

»Das stimmt«, bestätigte Skip.

»Hältst du das für eine gute Idee?«

»Im Augenblick ist die Föderation in Aufruhr. Deswegen sitzen wir noch hier. Aber machen wir uns nichts vor! Langfristig sind wir ihr nicht gewachsen. Frieden ist unsere einzige Chance. Marault scheint mir ein vernünftiger Mann zu sein. Außerdem hat er gute Kontakte zu Rasmussen, dem Politiker, der das Mutantenprogramm der Feds aufgebaut hat. Der sollte ein vitales Interesse daran haben, den Konflikt so schnell wie möglich zu beenden. Und sei es nur, um seinen eigenen Kopf aus der Schlinge zu ziehen. Ich weiß nicht, wie viel Marault wirklich bewirken kann. Es ist in jedem Fall ein Zeichen, wenn wir ihn freilassen.«

»Nur ihn?«

»Vorerst. Aber von mir aus können wir alle ziehen lassen, auch diejenigen, die uns von Herzen verachten. Ich meine, was wollen wir mit all den Gefangenen? Sind doch nur noch mehr Mäuler zu stopfen. Ein paar Mutantenhasser mehr oder weniger in der Föderation werden unsere Lage nicht radikal beeinflussen.«

Niemand widersprach.

»Wollen Sie sich auch bei der USI beliebt machen?«, fragte Sybil Mbela.

»Der Gedanke ist mir schon gekommen«, räumte Skip ein.

Steelers Gesichtszüge entgleisten. »Du willst den Agenten freilassen, der gestern noch versucht hat, dich umzubringen?«

Skip zuckte die Schultern. »Um ehrlich zu sein, mir ist es lieber, er ist auf dem Mars oder sonst wo als hier. Wenn Captain Toran recht hat, ist er für das Chaos in unserem ComNetz verantwortlich. Auch wenn immer noch niemand weiß, wie genau er das angestellt hat. Der Kerl ist mir unheimlich. Ich würde ihn gerne so schnell wie möglich loswerden.«

»Dafür gäbe es auch eine andere Methode«, stellte Steeler fest.

Skip schüttelte vehement den Kopf. »Keine Hinrichtungen! Zumindest nicht, solange ich den Titel Protektor trage.«

»Du musst es wissen, Avenger.« Die Zweifel in der Stimme des Omegas waren unüberhörbar. »Gibt es sonst noch etwas? Wenn nicht, kümmern wir uns jetzt darum, die Pendragon wieder flott zu machen.«

Steeler und die beiden anderen Omegas verabschiedeten sich, als Skip nicht widersprach. Er und Sybil Mbela blieben alleine zurück.

»Mit den Omegas werden wir noch Ärger kriegen«, argwöhnte die Sicherheitschefin, als die Soldaten außer Hörweite waren.

»Steeler hat sich im Griff«, widersprach Skip. »Und er hat großen Einfluss auf Blackheart. Außerdem sind sie beide nicht dumm. Ein wenig aufbrausend, aber bisher haben sie sich jedes Mal wieder gefangen.«

Sie runzelte die Stirn. »Ich bin mir da nicht so sicher. Passen Sie auf! Wenn die das Kommando übernehmen, kann ich hier für nichts mehr garantieren.«

Auch sie stand auf und ging.

Skip lehnte sich zurück. Schloss die Augen. Ein weiteres Mal stellte er sich die Frage, was er hier eigentlich verloren hatte. Ob er auch nur im Geringsten qualifiziert war, das zu tun, was alle von ihm erwarteten.

»Hey!«, rief eine bekannte Stimme.

Skip machte die Augen auf. Raven stand in der Tür.

»Hey!«, antwortete er.

»Alles in Ordnung?«, fragte sie.

Er stöhnte. »Abgesehen davon, dass wir einen Krieg gegen übermächtige Gegner führen und niemand uns helfen will?«

Sie ging zu ihm und legte ihm die Hand auf die Schulter. »Mach mal eine Pause!«

Tatsächlich entspannte er sich ein wenig unter ihrer Berührung. Er umfasste ihre Hand mit der seinen. Sie verharrten eine Weile. Skip hatte in der Vergangenheit nie großen Wert auf körperliche Nähe gelegt, aber jetzt gerade empfand er es als sehr tröstlich, Raven bei sich zu haben. Auch wenn sie ihm die Entscheidungen, die er ständig zu treffen hatte, nicht abnehmen würde, fühlte er sich nicht mehr ganz so einsam.

Schließlich brach sie das Schweigen. »Der Doc, dieser Freund von Dr. Kim, was hältst du von ihm?«

»Schwer zu sagen«, erwiderte Skip. »Bei der Unterhaltung, die ich mit ihm geführt habe, sind wir ein wenig aneinandergeraten. Warum fragst du?«

»Ich habe gehört, es waren welche von uns bei ihm. Sie wollten wissen, ob er ihnen dabei behilflich sein kann, Kinder zu bekom-men.«

Skip schob ihre Hand von sich. »Was? Kapieren die denn nicht, dass sie uns damit möglicherweise die letzten Sympathien verspielen? Was hat der Doc geantwortet?«

Angesichts seines Ausbruchs zog Raven sich einen Schritt von ihm zurück. »Ich denke, er würde es tun. Aber er sagt, er muss erst die notwendigen Gerätschaften besorgen.«

Skip sah sie streng an. »Du hast ihn gefragt, nicht wahr?«

Ihr Blick ging zum Boden.

Skip lehnte sich wieder zurück. Er atmete tief durch. »Ach, was soll's! Auf die Weise sichern wir uns zumindest das Wohlwollen der Mutanten. Zumindest derjenigen, die mit ihrem Los unzufrieden sind. Das sind vermutlich ohnehin die Einzigen, auf die wir zählen können.«

»Und du?« Raven kam wieder näher. »Würdest du es auch in Erwägung ziehen, Kinder bekommen zu können?«

Er lachte. »Ob ich in Erwägung ziehe, das zu tun, was uns den ganzen Ärger eingebracht hat?« Er nahm Ravens Hand wieder in die seine. »Nimm's mir bitte nicht übel, aber danach steht mir im Augenblick nicht der Sinn.«

»Und wenn das alles vorbei ist?«

»Und wir dann noch leben und nicht interniert sind?« Er zuckte die Schultern. »Mal sehen. Wenn wir diesen ganzen Mist unbeschadet überstehen … vielleicht wäre es eine Überlegung wert. Und sei es nur, damit der ganze Ärger zu irgendetwas geführt hat.«

Raven schien versöhnt. Skip mochte sie wirklich. Aber ihre Leidenschaft, ein Leben wie die Norms zu führen, eine feste Beziehung eingehen, Kinder zur Welt bringen, das alles lag ihm doch eher fern. Wenn er allerdings in den letzten Wochen etwas gelernt hatte, dann, dass Dinge sich ändern konnten. Und auch Personen, insbesondere er selber. Sein altes Leben, ein Leben als Raumschifftechniker, schien in derart weiter Ferne zu liegen, dass er fast schon zweifelte, ob es wirklich er selber gewesen war, der all das erlebt hatte. Wer konnte schon sagen, was noch alles für Ereignisse auf ihn warteten, und was die Erfahrungen, die er sammeln würde, aus ihm machten. Kinder bekommen? Im Augenblick ein mehr als absonderlicher Gedanke. Aber wer wusste schon, was die Zukunft bringen würde … vielleicht irgendwann.

22.12.2210, Aurora-Station, Erdorbit

Kareena zog das Kabel aus ihrem Interface. Vorsichtig öffnete sie die Augen. Sie blinzelte, als das Licht gleißende Muster auf ihre Netzhaut malte. Nur langsam fand sie wieder Einlass in die Welt jenseits der Mainframes, Programme und anderer digitaler Entitäten. Eine Woche lang, seit sie aus dem Stationshospital entlassen worden war, hatte sie kaum etwas anderes getan, als sich durch Auroras Computersysteme zu wühlen, um Dan Adens Hinterlassenschaften zu beseitigen.

»Wieder einer sauber«, verkündete sie feierlich.

Die beiden Helfer von der Sicherheitsabteilung, die ihr zugeteilt worden waren, machten sich eifrig daran, das bereinigte Subsystem wieder ins ComNetz einzubinden. Um die Spuren der vergangenen Kämpfe aus der virtuellen Welt zu tilgen, hatten sie alle Einzelsysteme voneinander getrennt und sich eines nach dem anderen vorgenommen. Nur auf diese Weise war dem Ding beizukommen, das Dan Aden in das Netz eingepflanzt hatte. Und nur dank der überlegenen Hardware, die man ihr zur Verfügung gestellt hatte, konnte Kareena es überhaupt effektiv bekämpfen. Mittlerweile war sie allerdings recht gut darin geworden und hatte eine gewisse Routine entwickelt. Durch die Trennung der Subsysteme waren die einzelnen Kopien von Adens Softwareagenten voneinander isoliert und konnten ihre Erfahrungen nicht mehr untereinander austauschen. Auf diese Weise waren sie nicht in der Lage, sich schnell genug an Kareenas Strategie anzupassen. Der unschätzbare Vorteil desjenigen, der die Stecker in der Hand hielt. Mit jedem bereinigten System, das wieder ins ComNetz integriert werden konnte, normalisierte sich der Betrieb der Station ein Stück weiter. Die Kommunikation mit der Außenwelt war wieder ohne Einschränkungen hergestellt. Phil hatte endlich seiner geliebten Lyda eine Nachricht senden können, dass es ihm gut ging. Und Kareena hatte einen Statusbericht an Eric Vandemool geschickt. Aber nicht nur der Datenverkehr, sondern auch der Personen- und Gütertransport kamen langsam wieder in Fahrt, seit die Blockade aufgehoben worden war. Ein zumindest in Kareenas Augen unerwünschter Nebeneffekt dieser an sich guten Nachricht war, dass Iesco und Ellie sofort zurück nach Luna beordert worden waren. Sie hatten nicht einmal mehr die Zeit für einen angemessenen Abschied gefunden. Eine kurze Umarmung, ein paar nette Worte, dann war er auch schon durch die Schleuse verschwunden und hatte abgelegt. Kareena hatte der Hugin von der Aussichtsplattform hinterhergesehen, bis das

Schiff nur noch ein schwacher Lichtpunkt war, der vor dem Hintergrund des Sternenhimmels langsam verblasste. Sie hatten sich gegenseitig versprochen, bis zu ihrem nächsten Treffen nicht wieder sechs Jahre vergehen zu lassen, aber das war bei ihrer letzten Trennung auch nicht so geplant gewesen.

Sie setzte sich auf. In der Tür stand jemand und sah sie an. Mit etwas Mühe schaffte sie es, ihre Augen scharf zu stellen und erkannte Avenger ... nein: Skip.

»Hallo, Captain!«, begrüßte er sie.

»Ich habe Ihnen doch schon gesagt, Sie sollen mich Kareena nennen, sonst fange ich wieder mit Protektor Avenger an«, drohte sie.

»Schon gut, Kareena. Wie geht es Ihnen? Ihre Augen sehen wieder weitgehend normal aus.«

»Ja, waren nur geplatzte Äderchen. Sah schlimmer aus, als es war. Das größere Problem war die Lunge, aber die Ärzte sagen, sie wird keine bleibenden Schäden davontragen.«

»Schön zu hören.« Er sah auf den Mainframe, an dem sie gearbeitet hatte. »Es scheint, Sie kommen gut voran.«

Sie nickte. »Mit der Strategie, die ich den Agenten vorgestern einprogrammiert habe, klappt es jetzt endlich wie am Fließband. Wenn es so weitergeht, bin ich in ein oder zwei Tagen fertig. Aber für heute ist erst einmal Feierabend.«

»Haben Sie mittlerweile herausgefunden, was das für ein Ding ist? Dan Aden selber kann es ja nicht sein. Der ist festgesetzt und von allen Computern streng isoliert.«

»Ich bin mir ziemlich sicher, dass es eine Art von Künstlicher Intelligenz ist, wie wir von Anfang an vermutet haben. Es ist auch ohne Dan Adens Unterstützung noch voll funktionsfähig und die Art und Weise, wie jede einzelne Kopie des Codes bis zum letzten Byte ums nackte Überleben kämpft, weist auf einen ausgeprägten Selbsterhaltungstrieb hin. So etwas hat kein anderes Programm, das ich kenne. Es hat sogar versucht, mit mir zu kommunizieren.«

»Und? Was hat es gesagt?«

»Ich habe alle Kontaktaufnahmen abgewehrt. Das Ding hat mich schon einmal angegriffen. Jede direkte Verbindung, und sei es nur ein Text- oder Audiokanal, kann für eine Attacke genutzt werden. Ich habe fünf Firewalls zwischen meinem Gehirn und den infizierten Systemen installiert. Da öffne ich kein noch so kleines Schlupfloch.«

»Kann ich nachvollziehen«, stimmte Skip zu.

Kareena verschränkte die Arme. »Was ich immer noch nicht verstehe, ist, wie Dan Aden eine KI überhaupt hierher gebracht hat. Der Speicherplatz für eine einzige Kopie ist immens. Das passt nicht auf einen Datenkristall, nicht mal einen großen. Dafür ist ein kompletter Mainframe notwendig. So was schmuggelt man nicht mal eben so durch eine Einreisekontrolle.«

Skip zuckte die Schultern. »Da habe ich auch keine Idee. Ihn zu fragen, wird vermutlich nichts bringen. Wir haben schon mehrfach versucht, ihn zu verhören. Er verweigert jegliche Kooperation. Blackheart hat vorgeschlagen, ihn zu foltern, aber ich bin nicht bereit, so etwas zuzulassen. Und ein Gehirnscan scheidet auch aus.«

»Lassen Sie da bloß die Finger von!«, riet Kareena. »Er ist selber ein Psychonaut. Wenn Sie dafür keinen absoluten Experten haben, geht das nach hinten los.«

»Danke für die Warnung.«

»Steht mittlerweile eigentlich fest, was mit ihm passiert?«, fragte sie weiter. »Werden Sie ihn wirklich laufen lassen?«

»Sieht ganz danach aus«, antwortete Skip. »Wir haben Kontakt mit der USI aufgenommen. Mit dem nächsten regulären Shuttle fliegt er nach Luna, vermutlich schon morgen.«

Kareena war nicht begeistert über die Freilassung des USI-Agenten. Es gab ihrem hart erkämpften Sieg einen bitteren Beigeschmack, dass der Mann, der versucht hatte, sie beide zu töten, ungeschoren davonkommen würde. Aber objektiv gesehen war es vermutlich die richtige Entscheidung. Mit dieser Geste des guten Willens machte Skip es der USI schwerer, offen Stellung gegen das Protektorat zu beziehen.

»Wollen Sie vorher nochmal mit ihm reden?«, fragte Skip.

Der Gedanke, Dan Aden noch einmal gegenüberzutreten, und sei es nur über die Sprechanlage einer Isolierzelle, behagte Kareena gar nicht. Und wenn er den Mutanten nichts verriet, würde er ihr vermutlich auch nichts preisgeben. Insbesondere, wenn er wusste, dass er bald freikam.

»Ich glaube, ich verzichte«, sagte sie. »Ich kümmere mich lieber weiter um die Beseitigung seiner Hinterlassenschaften im Netz.«

Skip sah sie hilfesuchend an. »Ich weiß gar nicht, wie ich Ihnen dafür danken soll.«

»Lassen Sie's gut sein!«, winkte sie ab. »Sehen Sie es als Spende der Cynarian Corporation zur Begründung des Protektorats Aurora an.«

»Haben Sie immer noch keine Rückmeldung von Ihren Leuten erhalten?«

»Schon, aber die Dechiffrierung zieht sich ungewöhnlich in die Länge.« Sie zwinkerte.

»Verstehe«, gab er schmunzelnd zurück. »Ich hoffe, Sie bekommen deswegen keinen Ärger.«

Sie zuckte die Schultern. »Das werden wir sehen, wenn ich wieder auf dem Mars bin.«

Der Mutant begleitete sie noch ein Stück auf dem Weg zu ihrer Unterkunft. Phil und sie hatten ein etwas luxuriöseres Domizil bezogen. Das beste Hotel von ganz Aurora, direkt gegenüber der Zentralverwaltung. Auch Skip wohnte dort.

»Sie haben gar nicht mehr mit Hato gesprochen«, stellte der Mutant fest. »Sie wollten doch noch etwas mit ihm klären.«

»Hab's mir anders überlegt«, erklärte Kareena. »Der Doc hat uns ja schon erzählt, worum es ging. Ein Gespräch mit Hato hätte vermutlich keine neuen Erkenntnisse gebracht. Wäre nur peinlich für alle Beteiligten geworden. Ist er noch hier?«

»Er hat Aurora gestern verlassen«, berichtete Skip.

»Ging dann ja doch recht schnell«, merkte Kareena an.

»Musste sein. Hier bestand ständig die Gefahr, dass einer der Orpheus-Mutanten oder irgendein anderer Freund von Dr. Kim ihn lyncht.«

»Ja, Kim war sehr beliebt. Hätte ihn gerne persönlich kennengelernt.«

»Ein schräger Vogel«, meinte Skip. »Etwas zu fanatisch für meinen Geschmack.« Nach einer Pause fügte er hinzu: »Hato hat mich gebeten, Ihnen etwas auszurichten.«

Sie sah ihn erwartungsvoll an.

»Er sagte nur, es täte ihm leid. Es sei ihm sehr schwer gefallen, Sie zu hintergehen. Er hofft, Sie werden ihm vergeben. Wenn ja, würde er sich freuen, wenn Sie ihm eine Nachricht zukommen lassen.«

»Diese Musha und ihre Ehre.« Kareena schüttelte den Kopf.

»Wem sagen Sie das!«, stimmte Skip ihr zu. »Unsere Omegas sind keinen Deut besser.«

Sie kamen am Hotel an. Es war schon spät. Sie waren fast alleine unterwegs. Das Leben auf Aurora richtete sich traditionell nach Mitteleuropäischer Zeit. Auch die Loslösung von der Föderation hatte daran nichts geändert.

»Haben Sie einen schönen Feierabend, Kareena!«

»Danke. Sie auch, Skip.«

Jeder ging auf sein Zimmer. Phil erwartete sie bereits mit einer dampfenden Kanne Tee. Es war schön, nach der Arbeit nach Hause zu kommen und begrüßt zu werden. Zurück auf dem Mars musste sie dringend ihrem Privatleben eine höhere Priorität zuweisen.

Zurück auf dem Mars …

Ihr Verlangen, dorthin zu reisen, hielt sich in Grenzen. Hier auf Aurora hatte sie etwas bewirkt. In Elysium City hingegen war sie nur ein kleines Rädchen im großen Getriebe der Cynarian Corporation und der Ares-Konzernrepublik. Außerdem war Iesco dann noch weiter weg. Aber lange würde sie es nicht mehr hinauszögern können. Nicht zuletzt war Phil begierig darauf, zu seiner Familie heimzukommen. Sie würde noch ihre Arbeit beenden und dann zurückkehren in ihr kleines, beschauliches Konzernbürgerleben.

Der Doc hatte gesagt, die Mutanten wären Sklaven der Konzerne. War ihr eigenes Dasein davon so verschieden? Vielleicht musste sie wirklich mal etwas in ihrem Leben einschneidend verändern. Was auch immer das sein würde. Aber vorher trank sie erst einmal eine Tasse Tee.

EPILOG

02.01.2211, Elysium City, Ares-Konzernrepublik, Mars

»Der erdrutschartige Wahlsieg der neokonservativen Parteien wirbelt die Sitzverteilung im Parlament der Europäischen Föderation gewaltig durcheinander«, berichtete die Reporterin mit geradezu überschäumender Begeisterung. »Seit Bestehen der Föderation gab es keine derart dramatische Umwälzung in der Parteienlandschaft. Ich begrüße nun bei mir Dr. Inga Vålstrøm, Generalsekretärin der Technokratischen Partei Europas. Dr. Vålstrøm, wie beurteilen Sie das Wahlergebnis? Ist dies der Anfang vom Ende der Dominanz der Technokratischen Partei?«

Die Politikerin winkte vehement ab. »Das möchte ich doch sehr bezweifeln. Zum einen hat das Parlament primär eine beratende Funktion. Die Arbeit der Regierung wird dadurch nicht plötzlich über den Haufen geworfen. Wir sind uns ja wohl alle einig, dass die Wahrung der politischen Kontinuität für das Bestehen einer Nation im 23. Jahrhundert von tragender Bedeutung ist, weswegen es mir nicht angebracht erscheint, die in der Verfassung festgeschriebene Stellung der Technokratischen Partei infrage zu stellen. Eine Parlamentswahl darf und wird keine Hundertachtzig-Grad-Wende der Politik zur Folge haben. Zum anderen ist aus meiner Sicht der einzige Grund für den Erfolg der Neokonservativen die aktuelle Hysterie wegen der Mutanten. Sicher, die Lage ist ernst und ich bestreite nicht, dass man lokal durchaus von bürgerkriegsähnlichen Zuständen sprechen kann. Aber ich möchte noch einmal darauf hinweisen, dass der Aufstand der Mutanten eine direkte Folge der Hetze genau derselben Leute ist, die jetzt die Regierung dafür verantwortlich machen.«

»Dr. Vålstrøm, diesen Vorwurf haben Sie den Neokonservativen ja bereits während des Wahlkampfes gemacht. Was sagen Sie zu dem häufig angeführten Gegenargument, dass die Technokratische Partei die Meinung der Bevölkerung zu der Mutantenfrage schon seit vielen Jahren sträflich missachtet?«

»Die Technokratische Partei hat die Europäische Föderation durch kompetente Entscheidungen auf Basis wissenschaftlicher Erkenntnisse bereits durch zahlreiche Krisen geführt. Ohne den Einsatz der Mutanten wäre zum jetzigen Zeitpunkt weder die Rekultivierung der radioaktiv verseuchten Zonen in Osteuropa noch die Expansion der Föderation in den Erdorbit und darüber hinaus so weit fortgeschritten. Ich halte die Entscheidung für den Einsatz der Mutanten immer noch für richtig.«

»Aber ist es angesichts der jüngsten Ereignisse nicht an der Zeit, diese Entscheidung zu überdenken?«

»Natürlich kann niemand leugnen, dass die aktuelle Situation besorgniserregend ist. Ich wage aber zu bezweifeln, dass die derzeitige Krise eine Folge der grundsätzlichen Entscheidung für den Einsatz der Mutanten ist. Vielmehr hat die von den neokonservativen Kräften gezielt angeheizte Stimmung gegen die Mutanten uns hierher gebracht.«

»Wird die Regierung denn ihre Politik in Bezug auf die Mutanten ändern? Der gestrige Rücktritt von Staatssekretär Rasmussen, einem der vehementesten Fürsprecher des Einsatzes von Mutanten, insbesondere in den Streitkräften, wird allgemein als Schritt in diese Richtung angesehen.«

»Zunächst einmal möchte ich Ian Rasmussen meinen Respekt für diese schwere Entscheidung aussprechen. Ich habe ihn zu jeder Zeit als überaus kompetenten Kollegen geschätzt und möchte seine unbestreitbaren Verdienste um das Wohl der Europäischen Föderation noch einmal unmissverständlich hervorheben. Was Ihre Frage in Bezug auf den Politikwechsel anbelangt, fürchte ich, wir haben gar keine andere Wahl, als den Status der Mutanten in der Föderation grundlegend zu überdenken. Ich stelle weiterhin die Behauptung infrage, die Regierung sei für die Krise verantwortlich, aber natürlich werden wir uns der aktuellen Probleme unabhängig von ihren Ursachen mit größter Entschiedenheit annehmen. Ein ‚Weiter so!' kann es nicht geben. Wenn sich herausstellt, dass es für das Wohl der Föderation unter den gegebenen Umständen besser ist, den Einsatz der Mutanten zu überdenken, dann wird die Technokratische Partei sich dem nicht verschließen. Und dass der Meuterei von Teilen der Streitkräfte nur durch militärische Maßnahmen begegnet werden kann, wie die Neokonservativen Parteien immer wieder hervorheben, versteht sich aus meiner Sicht von selbst.«

»Vielen Dank, Dr. Vålstrøm, für diese ...«

Sal Haggard schaltete den Holoprojektor ab.

»Tja«, begann er, »sieht nicht so aus, als wäre eine Beruhigung der Lage in Sicht.«

»Das war auch nicht zu erwarten«, erwiderte Eric Vandemool.

»Selbst wenn die Technokratische Partei ihre Parlamentsmehrheit behalten hätte, wäre eine friedliche Beilegung des Konfliktes äußerst unwahrscheinlich gewesen. Dafür ist die Situation zu verfahren.«

»Captain Toran scheint sich Hoffnung gemacht zu haben, dass eine Verhandlungslösung im Bereich des Möglichen liegt.«

Vandemool sah auf. »Sie haben ihren Bericht schon gelesen?«

»Überflogen«, schränkte sein Vorgesetzter ein. Haggard fixierte die Augen seines Adjutanten. »Was halten Sie davon, Eric?«

Der Pure lehnte sich auf seinem Stuhl zurück und legte den Zeigefinger ans Kinn. »Nun, auf der positiven Seite ist zu vermerken, dass sie ihre Aufgabe erfüllt hat. Sie hat diesen Hinterhofarzt gefunden und bestätigt, dass er es war, der die Mutantenfrau refertilisiert hat.«

Haggard runzelte die Stirn. »Nicht nur das! So ganz nebenbei hat sie auch noch herausgefunden, dass die Genkonstrukteure uns und den Rest des Sonnensystems Jahrzehnte lang verarscht haben. Inklusive unserer eigenen Leute! Die möglicherweise sogar mit der Konkurrenz unter einer Decke stecken! Mit dieser Schlampe Naratova werde ich ein Wörtchen zu reden haben!«

Vandemool hob besänftigend die Hände. »Davon würde ich derzeit abraten, Sir.«

»Was?«, fuhr der alte Offizier ihn an. »So eine Gelegenheit lasse ich mir doch nicht entgehen! Das Miststück hat Scheiße am Stiefel und das werde ich ihr …« Er hielt inne, als sein Adjutant den Kopf schüttelte. Er verschränkte die Arme. »Was spricht denn bitteschön dagegen, den Weißkitteln ein wenig ans Bein zu pissen?«

»Sir, vergessen Sie bitte nicht, dass auch Cynarian abertausende Mutanten beschäftigt und die Humangenetik einen nicht ganz unwesentlichen Teil unseres Produktspektrums darstellt. Informationen wie die aus Captain Torans Bericht sind geeignet, die Situation auch jenseits der Erdoberfläche zu destabilisieren. Ohne eine ausgearbeitete Strategie, wie Cynarian einer derart veränderten Sachlage begegnen kann, sollten wir den Prozess nicht unnötig beschleunigen.«

Ein paar Sekunden lang herrschte Stille im Büro des Sicherheitschefs. Die beiden Männer sahen sich an.

»Eric«, begann Haggard schließlich, »manchmal glaube ich, Sie wären bei Lamargue und ihren KIs von der strategischen Planung besser aufgehoben.«

»Das denke ich nicht, Sir«, widersprach Vandemool. »Wer würde Sie dann davon abhalten, solche überstürzten Aktionen einzuleiten?«

Haggards Mund zeigte ein Lächeln, doch seine Augen blieben todernst. »Was ich mich manchmal auch frage, ist, wer von uns beiden hier eigentlich das Sagen hat.«

Der Jüngere blieb gelassen. »Sie natürlich, Sir. Ich teile Ihnen nur meine Meinung mit. Ob Sie die bei Ihren Überlegungen berücksichtigen, bleibt Ihnen überlassen.«

»Belassen wir es erstmal dabei«, grummelte der altgediente Veteran. »Zurück zu Captain Torans Bericht. Sie sagten, das sei die positive Seite. Was ist die negative?«

»Sie hat in erheblichem Maß ihre Kompetenzen überschritten. Sie hat offen Partei für die Aufständischen ergriffen und damit Cynarians erklärte Neutralität in dem Konflikt erheblich infrage gestellt.«

Haggard hieb die Faust auf den Tisch. »Verdammt, Eric! Sie hat ein Gemetzel verhindert! Diese Föderationsanhänger wollten Tausende Unschuldige töten, darunter gezielt Kinder! Was hätten Sie denn in der Situation getan?« Er hob abwehrend die Hände. »Nein! Sagen Sie es mir besser nicht! Ich will es gar nicht so genau wissen.« Er stöhnte vernehmlich. »Was schlagen Sie vor?«

Vandemool straffte sich. »Wir halten Captain Torans Bericht unter Verschluss und stellen sie kalt. Sie ist vermutlich emotional sehr von den Ereignissen belastet und muss erst einmal Abstand gewinnen, bevor wir sie wieder mit den anderen Parteien, sowohl inner- als auch außerhalb von Cynarian, in Kontakt bringen. Beurlauben Sie sie! Das hat sie sich nach den Strapazen verdient.«

»Unterschätzen Sie Kareena nicht!«, mahnte Haggard. »Sie wird nicht so ohne Weiteres stillhalten.«

»Das ist dann aber nicht unser Problem. Wenn Sie auf eigene Faust handelt, kann uns dafür niemand zur Verantwortung ziehen.«

Der Sicherheitschef stand abrupt auf und begann, hin und herzulaufen, während er nachdachte. Eric Vandemool blieb ruhig an seinem Platz.

»Das schmeckt mir alles nicht!«, brummte Haggard. »Sie hat sich auf Aurora den Arsch aufgerissen und zum Lohn stellen wir sie jetzt aufs Abstellgleis? Das kann's doch nicht gewesen sein!«

»Im Augenblick ist es das Beste, was wir tun können«, beharrte der Pure. »Wenn unsere Optionen klarer sind, werden wir dies möglicherweise korrigieren. Aber alles zu seiner Zeit.«

Der Ältere hielt inne und musterte seinen Adjutanten. »Wenn ich nicht wüsste, dass Sie Verbindungen nach ganz oben haben, würde ich Sie vermutlich in die Wüste schicken, Eric. Sie hören sich an wie einer dieser KI-Gläubigen, ohne jegliche Rücksicht auf die Menschen, die sich in ihren Plänen abstrampeln. Sollte ich jemals herausfinden, dass Sie ihre Strategien auch von diesen Dingern entwickeln lassen, ist unsere Zusammenarbeit auf der Stelle beendet.«

»Keine Sorge, Sir. Ich entwickele meine Strategien selber.«

»Das macht Sie nicht unbedingt sympathischer.« Haggard schnaufte. »Also gut! Veranlassen Sie alles Notwendige! Aber das letzte Wort ist in der Angelegenheit noch nicht gesprochen.«

»Ja, Sir.« Eric Vandemool stand auf, verabschiedete sich von seinem Vorgesetzten und verließ das Büro.

Nein, das letzte Wort war sicherlich noch nicht gesprochen. Aber im Augenblick war nicht der richtige Zeitpunkt, die Karten auf den Tisch zu legen. Haggard war kein schlechter Mann, keine Frage. Er sorgte sich um seine Leute, deswegen war er in der Inneren Sicherheit auch durchaus beliebt. Aber manchmal fehlte es ihm ein wenig an Weitblick und vor allem Geduld. Kareena Toran kaltzustellen, war eine Notwendigkeit. Haggard verstand das nicht und sie würde es vermutlich auch nicht tun. Kareena Torans Stunde würde noch kommen. In dem Plan, der in Eric Vandemools Kopf Stück für Stück Gestalt annahm, spielte sie sogar eine zentrale Rolle. Aber damit alles so gelingen würde, wie er es sich ausdachte, musste sie vorerst von der Bildfläche verschwinden.

Bevor sie zu ihrer Mission aufgebrochen war, hatte Eric ihr anvertraut, dass auch er genau wie sie geprüft wurde, ob er für höhere Weihen geeignet war. Er hatte nicht vor, diese Prüfung einfach nur zu bestehen. Er wollte mehr. Kareena Torans eigenmächtiges Handeln hatte ihm eine Chance aufgezeigt, wie er Geschichte schreiben konnte. Momentan war sein Plan noch ein zartes Pflänzchen, das bei der kleinsten Störung zugrunde gehen würde. Aber wenn er seine nächsten Züge sorgfältig plante, könnte daraus etwas nie Dagewesenes erblühen.

Er betrat sein eigenes Büro und machte sich an die Arbeit. Es gab viel zu tun.

Wie geht es weiter?

Nach ihrer Rückkehr zum Mars gerät Kareena Toran in arge Bedrängnis. Jemand hat es auf ihr Leben abgesehen. Dem unbekannten Widersacher muss sie sich alleine stellen, denn sie befürchtet, dass Angehörige ihres eigenen Konzerns an dem Angriff beteiligt sind. Auf der Suche nach den Verantwortlichen verschwimmen die Grenzen zwischen Freund und Feind. Und sie selber wird psychisch und moralisch auf eine Probe gestellt, die ihr gesamtes Dasein ins Wanken bringt.

Auch Skip und das Protektorat kommen nicht zur Ruhe. Innere Machtkämpfe spalten die Führung der Aufständischen. Doch auch von außen droht der Mutantennation Gefahr. Wie aus dem Nichts tauchen neue Feinde auf, denen selbst die Omega-Krieger nicht gewachsen zu sein scheinen.

Ein Strudel aus Gewalt und Intrigen erfasst das halbe Sonnensystem und droht, unzählige Opfer zu verschlingen.

Mehr in c23 – Band 2: *per ignem*

Ralph Edenhofer: c23 – Die Welt im 23. Jahrhundert

Band 1: ex vitro	ISBN 978-3-96357-010-0
Band 2: per ignem	ISBN 978-3-96357-011-7
Band 3: in abyssum	ISBN 978-3-96357-012-4

Danke

Zuerst einmal ein herzliches Dankeschön an alle, die dieses Buch gekauft haben und beim Lesen bis hierher gelangt sind. Rückmeldungen zum Gefallen oder Nichtgefallen werden gerne entgegengenommen, entweder als Rezension oder per Email an

r.edenhofer@century23.de

Um aus der Rohfassung eines Manuskriptes das zu formen, was hier vorliegt, haben viele Menschen ihren Teil beigetragen. Daher sage ich an dieser Stelle danke zu meinen treuen Testlesern Annemarie, Gabi, Jörg, Marjan, Monique, Oliver und Steiff für Anregung, Beratung, Lob und Kritik.

Weiteren Dank richte ich an Maxime Delcambre für seine Geduld bei der Erstellung des Umschlagbildes und die Berücksichtigung all meiner Sonderwünsche.

An letzter, aber bei Weitem nicht unwichtigster Stelle noch ein Dankeschön an diejenigen, die es ertragen haben, wenn ich mal wieder Stunden um Stunden über die Tastatur gebeugt hing, statt mich ihnen zu widmen. Allen voran natürlich Christine.

Zum Autor

Warum fängt ein 43 Jahre alter Physiker an, Romane zu schreiben? Ganz einfach: Wenn man die Geschichten, die man gerne lesen würde, in der Buchhandlung nicht in ausreichender Menge findet, muss man halt selber zu Werke gehen. Liebe zum (selbst-)geschriebenen Wort ist natürlich hilfreich. Umso besser, wenn man aus selbstentworfenen Rollenspielszenarien noch ein paar interessante Welten in der Schublade herumliegen hat. Für jemanden, der in den Ingenieurwissenschaften promoviert hat, darf ein bisschen semirealistische Technologie nicht fehlen. Und einem Hobbyastronomen fällt es auch nicht schwer, die Erdoberfläche zu verlassen und sich auf andere Planeten zu begeben, zumindest in seiner Vorstellung. Dazu noch eine gehörige Prise Durchhaltevermögen, um auch den letzten Absatz zu vollenden. Voilá! Fertig ist der Science Fiction-Autor.

Neuigkeiten über die Welt des 23. Jahrhunderts werden, wenn es welche gibt, auf Facebook verkündet:

https://de-de.facebook.com/people/Ralph-Edenhofer/100016233399082

Cliff Allister

Kampf der Universen

Die Milchstraßen-Galaxie kämpft ums Überleben. Mysteriöse Schiffe aus den Tiefen des Alls schüren Kriege und Auseinandersetzungen zwischen den Zivilisationen. Andere Galaxien der Lokalen Gruppe haben sie bereits unter ihre Kontrolle gebracht und fallen nun in die Milchstraße ein.

Taschenbuch 556 Seiten, € 13,90 [D, A]

ISBN 978-3-96357-070-4

Brandon Q. Morris

The Hole

Ein mysteriöses Objekt droht, unser Sonnensystem zu zerstören. Obwohl das Überleben der Menschheit auf dem Spiel steht, nimmt niemand die Entdeckung der jungen Astrophysikerin Maribel Pedreira ernst. Währenddessen schürft an der Grenze unseres Sonnensystems eine eingeschworene Crew von Außenseitern auf einem Asteroiden nach seltenen Erzen - bis sich herausstellt, dass sie die Letzten und die Einzigen sind, die unsere Welt vielleicht noch retten können.

Taschenbuch ca. 364 Seiten, € 13,99 [D, A]

ISBN 978-3-96357-000-1